KB185410

마천대루

마천대루

THE SKYSCRAPER

천쉐 장편소설

허유영 옮김

INFLUENTIAL
인 플 루 엔 셜

2015년 첫 범죄소설 《마천대루》를 발표한 뒤 내 인생에 큰 변화가 생겼다.

《마천대루》는 내가 8년간 살았던 타이베이의 한 고층 빌딩에서 영감을 얻어 쓴 소설이다. 순문학만 써왔던 내가 처음으로 살인 사건을 다룬 소설이기도 하다. 3,000명이 거주하는 초고층 빌딩을 타이베이라는 도시의 축소판으로 그려내고자 했으므로 먼저 그곳에 사는 다양한 직업, 배경, 나이의 인물들을 만들어냈다. 그중에는 실제 내 주변에서 착안한 인물도 있고, 도시 전반을 관찰하며 구상해낸 인물도 있다. 천공의 성 같은 고층 빌딩 속에 타이베이에서 주거가 지니는 의미, 빈부 격차뿐 아니라 타이베이 드림을 꿈꾸며 각지에서 올라와 성공했거나 좌절한 사람들의 이야기를 채워 넣었다. 여기에 살인 사건을 배치하면서 소설에 변화가 생기기 시작했다. 한 여자가 빌딩 안에서 사망한 사건을 계기로 그녀와 관계된 사람들의 인생도 바뀌게 된다.

소설의 중심은 살인범이 누구인지를 찾는 데 있지 않다. 나는 죄와 벌, 사랑과 죽음에 관한 이야기를 쓰고자 했다. 마천대루의 핵심 인물인 중메이바오의 죽음으로 주변 사람들의 인생이 어떻게 바뀌었는지 말하고 싶었다. 죽음은 슬프고 고통스럽기만 한 일이 아니며 한 사람의 죽음은 우리에게도 중요한 변화를 일으킬 수 있다.

중메이바오라는 인물이 탄생한 뒤 소설은 나조차도 이해할 수 없는 변화를 겪으며 죽음의 근원을 향해 조금씩 파고들었고, 진실을 찾고 주제에 대해 사고하며 나 역시 완전히 새로운 창작의 영역으로 들어섰다. 이 책의 완성은 내 소설 창작에 중요한 전환점이 되었다. 내가 사회적 현상을 이야기 속에 녹여내는 글쓰기 방식을 좋아한다는 사실을 깨달았다. 그때부터 내 소설은 대만의 사회현상과 대화하기 시작했고, 내가 다루는 도시를 둘러싼 의제들이 비단 대만과 타이베이만의 문제가 아니라는 것도 차츰 알게 되었다.

2020년 《마천대루》가 천정다오陳正道 감독을 만나 동명의 드라마 시리즈로 제작되며 많은 관심과 사랑을 받은 덕분에 원작 소설도 다시 주목받았다. 드라마 〈마천대루〉는 내게 문화적으로 큰 영향을 미친 한국과 일본에도 수출됐다. 《마천대루》가 드라마로 각색되는 동안 나는 《아버지가 없는 도시》, 《친애하는 공범》, 《다시 죽어선 안 되는 당신》을 발표했다. 모두 페미니즘의 관점에서 쓴 범죄추리소설이자, 사회적 문제를 다룬 소설들이다. 《마천대루》는 내가 관심 있는 사회적 의제를 미스터리 형식으로 풀어내는 소설을 쓰기 시작한 하나의 기점이 되었다.

《마천대루》가 한국 독자들을 만나게 되어 무척 설렌다. 오랫동안 한국 영화와 드라마, 문학작품을 봐온 만큼, 좋아하는 많은 한국 작품들이 내 소설에도 큰 영향을 미쳤을 것이다. 내게 울림을 주었던 훌륭한 작품에 감사한다. 언젠가 한국에 가서 작품을 통해 본 익숙한 거리를 직접 밟을 수 있길 기대하며, 내 소설도 한국 독자들에게 공감을 얻을 수 있길 바란다.

2024년 겨울, 타이베이에서

천쉐

차례

서곡

폰테 타워

밑에서 위를 올려다보면 하늘이 완벽한 원형이다. 파란 하늘을 배경으로 엷은 안개 같은 흰 구름이 아주 느린 속도로 떠간다. 오랜 시간을 기다려 촬영한 뒤 화면을 배속으로 돌렸을 것이다. 원형 하늘의 둘레를 따라 원통형 타워가 에워싸고 있는데, 타워 꼭대기부터 지면까지 층마다 원심과 등거리로 호를 그리며 배치된 집들이 둥근 탑신을 이루고 있다. 하늘을 찌를 듯 우뚝 솟은 마천루다.

낮에도 햇빛이 닿지 않는 곳은 고요하고 어둡다. 완벽한 곡선으로 구부러진 회랑에 인공조명은 하나도 없다. 각 층의 중정 방향에 투명 난간을 달고 벽면에 가로세로 1미터 크기의 유리창을 쌓아 올린 구조다. 모든 층이 수백 개의 유리창으로 덮여 있으며 햇빛이 드는 꼭대기에서부터 지면을 향해 내려갈수록 건물 전체가 어두워진다. 수만 개의 유리창을 쌓아 올린 고층 타워를 따라 둥근 회랑이 절단면처럼 위로, 아래로, 다시 좌우로, 빙글빙글 돌며 꼭대기까지 이어져 있다. 하부는 이미 흙먼지에 파묻혔고 유리창이 벽을 대신해 타워를 지지하는데 중정의 천장에서 들어오는 햇빛과 바람을 받기 위해 창을 열어두곤 한다. 위에서 아래를 내려다보면 사람들이 여기저기서 손을 뻗어 창을 연다. 때로는 왼쪽으로, 때로는 오른쪽으로, 이쪽에선 옆으로, 저쪽에선 위로. 제각각 불규칙하게 열린 유리창이, 밑으로 내려갈수록 컴컴해지는 이 중정에 누군가 살고 있음을 느끼게 한다.

마천루 바닥에는 어느 층의 천장에서 떨어졌는지 알 수 없는 흙덩이, 벽면에서 떨어진 페인트, 시멘트 조각, 바닥 돌, 계단실에서 떨어진 벽돌 조각, 모래, 철근, 흙먼지 등이 수북이 쌓여 있다. 지면부터 켜켜이 쌓여 아무도 살지 않는 층 높이까지 올라온 이것들이 계단을 따라 올라가며 창틀을 잠식하고 회랑을 점령하고 천장을 무력화시켰으며, 난간벽을 무너뜨리고 유리를 깨뜨리고, 창틀을 부수고 기둥을 흔들었다. 건물은 겉보기에 알아챌 수 없는 속도로 차츰차츰 밑바닥부터 자기 몸을 갉아먹었다. 건물이 게워낸 잔해 더미가 점점 높이 쌓여 1층 중정에서 2층, 3층으로 계속 올라갔다. 10년 넘는 세월 동안 주민이 버린 폐가구, 유리, 타이어, 쓰레기를 비롯한 흙먼지 잔해가 쌓이고 쌓여 고체 상태의 강물을 이루고, 그 물이 계속 불어나 몇개 층이 이미 물에 잠겼다. 잔해 더미에서 시선을 옮겨 위에서 내려다보아야 이미 수십 미터 높이로 불어난 쓰레기 바다를 볼 수가 있다. 고체이면서 반액체처럼 흐물거리는 모래, 흙, 철근, 붉은 벽돌, 페트병, 종이박스, 쓰레기봉투, 빈 깡통, 유리 조각, 기저귀, 종이, 헌 옷, 다리 없는 의자, 텔레비전, 스피커, 바체어, 타이어, 부서진 가구 그리고 그보다 더 많은 양의 형체를 분간할 수 없는 '쓰레기'가 바다에 떠 있다. 쓰레기로 통칭하는 물체들이 서로 겹치고 뒤엉켜 카메라가 움직일 때마다 파도가 너울대는 듯한 착각을 일으킨다.

카메라가 돌연 위로 솟구치다가 방향을 뒤집어 위를 우러러보는 각도에서 점점 줌인 하며 이 쓰레기 바다에 둘러싸이고 가라앉은 것이 원통형 마천루임을 사람들에게 보여준다. 지면부터 5층까지는 쓰레기 더미에 파묻혀 있고, 그 위로 더 올라가야 밖으로 열린 창문 사이로 간간이 새어 나오는 사람 목소리, 불빛, 발소리로 이곳이 아직 숨이 붙어 있는 건물임을 알 수 있다.

폰테 시티 또는 폰테 타워라고도 불리는, 이 높이 173미터짜리 건물은 한때 남아프리카공화국 요하네스버그 중심의 가장 번화한 지역에 위치한, 아프리카에서 제일 높은 주거용 건물이었다. 아파르트헤이트 시기였던 1975년 완공 당시, 이 지역의 최고급 백인 아파트였던 이곳은 사우나, 와인바, 슈퍼마켓, 상점, 클럽을 갖추었고, 호화 가구, 샹들리에, 카펫, 명화로 화려하게 인테리어를 꾸민 집들이 수없이 많았다. 한때 이곳은 상류층 백인 신분의 징표로서 오만한 자태로 세상을 내려다보았다. 층수가 높을수록 집값도 비쌌고, 꼭대기에는 타워를 한 바퀴 감싸는, 남반구에서 가장 큰 상업광고가 걸렸다. 지금도 낡은 광고판에 흰색 바탕에 붉은 글씨로 된 상품광고가 걸려 있다. 외부에서 본 폰테 타워는 그 낡고 초라한 모습을 안으로 감춘 채 여전히 빼어난 자태로 서 있다. 그보다 더 높고, 커튼월을 두른 외벽이 기하학적으로 조형된 더 현대적이고 세련된 건물들이 주위에 들어섰지만, 신성함이 느껴질 만큼 완벽한 원형을 이루며 곧장 하늘을 향해 솟은 폰테 타워는 현대 도시의 쇠락한 전설을 상징하고 있다.

1980년대 말 백인들이 대거 빠져나간 이곳을 마피아가 점령한 뒤, 부랑자, 불법이민자가 모인 거대한 빈민굴로 전락했다. 수도와 전기가 끊기고 여기저기 부서졌으며 치안이 부재한 암흑기였다.

2000년 이후, 사람들이 조금씩 들어와 정리하면서 전기 공급이 일부 재개됐다. 전동차를 타고 회랑을 따라 한 층 한 층 올라가기도 하고, 걸어서 올라가기도 했다. 일정 금액을 납부하기만 하면 일부 엘리베이터를 사용할 수도 있고 수도와 전력을 충분히 공급받을 수 있었다. 한때 상류층 백인의 고급 아파트였던 이곳의 저층부에는 여전히 깨진 벽돌이 수북이 쌓여 있었지만 쓰레기는 대부분 치워져 조금씩 생기를 되찾아갔다. 그 후 많은 이들의 노력으로 '뉴 폰테' 재개발 프로젝트가 시작되어 서민을 위한 저렴한 아파트로 새롭게 정비되었다. 어떤 주민은 이곳이 천국처럼 조용하다고 말했다. 도시의 소음이 소란스러운 바깥세상과 달리 타워 내부는 세상과 단절된 듯 고요하다. 빈민의 거주가 거의 불가능한 대도시에서 이 건물은 생계를 위해 도시로 모여든 도시이민자들에게 소중한 피난처가 되었다.

토레 다비드

첫 번째 사진은 웃통을 벗은 젊은 흑인 남자가 고층 건물 옥상에서 바벨을 들고 운동하는 사진이다. 햇빛에 반사된 그의 검은 몸이 반짝인다. 옥상에는 타이어, 나무상자, 종잇조각, 말라 죽은 식물이 어지럽게 쌓여 있고, 거친 시멘트 바닥은 군데군데 곰팡이 얼룩으로 검거나 검푸르게 변색되어 있다. 바벨을 들어 올린 남자 주위로 사방이 탁 트여 있다. 멀리 보이는 건물 지붕 몇 개와 감추려 해서 더 눈에 띄는 건물의 단면이 공중에서 자라는 죽순처럼, 안개 속에서 고개를 내민 버섯처럼 비죽이 올라와 있을 뿐이다. 너무 파란 하늘 때문인지 형언하기 힘든 공간감이 이곳이 고층 빌딩의 옥상임을 느끼게 한다.

남자의 얼굴은 힘을 쓰느라 일그러져 있고, 바벨은 원판 대신 타이

16

어 휠을 끼워 만든 것이다. 넓은 옥상과 건장한 남자의 체구에 비해 너무 작아 보이는 덤벨 하나가 남자의 발 옆에 놓여 있다.

두 번째 사진은 석양이 비스듬히 비친 도시의 저녁 풍경이다. 점, 선, 면이 서로 교차하며 키가 다른 빌딩들이 빽빽이 이어진 화면을 만들어냈다. 사진 가장자리에는 회색 시멘트 숲에 구색 맞춰 배치한 푸른 녹지가 점점이 찍혀 있고, 정중앙에 축척자처럼 서 있는 기이한 형태의 빌딩은 얼핏 보면 삼각기둥처럼 보이지만 사진작가가 건축물의 조형을 돋보이게 하기 위해 이 각도에서 촬영한 것 같다. 사진상으로 보이는 두 개의 면 가운데 한 면에는 수많은 커튼월이 빼곡히 박혀 있다. 햇빛에 반사된 유리 외벽이 옥상에서부터 몇 층 간격으로 점점 낮아져 제일 높은 층과 낮은 층의 높이 차이가 10여 층이나 된다. 하이테크 느낌의 반사 효과를 내는 불투명한 커튼월이 멀리서 보면 가늘고 검은 선이 촘촘히 교차한 격자무늬를 이루는데, 유리가 깨져서인지 빠져서인지 다른 이유 때문인지 알 수 없지만 햇빛을 반사하지 못하는 일부 유리창은 빈칸처럼 검게 보인다. 빈칸의 가장자리에서 흔들리는 것은 창틀 틈으로 빠져나와 하늘로 가지를 뻗어 올린 식물들이다.

또 다른 면은 구조물이 완전히 노출되어 있다. 층마다 일곱 개의 창틀이 겉으로 드러나 있고, 시멘트벽, 철근 구조, 도드라진 붉은 벽돌, 시멘트 기둥이 벌거벗은 듯 노출되어 있다. 수십 층짜리 빌딩에 유리창이 하나도 없다. 어떤 창틀은 신문과 천, 심지어 부서진 광고판으로 가렸고, 어떤 창틀 사이는 안테나, 식물, 널어놓은 빨래로 채워져 있고, 또 어떤 창틀 사이로는 움직이는 사람과 사람이 살고 있는 흔적이 보인다.

그다음은 헬리콥터로 상공을 선회하며 연속 촬영하여 이어붙인 사진들이다. 햇빛을 받은 유리 외벽 전체가 금빛에 휘감겨 건물의 형태가 거의 보이지 않다가, 그다음 사진에서는 반사된 햇빛 사이로 깨진 유리창이 희미하게 보이기 시작하고, 렌즈를 줌아웃 하면 깨진 유리창이 더 많이 보인다. 알록달록한 천 조각, 깨진 창을 막은 테이프, 창틀에서 자라난 양치식물, 미완공된 부분의 벽돌벽을 보여준 다음, 카메라가 다시 방향을 틀면 건물 전체 모습이 점점 나타난다. 이 주상복합빌딩은 첨탑 형태로 되어 있다. 원래 이곳에서 제일 높은 빌딩이었을 테지만 그 뒤에 들어선 더 높은 빌딩에 가려져 있다. 새로 지은 멋진 빌딩과 선명하게 대비되어, 갑자기 공사가 중단된 뒤 모든 게 멈춰버린 이 미완성 건물이 더 퇴색되어 보인다.

그다음은 빌딩의 중정 사진이다. 크고 작은 관엽식물 몇 그루가 심어진 중정에 한 사람이 지나가고, 몇 사람은 모여서 대화를 나누고, 그늘진 공터에서 한 아이가 자전거를 타고 있다. 경사진 회랑을 따라 각 세대의 문이 나란히 이어지며 위로 올라가는데 어떤 집들은 파란색과 흰색으로, 어떤 집들은 분홍색과 연녹색으로 기둥을 칠했다.

그다음 사진은 건물 뒤로 돌아가 렌즈를 바짝 당겨 촬영했다. 노출된 시멘트와 붉은 벽돌을 쌓은 창틀, 격자 형태의 수많은 창이 넓은 벽면을 어수선하게 채우고 있다. 햇볕에 널어놓은 침대 시트, 매달린 커튼, 유리 너머로 검은 피부 여자도 보인다. 넙데데한 얼굴의 그녀는 머리카락 전체를 촘촘히 땋았고 선명한 색상의 가운을 걸치고 있다.

집 안 내부를 찍은 사진들도 있다. 그중 하나는 흑발에 피부가 검은 중년 여자가 둥근 팔걸이의자에 앉아 전화를 하고 있는 사진이다. 작은 집의 하늘색 벽에 조각상 몇 개가 걸려 있다. 여자 뒤로 보이는 천장은 붉은 벽돌이 드러나 있고, 천장과 벽이 맞닿은 오른쪽 상단 모서리는 하늘색 천사 장식을 걸어놓은 듯 역삼각형으로 틈이 벌어져 있다. 이 집 사람들은 이 불규칙한 시멘트벽 가장자리에 핑크색 깃털 장식을 걸었다.

또 한 사진 속 집은 빌딩 모서리에 위치한 듯 바닥이 삼각형이다. 양쪽이 유리벽으로 된 집에서 한 부인과 아이가 침대에 누워 텔레비전을 보고 있다. 침대를 거대한 시멘트 기둥에 붙여놓아 어느 쪽을 보아도 모두 통유리창인데, 유리창 윗부분에 종이를 붙여 빛을 가리고 검붉은 커튼 두 장을 매달았다. 커다란 나무장에 텔레비전을 넣고 그 아래 생활용품을 나란히 정리해놓았다. 창밖으로 옹기종기 모여 있는 낮은 건물들이 보이는데 환한 바깥 풍경, 멀리 있는 낮은 건물들과 집 안의 어두침침한 불빛, 눈부신 텔레비전 화면이 대비되어 영원한 고요 속의 한 장면 같다.

다른 사진 속 집은 사방이 온통 시멘트 벽이다. 가운데 있는 커다란 사각형은 완성되지 못한 창틀일 것이다. 남자 둘에 여자 하나, 세 젊은이가 마치 그림 액자에서 흘러나온 내용물처럼 그 시멘트 창틀에 기대앉아 있다. 그들 뒤로 빛과 그림자가 엉켜 초점이 흐려진 거리가 보인다. 가로등, 빌딩에서 나오는 불빛, 네온사인 광고가 모호하게 뒤섞여 그들이 건물 벽 속에 살고 있고, 벽 너머가 집인 것 같다.

마지막 사진은 파란 옷을 입은 여자가 파란색 방 안에 있는 사진이다. 나무 탁자 위에 미싱이 놓여 있고, 흰색 실을 감고 있는 여자의 맞은편 벽에 국가원수의 사진 두 장이 붙어 있다.

이곳은 베네수엘라 수도 카라카스에 있는 토레 다비드라는 마천루다. 1990년 유명 개발업자가 베네수엘라 경제 번영의 상징물을 세우겠다는 포부로 착공했지만, 4년 뒤 금융위기가 닥치며 공사가 중단됐다. 베네수엘라 정부가 건물을 인수했으나 재공사가 계속 미뤄지다가 2007년 마약중독자와 범죄자들이 그곳을 차지했다. 그 후 집 없는 빈민들이 이곳으로 속속 모여들어 45층짜리 미완공 건물은 세계에서 가장 높은 빈민굴로 전락했다.

버려진 건물이지만 생생히 살아 숨 쉬고 있고, 많은 사람이 살고 있다. 사진작가의 손은 한 번도 흔들리지 않았다. 어떤 화면은 저 멀리 파란 하늘과 흰 구름이 보이기도 하지만 이내 렌즈를 돌려 그림자가 어둡게 드리운 거대한 반사 유리창으로 돌아왔다. 일부 온전한 창은 사람 키보다 더 크고 유리 너머로 가구의 형태가 희미하게 보이기도 했다. 헬리콥터가 이 건물 주위를 360도로 돌며 다가가 한 층 한 층 들여다본 연속 사진이었다. 이 미완성 건물은 이미 빈민들에게 점령되었고, 700여 가구의 주민이 힘을 합쳐 자급자족 시스템을 만들어냈다. 물과 전기 공급이 차츰 재개되면서 주민의 구성도 점점 다양해지고, 거의 모든 기능을 갖춘 작은 커뮤니티가 형성되었다. 상점, 미용실, 의류 매장 등이 입주하면서 이곳은 사람들이 생활하고 일하는 터전으로 변모했다. 화분을 가꾸고 집 앞을 장식하고, 인종, 직업, 나이가 다양한 주민들이 건물 곳곳에 생기를 불어넣었다. 미완성된 건물이지만, 붉은 벽돌이 드러나고 유리가 깨졌어도, 건물은 생장을 계속하고 있다.

1부

1   출구

세바오뤄
32세, 마천대루 경비원

　매일 아침 눈을 뜨면 이불을 가지런히 개켜놓고 비좁은 실내
를 둘러본다. 싱글베드 프레임에 얇은 널빤지를 깔고 그 위에 코코넛
매트리스를 깔았다. 이불은 여러 번 개켜 작게 만들고 베개도 납작하
게 눌러놓았다. 침대를 제외하면 한 사람이 몸을 돌릴 수 있을 정도
의 공간과 침대와 문 사이에 책상 크기 정도 되는 네모난 공간만 남
았다. 사방의 얇은 벽은 원래 흰 페인트칠이 되어 있었지만 지금은 군
데군데 더러워지고 칠이 벗겨졌다. 역시 흰 페인트를 칠한 시멘트 천
장에 형광등 하나가 달려 있다. 오른쪽 벽에 침대를 붙이고 왼쪽 벽
에 물건을 두었다. 사람 키보다 조금 높은 벽면에 한 줄로 나란히 고
리를 박아, 위에는 외투와 모자, 조끼를 걸고 그 아래에 합판으로 된
3층 수납장을 놓고 옷과 잡동사니를 넣었다. 수납장 옆에는 오래된
단문형 냉장고가 있고, 냉장고 위에 작은 텔레비전이 있다. 텔레비전

을 볼 때는 침대에 앉아서 보고, 테이블이 필요할 때는 침대 위를 치우고 침대 밑에 밀어놓은 작은 접이식 의자를 꺼내 펼쳤다. 침대 밑으로 발을 밀어 넣고 앉아 두 손을 침대에 올리면 테이블 대용으로 쓸 수 있었다. 손님이 오면 수납장에 있는 머그잔을 꺼내고 접이식 의자를 하나 더 펼친다. 차나 음료 같은 것은 재활용 분리수거장에서 주워 온 나무쟁반에 올려놓는다. 물론 쟁반을 놓을 때 차가 침대에 쏟아지지 않게 조심해야 한다. 차를 마실 때는 복도에 있는 정수기에서 온수를 받아다가 티백을 넣는다. 정수기 물이 별로 깨끗하지 않아서 주전자 밑바닥에 하얀 침전물이 가라앉곤 했다. 이런 복잡한 손님 접대 방식은 그가 혼자 예행연습을 해본 것이고, 아직 이 방에 손님이 온 적은 없다. 단문형 냉장고는 동료 직원에게 선물 받은 중고품이고, 텔레비전 같은 필수품은 부근에 중고 가전과 가구를 싸게 파는 매장이 몇 곳 있어서 세입자들이 이사 올 때 사다가 쓰고는 이사 갈 때 싼값에 되팔았다. 셰바오뤄謝保羅도 골동품에 가까운 14인치 브라운관 텔레비전을 800위안●에 구입했다. 부피가 큰데 화면은 작고 수신 상태도 썩 좋지 않았지만 임대인이 몰래 끌어온 유선방송 케이블에 연결해 한 달에 100위안씩 내고 볼 수 있었다. 인터넷 회선이 설치되지 않아 컴퓨터는 쓸 수 없었다. 일부 젊은 세입자들은 3G 휴대전화로 인터넷을 사용하는데 일하기 위해 필요한 것이라 아무리 가난해도 모바일 인터넷은 필수라고 했다. 보통 방마다 두 개씩 있는 콘센트에 멀티탭을 주렁주렁 연결해 사용했다. 방 안에 주방이 없어서 대부분 복도에서 음식을 만들었다. 휴대용 가스버너를 방문 앞에 내놓고 쓰는 사람들이 몇 집 건너 하나씩 있었다.

● 본문에 나오는 모든 화폐단위 위안(圓)은 신대만달러(TWD)이고, 1위안은 한화로 약 40원이다.

두 사람이 들어가기 힘든 공간이었다. 휠체어가 필요한 사람이라면 더 말할 것도 없다. 게다가 그게 여자라면 여기서 남들과 공용 화장실과 샤워실을 쓰는 건 더더욱 견디기 힘들 것이다. 아, 그건 너무한데. 이런 생각이 들자 그는 가슴이 철렁했다. 이사할 수 있을지 생각했다. 월급 2만 4,000위안에서 매월 고정적으로 쉬^餘 씨 집에 송금하는 1만 위안을 제외하고, 기본적인 생활비와 건강보험, 고용보험, 오토바이 기름값을 빼면 현재 3,200위안인 월세를 5,000위안까지는 어떻게든 감당할 수 있을 것 같았다. 하지만 5,000위안으로 타이베이에서 어떤 집을 얻을 수 있을까? 관자놀이가 욱신거렸다. 그는 뭔가를 떨쳐내듯 비스듬히 기울어진 어깨를 털어 바로 세우고, 칫솔, 치약, 양치컵, 수건이 담긴 대야를 들고 방을 나섰다.

방을 나가 그의 방과 마찬가지로 얇은 합판으로 된 여러 개의 문을 지나 계단을 내려오면 계단참에 화장실과 샤워실이 각각 두 개씩 있고, 통로 가장자리에 수도꼭지가 세 개 달린 공동 세면대와 정수기가 있었다. 3, 4층 쪽방에 사는 세입자들은 모두 이곳에서 세수를 했다. 통로 한쪽 면이 외부로 뚫려 있지만 캐노피와 방범창으로 완벽하게 가려져 있었다. 난간벽 위에 철창을 설치해 밖으로 돌출된 작은 공간은 통로에 사는 세입자들이 사용한다는 불문율이 있었다. 신발장을 놓기에는 통로가 좁아서 각자 신발을 난간벽 위에 올려두었다. 폭 30센티미터쯤 되는 철창 위에 각종 잡동사니를 올려놓고, 캐노피 아래 긴 쇠막대에 옷을 넣었다. 방에 다 넣지 못한 잡동사니까지 방범창 밑에 쌓아 이 녹슨 철창에 다양한 색채를 입혔다. 꼭대기 층에 경주용 비둘기 사육장이 있어서 이 건물은 '비둘기집'이라고 불렸다.

비둘기집은 공터에 있는 빈 공장을 개조해서 만든 쪽방 건물이었다. 이 일대가 재개발 지역이라 사방에 신축 건물이 들어섰지만 유독 이 건물만 개축되지 못했다. 재산권 분쟁 때문일 것이다. 오랫동안 방치되어 있던 공장을 누가 땅 주인에게 임대한 뒤 4층짜리 쪽방 건물로 개조했다. 이 건물 안에 좁디좁은 쪽방 100여 개가 다닥다닥 붙어 있었다. 교통이 편리하고 월세가 상대적으로 저렴하기 때문에 언제나 만실이었다. 언젠가 이 땅에도 고층 빌딩이 들어설지는 알 수 없지만, 셰바오뤄는 영원히 개축되지 않고 이 낡고 저렴한 공간이 계속 제공되길 바랐다.

셰바오뤄의 집은 비둘기집 3층 15호였다. 방문 뒤에 좁은 거울을 달아놓았다. 그가 일하는 빌딩의 한 주민에게 선물 받은 것이었다. 세수를 하고 와서 거울을 보며 머리를 빗고, 모자를 쓰고 가슴에 이름과 번호가 새겨진 파란 제복을 입은 뒤 까만 인조가죽 구두를 신으면 빌딩 경비원으로서의 기본적인 준비는 끝났다. 오토바이에 올라타 헬멧을 쓰고 다리 두 개를 건너 30분 정도 달리면 그가 일하는 마천대루摩天大樓에 도착했다.

매일 열두 시간씩 근무하며 프런트에서 주민의 택배와 우편물을 받아주고, 방문객을 안내하고, CCTV 모니터 화면을 보는 등 여러 가지 일을 처리했다. 매주 정해진 시간마다 신발 밑창이 닳도록 41층 빌딩을 오르내리며 순찰했다. 각 층 긴 복도의 이쪽 끝에서 저쪽 끝까지 지나고 계단실을 중점적으로 살폈다. 사실 각 층 복도와 계단, 코너마다 CCTV가 설치되어 있고 평소에 1층 프런트에서 화면을 수시로 확인하지만, 경비원이 순찰한다는 걸 알아야 주민들이 안심할 수 있다고 했다. 순찰할 때 마주치는 주민들은 실외 수영장에 쓰레기가 떠다닌다는 둥, 위층 세대의 화분이 중정으로 떨어져 박살이 났다는 둥, 누가 반려견을 골프연습장에 데려왔다가 개똥을 치우지도 않고 가버렸다는 둥, 심지어 세대 내 인터폰이 고장 났다거나 에어컨 바람이 시원하지 않은 것까지 모두 경비원에게 처리해달라고 했다. 셰바오뤄는 부부 싸움을 하다가 몸싸움을 벌이는 부부를 화해시킨 적도 있었다.

그는 순찰을 좋아했다. 추운 날 불려 나가 교통정리를 해야 할 때도 불평하지 않았다. 매일 만 보씩 걷고 공중전화 부스처럼 비좁은 경비실을 들락거리며 출입 차량을 안내하고, 심지어 야간에 입구에 서서 지켜야 하지만, 그는 모든 일을 성실하게 해냈다. 담배도 피우지 않고 꾀도 부리지 않고, 다들 하기 싫어하는 일도 싫은 내색 한 번 하지 않고 했다. 이 빌딩의 모든 것과 가까워지고 싶었기 때문이다. 입주민, 방문객, 차도, 계단실, 정원, 수영장, 피트니스센터 같은 것들은 이 빌딩을 구성하는 중요한 부분이었다. 이런 곳들을 반복해서 오갈 때마다 그는 자신이 실제로 그 안에 있다는 기분이 들었다.

◎

지난 2년 동안 그는 이곳을 출입하는 낯선 사람들을 관찰했다. 무료함을 달래기 위해, 또는 흘려보내는 시간을 기억하기 위해 그들의 얼굴을 머릿속에 각인했다.

세입자 A씨 부부를 예로 들어보면, A씨는 네모진 얼굴에 눈가가 움푹하고 눈썹이 짙다. 항상 수염을 바짝 깎고, 머리도 양옆을 짧게 밀었으며, 피트니스센터에서 일부러 태닝한 피부는 구릿빛이 돌았다. 일반적으로 신뢰가 가게 생긴 외모지만, 성격은 과하게 고집스럽고 명령조로 말하길 좋아한다. A씨 아내는 나이가 마흔쯤 됐고 꼼꼼하게 정리한 눈썹에 피부가 무척 하얗다. 맨얼굴일 때는 평범한 외모지만 화장을 하면 이목구비에 입체감이 확 든다. 은은한 볼터치 위로 살짝 보이는 주근깨가 오히려 애교스럽다. 아이가 없는 그들은 폭스바겐 골프를 소유하고 있으며, C동 29층 가장자리 집에 살고 있다. 실내 면적 35평에 발코니가 딸린 넓은 집이다. 입주민카드에 적힌 A씨의 직업은 건축가이고 아내는 전업주부다. 그들은 셰바오뤄가 서면 자료만 보고는 상상할 수 없는 생활을 하고 있다. 보통 등기우편물을 가지러 내려오는 일은 아내가 하지만, 매일 우편함을 열어 확인하는 건 남편이다. 빌딩 관리실에서 택배나 우편물을 우선 수령한 뒤에 입주민에게 알려주면 대부분 저녁 식사 후 같은, 여유로운 시간에 우편물을 가지러 온다.

그는 A씨 아내의 얼굴을 자주 떠올렸다. 그녀는 경비원에게 무척 친절했다. 그의 기억 속에서 그녀는 맨얼굴일 때든 연한 화장을 했을 때든 짙은 화장을 했을 때든 항상 상냥한 미소를 짓고 있었다. 그녀는 가난한 집에서 태어나 부지런히 살고 있지만 늘 안정감이 부족한 사람 같다는 인상을 주었다. 반면 A씨는 왠지 뭔가 감추고 있는 듯 자신감이 과하고 다소 거만해 보였다.

이건 모두 셰바오뤄가 따분한 시간에 혼자 공상해낸 것들이었다.

사람의 얼굴은 이상한 부호 같아서 자세히 뜯어볼수록 못생기고 부조화스럽다가 어느 정도가 되면 남자든 여자든 추상화처럼 보이기 시작한다. 그렇게 세세한 부분까지 기억하는 비결은 느슨함이다. 억지로 세세하게 기억하려 하지 않고 오히려 조금 느슨한 시선으로 얼굴 전체를 새기는 것이다. 그런 다음 카메라처럼 얼굴 전체를 찰칵, 찍고 머릿속 '얼굴' 폴더에 저장한다.

지하철이나 버스를 기다릴 때, 또는 한가하게 자전거를 탈 때 종종 저장해놓은 얼굴들을 꺼내 복습한다. 이름을 알면 그 위에 이름을 적고, 이름을 모르면 책장을 넘기듯 지나간다. 가끔 얼굴을 정확히 볼 수 없는 사람들도 있다. 그들은 항상 바람처럼 바쁜 걸음으로 훅 지나간다. 매일 아침저녁으로 조금씩 다른 옆얼굴은 정확히 볼 수 있는데, 오히려 그런 얼굴이 더 기억하기 쉽다. 사람들은 누군가와 마주 보지 않을 때 이목구비를 가장 편한 위치에 두기 때문이다(사람들은 이걸 보고 얼굴을 찌푸린다고 하지만, 그가 보기에 그건 무표정한 것이다). 세바오뤄는 기억 속에 저장된 여러 각도의 옆얼굴을 떠올리는 걸 좋아했고, 가끔은 그들의 얼굴을 여러 가지로 추측하고 상상하기도 했는데 그러다가 어느 날 정말로 그들의 정면 얼굴을 보면 상상과 큰 차이가 있었다.

또 항상 마스크나 모자로 가리고 다니는 얼굴도 있었다. 특히 요즘은 그런 얼굴을 자주 마주친다. 가끔 독감이 유행할 때는 빌딩 입구에 손 세정제를 비치해 입주민들의 경각심을 높이기도 한다. 출퇴근 시간에는 엘리베이터를 타고 내리거나 로비의 게이트를 출입하는 사람들이 러시아워의 지하철역만큼이나 많기 때문인지, 일부 입주민들은 엘리베이터를 탈 때부터 정문을 나서는 구간까지 마스크를 쓰고 있다가 밖에 나가자마자 벗는다. 남들이 자기를 알아보는 게 싫어서 마스크를 쓰는 사람들도 있다. 그런 사람들은 대부분 조금 얼굴이 알려졌지만 아직 대중적인 인지도는 부족한 모델이나 배우, 홈쇼핑 쇼호스트 등이다. 이 빌딩에 그런 사람들이 몇 명 살고 있다. 그들은 어떤 때는 남들과 똑같이 자연스럽게 출입하지만, 어떤 때는 선글라스를 껴서 오히려 더 시선이 쏠린다. 마스크를 쓰는 이유를 알 수 없는 사람들도 있다. 그런 사람들에게는 마스크도 코디의 일부분인 것 같다. 보온과 보호뿐 아니라 액세서리의 기능까지 있는 걸까? 그가 보기에 그런 마스크족은 대부분 젊은 여자들이다.

물론 선글라스족도 있다. 그들은 남녀를 가리지 않고 밤이든 낮이든 항상 선글라스를 착용한다. 그런 얼굴은 남의 눈에 띄길 원치 않을수록 더 쉽게 시야에 잡혀 특별한 인상을 남긴다. 다양한 디자인의 짙은 렌즈로 얼굴의 절반을 가려도 전체적인 인상은 기억 속에 선명하게 각인된다. 서로 비슷해서 혼동할 수는 있지만, 몇 번만 더 보면 그들의 다른 옷차림, 심지어 선글라스 디자인 차이를 보고 쉽게 구별해낼 수 있다.

이런 걸 기억한다고 돈이 생기는 것도 아니고 두뇌 노동이기도 하지만 어차피 달리 할 일도 없다.

쳇바퀴 돌리듯 주간과 야간에 열두 시간씩 교대로 일하는 셰바오뤄에게는 주의를 분산시킬 일이 필요하다.

어떤 동료는 라디오를 듣고(규정상 금지되어 있지만 베테랑 근무자들은 야간근무 때마다 라디오를 듣는다) 휴대전화를 들여다보고(주로 젊은 동료들이 스마트폰으로 게임을 하거나 온라인쇼핑을 한다) 신문을 보고(로비에 무료로 볼 수 있는 신문이 세 부나 있다), 어떤 동료는 언제나 잠이 부족한 듯 시간만 나면 꾸벅꾸벅 졸기 바쁘다. 또 어떤 동료는 계속 책을 읽는다. 그 사람은 마흔다섯 살의 신입 직원인데《삼국지》를 닳도록 읽고, 또《후흑학厚黑學》,《성경》, 불경, 홈쇼핑 카탈로그 등등 로비 책꽂이에 비치된 것들은 닥치는 대로 가져다 읽는다. 누가 이유를 묻자 그는 "책을 안 읽으면 자꾸 쓸데없는 생각이 나요"라고 했다. 셰바오뤄는 책을 집어 들기만 하면 누가 와서 이것저것 물어보는 사람 중 하나다. 마치 빌딩 경비원은 CCTV 모니터를 주시하는 것 외에 그어떤 것도 봐서는 안 된다는 것처럼. 하지만 그의 아버지 세대에는 모든 경비원이 일하는 시간에 책을 보았다. 가능하다면 셰바오뤄도 책을 읽으며 지루한 시간을 보내고 싶지만 사람들의 주의를 끄는 것이 싫어서 차라리 기억의 책장 속에 있는 사람들 얼굴을 뒤적이며 상상력을 동원해 그들의 인생 스토리를 추측해보는 것이다.

한가한 시간이나 보는 사람이 없을 때는 우편물 수령부와 방문객 등록부를 뒤적이고 서랍에 보관한 방문객 신분증을 꺼내 확인하곤 한다. 그가 우편물 수령 담당일 때는 건성으로 하는 법이 없다. 자신이 쓸 수 있는 가장 바른 글씨체로 사인펜을 이용해 기록한다. 글씨체는 잘 알아볼 수 있도록 또박또박 쓰고, 호수와 우편물 등기 번호를 잘못 적지 않았는지 여러 번 확인한다. 우편물의 크기, 두께, 형태는 물론이고 세대의 층수에 따라 우편물을 가지러 오기 편한 시간을 판단해, 잠시 보관할 것은 프런트에 두고, 오랫동안 보관해야 하는 것은 우편물 보관함에 넣는다. 사람마다 우편물을 가지러 오는 시간이 다르고, 우편물을 가져가라고 연락해도 곧장 내려오지 않는 사람이 있으며, 해외 출장 중인 사람도 있다. 신기하게도 우편물을 가지러 오는 사람은 항상 정해져 있다. 수령인 서명이 필요한 등기우편물이 한 번도 오지 않는 사람이 있는가 하면, 회사를 차린 듯 크고 작은 우편물이 수시로 오는 사람도 있다. 동료들은 그가 왜 그렇게까지 하는지 이해하지 못할 수도 있지만 그를 말리는 사람도 없다. 어차피 순전히 본인이 좋아서 하는 일이기 때문이다.

셰바오뤄는 입주민들의 비밀도 잘 알고 있다. 가장 은밀한 비밀은 아닐 수도 있지만 방문객 등록과 우편물 수발 사이에는 몇 가지 비밀이 감춰져 있다. 게다가 그들의 생활, 출입 패턴, 방문 상황까지 상세히 알고 있다면 저절로 비밀을 알게 된다.

그에게 이런 사적인 취미가 있다는 사실을 아무에게도 말할 수 없다. 그의 동료 리둥린李東林은 입주민에 대해 더 잘 알고 있다. 기억력이 좋아서 모든 입주민의 동호수가 머릿속에 저장되어 있다고 했다. 그래서 입주민들의 시시콜콜한 일을 그에게 얘기하곤 한다. 셰바오뤄는 기억력이 좋은 편도 아니고 원체 사람에게 관심이 많은 것도 절대 아니다. 그는 입주민에 대한 자신의 관심을 직업의식이라고 생각한다. 기억해야 할 것은 모두 머릿속에 집어넣지만, 필요할 때가 아니면 절대로 입 밖에 내지 않는다.

그의 아버지도 생전에 경비원이었다. 아버지는 한 공영 기관의 기숙사에서 일했는데 600여 평 단지에 일본식 적산가옥 열다섯 동이 있고, 입구에 경비실이 있었다. 아버지는 경비실 뒤에 지은 작은 단층집에서 살았다. 셰바오뤄도 세 살 때부터 여덟 살 때까지 아버지와 거기서 함께 살았다. 아버지는 군대 제대 후 친구의 소개로 이 기숙사에서 일하기 시작했다. 입구를 지키고 정원 관리를 보조하는 것이 아버지의 일이었다. 어머니는 집을 나갔고 아버지는 셰바오뤄보다 쉰다섯 살이나 많았기 때문에 아버지와 함께 있으면 할아버지와 손자로 오해받을 때가 많았다. 그의 작은 집은 널빤지로 바닥을 돋운 형태로 바닥에 다다미가 깔려 있고 한쪽에 찬장이 있었다. 집은 항상 눅눅하고 아버지가 오랫동안 피운 모기향 냄새가 배어 있었다. 그들은 시내에 낡은 아파트 하나를 더 갖고 있었지만 대부분 비워두었다. 살림도 단출해서 간단한 옷가지와 라디오 한 대, 쌓아놓은 책 더미, 다퉁大同표 전기솥이 거의 전부였으므로 전기솥 하나로 음식을 지지고 볶고 끓였다. 미닫이문을 항상 열어 바람을 통하게 해놓지 않으면 밤늦을 무렵에는 퀴퀴한 냄새가 났다.

아버지를 떠올리면 언제나 붓으로 방문객의 이름을 쓸 때의 표정이 생각났다. 정성스럽고 꼼꼼했으며 지나칠 정도로 신중했다. 잘 아는 관리 직원이라도 기숙사 입주자가 아니면 예외 없이 신분증을 확인하고 방문 시각과 방문 대상, 방문 이유를 자세히 물었다. 사람들은 아버지 앞에서 '당신 내가 누군지 모르냐'는 짜증스러운 표정을 지었고, 거친 말투로 대꾸하는 사람도 많았으며, 이따금 싸움이 나기도 했다. 어린 셰바오뤄는 그럴 때마다 너무 창피해서 벽장 속에 숨었다. 아직 학교에 들어갈 나이가 아니어서 아버지에게 쉬운 글씨를 배우고, 함께 놀 친구가 없어 근처 화단에서 혼자 놀곤 했다. 기숙사에 사는 영업과장의 부인이 그를 특히 예뻐해서 자주 집으로 불러 텔레비전을 보여주고 간식을 주곤 했다.

아버지와 살던 집을 떠난 지 오래됐지만 셰바오뤄는 밤마다 화단에서 바람에 실려 오던 풀 비린내와 꽃향기를 기억하고 있다. 기숙사 주민들이 오가던 소리, 풀벌레의 긴 울음, 기차 기적 소리처럼 간간이 끊어져 숨이 멎은 건 아닌지 그를 조마조마하게 했던 아버지의 코골이 소리까지도.

대학에서 경제학을 전공하고 은행에 취직해 안정적인 생활을 했다. 입사 3년 만에 승용차를 사고, 아버지가 돌아가신 후 아직 대출금이 남아 있는 구시가지의 낡은 아파트를 물려받았다. 자기 집도 있고 크게 돈 나갈 곳도 없었으며, 취미로 진공관 앰프를 가지고 놀고 레코드판을 들었다. 매일 차를 몰고 출퇴근할 때 클래식 음악을 들었다. 백화점 명품 의류 매장에서 일하는 한 살 어린 여자친구와 서른 살 전에 결혼하기로 약속했다.

스물여덟 살 생일이었던 가을날 아침, 그는 평소처럼 차를 몰고 집을 나선 뒤 매일 지나는 신호등을 통과했다. 그 여자가 어떻게 자기 앞에 나타났는지 전혀 보지 못했다. 음악에 정신이 팔린 건 아니었다. 그저 잠시 머릿속이 비었다고 해야 할 것이다. 너무 잘 아는 길이었고, 시간대, 장소, 도로 상황 모두 고막이 닳도록 들어서 눈을 감고도 흥얼거릴 수 있는 노래만큼이나 익숙했다. 바로 그때, 차가 어떤 물체와 충돌하는 굉음에 급브레이크를 밟았다.

그 순간, 인생이 멈춘 듯했다. 보닛 옆쪽이 오토바이와 충돌하자 무의식중에 급브레이크를 밟았고, 튕겨 올라온 물체가 보닛에 다시 튕긴 뒤 바닥으로 굴러떨어졌다.

목격자와 행인들은 오토바이를 탄 여자가 빨간불을 무시하고 맹렬한 속도로 달려와 부딪치는 걸 똑똑히 보았다고 했다. 버클을 잠그지 않은 헬멧은 여자가 바닥에 떨어질 때 벗겨져 달걀 껍데기처럼 나뒹그러졌다. 얼마나 빠른 속도로 달려야 자동차 보닛 옆면 전체가 움푹 파이고, 사람이 보닛에 튕겨 바닥에 구를 만큼 강한 충격을 일으킬 수가 있을까.

그다음은 황망한 구급처치, 경찰 신문, 피해자 가족의 울부짖음, 병문안, 사죄, 재차 사죄로 이어졌다. 여자는 전신에 중상을 입었다. 두개강내출혈, 장기 파열, 수술, 혼수상태, 중환자실. 사흘간의 집중 치료도 여자를 살리지 못했다.

재판 출석, 법원 조정 과정 모두 여자친구가 동행하고 변호사를 선임했고, 그는 거의 출석만 했다. 법원은 과실치사로 최종 판결하고 집행유예 3년과 보험금 외에 유가족과 합의한 200만 위안을 지급하라고 명령했다.

그를 괴롭게 한 건 재판이나 배상이 아니었다. 사고의 발생부터 종결까지 그는 넋이 나가 있었고, 똑똑한 여자친구가 모든 일을 처리했다. 피해자 측에서는 여자의 늙은 아버지와 오빠가 나섰다. 사망한 여자는 서른 살의 젊은 나이였다. 건설 현장 인부로 일하다가 사고로 전신마비가 된 남편과 초등학생 두 아이가 있었다. 여자는 가라오케 호스티스로 일하며 남편의 비싼 병원비와 아이들 교육비를 대고 있었다. 정상적인 정신 상태가 아니었으며 '오랫동안 정신과에 다니며 정신과 약물을 복용했고 술주정이 있었으므로 자살의 가능성을 배제할 수 없었다.' 그의 변호사는 여자가 10미터 전부터 갑자기 속력을 높이다가 빨간불이 들어온 뒤 더 빨리 달렸으며, 차량의 흐름이나 신호를 모두 무시했음을 도로의 CCTV로도 확인할 수 있다고 했다. 셰바오뤄의 차량은 녹색 신호에 신호등을 통과했고 규정 속도를 준수했지만, 고인을 동정하는 보편적 정서와 사망자가 서른 살밖에 되지 않았다는 점을 고려해 배상액이 높게 책정된 것이라고 설명했다. "이의 없습니다." 셰바오뤄가 대답했다. "그들이 원하는 대로 해주세요."

셰바오뤄의 집에 아직 갚지 못한 대출금이 남아 있었지만 합의금 200만 위안을 마련하기 위해 추가 대출을 받았다. 그런데 그 후 그에게 문제가 생겼다. 한 사람의 목숨이 순식간에 사라졌는데 어떻게 아무 일 없는 듯이 출근할 수 있을까? 우선 휴직을 하고 쉬었지만, 휴직을 마치고 복귀한 뒤에도 모든 사람이 자신을 훔쳐보고 손가락질

하는 것 같은 기분이 들었다. 차도 폐차했다. 구입한 지 3년밖에 되지 않은 새 차였다. 중고로 팔자는 여자친구의 권유도 듣지 않았다. "피가 묻었잖아." 그는 여자친구에게 말했다. "피가 묻은 차를 어떻게 팔아?" 여자친구가 화를 냈지만 그는 묵묵부답이었고 이 일로 두 사람은 오랫동안 냉전을 했다.

대출을 두 번이나 받아 집도 깡통이 되자 차라리 집을 팔아버리고 싶다는 생각이 들었다. 여자친구가 돈을 빌려주겠다며 집을 팔지 말라고 했지만 그는 여자친구의 통장까지 건드릴 수는 없다고 고집부렸다. 폐차 사건 후 여자친구와 툭하면 다투었다. 여자친구는 그가 항상 넋이 나간 사람 같다면서 사원에 데려가 나쁜 기운을 쫓는 제사를 지내기도 했지만, 그는 그런다고 될 일이 아니라는 걸 알고 있었다. 그는 여자친구가 그토록 이기적이라는 사실이 놀라웠다. 자기를 생각해서 그러는 줄은 알고 있지만, 여자친구는 유가족을 원수 보듯 했다. 그녀에게는 그 사고가 '재수 없게 정신병자를 친' 사망 사고에 불과했지만, 그는 두 아이의 미래를 산산조각 내놓고 어떻게 200만 위안으로 다 갚을 수 있는지 이해할 수가 없었다.

장례 때 사망자의 집에 갔다가 한산하고 처량한 장례식을 보고 가슴이 미어졌다. 정비 일을 하는 우람한 체격의 사망자 오빠가 그의 앞에 엎드려 도와달라고 간청했다. 여동생이 죽어 제부와 어린 조카들을 돌볼 사람이 없는 데다가 간병인까지 둬야 하니 늙은 아버지는 그 걱정에 병이 날 지경이라면서. 셰바오뤄는 가지고 있던 펀드 중 팔수 있는 것을 다 팔아 마련한 50만 위안을 그들에게 주었다. 그때부터 유가족은 그에게 떼어내려야 떼어낼 수 없는 그림자처럼, 미납 전화 요금으로 독촉받을 때도, 지붕에 비가 샐 때도, 간병인이 그만뒀을 때도 매번 그를 찾아와 눈물로 호소했다. 아무리 열심히 야근을 하고 아르바이트를 하며 돈을 벌어도 그들의 요구를 다 감당할 수가 없었다. 하루는 오토바이를 타고 출근하다가 매일 지나는 다리를 건너는데 다리 위에서 갑자기 공황 증세가 나타났다. 뒤에서 시끄럽게 경적을 울려대도 아랑곳하지 않고 오토바이를 밀며 걸어서 다리를 건넌 뒤 차와 인파가 붐비는 교차로 어귀에 서서 한숨을 돌렸다. 가슴이 답답하고 눈이 뻑뻑하고 호흡이 가빴다. 아버지도 임종 때 이런 경험을 했는지 모르겠다는 생각이 들었다. 길가에서 한참을 멍하니 앉아 있었다. 여자친구와 결혼을 약속했지만 지금으로선 가정을 꾸리고 아이를 낳아 기르는 일이 자신과 무관하게 느껴졌다. 인생이라는 파도가 그를 기슭으로 밀어주었고 모래사장도 다 헤치고 지나왔지만, 이제 뭍으로 올라가야 할 때라고 생각한 순간, 그는 자신의 두 발이 지느러미로 변해버렸음을 알았다. 그는 사람의 형상을 잃고 말았다.

결혼 약속을 취소했다. 이유를 묻는 여자친구에게 아무 대답도 할 수가 없었다. 심신이 피폐해 일을 할 수 없고, 누군가의 남편이나 애인으로서 책임을 다할 수도 없다고만 했다. 그 말을 하는 동안 여자친구가 계속 그의 가슴을 때렸지만 오히려 숨쉬기가 훨씬 편했다. 그는 너무 오랫동안 사람 행세를 해서 이제는 너덜너덜해진 가면을 벗을 때가 됐다고 생각하며 긴 한숨과 함께 소파에 축 늘어졌다.

그의 세계가 조금씩 조각났다. 차를 폐차했고, 여자친구와 헤어졌고, 그다음엔 직장을 관두고 집에 틀어박혀 폐인처럼 지내다가 집마저 팔아치웠다. 무언가를 피해 도망치는 사람처럼 그동안 쌓아놓은 물건들을 하나씩 처분한 뒤 몸에 지닐 수 있는 간단한 짐만 남겼다. 집을 팔아 대출을 갚고 난 뒤, 남은 100만 위안 가운데 50만 위안은 사망자 남편에게 주고, 나머지 50만 위안은 통장에 넣어두고 매달 1만 위안씩 사망자 아버지의 계좌로 자동이체 되도록 해놓았다. 그는 사망자의 아이들이 자랄 때까지 돌보기로 결심했다.

하지만 매달 돈을 송금하는 것 외에 할 수 있는 게 아무것도 없었다. 유가족을 만날 때마다 그가 평범한 세상에서 발붙이고 살 수 있는 능력을 조금씩 빼앗겼다. 자책감, 가책, 두려움, 의문, 강렬한 무력감이 그를 무너뜨리고, 감당할 수 없는 초조함이 그를 집어삼켰다. 자다 깨다를 반복했고, 또 약을 먹었다. 아무리 자도 졸음이 쏟아졌다. 여러 병원을 전전한 뒤 정신과 의사로부터 받은 최종 진단명은 '우울증'이었다. 몇 가지 약을 처방받았지만, 그는 그것이 단지 사람에게 안도감을 주기 위한 병명이라는 걸 알고 있었다. 어떤 병에 걸린 것이라면 장차 언젠가는 나을 수 있을 거라는 그 안도감을.
　두문불출한 지 1년 만에 밖으로 나왔다. 통장이 바닥났으니 매달 1만 위안씩 배상금을 보내고 자기 생활비도 쓰려면 돈을 벌어야 했다. 육체노동을 하기 시작했다. 돈이 떨어져 배상금을 보내지 못한다면 자신도 사망자와 같은 처지로 가야 했다. 스스로 사회의 가장 밑바닥으로 내려가는 것이 타인의 생명을 빼앗은 행위에 대한 배상이라고 생각했다. 유가족들은 이미 그를 원망하지 않았다. 그는 사망자의 오빠에게 오토바이 매장을 차려주고, 그들의 낡은 집을 수리해주었으며, 아이들을 위해 신탁계좌를 만들었다. 그 대신 그의 통장 잔고는 점점 줄어들었다. 허름한 방을 구하고 매일 열두 시간씩 일했다. 끼니도 대충 때우고 옷차림은 추레했으며 늘 기진맥진했지만, 이런 일들이 그에게 사회로 돌아가 다시 사람이 될 능력을 길러주었다.

처음에는 건설 현장에서 막노동을 하다가 전단지 나눠주는 일, 거리에서 분양 광고판을 들고 있는 일을 했다. 땀범벅이 되고 온몸이 더러워지고 체력이 소진되고 뼈마디가 쑤셔도 그 덕분에 밤잠을 깊이 잘 수 있었다. 건설 현장 기숙사부터 다리 밑 무허가건물까지 여러 곳을 전전하며 살다가 이 비둘기집까지 흘러들어 오게 됐다. 옆방 사람이 그에게 빌딩 경비원으로 일해보지 않겠느냐고 묻기에 그러겠다고 했고, 마침내 그는 막노동을 벗어나 큰 빌딩에서 일하게 됐다. 얼마를 벌든 매달 1만 위안씩 속죄하듯 유가족에게 보낸 지 3년이 흘러 사망자의 큰아이가 곧 초등학교 4학년이 되었다. 그리고 3년의 집행유예 기간이 끝날 무렵 휠체어를 탄 여자를 알게 됐다.

아침 7시, 입주민 B가 슬리퍼를 끌고 나타났다. 그는 아침마다 내려와 조간신문을 사고 반려견을 산책시키는 습관이 있다. 언짢은 표정의 작은 퍼그는 한 번도 용변 자리를 지킨 적이 없다. 정문에서 20미터 이내에는 반려견의 용변을 금지한다는 규정이 있지만, 덩치가 큰개든 작은 개든 정문을 나서자마자 문 앞에 나란히 서 있는 기둥 옆에서 쭈그려 앉거나 한쪽 다리를 쳐들고 오줌을 갈겼다. 견주가 자신과는 상관없다는 표정으로 개를 끌고 사라지면 하는 수 없이 그가 물양동이를 가져다가 씻어냈다. 누가 물어보면 일단 한 놈이 오줌을 누면 다른 개들도 그 위에 제 오줌을 덮고 덮어 영역표시를 하는 것이라고 설명할 수밖에 없다.

정오가 되자 동료가 도시락을 가지고 왔다. 회사에서 나오는 밥은 선택권이 없다. 닭다리조림, 갈비튀김, 연어스테이크. 반찬 네 가지에 국 한 가지, 쌀밥이 가득 담겨 있었다. 경비 근무는 시간 준수가 중요하기 때문에 식사는 10분 안에 해결했다. 12시 30분까지 짧은 휴식 시간은 두 사람이 교대로 쉬었다. 세바오뤄는 담배를 피우지 않고 편의점 커피도 마시지 않으므로 동료에게 바람 쐬러 다녀오라고 하고 계속 근무했다. 경비원들 모두 그와 같은 조가 되길 바랐다. 언제나 힘든 일을 알아서 하고 출근해서 퇴근할 때까지 게으름을 피우지 않는 데다가 일 마무리도 잘하고, 그렇다고 야심이 있는 것도 아니기 때문이다. 하지만 사실 그건 자기가 겁이 많은 사람이고 이곳이 자신에게 피난처이기 때문이라고 세바오뤄는 생각했다.

12시 30분, 우편배달부가 도착했다. 당일배송 기사, 택배 기사가 수시로 건물을 방문했다. 온라인쇼핑몰을 운영하는 입주민이 있는데, 젊은 여자가 사계절 내내 짧은 반바지를 입고 내려와 택배 기사가 물건을 수거하러 오기를 기다렸다. 여자는 모자 달린 외투를 머리까지 뒤집어쓰고 가늘고 긴 다리는 춥지도 않은지 항상 맨다리였다. 동료가 뭘 파느냐고 물었더니 여자가 "마스크팩이요!"라고 했다. 그녀의 남자친구는 머리색과 옷차림이 수시로 바뀌었다. 금발이었다가 또 금세 흑발이 되고, 몸에 딱 붙는 정장 차림일 때도 있고 반바지에 러닝셔츠만 입을 때도 있지만 동일인은 분명했다. 집까지 물건을 옮기는 일을 그가 책임졌고, 올 때마다 다음 날 돌아갔다.

오후 3시에 한 입주민이 팥탕을 가지고 왔다. 동료 왕^E 씨가 팥탕은 너무 달아서 싫다며 그에게 다 먹으라고해서 정말 군말 없이 다 먹었다. 탕을 가져온 입주민 C는 혼자 사는 여자인데 적게는 마흔다섯부터 많게는 예순으로도 보였다. 성형수술을 과하게 한듯 얼굴이 예쁘지만 바짝 얼어붙은 느낌이었다. 전직 호스티스나 마담인 듯했는데 맨얼굴은 늘 혈색이 부족했다. 눈썹과 아이라인에 문신을 여러 번 하고 인조 속눈썹을 붙였으며, 이마는 빵빵하고 양 볼은 매끄러워도 너무 매끄러웠다. 광대뼈 부분은 피부가 터질 것처럼 팽팽했다. 이런 상세한 내용은 동료가 귀띔해주었다. 셰바오뤄는 그런 걸 알아보지 못했다. 그저 그녀에게 흐르는 애처로운 분위기로 볼 때 인생의 쓴맛을 겪어본 사람인 것 같다고 생각했을 뿐이다. 그래서 그녀가 나눠주는 팥탕이 항상 너무 단지도 모르겠다. 그녀는 자주 탕을 만들어 한 그릇씩 가지고 내려왔고, 집에 형광등이 나가거나 수도꼭지에서 물이 샐 때마다 경비원을 불렀다. 그녀의 집에는 커다란 어항 여러 개에 거피를 아주 많이 길렀으며 비늘돔도 한 마리 있었다.

야간근무조일 때 변신한 그녀를 본 적이 있는데 앙상하게 마른 몸매이기는 하지만 짙게 화장하고 옷을 차려입은 모습이 밤에 어울려 보였다.

4시 30분. 셰바오뤄가 주간근무조일 때 제일 기다리는 시간이 되자 마치 정시에 방영되는 드라마처럼 그 두 사람이 함께 등장했다. 휠체어를 탄 여자와 백발의 노부인. 여자는 걸음을 걷지 못하고, 노부인은 백발이 성성한데 두 사람의 생김새가 거의 닮지 않았다. 여자는 청순한 얼굴에 오랫동안 기대앉은 탓인지 어깨가 약간 비스듬하고 무척 말랐지만 항상 꼿꼿한 자세를 유지하려고 애썼다. 그래서인지 마르고 왜소한 체구에도 에너지가 넘쳐 보였다. 나이는 스물에서 서른 사이인 것 같았다. 작고 뚱뚱한 백발 노부인은 얼굴에는 주름이 하나도 없지만 한쪽 눈에 백태가 끼어 잘 보이지 않는 듯해서 나이를 가늠하기가 쉽지 않았다. 두 사람은 모녀지간일 수도 있고 할머니와 손녀일 수도 있다.

셰바오뤄는 일주일에 이틀 쉬고 주간근무와 야간근무를 한 주씩 교대로 섰다. 비번이나 야간근무일 때는 휠체어 탄 여자를 볼 수가 없기 때문에 두 사람이 정말로 매일 로비에 내려오는지는 확실히 알 수 없다. 하지만 1년 가까이 관찰한 바로 판단할 때 그들은 출근카드를 찍듯 언제나 똑같은 시간에 27층에 있는 여자의 집에서 엘리베이터를 타고 로비로 내려왔다. 셰바오뤄는 근무를 서고 있을 때면 얼른 달려가 엘리베이터와 로비 사이에 있는 공동 출입문을 열어주고 그들이 로비를 나설 때까지 따라간 뒤에도 마음이 놓이지 않는 듯 입구에 서서 그들의 뒷모습을 지켜보았다. 노부인과 여자는 팬터마임을 하듯 거의 매일 똑같은 동작을 했다. 바람 세기와 기온 변화, 우천 여부에 따라 옷차림만 조금씩 달라졌을 뿐이다.

봄에 여자는 핑크색 바람막이를 걸치고 노부인은 벽돌색 재킷을 입었고, 여름이면 여자는 파란 바탕에 흰 점이 찍힌 양산을 들고 노부인은 머리에 커다란 선캡을 썼다. 가을이 되면 여자는 면으로 된 후드재킷을 걸치고 무릎을 담요로 덮었다. 담요 밑으로 항상 가지런히 신은 양말이 드러났다. 노부인은 봄에 입은 재킷을 다시 입었다. 겨울에는 두 사람 모두 몸을 단단히 싸매고 내려왔다. 로비에 바람이 세기 때문에 둘 다 모자를 쓰고 오리털점퍼를 입었으며 가끔 우산도 썼다. 이런 날씨에는 외출하지 않는 게 낫겠다 싶은 날도 두 사람은 무슨 계율을 지키듯 언제나 정시에 등장했다.

셰바오뤄는 멀찍이 서서 그들을 보았다. 그들의 동작과 리듬, 휠체어 미는 속도가 이제는 거의 이 빌딩의 풍경이 된 듯했다. 그들은 편의점 옆 카페의 등신대 광고판처럼 언제나 같은 곳에 있었다. 마천대 루의 치러우騎樓* 앞 100미터 남짓한 구간에 머리 위로는 도시고속도로가 나 있고 그 아래는 왕복 4차선 도로가 있다. 위아래에서 밤낮 없이 차들이 줄지어 다니지만 고가도로와 빌딩 사이 길고 좁은 틈으로 하늘이 보인다. 고개를 한껏 쳐들어야 고가도로 기둥과 모든 현대 건축물의 가장 못생긴 부분인 구조물 밑바닥 너머로 저 멀리 하늘이 보인다. 하늘은 잿빛과 흰 구름이 뒤섞인 듯하지만 그 아래 화면은 아주 아름답다. 긴 머리에 흰 얼굴, 고운 피부, 이목구비가 반듯한 20대 여자가 까만 프레임과 인디고블루 시트의 휠체어에 앉아 있다. 여자는 의자에 조용히 앉아 있을 뿐이고 백발 노부인이 한가롭게 의자를 밀고 나온 것 같다. 어떤 날씨에도 여자는 호기심과 차분함을 동시에 품은 표정을 짓고 있다. 휠체어가 아니라 가마를 탄 듯호흡의 리듬이 노부인이 휠체어를 미는 속도와 절묘하게 맞아떨어진다. 길은 순탄하다. 장애물이 없는 경사로를 따라 빌딩 앞 긴 인도를 지나며 몇몇 점포 앞을 통과한다. 아부阿布카페, 테슝야키토리, 아마부티크, 펑린미용실. 이 구간은 완만한 경사로다. 그다음에 쇼핑센터 물류창고가 나오는데 여기서는 휠체어가 바깥쪽으로 기울어지지 않게 단단히 잡고 밀어야 한다. 여자도 능숙하게 브레이크를 조절한다. 창고 앞을 통과하면 나오는 평지에 음식물쓰레기 수거장이 있다. 노부인은 휠체어에 싣고 온 작은 음식물쓰레기통을 스테인리스통에 쏟아붓고 옆에 있는 수돗가에서 쓰레기통과 손을 씻는다. 거기서 조금더 가면 지하주차장 입구인데 이때는 다른 주차 관리원이 나와서 도와준다. 주차장 출입구는 경사가 가파르고 각종 차량이 출입하기 때

● 1층이 안쪽으로 들어간 형태로, 비를 맞지 않고 걸어 다닐 수 있게 지은 건축물.

문에 휠체어를 밀고 지나가기가 쉽지 않다. 안전하게 주차 관리소를 통과한 뒤 왼쪽으로 꺾어져 화단과 식물에 가려지면 셰바오뤄는 이제 두 사람을 볼 수가 없다.

거기서부터는 그들이 무얼 하는지 상상해볼 순 있어도 정확히 알수는 없다. 그들은 5시 30분쯤 로비로 돌아오는데 집에 올라가 저녁 준비를 해야 하는 시간일 것이다. 두 사람이 함께 근처 시장에 장을 보러 다녀오는 것이었다. 이따금 돌아오는 길에 지하 쇼핑센터에 들러 생활용품을 사기도 했다. 노부인이 우편물을 가지러 내려왔다가 다른 경비원과 대화를 주고받을 때 얘기하는 것을 들었다. 노부인은 마치 셰바오뤄가 그 여자에게 관심 있는 걸 알고 일부러 귀띔해주는 듯했다. 다리가 불편한데도 여자는 매일 밖에 나와 산책을 했다. 특히 빌딩 근처의 선셋마켓*과 빌딩 지하의 창고형 할인 매장을 좋아했다. 시장에 사람이 많아 돌아다니기가 힘든 날이면 노부인은 여자를 시장 입구 편의점 앞 간이테이블에 앉혀놓고 따뜻한 코코아를 사다 주었고, 날씨가 궂은 날에는 아부카페까지만 가서 여자는 카페 안에서 캐러멜코코아를 마시게 한 다음 노부인 혼자 음식물쓰레기를 버리고 왔다. 셰바오뤄는 도시락을 사러 시장에 갔다가 두 사람을 마주친 적이 있다. 과일이 가득 담긴 초록색 바구니가 여자의 무릎 위에 놓인 것을 보고 그녀의 다리가 어떻게 그런 무게를 감당할 수 있는지 놀랐지만, 여자는 아무렇지 않게 그에게 인사하며 미소를 지었다. 눈이 침침한 노부인은 자세히 보지 않으면 이상한 점을 알아채기 어려웠다. 두 사람은 평범한 모녀 사이처럼 보였지만 나중에 알

● 퇴근길에 장을 볼 수 있도록 오후부터 퇴근 시간까지 여는 시장.

44

고 보니 혈연이 아닌 고용인과 피고용인의 관계였다. 하지만 두 사람은 사이가 퍽 좋아 보였다. 셰바오뤄가 로비에서 만나는 여느 혈연관계의 가족들보다도 더 가까워 보였다.

자리에 돌아오자 동료들이 그를 놀렸다. "짝사랑이야!" 자^ㅃ 씨가 웃었다. "장미를 지키는 흑기사 납셨네!" 리둥린도 웃었다. 셰바오뤄는 머리를 긁적이며 부정하지도 맞받아치지도 않다가 때마침 한 주민이 우편물을 가지러 내려오자 얼른 뒤에 있는 캐비닛 쪽으로 몸을 돌리며 얼굴을 붉혔다.

이 빌딩에서 경비원은 경비, 보안, 관리 세 가지 일을 담당하고 있었으므로 방문객 응대, 순찰, 보안, 우편물 수발, 택시 호출은 물론이고, 심지어 드나드는 주민들의 짐이 무거울 때 대신 들어주고, 휠체어를 탄 사람에게 문을 열어주는 일도 했다. 특히 노약자와 임신부를 여러모로 도와주고, 잃어버린 반려견이나 가출한 반려묘를 찾는 일도 도와주었다. 해야 하는 일부터 안 해도 될 일까지 시시콜콜하게 모두 다 했다. 바로 옆에 편의점이 있기에 망정이지 그마저 없었다면 주민들은 경비원을 세븐일레븐처럼 24시간 부려먹었을지도 모른다.

하지만 마천대루를 매일 드나드는 다양한 사람을 응대하며 열두 시간씩 정신없이 바쁘게 일하다 보면 시간이 빨리 갔다. 일주일마다 근무조가 바뀌고 차도에서 보초를 서야 할 때도 있지만 힘들다고 생각하지 않았고, 오히려 사람들을 구경하는 것이 좋았다.

마천대루는 그가 방에서 나와 현실 세계로 나가는 통로였다. 낮이든 밤이든 꿈을 꾸는 기분이었다. 꿈 같은 일이 밤에도 낮에도 수시로 일어나기 때문이다. 겨우 잠만 잘 수 있는 그가 사는 쪽방은 이 도시의 건너편에 있었다. 공장을 개조한 4층짜리 건물에 쪽방 100여

개가 벌집처럼 질서정연하지만 어지러울 정도로 빽빽하게 들어차 있었다. 방은 네 종류가 있었는데 위로 올라갈수록 월세가 저렴했다. 그가 처음 살던 방은 4층이었다. 수도, 전기 포함해서 월세 2,800위안이었다. 1평 반 정도 되는 방에 침대 없이 매트리스만 깔고 잤다. 침대를 놓으면 의자 하나도 더 놓을 수가 없었다. 꼭대기 층이라 무더운데 선풍기가 전부였다. 반년 뒤 3층으로 이사했다. 수도, 전기 포함 3,200위안에 2평 반짜리 방이었다. 1층과 2층은 간이욕실이 딸린 3평짜리 원룸이고, 1층에 사는 사람들은 자기 방 뒷마당에 빨래를 널 수도 있었다. 모든 방은 중간에 복도를 두고 양쪽으로 나란히 줄지어 있고 인도 쪽으로 창이 나 있었다. 겨울에는 춥고 여름에는 덥고, 에어컨 없이 방마다 창가에 선풍기가 매달려 있었다. 여름밤이면 사람들이 더위를 피해 건물 옆 공터로 바람을 쐬러 나왔는데 접이식 의자, 등나무 의자, 플라스틱 의자, 심지어 널빤지까지 들고 나왔다. 그곳에 사는 사람들은 대부분 막노동꾼, 가난한 학생, 중년의 실업자였고, 간혹 형편이 빠듯한 젊은 부부도 있었다. 너무 가난해 잃을 게 없는 이들이기 때문인지 사람을 대할 때 경계심이 별로 없었다. 그는 여럿이 모여 공터에서 바람을 쐬고 같이 고기를 구워 먹고 만두를 빚는 그런 자리에 나간 적은 없지만 찐빵을 만드는 아저씨가 찐빵 몇 개를 가지고 왔을 때는 거절하지 않고 받았다. 맛있었다.

그는 하루에 두 끼만 먹었다. 그중 한 끼는 근무할 때 시켜 먹는 도시락으로 회사에서 식대가 나왔다. 비번인 날은 라면에 채소 한 가지를 넣고 끓여 먹거나 도시락을 사다 먹었다. 대부분의 시간을 공부하며 보냈다. 하나밖에 없는 창문을 이중 커튼으로 완전히 가려놓고 알람 시계처럼 정확한 시간에 맞춰 생활했다. 휠체어를 탄 그녀를 종이에 그려보려고도 하고, '그 사건'을 돌이켜보려고도 했지만 두 가지 모두 헛수고였다. 그 사건만큼이나 그녀도 그에게 큰 영향을 미쳤지만 속절없이 휩싸여 있을 뿐, 그걸 기록할 수가 없었다.

경비원으로 근무하는 동안 그는 오고 가는 수많은 사람들을 보았다. 그녀에게 수없이 편지를 썼지만 그녀의 집 우편함에 넣을 용기가 없었다. 그녀의 집 호수와 우편함 위치를 잘 알고 있고, 그녀에게 도착하는 모든 우편물을 그가 받았으므로 그 속에 자기 편지를 끼워 넣는다면 키다리 아저씨가 선물을 전하듯 아무도 모르게 편지를 전할 수 있었다.

그녀에게선 그 어떤 분노도 슬픔도 보이지 않고 이상하리만치 평온했다. 종종 아무렇지 않게 몸을 곧게 펴고 다리에 담요를 덮은 채 휠체어를 타고 지나가면 휠체어는 그저 의자이고 그녀가 당장이라도 일어나 뚜벅뚜벅 걸을 것 같은 착각이 들기도 했다. 그녀는 누구와 마주쳐도 지금보다 더 아름다울 수 없을 만큼 행복한 생활을 하고 있다는 듯 항상 미소를 지었다. 그는 어떤 이에게서도 그렇게 싱그럽고 호기심 넘치는 미소를 본 적이 없었다.

그녀와 함께 사는 생활을 떠올려본 적도 있었다. 100만 분의 1의 가능성일지라도 붙잡기 위해 많은 노력을 했다. 처음에는 그녀와 노부인이 항상 가는 선셋마켓에 자주 가서 비번인 날에도 그들을 몇 번 보았다. 그들을 미행하듯 뒤에서 따라다니며 노부인이 자주 가는 노점과 여자가 좋아하는 채소 종류를 알게 되었다. 또 장을 보지 않아도 되는 날에는 두 사람이 길을 빙 돌아 근처 공원에 가서 산책한다는 것도 알게 되었다. 그 길은 노면이 고르지 않고 다니는 차가 많아서 휠체어를 밀고 움직이기 쉽지 않지만 노부인은 샛길을 통해서

가는 지름길을 알고 있었다. 그는 성큼성큼 걸어가 여자를 번쩍 안아 올리며 "제가 데려다줄게요" 하고 말하거나, 노부인 대신 휠체어를 밀고 싶은 생각이 간절했다. 노부인이 나이도 많은 데다가 눈도 침침해서 그런 큰길을 다니는 게 마음이 놓이지 않았다.

침대 밑에서 의자를 꺼내 앉아 여자의 눈높이에서 보는 세상은 어떤지 상상하다가 얼마 후에는 아예 중고 휠체어를 샀다. 비번인 날 휠체어를 메고 공터에 내려가 휠체어 미는 연습을 했다. 누가 와서 물으면 "나중에 필요할 것 같아서요" 하고 대답했다. 책과 잡동사니를 이불에 둘둘 말고 끈으로 묶어 '인형'을 만들고, 사람 체중과 비슷한 인형을 이용해 환자 돌보는 연습을 했다. 그녀를 어떻게 휠체어에서 안아 올려 침대에 눕혀야 할까(이따금 성적인 상상이 떠오르면 얼굴이 빨개졌다). 인형 무게 때문에 여자가 그의 심장 위에 누워 있는 듯한 상상이 들어서 가끔 그 괴상한 물체를 품에 안고 자기도 했다. 미친 짓이라는 건 그도 알고 있었다. 그녀와 부둥켜안고 있는 꿈을 꾸다가 눈을 뜨면 몽정을 한 뒤였다. 여자는 그에게 세상 그 어떤 사람보다도, 그 어떤 일보다도, 그 어떤 사물보다도 소중한 존재였다. 처음에는 조금 죄책감이 들었지만 자주 보다 보니 이 무거운 인형과 함께 사는 것에 익숙해지며 부끄러움도 사라졌다.

새로운 버릇이 생겼다. 비번인 날 녹음기와 카메라를 들고 나가 오토바이를 타고 다리를 건너 신도시로 향했다. 언젠가 여자의 다리가 되어주겠다는 마음으로 매번 노선을 정해서 다녀왔다. 그러고는 아직 한 번도 부친 적 없는 편지에다 자신이 갔던 곳의 모습을 자세히 묘사했다. '물론 당신을 여기저기 데리고 다닐 수 있도록 나중엔 꼭 차를 살게요.' 그는 속으로 중얼거렸지만 지금은 차를 살 필요가 없었다. 예전의 교통사고가 떠오르자 언제 날 잡아서 그녀에게 설명을 해야겠다는 생각이 들었다.

그는 '앞으로 내가 당신을 돌볼게' 프로젝트를 차근차근 조금씩 진행했다. 날마다 같은 시간에 출근해 여자가 로비로 내려오길 기다렸고, 그녀가 그에게 생긋 미소 지으면 남들보다 연한 갈색 눈동자에 자신의 모습이 거꾸로 비치는 것 같았다. 그는 노부인이 했던 말을 기억하고 있었다. "내가 더 늙으면 이 아이를 어쩌나."

자신에게 그럴 자격이 있는지 모르지만 그녀를 보살피고 싶었다. '나를 위해 어떤 일을 하고 싶다'는 욕망이 생긴 건 정말 오랜만이었다. 그처럼 보잘것없는 사람에게 이렇게 큰 소망이 생겼다는 사실만으로도 그의 인생이 요동치기 시작했다.

여자가 돌연 떠났다. 그 어떤 조짐도 없었다. 휴무일에 쉬고 나서 출근했는데 며칠 동안 두 사람이 보이지 않았다. 동료에게 물어보니 여자의 병세가 악화돼 입원했다고 했다. 그리고 보름 뒤 그녀의 짐을 정리하러 온 친척들이 그녀가 세상을 떠났다고 했다. 노부인을 만나지 못해 자세히 물어볼 수도 없었다. 그녀와 관계된 모든 것이 연기처럼 사라졌다.

그는 오랫동안, 아주 오랫동안 넋이 빠진 채 살았다. '그 사건'이 일어났을 때처럼 깜깜한 동굴에 떨어진 것 같았다. 책이 한 권씩 떨어져 인형도 속이 헐렁해지고 빨간 휠체어는 공터의 잡초 속에 버려진 채 뒹굴었다. 오토바이를 타고 다리를 건널 때마다 핸들을 꺾어 뛰어내리고 싶은 충동이 들었다.

황폐하게 보내던 그 무렵부터 그는 매주 한두 번씩 1층 아부카페에 가기 시작했다. 아메리카노는 카페에 앉아서 마시고 블루베리베이글은 포장해서 가져왔다. 평일 오후 6시쯤, 출근하는 길에 집 근처에서 도시락을 사 먹지만 다음 날 아침 7시까지 근무해야 하기 때문에 베이글을 사두면 마음이 든든했다.

이 시간에는 손님이 별로 없어서 카페 아르바이트생과 매니저도 여유 있게 응대해주기 때문에 그는 이 시간에 가는 걸 선호했다. 책꽂이에 잡지와 신문, 외국소설 몇 권이 꽂혀 있었다. 그는 좋아하는 식물도감을 집어 들고 바테이블에 앉았다. 제복을 입고 다른 장소에 앉아 있으면 왠지 불심검문을 하러 온 것 같아서 다른 손님들의 눈에 잘 띄지 않는 바테이블 맨 끝자리에 앉았다. 테이블 너머에 커피머신이 있고 그 옆에 개수대가 있었다. 높은 바체어에 앉으면 그들이 일하는 걸 볼 수가 있었다.

"그녀가 안 보여요." 그가 말했다. 매니저가 알아들은 듯했다. 매니저는 다른 사람들처럼 자신을 메이바오라고 불러도 된다고 했지만 셰바오뤄는 이름을 부르는 게 익숙하지 않았다. "세상을 떠났대요." 그가 또 말했다.

메이바오가 하얀 천으로 유리잔을 닦은 뒤 약간 들어 올려 햇빛에 비추며 자세히 살폈다. 팔을 올릴 때 그녀의 흰 어깨와 매끄러운 팔꿈치, 가느다란 손목은 어떤 식물의 꽃자루처럼 아름다웠다.

그 무렵 그는 메이바오에게 휠체어를 탄 여자에 대해 자주 얘기했다. 이 카페 매니저가 예쁘다는 소문에 그녀를 보기 위해 커피를 마시러 오는 남자들이 많았다. 그에게 메이바오는 가장 깊이 간직한 비밀을 말할 수 있는, 신비한 나무 구멍 같은 사람이었다. 그는 언제나

이 자리에 30분 정도 앉아 있었고 메이바오는 어떤 의식을 치르듯 유리잔을 닦았다. 그가 나지막한 목소리로 얘기하고 있으면 아르바이트생도 다가와 방해하지 않았다. 그는 지금껏 늘 동료들의 얘기를 들어주는 쪽이었다. 조용하고 문제를 일으키지 않았으며, 누가 무슨 얘길 해도 듣고 나면 그만이었다. 그는 태생적으로 남의 고민을 잘 들어주게 생긴 데다가, 숱한 곡절을 겪고 난 뒤에는 무슨 일이든 다 통달한 것 같고 또 무슨 일에도 딱히 관심이 생기거나 감정이 동요되지 않았다. 하지만 사랑하는 여자가 죽었다. 아니, 연기처럼 허공으로 사라져버렸는데 그녀를 위해 향조차 피울 수가 없었다. 그녀가 어떤 삶을 살았는지, 그녀가 어떤 병에 걸렸는지, 왜 죽었는지도 알지 못했다. 이 세상에 존재하지도 않았던 것 같은 이런 사랑은 끊임없이 얘기해야만 비로소 형체를 얻을 수가 있다.

중메이바오鍾美寶와 아부카페는 그가 무너지지 않게 지탱해주고, 그녀가 생각나지 않을 다른 곳으로 도망치지 않게 붙잡아주는 존재였다. 그는 다시 가장 평범하고 가장 밑바닥에 있는 일상으로 돌아갔다. 그러다 어느 날 갑자기 어떤 깨달음을 얻은 사람처럼 사망한 여자의 유족이 거는 전화를 일절 받지 않고 더는 그들에게 돈도 보내지 않았다. 가능하다면 이 빌딩으로 이사 오고 싶었다. 할 수만 있다면 그녀의 옆집에 살고 싶었다. 더 이상 그녀가 없다고 해도.

기나긴 어둠 속에 갇혀 있던 그때, 그 꿈을 꾸었다.

소방안전점검이 있던 날, 100여 세대의 실내 연기감지 센서와 스프링클러를 점검하는 일을 맡아 집집마다 방문해 점검하다가 드디어 그녀의 집에 들어가게 됐다. 이미 다른 사람이 살고 있으므로 분위기가 어떻게 바뀌었는지 모르지만, 장애인을 위해 설계된 부분이 그대로 남아 있었다. 휠체어를 밀고 다니기 편리한 미닫이문과 문턱 없이 평평한 바닥, 심지어 싱크대, 텔레비전 선반, 책상까지 모두 휠체어에 앉아서 사용하기 편한 높이에 맞춰져 있고 욕실에도 미끄럼 방지용 손잡이가 달려 있었다. 그는 자기도 모르게 눈물이 왈칵 쏟아졌다.

그 후 그 집의 설계와 배치, 분위기가 머릿속에서 지워지지 않더니 순찰을 마치고 집으로 돌아온 날 이상한 꿈을 꾸었다.

그는 한없이 평범한 남자였고 씻을 수 없는 죄가 가슴속을 짓누르고 있었다. 혈혈단신이었고 행복해질 자격도 없었다. 하지만 그날 밤 꿈속에서 그는 마천대루를 자유롭게 돌아다닐 수 있었다. 거대한 빌딩 전체가 극장 무대처럼 모든 층 모든 세대가 다 들여다보였다. 중정을 비워 각 층 매장이 보이도록 설계한 백화점 같은 형태였다. 다른 점이라면 그곳이 주거 공간이라는 것뿐. 그는 텔레비전에서 여러 세트와 장면을 옮겨 다니는 배우처럼 크기가 제각각인 '집'들 사이를 옮겨 다녔다. 집을 세로로 자른 단면처럼 각각이 환한 무대 같았다.

꿈속에서 그에게 활짝 열린 마천대루는 모든 층과 세대에 층수와 호수가 적혀 있었지만 완전히 개방되어 있어서 곁에서 봐도 어디가 어딘지 알 수 있었다. 그는 날고 걷고 통과하고 순간이동을 하며 그 사이를 자유자재로 누볐다. 몇 층에 가고 싶다고 생각하기만 하면 이미 그곳에 와 있었다. 그가 낮에 들어가 점검했던 수십 세대의 모습과 달리 건물 내부 모습이 무궁무진하게 변했다. A동 17층, B동 138층(현실에는 이렇게 높은 층이 존재하지 않는다) 등등. 백화점이라면 '럭셔리 부티크', '영패션', '남성 정장'이겠지만 이곳은 모두 가정집이었다. 껍데기가 통째로 벗겨진 것처럼 모든 집이 벽도 문도 없이 완전히 드러나 있었다. 세대 앞 복도를 따라 걸으니 14평, 16평, 25평 또는 29평, 52평의 방1, 방2 또는 방3, 방4에는 거의 그 집 여주인의 취향이 반영되어 있었다. 몸에 붙는 옷을 입거나 헐렁한 옷을 입은, 격식을 따지거나 편안함을 추구하는, 젊거나 중년이거나 노년인 주부들이 거기서 청소를 하고 아이를 보살피고 집안일을 하고 있었다. 그 같은 남자들은 볼 줄도 모르는 집 안의 소파, 주방 기기, 커튼, 카펫은 집 분위기(집안 형편도 포함된다)에 어울리도록 고심해서 골랐다는 걸 알 수 있었다. 여자들의 눈에는 그가 보이지 않았고, 바로 옆집도 자신과 같은 브랜드의 침구를 좋아한다는 사실을 알지 못했다. 그는 계속 남들이 사는 모습을 느긋하게 구경하며 다녔다.

낮인지도 밤인지도 알 수가 없었다. 집집마다 자체발광하는 해저 어류처럼 환하게 빛나며 그 빛으로 그를 유인하는 듯했다. 그는 투명인간처럼 자유롭게 돌아다녔다. 남의 사생활을 훔쳐본다는 사실이 불안하기도 했지만, 외로움에 울고 있는 여자를 보았을 때는 상대에게 자신의 존재를 알리고 싶었다. 김이 뿌옇게 낀 욕실에서 목욕하고 있는 여자도 보았지만 간유리 같은 수증기 뒤에서만 볼 뿐 결코 함부로 들어가 훔쳐보지 않았다.

신이 나고 신기했지만 피곤하고 나른했기에, 달리고 뛰어오르고 걷고 누우며 상상력에 의지해 가장 멀고, 가장 높고, 가장 낯선 집까지 갔다가 되돌아왔다. 그가 찾으려는 건 27층의 그 집이었다.

마침내 그녀의 집 앞에 도착했다. 세 번 노크를 했다. 이미 약속이 되어 있는 것처럼 두 번은 천천히 한 번은 빠르게. 잠시 후 백발 노부인이 다가와 문을 열어주었다. 그는 매일 그래왔던 것처럼 익숙하게 신발을 벗고 들어갔다. 노부인이 서류 가방을 받아주며 가죽슬리퍼를 건네자 그가 얌전히 슬리퍼를 신고 현관으로 들어갔다. 들어가자마자 휠체어를 타고 거실에 앉아 있는 그녀가 그를 향해 생긋 웃었다. 그 순간 꿈이 현실 모습처럼 변했다. 기괴하게 뚝 잘린 집들도 없고 중간이 텅 빈 건물도 아니었다. 흰색으로 칠해진 철근 구조의 벽과 잘 설계된 천장까지, 현실의 집과 똑같았다.

"왔어?" 여자가 말했다. "응. 나 왔어. 피곤한 하루였어." 그가 말하고는 휠체어 앞에 의자를 놓고 일상적인 대화를 나누었다.

여느 가정의 일상 모습이었다. 노부인은 잘 깎은 과일을 내오고 그는 주방에서 차를 우렸다. 그는 또 떨어진 벽걸이를 다시 달고 전구를 갈아 끼고, 특별히 제작한 식탁으로 휠체어를 밀고 가서 셋이 마주 앉아 단란하게 저녁을 먹었다. 저녁을 먹은 뒤 여자가 그에게 신문을 읽어주거나, 그가 여자에게 책을 읽어주거나 바닥에 앉아 여자의 힘없고 가냘픈 다리를 세심하게 안마해주었다. 아니면 여자가 자기 무릎에 기댄 그의 머리나 머리카락을 한참 동안 연구하듯이 쓰다듬었다. 집 안은 조용했고 시간은 무한대로 연장됐다. 마치 머리카락 한 올 한 올이 시간의 틈을 뚫고 들어가 죽은 사람을 저승에서 데리고 올 수 있는 것처럼. 그는 이미 수없이 연습했던 것처럼 그들과 단순한 일상을 보냈다. 미처 마음껏 사랑할 수 없었던 여자에게 자신이 할 수 있는 만큼 곁에 있어주고, 위로해주고, 보살펴주고, 사랑을 쏟아부었다. 밤빛이 흩어지고 밀어도 다 속삭이고 나면 깃털처럼 가벼운 여자를 번쩍 안아 올려 달빛이 비치는 밤길로 나갈 것이다.

시간을 초월해 낮과 밤이 무의미해진 꿈속의 도시는 더 이상 자동차 매연이 매캐한 곳이 아니었고, 그처럼 아주 멀리서 오토바이의 운동에너지를 다 써서 찾아오는 아웃사이더를 무정하게 삼켜버리는 곳도 아니었다. 꿈속 도시와 하늘을 찌를 듯 높디높게 솟은 빌딩은 그 자체로 그들의 사랑 놀이터가 되었다. 그들은 더 멀리까지 마음껏 갈 수 있었다. 여자의 반신은 마비됐지만 그가 그녀를 안고 성큼성큼 걸어가면 세상이 그들에게 문을 열어주었다.

꿈의 후반부는 또렷이 기억나지 않았다. 한없이 아득하고 말할 수 없이 행복했다. 하지만 그들이 육체의 대화를 나눴는지, 그가 그녀의 불완전한 몸을 전부 보았는지, 그가 그녀를 더없이 행복하게 해주었는지는 꿈결보다 더 야릇하고 모호했다. 하룻밤에 다 끝날 수 없을 것 같은 꿈이 마침내 끝이 났다. 그는 기이한 행복감에 휩싸여 아침에 눈을 떴다. 얼굴은 눈물범벅이었고 흐느낌이 멈추지 않았다. 얼굴을 감싸고 오열했다. 알 수 없는 행복감이 온몸을 감쌌다. 꿈속에서 그녀를 만난 뒤 자유롭고 홀가분해졌으며 평온하고 충만해졌다. 모든 죄책감을 떨쳐낼 수 있었다.

사랑이 그의 죄를 씻어주었다. 휠체어를 탄 그녀가, 실제로는 가보지 않았지만 줄곧 벗어날 수 없었던 고통의 감옥에서 그를 조건 없이 석방해주었다.

2 일방통행

중메이바오
29세, 아부카페 매니저

C동 28층 7호 거주

서서히 올라가는 전동 셔터를 따라 햇빛이 차츰 키를 높이며 실내로 비껴든다. 와인바 분위기의 원목 바테이블, 블랙과 레드가 조화를 이룬 이태리산 커피머신, 전동 원두그라인더 위로 햇빛이 내려앉는다. 바테이블 위 천장에 매달린 펜던트등 몇 개를 켜자 햇빛이 닿지 못하는 곳마다 인공 빛이 환히 채워진다. '깨끗하고 밝은 곳', 헤밍웨이는 이렇게 썼지만, 이 카페는 헤밍웨이가 묘사한 분위기는 아닌 것 같다. 이걸 무슨 스타일이라고 부를까? 빅토리아 스타일? 미니멀리즘? 인더스트리얼? 일본 잡지 스타일? 매시업? 아마도 맨 마지막에 가장 가까울 것 같다. 정확히 말하면 '사장이 원하는 대로 꾸민 아부 스타일'이다. 카페 사장 아부는 돈 냄새를 맡는 후각은 뛰어나지만 미적 감각은 중메이바오의 취향이 아니다. 중메이바오는 어떤 스타일을 좋아할까? 직업상의 이유로 그녀는 타이베이에서 유행하는 카페 인테리어를 거의 다 접해보았다. 지적인 북카페 분위기, 일본 스타일, 팬시 스타일, 북유럽 스타일을 거쳐 요즘 유행하는 '소확행을 강조한 개성 있는 인테리어', '오래된 가정집을 개조한 레트로 스타일'까지 그녀의 취업사가 카페 인테리어의 역사라고 해도 과언이 아니다. 하지만 그녀가 정착한 곳은 요즘 유행하는 인테리어나 트렌드와는 거리가 먼, 쌍허髒和 지구의 한 고층 빌딩 1층에 위치한 쇼핑센터다. 층고가 높은 점포에 중간층이 없고 뒤쪽에 널찍한 주방이 있으며, 통유리창 너머로 보이는 풍경은 멋진 거리가 아니라 안전지대 설치 공사가 한창인 4차선 도로다. 그나마 다행이라면 치러우가 있어 인도가 넓고, 윤기 나는 석영석이 깔린 바닥 위로 화단, 로마 신전 기둥, 무늬가 조각된 가로등, 알록달록한 화분이 놓여 있다는 점이다. 따라서 카페 내부를 조금 심플하게 장식해도 좋으련만 하필이면 카페 주인이 호랑나비 같은 아부 선생이다.

매니저 중메이바오는 전동 셔터 스위치를 누르며 카페 인테리어의 문제점을 시시콜콜 생각하지 않았다. 그녀는 어딜 가든 환경에 적응하는 능력이 뛰어났다. 2년 반 동안 열심히 이 카페를 관리했다. 지각한 번 하지 않았고 매일 해야 하는 일을 빠뜨린 적도 없다. 처음에는 매상이 별로 없었고, 조금 지나서 런치 메뉴와 야식을 팔 때는 매일지친 몸을 이끌고 퇴근해야 했지만, 지금은 거의 자리가 잡혀 수익이 안정적이기 때문에 아르바이트생과 주방장을 고용할 수도 있고, 금요일 저녁에는 바텐더도 부르는데 거의 매주 대관 예약이 차 있다. 이제야 그녀도 마음 편히 월급을 받을 수 있게 됐다. 월급에서 대출과 각종 고정 지출을 제외하면 남는 게 얼마 없지만, 최소한 매주 일요일은 쉴 수 있고, 한 달에 이틀은 휴가를 쓸 수 있으며, 일주일에 이틀은 7시에 퇴근할 수도 있다. 아부는 조금 더 있으면 한 달에 9일씩 쉬고 연차도 15일씩 쓸 수 있게 해주겠다고 했다. 그렇게 되면 정말로 편해질 것이다. 그녀는 아부의 약속이 실현될 거라는 걸 알고 있지만 사실 아무래도 상관없다. 더 이상 떠돌아다니지 않고 여기서 일할 수 있다면 그것으로 족하다. 어떤 스타일의 카페가 유행하든 상관없다. 그녀가 원하는 건 이렇게 깨끗하고 밝은 곳이다. 카페 인테리어가 아무리 촌스럽고 조잡해도 점점 그녀 자신의 분위기로 채워지게 된다는 걸 그녀는 알고 있었다. 마음 편히 있을 수만 있다면 케이크를 굽는 작은 오븐실에 웅크려 있어도 상관없었다. 중메이바오라는 사람으로 사는 고달픔에서 도망칠 수 있는 곳이라면 그 어디라도.

매일 아침 10시 중메이바오가 카페 문을 열었다. 주방장 샤오우小武●가 9시에 먼저 주방에 도착해 재료 준비를 하고, 11시에 아르바이트생 샤오멍小孟이 출근해 교대했다. 아침에는 중메이바오가 카페 문을 열고 여러 가지 준비를 책임졌고, 저녁에 카페 문을 닫는 일은 주로 샤오멍이 했다. 중메이바오는 이런 반복된 일이 좋았다. 커피머신과 오디오를 켜고 전등을 켜고 커튼을 열어젖힌 뒤 문밖에 있는 팻말을 '영업 중'으로 돌려놓았다. 작은 칠판에 분필로 '오늘의 메뉴'를 적어 문밖에 걸고 들어와서는 커피 한 잔을 만들어 약간의 빵과 함께 먹으며 첫 손님을 기다렸다. 카페에서 시작하는 하루는 매일매일 새로웠다.

10시부터 11시까지는 가끔 아침을 때우러 오거나 커피를 테이크아웃 해가는 손님이 많았다. 그중에 백수로 보이는 젊은 남자가 있었는데 언제나 우울한 표정에 구깃구깃한 흰 셔츠와 싸구려 양복바지

● 흔히 나이가 비슷하거나 어린 사람의 성씨 앞에 샤오(小)를 붙여 애칭으로 부른다.

차림이었으며 오래 자르지 않은 머리가 덥수룩하게 뒷덜미를 덮었다. 그는 거의 매일 왔는데 아이패드에는 늘 '104인력뱅크'와 '에노키안의 전설' 게임 화면이 번갈아 떴다. 그는 항상 커피 한 잔을 앞에 놓고 점심도 먹지 않은 채 두 시간을 앉아 있었다. 가끔 중메이바오가 쿠키를 주면 맛을 천천히 음미해볼 생각도 없이 서너 개를 게 눈 감추듯 삼켰다. 말이 거의 없는 그가 이따금 "요즘 호주달러 환율이 올랐나요?" 같은 이상한 질문을 던지곤 했다. 호주달러는 중메이바오의 관심사와 너무 동떨어진 것이라 그녀는 웃으며 근처 은행에 가서 물어보라고 대답할 수밖에 없었다.

노선생 두 사람도 있었다. 각자 따로 왔지만 항상 10분도 안 되는 간격으로 문을 열고 들어왔다. 그들은 카페에서 신문을 보고 대화를 나누고 책을 보았고, 뭘 하든 같이 했다. 그들은 공원에서 바둑 두는 노인들과 달리 차림새가 번듯했다. 베스트까지 갖춰 입은 양복에 정교하게 만든 지팡이를 짚었으며 구두 앞코는 언제나 광이 났다. 겨울에는 명품 캐시미어 머플러에 검은색 코트를 걸쳐 중요한 회의에 가는 옷차림 같았지만 그저 카페에 앉아 시간을 보냈다. 그들은 뒷동 큰 평수에 살았다. 두 선생 중 한쪽은 성격이 급하고 한쪽은 느긋했으며 주로 세계 정세에 대해 대화를 나눴다. 샤오멍은 그들을 '장군 2인조'라고 불렀다. 씀씀이도 커서 두 시간 정도 앉아 있는 동안 최소 500위안은 썼다. 카페에 충전식 선불카드를 도입한 후 성격 급한 백발의 노선생은 매번 1,000위안씩 충전했는데 이삼일이면 다 쓰고 다시 충전했다. 성격이 느긋한 노선생은 항상 머리를 검게 염색하고 여유롭게 앉아 서빙을 받았다. 카페를 나서면 백발 선생은 왼쪽으로, 흑발 선생은 오른쪽으로 향했다. 아마도 근처 은행에 가거나 집으로 돌아가는 것일 테다. 샤오멍이 은행에 갔다가 VIP실에서 나오는 흑발 선생을 몇 번 보았다며 대단한 비밀을 본 것처럼 말하자 중메이바오가 웃으며 그 연세에 평소 언행을 보면 퇴직한 고위 공무원인 것 같은데 퇴직금을 모두 투자하지 않았겠느냐고 했다.

오전에 오는 손님들은 대부분 여유롭지만 그들에게는 이 한 시간이 무척 소중하다. 샤오우는 주방에서 눈코 뜰 새 없이 바쁘고, 샤오밍도 점심 장사 준비를 서둘러야 하며, 중메이바오도 매출 정리, 블로그 업데이트, 케이크 예약 현황 확인 등 처리해야 할 일이 많다. 12시가 되면 바쁜 직장인들이 급류에 떠밀려 온 물고기 떼처럼 쏟아져 들어온다. 근처의 은행, 증권회사, 홈쇼핑회사의 직원들이다. 그들은 혼자 또는 동료와 함께 양복이나 회사 유니폼 차림으로 와서 런치 세트나 샌드위치와 커피를 주문한 뒤 식사, 대화, 휴식의 전 과정을 한 시간 내에 끝마친다. 그 시간이 되면 샤오밍은 오디오 볼륨을 낮춘다. 사람들의 말소리, 접시와 잔 부딪치는 소리로 카페 안이 시끄럽기 때문이다. 그들은 회사에서 받은 스트레스, 울분, 불만, 성취욕, 좌절감을 전부 카페로 가져와 식사 한 끼, 커피 한 잔, 케이크 한 조각과 함께 꼭꼭 씹어 삼켜야만 다시 오후 근무를 할 수 있는 것처럼 보인다. 그들이 털어낸 탑탑한 기분은 중메이바오, 샤오밍, 샤오우가 무거운 진공청소기를 짊어진 듯 남김없이 빨아들인다.

손님이 다 돌아간 2시 무렵 잠깐의 여유가 찾아오면 갑자기 피로가 몰려온다. 간단한 직원 식사를 하고 커피를 마신 뒤 샤오우는 낮잠을 자고 샤오밍은 담배를 피우거나 필요한 물품을 사러 나간다. 샤오밍이 돌아오면 중메이바오가 뒤편 오븐실에서 잠시 휴식을 취한다. 오븐실에 작은 환풍창이 뚫려 있어, 돌아가는 환풍기 날개 사이로 하늘을 볼 수 있다. 우표만큼 작은 하늘이지만 아무리 작아도 하늘은 푸르고 아름답다. 오히려 그렇게 작기 때문에 그 광활함과 아득함이 몇 배 더 강렬하게 느껴지기도 한다. 아득하고 광활한 그곳은 자유처럼 언제나 손에 닿을 수 없는 먼 곳에 있다. 그녀는 버터, 달걀, 밀가루, 허브, 초콜릿 등등 사람의 마음을 치유하는 효과가 있다는 갖가지 향기에 둘러싸여 있다. 이 작은 공간에서 수없이 밀가루를 주무르고 오븐을 응시하며 기다린다. 그녀는 언제나 기다린다. 영영 도착하지 않을 배를, 그 어느 곳에도 닿을 수 없는 사람을.

중메이바오는 카페가 마천대루의 일부가 됐다고 느꼈다. 손님의 대부분이 이 빌딩 거주자이거나 빌딩에 입주한 회사 직원들이기 때문이다. 그녀도 이 빌딩에 살고, 샤오우와 샤오밍도 여기에 살았다. 참 이상하게도 그들의 인생이 전부 이 빌딩에 둘러싸이고 모든 일이 이 빌딩과 연관된 것 같았다. 마천대루는 신비한 색채를 품고 있었다. 외관은 변치 않지만 그녀는 이곳이 계속 생장하고 꿈틀대며 놀라운 변화를 일으키는 것 같다고 여겼다. 예전에 가족들과 함께 살던 조용한 아파트와는 달리, 오가는 사람이 아주 많았다. 해마다, 계절마다 전반적인 경기나 사회 분위기에 따라 근처 회사들도 변동이 생기고 빌딩의 생태도 변화했다. 작년만 해도 홈쇼핑 채널의 스튜디오와 사무실 일부가 이 빌딩에 입주한 뒤 카페 손님 중에 갑자기 '유명 인사'가 많아지고 카페 분위기도 달라졌다. 내년에는 또 어떤 매장이 새로 생기거나 문을 닫을지 모르겠다. 그녀 역시 내년에도 자신이 이 빌딩에 계속 살면서 새로운 변화를 목격할 수 있을지 확신할 수가 없었다. 이곳은 그녀가 거주하고 생활하는 곳이자 일터다. 바쁠 때는 며칠 동안 빌딩 밖으로 한 발짝도 안 나갈 때도 있다. 마천대루를 벗어나 조금 멀리 다녀올 때면, 시내를 다녀올 때든 오토바이를 타고 근처에서 볼일을 보고 올 때든, 항상 이 빌딩을 처음 봤던 때의 기분이 든다.

하늘을 찌를 듯 우뚝 서서 난공불락인 듯하지만 또 모래성처럼 아스라한 마천대루의 자태에 매료된다. 이 근방에서는 고개만 들어도 이 빌딩을 볼 수 있지만, 그녀는 신호등을 기다릴 때마다 호흡이 빨라지거나 묵직해지는 것을 느끼며 '바로 저기야' 하고 소리 없는 탄식을 내뱉는다.

마천대루에 사는 생활은 자주 착각을 일으킨다. 탁 트인 로비에 근사한 바닥재와 샹들리에가 있고, 명절이 다가오면 다양한 장식을 한다. 노래자랑, 바비큐파티, 춘련˙쓰기 대회, 등롱수수께끼 놀이 등 이벤트 행사가 수시로 열리고, 노인을 위한 혈압 측정, 여성들을 위한 스크리닝 검사, 어린이 시력검사를 실시하며, 각 기업이나 정치인이 마케팅, 선거 유세를 위해 주최하는 소위 '공익 활동'도 흔하다. 카페 손님 중 직장인을 제외하면 거의 이 빌딩 주민이기 때문에 그녀도 낯익은 얼굴이 많다. 이상한 건 커피를 마시고 케이크를 먹으러 오는 사람들 중에 그녀가 사는 원룸 쪽에 사는 젊은이들은 많지 않고, 오히려 가정주부나 중산층 가정, 심지어 아이들이 많다는 사실이다. 열두세 살밖에 안 된 아이들이 카페에서 음료를 마시며 시간을 보낸다. 나중에 안 사실이지만, 바쁜 부모가 비교적 안전한 카페에 아이들을 보내는 것이었다. 어떤 부모는 직접 찾아와 중메이바오와 샤오멍에게 아이들을 신경 써달라고 부탁하기도 했다. 그 때문에 그림책과 어린이책을 더 사다가 비치했다. 어떤 부모는 중고 아이패드를 사오기도 했다. 또 다른 형태의 방과후돌봄센터인 셈이다.

아메리카노 100위안, 카페라테 130위안, 베이글 60위안, 샌드위치 세트 150위안, 평일 런치 세트는 160위안부터 350위안까지 있었다.

˙ 새해에 가정의 평안을 기원하는 문구를 적어 대문이나 기둥에 붙이는 종이.

토요일 낮에는 가족 단위로 식사를 하러 오기도 했다. 그런 손님들은 식사하고 커피를 마시고 디저트까지 먹었는데, 어른과 아이까지 4인 가족이 한 테이블에 앉아 식사를 하면서 거의 대화를 하지 않고 자기 집 거실처럼 각자 신문이나 잡지를 보고 게임을 했다. 예전에 중메이바오가 시내에 있는 카페에서 일할 때도 비슷한 장면을 많이 보았지만 이곳에서 일하면서는 특히 위화감을 느꼈다. 가끔 시간을 내서 시장에 갈 때 1층 쓰레기장을 지나는데 카페 개업 초반에는 이 쌍허 지구가 아직 종량제 쓰레기봉투 의무 사용 지역이 아니었다. 아침저녁으로 화물 엘리베이터를 통해 쓰레기가 집중적으로 모이는 시간이 되면 재활용품을 주우러 다니는 사람들이 우르르 몰려들어 산처럼 쌓인 쓰레기 더미를 헤집고 다녔다. 그 바로 옆 차도는 시간대 구분 없이 언제나 벤츠가 지나갔다. 중메이바오는 양쪽 사이를 지나가며 이것이 자기 인생의 은유 같다는 생각이 들었다. 그녀는 쓰레기를 주우러 다니는 사람도 아니고 고급 차를 타고 다니는 사람도 아닌, 절대로 연결이 불가능한 두 세계를 잇는 중간 매개체 같았다. 이것이 그녀 자신을 마모시켜 영혼의 어떤 곳이 망가진 듯 고장 나버렸고, 이런 고장 난 느낌이 그녀로 하여금 오랫동안 자기 개성도 없이 부유하게 했다.

중메이바오는 자신이 시골 출신이고 자라면서 이리저리 떠돌아다닌 까닭에 타이베이에서 10년 넘게 살고도 어디에 있든 이방인이자 방관자, 제삼자처럼 섞이지 못하고 겉도는 느낌이 든다고 생각했다.

중메이바오는 대만 중부의 작은 어촌에서 태어났다. 그곳은 엄마의 고향이었다. 수제 피시볼과 머지않아 폐역이 될 작은 철도역으로 유명했지만 마을 사람들은 대부분 가난했다. 대만 경제가 비약적으

로 발전하던 1970년대에 성장한 엄마는 중학교 때까지 성적이 좋았
지만 고등학교에 진학하지 않고 중학교 졸업 후 지방도시 미용실에
서 기술을 배웠다. 바닷바람도 망가뜨리지 못한 하얀 얼굴과 예쁘장
한 생김새가 어촌에서는 눈에 띄는 미모였고, 풍만한 가슴과 올라붙
은 엉덩이는 조숙함과 달뜬 청춘의 징표였다. 열일곱 살에 미용재료
를 납품하는 직원과 연애하다가 아이가 생기는 바람에 결혼을 했다.
결혼식은 하룻밤 연극에 불과했다. 중메이바오의 생부는 이미 도시
에 처자식이 있는 남자였고, 그녀가 태어나자마자 엄마와 그녀를 버
렸다. 남편을 찾으러 간다며 부모님께 아기를 맡기고 떠났다가 3년
만에 돌아온 엄마는 다시 가슴이 커지고 뱃속에 아이가 있었다. 다
시 결혼한 어떤 남자도 동행했다. 중메이바오는 계부와 엄마를 따라
바로 옆 소도시로 이사했다. 그들은 오토바이가게 한쪽에 양철로 지
붕을 이어 만든 뒷방에서 살았다. 계부는 정비 일을 하고 엄마는 미
용실에서 일했다. 계부는 술주정이 심하고 도박성 게임에 빠져 있었
다. 중메이바오가 초등학교에 들어간 뒤로 계부는 술을 마시면 그녀
와 남동생 옌쥔顏俊의 방으로 들어왔다. 그의 도박 빚을 갚느라 바빴
던 엄마는 알면서도 모른 척했다. 계부는 가끔 안 보이다가 며칠 뒤
아무 일 없었던 것처럼 들어오곤 했는데 술은 끊었지만 도박으로 밤
을 새우며 각성제 암페타민을 먹기 시작했다. 정비 일이라고 제대로
할 리 없었고 얼마 안 가서 아예 때려치웠다. 그들은 근처의 창고로
이사했다. 양철로 지은 창고는 겨울에는 춥고 여름에는 더워서 살기
가 힘들었다. 그러다 어느 날 계부가 마약 복용 및 판매죄로 감옥에
갔다. 그제야 계부가 거액의 도박 빚을 졌다는 사실이 들통나는 바람
에 엄마는 하는 수 없이 빚쟁이들을 피해 남매를 데리고 그 도시를
떠났다.

그 후 몇 년 동안 해안철도를 따라 조금씩 북쪽으로 올라갔다. 엄마는 다양한 동거인들을 따라 이리저리 떠돌아다녔다. 엄마는 늘 어떤 아저씨를 데려와 인사시키며 앞으로 같이 살 거라고 말했다. 그 아저씨들은 아빠나 계부와 한 거푸집으로 찍어낸 양 비슷한 사람들이었다. 얼굴은 멀끔하지만 게으르고 여자를 밝혔으며 좀도둑질 같은 잡다한 죄를 저질러 결국에는 감옥에 가거나 종적을 감췄다. 어딜 가든 엄마는 미용 기술로 작은 미용실에 취직해 밥벌이는 할 수 있었고, 대부분 바닷가 소도시를 전전하며 살았다. 중메이바오의 기억 속에 있는 집들은 아주 어릴 때 살던 삼합원三合院●과 여러 집이 함께 세 들어 살던 단층집, 도시의 작은 옥탑방, 그리고 다닥다닥 붙여 지은 3층짜리 주택이었다. 빽빽하게 또는 띄엄띄엄 떨어져서 마을 각각의 질서에 따라 대로변이나 골목을 끼고 지은 집들이었다. 마을 사람들이 말하는 시가市街란 주택, 점포, 시장, 논밭, 저수지 등의 기능으로 나뉘어 작은 구역마다 형성된 지역사회였다. 그리 넓지 않은 마을은 바깥세상과 단절된 곳 같았다. 그들 세 식구의 등장은 언제나 평온한 풍경화에 불쑥 뛰어든 듯 작은 소란을 일으켰다. 그들은 늘 사람들의 비딱한 시선과 유언비어의 중심에 있었고, 몇 번의 파문이 채 가라앉기 전 다시 계절풍처럼 홀연히 그곳을 떠났다.

처음 바닷가를 떠나 옮겨간 북부 도시는 신베이의 잉거구였다. 엄마는 그녀와 남동생을 데리고 자동차 판금을 하는 아저씨네 집에 들어갔다. 아저씨는 엄마의 애인이었다. 이런저런 아저씨가 너무 많아서 말실수를 하지 않도록 모두 아저씨라고 불렀다. 엄마는 피부 관리실에서 일했다. 그들은 그때 처음으로 '아파트'라는 곳에서 살게 됐다.

● 삼면이 건물이고 중간에 마당이 있는 대만의 가옥 구조.

5층짜리 아파트의 4층에 있는 방 세 개짜리 집이었다. 중메이바오가 자기 방을 갖게 된 것도 그때가 처음이었다.

판금 아저씨의 결말도 역시 감옥이었다. 직접적인 원인은 절도였지만, 간접적인 원인은 역시 마약 살 돈이 필요했던 것이었다. 왜 엄마는 언제나 범죄자나 마약중독자를 사랑하는 걸까? 중메이바오는 엄마가 남자를 고르는 기준을 도무지 이해할 수가 없었고, 결국에는 엄마 자신도 그 아저씨들처럼 술과 도박에 중독됐다. 판금 아저씨가 감옥에 가자, 엄마는 다시 그들을 데리고 그곳을 떠나 타이베이 완화구로 옮겼다. 수많은 인구가 복잡하게 뒤엉켜 사는 대도시야말로 그들이 숨어 살기에 최적의 장소였다. 각지를 떠돌아다녀야 했던 그들에게는, 누가 나타나고 사라지는 일이 누구에게도 특별할 것 없고, 아무도 누군가에 대해 더 알려고 하지 않으며, 이웃이란 그저 낯선 타인의 다른 이름일 뿐인 도시 생활이, 사라지기에도 숨어 있기에도 적합했다.

외지에서 올라온 사람들이 대개 그렇듯 그들도 도시에서 여러 셋집을 전전했다. 모두 가구와 가전제품이 딸린 싸구려 사글셋방이었다. 이삿짐은 택시 한 대에 실린 게 전부였다. 엄마는 이런 생활에 익숙했고 또 이렇게밖에 살 줄 몰랐다. 그녀는 언제나 누군가를 기다리는 사람 같았다. 그녀를 정착하게 해줄 사람, 그녀에게 '진정한 자기 집'을 선사해줄 사람을. 그런 사람을 만나기 전까지는 어딜 가도 임시로 거쳐가는 곳이었고 언제든 전부 내팽개칠 수 있었다.

중메이바오가 남동생 옌쿤을 보살폈다. 옌은 동생 생부의 성이었다. 자기 생부를 아빠로 인정하지 않고 엄마에게 애정이 없는 그는 거의 말이 없는 조용한 아이였다. 옌쿤이 대화하는 사람은 누나 중메이바오뿐이었다. 초등학교 때부터 학교에서 늘 따돌림을 당하던 옌쿤이 도시에 있는 중학교로 전학한 뒤에야 그림 그리는 재능이 있다는 걸 알았다. 중학교 담임선생님은 이 가냘픈 미소년의 재능을 사랑한 것인지 예쁜 외모 때문인지는 몰라도 늘 옆에서 보호해주었고, 그 덕분에 안정된 학교생활을 할 수 있었다. 남매가 언제나 함께 등교하고 함께 하교했다. 한 사람이 늦게 끝나는 날은 다른 한 사람이 기다렸다. 둘은 쌍둥이처럼 늘 붙어 다녔지만 중메이바오가 고등학교에 진학한 뒤에는 옌쿤 혼자 다닐 수밖에 없었다. 그를 보려고 버스정류장에서 기다리는 여학생들도 있었다. 마르고 창백하지만 사람들의 눈길을 끌 만큼 잘생긴 외모에 섬세하고 예민한 소년이었다. 옌쿤은 중학교 3학년 때 학교 화장실에서 덩치 큰 남학생들에게 집단 폭행을 당한 뒤 정신적 충격으로 자살 시도를 했다가 처음 정신병원에 입원했다.

잦은 이사와 전학을 다니고 가끔 병이 재발해 입원하기를 반복하면서도 둘은 차츰 자라났다. 중메이바오는 중학교에 들어가면서 키가 훌쩍 자라고 점점 성숙해지며 주위의 시선을 끌었다. 일부러 머리를 짧게 자르고, 꽉 끼는 스포츠브라로 가슴을 납작하게 조이고 다녔다. 운동을 해서 단거리 육상선수 같은 체형을 만들었고 늘 냉랭한 태도로 남을 대했다. 오히려 옌쿤이 더 여자 같았다. 창백하고 마른 몸에 너무 밝은 것도 싫어하고 너무 어두운 것도 무서워했으며 항상 머리가 길었다. 깊은 눈동자와 작고 빨간 입술 때문에 화장을 하지 않아도 아이돌 가수처럼 보이고 만화에서 튀어나온 미소년 같았으며, 우울한 눈빛은 사람을 통째로 삼켜버릴 듯했다.

엄마는 같이 사는 아저씨들이 친 사고를 수습하고 점점 밖으로 도는 그들의 마음을 붙잡기 바빠서 남매가 이런 허름한 집에서 피었다는 것이 믿기지 않을 만큼 아름다운 꽃으로 자라났다는 사실을 알지 못했다. 남매는 점점 어디에 시장이 있고, 어디에 서점이 있는지 파악했고, 좁은 차도와 구불구불한 골목, 왁자한 시장 소리에 익숙해졌다. 학교에서든 집 근처에서든 또래 친구들과 어울리지 않고 항상 둘이 단짝처럼 붙어 다녔다.

풍만하고 아름답던 시절 엄마는 각지를 떠돌아다니면서도 미용실이나 마사지숍 어디서든 일자리를 구했고, 손님과 육체적 선을 넘으며 돈을 벌었다. 하지만 서른다섯을 넘으면서부터 알코올의존증으로 처참하게 망가졌다. 얼굴은 누렇고 뼈와 거죽만 남은 몸에 정신마저 오락가락하는 그녀는 더 이상 얼굴도 웃음도 팔 수 없었다. 이제 그녀를 받아줄 곳은 싸구려 이발소뿐이었다. 엄마는 이발소에서 손님들의 머리를 감겨준다고 했지만 중메이바오가 가보니 컴컴한 유리창 너머로 머리를 감거나 자르는 손님은 보이지 않았다. 엄마는 이발소의 음침한 어둠에 정기를 다 빼앗긴 사람처럼 늙어 보였다.

중메이바오는 초등학교 5학년 때부터 소년공을 받아주는 공장에서 아르바이트를 하기 시작했고, 열네 살부터는 식당에서 설거지를 하고 마트에서 파트타임으로 일했다. 고등학교에 올라간 뒤에는 중식당에서 서빙을 하며 손님들에게 팁을 받았다. 고등학교 3학년 때, 감옥에서 출소한 계부가 엄마를 찾아와 집에 같이 살기 시작했다. 엄마는 계부에 대한 열정에 다시 힘이 나는 것 같았다. 계부는 감옥에서도 쇠약해지지 않았고 오히려 예전보다 더 건강해 보였다. 거무스름하고 탄탄한 근육질 몸으로 여전히 인생의 한 방을 꿈꾸었고, 여전히 중메이바오가 샤워하는 모습을 훔쳐보려고 했으며 술에 취하거나 도박에서 돈을 잃은 날은 아들을 두들겨 팼다. 수감 생활이 그를 더 난폭하고 잔인하게 만들었다. 엄마는 건장한 체구의 그를 사랑했고, 돈으로 그를 곁에 붙잡아두려고 했다. 주름을 펴고 가슴을 풍만하게 키워 젊어 보이려고 안간힘을 썼지만 그럴수록 점점 더 흉측해졌다. 그녀는 계부와 집에 불법도박장을 차리고, 일이 없는 날에는 모텔에 가서 매춘을 했다. 낡은 아파트에서 메이바오와 옌쥔이 한 방을 썼는데 얇은 벽을 통해 엄마의 온갖 소리가 다 들렸다. 소리 지르고, 욕하고, 애원하고, 어리광을 부리고, 신음했다. 엄마는 소리로 존재했다. 계부는 웃통을 벗어 상반신을 휘감은 문신을 드러낸 채 소파에 비딱하게 기대거나 집 안을 휘젓고 다녔다. 엄마의 미미함과 계부의 거대함이 그 좁은 집에서 점점 격차가 벌어지며 집 전체가 기울어지는 것 같았다. 문짝은 비틀어지고, 부식된 벽에서 떨어진 흰 가루가 백일몽 속 눈처럼 흩날렸다.

그날은 도시에서 맞이한 가장 스산한 크리스마스였다. 중메이바오와 옌쥔이 자기들의 방과 발코니에 크리스마스 장식을 하고 있는데 엄마가 문을 벌컥 열고 들어와 장식을 다 뜯어버리며 중메이바오에게 당장 나가라고 악을 썼다. "네가 안 나가면 내가 나갈 거야!" 중메이바오는 계부와 엄마가 원하는 게 무엇인지 알 수 있는 나이였다. 그녀는 남녀의 성에 대해 알고 있었고, 옌쥔이 밤마다 방문을 막고 계부가 들어오지 못하게 부엌칼로 위협하는 것도 알고 있었다. 그녀는 미친 듯이 날뛰며 울부짖는 엄마를 싸늘한 눈으로 지켜보았다. "옌쥔을 데리고 나갈게." "어림없는 소리!" 엄마는 그녀를 통제하는 법을 잘 알고 있었다. 그들의 인생이 결국 삼류 막장드라마가 됐다는 사실이 중메이바오는 슬프고 처량했다.

그들 남매는 세상에서 그 누구도 사랑하지 않고 누가 뭐래도 개의치 않았다. 그들은 혼자서는 한순간도 살 수 없는 샴쌍둥이 같았다.

그 집에서 그 둘을 제외하면 모두가 괴물이었으므로.

중메이바오는 원하던 대학에 합격했지만 학비를 구할 길이 없었다. 학자금 대출을 받으려 해도 보증인이 없어서 대학 진학을 포기해야 했다. 초등학교 때부터 온갖 파트타임 아르바이트를 했던 그녀는 마침내 풀타임으로 일하게 됐다. 어느 휴일 오후, 엄마가 일하러 나가고 옌쥔은 그림을 배우러 간 사이에 계부가 그녀의 방문을 밀고 들어왔다. 그녀는 가위로 계부의 오른뺨을 찌르고 달아난 뒤로 쭉 도망 다니며 살았다.

그날 오후 3시 30분, 성인이 된 중메이바오가 카페의 유리문 앞에 서 있었다. 투명한 유리에 비친 모습이 어린 시절의 그녀 같았다. 길게 기른 머리에, 더 이상 일부러 햇볕에 태우지 않는 피부는 희고 고왔다. 하지만 유리 밖과 유리 안은 완전히 다른 세상이었다. 유리창 밖은 문을 열기만 해도 달리는 차들의 소음이 요란하지만, 이중 유리문을 닫으면 바깥세상과 다르게 조용해지고 잔잔한 음악이 깔렸다. 그녀는 유리문을 감시하듯 뚫어지게 쳐다보는 버릇이 있었다. 그렇게 하면 계부와 엄마가 갑자기 유리문 밖에 나타나지 않을 것 같았다.

그녀는 무슨 일에든 반응하지 않고 냉정하게 방관했지만, 지금처럼 아주 가끔, 과거의 기억이 불쑥 떠올라 가슴이 덜컹 내려앉고 불안할 때가 있었다. 남의 과거인 것 같은 그 일들이 머릿속에 떠오르면 지금의 현실—카페, 마천대루, 다양한 부류의 손님들—이 오히려 꿈처럼 느껴졌다. 그녀는 이해할 수가 없었다. 미처 다 적응할 수 없을 만큼 많은 것들이 앞에 있는데도 어째서 그녀의 인생은 점점 더 엄마의 그림자에서 도망칠 수 없는지, 어째서 그녀 자신이 '아저씨'가 없이는 살 수 없는 여자가 되었는지.

학업을 포기한 뒤 여러 일을 전전했다. 월세와 생활비를 충당하고 집에 보낼 돈까지 벌기 위해 투잡을 뛰었다. 아직 동생이 그들에게 인질로 붙잡혀 있었다. 엄마는 전화를 걸어 돈을 보내라고 종용하다가 그래도 보내지 않으면 직접 찾아왔다. 그녀는 엄마가 직장에 와서 소란을 피울까 봐 겁이 나서 정기적으로 돈을 부쳤다. 동생의 생활비, 학비, 병원비, 엄마의 빚, 계부의 용돈까지. 병이 났다, 입원을 했다, 수술을 한다, 교통사고가 났다 등등 엄마는 돈을 뜯어내려고 온갖 수를 다 썼다. 엄마의 얼굴은 늙었다가 젊어졌다가를 반복했고, 수중에 돈이 있는지 없는지, 계부가 곁에 있는지 없는지에 따라 얼굴이 바뀌었다. 계부는 얼굴을 가위에 찔린 뒤 더 거칠어져서 옌쥔과 엄마를 닥치는 대로 때린다고 했다. 중메이바오가 멀리서 숨어 그를 지켜본 적도 있었다. 오른뺨에 길게 흉터가 생겨 반쪽은 잘생기고 반쪽은 험악한 얼굴이 변신괴물 같았다. 엄마는 때로는 사랑스럽고 때로는 가엾고 때로는 가증스러웠다. 엄마는 사랑 없인 살 수 없는 여자였다. 수많은 사람 중에 하필이면 자신을 가장 괴롭히는 사람을 사랑했다. 엄마와 계부는 서로의 꼬리를 물고 있는 뱀처럼 한쪽이 없으면 다른 한쪽도 살 수 없었다. 상대가 일찍 죽을까 봐 두려워 서로의 곁을 지켰다. 그러든 말든 중메이바오는 아무 관심도 없었지만 엄마는 매번 그녀를 끌어들였다. 돈을 주고 끝내는 것이 중메이바오가 엄마에게 대응하는 방식이었다. 스물세 살 때 엄마가 딸의 명의로 은행에서 300만 위안을 대출받아 그녀를 신용불량자로 만드는 바람에 직장을 옮길 때마다 은행에서 월급 압류 신청이 들어왔다. 앞날이 완벽하게 가로막힌 기분이었다. 하지만 그녀가 정말로 도망치고 싶은 대상은 돈으로도 떼어낼 수 없는 계부였다.

"죽여버릴 거야." 옌쥔과 단둘이 만났을 때 옌쥔이 분노에 찬 얼굴로 이를 갈았다. "그자를 죽이지 않으면 우리가 죽어." 중메이바오도 그런 생각을 했었지만 살인은 사는 것보다 더 힘든 일이었다. 죽이는 것보다 당장 살아가는 일이 더 중요했다. "군대 전역하면 나랑 같이 살자." 중메이바오가 말했다.

옌쥔은 입대한 지 일주일 만에 자살 시도를 했다가 퇴소 조치를 당했다. 집에 돌아와서도 심리 상태가 불안정했다. 계부와 다투다가 집에 불을 지르려고 하는 바람에 경찰에 체포된 뒤 정신병원에 강제 입원당해 꼬박 1년을 지냈다. 중메이바오가 아부카페에서 일하기 시작한 뒤 매주 가족 면회가 가능하고 외박을 신청할 수 있는 민간 요양원으로 옌쥔을 옮겼다. 환자들이 원하는 걸 배울 수 있는 기회를 주고 천천히 사회에 적응할 수 있도록 돕는 요양원이었다.

"아메리카노, 브라우니, 와플이요." 아르바이트생 샤오밍이 방금 들어온 주문을 전달하는 소리에 정신이 들었다. 카페는 환하고 깨끗했으며 커피 향과 케이크 냄새가 코끝에 감겼다. 점심 손님이 빠지고 나면 가장 조용하고 한가한 오후 시간이 찾아왔다. 현재는 괜찮지만, 과거가 언제 뒤쫓아올지 모른다.

과거의 일은 언제나 꿈처럼 몽롱하다. 중메이바오는 마천대루 가운데 있는 이 작은 카페의 문을 열고 들어오는 순간 그 감당하기 힘든 번잡함을 잊었다. 오늘도 무사히 집에 돌아왔다고 안도했다. 일하는 곳이든 사는 곳이든 엄마와 계부가 없는 장소라면 그곳이 바로 집이었다.

유리창에 뿌옇게 서린 김을 닦을 때 너무 열심히 닦으면 오히려 입에서 나온 열기가 유리창에 또 다른 뿌연 자국을 만든다. 얼굴을 멀리 떼어야 그런 악순환을 막을 수 있다. 중메이바오는 상념을 털고 현재 시점으로 생각을 돌렸다. 2013년 가을 오후 3시. 유리문이 열리고 치과의사 닥터 류가 들어왔다. 그는 커피와 케이크 포장 주문을 하고 중메이바오와 5분 정도 한담을 나눈 뒤 바쁜 걸음으로 떠날 것이다. 샤오밍은 그의 진짜 목적이 커피와 케이크가 아닌 중메이바오인 것 같다고 했다. 실제로 그는 중메이바오를 보러 오는 것 같았다. 5분은 그에게 아주 긴 시간이었고 항상 대화를 시작할 화제를 찾지 못해 초조한 기색이었다. 그가 난처하지 않도록 중메이바오가 먼저 화제를 꺼내곤 했다.

닥터 류가 떠나고 얼마 안 돼서 조금 낯익은 얼굴의 세 사람이 들어왔다. 한 사람은 유명한 홈쇼핑 채널의 쇼호스트였다. 성형수술을 많이 한 걸로 알려졌지만 실물을 가까이에서 보면 텔레비전에서 보는 것만큼 수술한 티가 심하게 나지 않았고 투명한 피부가 청초한 인상을 주었다. 굉장히 마른 몸매인데 올 때마다 우유 대신 두유를 넣은 카페라테와 베이글을 주문했고 케이크는 먹지 않았다. 항상 매너가 좋았으며 커피를 여러 잔 포장해서 회사에 가져갔다. 다른 두 사람은 홈쇼핑 채널 직원으로 보이는 남자 한 명과 여자 한 명이었다. 각각 정장과 투피스 차림인 것을 보면 미팅을 하러 온 거래처일 수도 있었다.

중메이바오는 대학가 카페에서도 일한 적이 있었다. 조금 느슨한 분위기에 학생 손님(아니면 학생처럼 보이는 성인, 다시 말해 고정적인 직업이 없는 성인)이 대부분이었다. 카페는 출처를 알 수 없는 낡은 소파와 가죽의자, 등나무의자, 목재 테이블을 함께 놓은 '믹스 앤드 매치 스타일'이었다. 메뉴를 써놓은 칠판을 걸어놓고 곳곳에 책꽂이가 있었으며, 테이블마다 스탠드를 놓은 대신 실내조명은 조금 어둡게 했다. 카페 안에 항상 잔잔한 음악이 흘렀다. 그 카페는 케이크 종류가 많지 않았다. 오후에 오는 손님들은 대부분 막 잠에서 깬 사람들 같았다. 그녀는 오후 2시에 출근했는데, 커피 한 잔을 시켜놓고 내내 앉아 있다가 저녁에 나가서 루웨이*로 대충 배를 채운 뒤 다시 카페로 돌아오는 손님들도 많았다. 나중에는 카페에서 아예 교자만두와 라면을 팔기 시작했다. 단골손님들이 고작 250위안어치를 주문해놓고 열 시간이나 자리를 차지하고 있어도 사장은 뭐라고 하지 않았다. 마치 대학교 동아리방 같은 분위기였다. 그러다가 건물주가 임대료를 한꺼번에 두 배로 올리는 바람에 어쩔 수 없이 카페 문을 닫았다.

중메이바오는 열여덟 살부터 여러 카페에서 아르바이트를 했다. 제일 처음 일한 곳은 미모의 여사장이 운영하는 한 대학가의 클래식 카페였다. 만델링, 모카, 브라질 원두 등을 팔았고, 칸칸이 나뉜 선반을 벽에 걸어놓고 손님들이 개인 커피 잔을 맡겨둘 수 있게 했다. 중메이바오는 거기서 일하는 동안 사이펀으로 커피 추출하는 법과 원두 고르는 법, 수제쿠키 만드는 법을 배웠다. 그 후에는 여러 곳을 짧게 옮겨 다니며 일했다. 백화점에 입점한 미국계 프랜차이즈 카페에서 에스프레소머신 작동법을 배운 뒤에야 사이펀 커피의 유행이 이미 지나갔다는 걸 알았고, 크기도 색깔도 제각각인 손님의 컵들을 카페에 진열해놓은 모습이 너저분해 보인다는 것도 알았다. 그다음에는 일본에서 살다 온 커플이 고급 주택가에 차린 카페에서 일했는데 그곳에서 제일 많은 것을 배웠다. 그녀는 언제나 조용하게 각자의 일을 열심히 하면서도 서로 사랑한다는 걸 느낄 수 있었던 그 커플

● 간장과 여러 향신료를 넣은 국물에 다양한 재료를 조린 가장 대중적인 대만 음식.

을 잊을 수가 없다. 길모퉁이에 있던 그 카페에서 남자는 주방 일과 화분 관리를 맡고, 여자는 케이크를 만들었다. 일본에서 수입한 잡화도 함께 팔았다. 중메이바오는 견습생처럼 쉬는 날에도 여자 사장에게 케이크 굽는 법을 배우고 남자 사장을 따라 화훼 시장에 가서 허브부터 차근차근 배웠다. 지금도 그 시절을 잊을 수가 없다. 카페가 문을 닫는 휴일에 사장 커플이 그녀를 집으로 초대해 함께 식사를 하기도 했다. 그녀는 치즈에 체더치즈만 있는 것이 아니고, 햄도 노천 식당의 샌드위치에 들어 있는 햄만 있는 것이 아니라는 사실을 그때 처음 알았다. 여자 사장에게 빌려 온 양식 레시피북을 읽으면 다른 언어를 쓰는 세상에 와 있는 듯했다.

　나중에 사장 커플이 결혼하고 다시 일본으로 떠난 뒤 그녀는 또 여러 카페를 옮겨 다니며 일했다. 북 카페, 고양이 카페, 카페처럼 보이지만 사실 맥주를 파는 카페, 만화 카페, 특이한 성격의 사장이 손님의 인터넷 접속을 막아둔 카페, 사장이 직접 피아노를 연주하는 카페 등등. 중메이바오는 언젠가는 자기 카페를 열고 싶다는 생각을 했지만 아무리 돈을 벌어도 손가락 사이로 새어 나가고 은행 빚도 갚지 못했다. 그러다가 아부를 만났다. 처음에는 아부가 운영하는 클럽에서 일했는데 아부가 이 카페를 개업하면서 그녀에게 관리를 맡겼다. 그녀는 타이베이의 카페 세계를 한 바퀴 다 돈 것 같은 기분이었다.

　3시 50분. 우렁찬 목소리에 동작이 빠르고 얼굴에 언제나 웃음기를 머금고 다니는 단골손님 훙러우紅樓가 문을 밀고 들어왔다. 그는 사장 아부의 친구이며 부동산 중개인이다. 그는 카페에 들어오면 에너지가 더 솟는 것 같았다. 오늘은 여자 손님을 데리고 와서 항상 앉는 테이블에 자리를 잡고는 직접 바테이블로 와 주문을 하다가 중메이바오에게 이런저런 푸념을 신나게 늘어놓았다. 그러더니 손님이 기다리고 있는 게 생각났는지 아차, 하며 테이블로 돌아갔다. 훙러우는 보통 두세 시간쯤 머무르는데 그동안 네다섯 번씩 바테이블에 왔다. 그는 단 음식을 몹시 좋아해서 올 때마다 400~500위안씩 썼다. "심리 상담 해주는 셈 쳐." 아부가 메이바오에게 이렇게 말했다. "괜찮아요. 귀여워요. 귀찮지 않아요." 메이바오도 기분 좋게 대답했다. 진심이었다. 훙러우의 사연을 알고 난 뒤로 그의 수다스러움을 탓하고 싶은 생각이 없었다.

4시에 손님이 또 한 팀 들어왔다. 젊은 여자들이 친구끼리 와서 케이크 여섯 조각을 단숨에 해치우고 쿠키와 치즈케이크를 추가로 포장해서 가지고 갔다. 그런데도 모두 걸그룹처럼 날씬했고, 무슨 일을 하는지 모르지만 예쁘고 돈 많고 말도 많은 데다가 돈도 잘 썼다. 그녀들은 손님을 몰고 다녔다. 그녀들이 올 때마다 갑자기 카페에 손님이 몰렸는데, 아쉽게도 일주일에 두세 번밖에 오지 않았다. 손님이 많아지면 중메이바오는 머릿속이 차분해졌다. 가만히 음악에 귀를 기울였고 리듬에 몸을 맞춰 약간의 열기를 느끼며 팔다리를 조금 빨리 움직였다. 바쁠수록 손님과 대화하거나 샤오밍과 얘기를 나눌 필요도 없었고 가슴속을 휘젓는 과거의 기억에 흔들리지도 않았다. 포크가 접시에 부딪히는 소리, 테이블에서 커피 잔을 들어 올리는 마찰음, 원두그라인더의 모터 소리, 커피머신이 수증기를 내뿜는 소리, 이 모든 소리가 그녀를 움직이게 하는 리듬이었다. 이것이 바로 그녀의 현재였다. 일정한 수준까지 숙달되면 음악이 흐르듯 몸이 리듬을 타게 되고, 모든 동작이 정확하고, 빠르고, 적절해진다. 그녀는 팬터마임 배우처럼 소리 없이 카페 안에서 자리를 옮겨가며 최적의 시간에 모든 일을 꼭 맞게 해냈다. 그러고 나면 그녀는 속으로 '바로 이거야'

라고 나지막이 외쳤고 머릿속도 말끔히 정리된 기분이 들었다.

그렇게 천천히 오후가 흘러가고 저녁이 지나가면 시골에서 올라와 빚 감당을 하기에도 버거운 여자아이는 사라지고 중메이바오는 다시 지금의 자신으로 돌아왔다. 기쁠 것도 없고 슬플 것도 없이 그녀는 오로지 '해야 하는 일을 차례로 완성하는' 데 집중하며 손님들 사이를 오갔다. 하루 종일 많은 사람의 얼굴을 대했다. 낯선 사람도 있고, 낯익은 사람도 있고, 그녀와 대화를 나누는 사람도 있었다. 낯익은 얼굴은 언제나 나타나는 시간에 나타났다. 마치 그들도 그녀같이 카페와 관계된 일을 하고 있는 것처럼, 이 장소가 그들의 어떤 생활에 반드시 필요한 곳인 것처럼. 그들은 늘 앉는 자리에 앉아 똑같은 음료를 주문하고 비슷한 일을 했으며, 어쩌다 중메이바오와 대화를 할 때도 항상 비슷한 화제를 꺼냈다.

어제가 오늘 같고, 오늘이 어제 같은 일상이지만, 중메이바오는 이렇게 연속적으로 반복되는 생활에 의지해 살아갔다.

그녀는 많은 사람을 아는 것 같으면서 또 아무도 모르는 것 같기도 했다. 이렇게 매일 반복되는 노동은 가벼운 대화, 커피 향과 케이크 냄새, 익숙한 동작으로 채워졌다. 날마다 대하는 얼굴들은 다 비슷한 듯 또 모두 달랐다. 중메이바오는 이 일방통행로가 좋았다. 이 길에 있는 마천대루, 미용실, 디저트가게, 꽃집, 만화방, 더 멀리 있는 소아과, 치과, 안과, 약국, 그보다 더 멀리까지도. 이곳 사람들은 이 일방통행로에서 일상에 필요한 것을 대부분 해결할 수 있다. 그럴 수만 있다면 중메이바오는 이 일방통행의 세계에 살고 싶었다. 도로 위를 지나가는 차들이 모든 것을 차단해주어 이곳의 일상이 지속되길 바랐다. 저 너머에 웅크린 채 기다리고 있는 무서운 사람과 무서운 일을 수많은 차들도 막아주지 못할까 봐, 그것들이 건널목을 건너 이쪽으로 넘어올까 봐 두려웠다. 아직은 아니지만, 언젠가는 그 반쪽 얼굴의 사람이 찾아오리라는 걸 그녀는 알고 있었다. 그렇게 되면 그녀가 지금 가진 모든 것, 작은 원룸도, 사랑도, 우정도, 커피 향도, 케이크 냄새도 모두 어둠에 집어삼켜질 것이다.

아직은 아니지만, 안전하지 않다. 더 빨리 움직여야 한다.

3 스카이가든

린멍위
45세, 마천대루 부동산 중개인

C동 37층 거주

빌딩 하나에 수많은 문이 있고, 집집마다 다종다양한 조합과 가능성이 있다. 린멍위林夢宇는 매일 집을 얻거나 사려는 손님을 데리고 층층을 오르내리며 수많은 문을 열고 닫았다. 10년 넘게 수백 채가 그의 손을 거쳐 거래됐지만 그래 봤자 전체 빌딩의 4분의 1밖에 되지 않았다. 계약을 연장하는 세입자도 많고 집주인이 직접 사는 집도 많기 때문에 모든 집에 들어가서 훔쳐볼 수는 없었다. '훔쳐본다.' 그는 자신이 이 단어를 쓰게 될 줄은 몰랐다. 이 빌딩이 막 완공됐을 때 준공검사를 하러 온 건축가, 엔지니어와 동행해 모든 집을 둘러보았는데 아마도 그때 싹튼 마음이 아닌가 싶다. 그때 보았던 화이트 벽과 화이트 새시, 아이보리색 바닥, 블랙 앤드 화이트 싱크대를 지금도 기억하고 있다. 욕실은 핑크 계열이었다. 당시에 이미 미국산 저소음 변기를 설치하고, 사각형 세면대와 그 위에 가로세로 80센티미터짜리 정사각 거울을 달았으며, 거울 양옆에 조명을 배치해 예술적인 아름다움이 느껴졌다. 큰 창 하나와 작은 창 두 개로 나뉜 시스템 창이 밖을 향해 탁 트여 있는데 아무것도 없는 듯 투명한 유리 너머로 멀리 펼쳐진 산과 도시를 조망할 수 있었다. 그때는 타이베이101●도 짓기 전이라 타이베이 쪽을 향하고 있는 앞 동의 큰 평수 집들은 시야에 걸리는 것이 거의 없었다. 그때만 해도 고층 빌딩이 적었고, 31층 이상 세대는 층고가 4.5미터나 돼서 호화스러운 분위기가 사람을 압도했다. 그때 그는 30대 초반이었으므로 자신은 살 엄두도 못 내는 방 네 개짜리 커다란 아파트 거실에 서서, 한 번도 살아보지 못한 타이베이 중심가를 바라보다 보면 출세하고 싶다는 강한 욕구가 생겼다. 분양 계약이 속속 체결되는 분양 사무실에서 집을 보러 오는 각양각색의 사람들을 보며 그는 어떤 사람들이 이곳에 살게 될지, 집을 어떻게 인테리어하고 고치고 가구를 배치할지 상상했다. 그들은 이 빌딩에서 혼자, 둘이, 또는 셋 이상이 어떤 가정을 꾸리고 살게 될까? 생로병사를 겪으며 어떤 생활을 하게 될까?

이유는 모르겠지만 그는 사람과 집의 관계에 관심이 많았고, 집을 사고파는 일이 적성에 맞았다. 손님을 데리고 이미 눈 감고도 다닐 수 있을 만큼 익숙한 복도를 따라 걸으며 광이 나게 닦아놓은 바닥, 거울, 창틀을 보고, 타이베이 쪽으로 난 창과 유리 너머의 도시 풍경을 바라보면 한 줄 한 줄 나무를 심듯 지어놓은 높고 낮은 빌딩 숲과 저 멀리 타이베이101, 강가에 20, 30층 높이로 지어진 고급 빌라가 보였다. 물론 나중에 홍콩, 도쿄, 상하이 등 국제적인 도시에 가서 최신식 마천루가 어떤 모습인지 눈으로 직접 본 뒤 자신이 이 작은 섬의

● 2004년에 완공된 타이베이의 대표적인 초고층 빌딩.

작은 빌딩에서 하고 있는 일이 이미 빛바랜 핑크빛 꿈이라는 걸 알았다. 하지만 건축가 르코르뷔지에가 마음속 구상을 실제로 구현한 '모더니즘 아파트'라는 유니테 다비타시옹을 건축 잡지에서 보고 진심으로 감동해 죽기 전에 꼭 가서 보겠노라고 다짐한 것을 제외하면, 다른 상업용 또는 주거용 빌딩은 직접 보든 텔레비전이나 신문, 잡지에서 보든, 아무리 높고 화려하고 고급스러워도 지금 서 있는 이 빌딩만큼 좋지 않았다. '건물의 핵심은 사람이다.' 그는 이 말을 거의 좌우명처럼 여겼고, 자신과 공생하는 마천대루를 가장 사랑했다.

그는 인생 전성기를 이 빌딩과 함께 보냈다. 4차선 도로 옆에 우뚝 서 있는 마천대루는 유난히 눈에 띄었다. 주위에 높은 빌딩이 많지만 그중에서도 가장 높고, 가장 넓은 면적을 차지하고 있다. 연보라색과 벽돌색으로 된 외관이 멀리서 보면 높은 산 같고, 흰색 새시가 그 위를 촘촘히 채우고 있다. 물론 가까이 다가가면 이 빌딩도 아파트촌의 일부가 되고, 그 안으로 들어가면 더 이상 거대한 위엄은 느껴지지 않으며 상상했던 것보다 낡았다는 사실에 놀라게 된다. 이렇게 거대한 것도 결국 늙을 때가 오는 것이다.

낮에는 지하철역이나 백화점 입구로 착각할 만큼 많은 사람이 로비를 드나들고, 밤이 되면 이 길에서 24시간 쉬지 않는 곳은 편의점과 이 빌딩의 로비뿐이다. 이따금 술에 취한 사람이 문 앞에 쓰러져 있을 때도 있는데 반은 입주민이고 반은 행인이다. 빌딩에 접한 도로 위로 도시고속도로가 완공된 지 몇 년 안 된 데다가 지금은 또 지하철역 건설 공사가 진행되고 있어서 이 도로는 줄곧 몇 개 차로가 차단되고 시선이 가려지고 탁한 공기가 맴돌고 있다.

정문 앞 보도블록이 깔린 길을 따라 점포 스무 개가 있고 오른쪽 화단은 계절마다 다른 꽃이 번갈아 핀다. 낮에는 유동인구가 많지만 늦은 밤에도 그리 어둡지 않아서 젊은 연인들이 가로등을 따라 산책하기에 좋다. 쇼핑센터 입구에서 모퉁이를 돌면 작은 정원이 나오는데 꽃나무는 많지 않지만 데이트를 즐기기에 충분하다. 낮에는 근처에 사는 노인들이 바람을 쐬러 나와 신문을 읽고 아침을 먹고 차를 마시고 개를 산책시킨다. 또 이곳은 빌딩 뒤쪽 골목에서 열리는 선셋마켓으로 통하는 지름길이기도 하다.

파란 제복을 입은 경비원이 경찰봉과 손전등을 들고 다니며 순찰한다. 이 빌딩은 다양한 계층의 사람들이 살고 있는 탓에 야간에 사건 사고가 특히 많아서 파출소 경찰들이 순찰, 단속, 체포를 위해 수시로 출동하는 곳이기도 하다.

마천대루에는 네 개의 출입구가 있고, 출입구마다 천장이 높고 탁트인 로비가 있다. 문 옆 인조 대리석 기둥에 환한 조명이 설치되어 있고 경비원 두 명이 프런트를 지킨다. 앞에 있는 두 동은 A동과 B동, 뒤에 있는 두 동은 C동과 D동이다. A동과 B동, C동과 D동은 각각 연결되어 있지만, 앞뒤 동은 분리된 구조이다. 중정의 정원은 함께 쓰지만 엘리베이터를 탈 때 쓰는 출입카드가 다르고 청소나 보안도 별도로 이루어진다. 관리직 인원수는 동일하지만 세대수로 따져보면 A, B동이 더 많은 서비스를 누리고 있고, 시설의 노후 상태도 상대적으로 나은 편이다. 이런 차이 때문에 A, B동 입주민들은 우월감을 갖고 있고 집값도 훨씬 비싸다.

높이 150미터에 지하 6층, 지상 45층, 총 1,200세대가 넘는 이 빌딩은 8년의 건축 기간을 거쳐 1998년에 완공됐다. 한때 대만에서 가장 높은 주거용 집합건물이었고, 지금도 세 번째로 높은 빌딩이다. 건설사 구조조정의 여파로 이 거대한 빌딩에 수도와 전기 공급이 중단되는 등 심각한 관리 부실 문제를 겪다가 2002년 관리단이 구성되면서 상황이 개선되기 시작했고, 지금은 권한이 막강한 주민자치회가 관리 전반을 감독하고 있다. 조직 구성이 치밀하고 임원단을 매년 새로 선출하는 등 상당히 체계적이다.

린멍위는 자신을 이 빌딩의 '건물주'라고 자칭한다. 20년 전 이 빌딩을 분양할 때부터 이곳에서 일했기 때문이다. 당시에는 건설회사 분양팀에 있었고 빌딩이 완공된 후에도 3년 동안 직장 생활을 하다가 퇴사 후에 직접 중개업소를 차리고 이 빌딩의 임대와 매매를 전문적으로 중개해왔다. 그의 손을 거쳐 거래된 집이 수백 세대에 달하고, 이 빌딩의 구조, 역사, 입주자의 신분과 배경까지 훤히 꿰고 있다. 그는 평당 14만 위안으로 집값이 최저점을 찍던 시기에 주식 투자에 실패해 최초에 직원가로 분양받았던 45평짜리 아파트를 팔고 15평짜리 복층 세대를 투자용으로 매입한 뒤 방 두 개짜리 아파트를 임대해서 거주했다. A동에서 C동으로 몸값이 하락한 것이지만 '손님이 여기 있으니까'라고 애써 자위했다.

지금은 다시 집값이 평당 45만 위안까지 올랐고 내년에 지하철이 개통되면 50만 위안을 넘을 것으로 예상된다. 물론 타이베이의 집값은 이미 뉴욕과 도쿄를 추월했고, 지하철과 바로 연결될 이 근방의 신축 아파트에는 비할 바가 아니다. 그도 "우리 마천대루는 이제 낡았어!"라며 안타까워한다. 건설회사 대표가 오래전에 부도를 내고 중국으로 도망치고 입주자들도 많이 바뀌었다. 특히 원룸 위주인 C, D동은 모텔만큼 다양한 사람이 지나쳐 간다. 다행이라면 3,000명 넘는 사람이 거주하는 이 거대한 단지를 관리하는 주민자치회가 잘 운영되고 있다는 점이다. 그의 중개업소 벽에 열쇠 수십 개가 걸려 있었다. 이 빌딩의 매매와 임대 매물 중 절반 이상이 그에게 있었다. 집주인들이 그에게 집에 관한 모든 관리를 위탁한 것은 아니지만, 언제 이사 오고 이사 나가는지, 어떤 사람이 이사하는지 그는 모두 알고 있었고, 네 개 동에서 삼교대로 근무하는 경비원 20명이 모두 그의 눈과 귀 역할을 했다.

"건물주!" 아내가 그를 불렀다. "점심 먹었어?"
입주 당시에 있던 1층 식당가는 1년을 버티다가 결국 문을 닫았다. 떠들썩하게 오픈한 지 8개월 만에 폐업했지만 아무도 아쉬워하지 않았다. 건설회사 소유였던 그 공간은 계속 업종이 바뀌며 생기고 사라지고를 반복했다. 운동 용품 매장, 침구 매장, 명품 브랜드 세일 행사 매장 등이 있었고, 또 한번은 어떤 국회의원의 선거 사무실로 사용되기도 했지만 대부분은 빈 채로 방치되었다. 쩍 벌린 구강 속처럼 컴컴하고 네 귀퉁이에 조명만 몇 개 비추고 있었지만 그래서 수시로 순찰을 돌았으므로 그 뒤쪽에 있는 낮은 집들이 수혜를 입었다. 식당가와 마주 보고 있는 건너편 길이 오히려 상점가로 변했다. 이 빌딩에 입주한 증권회사 세 개, 은행 두 개, 대형 할인점의 직원들을 상대로 점심을 파는 열몇 개 식당이 속속 생겨났다. 한식, 일식, 태국 음식, 파스타, 우육면, 흑초면, 교자만두, 포자만두, 파전병 등등. 점심시간에 늘 사람이 붐비고 저녁에도 퇴근길에 식사를 하려는 사람들이 있다.
다행히 3년 전 아부카페가 문을 열고 난 뒤 1층에 있는 빈 상가에 차츰 점포가 채워졌다. 소유주가 넓은 상가를 작은 점포로 쪼개서 임대를 놓자 장사가 잘되는 카페 옆으로 꽃집, 중고서점, 미용실이 차례로 생기며 길 전체에 활기가 돌았다.

"아부에 가서 샌드위치 좀 사다 줘." 그가 말했다. "아냐. 됐어. 내가 갈게." 그가 일어났다. 여기서 아내와 얼굴을 맞대고 있느니 메이바오의 얼굴을 한 번 더 보고 오는 게 나을 것 같았다.

그는 자신에게 작은 섬나라의 주인 같은 자부심이 있음을 인정했다. 몇 년 사이 근방에 고층 빌딩 세 개가 들어서기는 했지만 상상력이라곤 눈을 씻고 봐도 찾을 수 없는 '이미테이션'들이었다. 그는 마천대루를 자신이 짓기라도 한 양 다른 빌딩들을 깔보았다. 빌딩 자체를 하나의 도시로 상상하며 설계하지 않아 충분히 높지도 넓지도 않으면서 무슨 '럭셔리'라는 말만 붙여놓았다고 생각했다. 그런 빌딩은 어딜 가도 볼 수 있고, 돈만 있으면 지을 수 있다. 오래전 누군가 원대한 상상을 품고 이 불모의 땅에 이렇게 글로벌하고 현대적인 '도시 속의 도시'를 지었다는 사실이 대단하지 않은가? 마천대루는 하나의 건축물로서 하늘을 향해 우뚝 솟은 그 높이만 특별한 것이 아니라, 도시의 스카이라인을 바꾸고 주거에 관한 사람들의 상상을 변화시키려고 한 그 야심과 창의력이 더 큰 가치를 지닌다. 당시 창허 일대는 온통 작은 집과 논밭뿐이었다.

누가 이런 얘길 들어주겠는가. 모두 집값에만 관심 있을 뿐.

게다가 이 빌딩이 예전에 비해 어수선한 것도 사실이었다. 파티룸, 마약 제조장, 성매매 업소 등이 들어왔다는 소문도 있었다. C, D동에 있는 원룸 수백 개에 온갖 사람들이 다 들어와서 빌딩의 명성에 먹칠을 하고 있다. 하지만 따지고 보면 이게 바로 현대 도시의 축소판이 아니겠는가? 그는 지하에 술집 하나도 들어오지 못하게 금지하는 이유를 알 수가 없었다. 그나마 유일하게 맥주를 마실 수 있는 곳이 아부카페였다. 그 카페는 이 빌딩의 상가에 활기를 불어넣은 곳이다. 상당한 미모의 카페 매니저가 열심히 카페를 운영한 덕분에 식당가가 달성하지 못한 꿈을 마침내 이루었다. 중메이바오를 보기 위해 인근 직장인의 발길이 이어지고 심지어 타이베이에서 일부러 찾아오는 젊은이들도 있다. 1층 점포로 인해 빌딩 전체가 젊고 트렌디하고 감성 있는 곳으로 바뀌었다. 그는 중메이바오를 생각하면 몸이 가늘게 전율하는 것을 느꼈다. 전율이라는 말 외에 또 다른 말로 표현할 수 있을까? 마성? 아니, 매력일 것이다. 중메이바오 덕분에 1층 상가가 매력적인 곳으로 변모했다.

누가 이 빌딩이 점점 노후되고 있다고 했던가? 이 빌딩은 생생하게 살아 있으며 자기 재생 능력도 갖고 있다.

최근 그는 매일 37층의 자기 집에서 엘리베이터를 타고 8층 중정의 스카이가든에 있는 사무실로 출근할 때마다 현기증을 느낀다. 중정은 평소에도 바람이 세게 불고 그의 사무실은 사방이 트인 자리에 있다. 빌딩 1층에는 임대료가 비싼 상점이 있고, 공용 시설은 모두 8층에 있다. 그의 사무실 옆으로 실외 수영장, 피트니스센터, 농구장, 세탁실, 도서관, 작은 골프 연습장이 있다. 공용 시설 대부분이 겉만 번지르르할 뿐 노후되고 관리도 잘 안 된다. 그렇지 않다면 그는 아마 자신이 제왕 같은 생활을 하고 있다고 느낄 것이다.

그는 매일 아침 골프 연습장에 가서 맨손체조를 했다. 연습장이라고 해봐야 인조 잔디를 깔고 작은 연못을 만들어놓은 게 전부인데, 연못은 물이 마른 채 방치되어 있고 몇 개 있는 홀마다 장난감이나 나뭇잎으로 막혀 있다. 거기서 골프 연습을 하는 사람은 본 적이 없고 가끔 백인 주민이 벌거벗고 일광욕을 했다.

여름에는 수영장에 안전요원을 배치하고 수영 교실도 열리기 때문에 중정이 워터파크처럼 떠들썩하다. 어른, 아이 할 것 없이 모여들어 물놀이를 즐기고 화단에 꽃이 만발해 중정이 화려해진다.

하지만 지금은 겨울이 다가오고 있다. 겨울에는 을씨년스럽다. 빌딩풍이 불어 중정이 냉동고처럼 춥기 때문에 산책하는 사람도 없다. 음력설이 다가오면 부동산 거래도 뜸하다. 명절을 앞두고 이사하려는 사람들이 별로 없기 때문이다. 다행히 그의 임대 거래는 여전히 활발하게 이루어지고 있지만 요즘 그는 우울한 기분을 좀체 떨쳐낼 수가 없었다.

담뱃불을 붙이자 연기가 바람에 흩어졌다. 빌딩풍은 사람을 날려버릴 수 있을 만큼 거센 바람이다. 가끔 바람이 없는 날은 쾌적하지만 열흘 중 이레는 센바람이 불어 아름다운 풍경을 많이 보지 못하는 게 아쉽다. 하지만 온종일 10평 남짓한 사무실에 있다 보니 답답해서 담배를 핑계로 하루에 스무 번쯤 스카이가든에 나간다.

중정에 서서 담배를 피웠다. 먼 산 위에 고압송전탑이 서 있고, 숲과 절, 파란 하늘과 흰 구름이 눈앞에 펼쳐져 있었다. "멋진 조망은 무상 제공 옵션입니다." 그는 늘 손님에게 이렇게 말했다. 8층은 조망이 좋다고 할 수 없지만 너른 하늘이 펼쳐져 있기 때문에 길 건너를 바라보면 '강기슭'이라는 말이 떠오르곤 한다. 아마도 고가도로 위를 달리는 차량의 행렬이 강물을 연상시키기 때문일 것이다.

그 강 너머에 숲이 있는데 사유지인 것 같았다. 넓은 임야는 거의 쓸모없는 땅이라 방치되어 있지만 덕분에 그는 드넓은 정원을 소유한 듯한 기분을 느낄 수 있다. 나무 이름은 일일이 알지 못하지만 그게 뭐 그리 중요할까. 중요한 건 그 짙푸른 색조가 절망적인 생활에 한 점 활력을 준다는 사실이었다.

밤이 되면 차량의 물결이 빛의 물결로 바뀌었다. 중정은 8층 높이 밖에 되지 않아서 도시의 야경을 조망하는 기분은 느낄 수 없지만 멀리 보이는 빌딩 두 동의 옥상 조명이 무지개색으로 바뀌며 환하게 불을 밝힌다. 누구의 아이디어인지 몰라도 빨주노초파남보로 변하는 색을 지긋이 바라보며 무언가를 기다리듯 속으로 조용히 숫자를 세면 생각하지 말아야 할 일이 뇌리에 떠오른다.

부동산 중개업을 시작한 후 그는 가끔 공실에서 밀회를 가졌다. 주기적으로 발작하는 변태적인 병 같은 것이다. 그의 서랍에는 은밀한 데이트에 쓰려고 최근에 골라둔 집의 열쇠가 들어 있다. 매번 같은 집은 아니지만 언제든 쓸 수 있도록 항상 준비해둔다. 주문 제작해 벽에 걸어놓은 나무사물함에서 호실 번호가 붙은 채 나란히 걸려 있는 열쇠 가운데 무작위로 하나를 골랐다. 무작위라는 건 거짓말이고, 사실 오랫동안 중개를 해왔으므로 어떤 고리에 어떤 집의 열쇠가 걸려 있는지, 어떤 집이 어떻게 꾸며져 있는지 훤히 알고 있다. 집주인이 매물을 내놓을 때 그가 직접 응대하며 자세히 물어보기 때문이다. 또 임대 매물은 대부분 정해져 있고, 어쩌다 새로운 매물이 나오면 빨리 '열어보고' 싶어서 조바심이 난다. 변태스러운 생각이라는 건 알지만 참을 수가 없다. 그건 이 빌딩을 점유하는 그만의 방식이다. 직접 집을 사고팔고, 남의 집 매매를 중개해주는 것 외에도 이런 은밀한 방식으로 들어가 점령한다. 물론 여자와 그 집에서 만나기로 약속하면 편하겠지만, 손님에게 집을 보여주러 간다는 것이야말로 그가 이 사무실을 벗어날 수 있는 최고의 핑계다. 아내가 갑자기 들이닥칠 수도 있기 때문에 매물 중 하나를 따로 남겨두었다가 한 번 사용하고 난 뒤에 매물로 등록해 손님들에게 보여주었다.

소형 원룸을 임대할 때 그는 항상 컴퓨터로 홍보물을 작성한다. 직접 사진을 찍고 소개 글을 써서 인터넷에 올리고, 컬러로 출력해 공원 게시판에 붙인다. 사진이 근사할수록 거래 성사율이 높다. 이번에 새로 나온 매물은 심플한 인테리어에 집주인이 직접 쓰던 원목가구가 놓여 있어서 고급스럽다. 더블침대에 독립스프링 매트리스가 깔려 있고, 암막 커튼이 있으며, 스리도어 냉장고와 건조 기능이 있는 세탁기도 있다. 처음 원룸을 매입한 집주인들이 어느 정도 나이가 들면서 결혼하는 사람들이 많아졌다. 남자가 결혼을 하면 대부분 집을 팔고 큰 아파트로 이사한다. 개중에는 이 빌딩 안에서 방 두 개나 세 개짜리 아파트로 이사하는 사람들도 있고, 간혹 부잣집 아들을 만나 시부모의 총애를 받으며 결혼하는 여자들은 결혼 전에 살던 원룸을 팔지 않고 임대를 놓아 '용돈'으로 쓰기도 했다.

그는 집을 사러 오는 손님들에게 이런 사례를 얘기하며 이곳이 훌륭한 투자처라고 했다.

오랫동안 공실을 관리했으므로 거래하기 전에 여러 번 들어간 집도 있었다. 특히 마음에 드는 집은 원칙을 깨고 두세 번 밀회를 즐기기도 했다. 다양한 애인과 밀회를 즐길 때면 배우가 돼서 연극을 하는 것 같다. 그 집을 사서 애인을 숨겨놓고 몰래 살림을 차리는 상상도 했지만 그건 너무 위험한 일이므로 절대로 꼬투리 잡힐 증거를 흘리지 않도록 조심해야 한다.

최고급 빌딩도 아니고 문제도 많은 곳이지만 그는 이곳에 귀속감과 동질감을 갖고 있었다. 그의 일, 생활, 친구, 사랑, 재산이 모두 여기 있기 때문이다. 그의 가장 왕성했던 시절을 이 빌딩에 바쳤고, 그 대가로 실질적인 수입과 경험, 인맥 그리고 남모르는 '은밀한 추억'을 얻었다. 물론 원룸, 투룸, 복층 원룸을 제외하고 방이 여러 개 딸린 아파트는 밀회 장소로 삼은 적이 없다. 이유는 모르겠지만 약간 망설여졌다. 아마도 그의 집과 비슷하게 겹치는 느낌을 원치 않아서일 수도 있다.

밀회를 가정과 철저하게 분리하려는 것은 생각해보면 아주 단순한 일이다. 그가 원하는 건, 아무것도 알 수 없지만 무엇이든 가능한 느낌, 곧 무언가 시작되려는 찰나에 또 금세 막을 내리는 느낌, 바로 그런 느낌이다. 그러면 그 과정 속의 매분 매초가 마지막 순간이 된다. 그가 밀회를 즐기는 여자는 나이를 불문하고 기품이 있고, 가끔은 상당한 미인일 때도 있다. 그가 먼저 집에 들어가고 여자가 뒤따라 들어간다. 집주인이 전문 업자에게 의뢰해 신경 써서 인테리어를 하고 가전제품을 풀옵션으로 갖춰놓은 집이든, 가구가 하나도 없이 텅 빈 집이든, 싸구려 가구로 조잡하게 꾸며놓은 집이든, 그는 자신이 중개하는 집은 모두 자기 영토로 여기기 때문에 그런 집에서 여자들과 섹스를 즐기는 것이다.

이상하게 키도 작고 그리 미남도 아닌 그가 중년이 되면서 여자들에게 인기가 많아졌다. 이 빌딩에서 오래 살아서인지 그는 집을 구하러 오는 사람이 기혼인지 미혼인지, 대략적인 경제 상황과 성격은 어떤지 대번에 파악할 수 있었고, 심지어 그녀가 자신에게 마음이 있는지 없는지, 어떤 방식으로 유혹해야 넘어올지도 알 수 있었다.

아내가 안다면 틀림없이 그를 쓰레기라고 할 것이고, 집주인이 안다면 이 빌딩에서 중개업소를 접어야 하는 것은 물론이고 업계에서도 당장 퇴출될 것이다.

하지만 그는 참을 수가 없었다.

어떻게 시작됐을까? 어떻게 끝낼 수 있을까? 멈출 수가 없었다.

그는 매매나 임대를 기다리고 있는 공실에서 왠지 모르게 위로를 갈구하는 여자와 '연인' 관계를 연기했다. 더운 여름이든 추운 겨울이든 집에는 이불 같은 물건은 없었다. 여름에는 다행히 에어컨이 있지만 겨울에는 사무실에서 무릎 담요를 가지고 가다가, 나중에는 아예 소형 히터를 사서 몰래 숨겨두었다. 한 집을 최대 두 번까지만 쓴다는 자기만의 원칙이 있었다. 들킬까 봐 겁이 나기 때문이기도 하지만 그보다는 여러 번 가면 너무 현실 같은 기분이 든다는 이유가 더 컸다.

그는 차츰 아내와의 생활과 다른 여자들과의 연애를 분리했다. 생활감이 없는 장소만이 그의 시적 감수성을 자극하고, 공간을 '가득 채우고' 싶다는 욕구를 성욕으로 전환시켜주었다. 단정하게 화장을 한 여자가 나쁜 짓을 저지르는 것 같은(실제로 나쁜 짓을 하고 있다) 불안함에 조마조마하면서도 흥분된 얼굴로 벌거벗은 채 바닥이나 매트리스에 누워 있고, 그 옆에 널브러진 옷과 생수병, 핸드백이 놓여 있다. 이렇게 제대로 갖춰지지 않은 급조된 방식이 사람을 더 흥분시켰다. 그들은 아주 긴 시간 섹스를 하고, 그사이에 농담처럼 집을 구하는 문제에 대해 물었다. 그중에는 그와의 섹스 이후 이곳으로 이사 오는 사람도 있었는데 어쩌다 빌딩에서 마주치면, 오랜만에 만난 중학교 동창처럼 서먹한 표정으로 간단히 눈인사만 나누었다. 물론 다시는 만날 수 없는 여자도 많았다.

그가 '성적인 우정'이라고 부르는 이런 관계가 외도로 발전한 적이 딱 한 번 있었다. 오래전에 살다가 이사 간 세입자가 다시 집을 구하러 왔는데 보자마자 그녀가 기억났다. 몇 년이 흘러도 미모는 여전했지만 왠지 모를 쓸쓸함이 느껴졌다. 그는 직감적으로 냄새를 맡았다. 혹시 남자친구 집에서 이사 나오는 걸까? 아니면 이혼?

이혼이었다. 이혼 도장을 찍기까지 1년 동안 질질 끌어온 싸움 때문에 우울증에 걸린 그녀는 집을 갖는 대신 위자료를 목돈으로 받았다. 그 집에서는 도저히 살 수가 없었기 때문이다. 남편이 그 집 곳곳에서 전 애인과 섹스를 나누는 모습이 눈앞에 떠올라 견딜 수가 없었다. "정말 뻔뻔하잖아요. 여자를 군이 집에 데려오다니." 여자가 슬픈 얼굴로 말했다. "남자에게 최고의 정부는 자신의 전 애인이래요. 이혼 후에 그들은 결혼했고, 난 그때 유럽행 비행기 안에 있었어요." 여자는 이혼한 뒤 1년 반 동안 유럽을 여행하며 아픔을 삭였다.

그녀는 위자료를 여행 경비로 썼다. 처음 간 곳은 파리였다. 그동안 남편의 사업을 위해 절약하며 살았지만 그럴 필요가 없어졌으므로 실컷 즐기기로 했다. 처음에는 돈을 펑펑 썼다. 5성급 호텔에서 묵으며 고급 레스토랑에 가고, 비싼 옷과 액세서리, 핸드백을 척척 샀다. 매일 파티에 가는 사람처럼 예쁘게 꾸미고 호텔 안을 돌아다녔다. 가끔 말을 걸어오는 남자도 있었지만 아직 마음의 준비가 안 됐다는 생각에 거절했다. 돈은 금세 바닥났고, 반년 뒤 커다란 여행 가방을 가지고 스페인으로 갔다. 갑자기 조용한 전원생활을 하고 싶어서 시골집을 사버릴 뻔했지만 그 대신 차를 한 대 사서 마음 내키는 대로 돌아다녔다. 명품 옷을 다 팔고 하는 일 없이 살다 보니 또 반년이 흘렀다. 그다음 반년은 태국 코사무이섬에서 요가 수련을 하며 지냈다. 요가 수련을 하러 온 영국인과 짧은 연애도 했다. 그러고 나자 마침내 대만으로 돌아가야겠다는 생각이 들었다. 갖고 있던 짐도 다 버리고 모든 것을 새롭게 시작하기로 했다. 그렇게 해서 이 빌딩에 왔고, 그를 만나게 된 것이다.

여자가 들려준 이야기가 현기증이 날 만큼 꿈 같았다.

그들은 복층 원룸의 침실을 둘러보다가 거의 동시에 서로를 끌어안았다. 아무 말도 하지 않았지만 이상하리만치 흥분됐다. 그들은 비닐도 뜯지 않은 새 스프링 침대 위를 뒹굴었다. 꿈을 꾸고 있는 듯한 이런 기분은 정말 오랜만이었다. 여자의 살에서 은은한 꽃향기가 나고 겨드랑이에 솜털처럼 가는 갈색 털이 돋아 있었다. 여자의 신음 소리는 소녀 같았고, 진심으로 부끄러웠는지 매끄러운 두 뺨에 홍조가 사라지지 않았다.

그는 빌딩 꼭대기 42층의 조망을 그때 처음 보았다. 유리성처럼 삼면이 모두 유리창으로 된 20평짜리 복층 원룸이었는데, 줄곧 비어 있던 집을 그녀가 계약했다. 그는 일주일에 하루 그녀를 만나러 갔다. 6평쯤 되는 발코니에 화초를 가득 심고, 그가 선물한 노천카페 테이블 세트와 흰색 파라솔을 두었다. 클래식한 디자인의 흰색 테이블과 의자였다. 그들은 그 철제 의자에서 섹스를 했다. 얼굴에 닿을 듯한 밤하늘, 검푸른 하늘에서 점점이 빛나는 별들, 달아오른 뺨을 스치는 여름밤의 선선한 바람. 두 사람은 거친 시멘트 바닥에서 뒹굴기도 했다. 여자는 "잔디를 심어야겠어. 더 부드러울 거야"라고 했다.
일상에서 도망치고 싶을 때마다 그는 그 집에 갔고, 그녀는 한 번도 그를 거절하지 않았다.
그는 여자가 원하는 대로 넥타이와 스타킹으로 그녀의 몸을 묶었다. "조금 더." 약간의 고통과 속박. "조금 더." 그들은 아이러니하게도 고통과 속박 속에서 해방감을 느꼈다. 가끔은 섹스 후에 미친 듯이 울기도 했다. 그는 그녀가 자신을 사랑하고, 자신도 그녀를 사랑한다고 생각했다. 아무것도 바라지 않는 사랑이었다. 그들은 이 공중누각을 떠나서는 어디에서도 함께 살 수 없었으므로 그들의 관계에는 오로지 섹스밖에 없었다. 황홀할 만큼 아름답지만, 가슴이 찢어질 만큼 절망적이었다. 그녀의 집을 나와 엘리베이터를 탈 때마다 다시 인간 세상으로 돌아온 것 같았다.

1년 뒤 여자는 그 테이블 세트를 가지고 떠났다. 그들은 작별 인사를 나누지 않았다. 그녀가 떠나는 시간을 알고 있었고, 이사업체 사람들이 테이블 세트와 침대, 텔레비전 선반 등 그가 하나씩 선물해 준 물건들을 싣고 떠나는 중이라는 것도 알고 있었다. 심지어 처음부터 이미 떠날 줄 알았던 것처럼 새것은 하나도 없고 모두 중고품이었다. 심지어 테이블 세트도 카페를 폐업하는 친구에게서 받은 것이었다. 그는 중정에서 담배를 피우며 그녀가 떠나는 시간을 계산하고 그녀가 떠났음을 느꼈다. 가슴속에서 무언가가 죽은 것 같았다.

몇 년이 흘렀지만 그는 아직도 시멘트 바닥에 살이 쓸리던 감촉과 몸을 스치던 여자의 보드라운 피부가 떠오르곤 했다. 그럴 때마다 그녀가 미치도록 그립고 고통스러웠지만 꾹 참았다. 그 고통이 그들 사이에 유일하게 남은 증거인 듯했다.

그 후 오랫동안 누군가를 다시 사랑하지 않았고, 어떤 여자와도 고정적인 관계를 유지하지 않았다. 그에게 필요한 건 그저 빈집과 짧은 접촉이 서로를 곤란하게 하지 않을 여자였다. 그는 그런 남자였다. 그의 아내도 은밀한 외도를 즐기지 않는다는 보장이 없었다. 어쩌면 고결해 보이는 그녀가 이 빌딩에서 일하는 배관공이나 전기공과 섹스를 할지도 모른다. 그는 알 수도 없었고, 크게 개의치도 않았다. 정말로 그런 일이 벌어진다면 그때 생각하면 될 일이다. 아니, 설령 그런 일이 벌어진다 해도 이혼하지 않을 것이다.

설령 이혼한다 해도 결코 이 빌딩을 떠나지 않을 것이다.

이곳은 그의 나라였다. 그의 사랑과 꿈, 잃은 것과 가진 것이 모두 이곳에 있었다.

하지만 중메이바오가 그의 잔잔한 가슴에 파문을 일으키고 감성을 깨웠다. 맙소사. 온몸에 무수한 구멍이 뚫린 것처럼 너무 강렬해서 차라리 그 느낌이 사라져버리길 바랐다. 갑자기 반응이 빨라지고 감수성이 예민해졌다. 하지만 그보다 더 큰 감정은 아픔과 절망이었다.

힘껏 심호흡을 했지만 뭔가 가슴을 틀어막고 있는 것 같았다. 원래 그는 중메이바오를 어린 여동생 정도로 여겼다. 그런데 어째서인지 반년 전부터 카페 앞을 지날 때마다 괜히 들어가서 잠시 앉아 있다가 오곤 했다. 이상하게 그녀에게 끌리기 시작했고, 그는 직감적으로 그것이 성적 끌림임을 알았다. 예전에는 느끼지 못했는데 왜 지금 와서 이렇게 강렬하게 느끼는 걸까? 그녀의 일거수일투족, 눈빛, 심지어 호흡 또는 눈에 보이지 않는 어떤 것이 조용히 꿈틀대며 형언할 수 없는 매력을 발산하고 있었다. 그는 중메이바오에게 어떤 일이 생겼고, 그 일로 인해 그녀가 보이시한 분위기의 앳된 아가씨에서 강렬한 페로몬을 발산하는 '여자'로 변했을 것이라고 확신했다. 아니, 그렇게 신비스러운 일이 아닐 수도 있다. 치마를 입지 않던 중메이바오가 치마를 입는 바람에 그 아름다운 각선미에 정신을 빼앗긴 걸 수도 있고, 아니면 그냥 그는 늙고 중메이바오는 성숙해진 걸 수도 있다. 늙은 남자가 젊은 미녀에게 어떻게 저항할 수 있겠는가?

최근 그에게 새로운 취미가 생겼다. 여자 없이 혼자 공실에 가서 한두 시간을 보내는 것이다. 아무것도 없는 빈집에 누워서 자기 인생에서 지나친 것들, 잘못된 것들, 아쉬운 것들을 곰곰이 돌이켜보았다. 42층의 그녀를 생각하고, 중메이바오를 처음 보았을 때를 떠올렸다.

그때 그는 둘 사이에 공통점이 있음을 알았다. 두 사람 모두 불처럼 강렬하다 못해 미쳐버릴 듯한 눈빛과 아름다운 눈을 갖고 있었다.

빈집 열쇠가 하나 있다. 중메이바오의 바로 옆집이었다. 그는 가끔 밤에 올라가서 그 집에 머물다 오곤 했다. 벽 하나를 사이에 두고 중메이바오의 존재를 느꼈다. 변태스러운 행동이라는 것도, 자신이 예전보다 더 변태스러워졌다는 것도 알고 있었다. 사다리를 놓고 현관 천장의 에어컨 배기구로 올라갔다. 그곳에 통로가 있고, 그 통로를 넘어가기만 하면 중메이바오의 집에 갈 수 있다는 걸 알고 있었다.

사랑이 사람을 미치게 만든 것인지, 사람이 미쳐서 사랑을 느끼게 된 것인지 알 수 없지만, 그는 배기구 안에 숨어서 숨죽인 채 배관을 통해 풍겨 오는 이상한 냄새를 맡았다. 그 고약한 냄새 중 일부는 중메이바오의 집에서 나는 냄새였다. 각 세대의 욕실에서 올라오는 냄새가 배관이 꺾이는 이 부근에서 맴돌기 때문이다. 주민들이 민원을 제기했지만 중메이바오는 불평한 적이 없었다. 그는 컴컴한 통로 가운데 있는 얇은 칸막이를 보며 작은 톱 하나만 있으면 저 판자를 쉽게 잘라낼 수 있겠다고 생각했지만, 아직은 아니었다. 아직 이 기다림을 즐기며 무수히 많은 상상을 하는 것으로 족했다. 그는 어둠 속에 매복한 사냥꾼처럼 사냥감을 관찰하는 과정을 즐기며, 입안에 침이 고이고 아드레날린 분비가 증가하고 몸의 어떤 기관에 피가 쏠리는 것을 느꼈다. 그건 치욕에 가까운 쾌감이었다.

4   햇빛 쏟아지는 발코니

우밍웨
32세, 로맨스소설 작가

C동 28층 9호 거주

우밍웨吳明月는 매일 아침 9시 알람이 울리기 전에 눈을 뜬다. 안대를 벗고 알람 시계를 끄고 침대 옆에 있는 오디오를 누르면 그녀가 좋아하는 베토벤의 피아노소나타가 흘러나온다. 몸을 구부려 말았다가 쭉 펴기를 몇 번 반복한 다음, 텀블러에 담긴 따뜻한 물 300밀리리터를 마시고 침대에서 내려온다. 침대 옆에 깔린 요가 매트에서 10분 정도 몸을 풀고 난 뒤 잠옷을 벗고 욕실에 가서 샤워를 하고 나와 주방으로 가 아침 식사를 만든다. 아침 식사는 채소와 과일을 섞어 직접 간 주스와 잡곡빵, 요거트, 과일이다. 천천히 만들어서 천천히 먹는다.

눈을 뜰 때부터 아침 식사를 마칠 때까지 대략 한 시간 남짓 걸린다. 그러고 나면 드레스룸으로 가서 신경 써서 옷을 골라 입는다. 오늘은 스탠드칼라에 7부 소매가 달린 살구색 시폰 셔츠와 9부 길이의 블랙 일자 슬랙스를 입고, 얼굴에 파운데이션과 파우더를 얇게 바른 뒤 블러셔를 은은하게 칠했다. 출근하려는 사람처럼 천천히 정성 들여서 아침 기상 의식을 끝냈다. 아직 11시가 되지 않았고, 밤 12시 잠자리에 들 때까지 긴 하루를 보내야 한다.

그녀는 출근할 필요가 없고, 어디도 갈 필요가 없이 집 안에서 지낸다. 광장공포증에 걸려 집에서만 지낸 지 3년이 넘었다.

이 집이 그녀의 세계 전체였다.

공급면적 38평. 공용면적을 제외하고도 실평수가 30평이 넘는다. 커다란 방 두 개와 거실, 다이닝룸이 있고, 세탁실, 창고, 앞뒤에 발코니가 하나씩 있으며, 주방에는 가스오븐레인지가 갖춰져 있다. 전체적으로 나무마루를 깔고 시스템 가구를 놓았으며 침실에 3평 크기의 발코니도 있었다. 집을 사고 명의 변경을 완료한 후 그녀의 엄마가 업체에 인테리어를 의뢰했을 때 디자이너가 웃으며 이렇게 말했다. "제 설계의 목표는 밖에 나가지 않고 집 안에서도 넓은 세상을 느낄 수 있도록 하는 데 있습니다." 그 말이 예언이 되었다. 거실 겸 서재와 침실에서 통유리창을 통해 발코니로 나갈 수 있게 하고, 발코니에 멋진 화단을 만들었다. 엄마가 화단에 심어 기르던 식물들은 그녀가 물려받은 뒤에도 잘 자라주었다. 널찍한 발코니는 처음부터 반개방형 다기능 정원으로 설계했다. 윗부분을 유리 덮개로 덮어 채광 효과가 좋고, 원격 제어가 가능한 암막 커튼을 설치해 빗물을 차단하고 햇빛을 가릴 수 있었다. 흰색 리클라이너와 등받이가 낮은 플라스틱 의자를 놓아두어, 앉아서든 누워서든 하늘에 구름이 떠가고 먼 산에 안개가 걸린 창밖 풍경을 조망할 수 있고, 일어서면 간단한 체조도 할 수 있었다. 바닥에 목재를 높게 깔아 배수가 잘 되게 하고 따뜻한 질감을 덧붙였으며 그 위에 요가 매트를 펴면 햇빛을 받으며 요가 수련을 할 수가 있었다. 가끔 그녀는 실내자전거를 발코니에 옮겨다 놓고 운동을 하기도 했다. 날씨가 맑은 날에는 간단한 차와 간식을 가지고 나가 티타임을 즐겼다. 집 안에 빛, 물, 식물, 호흡이 모두 있었다. 모든 세대가 똑같은 외관으로 설계된 아파트이기 때문에 주민자치회가 주민들의 개별적인 개조 공사에 상당히 예민한 편이지만, 인테리어 디자이너가 기존 구조를 건드리지 않는 선에서 공간의 분리를 최대한 줄여서 설계했다. 엄마가 돌아가신 뒤 처음에는 이 집을 팔아버리려고 했다. 이 집을 떠나기만 하면 병이 나을 줄 알았기 때문이다. 하지만 집에서 한 걸음도 나갈 수 없었고, 이보다 더 폐쇄된 공간에서 산다는 걸 상상할 수가 없었다.

그녀는 집 안에만 있어도 하늘과 햇빛, 빗물, 이슬을 잊지 않을 수 있는 이 집을 물려받았다는 사실을 다행스럽게 여겨야 했다.

그녀는 오랫동안 집 밖에 나가지 않는 사람들은 어떤 모습일까 상상하곤 했다. 드라마나 영화에 등장하는 은둔형 외톨이들은 대체로 머리가 지저분하게 자란 남자들이지만, 그녀는 비교적 준수한 외모를 가진 여자이고 단정한 옷차림에 머리도 어깨 밑으로 자라기 전에 자른다. 머리를 양 갈래로 나눠 가슴 앞에서 모아 쥐고 가위로 천천히 자르고, 앞머리도 직접 자른다. 피부가 흰 편인 데다가 햇볕을 쬐지 않아 비타민D를 합성하지 못하면 칼슘 결핍 증상이 나타날 수 있으므로 볕이 좋은 날에는 선글라스를 끼고 침실 발코니에서 일광욕을 한다. 또 거실에 러닝머신과 실내자전거가 있고, 대형 거울이 걸린 거실벽 앞에 매트를 깔아놓고 자주 요가를 한다. 그녀가 이렇게 건강 관리에 신경 쓰는 것은 병원에 가기 위해 외출하는 상황을 피하기 위해서였다. 이렇게 한다고 정말로 병원에 갈 필요가 없을지는 잘 모르겠지만, 어차피 시간이 많으니까 운동을 하며 스스로 충실하게 생활하고 있음을 느끼는 것이다.

생활의 리듬이 흐트러지지 않도록 알람 시계 세 개를 맞춰놓고 최대한 시간 맞춰 잠자리에 들고 식사를 한다. 생활이 불규칙해지면 까닭 모를 공황이 밀려오기 때문이다.

균형 잡힌 식사와 충분한 수면, 꾸준한 운동에도 그녀는 늘 혈색이 창백하고, 외부와 접촉이 거의 없어서인지 예상 못 한 소리에 쉽게 놀란다. 어느 해 여름에 주민자치회에서 갑자기 전체 방역 소독을 실시한다고 방송을 했다. 복도까지 모두 소독 작업을 하니까 가급적 집 안에 있지 말고 밖으로 나갈 것을 권했는데, 그녀에게는 정말 끔찍한 경험이었다. 하는 수 없이 중정으로 나갔지만 아주 익숙한 장소인데도 불안해서 어쩔 줄 모르다가 결국 마스크를 쓰고 세탁실에 숨었다. 그 후에 소방 점검을 실시할 때는 아예 집 밖에 나가지 않았다. 지금은 매년 두 차례씩 소독을 할 때마다 모든 창문을 꽁꽁 닫고 수건으로 현관문 틈을 틀어막는다. 그러면 소독약 냄새가 나지 않았다.

집 안에서 칩거하는 대신 대부분의 시간을 발코니에서 보냈다. 그곳이 유일하게 외부 세계와 연결된 통로였다. 발코니에서 바깥의 소리를 듣고 날씨의 변화를 느꼈다. 넓은 발코니에는 테이블과 의자가 있고 화초와 햇빛도 있으며 공기가 잘 통했다. 날씨가 좋은 날은 낮 시간 내내 발코니에서 보냈다. 음악을 듣고 글을 쓰고 인터넷을 보고 운동을 했다. 이따금 컴퓨터로 영화를 보기도 했지만 사실 아무것도 하지 않고 리클라이너에 앉아 외부 세계의 모든 소리에 가만히 귀를 기울이고 있을 때가 더 많았다. 멀리서, 더 멀리서 나는 모든 소리를 귀에 담았다. 경적 소리, 기적 소리, 홍보 차량의 확성기 소리 등등. 길 건너편 경찰서에서 구령 같은 짧은 외침이 자주 들렸고, 어떤 때는 몇 분 동안 아무 소리도 안 들리기도 했다. 그러면 그녀는 한 점 소음조차 곁에 있어주지 않는 자신이 이 세상에서 가장 고독한 사람인 것 같았다. 조금 있으면 갑자기 새소리인 듯 허공에서 청명한 소리가 들렸다. 지면에서 아주 멀리 떨어진 28층까지 새소리가 들리는 건 의아하지만 정말로 소리가 들렸다. 요즘 청력이 좋아졌나 싶었지만 환청일 수도 있었다. 심지어 누군가 대화하는 소리, 싸우는 소리, 우는 소리, 웃는 소리까지 들리다가 다시 모든 게 정상으로 돌아왔다. 28층에서 들리는 외부 세계의 소리라고 해봐야 도로를 지나가는 차들의 엔진 소음에 시장 사람들이 떠드는 소리, 각종 스피커에서 나는 소리, 기계 돌아가는 소리, 건설 현장의 소음이 뒤섞인 소리에 불과하겠지만, 어떤 소리든 한데 엉키고 뭉개져 잿빛 '소리구름'이 되어 둥둥 떠다니다가 그녀의 발코니에 닿으면 기도나 주문처럼 알아들을 수 없는 웅얼거림과 공기의 미세한 울림으로 바뀌었다.

도시가 발밑에 있었다. 깊은 밤 자기만의 바깥세상으로 나가면 어째서 그곳에서는 광장공포증이 나타나지 않는지 이상했다. 더 갈 곳이 없기 때문일 것이다. 출구가 없는 곳이어야 안심이 됐다. 그녀는 어두운 난간 앞에 서서 밑을 내려다보았다. 왼손 옆으로 고속도로를 지나가는 차들과 신뎬● 방향에 펼쳐진 야경이 보였다. 사람들이 가

● 타이베이 외곽의 위성도시.

장 좋아하는 야경이었다. 수많은 건물의 불빛, 자동차 헤드라이트, 네온사인. 그녀는 수천 번도 더 본 야경이었다. 그녀 자신도 그걸 좋아할까? 모르겠다. 밤이 되면 슬픔이 찾아왔다. 그 수천수만 개의 불빛 속에 살고 있는 무수한 사람들 중에 그녀처럼 자신을 스스로 가둬버린 사람이 있을까?

발코니에 나가지 않고 창을 모두 닫으면 세상과 완전히 단절된다. 창을 연다 해도 고층에 사는 것과 저층에 사는 것이 어떤 차이가 있을까? 이렇게 높은 빌딩에 살지 않았다면 어쩌면 밖에 나갈 기회가 더 많았을지도 모른다. 그녀는 대학 시절 친구들과 함께 살던 낡은 아파트를 떠올렸다. 5층짜리 아파트 옥상에 지은 옥탑방이라 겨울에 춥고 여름에 더웠지만 젊음 하나로 고생을 견딜 수 있었다. 낡은 에어컨이 있었는데 전기 요금이 무서워서 켜지 않았고 양철지붕을 얹은 10평짜리 집을 여자 셋이 함께 썼다. 화단에 꽃을 심고 처마 밑에 천막을 쳐놓고 라면을 끓이고 옥수수수프를 만들고 냉동 교자만두를 익혔으며, 겨울에는 훠궈도 만들어 먹었다. 한 친구의 남자친구가 그네를 설치하고 그 위에 지붕을 만들어주어 여름에 선선한 바람이 불면 다른 친구들도 불러서 놀았다. 어린이용 튜브 풀장에 물을 채워 더위를 식히며 석쇠에 고기와 빵을 굽고, 접이식 테이블을 펼쳐놓고 시원한 맥주를 마셨다. 공업용 대형 선풍기가 기우뚱하게 돌아가며 뜨거운 바람을 내뿜고 한 친구가 아빠에게 물려받은 골동품 턴테이블에서 유행 지난 노래가 흘러나왔다. 여자들은 시원한 민소매 원피스를 입고, 남자들은 러닝셔츠 바람으로 담배를 피우며 기타를 쳤다. 화장할 줄도 몰랐던 그때 우밍웨는 검고 긴 머리를 늘어뜨리고 민소매 티셔츠에 반바지 차림으로 담배를 피우고 술을 마시고 기타를 쳤다. 또 석쇠 위 꼬치를 뒤집고 교백순*을 굽고, 스물두 살 여름에 제일 어울리는 짧디짧은 사랑을 했다. 대여섯 명이 옥상에 서서 길 건너 고급 아파트를 바라보며 각자 자기보다 높은 데 있거나 낮은 데 있거나, 지은 지 얼마 안 됐거나 오래된 아파트 중 한 집을 골라 손가락으로 가리키며 "나중에 저기 살 거야!"라고 외쳤다. 또 그보다 멀리 있는 산이나 바다 쪽, 아니면 하늘을 가리키며 나중에 외국에 나갈 거라고 소리치고는 다 같이 깔깔대며 웃었다. 술에 취한 어떤 친구는 손가락으로 미래를 그리기도 했다.

그때의 그녀는 자신이 훗날 엄마의 공중누각 안에 갇혀 살게 될 거라고 생각한 적이 없다. 더 이상 깔깔대는 웃음소리도 즐거운 대화 소리도 들리지 않고, 짧디짧은 사랑과도 무관한 채 살게 될 줄은 몰랐다. 그것도 불과 10년 뒤에.

하지만 고층 빌딩이 아니라면, 이렇게 외부 세계와 단절되지 않았다면, 그녀는 자신의 '남다른 모습'을 더 참기 힘들 것이다. 아니, 문을 열고 나가기만 하면 외부 세계인데 죽어도 그 한 걸음을 내디딜 수 없다는 무력감이 오히려 그녀를 더 고통스럽게 하는 걸까?

어느 쪽이 나은지 알 수 없고, 비교도 할 수 없었다.

그녀가 아는 것은 그저 자신이 밖에 나갈 수 없는 사람이 되었다는 것과, 자신과 관계된 사람이 점점 줄어들고 우정, 사랑, 혈육간의 정, 그 외의 세상 모든 인간관계를 잃어버렸다는 사실이었다. 광장공포증이라는 병이 그녀와 세상 모든 사람을 갈라놓았다.

광장공포증에 걸린 이유가 무엇일까? 의사도 명확히 말하지 못했

● 줄풀의 뿌리쪽 줄기로 대만에서 흔히 먹는 채소의 일종.

다. 몇 년 전 우밍웨는 여행 중에 타국의 거리에서 일행 중 한 사람이 강도에게 살해당하는 것을 목격했다. 그녀와 다른 사람들은 무사했고, 당시에는 그렇게 큰 충격을 받았다고 생각하지 않았다. 오히려 너무 강한 빛을 봐서 눈에 남은 잔상처럼 머릿속에 검은 그림자 하나가 생긴 것 같았다. 그때 그녀는 신문사에서 여행 기자로 근무하고 있었고, 오래 사귄 남자친구와 결혼을 준비하고 있었다. 두 달쯤 흘렀을 때 머릿속 검은 그림자가 때때로 불쑥 튀어나와 눈앞이 깜깜해졌다. 누가 뒤에서 그녀를 부르거나 갑자기 어깨를 툭 치면 소스라치게 놀라며 비명을 질렀다. 조금 지나자 밤에 자다가 놀라서 깨고 다시 자려고 해도 잠들지 못하는 날이 많아졌다. 일에도 점점 지장이 생겼다. 회의 도중에 갑자기 화장실로 달려가 구토를 하고, 누군가를 처음 만날 일이 있으면 만나기 전부터 밥도 넘기지 못할 만큼 긴장하고, 만나는 자리에선 머릿속이 하얘져 아무 생각도 나지 않았다. 그렇게 갑자기 공백 상태가 될 수 있다는 사실이 놀라웠다. 그 순간 인파가 붐비는 광장으로 돌아간 것 같았다. 일행 중 그 여자가 화려한 옷차림으로 방금 산 루이비통 핸드백을 멘 채 우밍웨에게 사진을 찍어달라고 했다. 그렇다. 그때 그녀의 손에 그 여자의 휴대전화가 들려 있었다. 사진을 찍으려는 순간 초점이 흔들리며 화면이 흐릿해져서 자세를 고치고 다시 사진을 찍으려는 찰나, 그녀는 휴대전화 화면으로 그 장면을 똑똑히 보았다. 모든 일이 순식간에 벌어졌다. 똑바로 서서 손으로 브이를 그리고 있는 여자의 양옆에 두 남자가 나타나더니 한 남자는 핸드백을 빼앗고 다른 남자는 여자의 목을 칼로 그었다. 선홍색 피가 터져 나왔다.

우밍웨의 눈앞이 온통 핏빛이었다.

처음에는 회사에 병가를 냈다가 두 달 뒤에 사표를 낸 뒤 집에서 요양했다. 출판사에서 일하는 대학 동창이 로맨스소설을 써보지 않겠느냐고 권했다. 회사에 출근하지 않고 집에서 일하며 돈을 벌 수 있고, 글을 쓰다 보면 시간도 잘 갔으므로 그녀에게는 더없이 좋은 직업이었다. 처음에는 취미 삼아 시작했지만, 예상외로 글이 잘 써지고 책도 잘 팔려서 출판사에서 좋아했다. 책 한 권으로 6만 위안을 벌었는데, 석 달이면 한 권을 완성할 수 있었다. 그때부터 정식으로 로맨스소설 작가가 되었다. 인터뷰 기사를 쓸 때보다 더 순조롭고 남들과 접촉할 필요도 없었다. 그때는 엄마와 같이 살았으므로 생활에 필요한 일들을 모두 엄마가 처리해주어 자신이 이상하다는 걸 느끼지 못했다. 처음에는 그저 집에서 일을 할 수 있으므로 밖에 나가기 싫다고만 생각했다. 그런데 점점 일용품조차도 마트에 전화를 걸어 배달해달라고 부탁해야 했고, 가끔 중정에 있는 세탁실에 가거나 계단실에 쓰레기를 버리러 가는 것이 외출의 전부가 되었다. 그러면서 차츰 자신에게 문제가 있음을 알았지만 병원에 가지 않았다. 도망치고 싶었다. 밖에 나가지 않으려는 그녀 때문에 남자친구도 점점 불만이 쌓였다. 3년 전 엄마가 중부의 한 선사에 기도를 하러 갔다가 돌아오던 중 버스 전복 사고로 갑자기 세상을 떠났다. 아이러니하게도 엄마는 두문불출하는 그녀를 위해 기도하러 다녀오는 길이었고, 결과적으로 그녀는 엄마의 장례식에 참석하기 위해 집 밖으로 나가야 했다. 그날 우밍웨는 엄마의 영정 앞에서 실성한 듯 오열하며 울부짖다가 응급실에 실려 갔다. 그 후 외가 쪽 친척들은 그녀와 왕래를 끊었다. 아버지는 어릴 때 돌아가셔서 친가 쪽과도 교류가 없었다.

장례를 치르는 동안 우밍웨는 남자친구의 휴대전화에서 다른 여자와 다정하게 찍은 사진을 발견했다. 그 일로 심하게 다투던 중에 남자친구가 소리쳤다. "넌 이미 정상이 아니야. 너랑 결혼할 수 없어!"

엄마의 죽음으로 인한 슬픔도 감당할 수 없었던 그녀는 사랑 문제에 마음을 쓰고 싶지 않았기에 그냥 헤어져버렸다.

　장례를 마치고 한 달도 되지 않아서 그녀는 집 밖으로 한 발짝도 나갈 수 없는 상태가 되었다. 문을 열고 나가기만 해도 현기증이 나고 불안하고 가슴이 답답했고, 엘리베이터 앞에 서면 가슴이 오그라드는 것처럼 숨이 쉬어지지 않고 발조차 뗄 수가 없었다. 간신히 병원에 갔더니 의사가 광장공포증이라며 약을 처방해주었다. 약을 먹었지만 더 불편했고, 그 후에는 아예 밖에 나가지 않았다. 도시락을 배달시켜 먹고, 일용품도 모두 온라인 주문으로 해결했다. 출판사 편집자가 수면제와 책을 쓰는 데 필요한 자료를 택배로 부쳐주고, 급하게 필요한 물건은 당일 배송을 이용해서 구매했다. 로비에서 근무하는 경비원 중에 착한 사람이 있어서, 고양이가 아프면 그 사람에게 퇴근길에 고양이를 동물병원에 데려가달라고 했다. 엄마가 있을 때 식사를 차리거나 자질구레하게 처리해야 하는 일들을 대신 해주었던 것처럼, 엄마가 세상을 떠난 뒤에는 얼마 남지 않은 친구들의 도움을 받아 집 안에만 틀어박혀 있는 생활을 유지할 수 있었다. 인터넷에서 누군가 그에게 시간제 가사도우미를 구해보라고 권했다. 시급제로 일하는 가사도우미를 인터넷에서 흔하게 구할 수 있었다. 불경기 시대이므로 무슨 일이든 시켜만 주면 하겠다는 사람들이 많았다.
　하지만 그때그때 사람을 구해서 심부름을 부탁해보니 약속을 펑크 내거나 일 처리가 서툰 사람도 있었고, 자꾸 사람이 바뀌면 오히려 불안감만 가중돼서 익숙해지지 않았다. 생활이 안정되어야 공황 발작이 일어나지 않을 것이라는 생각에 입주 도우미를 구해볼 생각도 했지만 집이 넓어도 낯선 사람과 함께 살 수는 없을 것 같았다. 원

래 예민한 성격인 데다가 집 안에 틀어박혀 살면서 타인에 대한 거부
감이 더 심해졌기 때문이다. 다행히 인터넷에서 예메이리葉美麗를 만
나 도움을 받게 됐다. 예메이리는 음식 솜씨도 좋고 청소도 빠르고
깔끔하게 잘했다. 특히 다른 가사도우미들과 달리 박식하면서도 말
이 많지 않고 홈페이지 개설, 컴퓨터 수리 같은 일도 척척 해냈다. 한
마디로 가사도우미에 대한 일반적인 이미지와는 거리가 멀었다. 그녀
가 집에서 일하기 시작한 후로 고장 난 것처럼 뒤죽박죽했던 우밍웨
의 세계가 마침내 안정을 되찾았다.

예메이리는 50대 초반으로 우밍웨의 엄마보다 몇 살 적었다. 우밍
웨는 첫눈에 그녀에게 호감이 들었다. 자기가 생각하던 이상적인 엄
마의 모습이었고, 심지어 그녀와 함께 지내는 것이 엄마와 지낼 때보
다 더 편하고 안심됐다. 예메이리는 다른 고객의 집에도 갔기 때문에
매주 월요일부터 금요일까지 낮에 약 세 시간씩 와서 음식을 만들고
청소를 하기로 했다. 밖에 나가지 못해서 할 수 없었던 일도 그녀가
모두 대신해주었다. 매달 급여는 1만 8,000위안이었다. 급한 일이 있
을 때 전화를 걸면 특별한 일이 있을 때를 제외하고 거의 달려와주었
지만, 우밍웨는 그녀가 일하는 시간 이외에는 가급적 귀찮게 하지 않
으려고 했다. 누군가 자신에게 관심을 쏟고 자신을 위해 달려와준다
는 사실만으로도 큰 위안이 됐다.
우밍웨의 칩거 생활이 이렇게 계속 유지됐다. 일은 택배와 이메일
로 별문제 없이 진행됐다. 우연히 쓰기 시작한 로맨스소설이 그녀의
전업이 되었고, 엄마가 남기고 간 목돈과 편히 살 수 있는 집이 있으
므로 지금의 생활에 만족했다.
집 밖에 나가지 못한다는 사실도 이미 받아들였다. 바깥세상에 그

리 미련을 가질 것도 없고, 꼭 만나야 하는 사람도 없었으며, 사랑하는 사람도 없었다. 유일하게 남아 있는 건 기르는 고양이 한 마리였다. 언젠가 고양이가 죽고 나면 자신이 갑자기 죽더라도 그 누구의 삶에도 영향이 없을 것 같았다.

비관적인 염세주의자일까? 아니다. 그저 움츠러든 것뿐. 몸을 움츠리고 자신이 상상하는 세계로 들어가 평범한 여자들에게 희망을 주는 사장과 여비서의 이야기나 가정주부의 마음에 작은 파문을 일으킬 에로틱한 로맨스소설을 쓰는 것이다. 그것이 바로 그녀가 가진 기능이다. 그녀는 이미 자신이 바깥세상에서 무엇을 좋아할 수 있는지, 무엇에 열정을 느낄 수 있는지 잊어버렸고, 사람이 어째서 연애를 하고, 어째서 사랑에 가슴 아파하는지도 잊어버렸다. 칩거 생활은 스스로 선택한 셈이다. 머릿속에서 세상의 윤곽이 점점 사라지고 원치 않는 것을 모두 골라내다 보니 남은 게 이것뿐이었다.

하지만 어느 날 이웃의 중메이바오와 옌쿤을 알게 됐다. 예쁘고 잘생긴 그 남매가 그녀의 유일한 친구였다. 옆집에 사는 중메이바오는 자주 그녀를 방문해 같이 밥을 먹고 영화를 보았다. 그녀가 집 밖에 나가지 못한다는 걸 알고 먼저 찾아와 자연스럽게 친해졌다. 우밍웨는 중메이바오를 보며 세상에 아직은 호의가 남아 있음을 느꼈다. 중메이바오의 남동생 옌쿤도 가끔 와서 같이 식사를 하고 차를 마셨는데, 말수가 적고 수줍음이 많았다.

우밍웨는 자신이 세련된 옷차림에 미우미우의 신상품 핸드백을 든 채 엘리베이터를 타고 로비로 내려가 조금도 망설이지 않고 밖으로 나간 다음, 메이바오가 일하는 카페에 도착해 다른 손님들처럼 자연스럽게 문을 열고 들어가는 상상을 자주 했다. 자신을 보고 깜짝 놀라는 메이바오에게 아무 일 없다는 듯 어깨를 으쓱이며 "치즈케이크 하나, 따뜻한 카페라테 한 잔"이라고 말한 뒤 살짝 윙크하면서 "여기 참 예쁘다" 하고 말하는 것이다.

더 수줍은 상상도 있었다. 옌쿼이 로비에서 그녀를 기다리고 있는 상상이다. 이번에는 지난주 망고에서 산 원피스를 입고 머리칼을 어깨까지 늘어뜨리고 앞머리를 가지런히 빗은 뒤 아주 오랫동안 신지 않았던 연핑크색 하이힐을 신는다. 아니, 플랫 슈즈를 신으면 더 젊어 보일 것이다. 엘리베이터를 타고 내려가 출입카드를 대고 출입문을 열고 나간다. 옌쿼이 "어디 가고 싶어요?" 하고 묻는다면 그녀는 미소를 지으며 "어디든 좋아"라고 대답할 것이다.

그렇다, 옌쿼. 그녀는 속으로 옌쿼을 좋아하고 있었다. 메이바오 때문에 두세 번 본 게 전부지만 마른 체격과 잘생긴 외모에 매료됐다. 자기보다 훨씬 어린 남자라는 건 알지만 그의 연인이 되고 싶다는 간절한 바람이 생겼다.

하지만 거기서 그녀의 환상이 멈췄다. 말할 수 없는 슬픔이 그녀를 압도했다. 그녀의 세계는 시계가 멈췄지만 세월의 흐름은 멈추지 않았다. 바깥세상은 이미 그녀가 알지 못하는 모습으로 바뀌었고, 그녀는 아직 SNS가 유행하기도 전 시대를 살고 있었다. 스마트폰도 없었다. 회원가입을 하거나 돈을 주고 사면 가질 수 있지만 가져서 뭘 한단 말인가? 예메이리와 중메이바오의 강력한 권유로 뒤늦게 아이폰을 사고 영문 이름으로 페이스북 계정을 만들었지만 간단한 모바일 게임을 할 때만 썼기 때문에 오히려 고독함이 더 절실히 와닿았다.

원래 우밍웨 혼자만의 감옥이었던 곳에 외부인들이 들어왔다. 그녀의 친구도 친척도 아닌 그들은 그녀를 집 밖으로 데리고 나가려고 하지 않고, 바깥세상을 가져와 그녀에게 보여주었다. 하지만 기나긴 밤 그녀는 과거를 떠올렸다. 그녀가 아직 연애할 수 있었던 시절, 살과 살이 스치는 감촉을 느낄 수 있었던 그때를. 그렇다. 섹스는 타인에게 가장 가까이 다가가는 방법이다.

그저 섹스면 된다. 아주 단순하다. 연애는 안 해도 상관없다. 택배로 물건을 주문하듯 바깥세상에서 애인을 데려와 진정한 육체의 온기를 느낄 수는 없을까?

그녀가 물었다.

중메이바오가 대답했다. "이리 와. 누워. 나를 옌쥔이라고 상상해."

우밍웨가 거실 카펫 위에 눕자 중메이바오가 그녀 위로 상체를 숙여 잠옷 속으로 손을 넣었다. 처음에는 가볍게 어루만지다가 천천히 부드럽게 누르듯이 쓰다듬었다. 메이바오는 손힘이 세고 손바닥이 매끄럽고 따뜻했다. 그녀의 손바닥이 누르고 지나가는 자리마다 제일 깊숙한 곳에서 무언가가 깨어나는 것 같았다. "나를 옌쥔이라고 상상해도 좋고, 사랑하는 남자라고 상상해도 좋아. 편하게 몸에 힘을 빼." 메이바오의 음성이 꿈처럼 몽롱했다. 최면에 걸린 것 같았다. 우밍웨는 환상에 사로잡혔다. 그녀가 옌쥔을 사랑하는 건 분명하지만 옌쥔을 상대로 성적인 환상을 품는다는 게 너무 부끄러웠다. 그런데 그녀의 몸은 머리와 다르게 반응했고, 메이바오의 손이 사랑의 마법을 부렸다. 어떻게 하면 그녀를 즐겁게 할 수 있는지, 어디가 가장 뻣뻣하고 피로하고 긴장되어 있는지 알고 있는 듯했다. 그녀는 먼저 우밍웨의 긴장된 근육을 풀어주고, 이미 오랫동안 아무도 만진 적 없는 곳들을 깃털처럼 부드럽게 어루만졌다. 모든 게 자연스러워 성적인 행위인지 아닌지 분간이 되지 않았다. 우밍웨는 마침내 자신을 애무하는 사람이 옌쥔이라고 상상할 수 있게 됐다. 길지 않은 식사 시간에 자기 앞에 앉아 있던 그의 빛나는 눈빛을 떠올렸다. 옌쥔의 곱고 얇은 손바닥과 유난히 긴 손가락에 자꾸 눈길이 갔다. 메이바오의 손도 비슷했다. 옌쥔의 중성적인 아름다움이 그를 아껴주고 싶고, 만지고 싶고, 품에 안고 싶은 충동을 일으켰다. 지금 중메이바오가 하는 것처럼 귀한 보물이 깨질세라 두 손으로 조심스럽게 안아주고 싶었다. 중메이바오가 그녀에게 하고 있는 것은 애무일까? 마사지일까? 말로는 형용하기 힘들었다. 그녀는 손바닥과 손가락, 팔꿈치를 쓰다가 마지막에는 우밍웨의 몸 위에 누워 우밍웨가 자신의 몸을 오롯이 느끼도록 했다. 머리부터 발까지 자신의 실루엣과 형체는 반드시 다른 누군가와의 접촉을 통해서만 분명히 알 수 있는 것이다. 그녀가 성욕을 느꼈을까? 성욕을 느끼기도 전에 이미 만족스러웠다. 그게 바로 사랑일 것이다. 그녀에게 필요한 건 사랑이며, 그건 반드시 몸을 통해 전달되어야 한다. 우밍웨의 눈에서 눈물이 하염없이 흘러내렸다. 중메이바오가 해준 것은 그녀가 진정으로 바라고, 그녀에게 필요했던 것이었다. 중메이바오는 몸을 통해 천 마디 말을 전해주었다. 그녀는 우밍웨의 고독, 아픔, 무력감을 이해하고 있었고, 함정에 빠져 도망갈 곳 없는 이런 감정을 충분히 이해했다. 그 짧은 시간 동안 두 사람은 서로의 생명 중에 가장 깊은 곳에 있는 어둠과 고통을 건드렸다. 메이바오는 어떤 함정에 빠진 걸까? 묻고 싶었지만 아직 입이 떨어지지 않았다. 중메이바오가 몸으로 우밍웨를 감싼 채 이렇게 말하고 있는 것 같았다. 쉿, 말하지 마. 형언할 수 없는 그것들은 전부 꿈속에 묻어버려!

5 　물질의 복도

예메이리
54세, 시간제 가사도우미

　　오후 2시 30분, 예메이리가 마천대루의 로비에 들어섰다. 가방에서 출입카드를 꺼내 엘리베이터를 타고 28층으로 올라간 다음, 엘리베이터에서 내려 왼쪽으로 꺾어지면 방화문을 지나 두 번째 집이 바로 그녀의 고객 우밍웨의 집이다. 지금 우밍웨는 그녀가 와서 청소하고 장을 보고 저녁밥을 차려주길 기다리고 있을 것이다.

　　그녀는 우밍웨의 친구도 친척도 아니지만 매주 월요일부터 금요일 2시 30분부터 5시까지 우밍웨의 집에 있다. 가끔은 저녁 8시까지 연장되기도 하고, 밤 12시에 택시를 타고 달려온 적도 있었다.

　　그녀는 주로 청소와 요리를 하는 가사도우미이고 보수는 시급으로 계산한다. 1회 방문은 최소 두 시간부터 가능하고 최대 네 시간을 넘지 않으며, 시급 300~400위안을 받는다. 우밍웨처럼 매주 닷새씩 방문하고 월 단위로 급여를 지급하는 고객들에게는 약간의 할인을 해주지만 우밍웨는 해마다 급여를 올려준다. 그녀의 돈을 아껴주고 싶지만 방법이 없다. 유일하게 그녀가 할 수 있는 건 최선을 다해 우밍웨를 보살피는 것이다.

우밍웨는 모든 면에서 남들과 달랐다.

가사도우미로 일한 5년 동안 얼마나 많은 고객을 만났을까? 어쩌다 한 번 부르는 고객과 고정 고객을 다 합치면 100명도 넘을 것이다. 우밍웨의 집에서 처음 일을 시작했을 때 그녀는 늘 '바깥 얘기'를 해달라고 했다. 조금 특이한 손님은 없었는지, 가장 이상했던 일이나 가장 수치스러웠던 일, 가장 좋았던 일, 가장 기억에 남는 일은 없는지 물어보았다. 우밍웨가 무슨 병을 앓고 있는지 알고 있었고, 홀로 집에서 칩거하고 있다는 것도 알고 있었으므로 예메이리는 그녀의 무료함을 풀어주기 위해 손님들과 있었던 경험을 들려주었다.

가장 이상했던 일은 작은 원룸에 사는 고정 고객의 집에 청소를 하러 갔을 때였다. 고객은 씀씀이가 큰 술집 호스티스였다. 10평짜리 원룸을 청소하는 데 두 시간이면 충분한데 두 시간 일하고 그 자리에서 1,200위안을 받으니 아주 쉽게 돈을 버는 셈이었다. 그 손님은 밥도 해 먹지 않고, 반려동물도 키우지 않고, 어린아이가 있는 것도 아니었다. 빈 술병이 많고 옷이 어질러져 있긴 하지만 그 정도는 문제될 게 없었다. 그런데 그날은 집에 남자 둘과 여자 둘이 있었다. 모두 술에 취한 듯 말이 어눌하고 눈에 초점이 풀려 있었다. 잠시 후에야 그들이 약에 취했음을 눈치챘다. 테이블에 흡입기가 놓여 있고, 오후 3시인데 커튼이 전부 닫혀 있었다. 침침한 집 안으로 들어가 카펫과 소파에 널브러져 있는 남녀를 조심스럽게 피해 지나갔다. 모두 옷을 제대로 입고 있었고, 이상한 행동도 하지 않았지만 애벌레처럼 온

몸을 이상하게 뒤틀고 있었다. 움직임도 부자연스러웠다. 하지만 가장 이상한 건 그들이 마약을 했다는 사실이 아니라 고객의 침대에 1,000위안짜리 지폐 다발이 이불을 대신하듯 산더미처럼 쌓여 있었던 것이다. 침실에 들어갔다가 깜짝 놀랐지만 아무 일 없이 청소를 마쳤다. 청소가 끝났을 때 네 사람 중 두 사람은 어딜 갔는지 보이지 않았다. 그녀는 평소처럼 일을 마친 뒤 테이블 위에 놓여 있는 일당을 가지고 돌아왔다.

"별로 이상하지 않은데요." 우밍웨가 말했다. "그럼 가장 수치스러운 일은요?" 그녀가 또 물었다.

"나중에 천천히 얘기해줄게요."

그녀가 알았다고 했다.

예메이리는 수많은 사람의 집을 드나들며 자신이 어떤 태도를 가져야 하는지 터득했다. 겉모습만 보고 사람을 함부로 판단하지 않고, 내면으로도 평가하지 않는 것이다. 사람의 내면과 외면을 나누는 기준이 점점 불분명해졌다. 타인을 대할 때 가급적 멀리하고 싶은 경우가 아니라면 개방적인 마음으로 무엇을 보든 그대로 받아들이고, 자신에게 어떤 일이 발생해도 단지 상대의 이야기가 연장된 것이며 우연히 자신에게 불똥이 튀었을 뿐이라고 생각했다. 그런 태도로 사람들을 대하기 때문에 그녀에게는 가장 수치스럽거나, 가장 이상하거나, 가장 놀랍거나, 가장 감동적인 '일화'가 없었다. 그녀의 인생에서 짧게 스쳐 지나가거나 오래 만나는 고객들과의, 한 번 또는 한 번 이상의 경험이 모두 디지털 사진처럼 저장되어 있지만 폴더를 구분해놓지 않았다. 한 장 한 장 열어보고 계속 업데이트를 하지만, 일단 지나간 뒤에 들춰보면 왜 그런 사진을 찍었는지, 왜 그런 내용을 썼는지 기억나지 않는 SNS와 마찬가지였다.

그녀의 일은 사람들의 식생활과 주생활을 정리해주는 것이다. 균형 잡힌 식사와 청결한 주거 환경만 갖춰진다면 생활에서 겪는 많은 문제가 저절로 해결된다는 사실을 그녀는 이 일을 시작한 후에 깨달았다. 그래서 체력 소모가 많은 일을 하고 있기는 하지만 스스로 사람들을 돕는 조력자라고 생각한다. 게다가 자기 위에 상사가 있는 것도 아니고 시간을 스스로 관리할 수 있으며, 예전에 직장에 다닐 때나 작은 가게를 운영했을 때보다 수입도 더 안정적이었다.

일주일에 닷새, 하루에 여섯 시간씩 일하면서 한 달에 4, 5만 위안을 벌었다. 집 월세 1만 위안을 제외해도 생활비로 충분한 액수다. 연말연시에는 찾는 사람이 많아서 회사를 차려 직원을 고용하고 싶을 만큼 바빴다.

예메이리는 평소처럼 엘리베이터에서 내렸다. 백팩에 그녀가 애용하는 하이왕쯔海王子 천연농축세정제가 들어 있었다. 거의 만능에 가까운 필수품이었다. 큰 깡통에 백색 크림 제형의 세정제가 담겨 있는데 물에 희석해 분무기에 담으면 한참 쓸 수 있었다. 바닥 걸레질, 화장실 청소, 욕조 청소, 방충망 청소, 주방후드 청소 등 어디에든 사용했다. 그녀는 피부가 민감해서 세제를 잘 쓰지 않았고 분무기를 사용하는 것이 제일 좋았다. 그 외에 3M 걸레 두 개와 욕실에서만 쓰는 장갑, 미끄럼 방지용 슬리퍼 한 켤레와 발 닦는 수건 하나, 끓인 물이 담긴 보온병이 가방에 들어 있었다. 그리고 몸에 잘 맞는 연두색 라운드칼라 민소매 티셔츠와 검은색 7부 요가팬츠를 입고 워킹화를 신었다. 그녀의 출근 복장에서 프로의 분위기가 풍겼다.

앞에서 청소 카트를 밀고 다가오는 사람은 이 빌딩의 미화원이다. 복도 쪽 벽 닦는 작업을 막 마치고 돌아가는 중이었다. 예메이리도 고객의 집 안 청소를 책임지고 있었다. 예전에는 그런 일을 하는 사람들을 청소부나 가정부라고 부르고, '이모님'이라고 부르기도 했다. '이모님'이라고 하면 모든 가사일을 아우르는 사람이라는 의미가 내 포되어 있었다. 옛날로 치면 '늙은 하녀'인 셈이다.

낮에는 이 빌딩에서 일하는 사람들을 자주 마주쳤다. 경비원은 모두 남자이고, 미화원은 모두 중년 여성이다. 그 외에 쓰레기 수거를 담당하는 나이 지긋한 남자가 있는데 체구는 왜소하지만 강단이 대단해 보였다. 그는 매주 월요일부터 금요일까지 매일 각 동 계단실을 돌아다니며 대형 쓰레기봉투에 쓰레기를 담고 바퀴 달린 커다란 철제 운반대에 차곡차곡 쌓은 뒤 화물 엘리베이터에 실어 옮겼다. 발디딜 틈도 없이 쓰레기가 가득 실린 엘리베이터 구석에 몸을 움츠리고 들어가 쓰레기와 함께 1층으로 내려갔다. 1층에 도착하면 쓰레기가 실린 운반대를 밖으로 밀고 나가 도로 옆 쓰레기장에 버렸다. 그러면 나중에 쓰레기차가 와서 쓰레기를 수거해 갔다. 이 모든 작업을 그 남자 혼자서 했다. 쓰레기를 더 높이 쌓으려고 이미 산처럼 쌓인 쓰레기봉투 더미 위로 기어 올라간 그를 보면 쓰레기 산과 대비되어 그의 체구가 더 마르고 작아 보였다. 예메이리는 그 남자를 볼 때마다 아버지가 생각났다. 그녀의 아버지도 체구가 왜소했고, 자기 체중의 몇 배는 될 듯한 커다란 물건을 개미처럼 밀고 다녔다. 어떤 계절이든 그의 얼굴은 땀으로 푹 젖어 있었고, 누가 자신을 보고 있으면 민망한 듯 고개를 숙였다.

1~2년 일하며 이 빌딩에 익숙해진 뒤에는 우밍웨를 대신해 주민회의에 참석하기도 했다. 웨이캉이라는 업체가 이 마천대루의 관리를 전담하고 있었는데, 관리실장부터 경리 직원, 경비원, 수리공, 중정의 정원 관리사, 심지어 여름에 수영장에서 아르바이트하는 안전요원까지도 모두 이 회사의 유니폼을 입었다. 웨이캉의 기업 상징이 파란색

인지 관리실장도 파란색 정장을 입었고, 경리 직원은 흰색 라운드칼라 블라우스의 목둘레에 파란색 리본을 달고 통이 좁은 파란색 스커트를 입었다. 경비원 제복도 뻣뻣한 원단의 감색 모자와 긴소매 또는 반소매 셔츠, 정장 바지로 되어 있고 겨울에는 파란색 외투를 덧입었다. 미화원들은 하늘색 면 원단의 편안한 복장이었고, 수리공과 정원 관리사가 입는 위아래가 붙은 작업복도 역시 짙은 파란색이었다. 안전요원은 파란색 수영복을 입었고, 상의를 입지 않기 때문에 명찰은 달지 않았다. 안전요원을 제외한 모든 직원은 직급을 막론하고 오른쪽 가슴에 금속으로 된 명찰을 달았으므로 지금 복도에서 마주친 이 미화원의 이름이 '천위란陳玉蘭'이라는 걸 알 수 있다. 그녀는 자신의 기구한 팔자를 받아들이지만 무기력함은 극복하지 못한 표정을 짓고 있다. 예메이리가 그녀와 마주쳐 "수고하세요!" 하고 목례할 때마다 그녀는 쓴웃음만 지었다. 말을 걸어 작업 범위와 시간 등을 물어본 적이 있었는데, 그녀는 "매일 여덟 시간씩 일하고 한 달에 엿새 쉬어요. 월급은 2만 5,000위안이고요. 세 명이 한 조로 일하는데 한 사람당 열네 개 층을 맡아요. 각 층마다 바닥, 유리, 엘리베이터를 사흘에 한 번씩 닦아야 해요. 그냥 걷기도 힘들 만큼 넓은데 걸레질까지 하는 거예요. 이것 봐요. 바닥에 광이 나죠? 방바닥도 이것보다 깨끗한 집은 별로 없을 거예요. 회사에서 너무 힘들게 일을 시켜요. 이 바닥도 경쟁이 치열해서 작은 실수도 없어야 한다나. 공용 공간은 우리가 이렇게 깨끗하게 쓸고 닦지만 여기 별의별 사람이 다 살아요." 봇물 터진 듯 불평을 쏟아내던 천위란이 괜히 말실수를 했나 싶었는지 닦고 있던 창틀을 더 빠르게 닦으며 저만치 자리를 떴다. 사람이 자주 바뀌는지 못 보던 미화원이 보일 때가 많았는데, 그중에서도 천위란은 베테랑이라고 할 만큼 오래됐지만 조장으로 승진하지 못했다. 그녀는 일이 바빠서 불평할 시간도 없는 듯 쓴웃음만 지었다. "파이팅하세요!" 예메리이도 그녀를 향해 가볍게 외치고는 뒤돌아 자리를 떴다.

예메리이는 천위란을 보면 두 가지 모순된 감정이 들었다. 자신은 저런 길을 가지 않았음에 안도하면서도 천위란의 처지가 안쓰러웠다. 예전에 그녀도 아파트 계단실 청소를 한 적이 있는데 대부분 4~5층짜리 아파트였고, 일주일에 한 번씩 계단 청소를 했다. 수도에 호스를 연결해 5층부터 1층까지 물을 뿌린 뒤 대걸레로 물기를 닦아내고, 손걸레로 창문을 닦았다. 한 시간이면 끝낼 수 있는 일이었다. 하지만 마천대루의 청소 일은 혹독할 정도로 힘들었다. 그렇게 넓은 면적을 혼자 청소하는 경우는 본 적이 없었다. 이 긴 복도를 그냥 걸어 다니기만 해도 힘들 텐데 층층마다 청소 카트를 밀고 다니며 구석구석 닦는다는 건 영원히 끝나지 않는 잔혹한 형벌을 받는 것이나 다름없다. 그러고도 병이 나지 않으면 이상할 정도다.

14층을 오르내리며 청소하는 사람의 다리는 돌처럼 단단하겠지만, 얼굴도 비칠 만큼 광나게 닦인 바닥은 이 빌딩의 가치를 돋보이게 했다. 예메리이는 마천대루에서 가장 화려한 곳이 바로 이 복도 바닥이라고 생각했다. 하지만 이 티끌 한 점 없는 매끄러움은 업무상 재해로 너덜너덜해진 미화원들의 육체를 대가로 얻은 것이다. 그래서인지 이 빌딩 미화원들은 모두 말랐고 낡은 운동화를 신고 있었다. 매일 바쁘게 육체노동을 하지만 배가 나오고 옷도 자주 사 입는 그녀와는 달랐다.

6년 전 그녀는 친구와 함께 운영하던 선술집을 접은 뒤 생계를 위해 다른 직업을 준비했다. 다양한 취업 준비 과정을 수강하며 웹 디자인, 편집 디자인을 배우고, 산모용 보양식 조리법을 배웠으며, 요양사 과정과 가사 및 청소 교육도 수료했다. 여러 분야의 교육을 다 경험해본 뒤 선택한 일이 시간제 청소 도우미였다. 처음에는 청소업체에 고용되어 일했지만 석 달 만에 그만두고 개인적으로 일을 의뢰받기 시작했다. 음식 솜씨가 좋은 데다가 고객들의 요청으로 청소 외에 요리와 가사 대행 등 전반적인 '가사 관리'로 범위를 넓혔다. 고정 고객과 일회성 고객만으로도 타이베이 전역을 돌아다니며 일주일에 엿새를 꽉 채워 일했다. 그러다가 2년 전 마천대루의 우밍웨 집에서 일하기 시작하면서 차츰 이 마천대루의 주민들이 주된 고객이 되었다. 자기 집에 와서 일해달라는 사람들이 연줄연줄 찾아왔다. 고정 고객 두 명 외에 가끔 하루씩 부르는 고객들도 모두 이 빌딩 거주자였다. 이 빌딩의 부동산 중개를 전문으로 하는 린밍웨를 알게 된 다음부터는 이사 청소를 부탁하는 손님이 쇄도해, 다 받지 못하고 거절해야 하는 손님이 더 많았다.

그녀가 받지 않는 손님도 있었는데 그중 하나가 고급 주택에 사는 사모님들이었다. 처음 이 일을 시작했을 때 청소업체를 통해 소개받아서 두 번 일했다가 기절할 뻔했다. 한 집은 100평짜리 고급 주택이었다. 영화배우처럼 예쁜 안주인이 그녀를 맞이했다. 그런데 그 집은 이미 더 손댈 곳이 없을 만큼 깨끗했다. 문을 열고 들어가는 순간 결벽증 환자를 만났음을 직감했다. 예메이리 자신도 약간의 결벽증이 있지만 그 집은 정말 눈을 씻고 찾아봐도 더 청소할 곳이 없었다. 그녀가 들어가자마자 안주인이 걸레 여섯 개를 건넸다. 흰색, 파란색, 빨간색 각각 두 장씩이었다. 흰색은 주방용, 빨간색은 침실용, 파란색은 그 외 나머지 부분을 닦는 용도라고 했다. 설명을 끝낸 사모님이 갑자기 목소리를 깔고 어명을 선포하듯 단호한 말투로 말했다. "옛날에 우리 집에서 일하던 '뚜띠'는 엎드려서 손걸레질을 했어요. 알았죠?"

정말로 엎드려 바닥을 박박 닦았지만 걸레에 아무것도 묻어나지 않았다. 100여 평 집을 기어다니며 걸레로 닦고 나니 눈앞이 노랗고 다리가 후들거렸다. 빌어먹을. 시급 350위안에 누굴 꿇어앉히겠다는 거야? 걸레질을 시작할 때부터 끝마칠 때까지 안주인이 계속 그녀를 주시하며 잔소리를 해댔다. 옛날에 우리 집 뚜띠는 어쩌고저쩌고. 예메이리는 자기가 뚜띠라도 도망쳤을 것이라고 생각했다.

어쨌든 두 번째는 가지 않았다. 그 사모님이 회사에 전화를 걸어 시급을 450위안으로 올려주겠다고 했지만, 솔직히 말해서 1,000위안을 준대도 갈 생각이 없었다. 뚜띠, 뚜띠 노래를 부르던 그 여자의 얼굴을 생각만 해도 소름이 끼쳤다.

간단히 말해서 예메이리의 원칙은 분명했다. 바닥 손걸레질을 요구하는 집은 절대 가지 않는다는 것. 지금 때가 어느 땐데 가정부로 부리려는 것인가.

이 일을 막 시작해 청소업체를 통해 일을 받을 때는 업체에서 시급의 40퍼센트나 떼어갔다. 혼자 독립하면서 고정 고객을 데리고 나오고 온라인 구직 사이트에도 글을 올렸다. '시간제 가사도우미. 청소, 요리, 장보기 대행 가능, 시급 300위안부터. 면접 후 결정하세요.'

그때는 SNS가 유행하기 전이었고, 무료로 구직 광고를 올리는 온라인 구직 사이트가 매우 유용했다. 우밍웨도 그곳에서 보고 연락했다. 우밍웨에게는 원칙을 철저히 적용하지 않았다. 다른 고객에게는 그렇게 많은 일을 대신해주지 않지만 우밍웨는 집 밖에 나갈 수 없는 병을 앓고 있기 때문이다. 게다가 우밍웨는 좋은 고객이었다. 그녀는 면접 때부터 자기 상황을 자세히 설명했다. 집 밖에 한 걸음도 나갈 수가 없고, 로비에 내려가 우편물을 가져오는 것조차 할 수 없어서 신문 잡지나 우편물은 경비원이 집까지 가져다주고, 모든 물건 구입은 온라인으로 해결한다고 했다. 채소와 과일, 일용품까지도 모두 온라인에서 구입했다. "그런데 제가 만든 음식이 너무 맛이 없어요." 그녀가 웃으며 말했다. "피자, 햄버거, 도시락, 패스트푸드를 돌려가며 배달시켜 먹었지만, 이제는 이 근처에서 배달이 가능한 음식들은 다 지긋지긋해요." "혼자 사는 게 너무 답답해요. 가끔 얘기할 사람이 있으면 좋겠어요. 병이 생긴 뒤 친구와도 다 연락이 끊어졌어요. 그나마 연락을 주고받는 곳은 출판사뿐이에요. 편집자가 제 원고를 읽어주고 한두 달에 한 번씩 저를 보러 와요."

이렇게 털어놓는 그녀가 무척 솔직한 사람이라고 생각했다. 또 자신에게 필요한 것을 분명히 설명해주는 점도 마음에 들었다. 우밍웨는 예메이리에게 대신 장을 봐주고 생활용품을 사다 주고 매주 세 번씩 음식을 만들어달라고 했다(얼마 뒤 매주 다섯 번으로 늘어났다). 또 간단한 청소와 그 외에 도움이 필요한 일(우밍웨는 "우체국에 가야 할 때가 제일 곤란해요. 가끔 직접 우체국에 가서 처리해야 할 일들이 생겨요"라고 웃으며 말했다), 아플 때 병원에 가서 약을 받아 오는 일도 해달라고 했다. 근처 병원에 그녀의 상황을 잘 아는 의사가 있어서 수면제를 처방해주곤 했다. "요즘은 별로 필요하지 않지만, 옆에 두면 안심이 돼요."

우밍웨는 시세보다 높은 시급을 제시하며 다음 날부터 바로 와달라고 했다. 예메이리는 시장과 상점의 위치를 자세히 물어본 뒤 돌아오는 길에 근처 재래시장과 창고형 할인 매장, 빌딩 뒤쪽에 있는 선셋 마켓을 한번 둘러보았다. 거기서 다리 하나만 건너면 그녀의 집이지만 지하철로는 갈 수 없고 버스 배차 간격도 길어서, 매번 출근할 때마다 50분쯤 걸렸다.

처음에는 우밍웨를 이해할 수 없었지만 차츰 이해하게 됐고, 그러다가 지금은 안쓰럽고 걱정하는 마음이 컸다. 지난 2년 동안 응급 상황을 몇 번 경험한 후로는 집 밖을 나가지 못하는 것이 그녀에게 얼마나 고통스러운 일인지 알았다. 우밍웨는 부모님이 돌아가시고 남들은 자신을 이해하지 못하며, 친구들도 자기를 만나려 하지 않는다고 했다. 오래 사귄 남자친구도 있었지만 그녀가 그렇게 된 후로 점점 멀어져 결국 헤어졌다고 했다. 예메이리는 이 세상에 우밍웨가 의지할 곳이 하나도 없고, 오직 자기만 그녀 곁에 남았다고 생각했다.

마천대루에서 일한 지 한참 되도록 예메이리는 로비에 들어갈 때마다 겁이 났다. 고속 엘리베이터를 타면 귀에서 웅 소리가 나고, 엘리베이터 문이 열리고 호텔식 긴 복도가 나타나면 알 수 없는 불안감이 엄습했다. 물론 지금은 자기 집처럼 익숙하다. 대부분의 시간을 이 빌딩에서 보내고, 공용 공간도 자기 집 주방만큼이나 속속들이 알고 있다. 매주 두 번씩 빨래를 하러 중정의 세탁실에 내려가는데 건조가 끝날 때까지 중정을 거닐며 산책한다. 벚꽃이 피는 계절에는 벚꽃을 감상한다. 우습지만 처음 본 사람과 10분 동안 탁구를 친 적도 있었다. 그 후에 그 사람과 탁구 친구가 됐다. 새로 이사 온 60대 홍洪 선생인데 아직 마천대루에 적응하지 못했다고 했다.

예메이리의 생활이 매우 바쁘게 돌아가는 것처럼 보이지만, 사실 그녀 자신은 칩거 생활을 하는 우밍웨와 어느 정도 공통점이 있다고 생각했다. 두 사람 모두 순탄했던 인생이 갑자기 골짜기에 처박히는 경험을 했고, 지금은 간신히 기어 올라와 평지를 걷고 있는 듯하지만 과거에 살던 세계와는 전혀 다른 길에 있었다.

예메이리는 스무 살 이후에 찾아온 반전의 기회를 모조리 놓쳤다. 고등학교를 다녔지만 졸업은 하지 못했다. 어릴 때는 노는 걸 좋아하는 부잣집 딸이었다. 그녀의 집은 타오위안 시내에 있는 100평짜리 단독주택이었다. 아버지는 텔레비전을 넣는 나무장만 전문으로 생산하는 공장을 운영했다. 지금은 골동품점에서나 그런 나무장을 볼 수 있지만, 당시 아버지 공장은 직원이 100명이나 됐고 거의 업계를 독점하고 있었다. 예메이리는 언니 오빠와 터울이 많이 지는 막내였는데 어머니가 그녀를 낳은 뒤 아버지 사업이 갑자기 번창하자 아버지가 특히 그녀를 아꼈다. 그녀는 초등학교 때부터 피아노와 발레를 배우고, 중학교 때도 과목마다 과외 선생이 붙었다. 텔레비전 나무장의 유행이 지나자 재산을 불리는 재주도 없고 부업을 할 줄도 모르는 아버지가 신발공장을 차렸다. 워낙 재산이 많았던 터라 아직은 지탱할 수 있었으므로 예메이리는 10대 시절 집안 상황도 모른 채 날마다 무허가 나이트클럽에 다니며 춤에 미쳐 살았다. 예메이리가 그때 일을 들려줄 때마다 우밍웨는 믿기지 않는다는 표정을 지었다. 예메이리는 지금 자신이 단발머리와 살집 붙은 몸매에 평범한 옷차림으로 청소와 요리를 하고 수백 집의 변기를 닦아본, 전형적인 아주머니 모습이라는 걸 알고 있었다. 그녀에게 그런 청춘 시절이 있다는 걸 누가 상상할 수 있을까. 그녀는 웃으며 우밍웨에게 말했다. "가끔 옛날 일이 떠오르면 내가 생각해도 다른 사람 얘기인 것 같아."

천성적으로 활발한 성격이기도 하지만 그 당시에는 그게 유행이었다. 아버지의 사랑을 독차지하며 버릇없이 자랐고 반항기도 있었다.

남자친구도 여러 명 사귀었지만 그저 재미있게 놀았을 뿐이고 잠자리는 하지 않았다.

대학에 떨어지자 공부를 그만두고 아버지 공장에서 일했다. 아주 자유로웠다. 그러다 스무 살이 되던 해에 큰 화재가 발생해 얼마 남지 않았던 아버지의 재산이 전소되고 아버지도 쓰러졌다.

모든 게 손쓸 겨를도 없이 순식간이었다. 장례를 마치고 가까스로 정신을 차렸을 때는 어떤 친척이 그들의 집을 팔아버린 뒤였고, 아버지의 가구공장과 신발공장은 거액의 빚만 남아 있었다. 아버지가 사업을 다시 일으키려고 여기저기서 돈을 끌어다 쓴 탓이었다. 어머니는 살던 곳을 떠나 교외에 아파트를 샀다. 언니 오빠는 이미 집을 떠났을 때였으므로 예메이리와 어머니 둘이 살았다. 결혼 얘기가 오가던 남자와도 헤어졌다.

그 후에는 근근이 직장을 다녔다. 아버지 친구의 무역회사에 취직해 8년을 다니다가 가전회사 생산직으로 옮겨 또 6년을 일했다. 아무리 일해도 월급이 오를 희망이 없었다. 가전회사가 폐업한 뒤 친구가 하는 작은 훠궈집에서 일했는데 뜻밖에 식당 일에 흥미가 생겼다. 음식을 만드는 일이 적성에 맞는다는 걸 알았다. 그해 서른다섯 살이었던 그녀는 패키지여행에서 량梁 선생을 알게 됐다. 그녀보다 열 살 많은 유부남이었다. "그 사람을 기다리고 있었나 봐." 예메이리가 말했다. 젊고 활동적인 데다가 술도 잘 마시고 춤추는 것도 좋아해서 남자를 제법 만나본 그녀였다. 두 사람은 여행에서 돌아온 뒤 몰래 만났다. 량 선생은 예메이리가 아직 숫처녀라는 걸 그제야 알았다. 그들의 불륜은 지금까지 무려 20년이나 계속되고 있다.

"그러니까 지금 애인이 있는 거예요?" 그녀의 이야기를 듣던 우밍웨의 눈이 휘둥그레졌다. "계속 만났어. 떼어버리려고 해도 안 떨어지더라고!" 예메이리가 대답했다.

우밍웨의 얼굴이 붉어졌다. 수수해 보이는 예메이리가 자신에게 비밀을 털어놓았기 때문일 수도 있고, 어쩌면 예메이리가 말하는 '로맨틱한 생활'이 어떤 것인지 전혀 상상할 수 없기 때문일 수도 있다. 예메이리는 그런 그녀가 무척 귀여웠다. 세상과 단절된 사람 특유의 순진함이었다. 예메이리는 "내가 지금은 아무렇게나 하고 다니지만, 이래 봬도 왕년에 한 인물 했다니까?"라고 말하고 싶었다. 그녀와 량 선생은 백년해로한 부부 같은 관계였다. 이런 관계도 나쁘지 않았다. 가까이 살면서 그가 자주 만나러 왔다. 노부부처럼 가끔 잠자리도 하지만 그보다는 서로의 곁에 있다는 게 더 중요했다. 관계를 정리하려고도 해보았지만 그가 원치 않았고, 그렇게 그냥 일상이 되었다. 예메이리가 만든 음식을 함께 먹고, 휴일에 등산을 가는 것이 생활의 일부가 되었다. 예메이리는 그의 가족을 본 적이 없으므로 설령 마주친다 해도 알아보지 못할 것이다.

이 일은 그녀 스스로 선택한 것이었다. 좋고 말고의 문제가 아니라 그녀에게 잘 맞는 일이었다. 시급이 높고 시간도 융통성 있게 조정할 수 있는 데다가 이상하게도 남의 집에 들어가보는 것이 좋았다. 남의 사생활을 관음한다는 뜻은 아니다. 어떻게 생긴 집이든, 작은 원룸이든 고급 아파트이든 호화로운 주택이든, 생활의 흔적이 묻어 있는 장소에 가면 자신이 놓쳐버린 인생을 체험하는 기분이 들었기 때문이다. 그녀는 그런 기분이 좋았다. 원래 이런저런 생활을 누릴 수 있었고, 더 멋진 인생을 살 가능성이 있었다. 아버지의 갑작스러운 사망으로 모든 가능성이 송두리째 무너졌지만.

또 한편으로 집을 통해 이런저런 삶을 관찰할 수 있었다. 집만 봐도 그 사람의 생활을 속속들이 들여다볼 수 있다. 가구 배치와 잡다한 물품의 품목, 빨래 바구니에 들어 있는 옷 같은 것들로 그 사람이나 그 가족의 일상, 더 나아가 인생 전체를 상상해볼 수 있다. 그래서 예메이리에게는 이 직업이 필요했다. 그 일을 하며 자신이 잃은 것을 떠올려보고, 이미 상실한 것에 큰 미련을 갖지 않을 수 있었다. 어떤 삶을 살고 있는 사람이든 현재 살고 있는 인생 외에는 살아볼 수도 없고 비교할 수도 없다. 다른 인생의 선택지를 골랐다면 결과가 어땠을지 지금의 시공간에서는 알 수가 없다.

예메이리는 사람보다 물건을 좋아한다. 물건은 가장 충실한 것이다. 한 가지 물건을 소유했다면 그로 인해 해야 하는 일은 어떻게 버릴 것인지 결정하는 것뿐이다. 버리지만 않으면 그것을 계속 가질 수 있으므로.

이것이 그녀에게 쇼핑중독과 저장강박증이 있는 이유다. 마천대루에서 일하기 시작하면서 일이 바빠지고 여유 시간은 줄어들자 온라인쇼핑에 빠져들었다. 뭐든 다 살 수 있고, 뭐든 다 쟁여둘 수 있었다. 그녀의 매달 수입에서 노후를 위해 저축하는 1만 5,000위안과 월세, 수도 요금, 전기 요금 1만 위안을 제외하고 남는 2만 위안 남짓한 돈은 모두 '쇼핑'에 쓸 수 있었다. 그녀를 유혹하는 것들이 너무 많았다.

아, 위대한 상품의 바다여!

초기에는 쇼핑중독이 도질 때마다 다음 날 자책하며 물건을 버렸다. 하지만 그렇게 버리고 생긴 빈 공간은 결국 다음번 쇼핑 욕구가 폭발했을 때 사들인 물건으로 다시 채워졌다. 그래서 억지로 자제하지 않기로 했다. 살 만큼 사고 나면 저절로 중독에서 빠져나올지도 모른다.

쇼핑중독은 일종의 질병이다. 매주 한두 번씩 도지는데 온라인쇼 핑으로도 만족하지 못해 아침부터 지갑을 들고 재래시장으로 달려 갈 때도 있다. 참 이상하게도 집 근처에 있는 재래시장은 식재료보 다도 옷과 신발을 더 많이 팔았다. 그녀와 비슷한 증상을 가진 여 자들이 많다는 반증일까. 시장 끝에서 끝까지, 대만산부터 싸구 려 중국산까지 다 있고, '한국산 정품'이라고 써 붙이고 옷 한 벌에 2,000~3,000위안이나 하는 보세 매장도 있었다. 이런 매장은 그녀 가 가장 쉽게 지갑을 열지만 또 가장 쉽게 후회하는 곳이었다. 이게 다 한국 드라마 때문이다. 한국 드라마를 좋아하는 그녀는 자연스럽 게 한국 여자 연예인들의 옷차림도 좋아하게 됐다. 자기 직업과 생활 에는 조금도 어울리지 않지만 꿈만 꿔보는 것이다. 꿈꾸는 게 범죄도 아니고 밑질 것도 없으니까.

시장 양쪽에 늘어선 노점 열 개 중 일곱 개가 이런 옷과 신발을 파 는 노점이다. 예를 들어 한 켤레에 200위안짜리 '카피 신발'을 파는 노점이 있는데, 이 노점은 일정한 요일도 없이 제멋대로 나타나지만, 나타났다 하면 아주머니들이 미친 듯이 몰려든다. 하이힐, 부츠, 구 두, 샌들, 운동화까지 없는 신발이 없다. 소가죽, 러버솔, 에어솔, 올해 제일 '핫'한 키높이신발, 학생들이 좋아하는 스니커즈, 통굽 플랫폼 핍토슈즈 등등. 1인당 최대 세 켤레까지만 살 수 있다. 옷차림도 몸매 도 제각각인 여자들이 몰려들어 백발 노부인이든, 깐깐한 가정주부 든 너나 할 것 없이 신발 더미에 고개를 처박고 신발을 고르고 신어 보다가 각자 서너 켤레씩 사서 돌아간다. 이 신발이 예쁠까, 저 신발 이 예쁠까? 고르고, 신어보고, 고민한다. 가끔 처음 보는 옆 사람이 이쪽 신발이 더 어울린다고 말해주기도 한다. 노점상은 명품브랜드의

하청공장에서 만든 카피 신발이라며 잡지를 들춰서 보여준다. "이것
봐요. 똑같죠? 이것도 똑같죠? 제일 싼 게 2,980위안이잖아요. 우리
신발은 마크만 없어요. 공장에서 뒤로 빼돌린 거니까. 이런 물건은 전
문가가 더 잘 알아. 재질이고 디자인이고 아주 똑같거든."

예메이리는 자신도 카피 인간이 아닐까 생각했다. 디자인도 재질
도 똑같지만 상표가 없어서 한밤중에 창고에서 몰래 빠져나와 거리
의 싸구려가 될 수밖에 없는 인간.

시장 안쪽의 한 골목 어귀에 노점이 있었다. 원래는 바닥에 좌판
을 놓고 팔다가 음식을 팔던 정식 노점 자리로 옮긴 것이었다. '백화
점 재고 세일'이라고 써놓고 299위안, 399위안, 499위안에 균일가로
팔았다. S, M, L, XL 사이즈별로 구역을 나누어놓고 러닝셔츠, 레깅
스, 셔츠, 티셔츠부터 아우터, 원피스, 반바지, 긴바지, 롱스커트, 가죽
재킷, 윈드재킷, 오버코트까지 옷이란 옷은 다 팔았다. 눈으로 보기
에도 여러 곳을 거쳐온 내력이 느껴지는 옷들인데, 주인은 누가 어떤
옷을 물어봐도 그 옷이 어떤 브랜드인지, 어떤 매장에서 왔는지 알려
주고, 어떤 브랜드가 할인율이 제일 높은지, 가성비가 제일 좋은지,
유행을 안 타고 오래 입을 수 있는 옷은 어떤 것인지 조언해준다. 그
뿐만 아니라 각 브랜드의 특징과 콘셉트까지 손님들이 솔깃할 수 있
는 정보를 그럴듯하게 분석해준다. 재래시장에서 파는 싸구려와는
확실히 달라 보이는 그 옷들은 세월의 흔적은 느껴지지만 재질과 디
자인으로 볼 때 80~90퍼센트 할인된 가격이라는 걸 알 수 있다. 이
노점은 늘 손님이 북적이고 잘 차려입은 부인들도 많다. 매주 옷을
한 보따리씩 사 가는 사람도 있다고 했다. 물건을 고르는 안목이 있
다면 좋은 옷을 헐값에 주워갈 수 있는 기회이기도 하다. 손님들마다

손에 어깨에 옷을 걸치고 노점 옆에 세워진 작은 용달차 뒤 비좁은 틈에 들어가 옷을 입어보았다. 예메이리는 옷을 사기 전에 입어보지 않는다. 그녀는 항상 자기 몸에 들어가지 않을 작은 사이즈의 옷을 샀다. 그런 옷이 예쁘기 때문이다. 일이 덜 바빠지면 다이어트를 시작할 것이고, 그러면 포장도 뜯지 않은 채 옷장을 가득 채우고 있는 명품 옷들도 다 입을 수 있을 것이다. 옷값을 지불할 때마다 그런 상상으로 마음이 들뜨고 흥분됐다.

또 다른 노점도 있었다. 높은 거치대에 상의, 바지, 치마, 외투, 바람막이 등등 다양한 종류의 옷을 진열해놓고 한 벌에 60~80위안에 팔았다. 모든 옷에 '일본 명품'이라고 적힌 라벨이 달려 있지만 그게 '구제 옷'이라는 건 누구나 알고 있었다. 출처는 알 수 없지만 여러 곳에서 모아온 중고나 폐업하면서 재고 처리한 제품들이 도매를 거쳐 이런 노점까지 오게 되는 것이다. 예메이리는 자주 가서 구경했지만 구입하는 경우는 거의 없었다. 일본 명품으로 위장한 구제 옷을 구경하면 과거의 자신을 만나는 기분이 들었다. 어쩌다 한 번씩 집에 쌓인 물건들을 대대적으로 정리할 때마다 옷들을 잘 묶어서 근처 길모퉁이에 있는 녹색 의류수거함에 가져다 버렸다. 그 구제 옷들도 그렇게 모아져 시장까지 왔을 것이다. 그런 옷들은 사 모으지 않고, 추모하는 마음으로 구경만 했다. 그녀는 자신에게 페티시즘과 저장강박증이 있다는 사실을 분명히 알고 있었다.

물건을 고르고 고민하고 구입하며 가장 쾌감을 느끼는 순간은 지갑에서 돈을 꺼내 주인에게 건넬 때였다. 돈을 건네고 물건을 받고 거스름돈을 받은 뒤 불룩한 비닐봉지를 양손에 가득 들고 시장을 나왔다. 그런 흥분과 만족감은 집에 돌아가 문을 열고 거실에 들어가 그날 산 옷과 신발을 하나씩 입어보고 신어보고 패션쇼를 하듯 전신 거울에 비춰 볼 때까지 유지됐다. 옷을 입어본 뒤 옷걸이에 걸고 옷장에 넣는 일련의 과정을 할 때 아드레날린이 치솟고 혈압도 상승할 것이라고 자신 있게 말할 수 있다. 그때의 쾌감은 다른 무엇과도 비교할 수가 없다. 마약중독과 비슷하지 않을까? 하지만 옷은 1,000~2,000위안이면 한 보따리를 살 수 있는 데다가 지갑을 해칠 뿐 몸은 해치지 않는다.

그녀의 인생은 젊은 시절 상상했던 것만큼 순조롭지 못했다. 시작은 화려했지만 얼마 못 가서 나락으로 떨어졌다. 지금 그녀는 단순노동을 하고 있고, 고객들과 좋은 관계를 맺고 있으며, 처자식이 있는 데다 얼마 전에 손주도 본 20년이나 된 연인이 있다. 자기 인생을 돌이켜보며 실의에 잠기기도 하지만, 부담 없고 홀가분하다는 장점도 있다. 인생에서 채울 수 없는 빈 구멍을 누구에게 위로받을 필요는 없다. 이 세상에서 그녀를 가장 적절하게 위로해주는 것은 '물질 세계'다. 모든 물건은 어딘가에 쌓아놓기만 하면 존재감이 생기고, 그곳에 존재하는 것만으로 그녀에게 안정감을 줄 수 있다. 그녀는 텅 빈 집이 무섭고 순백색으로 칠한 벽과 차디찬 바닥, 초라한 옷이 싫었다. 남들이 그녀를 볼 때 받는 인상이 바로 그렇긴 하겠지만. 끊임없이 물건을 사들여 다양한 질량의 물건들로 자신의 공허함을 채우고 틀어막았다. 그러기 위해 계속 물건을 샀다. 돈이 있을 때는 백화점을 돌고, 돈이 없을 때는 재래시장에 가거나 온라인쇼핑몰에서 샀다. 또 돈이 있든 없든 시간만 나면 쇼핑몰을 돌아다녔다. 심지어 한밤중에 잠이 오지 않거나 화장실에 가려고 일어난 그 잠깐 사이에도 온라인 쇼핑몰에 들어가 이것저것 주문했다. 쉬지 않고 주문 버튼을 누르며 온몸의 피가 끓어오르고 몸이 짜릿하게 달아올라야 안심하고 잘 수 있었다.

삶의 고단함과 쇼핑이 무슨 관계가 있을까? 이미 너무 많이 사들여 더 이상 쌓아둘 곳이 없어도, 3대가 써도 다 쓰지 못할 만큼 쟁여놓았어도, 보통 사람이 보기에 이미 정상이 아니더라도, 그녀는 이런 생활이 좋았다. 그녀는 남의 집을 정리해주고 음식을 만들어주는 가사도우미였다. 표면적으로 타인의 일상을 편리하게 도와주는 사람이지만, 정작 그녀 자신은 물건을 닥치는 대로 사들여 쓰레기집을 만들고, 쇼핑한 시간보다 몇 배의 시간을 들여 산더미처럼 쌓인 물건 사이를 깨끗이 쓸고 닦았다. 포장도 뜯지 않은 물건이 부지기수였고, 다리 한쪽도 넣어보지 않은 바지가 수두룩했다. 새로 나온 아이디어 상품이나 특이한 디자인, 쓰기 편해 보이지만 용도를 찾을 수 없는 '가전제품', '운동기구', '생활용품', 홈쇼핑 채널에서 열두 병씩 묶어 파는 염색약, 한 세트에 열여덟 장짜리 팬티, 여덟 개들이 밀대 걸레, 스물네 가지로 구성된 접시와 컵 세트, 마흔여덟 개들이 스푼 포크 세트, 손목시계, 크리스털, 액세서리, 침대 시트, 카펫, 마사지 크림, 다이어트 약. 심지어 납골당도 두 칸이나 사놓았다. 간이 골프장 세트, 다기능 복근 운동기구, 다이어트 훌라후프, 다리 마사지기, 히노키 욕조, 다기능 푸드프로세서, 두유 제조기 등등 온갖 물건이 다 있었다.

그녀가 생각하는 이상적인 집은 자주 구경하러 가는 중고품 매장이었다. 길가에 위치한 작은 매장인데 없는 것 없이 온갖 물건이 다 있는 데다가 매장 안쪽에 있는 작은 문을 열고 나가면 또 다른 세계가 펼쳐졌다. 뒷골목을 지나 또 다른 작은 문으로 들어갈수록 점점 넓어지는 또 다른 건물이 나왔다. 통로를 따라 몇 개나 되는지 모를 좁은 점포들이 다닥다닥 붙어 있는데, 위층도 있고 지하실도 있다. 건물 전체가 '물건'으로 가득 차 있다. 미로로 된 개미굴처럼 굴을 지나면 통로가 나오고, 통로를 지나면 또 굴이 나왔다. 하늘은 보이지 않고 오로지 물건만 보였다. "어마어마해." 예메이리는 거기 갈 때마다 물건으로 꽉 채워진 '행복감'을 느꼈다. 그 속에 있는 것만으로도 행복감과 안정감이 들었다. 방 두 개에 거실 하나인 자기 집도 그런 방식으로 배치했다. 물론 그런 집에 친구를 초대하는 건 불가능했고, 유일하게 그녀의 집에 들어올 수 있는 사람은 오래 사귄 남자친구 량 선생뿐이었다. 오랜 연인이자 친구인 그는 그녀가 자신의 왕국을 세우는 과정을 다 지켜보았고, 돈과 힘으로 왕국 건설에 큰 기여를 했다. "당신은 저장광이야." 량 선생은 늘 이렇게 놀렸지만 그것이 그녀가 자신을 다독이는 방식임을 알고 있는 듯, 그녀가 하는 대로 내버려두었다. 하지만 그 이면에 또 다른 이유가 있었다. 그가 곁에 있어주지 못하는 시간에 그 물건들이 그녀 곁을 지켜주기 때문이었다. 지진이 발생하거나 집이 더 이상 무게를 견디지 못할까 봐 걱정되어 마당이 딸린 집을 사주려고 한 적도 있지만, 정리가 불가능할 만큼 포화 상태가 된 물건들을 어떻게 옮길 것인가 하는 문제가 있었다.

남들이 알면 경악할 수준이라는 걸 그녀도 알고 있었지만, 량 선생은 그녀를 괴물 취급하지 않았다. 아니, 괴물이라고 생각해도 상관없었다. 인터넷에서 '저장광'이라는 용어를 보았다. 그녀 같은 사람들을 일컫는 말일 것이다. 하지만 그녀는 집에 물건을 쌓아놓는 사람들의 심리가 모두 같을 거라고는 생각하지 않으므로 자신에게 그런 꼬리표를 붙이는 걸 원치 않았다.

마천대루의 복도에서 마주친 미화원 천위란을 떠올렸다. 그녀와 나이는 비슷하지만 지치고 우울한 얼굴이었다. 예메이리보다 두 배는 더 일하지만 보수는 형편없이 적었다. 아마 변변한 옷 한 벌도 없을 것이고, 어딜 가서 무엇을 사든 자기보다는 가족이 입고 쓸 것을 먼저 살 것이다. 예메이리는 자신이 놓쳐버린 인생을 떠올렸다. 어쩌면 그녀 인생의 또 다른 버전은 청소업체에 고용된 미화원일 수도 있다. 빌딩 주민들이 지나갈 때마다 이런 곳에 산다는 자부심을 느낄 수 있도록, 기나긴 복도를 매일 광이 나도록 닦고 엘리베이터 문을 청결하게 유지한다. 하지만 바닥을 아무리 거울처럼 닦아도, 누구 하나 그녀에게 인사하는 사람이 없다. 묵은때를 지우고 새것을 만드는 일을 하면서도 성취감은 느낄 수 없고, 남는 건 단조로운 반복과 피곤함뿐이다. 중년부터 시작해 늙고 지치고 쇠약해 더는 움직일 수 없을 때까지 긴 복도 위를 끝없이 오가는 것이다.

6   현관의 꽃

리모리
28세, 주부

A동 32층 거주

리모리李茉莉는 뱃속 아기의 태동에 자신이 임신 중이며 내일 산전 검사를 하러 가야 한다는 사실을 상기했다.

그녀는 오래전부터 꿈꿔오던 평범한 가정주부로 살고 있었다. 가정주부의 삶이야말로 가장 이상적인 인생이라고 생각하는 그녀를, 큰언니는 늘 이렇게 조소했다. "평범하게 사는 게 뭐가 어렵다고?"

하지만 그리 쉽게 얻어질 수 없다는 걸 그녀는 알고 있었다. 적어도 언니 생각처럼 당연하게 가질 수 있는 것이 아니다. 우선 내 가정과 남편, 사랑스러운 아이가 있어야 하고, 무엇보다도 스스로 그들을 사랑해야 한다. '사랑'은 그녀가 태어나고 자란, 그 무엇도 부족하지 않은 집에서 가장 결핍된 것이다. 언니처럼 태어날 때부터 모든 걸 다 가진 사람들은 힘든 노력 끝에 얻어낸 열매가 얼마나 달콤하고 탐스러운지 알지 못한다. 날마다 사랑과 관심을 쏟아 직접 요리하고 청소하는 생활이 평범한 '가정주부'의 꿈이라는 걸 그들은 모른다. 하지만 요즘은 임신부도, 전업주부도 드물다. 그녀의 엄마조차 아직도 계속 출근하며 자기 분야에서 일하고 있다. 두 언니는 모두 의사와 결혼했다. 경제적인 윤택함은 물론이고 가사도우미를 고용해 집안일에 손 끝 하나 대지 않으며, 아이도 베이비시터에게 맡겨 기른다. 결혼 전과 다를 바 없는 생활을 하고 있다. "언니들은 아직 철이 없어." 그녀는 가끔 투덜대며 남편에게 이렇게 말했다. "가정주부도 직업이잖아. 가정을 돌보는 게 얼마나 중요한 일인데." 그러면 남편은 "당신 말이 맞아. 당신도 월급을 받아야 해" 하고 말하며 아이를 달래듯 그녀의 뾰루퉁한 얼굴을 어루만졌다. 남편의 갑작스러운 손길이 그녀를 수줍게 했다.

그렇다. 그들은 서로 사랑하는 부부다. 비록 그들이 사는 곳이자 그녀가 정성껏 돌보는 이 집, 주부가 진심을 다해 지키는 이 '가정'이 그녀가 좋아하지도 않고 익숙하지도 않은 곳에 있긴 하지만. 그들은 타이베이에서 차로 15분 거리에 있는(그녀에게 이곳은 타이베이가 아니다) 쑹허의 마천대루 32층에 살고 있다. 마천대루, 이곳은 사실 그녀가 그린 미래의 청사진에 없던 곳이다. 그녀가 생각하는 자신의 보금자리는 뉴욕의 브라운스톤 아파트나 도쿄의 단독주택이었다. 아무리 못해도 자기 아빠가 사는 그런 평범한 주거단지의, 몇몇 집만 같은 입구를 사용하고 이웃에 누가 사는지 서로 다 아는 고급 아파트에서 살게 될 줄 알았다. 그녀가 결혼 전에 살던 아파트는 세 들어 사는 사람이 없고 기껏해야 장성한 아들이 결혼해 며느리가 함께 살게 되면 새 얼굴이 하나 더 늘어나는 정도였다. 그런 오래된 동네는 대부분 40평대 이상인데 아빠가 1층 세대 두 채를 다 사서 집을 넓게 썼기 때문에 드나들며 외부인을 마주칠 일이 더더욱 없었다. 세 자매가

다 결혼한 뒤에도 아빠는 남는 집을 세놓지 않고 손님을 대접하거나 붓글씨를 쓰고 기공을 수련하고 영화를 보는 등 취미 생활을 즐기는 공간으로 사용했다. 물론 그녀 남편의 수입을 아빠의 재력과 비교할 수는 없다.

그래도 이런 대단지 고층 아파트에 살게 될 줄은 꿈에도 몰랐다. 다만, 결혼하면 남편에게 맞춰 사는 것이 당연하다는 주부로서의 신념 때문에 남편이 좋아하는 이곳에 불평 없이 살고 있었다. 그것이 리모리의 인생철학이었다.

평일 아침에는 출근하는 남편 린다썬林大森을 입맞춤으로 배웅했다. 입술을 살짝 맞대는 정도지만 결혼하고 몇 년이 되어도 매일 로맨틱한 인사를 할 수 있다는 사실이 달콤하고 설렜다. 생일, 밸런타인데이, 결혼기념일, 크리스마스에 다썬은 늘 커다란 꽃다발을 선물했다. 갖가지 색의 리시안셔스, 연둣빛이나 연보라 수국을 제일 좋아하지만 분홍색 장미와 백합도 예뻤다. 요즘 다썬은 집 근처 꽃집에서 꽃을 산다. 독신의 여주인이 운영하는 곳인데 고상하고 그윽한 분위기의 꽃다발이 마음에 들어 연말연시에는 그녀도 전화로 꽃을 주문하곤 했다. 어릴 때 그녀의 집에는 항상 꽃이 있었다. 엄마는 화단에 꽃을 길렀을 뿐 아니라 그때그때 꽃집에서 계절에 맞는 꽃을 주문해다가 직접 꽃꽂이를 했다. 엄마는 일본인 플로리스트에게 몇 년 동안 꽃꽂이를 배웠다. 모리는 그런 손재주는 없지만 음력설이 가까워지면 납매 * 몇 송이를 꽂아 명절 분위기를 내는 것을 좋아한다. 서양풍으로 녹색 화병에 활짝 핀 노란 튤립 스무 송이를 꽂기도 하고, 중

* 겨울에 피는 매화.

국풍을 내고 싶을 때는 결혼할 때 엄마에게 받은 유명한 도예가의 청자 화병에 연분홍색 대국화와 진분홍 스토크를 섞어 꽂는다. 평소에는 다썬이 사 온 꽃다발을 둥근 유리 화병에 꽂아놓고 매일 물을 갈아준다.

그녀의 집 현관은 우아하고 여유로운 그들의 생활을 보여주듯 사시사철 꽃으로 장식되어 있다.

다썬이 출근하면 모리는 주방을 간단히 정리한 뒤, 월, 수, 금은 빨래를 하고, 화, 목, 토는 장을 보거나 집 안 청소를 하고, 일요일은 집안일을 쉬었다. 다썬과 친정에 가거나 나들이를 가지 않을 때는 집에서 여유 있게 쿠키를 굽거나 케이크를 만들었다. 요즘 그녀는 요거트 만드는 법, 제빵기 사용법, 두유 만드는 법, 잼 만드는 법을 익혔다. 이따금 직접 만든 음식을 가지고 택시를 타고 친정에 가서 엄마에게 맛보여주기도 했다.

오후 시간은 빈둥거리며 보냈다. 결혼한 지 몇 년이 됐지만 여전히 신혼처럼 달콤하다. 좋아하는 CD를 오디오에 넣으면 다썬이 집 안 곳곳에 설치해놓은 스테레오 스피커를 통해 우아한 음악이 흘러나와 어딜 가도 음악의 선율이 몸을 감싸주는 기분이 들었다. 그녀는 이 시간을 좋아했다. 조금 외로울 때나 어린 시절 꾸었던 피아니스트의 꿈이 생각나면 선율에 따라 피아노를 치듯 허공에서 손가락을 움직였다. 그렇다. 그녀는 10년 동안 피아노를 치고도 이렇다 할 성과를 거두지 못했지만, 감상도 일종의 재능이라고 생각한다. 어릴 적 엄마를 따라 음악회에 가던 습관을 지금도 유지하고 있다. 결혼 후에도 다썬이 동행해주지 않아 계속 엄마와 같이 다닌다. 요즘은 그런 곳에 갈 때만 예쁜 옷을 차려입을 수 있지만, 아침에 남편보다 먼저 일어나 화장을 하고 있으라는 엄마의 가르침을 기억하고 있었다. 다썬은 진한 화장을 싫어했다. 다행히 그녀는 자연스러운 메이크업을 할 줄 알고 피부도 좋은 편이라 가벼운 화장으로도 금세 생기가 돌았다. 홈 웨어도 아무렇게나 입지 않고, 트레이닝복이나 잠옷을 입고 돌아다니지도 않았다. 이 역시도 엄마에게 교육받은 것이다. 여자의 교양은 속옷과 홈웨어에서 드러난다. 남이 안 본다고 해서 절대로 아무렇게나 입지 마라. 집에 누가 있는 것처럼 모든 행동을 조심하고 거친 행동은 절대 금물이다. 항상 신혼 같은 생활을 유지하려면 남편을 격의 없이 대해서는 안 된다. 어느 정도의 신비감과 존중을 유지해라. 기타 등등. 엄마의 시시콜콜한 가르침이 많았지만, 다썬은 그런 것에 크게 개의치 않는 것 같았다. 다썬은 그녀가 알몸에 그의 커다란 흰 셔츠만 걸치는 것을 더 좋아하는 듯했다. 그러면 주방이나 복도에서 훅 다가와 그녀의 허리에 팔을 감으며 다리 사이를 더듬었다.

그 생각이 떠오르자 그녀의 얼굴이 달아올랐다.

다썬은 그런 남편이었다. 그녀가 임신한 뒤 다썬의 스킨십이 줄었다. 그의 손길이 그립지만 아기를 생각해서 그런다는 걸 알고 있었다. 모리는 조금 불룩해진 배를 쓰다듬었다. 임신 5개월이었다. 다행히 몸 상태가 양호했고, 매일 아로마 오일을 꼼꼼히 바르고 마사지하며 결혼 전의 아름다운 모습을 유지하려고 노력했다.

만약에 그녀에게 아름다운 적이 있었다면 말이다.

마천대루에서의 평범한 하루는 가성수부 리모리에게 더 이상 불편하거나 어색하지 않았다. 이 빌딩에 처음 이사 왔을 때는 고속 엘리베이터를 탈 때마다 귀가 먹먹했다. "입을 아, 하고 벌려." 다썬이 말했다. "숨을 깊이 들이마시고." 하지만 그녀는 남편의 말을 잊고 언제나 귀가 먹먹한 상태로 집에 들어왔다. 어지럽고 귀가 먹먹해서 토할 것 같았다. 언제부터 적응했는지는 그녀도 모르겠다. 창 너머로 멀리 산이 보이고 모든 건물이 발 밑에 있었다. 밤이 되면 차량의 불빛 물결과 보석을 뿌린 듯한 도시의 야경이 내려다보이고, 제야에는 저 멀리 우뚝 솟은 고층 타워에서 쏘아 올리는 화려한 불꽃을 감상할 수도 있다. "저쪽은 가지 마. 거긴 너무 어수선해." 다썬은 늘 이렇게 타이르듯 말했다. 그가 말하는 '저쪽'이란 마천대루의 C, D동이다. 그쪽은 소형 원룸이 대부분인 데다가 1층에 상점이 많고 차도에 접해 있어서 시끄럽고 번잡스럽다. 창고형 할인 매장, 은행, 세탁소, 카페도 모두 그쪽에 있다. 다썬은 할인 매장 물건은 전부 싸구려라고 했다. "값이 싼 데는 다 이유가 있어." 그는 무엇을 사든 항상 그녀와 차를 몰고 타이베이의 백화점에 가서 샀다. 여기가 그렇게 어수선하다면서 왜 타이베이로 이사 가지 않는지 이해할 수가 없었다. 그러면 매일 차를 몰고 출근할 필요도 없을 텐데. 하지만 그녀는 묻지 않았다. 다썬의 재력으로 타이베이에서 지금 같은 40평대 아파트를 살 수는 있겠지만 낡은 아파트일 것이고, 이렇게 24시간 경비가 이루어지는 고급 주택에 사는 것은 불가능하다. 다썬은 관리가 잘 되는 빌딩을 좋아하는 것이다. 그는 몇 년 전 저렴한 가격에 구입한 이 아파트를 무척 만족스러워했고, 큰돈을 들여 인테리어도 해서 자신이 꿈꾸던 '드림하우스'를 만들었다.

리모리는 처음에는 이 동네에 적응하기가 힘들었다. 미로처럼 꼬불꼬불한 골목들, 오토바이와 버스가 뒤엉킨 좁은 도로, 가로수도 거의 없고 건널목도 없었다. 이 빌딩을 나가 모퉁이를 돌면 바로 대로가 있어서 거기서 곧바로 차를 타면 금세 이 동네를 벗어날 수가 있다. 그러지 않으면 지나가는 사람과 차량 소음에 깜짝 놀랄 때가 많다. 지하철역에 가려면 버스를 타야 한다. 버스정류장 근처에 편의점과 병원 몇 개가 있고 빌딩에서 2분 거리지만 그녀는 그쪽에는 가본 적이 없었다. 대로와 접해 있는 빌딩 뒤쪽, 즉 다쓴이 말하는 '저쪽'은 신베이●의 축소판이다. 타이베이를 등진 채 살고 있는 그녀가 살고 싶은 곳은 창 너머에 있는 타이베이다. 그곳이 그녀가 태어나고 자란 가장 익숙한 곳이다. 타이베이에 가려고 빌딩을 내려갈 때마다 등 뒤에서 들리는 번잡하고 시끄러운 소음이 그녀를 놀라고 두렵게 한다.

그런데 그녀의 두려움에는 낯선 것에 대한 호기심도 섞여 있다. 가끔 골목을 따라 시장을 구경하러 가기도 한다. 비좁은 골목이 씨줄과 날줄처럼 교차하며 거대한 선셋마켓이 만들어진다는 걸 상상이나 했을까. 그녀의 인생에서 한 번도 경험하지 못한 것이었다. 희고 붉은 비닐봉지를 손에 들고 각종 채소, 생선, 고기를 파는 노점 앞에 서 있는 사람들, 장사꾼들이 호객하는 소리, 걸을 때마다 어깨가 부딪칠 정도로 붐비는 골목, 여름에 사람들의 몸이 뿜어내는 열기와 체취, 겨울에 포자만두 찜솥에서 뭉게뭉게 피어오르는 흰 수증기, 비둔하게 껴입은 항공점퍼와 싸구려 오리털점퍼의 마찰음, 닭과 오리가 꽥꽥대는 소리, 닭집 주인의 앞치마에 아직 마르지 않은 핏자국, 닭 잡을 때 날아오르는 깃털 등등. 이 모든 것이 그녀의 감각기관을 자극해 놀랍고 신기하고 무서웠다. 그곳에 가보기 전까지 그녀가 아는 식품은 엄마가 식탁에 올린 요리와 가지런히 자르고 다듬어 스티로폼팩과 랩으로 깔끔하게 포장한 것들이었다. 채소, 과일, 생선, 육류 모두 슈퍼마켓 냉장 진열대에 한 팩 한 팩 차곡차곡 쌓여 손님을 기다리고 있었다.

물론 그녀도 텔레비전이나 영화에서, 학생 시절 소풍을 갔을 적에,

● 대만 수도 타이베이를 둘러싸고 있는 도시. 대만 경제 발전과 함께 타이베이 인구가 외곽으로 대거 이동해, 현재도 대만에서 가장 인구가 많은 지역이다.

또는 동물원이나 목장을 구경하러 갔을 때 살아 있는 가축을 본 적이 있다. 그때 그녀는 아직 어린아이거나 학생이었다. 이제 주부가 됐으니 조리를 거쳐 음식이 될 '원재료'에 거부감을 가져서는 안 된다고 생각했다. 오랜 적응 기간을 거쳐 붐비는 노점 앞에서 직접 채소를 고를 수 있게 되었지만, 미끌미끌한 생선과 반질반질하고 축축한 육류는 아직도 노점에서 사지 못한다.

"그냥 익숙한 슈퍼마켓에서 사." 재래시장 공기에는 독이 있어서 그녀가 거기서 숨 쉬는 것도 싫다는 듯이 다썬은 말했다. 그래서 그녀는 택시를 타고 친정 근처에 있는 백화점 지하 식품 매장에 가서 장을 보았다. 매주 두 번씩 둥구*에 있는 회원제 피트니스센터에 가서 요가를 하고, 남편이 없는 날은 타이베이 거리를 돌아다니고 장을 보고 옷을 사고, 피부 관리, 두피 관리, 전신 마사지를 받았다. 가끔은 그냥 공원을 걸으며 익숙한 곳에 있음을 느끼다가 날이 어두워진 뒤에야 택시를 타고 집으로 돌아왔다.

그녀는 타이베이 시내에서 자랐다. 사람들이 우스개로 말하는 바로 그 '천룡인天龍人**'이다. 그녀의 아빠는 피부과 병원을 운영하다가 피부클리닉으로 전환했고, 엄마는 친정에서 하는 가업을 이어 무역업을 했다. 리모리는 어려서부터 쭉 사립학교에 다니며 고등학교를 졸업했지만, 공부 머리가 없는 탓에 아무리 과외를 해도 성적이 오르지 않아 평범한 사립대학 일문과에 들어갔다. 사실 어려서부터 그녀가 받은 교육은 전부 현모양처가 되는 법이었다. 사춘기 시절부터 그녀의 엄마처럼 피부, 모발, 체형을 관리하는 방법을 배우고, 옷을 갖

● 타이베이 번화가로 고급 백화점, 오피스 빌딩이 밀집해 있다.
●● 만화 《원피스》에서 유래된 말로, 귀족처럼 콧대 높은 타이베이 사람을 일컫는 말.

춰 입고 화장하는 법을 익혔다. 엄마가 생각하는 '여성으로서 갖춰야
하는 필수 지식'을 전부 숙지했다. 그녀는 꼬마 시절부터 엄마와 언니
들을 따라 백화점에 가서 쇼핑했고, 엄마는 그녀에게 이름 없는 상표
의 옷을 입힌 적이 없었다. 팬티부터 양말까지, 하다못해 손수건, 머
리핀까지 모두 명품숍이나 백화점에서 샀다. 엄마는 그녀에게 피아
노와 요리, 재봉을 가르치고 다도까지 배우게 했으며, 대학 때는 프
랑스어와 양식 조리도 배웠다. 하지만 평소에 집에서 요리를 한 적은
없었다. 그녀는 어려서부터 추이^阿 이모가 함께 살며 집안일을 도맡
아 하는 것에 익숙했고, 살림을 돌봐주는 추이 이모 같은 사람이 집
집마다 다 있는 줄 알았다. 나중에 다른 집들도 두기 시작한 외국인
도우미와 달리 그녀의 집은 추이 이모조차도 고상한 분위기가 풍겼
다. 그녀는 대학에 들어간 후에야 처음으로 친구들과 야시장에 가서
노점 음식을 먹어보았다. 친구들은 늘 그녀의 '고지식함'과 서민적인
사물에 대한 무지를 놀렸고, 그녀도 그런 악의 없는 놀림을 알고 있
었다. 도도하고 거만한 언니나 엄마와 달리 그녀에겐 친구들이 '맹하
다'고 놀리는 어수룩함이 있었다. 그런 어수룩함 때문에 가난한 다썬
을 만나 연애와 결혼까지 초고속으로 했던 것이다.

그녀의 두 언니는 무수한 남자와 연애를 했지만 결혼은 부모님이
정해준 의사와 했다. 그녀도 몇 번 맞선을 보았지만 처음 스스로 선
택해 연애한 남자와 결혼했다. 결혼 전 인테리어 사무실에서 일하던
다썬은 결혼 후 장인의 도움으로 자기 사업을 시작했다. 다썬은 모든
면에서 뭔가 하겠다고 마음만 먹으면 반드시 해내는 사람이었다.
리모리는 바로 그런 성격 때문에 그를 좋아하게 됐다. 유복한 환경
에서 자랐지만 야심도 목표도 없는 자신에게는 그가 최고의 남편감

이라고 생각했다. 그녀는 그를 흠모하고 존경하고, 그의 말에 무조건 따랐으며 그의 보살핌과 보호를 기쁘게 받아들였다.

다썬은 항상 그녀를 과잉보호했지만, 그것이 그가 그녀를 사랑하는 방식이었다. 그녀는 이것도 일종의 통제일 거라고 생각했지만 그에게 사랑받는 기분이 좋았다.

결혼 전 다썬은 성공을 위해 분투하는 젊은 인테리어 디자이너였고, 결혼과 동시에 창업한 후 장인의 인맥과 경제력 덕분에 사업이 승승장구하며 인맥이 넓어지고 자금도 탄탄해졌다. 명절이 되면 용돈과 선물을 세심하게 준비하고, 장인과 함께 골프를 치고 장모와 함께 마작을 두었다. 그 덕분에 처음에 그를 탐탁지 않아 했던 부모님도 지금은 그를 무척 아꼈다. 모리는 결혼 전 아빠 친구의 무역회사에 다니다가 결혼과 동시에 그만두고 아이를 갖는 데 집중했다. 4년 동안 두 번의 유산을 겪은 뒤 올여름 드디어 다시 임신에 성공했고 3개월을 지나 안정기에 들어섰다. 모리는 입덧이 심했지만 다썬은 사업이 너무 바빠 그녀가 임신한 후에 야근과 출장이 더 잦았다. "아이 교육비를 벌려면 더 열심히 일해야지." 그는 이렇게 말했지만, 사실 그런 건 신경 쓸 필요가 없었다. 모리의 아빠가 딸에게 준 펀드에 이미 100만 달러가 들어 있는 데다가 손주의 교육비로 떼어준 돈이 더 있었다. 하지만 그건 다썬이 모르는 비밀이었다. 남편의 자존심을 건드리지 말라고 엄마가 누누이 가르쳤기 때문이다.

중요한 일은 모두 남편에게 부탁했지만, 모리에게도 작은 비밀이 있었다. 장난꾸러기처럼 다썬이 가지 말라고 할수록 더 가고 싶었다. 그녀는 '저쪽' 상가에 있는 카페가 마음에 들었다. 이 동네에서 유일하게 제대로 된 곳이었다. 임신한 뒤로 택시 타기가 싫어졌다. 택시에서 나는 이상한 냄새 때문에 토할 것 같아서 근처의 유기농 매장에서 식재료를 사기 시작했다. 그러다 우연히 아부카페에 들렀는데 분위기도 마음에 들고 케이크도 맛있었다. 여자 매니저가 똑똑해 보이고 일본 잡지도 구독하고 있었다. 모리는 패션에 관심이 많은 데다가 가끔 일본에서 유학하는 꿈을 꾸기도 했다. 친구 집 거실에 온 듯한 분위기에 테이블에 앉아 있는 손님들도 모두 매니저의 친구 같았다. 그녀는 자기도 매니저 중메이바오처럼 인기가 많아서 날마다 새로운 사람을 사귈 수 있다면 얼마나 좋을까 생각했다. 메이바오는 리모리가 집에서 개를 기르지만 사실 고양이를 좋아한다는 걸 아는 듯이, 언제나 커피 위에 우유 거품으로 고양이 발자국 무늬를 그려주었다. 개를 기르는 건 물론 다썬의 뜻이었다. 그녀는 집에 관한 모든 것은 그의 의견에 따랐다.

평소와 다를 바 없는 하루였다. 여느 때처럼 아침 7시 반에 일어나 두 사람분의 간단한 아침 식사를 차렸다. 늙은 개 둬둬가 암에 걸린 후 다썬은 둬둬를 위해 기도하는 의미로 아침을 채식으로 먹겠다고 했다. 그래서 오랫동안 아침 식사로 먹은 햄과 반숙 달걀프라이, 우유를 넣은 커피 대신 소를 넣지 않은 찐빵과 두유 또는 찐 고구마에 두 가지 채소 반찬을 곁들이고 커피에 우유도 넣지 않았다. 아침마다 신문을 읽는 다썬은 이제 종이신문 대신 아이패드로 전자신문을 보았다.

모리는 채식에 동참하지 않았지만, 편의를 위해 다썬과 똑같은 메뉴에 달걀프라이 하나를 추가하고 여자에게 좋다는 유기농 두유를 마셨다.

초가을답게 날씨가 변덕스러웠다. 아침에는 맑고 점심 때 햇살이 조금 강했는데 오후에 갑자기 서늘한 바람이 불더니 기온이 22도까지 떨어지고 건조해졌다. 저녁에 발코니 화분에 물을 주는데 흙이 급성장기 청소년처럼 수분을 단숨에 쭉 빨아들이기에 평소보다 물을 조금 더 주었다. 어차피 시간이 많았으므로 이런 사소한 일에도 세심한 정성을 쏟았다.

일기처럼 쓰는 가계부에 그날의 지출 항목을 꼼꼼히 기록하고, 날씨가 맑았는지 흐렸는지 비가 왔는지, 기온, 바람, 습도까지 일일이 적었으며, 화분에 물 주기, 빨래, 장보기, 다림질 등 집안일도 기록했다. 뒈뒈가 아프기 시작한 후로 생긴 습관이었다. 다썬이 매일 밤 뒈뒈가 먹은 것과 주사, 약 복용, 배변 횟수와 대소변 상태까지를 자세히 확인했기 때문이다. '완벽한 주부가 되는 것'이 그녀의 소망이었다.

저녁 6시, 다썬의 비서가 전화를 걸어, 오후 3시에 고객과 미팅하러 외출한 다썬이 4시 30분에 약속된 또 다른 회의에 나타나지 않았다고 했다. 고객이 와서 기다리는데도 어쩐 일인지 나타나지 않고 전화를 걸어도 음성 사서함으로 바로 넘어가더니, 5시에 전화를 걸었을 때는 전화기가 꺼져 있다는 자동 음성만 나온다고 했다. 몇 시간째 연락이 두절된 것이다.

다썬은 매사에 정확한 사람이다. 아무리 바빠도, 설령 외국에 있다 해도, 매일 퇴근하기 전 그날의 업무 중 중요한 일을 비서에게 전달하고 자신이 실수로 잊어버리지 않도록 서면이나 이메일로 보내달라고 했다. 그래야만 그의 하루 업무가 끝났다.

그가 모리에게 전화를 걸지 않은 것도 흔한 일이 아니었다. 그는 무슨 일을 하든 자기만의 규칙을 지키는 출퇴근기록기 같은 남자였다. 일반적으로 그는 비서에게 지시 사항을 전달한 뒤 모리에게 전화를 걸어 저녁을 어떻게 할 것인지 얘기했다. 야근이나 접대가 있다거나, 오늘은 외식을 하자거나, 아니면 운동을 하는 날에는 저녁을 먹지 않고 곧바로 피트니스센터에 갈 거라고 했다. 저녁을 같이 먹을 것인지, 저녁 준비를 해야 하는지 알 수 있도록 이런 것들을 미리 아내에게 얘기하고 상의했다. 이것이 모리가 그와 결혼한 중요한 이유였다.

그런데 오늘은 이상했다. 다썬의 휴대전화가 계속 꺼져 있고, 물론 전화가 오지도 않았다. 모리는 아무 데도 나가지 않고 휴대전화에 이상이 없는지 확인하다가 담요를 안고 소파에서 잠이 들었다. 전등을 환히 켜놓고 자다 깨다를 반복했다. 그녀는 그가 실종됐거나 '잠시' 어디론가 떠난 것이라고 확신했다. 그가 연락을 하지 않는 건 '하기 싫어서'거나 '할 수 없어서'일 것이다. 물론 예기치 못한 일이 일어났을 수도 있지만, 만약 교통사고나 어떤 사고가 생긴 거라면 경찰에서 연락이 왔을 것이고, 납치당한 거라면 돈을 요구하는 전화가 왔을 것이다. 그게 아니라 친구들과 술을 마시고 인사불성이 됐다면 어떤 친구든 전화를 걸었을 것이다. 지금까지 항상 그래왔다.

평화롭고 평소와 전혀 다를 바 없는 하루였지만 곰곰이 생각해보면 어떤 징조가 있었다. 어쩌면 오랫동안 저 밑바닥에 깔려 있던 희미한 불안감은 '누군가 집을 나가 다시는 돌아오지 않을 것'이라는 불길한 기운이 이 집을 가득 채우고 있었기 때문인지도 모른다. 지난주 뒤뒤가 세상을 떠났다. 이 집에 다썬을 마음 쓰이게 하는 것도, 그가 이곳을 떠나지 못하게 붙잡는 것도 이제 없었다. 그녀가 오랫동안 걱정해왔던 일이었다.

네 시간의 기다림. 초조하게 소파에 웅크린 채 잠이 들었다가 꿈에 다썬을 본 것 같았다. 흰 안개 같은 빛무리가 집으로 들어왔다가 이내 사라졌다.

모리는 습관처럼 두 사람분의 저녁을 만들었다. 습관의 힘은 정말 무서운 것이다. 그녀는 다썬이 사라졌다는 절망을 안고, 익숙한 손놀림으로 달걀프라이를 부치고 커피를 만들었다. 아주 오래전부터 홀로 주방에서 무언가를 해왔던 것처럼, 정확한 순서에 따라 조금의 머뭇거림도 없이 모든 동작을 수행했다. "당신은 로봇처럼 판에 박은 듯이 일해." 다썬이 웃으며 이렇게 말한 적이 있었다. "나랑 사는 거 재미없지?" 그때 그녀는 이렇게 물었고, 다썬은 그녀의 허리를 팔로 감으며 사랑스럽다는 투로 말했다. "당신은 이래서 귀여워!"

8시 30분. 멈춰! 망상은 집어치워! 모리가 자신에게 외치며 한 명 분의 저녁밥을 음식물쓰레기통에 쏟아버렸다. 그녀는 이미 '남편 없이 살' 준비를 하고 있는 자신에게 깜짝 놀랐다. 무섭고 끔찍했다. 그녀는 무슨 일이든 규칙이 있어야 하고, 규칙 없이는 아무것도 할 수 없는 사람이었다. 눈물을 흘리며 경찰서에 전화를 걸어야 할지 생각했다. 시어머니와 엄마에게 전화를 건다면 가족들이 놀랄 것이다. 눈이 통통 붓고 목이 쉬도록 울면서 다썬의 통장과 현금 입출금카드를 찾아볼 생각을 했다. 아무것도 가져가지 않았다. 심지어 회사 인장, 수표책, 금고 열쇠까지 모든 게 그의 서재 서랍 속에 그대로 있었다. 다썬이 그녀를 버리려고 했던 흔적이 하나도 없었다. 그녀의 이런 치밀한 행동은 그가 이미 '실종'되거나 '죽었다'는 걸 아는 사람 같았다.

어떻게 그럴 수가 있을까? 미리 연습이라도 한 것처럼, '남편이 가출한 뒤'의 상황을 예상하고 있었던 것처럼, 마치 작동 모드가 변경되자마자 모든 게 자동으로 돌아가는 것 같았다.

물론 그럴 수는 없었다. 아무리 연습하고 훈련했다 해도 그날이 닥치자 무섭고 몸이 떨렸다.

비통하게 울면서, 냉정하게 저녁을 다 먹었다. 평소에 먹는 식사량만큼 똑같이 먹었다.

심지어 저녁마다 습관처럼 읽는 석간신문도 건너뛰지 않았다. 거실 테이블에 신문을 올려놓고 스도쿠를 풀고, 눈에 들어오지 않는 신문을 읽으며 다썬이 갑자기 문을 열고 들어오는 상상을 했다.

사방을 둘러보았다. 마천대루 A동 32층, 40평 아파트의 널찍한 발코니와 천장이 높은 거실, 오픈형 주방, 욕실 두 개, 침실, 서재, 게스트룸까지 완비된 이곳이 바로 인테리어 디자이너 다썬이 자랑스러워하는 집이었다. 날마다 똑같은 순서로 청소했다. 필요하고 또 어쩔 수 없는 시간의 흔적을 제외하면 집 안 모든 것이 그들이 결혼하고 처음 입주할 때 모습 그대로였다.

다썬의 반려견이 죽었으므로 그 모습 그대로라고 할 수는 없다. 집이 너무 조용했다. 이제 매일 똑같은 시간에 개를 산책시키러 근처 공원에 다녀오지 않아도 되고, 아침저녁으로 개밥을 만들 필요도 없고, 고통에 낑낑대는 개를 위로하는 다썬의 다정한 말소리도 들리지 않았다. 이 집의 전력이 20퍼센트쯤 소실된 듯 어두워졌다.

모리는 가만히 돌이켜보았다. 반려견 목줄이 지금도 현관 옷걸이에 걸려 있고, 입구에 깔린 러그 위에 다썬의 슬리퍼가 둬둬를 대신하듯 얌전히 엎드려 있다. 검은색 라탄 플립플롭은 작년 여름 발리 여행 때 사 온 것이다. 그때 이후로 두 사람은 함께 어딜 간 적이 없었다.

현관의 유리창 두 개는 다썬의 고집대로 거실의 일부 공간을 할애하면서까지 만든 것이었다. 입구에 열대식물 두 그루를 심었다. 백수

목과 수형이 아름다운 대형 식물인데 특별한 관리가 필요하지 않은데도 다썬은 주말마다 천으로 잎사귀를 반짝이게 닦았다.

그는 이 집에 있는 모든 것을 지극히 아꼈다. 죽은 개, 발코니의 틸란드시아, 진공관 스피커, 러닝머신, 서재에 있는 레코드판 1,200장까지.

아내 리모라는 사람이 남편에게 존재감이 있는지 그녀 자신조차 확신할 수가 없었다. 지난 5년간 그는 자기 행선지를 밝히지 않은 적이 없고, 가끔 심하게 술에 취하거나 폭우가 쏟아지는 날이 아니면 매일 밤 11시에 둬둬를 데리고 조깅하러 나갔다. 다썬은 둬둬처럼 단속할 필요가 전혀 없는 남자였다.

그녀의 아빠는 젊은 시절 집을 나간 적이 있었다. 아니, 정확히 말하면 '다른 집'에서 살았다. 여자 때문이었는지는 모리도 잘 모른다. 그때 그녀는 고작 일곱 살이었지만 기억이 또렷하게 남아 있다. 며칠 만에 엄마가 그녀를 데리고 한참 골목을 돌고 돌아 어느 아파트 앞에 갔다. 엄마가 호출 벨을 집요하게 눌렀지만 아무도 나오지 않았다. 엄마는 어떤 주민이 나오거나 들어가기를 문 앞에서 기다리다가 열쇠를 집에 두고 나온 척하며 그녀를 데리고 위로 올라갔다. 엄마는 3층에서 무늬가 조각된 짙은 갈색 철문을 세게 두들겼다.

문을 연 사람은 바로 아빠였다.

그녀는 나중에야 그곳이 아빠가 따로 사놓은 집이었다는 걸 알았다. 엄마가 집 안으로 밀고 들어갔지만 다른 여자의 흔적은 없었다. 그 집은 세월이 한참 흘러 그녀의 언니가 결혼할 때 혼수가 되었다.

아빠는 그녀에게 외제 아이스크림을 주며 서재에서 그림을 그리고 있으라고 했다. 그 집은 그들의 집을 한 치수 줄여놓은 듯 거의 똑같이 꾸며져 있었다. 마치 마술을 부려 그들의 집을 순간이동시킨 것이 아닌지 의심스러울 만큼. 서재 안에 어두운색 유리장식장이 있고 그 안에 양장본 책들이 꽂혀 있었다. 크고 묵직한 책상, 털이 북슬북슬한 카펫, 1인용 팔걸이 리클라이너, 플로어 스탠드. 책상 위에 아빠의 담뱃대와 문진, 서류 한 뭉치도 있었다.

그녀는 바닥에 앉아 아이스크림을 먹으며 너풀거리는 커튼 사이로 들어오는 미풍을 느꼈다. 그 서재의 조용함과 편안함, 문밖에서 희미하게 들리는 부모의 다툼 소리가 기억 속에 깊이 각인되어 있다.

아빠의 작은 쿠데타는 결국 아빠가 집으로 들어오면서 막을 내렸고, 그 후 아무도 그 집을 입에 올리지 않았다. 오랜 시간이 흘러 아빠가 결혼하는 언니에게 혼수로 주겠다고 하자 엄마는 그제야 이렇게 말했다. "20년이나 세를 줬으니 싹 다 수리해야 할 거야." 그녀의 두려움이 어린 시절의 그 기억과 관계가 있는지는 모르겠다. 그녀는 아버지나 남편 같은 사람들에겐 두 가지 신분, 두 가지 세계가 있는 것 같다고 생각했다. 어쩌면 남편이 연락 없이 집에 안 들어오는 일은 어차피 벌어져야 하는 일이었는지도 모른다. 다썬처럼 모범적인 남편조차 아빠처럼 오랫동안 이중생활을 해왔을 수도 있다.

바로 그때, 현관문을 여는 소리가 들렸다. 다썬이었다. 소파에서 벌떡 일어나 현관으로 달려가니 그가 커다란 꽃다발을 들고 서 있었다. 하지만 그 순간 그녀의 마음속에서 무언가 들춰지며 그들의 생활에서 견고했던 무언가가 산산조각 났다.

7   이중생활

린다썬
35세, 인테리어 디자이너

A동 32층 거주

　느긋해 보이지만 사실 급하게 아침 식사를 마친 뒤 아내가 주
는 서류 가방을 받아 들고 외투를 걸쳤다. 아내의 뺨과 조금씩 불러
오기 시작한 배에 입맞춤을 한 다음, 아내의 배웅을 받으며 긴 복도
를 지나 32층 엘리베이터를 탔다. 8층 중정에서 내려 수영장, 피트니
스센터를 지나 중정의 다른 쪽에 있는 공용 엘리베이터에서 C동 출
입카드를 이용해 엘리베이터에 탔다(그는 출입카드를 두 장 갖고 있었고,
그중 하나를 서류 가방 안쪽 주머니에 숨겼다). 28층에서 엘리베이터를 내
리면 아침 8시였다. 초인종을 누른 뒤 중메이바오가 문을 열어주면
그녀를 와락 안았다.
　1년쯤 전에 카페에서 만난 뒤 매주 적어도 사흘 정도 짧게 만났다.
그녀의 집에 들어가는 순간부터 두 사람은 다른 형태의 샴쌍둥이처
럼 서로의 몸에서 한순간도 떨어지지 않았다. 시간이 30분밖에 없

으므로 서둘러야 했다. 가끔 오전에 회의가 없을 때는 한 시간 정도 함께 있을 수 있었지만, 그래도 누가 뒤에서 쫓아오는 것처럼 서둘렀다. 키스, 포옹, 애무, 탈의, 그녀를 침대에 단단히 붙들어놓고 그녀의 가장 보드라운 곳에 생명의 창을 꽂은 뒤 수축과 이완에 따라 삼켜지고 뱉어졌다. 그들은 함께 광기를 연기했다. 작은 집의 한쪽 커튼은 언제나 열려 있었다. 아침 햇살. 만약 그런 것이 있다면 아주 멀리서 부윰한 구름과 잿빛 도시 상공의 탁한 대기를 뚫고 마치 운명처럼 곧장 그들이 있는 이 빌딩의 이 집, 이 임시 거처의 푹신한 시몬스 독립스프링 침대를 비출 것이다. 그가 그녀에게 사준 10만 위안짜리 침대였다. 침구도 가장 비싼 브랜드였다. 그녀는 바라는 게 없었다. 보석, 핸드백, 돈 그 어떤 것도. 그녀는 말했다. "당신과 공유할 수 없는 건 아무것도 필요 없어."

그는 그녀를 중학교 때부터 지금까지 오래도록 사랑했다. 물론 헤어져 있는 동안 다른 여자를 사귄 적도 있고 몇 번의 연애를 하고 심지어 결혼도 했지만, 그녀가 자기 모든 사랑의 시작이라는 것을, 운명 같은 그런 사랑은 일생에 오직 한 번뿐이라는 것을 그는 알고 있었다.

오래전 작은 바닷가 마을에 살았을 때, 소년 린다썬에게는 푹푹 찌는 여름과 매서운 해풍이 몰아치는 겨울밖에 없었다. 어부였던 아버지가 죽은 뒤, 그의 인생에 남은 건 묵묵한 기다림뿐이었다. 무엇을 기다리고 있는지 그조차도 몰랐다. 별안간 인생이 고요해졌다. 길도 보이지 않고 미래가 어디를 향해 가고 있는지도 알 수 없었다. 엄마는 눈을 못 뜰 정도로 통곡했고, 눈물이 마른 뒤에는 불안에 떨며 오로지 돈만 아는 사람이 됐다. 엄마는 작은 이층집 아래층에 양장점을 차리고도 모자라, 아래층 점포와 위층에 있는 살림집을 쪼개

세를 놓았다. 그 집에 친척의 소개로 먼 타지에서 중춘리鍾春麗라는 여자와 두 남매가 이사 왔다. 여자 혼자 자식을 키운다는 공통점이 있었으므로 그들에게도 여러모로 편했다. 춘리는 아래층 치러우에 작은 노점을 열어 국수를 팔고, 위층의 방 하나에서 남매와 살았다. 두 가족이 함께 사는 것이나 마찬가지였다. 타지 사람이라 안 그래도 눈에 띄는 데다가 젊고 예뻤으므로 허름한 노점이지만 장사 첫날부터 그 길에서 제일 시끌시끌한 곳이 됐다.

중메이바오의 가족은 린다썬이 열여섯 살이던 해에 그 소도시로 이사 와 그의 집에 세 들어 살았다. 그 후 봄여름 저녁마다 아래층 노점에서 그들 가족을 볼 수 있었고, 아래층에 내려가지 않아도 그들의 기척을 느낄 수가 있었다. 그때 린다썬의 엄마는 재봉 일 외에 옷 패턴을 뜨는 일도 받아서 했기 때문에 두 식구의 세끼 식사를 아예 춘리에게 맡겼다. 두 가족은 사이좋게 잘 지냈다. 낯선 세 사람과의 동거가 아빠의 적적한 빈자리를 채워주었다. 밥때가 되면 춘리 아주머니는 잰 손놀림으로 몇 가지 반찬을 뚝딱 만들어 식당 제일 안쪽 테이블에 상을 차려주었다. 그러면 그의 엄마도 잠시 일을 놓고 나와서 밥을 먹었다. 두 아이 중 여자아이는 메이바오, 남자아이는 아췬●인데 둘 다 순진하고 예쁘게 생긴 얼굴에 무척 얌전했지만 눈동자에 항상 두려움이 서려 있었다. 어디서 왔느냐고 묻자 메이바오는 계속 '이사를 다니며' 여러 곳에서 살았다고 했다. 아빠는 어디에 갔느냐고 물었더니 "어떤 아빠?"라고 되물었다. "나와 아췬은 아빠가 달라. 하지만 둘 다 이제 없어." 어린 소녀가 무슨 말을 하려다 입을 다물더니 다시 조심스럽게 말했다. "엄마만 있으면 돼." 소녀는 또 이렇게 말했

● 흔히 이름 중 한 글자에 '아(阿)'를 붙여 애칭으로 부르곤 한다.

다. "오빠도 아빠가 없지?" 린다썬이 고개를 끄덕였다. 여자아이는 아빠가 없어야 정상이라는 듯 어깨를 으쓱이며 웃었다. 그들은 생명의 비밀을 공유한 공동 운명체가 된 것 같았다. 다썬은 메이바오에게 자기 아빠 얘기를 했다. 아빠는 아주 용감하고 체격이 건장한 선원이었다. 예전에는 배에 생선을 한가득 싣고 뱃머리에 서서 무사히 돌아오는 아빠의 검게 그을린 얼굴이 나타나면 펄쩍펄쩍 뛰며 환호했다. 그러면 아빠는 미소를 지으며 배가 기슭에 닿자마자 내려서 그를 번쩍 안아 올렸다. 그는 그런 아빠가 자랑스러웠다. 다썬은 아빠 얘기를 할 때마다 아빠를 존경했던 그 어린 소년이 자기 안에서 다시 튀어나오는 것 같았다. 젊었을 적 엄마는 예쁘고 음식도 잘하고 재봉 솜씨도 좋았다. 아빠가 있었을 때 그들의 생활은 행복했다.

다썬의 얘기를 듣고 있던 메이바오가 그를 올려다보며 말했다. "아빠를 닮아서 오빠도 잘생기고 체격도 좋은 거 같아." 그 말에 두 사람 모두 얼굴이 빨개졌다.

국숫집에 남자 손님이 많이 찾아오기 시작하자 엄마는 춘리에게 술과 담배도 팔게 하고, 커다란 냉장고도 사다 놓았다. 그러다가 나중에는 국숫집에 마작 테이블을 들였다. 두 사람이 돈을 어떻게 나누는지 모르지만, 국수 손님이 없는 오후 시간에 엄마는 계속 재봉일을 하고 춘리는 마작 손님과 마작을 했다.

집에 이상한 분위기가 감돌기 시작했다. 가끔 이웃집 아주머니가 들이닥쳐 남편을 끌고 갈 때도 있었고, 오후가 되면 엄마와 춘리는 다썬에게 아이들을 데리고 수영을 하러 다녀오라고 했다.

춘리는 온종일 국수를 삶아 팔아 아이들을 건사하는 엄마이고 옷차림도 수수했지만 예쁜 얼굴과 날씬한 몸매는 감추어지지 않았다. 꼭 끼는 옷은 큰 가슴을 더 부각시켰고 국수 삶는 수증기와 함께 피어오른 페로몬이 공기 중에 떠다녔다. 남자들이 낡은 철제 테이블에 다닥다닥 붙어 앉아 군침을 흘리며 그녀가 삶은 양춘면*을 게걸스럽게 먹었다. 춘리는 음식 솜씨가 좋아서 일을 마치고 돌아오는 남자들이 냄새를 따라 국숫집으로 들어왔는데 그들이 좋아하는 것이 국수만은 아닌 것 같았다. 아쥔은 말이 거의 없고 사람을 똑바로 쳐다보지도 않았으며 늘 국숫집 구석의 낮은 테이블에서 혼자 블록을 쌓거나 그림을 그렸다. 짧은 단발머리에 얼굴이 작고 갸름한 메이바오는 초등학생인데도 테이블에 국수를 나르고 계산대에서 국숫값을 계산했다. 기름과 연기도 더럽히지 못할 것처럼 희고 고운 얼굴과 순수하지만 슬픔이 맺힌 물방울 같은 눈동자로 다람쥐처럼 종종거리며 식당 일을 도왔다.

여름방학이 되자 다썬은 수영하러 갈 때마다 그들 남매를 데리고 갔다. 아직 사춘기가 되지 않은 메이바오는 마른 편이었다. 유치한 그림이 그려진 수영복을 입은 초등학교 4학년 아이가 평영을 배우겠다고 고집했다. 다썬은 손으로 메이바오의 몸을 약간 받쳐주다가 가느다란 전율이 손바닥을 타고 올라오는 것을 느꼈다.

춘리가 오후에 아이들을 내보내고 남자를 만난다는 소문이 사실인 듯했다. 그러면 그의 엄마는 어떤 역할을 했을까? 그가 기억하는 엄마는 아빠가 죽은 뒤 오로지 돈 벌 생각만 했다. 시골에서 돈을 벌 방법이 뭐 그리 많았겠는가. 돈을 벌 수 있다면 뭐든 다 하는 엄마가 춘리에게 매춘을 시켰을 거라고 짐작했다.

---

* 맑은 닭 육수에 국수를 말고 간단한 고명을 올린 음식.

수영하러 가는 날이 기다려졌다. 동네에 도는 소문은 신경 쓰지 않았다. 아쿼도 그와 조금씩 말을 하기 시작했다. 아쿼은 경미한 자폐 증세가 있는 것 같았다. 어쩌면 뭔가에 놀라 자기 세계 안에서 웅크리고 있을 수도 있었다. 생부가 떠난 뒤에 그렇게 됐다고 하는데 도시의 큰 병원에 데려가 검사를 받아야 할 것 같았다.

오후 3시, 햇살이 독화살처럼 대지에 내리꽂히면 바다를 보러 온 관광객들이 거리에 나타나기 시작했다. 다썬이 남매의 손을 잡고 무더운 거리를 걸었다. 호기심 때문인지 다른 이유 때문인지 그들을 흘끔거리는 동네 사람들의 시선이 따가웠지만 그는 움츠러들지 않고 아이들의 손을 잡고 해변으로 향했다. 가는 길에 멈춰서 아이스크림을 사주기도 했다. 메이바오는 바닐라 맛을, 아쿼은 딸기 맛을 좋아했고, 다썬은 두 아이의 웃는 얼굴이 좋았다.

그때도 메이바오에게 미칠 듯한 열정이 숨어 있었을까?

수영 연습이 끝나면 집에 돌아와 몸을 씻고 간단히 밥을 먹은 뒤 위층 마루에서 함께 텔레비전을 보았다. 춘리는 다썬에게 경계심이 조금도 없었다. 아직 어린애라고 생각했을 수도 있고, 두 남매, 특히 눈에 띨 만큼 예쁜 딸에게 별로 관심을 쏟지 않았을 수도 있다. 엄마들의 관심에서 밀려난 아이들은 종알종알 얘기를 나누고 장난을 치다가 잠이 들었다. 다썬은 메이바오를 끌어안을 때 자기 몸속에서 낯선 기분이 차오르는 것을 느꼈다. 모종의 야성, 통제할 수 없는 상상이 뭉게뭉게 피어올라 얼굴을 달구고 심장에 방망이질을 해댔다. 가슴의 뻐근한 통증을 도저히 참을 수 없으면 재빨리 자기 방으로 도망쳤다.

조용하고 편안하게 시간이 흘렀고 그는 자신을 잘 억눌렀다. 아래층은 늘 시끌시끌했다. 국숫집에 샤오훙小紅이라는 새로운 종업원이 온 뒤, 다쎤의 엄마는 동전식 노래방 기계를 들여놓고 늦은 밤까지 영업을 했다.

그는 남매가 씻고 숙제하는 것을 돌봐준 다음 아이들이 잠자리에 누우면 이층침대 옆 의자에 앉아 얘기를 나누며 아쮜이 그린 그림을 보았다. 그러면 메이바오는 그날 학교에서 있었던 일들을 시시콜콜하게 얘기하곤 했다. 아쮜을 재우려고 이야기를 들려주면 이층침대 아래 칸에 누워 있는 메이바오가 얘기를 더 해달라고 졸랐다. 손으로 강아지, 나비, 갈매기를 만들며 그림자놀이도 했다. 메이바오가 말했다. "메이바오는 다쎤 오빠가 좋아." 왜 그런지 메이바오는 '나'라는 말을 거의 하지 않고 마치 다른 사람 얘기를 하듯 자신을 '메이바오'라고 지칭했다.

침대 머리맡의 작은 스탠드 불빛이 그녀의 하얀 얼굴과 오밀조밀한 이목구비를 비추었다. 다쎤은 그렇게 고운 피부와 사람을 매료시키는 얼굴을 본 적이 없었다. 그녀의 얼굴에 가만히 손끝을 대면 지문이 닳아버릴 것처럼 매끄러운 피부에 마음이 고요하게 가라앉았다. 고등학교에 올라가는 나이였던 그는 시를 읽기도 하고 쓸 줄도 알았지만, 그 바닷가 마을에 있는 어떤 사물로도 메이바오의 사랑스러움을 비유할 수가 없었다. 그는 그녀의 얼굴을 보며 진정한 시적 영감을 떠올렸고 그녀를 볼 때마다 마음이 따뜻했지만 또 한편으로는 두려웠다. 바깥에 득실대는 짐승 같은 남자들이 이 혼탁한 세상과 무관한 그녀의 아름다움을 더럽히고 해칠 것만 같아서 그녀의 순탄하지 못할 인생이 눈앞에 선했다. 그는 춘리가 줏대 없이 떠도는 사람이라는 걸 알고 있었기 때문에 얼마 안 가서 또 어떤 남자가 그들을 데리고 갈지도 모른다고 생각했다. 만약 그들이 계속 이곳에 산다면 자기가 열여덟이 되었을 때 엄마에게 결혼시켜달라고 하기로 마음먹었다.

어떻게 이런 엉뚱한 생각을 했을까. 그때 그는 열일곱, 메이바오는 고작 열한 살이었다. 아마도 그건 직감이었을 것이다. 메이바오는 너무 예뻤고, 춘리는 자기 아이를 팔아먹을 수 있을 정도로 괴상한 엄마였기 때문이다. 바로 그의 엄마처럼.

그의 엄마와 메이바오의 엄마. 남편을 잃은 두 여자는 어떻게 보면 가장 고된 삶을 살고 있지만, 또 한편으로 가장 위험한 엄마들이었다.

그는 다 자란 메이바오를 보지 못했고, 그녀가 다 자랄 수 있었는지도 알 수 없었다. 여름방학이 끝났을 때 춘리는 장사를 하는 어떤 남자를 따라 아이들을 데리고 그곳을 떠났다.

소년 시절, 그 자신조차도 잊은 지 오래인 시골 생활, 그 황량한 어촌은 공기마저 스산했고, 언어는 거칠었으며, 사람들은 서로 친한 것 같아 보여도 실제로는 각박했다. 인간관계가 때로는 비수가 되어 사람에게 보이지 않는 큰 상처를 남기기도 한다. 그는 메이바오가 그동안 어떤 일을 겪었는지 알 것 같았다. 그 자신도 온화했던 엄마가 아버지의 죽음 이후 어떻게 세파에 찌들고 독하게 변했는지, 마을 사람과 친척들의 싸늘한 시선 앞에서 얼마나 힘들게 삶을 꾸려나갔는지 똑똑히 보았기 때문이다. 그는 다행히 대학에 갈 수 있었고, 엄마도 아는 사람을 통해 타이베이에서 일자리를 구한 뒤 집을 팔고 아빠의 고향이었던 그 어촌을 도망치듯 떠나왔다.

가끔 예전 일이 떠오를 때면 그는 아직도 가슴 깊숙이 남아 있는 황망함을 곱씹었다. 평온했던 가정이었다. 아빠는 1년 중 절반을 바다에 나가 있었고, 태풍이 닥칠 때마다 그들 모자는 초조한 심정으로 라디오에 귀를 기울이고 밤새워 텔레비전 뉴스를 주시했다. 별일 없이 흐르는 어촌의 생활에서 '공포'에 가장 가까운 시간이었다. 기억 속에서 아빠와 엄마는 금슬이 무척 좋았다. 아빠가 바다에 나가지 않는 날은 여느 단란한 가족들과 다를 바 없었다. 아빠는 대가족이 함께 살던 삼합원에서 처자식을 데리고 분가했다. 부모 형제의 반대를 무릅쓰고 독립해 세 든 작은 이층집에서 세 식구만의 세계를 꾸렸다. 그곳 사람들은 모두 친척 아니면 친구였다. 얼굴은 몰라도 한 번쯤 들어본 적은 있었고, 길 가다가 아무 집에나 들어가 얘기를 나눠도 이상하지 않았다. 사람들 사이에 거리가 없고 그 어떤 비밀도 없을 것 같은 시골 동네였다. 그런 곳에서 세 식구만의 행복한 사생활을 즐긴 대가였는지 아빠가 선박 전복 사고로 목숨을 잃었고 선주도 파산해 보상받을 길이 없었다. 그 후 조부모, 큰아버지, 고모부터 사촌누이까지, 진장鎭長●과 진대표●●부터 어촌계 회장에 이르기까지 수많은 사람이 '위문'이라는 핑계로 그들의 굳게 닫힌 문을 열고 들어왔다.

아빠의 사망과 함께 그의 행복한 유년기도 막을 내렸다. 온화했던 엄마는 남편과 사별한 고통과 보상금 지급이 계속 지연되는 것에 대한 분노와 슬픔, 우울함에 지쳐갔고, 그 뒤로 지난한 과정을 거쳐 보상금을 받았지만 거의 모든 마을 사람과 싸우고 등을 돌려야 했다. 이후 오로지 돈을 벌기 위해 악착같이 애쓰며 살았다. 점점 의심이 많아지고 얼굴에서 웃음기도 사라졌다. 5년 가까운 시간이 정신없이 흘러갔고, 다쎈은 자신에게 무슨 일이 일어났는지도 알 수가 없었다. 엄마의 얼굴은 점점 변해갔다. 분노와 불안, 의지할 곳 없는 외로움,

● 진(鎭)은 대만의 행정구역 중 현(縣) 아래 있는 행정단위로 우리나라의 '군'과 비슷하다.
●● 각 지역에서 민의를 대표하는 사람으로 우리나라의 지방의회 의원과 비슷하다.

가난과 고립 때문에 그들의 생활은 깜깜한 밤만 계속됐다. 돈 걱정에 애를 태우던 엄마는 춘리가 이사 온 뒤 무슨 기회라도 잡은 듯 양장점을 조금씩 단란주점으로 바꾸었다. 춘리가 떠난 뒤에도 엄마는 계속 영업을 했고, 심지어 외지에서 온 종업원을 시켜 뒷방에서 손님을 받기도 했다. 그는 엄마도 가끔 직접 매춘을 하는 게 아닌지 의심했지만, 눈을 감고 귀를 막은 채 공부에만 전념했다. 그에게는 공부가 이 끔찍한 마을에서 벗어날 수 있는 유일한 방법이었다.

성인이 된 후에도 아빠의 부재로 인한 초조함은 그의 몸속 깊은 곳에 뿌리내린 듯 사라지지 않았고, '절대로 기대를 저버리지 않는' 남자가 되기로 결심했다. 하지만 결혼한 지 3년 반쯤 됐을 때 메이바오를 다시 만나게 될 줄은 예상하지 못했다. 그때부터 그는 한 가정을 책임지는 남자에서 '두 집을 가진' 남자로 바뀌었다.

다썬이 메이바오를 다시 만난 건 그들 가족이 떠나고 17년이 지난 어느 오후, 고객을 만나기 위해 그의 아파트 1층에 있는 아부카페의 문을 열고 들어갔을 때였다. 다썬은 이사 온 지 오래됐지만 그 카페에 한 번도 간 적이 없었다. 바로 옆 빌딩에서 근무하는 고객은 그가 아부카페를 모른다는 얘기에 깜짝 놀라며 "그 카페를 모르신다고요? 엄청난 미모의 매니저가 있는데 정말 모르세요?"라고 물었다. 고객은 유명한 '미녀 매니저' 때문에 포인트카드도 만들어놓고 매일 아부카페에 간다면서 그 매니저를 진지하게 마음에 두고 있는 동료도 있다고 했다. "두말 필요 없는 미인이에요. 왜 배우가 되지 않았는지 아까울 정도로요. 물론 연예계로 나갔다면 우린 그런 미인이 만들어주는 커피를 마시지 못했겠죠. 하하하!" 고객이 말했다.

얼마나 대단한 미인이든 그는 별로 관심이 없었다. 처음 카페 문을 열고 들어갔을 때는 알아보지 못했다. 그런데 한 손님이 친근하게 그녀를 부르는 소리가 들렸다. "메이바오, 캐러멜라테 하나요!" 그 소리에 다썬이 고개를 번쩍 들었다. 중메이바오였다.

메이바오가 바테이블 뒤에서 나타났다. 흰색 셔츠에 청바지, 포니테일로 묶은 머리에 화장기 없는 얼굴. 보이시한 차림이었지만, 깨끗한 얼굴에 흰 피부, 흠잡을 곳 없는 이목구비, 볼륨이 뚜렷한 몸매까지, 한 폭의 그림처럼 아름다웠다. 그녀가 미소를 지으며 다썬을 응대했다. "저희 가게에 처음 오셨죠? 뭘 드릴까요?" 다썬은 그녀를 똑바로 응시했고, 그녀도 그를 바로 알아보았다. "다썬 오빠!" 메이바오가 나비를 발견한 아이처럼 깜짝 놀라자 같이 있던 고객이 그를 놀렸다. "미녀 매니저님 카페를 모른다고 하셨잖아요? 이미 아시면서 시치미를 떼셨네." 고객의 조롱하는 말투가 한 대 치고 싶을 만큼 밉살스러웠다.

"어릴 때 이웃이었어요." 메이바오가 직업으로 몸에 밴 미소를 지었다. 다썬은 아무 말도 하지 않았지만 내심 무척 놀랐다. 메이바오는 다썬의 기억 속에 있는 그 소녀가 아니었다. 그녀는 진정한 '여자'가 되어 있었다. 그녀가 아직 그를 기억하고 있다면, 그녀에 대한 그의 사랑도 함께 기억하고 있을까?

오랫동안 얼어붙어 있던 기억이 순식간에 해동되고 모든 기억이 바로 어제의 일처럼 되살아났다.

메이바오가 그 작은 마을을 떠나기 전, 그러니까 그들이 함께 맞이한 두 번째 여름에, 마을에는 소문이 무성했고 국숫집은 늘 손님이 북적이는 데다가 남편을 찾으러 오는 마을 여자들까지 모여들어 항상 소란스러웠다. 여느 오후처럼 아이들 셋은 바닷가로 수영을 하러 가고 엄마와 춘리는 국숫집에서 일하고 있었다. 메이바오는 이제 평영을 제법 잘했다. 그가 사준 핑크색 비키니 수영복이(나중에 춘리가 돈을 줬다) 파도에 떠다니는 꽃잎 같았다. 파도가 높고 하늘은 쾌청했으며 바다는 에메랄드 같았다. 그들은 해변과 가까운 곳에서만 헤엄을 쳤고, 아쿤은 파도치는 소리가 무섭다며 물에 들어가지 않고 해변에서 모래 놀이를 했다.

절망 때문인지 괴로워서인지 낙담해서인지 모르지만, 그는 하늘을 바라보고 물 위에 뜬 채 그녀를 안고 있었다. 물의 부력으로 메이바오를 가볍게 들어 자기 배 위에 올렸다. 메이바오는 체중 30킬로미터, 키 140센티미터의 작은 여자아이였다. 수영모를 쓰지 않아 헝클어진 머리카락과 젖은 수영복이 땀에 젖은 피부처럼 그의 몸에 달라붙었다. 자기도 모르게 허리 아래가 단단해져 몹시 난처했다. 울렁울렁하는 파도를 느끼며 메이바오가 말했다. "나중에 크면 다썬 오빠랑 결혼할 거야." "좋아. 빨리 커야 해." 그는 물속에서 울음이 터졌다. 춘리가 자신이 세상에서 제일 사랑하는 사람을 데리고 떠나려 하고 있었다. 그들이 떠나기 전날에야 그는 자기 인생에서 처음으로 사랑이 무엇인지 알았다. 그것은 전율, 온기, 이해, 상상, 과보호, 그리고 그녀의 작은 몸속에 녹아 들어가고 싶은 욕망이 뒤엉킨 감정이었다. 고단한 생활 속에서 운동하고 공부하고 타지의 고등학교에 진학하기 위해 노력하고, 근처 도시의 서점에서 시집과 소설을 사다가 읽는 것 외에 그가 달리 바라는 건 없었다. 하지만 이 아이는 어디로 가게 될까? 어떤 소녀, 어떤 여자로 자라게 될까? 그녀의 섬세함, 슬픔, 명랑함, 상냥함, 그리고 이해할 수 없는 모순된 조합이 점점 자라날 그녀의 몸속에 계속 남아 있게 될까? 그가 발기된 것을 아는 듯이 메이바오가 몸을 움직였다. 아니, 어쩌면 그건 발기가 아닌, 오목한 것과 볼록한 것의 필연적인 결합이었을 수도 있다. 그녀의 작은 엉덩이가 그의 돌출된 곳에 부드럽게 맞아들어가자 그는 비명이 튀어나올 만큼 흥분했다.

"다썬 오빠, 절대로 날 잊으면 안 돼. 나중에 크면 오빠를 찾아올게." 메이바오가 그의 영혼을 비집고 들어가려는 것처럼 그의 겨드랑이로 파고들었다. 그는 사정했음을 느꼈다. 중간이 뚝 끊긴 길처럼 꿈이 돌연 흩어졌다. 그들은 젖은 몸으로 신발을 들고 길 위에 발자국을 남기며 집으로 향했다. "천천히 가자." 메이바오가 말했다. "천천히 가자고." 그가 말했다. "집에 가기 싫어." 그들의 마음이 통한 것 같았다.

고객과의 미팅이 끝났지만 그의 머릿속이 진정되지 않았다. 시공간이 뒤엉켜 다시 소년 시절로 돌아간 것 같았다. 그 비굴함, 공포, 고독, 메이바오와 함께 살며 서로에게 받았던 위로가 생생하게 되살아났다. 카페를 나오며 프런트에서 명함을 한 장 집었다. 그와 메이바오가 서로를 보았다. 그녀의 투명한 눈동자가 그의 기억 깊은 곳을 꿰뚫어 보는 것 같았다. 집요하고 신비한 눈빛이었다. 회사에 들어가자마자 카페에 전화를 걸어 메이바오를 찾았다. "널 만나야겠어." 그가 명령처럼 말했다. "언제?" 메이바오가 물었다. "빠를수록 좋아." 그가 말했다. "내일 오후에 아르바이트생이 있을 때 두 시간쯤 낼 수 있어." "내일 오후 3시에 보자. 지하철역에서 기다릴게."

그는 지하철역 근처에 비즈니스호텔이 있다는 걸 알고 있었다. 그들은 지하철역에서 만났다. 그녀의 손을 잡았지만 길에서는 어떤 말도 하기가 불편했다. 아니, 아무 말도 할 필요가 없었다. 곧바로 비즈니스호텔에 객실을 잡고 들어갔다.

객실에 들어가자마자 그녀를 침대에 쓰러뜨리고 옴짝달싹 못 하게 팔다리를 눌렀다. 메이바오도 순순히 응했다. 그는 한참 동안 그녀를 구석구석 살펴보았고, 그녀는 아무 말도 하지 않았다. 그리고 마침내 두 사람이 서로의 눈을 응시했다. 그는 어둠 속에서 라이터 불빛을 비춰 그녀를 보다가 침대 옆 스탠드를 켰고, 그다음에는 전등을 환히 켜고 그녀를 앉혔다가 일으켜 세웠다가, 또 그녀를 안아 들고 서성거리다가(예전보다 훨씬 무거웠지만 그도 예전보다 더 건장했다) 등에 업었다. 한참을 그가 하는 대로 응하던 메이바오가 웃음을 터뜨렸다. "그때도 나를 이렇게 만지작거렸잖아." 아기 티가 사라지고 부드러우면서도 약간 허스키한 음성이었지만 웃음소리는 예전 그대로였다. 웃을 때만큼은 그녀가 행복한 아이처럼 보였다. 모든 그늘을 다 날려버릴 것 같은 웃음소리였다.

메이바오는 웃었고, 그는 울었다.

누군가를 이토록 깊이 사랑할 수 있을 줄 미처 몰랐다. 마치 운명처럼 세상 어디에 있어도 따라오는 사랑. 그는 그녀의 바지를 벗기고 머리카락부터 귓불까지 세심하게 어루만지고, 머리부터 발끝까지 그녀의 모든 곳에 입을 맞췄다. 그러면 안 되지만 누구도 그를 막을 수 없었다. 그는 가장 왕성한 청춘과 욕망에 괴로워했던 시절을 떠올렸다. 항상 메이바오를 떠올리며 자위했고, 그럴 때마다 따뜻함과 자책감이 함께 찾아왔다. 메이바오는 그의 여동생 같고 딸 같았지만, 그의 마음속에서는 여신이자 유일한 사랑이었다. 하지만 상상 속에서도 그녀는 언제나 작고 연약한 소녀였지 이런 여인의 몸이 아니었다. 그를 흥분시킨 것은 메이바오의 아름다움이나 성적인 매력이 아니라 세상에서 오직 자신만을 의지하는 애처로움이었다. 그들은 부모 없는 아이들처럼 서로의 영혼에 의지했다(아퀸은 그들의 아이 같았다). 그는 자기 인생에서 처음 느낀 사랑을 오롯이 그녀에게 쏟았다. 그 후 그는 차갑고 무정한 사람이 되어 가장 불행한 세월을 건너내고 성인이 되었다.

지금의 메이바오는 거의 완벽한 몸을 갖고 있었다. 어렸을 적 순수했던 얼굴은 아름다운 여인의 얼굴이 되었고, 165센티미터의 키에 팔다리가 길었으며, 군살이 전혀 없는 매끈한 실루엣을 드러냈다. 예전의 깡마른 소녀가 건강하고 아름다운 여인이 된 것이다. 옷을 벗은 뒤 드러난 풍만한 가슴과 잘록한 허리를 애무했다. 근육이 적당히 붙은 팔뚝과 허벅지에 예전의 그 말랐던 몸의 느낌이 남아 있었다. "케이크를 만들려면 체력이 필요해서 시간 날 때마다 조깅을 하고 요가도 해." 그녀가 말했다. "여자는 근육이 붙으면 안 예쁘지?" 그녀가 떠보듯이 묻자 그는 긴 키스로 그녀의 입을 막았다.

이미 반평생을 낭비했으므로 단 1분도 낭비할 수 없었다. 더는 참을 수 없게 됐을 때 그녀 안으로 들어가자 메이바오가 느꺼운 울음소리를 토해내며 그를 세게 때렸다. "왜 날 찾아오지 않았어? 왜 날 찾지 않았어? 내가 얼마나 기다렸는데. 왜 이렇게 오래 기다리게 했어?" 그는 대답하지 않고 한 번 또 한 번 밀고 들어갔다. 바닥에 엎드려 이마를 찧으며 용서를 빌듯이. 쿵쿵쿵. 그녀의 몸을 두 동강 낼 것처럼 계속 찧어댔다. 그녀의 울음은 신음으로 바뀌었다가 잠꼬대 같은 비명이 됐다. 그녀의 깊은 곳은 너무 부드러웠다. 모든 비밀과 슬픔, 기만과 저버림, 상처와 기다림, 모든 사물의 가장 비통한 면을 전부 욱여넣으면, 그 깊은 곳에서 뜨겁게 타오르는 끈끈하고 축축하고 미끌미끌한, 끝도 없고 형언할 수도 없는 어떤 것이 그것들을 전부 먹어치울 것 같았다. 그녀의 몸이 흔들리고 머리칼이 흐트러지고 얼굴은 땀과 눈물로 범벅이 되고 입가에서 침이 흘렀다. 그녀는 거의 정신을 잃었고, 검고 깊은 눈동자는 쾌감에 초점을 잃고 곧 죽을 듯이 녹아내렸다.

그녀의 몸 안에 사정하지 않고 재빨리 빼내 그녀의 하얀 가슴 위에서 사정하자, 그녀가 갑자기 요부처럼 그의 정액을 손가락으로 찍어 입에 넣었다.

두 번째는 메이바오가 주도했다. 탄탄한 다리와 허리로 말을 타듯 그의 몸에 올라타 두 손으로 그의 목을 조르며 그의 입술 사이에 혀를 넣었다. 그는 몸속에서 뭔가 폭발하는 것을 느꼈다. 죽을 것 같았지만 저항하지 않고 그녀의 통제에 몸을 맡겼다. 터질 듯한 머리에서 과거의 기억이 왈칵 게워져 나와 먹을 수 없는 수프가 되었다. 메이바오가 그의 목에서 손을 풀자 그는 죽기 직전 오로라를 본 사람처럼 외마디 비명을 질렀다.

그들은 그렇게 몇 번을 반복했다. 포악하게, 온유하게, 괴상하게, 위험하게, 슬프게, 즐겁게, 낯설지만 익숙하게. 마지막에는 아랫배를 찢을 듯 오열하며 마지막 남은 한 점의 체력까지 전부 불태웠다.

그들은 이제 공범이 되었다.

17년의 공백을 메울 수 있을까? 돌이킬 수 있을까? 하지만 그들은 마침내 평온해졌고, 기이하게 뚫려 있던 영혼 속 어떤 빈자리가 정확하게 채워졌다.

모든 것이 꿈이었다. 타락, 순결, 애처로움, 달콤함, 영혼의 쌍둥이.

그는 메이바오의 지금 상황을 자세히 물었다. 카페에서 매니저로 일하고 있고, 마천대루의 아파트에서 룸메이트와 함께 살고 있으며, 2년 가까이 사귄 엔지니어 남자친구가 있는데 항상 바쁜 사람이지만 그녀와 결혼하고 싶어 했다. 그와 결혼하면 과학단지 근처에 그가 사둔 아파트로 이사할 예정이었다. 그녀는 여전히 엄마와 남동생을 건사하며 매달 월급의 절반을 집에 부치고 있었다. "아쿤도 잘생긴 청년이 됐지만 일하는 건 불가능해. 혼자만의 세계에 갇혀서 오랫동안 한마디도 안 할 때도 있어. 입원도 몇 번 했었고." 엄마도 간이 좋지 않아서 자주 병원을 들락거렸다. 그녀는 계부가 출소 후 그들을 찾아왔을 때 얘기를 하다가 말을 멈추고 머뭇거렸다. "그때 집에서 도망쳐 나왔지만 매달 돈을 부치고 있어." 그녀는 경제적으로 힘든 상황 때문에 가족에게 남자친구를 보여줄 엄두도 내지 못하고 있다고 했다. 남자친구도 그녀의 처지를 모르는 것은 아니지만 남자친구에게 말한 건 100분의 1밖에 되지 않았다.

다썬은 그 자리에서 결정을 내렸다. 마천대루에 투자용으로 매수해 부동산 중개인에게 관리를 맡겨둔 원룸이 있는데 이번에 세입자와의 계약이 만료될 예정이었다. 계약을 연장하지 않고 인테리어를 새로 해줄 테니 거기로 이사하라고 했다. 같은 건물에서 더 높은 층으로 이사하는 것이지만 그는 메이바오가 혼자 살기를 바랐다. "오빠가 날 만나러 오기 편하려고?" 메이바오가 약간 탓하듯이 묻고는 곧 말투를 바꿔 부드럽게 말했다. "나도 오빠랑 가깝게 살고 싶어. 호텔에서 만나긴 싫어."

한 달 뒤 세입자가 이사를 간 뒤 며칠 동안 인테리어 공사를 하고 가구를 새로 들여 두 사람이 함께 집을 꾸몄다. 그 후 일주일에 사흘은 피트니스센터에 들렀다 오겠다며 한 시간 늦게 출근하겠다고 비서에게 통보했다. 밤에는 메이바오가 카페 문을 닫고 귀가하면 개를 산책시킨다는 핑계로 메이바오의 집에 와서 잠시 시간을 보내고 돌아갔다. 여느 부부처럼 소파에서 꼭 붙어 앉아 일상적인 얘기를 나누었다.

불륜인 것 같지만 광기에 가까운 뜨거운 연애에 빠져들었다.

처음 반년 동안 그는 자신이 정말로 미쳤다고 생각했다. 이혼은 상상도 해본 적 없던 그가 이혼을 떠올렸다. 하지만 결혼은 약속이었고, 그의 아내 리모리에게 그는 이 세상 전체를 지탱하는 기둥이었으며 그도 한때 그녀를 사랑했다. 다만 메이바오를 만난 뒤 모든 게 빛이 바랬을 뿐. 그는 자신이 모리에게 어떻게 구애하고, 사귀고, 결혼했는지 잊지 않았고, 모리가 두 번의 유산을 겪고 아기를 갖기 위해 얼마나 많은 고통을 감내하고 있는지도 잊지 않았다. 이혼하자는 말을 꺼내려고 할 때마다 아내의 순진하고 차분한 얼굴을 떠올리면 뭐라고 말해야 할지 아무 생각도 나지 않았다. 그렇게 하루하루 시간이 흘렀다. 이혼하자고 할 수도 없고, 솔직하게 털어놓을 수도 없었다. 그는 계속 일주일에 몇 번씩 메이바오를 찾아갔고, 그녀를 향한 사랑이 점점 깊어졌다. 심지어 메이바오가 오전에 일하는 수요일과 목요일에는 가끔 퇴근길에 그녀를 데리러 가기도 했다. 하지만 아내의 임신으로 모든 계획은 물거품이 됐다. 그는 꿈에서 깬 것처럼 정신이 들었다.

그의 인생은 결혼을 통해 전성기를 맞이했다. 작은 시골에서 벗어나고 엄마에게서도 독립한 뒤 그는 오로지 앞만 보고 달렸다. 자격증을 따기 위해 수없이 시험을 보며 인테리어 사무실에서 일했다. 그러다가 장인에게 받은 사업 자금으로 자기 회사를 차려 돈을 벌기 시작했다. 지금 사는 아파트도 그렇게 번 돈으로 산 것이었다. 마흔도 되기 전에 자신이 원하던 모든 것을 손에 넣었지만, 뜻밖에 중메이바오를 만나게 됐다.

"난 항상 운이 나빠." 메이바오가 말했다. 외모, 분위기, 몸매, 모든 게 모리보다 훨씬 우월한 그녀지만, 모리가 가진 것을 메이바오는 영영 가질 수 없을 것이다. 다쒼은 이 빌딩에 이사 온 뒤 빌딩 뒤편의 C, D동에 거의 가본 적이 없기 때문에 메이바오가 이렇게 가까운 곳에 살고 있다는 사실을 몰랐다. 이 아파트를 산 건 사실 그에게 최고의 선택은 아니었다. 모리와의 결혼이 그랬듯이, 그에게 이 아파트는 단지 자신이 감당할 수 있고 그럭저럭 마음에 드는 여러 가지 가운데 가장 안전한 선택지였을 뿐이다. 그의 속마음에는 회사 근처에 있는 집을 사지 못했다는 자격지심이 아직도 남아 있었다. 그곳에서 오랫동안 일했지만 자신은 아직 그 도시 사람이 아닌 것 같았고, 너무 많은 대출을 받아야 한다는 부담감도 있었다. 그때 결혼하면서 이 집을 샀다. 지금 집값의 3분의 2 가격에 샀으므로 지금 판다 해도 이득이었다. 원룸과 아파트를 동시에 구입했는데 그때 사둔 원룸을 애인을 숨겨두는 집으로 쓰게 될 줄은 몰랐다.

그들은 떨어져 있던 세월 동안의 일들을 세세하게 얘기했다. 메이바오는 대학을 다닐 수 없었고, 춘리는 계속 남자를 바꿔가며 동거를 하고 각종 성매매 업소에서 일하다가 더 이상 쥐어짤 젊음도 미모도 없어진 뒤에는 재혼을 꿈꾸었다. 메이바오가 열여덟 살이 되던 해에 그녀의 계부이자 옌쥔의 생부가 그들을 찾아오면서부터 본격적인 재앙이 시작됐다.

다썬이 자기 소유의 원룸으로 이사하라고 했을 때 메이바오는 친구와 함께 사는 작은 집에서 나올 수 있다는 사실에 무척 기뻤다. 자기만의 집을 갖는 것은 그녀의 오랜 꿈이었다. 그는 돈을 들여 인테리어를 새로 해주었지만, 메이바오는 가구를 새로 사지 않겠다고 고집했다. 자는 데 필요한 물건만 있으면 족하다고 했다. "언제까지 살 수 있을지 모르잖아." 메이바오는 늘 이렇게 탄식하듯 말했다. "너무 많은 건 필요 없어." 그는 이 집을 그녀에게 줄 수 있었지만, 그녀의 얘기를 들어보니 자기 명의의 재산을 가질 수 없는 상황이었다. "살고 싶을 때까지 살아. 만에 하나 우리가 헤어진다 해도 이 집에 계속 살아도 돼." 다썬이 그녀에게 말했다.

메이바오가 또 슬퍼 보였다.

그녀의 슬픔이 어떤 것인지 그가 누구보다 잘 알았다. 그가 왜 이렇게 '자기 관리가 엄격한' 남자가 됐는지, 또 왜 이렇게 위험을 무릅쓰고 자신을 만나려 하는지 그녀도 잘 알고 있는 것처럼. 그들은 똑같이 지옥을 등에 진 채 살고 있었다. 물론 메이바오의 지옥이 더 깊고 어두웠다. 그가 할 수 있는 건 그녀를 끌어안고 그녀와 사랑의 희열을 함께 누리는 것뿐이었다.

하지만 모리와의 작은 세계로 돌아가면 그는 꿈에서 깨어났다. 아무도 그에게 강요하지 않았고, 그 자신이 원해서 이 결혼 속에 머물러 있는 것이었다. 모리에 대한 그의 사랑은 아주 단순했다. 사람들이 예쁜 꽃을 좋아하고, 아름다운 도자기를 감상하고, 진귀한 보석에 감탄하는 것과 같았다. 능력이 있다면 가지면 그만일 뿐, 애써 발버둥 칠 필요가 없다. 모순도, 어둠도, 다툼도 없고, 끈질기게 따라다니는 과거도 없고, 말하기 힘든 처지도 없었다. 모리는 그런 여자였다.

남들이 부러워하는 평탄하고 단순한 인생을 사는 여자. 어쩌면 그가 사랑하는 것은 그녀가 태어날 때부터 누려온 그런 순탄함일지도 모른다. 모리는 특별히 아름답지는 않지만 흰 피부에 적당히 균형 잡힌 몸매였으며, 딱히 흠잡을 곳 없는 이목구비에, 또 작은 몸짓 하나에도 느껴지는 '하늘이 무너져도 누군가가 나를 감싸줄 것'이라는 초연함이 있었다. 그녀는 자매들과 달리 어릴 때부터 공부를 잘하지 못하고 언니들만큼 예쁘지도 않았지만, 막내라는 이유로 장인의 사랑을 독차지했다. 게다가 장모의 엄격한 가정교육을 받고 자라 '모든 것에 무심해도 상관없는' 여유가 풍겼다. 그녀는 피부 관리에 정성을 들이고 옷차림에도 신경 쓰는 우아한 아가씨로 자라났다. 다른 젊은 여자들과 다른 점이 있다면 그녀의 그런 자신감과 여유 뒤에 약간의 '백치미'가 깔려 있다는 것이지만, 그건 유복한 가정에서 고생 모르고 자란 사람만이 가질 수 있는 일종의 천진함이었다. 가끔 그녀는 소녀처럼 책 한 권과 디저트 한 접시만 있어도 하루 종일 즐겁게 지낼 수 있을 것처럼 보였다.

모리의 이런 여유와 즐거움이 가끔 그에게도 전염됐다. 그는 도시에서 일하며 매일 까다로운 고객을 응대하고, 옷차림, 음식, 말투까지 모든 면에서 '품위'에 맞는 모습을 보여주어야 했다. 모든 것에는 그에 맞는 가격이 매겨져 있어서, 가격이 올라갈수록 그의 사업이 점점 성장하고 있음을 의미했지만, 그는 좀체 적응할 수가 없었다. 겉모습은 품위가 흐를지 몰라도 속마음은 헛헛하고 자신에게 어울리지 않는 옷을 입고 있다고 느꼈다. 하지만 모리와 함께 있으면 그런 모순된 마음이 누그러졌다. 모든 게 가면이라고 해도 그에게는 부잣집 딸인 아내가 있다는 사실이 큰 위안이 됐다. 그녀의 존재가 곧 그의 가치를 상징했다.

이렇게 우아하고 차분한 아내는 자신의 영혼이 가지는 무게를 자각하지 못했다. 다썬이 그녀를 번화한 도시에서 데리고 나와 그녀는 평생 살아볼 기회도 없을 동네로 이사 왔지만 그녀는 아무런 불평도 하지 않았다. 그녀가 그의 자격지심을 이해할 수는 없다 해도 언제나 말없이 그의 뜻에 따랐다. 그와 함께 있을 수만 있다면 뭘 해도 즐거워 보였다.

가끔 그는 집에 CCTV를 설치하고 그녀가 혼자 있을 때 모습을 보고 싶다는 생각이 들었다. 모리의 그 젊고 그늘 없는 얼굴에도 시름이 떠오를 때가 있을까? 그녀도 초조함에 히스테리를 부릴 때가 있을까? 그녀도 자괴감을 느낄까? 그녀에게도 두려움이란 게 있을까? 그녀는 직장을 그만둔 것을 한 번도 아쉬워하지 않았고, 직장을 그만둠으로써 잃은 것도 없었다. 그녀에게 일이란 '직장인'이라는 신분을 얻기 위한 수단일 뿐이었다. 그녀는 태어나서 지금까지 자기 아빠가 주는 용돈만으로도 아주 편하고 풍족한 생활을 할 수 있었다. 능력 있는 장인은 타이베이, 미국, 일본에도 부동산을 갖고 있었고, 세 딸의 명의로 각각 펀드 계좌도 만들어주었다. 어떤 재난이 와도 그녀는 가난해지지 않을 것이다. 만약 그녀의 행복감을 무너뜨릴 수 있는 일이 있다면, 그 일을 할 수 있는 사람은 이 세상에서 다썬밖에 없다.

그렇게 본다면 그가 일부러 그녀를 이곳에 데려와 어수선한 고층 빌딩에 살게 했는지도 모른다. 그녀가 싸구려 물건을 파는 시장에서 싸구려 옷을 입은 아줌마들과 어깨를 부딪치며 이 세상의 진정한 모습, 아니 더 정확히 말하면 그가 속한 진정한 세상을 경험하게 하려는 그의 의도일 수도 있다.

172

국숫집에서 매춘을 한다는 소문은 얼마 안 가서 실질적인 공격으로 발전했다. 돈을 벌 만큼 번 것인지, 드디어 탐욕스러운 꿈에서 깨어난 것인지 모르지만, 엄마는 그를 데리고 그 마을을 뜨기로 결심했다. 그들은 북쪽으로 이사했다. 그들이 처음 정착한 곳이 바로 타이베이와 다리 하나를 사이에 두고 있는 이곳, 쌍허였다. 당시 엄마의 언니가 그곳에서 미용실을 운영하고 있었다. 엄마는 미용실 뒤에 재봉실을 마련해놓고 재봉 일을 하다가 얼마 뒤부터는 알음알음 소개로 백화점 수선실에서 고급 의류를 수선하는 일을 맡아서 했는데, 꼼꼼하고 솜씨가 좋아서 손님이 많았다. 다썬의 사업이 잘되고 나서도 엄마는 일을 계속했지만 몇 년 전부터 다리가 좋지 않아 일을 그만두고 집에서 요양하고 있었다.

여기로 이사 온 첫째 이유는 엄마와 가까이 살면서 자주 찾아가려는 것이었다. 엄마는 한 푼 두 푼 힘들게 모으고 악착같이 대출을 갚아 장만한 오래된 아파트에 살았다. 그가 사는 빌딩에서 몇 블록 떨어져 있었다. 엄마는 절약하는 습관이 몸에 밴 데다가 감정의 기복이 심하고 여전히 자신이 살아온 신산한 삶에 대한 미련과 억울함을 품고 있었다. 결혼을 앞두고 상견례를 할 때 모리의 부모가 도도하고 안하무인이라는 인상을 받은 뒤로 엄마는 모리의 가족들을 거의 만나지 않았다.

다썬과 모리의 결혼을 두고 주변 사람들의 해석은 두 가지로 나뉘었다. 하나는 '유능한 인재가 좋은 집안 여자와 결혼해 남들보다 20년 앞서가게 됐다'는 것이고, 다른 하나는 '주제도 모르고 어울리지 않는 부잣집 딸과 결혼했다'는 것이었다. 결혼하기 전까지 그는 엄마와 낡은 아파트에 살며 오토바이를 타고 출퇴근했으며, 월급을 아끼고 아껴야 공식적인 자리에 입고 갈 변변한 옷 몇 벌을 장만할 수 있었다. 가끔 동료와 고급 레스토랑에서 식사를 하면 며칠 동안 돈 생각에 마음이 쓰렸고, 출장을 제외하고는 해외여행을 간 적이 없었다. 그는 원래 모리의 아빠가 그들의 결혼을 반대할 줄 알았지만 뜻밖에도 그를 아들처럼 지원하며 사업가로서 트레이닝을 해주었다. 휴일이면 그를 데리고 골프장에 가고, 각종 행사에 데리고 다니며 여러 업계의 엘리트들과 인맥을 쌓게 해주었다. 그에게 첫 몽블랑 만년필과 첫 골프채를 사주고, 와인 마시는 법, 시가 피우는 법, 명품 정장 입는 법을 가르쳐준 것도 장인이었다. 다썬이 지금도 불안감을 떨치지 못한 것은 하루아침에 날아올라 허공에 붕 뜬 채 살고 있기 때문이었다. 장인은 그에게 '가진 자의 행복'을 체험하게 해주었다. 장인은 '굶주림'이야말로 유일한 성공 비결이라고 생각했고, 이 청년의 눈동자에 이글거리는 '야심'을 발견했다. 이 젊은이가 부와 명예에 갈급할수록 성공할 가능성이 커지고, 그의 딸이 태어나고 자란 그 세계에 녹아들 수 있을 것이라고 생각했다. 그리고 그의 전략은 성공적이었다고 할 수 있다. 다썬은 돈을 줄 테니 타이베이 시내에 집을 사라는 장인의 제안을 거절하고 고집스럽게 이 마천대루의 큰 평수 아파트를 샀다. 장인은 그것이 바로 그의 '뚝심'이라고 생각했다. 당시 다썬은 장인에게 5년 뒤 반드시 좋은 집으로 이사하겠다고 약속했다.

하지만 약속한 5년이 다가오고 있을 때 그가 갑자기 늪에 빠졌다. 장인이 알았다면 틀림없이 당장 아파트를 팔고 타이베이 시내로 이사하라고 했을 것이다. 일이 더 커진다면 장인은 가차 없이 그를 내칠 수도 있다.

그렇게 되면 그가 지금 가진 모든 것, 사업, 집, 인맥이 모두 한순간에 무너질 것이다.

그는 동떨어진 두 세계에 각각 발을 디딘 채 스스로 엄격하게 통제하며 살았다. 어릴 적부터 감정을 겉으로 드러내지 않았고 언행이 과할 정도로 신중했다. 모리와 결혼한 후에도 모든 면에서 규칙과 원칙을 지키며 살았다. 그렇게 틀에 맞춘 듯한 생활에서 시간을 쪼개 '뜨거운 사랑'을 나누고 또 즉시 고요한 일상으로 되돌아가야 했으므로 그는 항상 팽팽하게 당겨진 줄처럼 극한의 긴장 상태에서 살았다. 메이바오와 함께 있지 않을 때는 한숨 돌리며 원래의 자신으로 돌아온 듯 균형감을 유지했지만, 이틀도 되지 않아 가슴 한쪽에서 그리움이 활활 타올라 견딜 수가 없었다. 메이바오가 남자친구와 침대에 누워 있는 장면이 떠오르고, 심지어 메이바오에게 다른 애인이 또 있을지도 모른다는 망상도 들었다. 그의 상상 속에서 메이바오는 언제나 요염하고 방탕한 모습으로 그를 질투심에 불타게 했고, 질투심이 진정되면 깊은 후회가 밀려왔다. 오래전 그녀가 떠난 뒤 그는 어떤 여자를 만나든 메이바오와 닮은 점을 찾곤 했다. 다시 만난 그녀를 또 잃을 수는 없었다. 이별의 고통은 상환이 유예된 빚처럼 언젠가는 반드시 찾아오는 것이다. 그는 가슴이 철렁 내려앉았다. 지금 헤어지면 영원한 이별이 될 것 같았다. 사흘째가 되는 아침 그는 곧장 그녀의 집으로 달려가 초인종을 눌렀고, 그녀를 보는 순간 모든 열정이 다시 타올랐다. 그녀와 사랑할 수만 있다면 모든 걸 다 내던질 수 있다고 확신했다. 메이바오를 품에 안고 있으면 인생이 자신조차 통제할 수 없는 곳으로 치닫기 전의 그 깨끗하고 순수한 소년으로 돌아갔다.

하지만 시간이 흐르면서 만나는 횟수가 점점 늘어났다. 1년 동안 그들은 점점 더 강한 자극을 탐닉하는 것 외에는, 출구가 없는 사랑으로 인한 비통함을 해소할 다른 방법을 찾지 못했다. 그들의 섹스는 광기에 가까웠고, 심지어 가끔은 서로의 몸에 상처를 내 둘의 관계를

175

들킬 가능성을 스스로 높이기도 했다.

모리가 임신하자 더더욱 이혼할 수 없었다. 모리가 임신한 초기에 자신은 이혼을 생각했다는 사실이 부끄러웠다. 설을 쇠고 아이가 태어나면 더 돌이킬 수 없어질 것이다. 메이바오와 섹스를 할 때마다 그는 "결혼하자, 결혼하자, 난 네 거야"라고 말을 쏟아냈지만 나중에 생각해보면 흥분을 돋우기 위한 밀어였을 뿐 전혀 책임지지 않았다. 메이바오는 그의 함정에 빠지지 않았다. 그녀는 그가 더 이상 자신을 찾아오지 않는 날을 기다리고 있는 것 같았다. 사랑이 끝나면 고통도 끝나고, 희망이 절망으로 바뀔 것이다. 그걸 해탈이라고 해야 할지 비극이라고 해야 할지 모르겠지만. 오래전 그해 여름에도 이별은 갑자기 찾아왔다.

현실적으로 생각하면 그는 이혼할 수 없었다. 지금 누리는 모든 생활을 포기하고 처음부터 다시 시작한다는 걸 상상할 수 없었다. 메이바오와의 사랑은 풋풋한 첫사랑의 성인 버전에 불과했고, 이 빌딩의 원룸 안에서만 존재했다. 그런데도 그는 왜 이렇게 변했을까? 메이바오에게 왜 전화를 걸었을까? 어째서 다시 만난 그녀와 옛이야기를 나누는 데서 그치지 않았을까? 그건 아마 지금 그가 대답할 수 있는 문제가 아닐 것이다. 그가 지금 물어야 할 것은 그가 어떤 사람이 되었고, 어떤 삶을 살고 싶은가였다. 메이바오와의 작은 세계에서 살길 원하는지, 아니면 사업가로서 발전하며 더 높은 클래스에 오르는 세속적인 삶을 원하는지.

그는 자신에게 물었고, 그 대답은 이미 그의 행동에 있었다.

처음부터 다시 시작할 수 있을까? 이혼하고 장인이 빌려준 돈을 갚으려면 집을 팔아야 할 것이고, 빚을 갚고 나면 집을 살 수 없을 것이다. 작은 회사를 차릴 수는 있겠지만 온전히 혼자 능력으로 사업을 다시 일궈낼 수 있을까? 그는 이 집이 좋았으므로 둘이서 작은 원룸에 살면 된다. 하지만 양육비는 어떻게 하지? 아이는? 양육권을 가져온다 해도 아이에게 어떤 생활을 누리게 해줄 수 있을까? 생각이 여기에 미치자 견딜 수가 없었다. 이미 익숙해진 모든 것들, 자동차, 피트니스센터, 골프장, 고급 레스토랑, 명품 정장 등등 먹고 입고 쓰는 것 모두 최고급이었고, 해마다 두 번씩 해외여행을 가고 와인, 시계, 만년필, 골동품, 고급 가구를 수집했다. 빌딩 아래에 있는 창고형 할인 매장은 거들떠보지도 않았고, 사소한 일용품을 구입할 때도 차를 몰고 시내 백화점에 갔다. 그는 모든 '저렴한 물건'을 경멸했다. '폭탄 세일'이라고 적힌 알록달록한 스티커는 마치 그의 궁상스러운 과거를 의미하는 것 같았다. 스물여덟 살부터 지금까지 7년 동안 자신이 분투하고 있는 그 도시에 스며들기 위해 노력했고, 도시의 가치가 그를 바꿔놓았다. 모리와 사귀기로 결심했던 순간 그의 마음속에 있던 굶주림이 지금 메이바오를 향한 이해할 수 없는 욕망만큼이나 강렬했다. 그는 과거의 자신에게서 도망친 것이 본인의 선택임을 잘 알고 있었다. 그는 이미 메이바오가 알던 그 바닷가 소년이 아니었다.

　그가 가진 이 모든 것들이 설마 그 자신의 능력으로 쟁취한 것일까? 그렇다면 어째서 이혼과 동시에 모든 게 사라지게 될까? 물론 예전과 같은 열정과 의지력으로 처음부터 다시 시작할 수 있었다. 그는 겨우 서른다섯 살이었다. 하지만 이 모든 걸 처음부터 다시 시작한다는 건 상상할 수가 없었다. 남의 회사에 들어가 평범한 직장인으로 일해서는 그가 바라는 생활을 영위할 수 없었다. 그는 피로에 찌들고 불평불만이 가득하고, 고작 굶지 않을 만큼의 월급을 받으며 집에 오면 짜증만 부리는 남편이 될 것이다. 메이바오가 그런 그를 사랑할 수 있을지 알 수 없었다. 하지만 분명한 것은 그 자신이 그렇게 되는 걸 원치 않는다는 사실이었다. 그렇게 변한 자신에게 메이바오를 사랑할 여력이 남아 있을지 장담할 수 없었다.

되돌아가고 싶지 않았다.

현실로 돌아와 생각해보자. 꿈처럼 환상적이고 숨이 막힐 것 같은 섹스, 사투를 벌이듯 서로의 몸으로 돌진하는 그 행위를 그는 더 깊어지려야 깊어질 수 없을 만큼 깊은 사랑이라고 생각했다. 메이바오의 나체는 그 자체로 빛을 발했고, 그녀의 얼굴은 사람을 미치게 했다. 사랑, 미움, 노여움, 질투가 한순간에 사라지고 백일몽 같은 첫사랑의 성인 버전만 남았다.

그가 자기 머리를 세게 때렸다. 이러면 안 돼. 이러면 안 돼. 꿈을 현실로 착각해선 안 돼.

한번은 위험을 무릅쓰고 메이바오가 바라는 '평범한 연인 놀이'를 해주기로 마음먹었다. 메이바오가 휴가를 낸 날, 그는 오후 스케줄을 비우고 잠깐 나와서 그녀와 거리를 돌아다녔다. 원래는 두 시간 정도 데이트를 하고 다시 회사로 들어갈 생각이었지만 어린애처럼 즐거워하는 메이바오에게 다시 회사에 들어가야 한다는 얘기를 꺼낼 수가 없었다. 그들은 영화를 보고 저녁을 먹었다. 비서와 아내에게 전화를 걸어야 했다. 적당한 이유를 대면 아내는 절대로 의심하지 않겠지만 거짓말을 할 용기도 없고, 화장실에 몰래 숨어 뻔뻔하게 전화를 할 용기는 더욱 없었다. 하는 수 없이 휴대전화를 꺼놓고 시간이 흘러가게 내버려두었다. 그러자 메이바오의 얼굴이 점점 어두워졌다. "이제 집에 가. 모두 걱정하고 있을 거야." 결국 메이바오가 그를 놓아주었다. 차를 몰고 집으로 향했다. 참담한 기분으로 메이바오를 근처에서 내려준 다음, 다시 차를 몰고 길을 돌아 근처 꽃집에 가서 꽃을 샀다. 머릿속을 맴도는 거짓말을 꽃다발로 대신할 수 있길 바랐다.

　그날의 일이 그와 메이바오의 미래에 대한 예고였을 수도 있다. 침대가 아닌 백화점에서 그녀와 부부처럼 함께 돌아다니는 동안 그는 조금도 기쁘지 않았고 두렵기만 했다. 아내로서 한 사람을 선택한다면 모리가 그에게 더 어울렸다. 메이바오는 아름답지만 시골 여자 같은 촌스러움이 남아 있었다. 백화점에서 그녀는 불안한 눈빛으로 어쩔 줄 몰랐고, 값비싼 물건 앞에서 놀라며 겁을 냈다. 그건 그가 그토록 도망치려고 발버둥 쳤던 것들이 아닌가? 물론 알고 있었다. 메이바오도 돈과 시간이 많고 안정감이 생긴다면 모리처럼 아무 걱정 없이 백화점을 돌아다니며 물건을 고르고 옷을 입어보고 망설임 없이 구입할 것이다. 메이바오도 언젠가 그녀의 천성에 어울리는 '사모님'이 된다면 불안하게 눈치를 보며 매장 직원들에게 무시당하지 않고, 돈에 연연하지 않고 마음에 드는 물건을 살 수 있을 것이다. 지금 그가 그렇게 하고 있는 것처럼.

　하지만 아이러니하게도 그가 이혼하면 메이바오에게 그런 생활을 누리게 해줄 수 없고, 심지어 그 자신도 어딜 가든 남의 눈치를 보던 곤궁한 생활로 다시 돌아가야 했다. 아니, 그는 그 악몽 같은 처지로 되돌아가고 싶지 않았다. 가난이 싫고 무서웠다.

　이 연애가 들통나기 전에 과감히 헤어지자고 생각했다. 원룸은 메이바오의 명의로 돌려주거나 따로 집을 사주고 자신은 회사에서 가까운 타이베이에 집을 사서 아내와 함께 이사 가면 된다. 카페는 메이바오의 전부이므로 그는 메이바오에게 떠나라고 할 자격이 없었다.

그러므로 떠날 사람은 바로 자신이었다. 계속 이대로 지내다가는 틀림없이 일이 터질 것이다. 이혼으로 아이와 모리가 받을 상처를 어떻게 감당할 수 있을까? 하지만 헤어진다면 메이바오가 없는 생활을 어떻게 상상할 수 있을까? 그에게 잔인하게 상처받고 버려진 메이바오는 또 얼마나 비통할까?

겨울이 다가오고 있었다. 아침에 중정을 가로지를 때마다 거센 빌딩풍에 몸이 떨렸다. 하루하루 결말이 다가올수록 그들의 광기는 점점 더 심해졌고 그는 점점 더 자기 자신이 증오스러웠다. 기억 속 가장 순수한 사랑이 실현됐지만, 그로써 그의 나약하고 이기적인 본성이 증명됐다. 메이바오와 섹스를 할 때마다 그녀의 아름다움과 순수함을 더럽히고 짓밟고 있다는 생각이 들었다. 이따금 이 빌딩에서의 이중생활이 영원히 지속될 수 있을 것 같은 망상이 들었지만, 그보다는 비밀이 들통나 까발려질 것이라는 두려움이 더 컸다. 그러다 마침내 어느 금요일, 메이바오에게 가려고 중정에서 엘리베이터를 기다리고 있다가 부동산 중개인 린멍위와 마주쳤다. "아니, A동에 사시는 분이 C동 엘리베이터는 왜 타세요?"

그는 감전된 듯 얼어붙은 채 한참 동안 대답하지 못했다. 엘리베이터가 도착하고 문이 열렸지만 발이 떨어지지 않아 의아한 눈빛으로 혼자 엘리베이터를 타고 올라가는 린멍위를 굳은 표정으로 보기만 했다. 이것이 바로 곧 일어날 일의 예고였을 것이다. 그때도 그는 이렇게 아무 말도 하지 못하고 속수무책이었다.

2부

1 야간 순찰자

리둥린
28세, 마천대루 경비원

20년 넘도록 내 인생엔 특별한 사건이 없었어요. 그 대신 영화와 소설을 많이 보고 온라인게임도 자주 했어요. 현실 세계가 따분했으니까. 가상 체험을 즐기는 사람들이 으레 그렇듯 모니터 속 영상이 현실 세계를 대신했죠. 경험이 사람을 형성하는 중요한 부분이라면, 나를 이루고 있는 대부분은 정보일 거예요. 난 연애를 해본 적도 없고, 번듯한 직업도 없어요. 스물여덟이 되도록 부모님 집 옥탑방에 살고 있고, 동료 몇 명을 제외하면 친구라고 부를 만한 사람도 없어요.

추리소설과 범죄, 탐정에 관한 드라마 시리즈를 좋아해요. 영화나 드라마에 살인 사건이나 미스터리한 사건이 나오면 금세 빠져들죠. 미국 드라마 'CSI 과학수사대' 시리즈 중 〈CSI 라스베이거스〉를 제일 좋아해요. 수염이 덥수룩한 그리섬 반장, 세라, 워릭, 닉 등등 감식반 요원들을 다 좋아해요. 인터넷으로 해적판 DVD를 시즌 7까지 사놓고 몇 번씩 보고 또 봤죠. 나중에 워릭이 죽고 그리섬도 사라지는 바람에 시즌 8 이후로는 더 보지 않았어요. 그 대신 다른 시리즈 〈크리미널 마인드〉에 푹 빠졌죠. 무료로 볼 수 있는 온라인사이트를 찾아다니며 시즌 7까지 봤어요. 그 시리즈는 주로 연쇄살인마를 추적하는데 프로파일러들이 감식반 수사관들보다 훨씬 뛰어나더군요. 게다가 남자, 여자 할 것 없이 다 준수한 외모에 전용기까지 타고 미국 전역을 누비고, 한가할 때는 비행기에서 인생철학을 논했어요. 그중에 전직 해커인 여자가 있는데 키보드만 몇 번 두드리면 온갖 정보를 다 찾아낼 수 있어요.《GQ》잡지 모델처럼 훤칠하게 생긴 금발 남자는 구글보다도 머리가 더 좋아서 어떤 정보든 한 번만 보면 기억하고 대조하고 분석해내요. 그에게 컴퓨터가 무슨 필요가 있을까 싶지만, 그의 두뇌에 전직 해커 여자의 컴퓨터가 합쳐지면 얼마나 대단한 일을 해낼지 상상할 수 있겠죠? 하지만 그 수사팀 때문에 난 범죄수사물에 완전히 질려버렸어요. 한 시즌당 10부작도 넘는 시리즈에 70명도 넘는 연쇄살인마가 등장하는데, 새로 등장할 때마다 점점 더 잔인하고 변태스럽고 살인 수법도 점점 화려하고 복잡해졌어요. 게다가 그 모든 범죄행위의 심리적 배경까지 찾아내고요. 처음에는 푹 빠져서 봤지만 시즌 4 이후로는 무덤덤해졌고, 그 뒤에 나온 세 시즌은 킬링타임용으로 봤어요.

범죄수사물 마니아인 내 주위에서 실제로 살인 사건이 발생했지만, 흥분되기는거녕 무척 난감했어요. 오늘이 살인 사건 발생 사흘째예요. 그동안 경찰이 두 번 찾아와 질문을 했어요. 내게 무슨 혐의라도 있는 것처럼 내 대답이 사실인지 일일이 반복해서 확인하더라고요. 왜 그랬겠어요? 내가 첫 목격자니까 그렇죠. 영화, 드라마, 소설,

만화 할 것 없이 범죄수사물을 일반인보다 열 배는 많이 봤지만, 실제 살해 현장을 직접 목격한 건 이번이 처음이에요.

난 범죄수사의 달인은 아니에요. 고등학교밖에 안 나왔거든요. 책 읽는 건 좋아하지만 공부는 싫어했어요. 대학에 안 간 걸 후회하진 않지만, 다시 돌아간다면 아마 쓸데없이 반항하지 않고 얌전히 대학에 갈 거예요. 범죄심리학과나 경찰학교에 가고 싶어졌어요. 말단 경찰부터 시작해서 형사가 될 수 있을지는 모르겠지만, 적성을 너무 늦게 발견했으니 어쩌겠어요. 하지만 어차피 쓸데없는 잡소리죠. 곧 서른 살인데 형사가 되고 싶다니, 차라리 다시 태어나는 게 빠르겠죠.

내가 하고 싶은 말은 실제 살인 현장에 들어갔을 때 눈앞에 펼쳐진 장면이 영화처럼 그렇게 선명하고 전형적이지 않았다는 거예요. 적어도 내가 본 현장은 그렇지 않았어요. 시신을 의도적으로 연출해놓은 것처럼 괴이한 분위기가 풍겼지만 전체적인 공간이 너무 평범하고 현실적이었어요. 말로 표현하기 힘든 일상적인 느낌이랄까. 물론 살인이 일상이 될 수는 없지만, 내 말은 범인이 여러 번 예행연습을 한 것처럼 보였다는 거예요. 범인이 집 구조를 잘 아는 것처럼 집 안 분위기를 전혀 해치지 않고 사람을 바비인형처럼 꾸며놓았더라고요. 물론 먼저 죽인 뒤에 연출한 것인지도 모르지만, 아무튼 그 분위기가 오랫동안 머릿속에서 지워지지 않았어요. 굳이 말로 하자면 마치 누군가의 꿈을 재현해놓은 것 같았어요. 그래요, 바로 그런 느낌이었어요.

내가 근무하는 날이었어요. 셰바오뤄와 같은 조로 근무할 때가 제일 좋아요. 그는 젊고, 아는 것도 많고 성격도 좋은 데다가 나처럼 '사람' 자체에 관심이 많죠. 우린 입주민의 이름, 얼굴, 직업 같은 걸 세세하게 알고 있어요. 나는 기억력이 좋기 때문이고, 바오뤄가 왜 그런지는 모르겠어요. 그는 왠지 모르게 모범생 같은 분위기가 있어요. 옷차림이나 외모만 보면 블루칼라 같지만 어쩐지 남들 눈에 띄기 싫어서 일부러 수수하게 하고 다니는 것 같아요. 얼굴만 보면 미남이라고 할 수 있고 적어도 매력적인 얼굴인 건 분명해요. 178센티미터, 75킬로그램의 체형에 단정한 제복을 입으면 아주 훤칠해 보이죠. 피부가 까무잡잡한 건 예전에 건설 현장에서 막노동을 했기 때문이라고 했어요. 여자 입주민들이 그에게 자주 말을 거는데, 수줍어서인지 원래 조용한 성격인지 몰라도 금세 얼굴이 붉어져요. 어떤 아주머니들은 그런 모습이 재미있는지 그를 계속 붙잡고 얘기하죠.

나한테는 그런 귀찮은 일이 없어요. 난 못생기고 빼빼 마른 데다가 고도 근시에 뻐드렁니도 있으니까요. 어머니는 그러다 장가도 못 간다며 돈 모아서 치아 교정을 하라고 성화하지만, 만화, DVD, 소설책을 사들이느라 돈을 모을 수가 없어요. 경비원으로 일하기 전에는 피시방에서 일했고, 그보다 더 전에는 집돌이였어요. 물론 지금도 집돌이지만.

이 빌딩의 경비원 중에 내가 제일 젊고 경력도 짧아서 오래된 경비원들이 툭하면 핀잔을 주고 작은 거 하나라도 잘못하면 호되게 혼내요. 그들과 같은 근무조가 되는 날에는 군대에서 얼차려를 받는 기분이 들죠. 실제로 경비원 중에 경호원이나 군인 출신이 여러 명 있어요.

난 거의 심부름만 해요. 다른 사람 휴가 때 대체 인력이 필요하면 언제나 내가 투입되죠. 한 달에 20일 정도 일하고 일당 1,000위안에 야근 수당은 따로 계산해요. 가끔 18~24시간 연속으로 근무할 때도 있어요. 아직 젊어서 밤샘 근무가 별로 힘들지 않으니까 다른 직원들과 달리 엿새 동안 야간근무를 서고 사흘 연속 쉴 때도 자주 있어요. 일을 적게 하니까 급여도 적은 게 당연하지만, 어머니는 내가 밖에 나가서 일하기만 하면 더 바랄 게 없다고 해요.

돈이 생기면 이것저것 사들여요. 아버지가 내 방을 4층에서 옥탑으로 옮긴 뒤로 덥기는 해도 훨씬 넓고 자유로워졌어요. 어떤 동료가 꼴 보기 싫은 날엔 옥탑방에 매달아놓은 샌드백을 치며 화를 풀어요. 믿지 못하겠지만, 예전에 정말 복싱을 했어요. 중고등학생 때였는데 아직도 주먹이 꽤 날카로운 편이에요. 군인 출신 경비원들에 비하면 아무것도 아니지만요.

그날 오전 11시 반쯤이었어요. 카페 아르바이트생 샤오밍이 로비로 달려와 28층 7호의 중메이바오가 전화를 받지 않는다면서 인터폰을 해달라고 하더군요. 일반 방문객 출입 절차에 따라 인터폰을 걸었지만 신호가 열 번 넘게 울리도록 받지 않았어요. 아르바이트생이 초조하게 소리쳤죠. "무슨 일이 생긴 게 틀림없어요. 메이바오 언니는 아무 말도 없이 카페 문을 열지 않은 적이 한 번도 없어요. 아파서 쓰러졌는지도 몰라요. 열쇠수리공을 불러줘요!"

급하게 재촉하는 바람에 하는 수 없이 잘 아는 열쇠집에 전화를 걸어 빨리 와달라고 했어요. 열쇠집이 바로 길 건너 2분 거리에 있거든요. 그런데 열쇠수리공이 경찰을 대동해야만 문을 열어줄 수 있다고 하잖아요. 샤오밍이 빨리 경찰을 불러달라고 다그쳤어요. 그래서 또 경찰을 불렀죠. 5분 뒤에 경찰과 열쇠수리공이 동시에 도착하자 로비에 긴장감이 흘렀어요. 동료 셰바오뤄는 기절할 것처럼 얼굴이 창백했고요. 바오뤄가 올라가려고 했지만 팀장님이 처음에 일을 맡은 사람이 처리하라고 해서 내가 경찰을 데리고 올라갔어요.

엘리베이터에서 가까운 집이었어요. 엘리베이터를 내려 왼쪽으로 돌면 문이 네 개 있는데 그중 제일 바깥쪽 집이에요. 열쇠수리공이 문을 따기 시작했어요. 그런데 생각해보세요. 집에 사람이 있다면 누가 자기 집 문을 따는데 안 나와보겠어요? 열쇠수리공은 계속 구시렁거리고, 경찰은 옆에서 별일 아닌 것 가지고 호들갑을 떤다며 피식거렸죠. 그런데 문이 열리는 순간, 문틈으로 이상한 냄새가 훅 쏟아져 나왔어요. 말로 설명할 수 없지만 소름 끼치는 냄새였어요.

중메이바오의 집은 분양면적 14평의 작은 원룸이에요. 이 빌딩에서는 흔한 집이죠. 현관으로 들어가면 왼쪽에 욕실이 있고, 작고 좁은 현관 겸 복도가 있어요. 대부분은 그곳에 신발장을 두는데 중메이바오의 집은 붙박이 신발장이 설치되어 있었어요. 약 1.5미터쯤 되는 현관을 지나 안으로 들어가면 욕실 옆에 싱크대가 있는데 위아래 수납장은 모두 흰색이고 상판은 검은색이었어요. 욕실 자재와 싱크대가 모두 호텔처럼 고급스러운 분위기였죠. 처음 분양할 당시 건설회사에서 기본 옵션으로 설치했지만 인테리어를 새로 한 집도 있거든요. 원룸에 파티션을 세워 방과 거실로 나누고 시스템 옷장을 설치한 집도 있고, 좀 더 신경 쓴 집들은 바닥에 마루를 깔고 대형 수납장을 짜 넣기도 했어요. 따로 드레스룸을 만든 집도 있고요. 그 원룸도 전체적으로 인테리어를 새로 한 집이었어요. 바닥재, 시스템 가구, 천장까지 모두 나무색으로 통일하고, 슬라이딩도어도 달아서 아주 근사했어요. 말끔하게 닦여 있는 싱크대에 그릇도 가지런히 정리되어 있었어요. 인덕션, 전기포트, 전기밥솥, 냉장고가 있고, 냉장고 위에 소형 전자레인지가 있었죠. 폴딩도어와 책장으로 공간을 나눠 거실과 침실을 분리하고, 거실에는 또 미니 바테이블을 설치해 주방과 구분했더군요. 거실에 2인용 가죽소파와 나무박스처럼 생긴 탁자가 있고, 복도 쪽 벽에는 둥근 테이블과 흰 의자 두 개가 있는데 테이블에 꽃도 꽂혀 있었어요. 거실은 로맨틱한 분위기였죠. 막 데이트가 끝났거나 데이트를 기다리며 집을 정리한 것처럼. 데이트 전이든 후든 미소 띤 얼굴로 유리화병에 물을 담고 빨간 장미를 하나씩 화병에 꽂는 장면이 연상됐어요. 사실 표면적으로는 로맨틱했지만, 장미 향과 집 안을 떠다니는 알 수 없는 악취가 섞여 모든 게 기이했어요. 벽에 붙여 가지런히 쌓아둔 열 개 남짓한 종이박스가 눈에 들어왔어요. 이사를 준비하고 있거나 대대적인 리모델링 공사를 위해 물건들을 일단 싸두었나 싶었지만 아무튼 집 안이 아주 깔끔하게 정리되어 있었어요.

거실에서 침실까지 몇 걸음만 떼면 되는 짧은 거리였는데, 무의식적인 저항이었는지 시선을 돌려 집 안 인테리어를 둘러봤어요. 물론 그 모든 걸 기억하고 싶다는 생각도 있었죠. '악마는 디테일에 있다'는 말도 있잖아요. 정말 현장감식 요원처럼 장갑 낀 손으로 핀셋을 들고 바닥에 떨어진 머리카락과 지문을 찾고, 범죄와 관련된 모든 것을 조사하고 싶었다니까요?

그저 눈으로 수집할 수밖에 없었지만요.

맞아요. 난 현관문을 열고 들어가자마자 사람이 죽었다는 걸 직감했어요. 아니, 열쇠수리공에게 전화를 걸고 경찰과 함께 엘리베이터를 타고 올라갈 때부터 이상했어요. 직감 같은 거죠. 문을 따고 집 안으로 들어갈 땐 모두 알고 있었어요. 우리가 '사망 현장'에 들어왔다는 걸. 경찰이 긴장한 표정으로 집 안을 살피다가 중메이바오의 시신을 발견하고는 허겁지겁 무전을 쳤어요.

경찰은 흔히 과학수사대가 할 거라고 기대하는 그 어떤 일도 하지 않더군요. 적어도 내가 현장에 있을 때는 보지 못했어요. 오히려 현장의 작은 증거도 훼손하지 않으려고 내가 더 조심했다니까요? 경찰은 "영화를 너무 많이 봤군요"라며 날 놀렸어요. 현장감식반은 나중에 도착했겠죠. 사실 난 쌍허경찰국에 과학수사대라는 게 있기는 한지 걱정했어요. 물론 제가 드라마를 너무 많이 본 건 인정해요.

경찰과 침실로 들어가자마자 중메이바오가 있었어요. 끔찍했죠. 그건 중메이바오가 아니라, 음, 뭐랄까. 중메이바오의 시신이었어요. 이미 죽은 게 분명한데도 바비인형처럼 옷을 온전하게 입고, 긴 머리를 가지런히 늘어뜨리고, 고개는 약간 기울어진 자세로 흰 원피스를 입은 채 침대에 기대앉아 있었어요. 두 팔은 양옆으로 벌어져 있고요. 지금 생각해보면 그걸 발견했을 때 온몸이 떨렸어요. 그 모습이 얼마나 기괴하던지. 분을 바른 얼굴에 불그스름하게 혈색이 돌고 굳게 감긴 눈에서 긴 속눈썹이 뻗어 있었죠. 죽은 사람이 어떻게 그렇게 아름다울 수가 있죠? 괴기스러울 정도로 예뻤어요. 내가 아는 중메이바오가 아니라 잡지에 나오는 일본 여자 같았어요.

하지만 한눈에도 그녀가 죽었다는 걸 알 수 있었어요. 너무 경직된 표정 때문이었을 거예요. 잠든 사람의 얼굴 같지 않았고, 목을 졸린 퍼런 멍 자국이 선명하고 얼굴도 조금 부어 있었죠. 죽은 사람이 보통 어떤 모습인지는 모르지만 아무튼 죽었다는 걸 확신했어요.

짧은 정적 후 혼란이 시작됐죠. 경찰이 무전을 친 뒤 나를 데리고 급하게 로비로 내려왔고 금세 다른 경찰이 도착했어요. 샤오밍은 울부짖고, 셰바오뤄는 중메이바오의 집으로 올라갔어요. 나는 목격자 신분으로 경찰서에 가야 했고요.

살인 사건이 발생하기 전날 밤부터 그날 오후까지 내가 근무했어요. 열여덟 시간 연속 근무는 흔한 일이 아니에요. 누가 병가를 내는 바람에 내가 이 모든 과정을 목격한 셈이죠. 하지만 난 아무것도 보지 못했어요. 이런 빌딩이 원래 그래요. 이렇게 큰 빌딩은 내가 그 안에 있어도 내 존재를 느낄 수 없어요.

나중에 돌이켜 보니 중메이바오가 살해당한 그날 밤부터 다음 날 시신이 발견되기까지의 시간이 유난히 조용하고 길었어요. 밤에 바오뤄가 순찰하러 간 사이에 갑자기 3호 엘리베이터 CCTV 화면에 문제가 생겼어요. 노이즈가 생기더니 느닷없이 화면이 꺼지며 나오지 않았죠. 바오뤄를 호출해 엘리베이터에 가서 살펴보라고 했더니 CCTV 카메라가 누가 일부러 떼어낸 것처럼 떨어져 있다고 했어요. 하지만 그렇게 높은 곳에 달린 카메라를 누가 건드렸을 가능성은 별로 없잖아요. 곧바로 수리업체에 연락했지만 그 시간에 수리하러 올리가 없죠. 바오뤄가 내려온 뒤에 내가 다시 가봤어요. 사다리를 놓고 카메라를 다시 끼우자 화면이 정상적으로 나오더군요. 그때는 무슨 문제가 있을 거라고 생각하지 못했어요. 엘리베이터 CCTV는 이 빌딩의 감시 시스템 중 하나일 뿐이고, 입구만 잘 지키면 문제없을 거라고 생각했죠. 그런데 어쩐지 기분이 찜찜해서 바오뤄에게 순찰을 한 번 더 돌겠다고 하고는, 중정, 엘리베이터 입구, 복도, 공용 시설까지 모두 자세히 살폈어요. 늦은 밤이라 방문객은 거의 없고 드나드는 사람은 모두 입주민이었어요. 밤늦게 다니는 입주민은 대부분 잘 아는 얼굴들이에요. 한밤중 둥지로 돌아오는 새들처럼 어둠이 짙을수록 그들의 얼굴색은 더 창백하죠. 화장이 번진 사람, 술에 취해 누군가의 부축을 받아 들어오는 사람, 막 퇴근한 듯한 직장인 등등. 야간

근무를 하고 귀가하는 사람들도 있어요. 새벽 6시부터 7시 사이 근무 교대를 준비하기 시작하고, 오전근무자가 출근하면 인수인계를 하느라 조금 어수선해요. 순찰을 다 마치고 난 그 시간이 제일 좋아요. 야간근무를 거의 마치고 동틀 무렵이 되면 긴장감이 서서히 누그러지고 퇴근을 기다려요. 하늘이 희미하게 밝아오면 밤샘의 피로도 조금 가시고, 편안한 기분으로 퇴근길에 따뜻한 두유에 단빙●과 유탸오●●를 곁들여 먹을 생각을 하죠. 일찍 일어나는 사람들은 아직 집을 나서기 전이고, 늦게 들어오는 사람들은 모두 귀가한 시간이에요. 하늘이 어슴푸레하게 밝아오면 로비의 불빛과 거무스름한 바깥세상이 어우러져 꿈처럼 몽롱한 기분이 들어요. 그날 아침도 여느 때처럼 조용했어요. 평소처럼 바오뤄와 이런저런 얘기를 나눴죠. 그런데 점심이 가까울 즈음 바오뤄가 갑자기 이러더라고요. "오늘 메이바오가 출근을 안 하네." 난 별로 이상하다고 생각하지 않았어요. "쉬는 날인가 보지." "메이바오는 쉬는 날이 없어." 바오뤄가 잘라 말했어요. 바오뤄가 요즘 메이바오를 만난다는 얘기를 다른 동료에게 들은 적이 있어서 더 말하지 않고 가만히 있었죠. 바오뤄가 밖으로 나가보고는 불안한 기색으로 들어왔지만, 어디로 전화를 걸거나 하는 건 보지 못했어요. 그저 좀 초조해 보였어요. 그러고 나서 얼마 후에 샤오밍이 뛰어 들어오자 바오뤄의 안색이 백지장처럼 창백해졌어요.

나중에 발생한 일은 경찰도 다 알고 있잖아요. 우리가 신고를 한 후에 근처 지구대 경찰이 도착했고, 내가 그들을 데리고 중메이바오의 집으로 올라갔어요. 경찰은 내가 중메이바오의 일상을 자세히 알

● 밀가루 반죽 위에 계란과 파를 올리고 돌돌 말아 부친 음식.
●● 밀가루 반죽을 꽈배기처럼 튀긴 음식.

고 있는 것에 놀라며 나를 수상하게 여겼지만, 입주민이 출입하는 시간과 방문객을 기억하는 게 범죄는 아니잖아요? 또 이럴 때 그런 정보가 아주 중요하게 쓰일 수 있고요.

경찰이 그날 중메이바오를 찾아온 사람이 있었느냐고 묻기에 옌췬과 리유원李有文이 왔었다고 했어요. 리유원은 저녁 7시에 왔고 옌췬도 비슷한 시간에 왔지만, 옌췬은 9시에 돌아갔고 리유원도 10시에 돌아갔어요. 방문객 등록부에 모두 기록되어 있어요.

옌췬을 알아요. 기억하기 쉬운 이름이기도 하고요. 입주민은 아니지만 누구를 찾아오는지 알죠. 올해 1월부터 한 달에 몇 번씩 28층 7호 중메이바오의 집에 오는 손님이에요. 메이바오의 남자친구인지 동생인지는 모르겠어요. 메이바오보다 조금 어려 보이고 막 군대에서 전역한 거 같아요. 아직 군기가 덜 빠진 것처럼 행동이 조금 딱딱하지만, 겉모습은 군인보다는 예술가의 분위기가 나요. 머리가 약간 길고 꽤 잘생겼고요.

그는 사람 눈을 똑바로 쳐다보지 못하고, 항상 신분증과 입주민의 이름을 적은 종이를 가지고 와서 "부탁합니다" 하고 말했는데 얼굴에 표정이 하나도 없었어요. 어딘가 조금 이상하다고 생각하다가《여자를 증오한 남자들》이라는 책을 보고 그가 아스퍼거증후군이나 자폐증일 거라고 추측했죠.

처음에는 항상 신분증을 맡기고 출입카드로 바꿔서 들어갔어요. 그건 우리가 철저히 관리해요. 그러다가 얼마 후부터 출입카드를 가지고 다녔는데 그래도 올 때마다 우리에게 와서 방문 기록을 작성하고 들어갔어요. 출입카드를 가지고 드나드는 게 눈치가 보였나 봐요.

또 다른 방문객 리유원도 출입카드를 갖고 있어요. 그의 이름은 중메이바오가 얘기해줘서 알았어요. 어느 날 중메이바오가 그를 데리고 와서 "이쪽은 제 남자친구 리유원이에요. 깜씨라고 불러도 돼요. 앞으로 이 사람을 자주 보게 될 거예요"라고 했죠. 깜씨는 인터넷에서 파는 유명한 토란퓌레케이크를 우리에게 주고 갔어요. 한 번에 네 박스나 산 걸 보고 통이 큰 사람이라고 생각했죠. 그는 항상 토요일에 왔는데 어쩌다 금요일 밤에 올 때도 있었어요. 자주 오는 방문객들은 대부분 출입카드를 가지고 다녔어요. 출입카드가 있다는 건 입주민과 가까운 사이라는 뜻이죠.

그 두 남자가 같은 시간에 방문한 건 적어도 내가 근무하는 시간 동안은 처음이었어요. 내 근무 시간이 아닐 때 왔었을 수도 있고, 두 사람이 이미 아는 사이일지도 모르죠. 그런데 아까도 얘기했지만, 그날 바오뤄가 좀 이상했어요. 밤새도록 어딘가 정신이 팔려 있는 것 같았어요. 그가 정말 메이바오와 사귀는 사이였다면, 두 남자가 그녀를 찾아왔다는 사실에 몹시 마음이 쓰였겠죠.

하지만 이건 전부 내 추측이에요.

이 빌딩에서 제일 먼저 경찰의 신문을 받은 사람이 나였어요. 동료들은 내가 재수 없게 걸렸다고 했지만 난 억울하다고 생각하지 않아요. 내가 그들에 대해 아는 바가 있으니까 당연히 경찰에 협조할 책임이 있다고 생각해요. 다만 나를 용의선상에 올린다면 그건 좀 심하잖아요. 그날 밤새도록 근무를 섰다니까요? 그 집에서 내 지문이 발견됐다는 이유로 나를 의심하는 경찰이 있다고 들었어요. 다시 말하지만 석 달 전 소방안전점검을 했기 때문에 그 층의 모든 세대에 내 지문이 남아 있을 거예요. 새벽 3시에 순찰을 했느냐고요? 그래요.

했어요. 순찰하면서 중메이바오의 집 앞을 지나갔지만, 맹세코 집 안에 들어가지 않았어요. 현관문이 잠겨 있는데 어떻게 들어갈 수가 있겠어요? 이건 CCTV 녹화 화면으로도 확인할 수 있을 거예요. 다만, 누가 그녀의 집에서 나왔는지 확인하기는 어려울 거예요. CCTV는 각 세대를 감시하려고 설치한 게 아니라서 중메이바오의 집 앞은 찍히지 않아요. 그 층의 엘리베이터 앞만 볼 수 있죠. 원래 규정이 그래요.

다들 내가 어떻게 입주민들에 대해 그렇게 많이 알고 있는지 궁금해하니까 설명해줄게요. 난 이 빌딩 입주민들을 거의 다 알고 있어요. 내가 근무할 때 내 앞을 지나간 방문객이라면 얼굴을 다 기억해요. 정말이에요. 내가 다른 재주는 없지만 사람 관찰하는 걸 좋아해서 한 번 본 얼굴은 잊어버리지 않아요.

그런 천재가 왜 여기서 경비원을 하고 있느냐고요? 하하하, 그럼 이런 천재가 뭘 할 수 있는지 말해보세요. 어릴 때는 내게 이런 능력이 있다는 걸 아무도 알아채지 못했어요. 나조차도요. 어릴 때 난 아주 산만한 아이였어요. 하루 종일 가만히 앉아 있질 못했으니까 당연히 성적도 나빴죠. 고등학교도 간신히 졸업하고 바로 군대에 갔어요. 작은 섬에서 복무하면서 매일 바닷바람을 맞으며 보초를 섰어요. 처음에는 미치겠더라고요. 탈영하고 싶었죠. 그러다 어느 날 밤 보초를 서다가 무심코 고개를 들었는데 구름 한 점 없는 하늘 위에 별이 어찌나 촘촘히 떠 있던지. 멍하게 하늘을 올려다보다 문득 어릴 적에 갖고 놀던 별자리 그림판이 생각났어요. 그러더니 누가 별들 사이에 선을 그어준 것처럼 별자리가 눈에 들어오기 시작했어요. 모든 별자리를 금세 다 찾아냈죠. 그날부터 머리가 트인 것 같아요.

내가 원래 기억력이 좋다는 걸 알았어요. 특히 이미지를 잘 기억해요. 어떤 사물이든 도안화시키면 도장을 찍은 것처럼 선명하게 기억할 수 있어요. 하지만 이미지를 기억하는 재주가 밥을 먹여주진 않아요. 기억력은 좋지만 그걸 표현할 적당한 수단이 없으니까요. 아파트 분양 영업 일을 잠깐 했어요. 잡다한 지식이 많아서 동료들이 뭐든지 다 내게 물었지만 난 영업에 관심이 없었어요. 성격도 너무 고지식하고요. 손님들은 진실을 알려고 하지 않아요. 아무리 자세한 정보를 알려줘도 아파트를 매입하진 않더라고요. 여러 가지 일을 해봤어요. 어떤 일이든 처음에는 사장과 동료들이 잘한다고 칭찬했지만 석 달도 안 돼서 무섭게 돌변하던데요. 내가 기억하는 걸 다 말해선 안 된다는 걸 차츰 알았죠. 내가 모든 기호와 그림, 한 번 스친 사람의 얼굴까지 다 기억한다는 걸 알면, 사람들은 내가 자기들의 비밀까지 다 꿰뚫어 볼 수 있다고 생각하는 것 같아요. 지나치게 비상한 기억력은 어딜 가도 환영받지 못해요.

일이 잘 안 풀리니까 오랫동안 집에 틀어박혀 지내다가 친척이 하는 피시방에서 일하기 시작했어요. 신나게 일했는데 피시방에 불이 났어요. 내가 악운을 몰고 다니는 것 같아요.

보안경비업체에 취직하면서 드디어 물 만난 물고기가 된 기분이었어요. 이런 일을 하는 나를 보고 누가 똑똑하다고 생각하겠어요? 나도 지금은 몸을 사릴 줄 알기도 하고요. 어쨌든 제가 도울 수 있는 일은 적극적으로 도울게요.

경비 일이 나에게 잘 맞는다고 생각해요. 조용하고, 일도 단순하고, 많은 것을 관찰할 수 있고 또 상상할 시간도 많아요. 경비원의 입에서 '상상'이라는 말이 나오는 게 이상하죠? 택시 운전사 중에 숨은 고수가 많다고들 하지만, 경비원도 마찬가지예요. 내 동료 우^吳 씨만 봐도 직접 사진관을 운영했던 전직 사진사예요. 류^劉 팀장님은 특수 부대 출신에 유명인의 경호원이었고, 내가 제일 좋아하는 동료 셰바오뤄는 은행에 다녔어요.

이렇게 다양한 사람들이 있는 곳에서 일하는 게 좋아요. 사람이 많으면 그날 밤 하늘에 떠 있던 수많은 별들처럼 내 마음대로 선을 그어서 별자리를 만들어보고, 그 뒤에 감춰진 이야기를 상상해볼 수 있잖아요. 또 무한히 많은 조합을 만들어낼 수 있어서 심심할 틈이 없어요. 다른 경비원들은 CCTV를 보거나 라디오를 듣거나, 시시껄렁한 얘기를 나누고 즐기도 하지만, 나는 안 그래요. 우편물 수령 기록을 들춰보면서 몇 층 몇 호에 누가 살고 있는지, 언제 어떤 우편물을 받았는지 살펴보고, 방문 기록도 자세히 들여다본 다음, 머릿속으로 내가 기억하고 있는 입주민의 얼굴과 이름, 옷차림, 가정 상황, 취미, 직업, 관계도와 대조하는 거예요. 얼마나 재미있는지 몰라요. 드라마보다 훨씬 재미있다니까요? 예전부터 이런 큰 빌딩에 신비감을 품고 있었는데, 직접 들어와보니 예상했던 것보다 훨씬 더 신비로워요.

중메이바오도 물론 잘 알죠. 우리한테 종종 케이크를 가져다줬거든요. 내가 여기서 일한 지 2년 됐는데, 아부카페는 그 전부터 있었어요. 내가 여기 오기 전에도 중메이바오는 이 빌딩에 살면서 아부카페에서 일했다는 거죠.

방문객이 많은 편이었냐고요? 어떻게 비교해야 할지 모르겠지만, 일주일에 최소한 두세 번 정도는 방문객이 있었어요. 근무 시간에 옌쿤과 리유원을 자주 봤고, 또 작년에는 점잖게 보이는 중년 남자도 자주 왔어요. 항상 정장 차림이었는데 메이바오가 내려와서 데리고 올라갔기 때문에 이름은 몰라요. 한번은 메이바오가 인터폰으로 "추^郰 선생 님이라는 분이 날 찾아오면 들여보내주세요"라고 말한 적이 있어요. 확인해보지 않아서 그 남자가 추 선생님인지는 모르겠어요. 머리가 짧고 키가 175센티미터쯤 되는 탄탄한 몸매에 나이는 쉰 살 정도 되어 보였어요. 지적인 분위기도 풍겼죠. 항상 몸에 잘 맞는 회색이나 검은색 양복을 입고 서류 가방과 커다란 꽃다발을 들고 왔어요. 멋진 꽃다발은 옆에 있는 꽃집에서 산 것 같았어요. 어떤 때는 백합, 어떤 때는 장미, 또 여러 가지 꽃이 섞여 있을 때도 있었고요. 못해도 1,000위안은 넘어 보였어요. 돈이 많은 사람인가 봐요. 하지만 메이바오가 워낙 미인이니까 나였어도 꽃다발을 주고 싶었을 거예요. 우리가 출입문을 열어주면 그 남자가 항상 점잖고 또렷한 목소리로 고맙다고 했어요.

하지만 올해는 본 적이 없어요.

왜 이런 것들을 다 기억하느냐고요?

기억력이 좋다니까요!

목소리는 이미지가 아니라고요? 난 목소리도 시각적인 방식으로 기억해요. 어떻게 그게 가능한지는 말로 설명할 수 없어요. 그냥 습관적인 거예요. 예를 들면 회색 양복, 저음의 목소리. 이 글자들을 이미지로 머릿속에 저장해요. 컴퓨터 폴더를 정리하듯이 수시로 기억을 정리하고 인물 관계, 방문 시간, 장소 같은 걸 다 분류하기 때문에 더 확실하게 기억할 수 있어요.

난 경찰이 될 수 없다니까요! 추리소설을 써보라고요? 믿을 수 없겠지만, 이런 능력으로 굳이 뭔가 얻고 싶진 않아요. 그냥 이게 내가 사는 방식이에요!

방문객으로 다시 돌아가서, 남자 몇 명 외에 또 다른 사람들도 있긴 했어요. 기억을 더듬어보겠지만 방문객 등록부를 찾아보는 게 더 효율적일 거예요. 몇 년간의 방문 기록을 모두 팀장님이 보관하고 있어요. 물론 모든 방문객이 신분증을 맡기고 들어가는 건 아니에요. 입주민이 직접 내려와서 데리고 가면 기록하지 않아도 돼요. 인터폰만 해서는 방문객 등록을 생략할 수 없지만 중메이바오는 특별한 상황이니까 가끔 융통성 있게 봐줬어요. 여러 번 왔던 사람이니까 내가 먼저 그냥 올라가라고 한 적도 있고요. 신분을 밝히지 않으려는 방문객이라면 진즉에 출입카드를 만들었겠죠. 출입카드를 갖고 있으면 처음 보는 사람이라도 붙잡지 않아요. 이 빌딩은 거의 매일 새로운 사람들이 이사를 오고 또 작은 사무실이나 작업실도 있어서 낯선 사람들이 많아요. 난 그 점이 이곳 보안의 허점이라고 생각해요.

로비에 CCTV가 네 대 있어요. 엘리베이터를 내려서 정문으로 나갈 때까지 모든 각도에서 찍고 있죠. 그래서 우리 경비원들도 딴짓을 못 해요. 하지만 계단실에는 CCTV가 없어요. 일부러 설치하지 않은 건지는 모르겠지만. 그래서 사람들이 딴짓을 하거나 담배를 피우고 싶을 때 계단실에 가요. 오래된 경비원들은 나름대로 권력이 있어서 선물도 많이 받아요. 먹을 것도 있고 쓰는 것도 있고. 입주민 중에 유명한 사람들은 명절 때 선물과 떡값을 주기도 하고요. 하지만 나 같은 말단 경비원이야 뭐 부스러기나 받아먹는 거죠.

◎

살인 사건이 발생한 다음 날도 나와 바오뤄가 야간근무였기 때문에 몇 시간 자지 못하고 출근했다. 이틀 내내 분위기가 어수선했다.

퇴근 후에 바오뤄와 근처 식당에서 아침을 먹었다. 바오뤄는 충격이 큰 것 같았다. 사실 요즘 바오뤄와 메이바오가 부쩍 친해 보이긴 했고, 그래서인지 몰라도 의심받지 않으려고 조심하는 것 같았다. 하지만 나는 그가 얼마 전까지 휠체어를 타고 다니는 류잉잉柳盈盈을 좋아했다는 걸 알고 있었고, 일부러 류잉잉의 소식을 알아다 주곤 했다. 판潘 씨 아주머니가 류잉잉을 돌봐주고 있었는데 순찰하다가 중정에서 팔단금●을 하는 아주머니를 자주 마주쳤다. 아주머니는 류잉잉이 사지가 점점 마비되는 희귀병에 걸렸다고 했다. 나중에 한참 동안 그들이 보이지 않더니 얼마 후에 판 씨 아주머니가 이삿짐을 싸러 와서는 류잉잉이 죽었다고 했다. 그때부터 바오뤄의 말수가 더 줄어들었다.

하지만 잉잉과 메이바오에게 양다리를 걸친 것은 아니었다. 두 여자 모두 우리 같은 사람들을 좋아할 리가 없지 않은가. 바오뤄가 잘생기기는 했지만 그래 봤자 경비원일 뿐이다. 이 빌딩에 아부카페의 매니저를 좋아하는 사람이 얼마나 많은지 모른다. 메이바오는 우리 빌딩의 꽃이라고 해도 과언이 아니다. 이 빌딩에서 그녀를 모르는 사람이 없고, 로비 옆 근사한 카페에 그렇게 생기발랄한 미녀가 있다는 것만으로도 빌딩 전체 분위기가 확 살아났으니까.

"내가 죽었는지도 몰라." 바오뤄가 불쑥 말했다. 뜬금없이 무슨 헛소리지?

"함부로 말하지 마." 나는 누가 들을세라 얼른 그의 말을 막았다.

"그냥 하는 소리가 아냐." 그가 말했다.

"그날 밤에 우린 순찰을 돌고 있었잖아."

● 중국 전통 기공 체조.

"순찰을 돌고 있었으니까 더 용서가 안 돼." 그가 또 말했다.

나는 입을 다물었다.

그는 정말로 살인을 한 사람처럼 눈에 벌겋게 핏발이 서 있었다. 하지만 밤새도록 시달렸으므로 내 눈 상태도 별로 다를 바 없었다. 난 그가 범인이 아니라는 걸 알고 있었다. 그는 그런 사람이 아니다. 게다가 교대로 순찰을 돌기는 했지만 한 번 순찰하는 데 한 시간도 안 걸리고, 그가 순찰하는 것을 내가 CCTV로 계속 보고 있었는데 언제 살인을 한단 말인가?

"나 때문에 죽은 거야." 그가 또 말했다.

"왜 그렇게 생각해?" 내가 물었다.

"혼자 두지 말았어야 했어."

"혼자 됐다고?"

"내가 직접 죽이진 않았지만, 죽인 거나 마찬가지야."

"어째서?" 내가 물었다. 그의 표정과 목소리에 소름이 끼쳤다.

"그게 뭐가 달라? 난 이미 사람을 죽인 적이 있어. 그러니까 또 죽일 수도 있지. 내가 아는 여자는 다 죽었어." 그가 말했다.

그가 무슨 얘기를 하는지 나도 알고 있다. 불쌍한 셰바오뤄. 그가 메이바오를 좋아한 건 분명해 보였고, 정말 그녀와 사귀었을 수도 있다. 최초 목격자가 그가 아니라 나여서 다행이라고 생각했다. 만약 그였다면 그는 더 큰 충격을 받았을 것이다.

동이 트기 전 그가 거의 무너질 것 같다는 생각이 들었다. 솔직히 말하면 나도 쓰러지기 일보 직전이었다. 안개에 휩싸인 이 마천대루를 본 적이 있거나, 부슬비나 장대비가 내릴 때 뒤쪽 차도나 재래시장에서 빌딩을 향해 천천히 걸어온 적이 있는 사람이라면 그때 본 빌딩의 모습을 잊을 수 없을 것이다. 빗속 멀리서 바라보면 자욱한 안개와 아파트가 주위를 온통 에워싸고 있는데 어떤 기이한 괴물 혼자 우뚝 서 있는 듯한 착각이 든다. 괴물의 상반신만 보이는데도 놀라울 정도로 거대하다. 처음 지었을 때는 아름다웠을 연보라색 타일 외벽과 중간중간 장식된 갈색 기둥과 대리석이 세월에 마모되어 낡고 더러워졌지만, 미로처럼 복잡한 이 골목과 흉물스러운 저층 시멘트 건물들 사이에서 마천대루는 여전히 아름다운 노부인처럼 고상한 자태로 서 있다. 멀리서는 이 빌딩의 벽면에 박혀 있는 하얀 새시들이 무수한 눈처럼 보인다. 그러면 이곳에 얼마나 많은 사람이 살고 있을까 생각하다가 1,200세대라는 숫자를 떠올리게 되고, 날마다 하는 일상적인 순찰을 떠올리고 또 내가 외우고 있는 기기묘묘한 이름들을 떠올리다가 문득 그것들이 어떤 신비한 계시인 듯한 느낌이 든다. 가까이 다가올수록 비구름이 흩어지고 빌딩이 점점 선명해진다. 살고 있는 사람들의 숫자만큼이나 죽는 방식도 다양하다. 이건 내가 읽은 탐정소설의 주제이기도 하다. 소설 속 탐정은 항상 자신에게 이렇게 물었다. "그 사람이 죽을 때 난 무엇을 하고 있었을까?" 한 사람이 죽었다. 우리가 모두 좋아했던 사람이고, 결코 그런 방식으로 죽어서는 안 되는 여자였다. 세바오뢰는 자신이 죽였을 거라고 했다. 그렇게 따지면 내가 죽였을 수도 있다. 부검보고서는 아직 나오지 않았고 그녀가 몇 시에 죽었는지 모른다. 하지만 난 알고 있다. 누가 죽였든, 그녀의 죽음이 우리와 관련이 있다는 것을, 누구도 무관할 수 없다는 것을.

나는 말없이 두유 잔을 다 비웠고 더 이상 그를 위로하지 않았다.

함께 식당에서 나와 각자 오토바이를 타러 갔다. 나는 일부러 오토바이를 찾지 못하는 척하면서 그가 오토바이를 타고 떠나는 것을 보았다. 그의 뒷모습을 보며 그에게 앞으로 생길 일을 어떻게 해도 막을 수가 없을 것이라는 생각을 했다.

2   건물주의 꿈

 린멍위

사람들 말이 맞습니다. 이 빌딩에 관한 일은 모두 나한테 물어 보면 됩니다.

이 빌딩에서 일어나는 모든 일은 내 눈을 피해 갈 수 없지요. 하지만, 중메이바오의 일은 정말 감도 못 잡았습니다.

점심때 아내가 "큰일 났네. 큰일 났어. 집값 떨어질 텐데 어쩌지?"라고 구시렁대는 소리에 울컥 화가 치밀더군요.

그래서 이렇게 말했어요. "걱정 마! 10년 넘도록 별의별 일이 다 있었지만 끄떡없었잖아. 9·21대지진°에도 무너지지 않았어. 2008년에 환풍구에서 암페타민 가스가 새어 나왔을 때도 몇 사람 병원에 실려 갔지? 2009년에 B동에서 일어난 자살 사건도 아직 해결되지 않았어.

● 1999년 9월 21일 대만에서 발생한 규모 7.7의 대지진.

204

조금 시끄럽겠지만 지나가면 다 잊혀."

하지만 아내가 이런 말로 내 화를 더 돋웁니다. "이번엔 달라. 살인 사건이잖아. 범인이 잡히지 않으면 나도 무서워서 여기 못 살아."

생각해보십쇼. 나라고 안 무섭겠어요? 겉으로는 아무렇지 않은 척 하지만 속으로는 정말 소름이 끼치고 짜증 난다고요. 지난달에 원룸을 하나 더 샀어요. 내 명의로 된 집 네 채를 다 합치면 100평도 넘어요. 집에 깔려 죽을 지경이지만 이게 다 2년 뒤에 완공되는 지하철하나 보고 투자한 게 아니겠어요?

안 무섭다면 거짓말이죠. 하루빨리 범인이 잡히면 좋겠어요. 그래야 언론에서도 그만 떠들고 대중의 기억에서 멀어져야 집값도 다시상승세를 탈 테니까요. 부탁드립니다.

건설사가 이 빌딩을 분양할 때부터 분양팀에서 일했으니까 거의 20년이 됐습니다. 분양팀에서 일하다가 나와서 직접 중개업소를 차렸지요. 그동안 이 빌딩 구석구석 안 가본 데가 없어요. 마천대루를 나보다 잘 아는 사람도 없고, 나보다 주민들을 더 많이 아는 사람도 없을 겁니다. 주민자치회장이 바뀔 때마다 나한테 와서 인사를 해요. 내가 중개하는 매매나 임대 계약에 따라 '누가 들어오고 누가 나가는지' 결정되니까요. 엄밀히 따지면 집값도 어느 정도는 내 손에 달려있어요. 그런 와중에 이런 일이 생겼으니 골치가 아프지 않겠어요? 그래도 난 이 빌딩에 믿음이 있어요. 그동안 수많은 일을 잘 견뎌냈으니 이번에도 잘 지나갈 겁니다.

사실 그 일 이후로 거래가 줄어들긴 했어요. 얼마 전에 계약한 손님 몇 명도 전부 계약을 파기했어요. 살인 사건이 일어났는데 누가투자를 하겠어요? 범인이 잡힌다고 집값이 올라갈까요?

살인 사건이라니! 어떻게 이런 일이 생길 수가 있죠? 별의별 일을 다 봤지만 멀쩡하던 사람이 자기 집에서 그렇게 으스스한 시체로 발견된 건 아직도 이해가 안 돼요. 후, 내가 딴소리를 많이 했군요. 그 사진은 유출되면 안 돼요. 어린애들이 보면 어떻게 합니까? 내가 봐도 무서운걸요.

할리우드 영화에나 나올 법한 얘기잖아요. 미국이나 일본이라면 몰라도 대만이 어디 그렇습니까? 적어도 타이베이는 치안이 아주 잘 되어 있다고 생각해요. 구체적으로 외국 도시와 비교해보진 않았지만 어쨌든 치안이 좋은 건 분명해요. 미국에 갔을 때는 밤에 마음대로 돌아다니지 못했어요. 그런데 타이베이는 안 그렇잖아요? 집에서는 물론이고 거리를 싸돌아다녀도 안전해요. 곳곳에 편의점이 있고 택시 사고도 별로 없고요.

중메이바오 피살 사건은 실제로 내가 사는 아파트에서 일어났어요. 여기 사는 사람들은, 그녀를 아는 사람이든 모르는 사람이든 누구든 간에, 뉴스를 보지 않더라도 로비에서나 근처 상점에서 사람들이 수군대는 얘기를 듣고, 또 경비원과 경찰이 수시로 왔다 갔다 하는 걸 보잖아요. 그러면 내가 사는 이 세계가, 안전해야 할 울타리가 갑자기 무너졌다고 느낄 거 아닙니까?

피해자와 무슨 사이냐고요? '피해자'라는 세 글자만 들어도 소름이 끼치는군요. 내가 사는 곳에서 '살인자', '피해자', '사건 현장' 같은 말이 나온다는 사실에 아직도 적응할 수가 없습니다. 물론 경찰이 아닌 일반인이 그런 말에 익숙해질 필요는 없겠죠. 그런 일이 자주 일어나지도 않을 거고요. 퉤퉤퉤, 정말 재수 나쁜 일이에요.

중메이바오는, 이 빌딩 상가에 있는 아부카페의 매니저예요. 카페가 처음 생길 때부터 매니저였어요. 3년 동안 같은 건물 위아래 층에서 일했는데 어떻게 모르겠어요? 우린 다 친근하게 메이바오라고 불렀습니다. 메이바오도 이 빌딩에 살기도 했고요. 처음에는 아파트에서 친구와 같이 살다가 14평짜리 원룸 28층 7호로 이사했어요. 그 집은 내가 여러 번 계약을 중개했던 집인데 집주인이 메이바오의 친구인 것 같았어요. 예전에는 내가 임대를 관리했는데 이번에는 전체적으로 리모델링을 해서 시스템 옷장을 설치하고 바닥에 나무를 깔고, 거실과 침실도 폴딩도어로 분리했더군요. 가구도 모두 맞춤 제작한 것이었어요. 원룸 중에선 A급이죠. 내가 임대차계약만 중개했는데 월세를 1만 3,000위안으로 올렸지만 새 가구와 인테리어만 해도 그 정도 가치는 있죠. 메이바오처럼 우아한 여자에게 잘 어울리는 집이었어요. 메이바오는 원룸이든 카페든 야무지게 관리했죠. 무슨 일이든 마음 놓고 맡길 수 있는 여자였어요. 비통한 소식에 가슴이 몹시 아픕니다.

나도 예전에는 매일 카페라테를 사러 갔는데 위궤양이 생긴 뒤로는 일주일에 석 잔을 넘기지 않기로 했어요. 연초부터 모닝 세트로 팔기 시작한 훈제연어베이글을 우리 와이프가 좋아했어요. 일요일에는 독일식 베이글도 팔아서 아이를 데리고 자주 갔지요. 입주민은 할인 혜택도 있었거든요! 자주 드나들다 보니 저절로 잘 알게 됐어요.

하지만 사적인 친분은 없었습니다. 그런 미인들은 자주 만나지 않는 게 좋다는 게 내 원칙이에요. 괜히 와이프의 질투를 유발하고 내 마음도 싱숭생숭해질 필요는 없잖아요? 흐흐. 메이바오가 그 정도로 예뻤다니까요? 카페 손님 중에 메이바오에게 대시한 사람도 많을 거예요. 얼굴 예쁘지, 상냥하지, 친절하지, 솜씨 좋지. 메이바오가 카페에 없는 날은 인테리어만 화려하고 손님은 뜸한 보통 카페였어요. 하지만 메이바오가 있는 날은 다르죠. 손님들이 자기 집처럼 편안하게 앉아 있다가 갔어요.

'천하를 군림하는 하늘 도시'. 하하하, 건설사가 이 빌딩을 분양할 때 내건 광고 카피죠. 그때만 해도 고급 주택이 거의 없었어요. 쏭허는 물론이고 타이베이를 통틀어도 그렇게 스케일이 웅장한 광고는 본 적이 없어요. 그때 내가 몇 살이었게요? 스물여덟이었죠. 군대를 막 전역하고 자동차 영업 사원으로 일하다가 보험 일을 했어요. 결혼하고 3년 만에 아이가 태어났죠. 대학은 토목학과에 들어갔는데 3학년 때 퇴학당하고 곧바로 군대에 갔어요. 그게 제일 뼈아픈 일이에요. 딴소리는 관두고, 마천대루 얘기로 돌아가죠. 분양 기간 동안 설계도면과 모형만 봐도 온몸에 전율이 느껴졌어요. 나는 권촌*에서 나고 자랐습니다. 어릴 때 높은 빌딩은 구경도 못 했고 성냥갑처럼 작은 집들이 다닥다닥 붙은 작은 세계에서 살았어요. 권촌의 낡은 집들은 처음에는 10평 정도였는데 아이가 자랄수록 헝겊 조각을 덧대서 누덕누덕 깁듯이 조금씩 늘려나간 누추한 집들이었어요. 다 자라서도 단층집을 벗어나지 못했고, 권촌 재개발이 시작된 후에야 아파트로 이사했지요. 하지만 아버지 다리 때문에 역시 1층에 살았어요. 내가 여기서 집을 팔게 된 건 고층 빌딩에 대한 동경 때문이었을 겁니다. 솔직히 말하면 그냥 집을 구경하러 온 거였어요. 내가 돈이 어디 있었겠어요? 그때 분양가가 평당 28만 위안이었는데 타이베이 집값과 맞먹었어요. 어디서 그런 용기가 났는지 아버지에게 집을 담보로 대출받아 달라고 졸라서 계약금을 마련했어요. 일단 계약해 놓고 입주할 때까지 몇 년 동안 중노금을 분할 납부하느라 기를 쓰고 돈을 벌었죠. 이 빌딩은 쏭허의 기적이에요. 내가 이곳에 살면서 여

---

* 1945년부터 1949년 사이 국민당 정부를 따라 중국 대륙에서 대만으로 내려온 군인과 그 가족들이 살던 집단 거주지.

기서 사업까지 하게 될 줄 누가 알았겠습니까? 처음부터 이 빌딩과 나는 운명적인 인연이었던 겁니다.

이 쌍허 일대는 띄엄띄엄 무허가 건물만 있는 허허벌판이었어요. 누구든지 땅에 울타리를 쳐놓고 집을 지으면 장땡이었겠죠. 자기 집 쪽으로 마음대로 길을 내고요. 이 사람 저 사람 집을 짓고 길을 내서 만들어진 꼬불꼬불한 골목이 거대한 미로가 됐죠. 이 초라한 미로 도시에서 다리 하나만 건너면 타이베이잖아요. 여기 사는 사람들, 나 같은 사람들요. 우린 타이베이를 보면서 자괴감을 느낄 수밖에 없습니다. 아, 나는 촌놈이구나. 그런데 갑자기 타이베이의 아파트보다 더 죽여주는 고급 빌딩이 우뚝 솟아오른 겁니다. 1,200세대에 지상 45층, 게다가 철근 구조라니. 영화 속 홍콩이나 뉴욕의 커튼월 타워처럼 생긴 오피스 빌딩이 아니라, 하, 그걸 뭐라고 할까. 그때 건축 모형을 보면서 '와, 이건 거대한 성이구나'라고 감탄했어요. 꿈에서나 볼 수 있을 것 같았죠. 전체 빌딩 외벽은 고상한 연보라색과 짙은 갈색 석영 벽돌로 번갈아 쌓여 있었어요. 중간에 제일 높이 솟은 45층짜리 타워동에서 맨 꼭대기 3층의 외관은 조형일 뿐이고 내부에 공조기와 기계 설비를 설치했어요. 정면에 있는 빌딩은 창문 사이에 시멘트로 문양을 넣었는데 국기만 없을 뿐이지 총통부와 비슷하다며 우리끼리 웃었어요. 양옆으로 갈수록 높이가 점점 낮아지다가 42층 높이에서 날개를 뻗듯이 평행하게 양쪽 끝까지 이어졌는데, 모형으로는 주위의 골목들이 더 넓어진 것처럼 보였어요. 그때는 도시고속도로도 개통되지 않아서 빌딩 앞과 뒤가 모두 넓게 트여 있었지요. 특히 산을 바라보고 있는 쪽은 보안경찰대 부대가 있고 그 옆으로 넓은 녹지가 있는데, 고층에서 바라보면 쌍허에서 흔히 볼 수 있는 얕은 언덕이 저 멀리 펼쳐져 있었어요. 파란 하늘에 흰 구름이 떠 있고 산이 희미한 배경을 이루는 풍경이 끝내줬지요. 타이베이를 바라보고 있는 큰 평수 동은 더 말할 것도 없고요. 그땐 타이베이101도 없었을 때라 높은 층에서 내려다보면 타이베이 전체가 발아래 깔려 있었어요. 그렇게 탁 트인 하늘은 타이베이에서도 볼 수 없었어요. 밤이 되면 북쪽으로는 도시의 야경이 펼쳐지고, 남쪽으로는 고속도로를 달리는 차량 불빛이 보였어요. 굳이 야경을 보려고 양밍산●까지 갈 필요가 없었다니까요? 빌딩 복도에 쭉 이어진 창문을 다 열면 몇 층 몇 호에 살든, 어떤 각도에서도 사각지대 없이 야경을 볼 수 있었지요.

새삼스럽게 자부심이 생기는군요. 그때 분양 열기가 얼마나 뜨거웠는지 모르시죠? 톈무, 신이, 다안구에서 부잣집 사모님들이 몰려와서 보석을 쇼핑하듯이 집을 샀어요. 한 채씩, 두 채씩, 세 채씩. 자매들끼리 친구들끼리 와서 위아래 집을 사고, 또 투자용이든 노후용이든 목적이 뭐든 간에 일단 두 채씩 사고 봤어요. A, B, C, D 네 동이 서로 연결된 이런 구조가 그때는 아주 획기적이었지요. 분양 기간 동안 매일 사람들이 현찰 다발을 들고 와서 줄을 섰다니까요? 요즘 금을 사재기하는 큰손 아주머니들처럼 타이베이 각지에서 부잣집 사모님들이 대거 몰려와서 "여기 두 채만 줘요. 저기 복층도 하나 주고" 이러면서 시장 보듯이 집을 샀어요. 처음 분양가는 평당 28만이었는데 나중에는 프리미엄이 붙어서 평당 35만까지 올랐지요. 그때 타이베이 중심가의 신축 아파트도 그것보다 쌌어요. 그게 바로 마천대루였습니다. 건설회사가 전시한 모형을 떠올리기만 해도 감동의 눈물이 고였어요. 대단한 혁신이었죠. 현대화의 가장 훌륭한 모델이랄까.

● 타이베이에 있는 산으로 타이베이의 야경을 조망할 수 있는 장소로 유명하다.

외관은 나중에 나온 영화 〈트랜스포머〉와 비슷했어요(물론 핑크 색조가 더 우아해 보이지만). 8층에 200평 규모의 스카이가든과 공용 편의 시설을 두루 갖추고, 정원 주위로 수영장, 피트니스센터, 농구장, 독서실, 휴게실, 시청각실, 골프 연습장, 세탁실을 배치했어요. 1층 상가에 있는 점포 열 개에 은행, 편의점, 카페를 입점시키고, 서른다섯 개 점포로 구성된 식당가도 만들 계획이었죠. 지하에는 유명한 창고형 할인 매장이 들어올 예정이었고요. 사통팔달한 교통에다가 지하철역은 없지만 언제든 지하철이 뚫릴 수밖에 없는 위치였습니다. 그때는 지하철이 완공되기 전이어서 사람들이 그 차이를 몰랐어요. 완공까지 몇 년이나 남았지만 사전 분양으로 완판됐죠. 하지만 거시 환경이 빠르게 변했고, 결국 마천대루가 완공되고 입주할 때는 평당 20만까지 떨어졌어요. 손해를 보더라도 팔려는 집주인들이 많아서 가격이 폭락한 거죠. 8년의 건축 기간을 거쳐 마침내 빌딩이 완공됐을 때, 사람들은 집권당이 교체된 것처럼 새로운 세계가 열릴 줄 알았어요. 모든 게 좋아질 거라며 기대에 부풀었지요. 하지만 입주가 시작되자마자 집값이 쭉쭉 떨어지더군요. 1층 상가에 서점이 생기기는커녕 주위는 여전히 어수선했고요. 지하철이 개통됐지만 역까지 걸어서 15분이나 걸리니 버스를 타고 가야 했습니다. A, B동에 사는 돈 있는 사람들이야 걱정 없었지만, C, D동 원룸을 투자로 사놓은 사람들은 세입자를 구하기가 하늘의 별 따기였어요. 하지만 그 덕에 나는 살 길이 열렸죠.

10년 넘게 세월이 흐르며 빌딩도 차츰 낡기 시작했습니다. 비를 흠뻑 맞고 나면 여전히 새것 같고 화려하지만 외벽의 실리콘이 갈라지면서 누수 문제가 생겼어요. 조망을 위해 설계한 복도창은 닦지 않아서 낮에도 밖이 뿌옇게 보이고, 핑크 색조의 외벽은 늙어서 생기를 잃은 미인처럼 여전히 아름답기는 하지만 유행이 한참 지난 모습이 되었죠. 그래도 난 이 빌딩에 정이 있어요. 분양 때 허위과장 광고가 많았다는 걸 나중에 알았지만, 꿈의 빌딩 같은 타워동에 야간 조명이 환히 켜진 모습을 보면 여전히 하늘을 향해 우뚝 솟은 탑처럼 환상적인 분위기가 납니다. 시간이 가면서 비록 어수선하고 복잡해지긴 했지만, 그래도 난 이 빌딩이 애틋해요.

어이쿠, 내가 또 쓸데없는 얘길 했군요.

우리 빌딩은 워낙 유명해서 타이베이에서 택시를 타도 모르는 운전사가 없어요. 좋은 소문과 나쁜 소문이 다 있죠. 한 여자가 택시를 타고 여기로 가자고 하니까 택시 운전사가 이렇게 말하더랍니다. "거기 위험한 동네예요. 거기 살면 콜걸로 오해받아요." 말도 안 되는 소리. 예전에 연예기획사 몇 개가 입주했는지 모델 같은 여자들이 드나든 적이 있었어요. 동유럽 금발 미녀들도 자주 보였는데 겉모습만으로 모델인지 콜걸인지 어떻게 알겠어요? 그래도 그때가 이 빌딩의 전성기였어요. 세입자를 가려서 받을 정도로 임대가 잘나가서 월세도 비쌌고요. 멋지게 리모델링하고 시스템 가구를 들여놓은 집주인들도 많았고, 외국인 사업가도 많이 살아서 로비에 외국인들이 많이 드나들었어요. 물론 집값도 올랐죠. 그땐 뭐랄까, 이 빌딩이 유엔 본부 같았어요. 중정의 정원에서 산책을 할 때 일광욕을 하는 백인들을 많이 봤고, 엘리베이터에서 다리가 내 허리까지 올라오는 동유럽 미녀들도 자주 만났어요. 항상 트렌디한 옷차림으로 삼삼오오 다니며 알아들을 수 없는 언어로 얘기를 하고 은구슬 굴러가는 소리로 웃었어요. 미국에서 온 영어 교사도 있었어요. 히피처럼 굽슬굽슬한 긴 머리에 수제 염색한 옷을 입고 다녔는데 세탁실에 올 때마다 건조가 끝나기를 기다리며 밖에서 기타를 치고 마리화나를 피웠어요. 레게 머리를 하고 농구장에서 덩크슛만 계속하는 흑인도 있었어요. 그땐 영어 회화를 연습할 기회가 많았지요. 난 스스로 글로벌한 감각이 있다고 생각해요. 하지만 계절이 바뀌며 꽃이 피고 지듯이 이 빌딩 입주민의 구성도 계속 바뀌더군요. 연예기획사는 갑자기 나타났다가 온데간데없이 사라졌어요. 동유럽 미녀들 대신 중국에서 온 여자들이 자리를 채우더니 더 싼 지역으로 이사 갔어요. 그 후에는 외국인 사업가들이 많다가, 한 3년 정도는 영어 교사가 많더니(당시 초등학교에서 원어민 영어 수업 붐이 일어서 외국인 영어 교사들이 많았죠) 얼마 후 온몸에 잉어 문신을 한 남자가 이사 온 뒤로는(우리끼리 있을 때 나와 아내는 그를 '잉어남'이라고 불렀어요) 조폭으로 보이는 사람들이 많이 들어오더군요. 조직원 같은 사람들이 휴게실에서 자주 회의를 했는데 뭘 하는지는 몰라도 까만 양복을 입은 사람들이 모일 때마다 마피아 영화를 보는 것 같았어요. 처음에는 문제를 일으키지 않았는데 나중에 여기서 도박장을 차렸다가 경찰이 들이닥친 후로 차츰 자취를 감췄어요.

얼마 후에는 외국인들이 사라졌어요. 정책이 바뀌었겠죠. 조폭들은 계속 바뀌가며 이사 왔어요. 몸에 문신만 없으면 정말 조폭인지 일반인인지 구분하기 힘들더군요. 난 그런 걸 꺼리는 사람이 아니라서 예전에 잉어 형님한테 도움을 많이 받았어요. 잉어 형님은 일본 야쿠자 같은 분위기에 말수가 적었고 예쁜 와이프를 무척 아끼는 것 같았죠. 길에서 마주칠 때마다 선셋마켓에 가는 길이라고 했는데 매너도 좋았어요. 생선을 담은 비닐봉지에 대파 두 대를 꽂고 민소매 러닝셔츠에 반바지 바람으로 다녔는데, 짧은 스포츠머리여도 피부가 하얘서 문신만 없으면 아주 멀쩡한 애처가처럼 보였어요.

문신 얘기가 나와서 말인데, 그거 정말 별거 아닙니다. 요즘은 젊은 사람들이 많이 해서 이제는 불량하다는 표시도 아니에요. 나는 직업상 다양한 사람을 많이 만나서인지 상대의 외모로 사람을 판단하지 않아요.

입주민의 구성이 계속 바뀌었어요. 2009년쯤에는 투자용으로 사두려는 사람들이 찾아왔어요. 이 근처에 다른 빌딩들이 속속 들어섰거든요. 슬슬 붐이 일어나서 여기도 집값이 올랐어요. 2003년에 사스가 돌면서 집값이 폭락했던 거 알죠? 그때 떨어진 가격이 2009년에야 원점으로 회복됐어요. 다시 최초 분양가가 된 거죠. 그 무렵에 텔레비전에서 봤던 얼굴을 로비에서 자주 마주치더군요. 나중에 보니 옆 건물에 홈쇼핑 채널 사무실이 새로 입주해서 프로그램 진행자들이 이 빌딩 상가에 자주 오는 거라고 했어요.

또 다른 분수령은 2011년 아부카페가 개업했을 때예요. 이 빌딩이 제일 잘나가는 시기였어요. 2012년에는 카페 사장 아부가 근처에 미용실과 꽃집을 열고 작은 서점까지 차렸지요. 그러다가 증권회사 두 곳이 빌딩에 입주한 뒤로 직장인들이 혼자 또는 가족들을 데리고 속속 이사 왔어요. 그때 내가 중개한 임대차계약의 대부분이 입주 회사의 직원들이었고, 젊은 연인 사이나 신혼부부들도 많았지요. 그 후 몇 년 동안 집값이 세 배나 올랐어요. 그런데 이 빌딩이 최고의 명성을 누리게 된 지금, 갑자기 중메이바오가 죽은 겁니다.

내가 바로 이 마천대루 흥망성쇠의 산증인이에요. 이 빌딩과 생명공동체라고 할까요. 그래도 난 아부카페가 생긴 뒤의 마천대루를 특히 좋아합니다. 택시 운전사들도 일부러 아부카페에 커피를 사러 올 정도였어요. 앞으로도 그들이 이 빌딩에 가자는 손님에게 "아아, 알아요. 미녀 매니저 카페가 있는 그 빌딩이잖아요"라고 말하길 바라요.

메이바오를 다시는 볼 수 없다는 게 안타깝습니다. 앞으로 마천대루의 운명이 어떻게 될지 누가 알겠어요? 이번 사건이 일파만파 커지면 집값이 떨어질 수도 있겠죠.

호시절은 오래가지 않아요. 중메이바오가 죽었는데 아부카페가 유지될 수 있겠어요? 중메이바오가 없어도 이 상가의 풍경은 달라지는 게 하나도 없을 수도 있겠지만요. 어떻게 될지 정말 모르겠어요.

메이바오처럼 예쁜 여자가 살해당했다니 너무 끔찍해요. 물론 예쁘지 않은 사람도 살해당해서는 안 되지만. 사람을 죽이는 게 쉬운 일이 아닐 텐데요. 어떻게 사람을 죽일 수가 있는지 상상도 못 하겠어요.

중메이바오가 누구에게 원한을 산 일이 없었느냐고요? 속사정이야 어떻게 알겠습니까마는, 내가 볼 때 중메이바오를 미워할 수 있다면 그 사람은 정신적으로 문제가 있는 사람일 겁니다. 얼마나 좋은 친구였는데요. 여기에 드나드는 여자들을 수없이 많이 보았지만, 메이바오는 절대로 누구와 원한 관계가 있을 사람이 아니에요.

치정 문제요? 그건 다른 사람에게 물어보세요. 난 그쪽 방면으로는 아주 둔감한 사람이에요. 하지만 그렇게 예쁜데 쫓아다니는 남자가 없을 순 없겠죠. 엔지니어 남자친구가 있어서 토요일에 자주 와서 도와준다는 얘기는 들었어요. 처음에는 다들 메이바오가 카페 사장인 줄 알았는데 나중에 보니 아부가 사장이더군요. 아부는 게이예요. 메이바오와는 순수한 동업 관계죠. 메이바오는 지분이 적은 대신 일은 제일 많이 해요. 바지사장 같은 거예요. 월급이 얼마나 되는지는 모르겠어요. 가끔 카페가 적자일 때도 있다고 들었어요. 임대료가 너무 비싸서? 아니에요. 메이바오 말로는 주방장 월급이 너무 많고, 점심 장사는 잘 되지만 저녁에는 또 썰렁해서 그렇대요. 월급이나 성과급 같은 걸로 다툼이 생겼을 수도 있다고요? 아부는 그런 비용을 아껴서 돈을 버는 사람이 아니에요. 메이바오도 그런 걸 따지는 사람이 아니고요. 주방장이요? 난 주방장은 거의 못 봤지만 사람이 자주 바뀐다는 얘긴 들었어요. 중간에 주방장이 없을 때 도우미 아주머니가 잠깐 일하다가 그 후로는 메이바오와 아르바이트생이 직접 점심 메뉴를 만들기 시작했어요. 우리 와이프가 메이바오에게 밀키트를 추천했어요. 콜리플라워, 당근, 녹색 채소, 고구마 퓌레 같은 걸 더 곁들이면 몇 가지로 변화를 줄 수 있다고 했죠. 그 밀키트는 정말 맛있어요. 우리 집도 몇 년 동안 먹고 있어요. 와이프가 요리를 못해서 항상 완제품을 사요. 아무튼 메이바오도 드디어 적당한 주방장을 찾았어요. 그때부터 벨기에 맥주도 팔고, 저녁에는 바텐더도 있어서 분위기가 점점 좋아졌어요.

아부카페가 처음 개업할 때도 내가 중개했어요. 임대료가 상당히 합리적이고 계약 기간도 5년이나 돼요. 임대인이 미국에 있어서 모든 일을 제가 대신 처리해줬어요. 아부는 타이베이의 유명한 클럽 사장이에요. 카페는 취미로 열었대요. 처음에는 심심풀이였는데 메이바오가 매니저가 되면서 우리 빌딩의 명소가 된 겁니다. 너무 장사가 잘되는 걸 질투하는 사람이 있었는지는 모르겠어요. 이 빌딩에 워낙 많은 사람이 드나들긴 해도 살인 사건이 발생한 건 너무하잖아요? 난 아직도 믿을 수가 없어요. 제일 위험한 곳이 제일 안전한 곳이라는 말도 있지만, 우리 빌딩은 24시간 경비원도 있고 밤낮으로 사람들이 드나드니까 혼자 사는 여지는 오히려 안심하고 살 수 있어요. 밖에서 대기하고 있는 택시 운전사들도 거의 다 아는 얼굴이고, 몇 시에 들어오든 로비가 항상 대낮처럼 활기가 넘쳤어요. 그런데 요즘은 달라졌어요. 살인 사건이 발생한 뒤로는 다들 섬뜩한 기분이 들겠죠. 밖에서 느닷없이 정신병자가 뛰어 들어올지 누가 알겠어요? 제일 무서운 건 살인범이 우리 빌딩 사람일 수도 있다는 거예요. 그런 생각을 하면 소름이 끼쳐요.

네네, 알겠어요. 본론으로 돌아갈게요. 난 원래 긴장을 하면 말이 많아져요. 너무 뭐라고 하지 마세요.

맞습니다. 난 외성인外省人[●]이에요. 우리 아버지가 허베이 출신이에요. 난 아버지 고향에 가본 적이 없어요. 외성인이지만 난 대만을 제일 사랑합니다.

이 사건과 상관없는 얘기라고요? 아니에요. 관련이 있습니다. 내가 이 빌딩의 건물주가 될 수 있는 건, 물론 나 혼자 생각이지만요. 아무튼 그건 다 내가 대만을 사랑하기 때문이에요. 우리 빌딩이 대만의 축소판이라고 생각하지 않으세요? 어떤 사람들은 어수선하다고 하지만, 난 이걸 다원화라고 불러요. 마천대루에는 현지인과 외지인, 내국인과 외국인, 가난뱅이와 부자가 다 있어요. 임대인들에게 수준 떨어지는 세입자들은 다 내쫓으라고 항의하는 집주인들도 있지만, 나는 전혀 그러고 싶은 생각이 없어요. 말하자면 이 빌딩은 유엔 본부 같아요. 다양한 사람들을 전부 포용할 수 있어요. 보안 경비가 살벌하고 가식적인 고급 주택에 사는 것보다는 이런 곳이 훨씬 살기가 편해요.

경찰들이 계속 드나드니까 주민들이 술렁이고 있어요. 1999년에 주민자치회가 파산했을 때도 이런 분위기였죠. 그때는 엘리베이터도 멈추고 수도, 전기도 끊길 뻔했어요. 얼마나 심각했는지 모릅니다. 내

● 1945년부터 1949년 사이 중국 내전 시기에 중국 대륙에서 대만으로 건너온 사람들을 의미하는 말. 원래 대만에서 살고 있던 사람들은 '본성인(本省人)'이라고 부른다.

가 1층 분양센터에서 일할 때였고 집은 17층이었는데 계단을 걸어서 집에 올라가느라 죽을 뻔했어요. 그래도 사태가 일단락되고 나서는 괜찮아졌어요. 한 번 싹 정리되고 나서 지금 위원회가 만들어졌는데 작은 회사만큼이나 시스템이 잘 갖춰져 있어요. 주민들이 앞다퉈 위원이 되려고 나선다니까요? 다른 건 둘째 치고 매달 관리비 수입만 해도 100만 위안이 넘는데 제대로 관리하지 않으면 안 되잖아요?

맞은편에 지하철 공사가 시작되고 나서 끈질긴 건의 끝에 지하철역으로 통하는 육교가 생기게 됐어요. 그 후로 집값이 얼마나 올랐게요? 반년마다 20퍼센트씩 올랐어요. 산모 젖도 그렇게 빠르게 붙지는 못할걸요? 흐흐, 내가 너무 말이 많죠? 천성이라 어쩔 수가 없어요. 아무튼 집값이 광풍이 불듯 상승했단 말이죠. 그런데 이 사건으로 계속 시끄러우면 지하철 호재도 이 빌딩을 구제할 수 없을 겁니다. 언론은 항상 일을 그르치기만 하죠. 주민자치회 루■ 회장님이 언론에서 떠들지 못하게 막고 있지만 역부족이에요. 당장 나부터도 궁금한걸요. 이 빌딩에서 일어나는 온갖 이상한 일들을 다 봤어요. 대만은 치안 상황이 좋잖아요. 중국에 가보고 대만과는 치안을 비교할수도 없다는 걸 알았죠. 그런데 하필 우리 빌딩에서 살인 사건이 발생하다니. 뭐랄까, 이런 게 운명이겠죠. 그동안 관찰해보니 소란이 잠잠해지면 집값은 다시 회복해요. 경찰 나리께서 어서 범인을 잡아주세요. 그래야 우리가 안심하고 살 수 있을 테니까.

내가 말이 너무 많았군요. 물 좀 마실게요. 와이프가 무섭다고 호들갑을 떨기에 연쇄살인마가 나오는 미국 범죄수사물 시리즈를 너무 많이 봐서 그렇다고 했어요. 내가 보기엔 치정 문제거나 돈 문제거나 둘 중 하나예요. 이 두 가지 방향으로 수사해보면 틀림없을 거예요.

하긴, 내가 말해봐야 소용없겠죠.

아무튼 내가 하고 싶은 말은 누구도 이렇게 죽임을 당해서는 안 된다는 겁니다.

뭐라고요? 10월 21일 밤 11시부터 다음 날 새벽 3시까지 어디서 뭘 했느냐고요? 지금 나를 의심하는 겁니까? 별로 말할 게 없어요. 평소와 똑같이 집에서 텔레비전을 보고 휴대전화를 좀 보다가 잤어요. 12시 전에 자고 다음 날 아침에 일어났어요. 와이프가 증인이고, 우리 애도 증인이에요. 못 믿겠으면 CCTV를 돌려보세요. 우리 층 엘리베이터 입구에 CCTV가 있으니까 내가 엘리베이터를 타고 어딜 갔는지 확인해보면 알 거 아닙니까? 아무 데도 안 갔어요. 한밤중에 나가서 뭘 합니까?

이제 내가 물어봅시다. 이 빌딩 안팎으로 CCTV가 몇 대나 있는지 조사해봤어요? 틀림없이 거기에 범인이 찍혔을 거예요.

3 예메이리

상자 하나 때문에 여기까지 오셨네요. 우리 집이 너무 어수선해서 집에 누굴 부른 적이 없어요. 그래도 여기까지 오셨으니 어쩔 수 없죠. 손님이 앉을 자리도 없지만 지저분해도 괜찮으시면 들어와서 차 한잔하세요.

그래요. 그날 28층에 갔었어요. 내가 일하는 곳이에요. 매주 월요일부터 금요일까지 매일 가서 밍웨에게 밥을 차려줘요. 밍웨가 그 집 바로 옆집에 살아요. CCTV에 내 모습이 찍힌 건 당연하겠지만 카메라가 그렇게 많은 줄은 몰랐어요. 정말 무섭네요. 사생활 침해 아닌가요? 앞으로 밖에 나가면 조심해야겠어요. 밖에 나갈 때마다 몰래 코를 후볐단 말이에요. 청소할 때 먼지가 나지만 답답해서 마스크를 쓰지 않아요. 코가 자주 간지러운데 고객 앞에서 후빌 수는 없잖아요. 콧속이 간질간질해서 고객의 집에서 나오는 동시에 코부터 후볐다고요. 한 번 후비기 시작하면 멈출 수가 없어서 어떤 때는 엘리베이터가 1층에 도착할 때까지도 다 후비지 못했는데 그게 CCTV에 찍혔다니 낯 뜨거워서 정말. 경비원이 다 봤을 텐데 이걸 어째요.

메이바오의 집 앞에는 카메라가 없다고요? 다행이에요. 거기도 있었다면 설치한 사람들을 고발해야 해요. 입주민 집 앞에 어떻게 카메라를 설치할 수가 있어요? 방화문 바로 옆이라고 해도 그러면 안 돼요. 사람들이 언제 들어가고 언제 나오는지, 언제 집에 있는지 훤히 안다는 건 인권침해 아니에요?

경찰이 나를 찾아올 줄은 몰랐어요. 내가 그 사건과 관계가 있을 리가 없잖아요. 그날 오후에 청소를 마치고 나와서, 또 다른 집에서 빡빡하게 일하고 밤 10시쯤 돌아와 겨우 쉬다가 저녁 먹고 잤어요. 그날 중메이바오를 만나지도 않았다고요. 가끔 오는 길에 카페에 들러 인사를 할 때도 있지만 요즘은 가지 않았어요. 왜 안 갔느냐고요? 그냥 내키지 않아서요. 지나가는 길이 아니라서 일부러 길을 돌아가야 하고 요즘 걱정거리도 있거든요. 말하자면 길지만, 아무튼 송사가 생겨서 법원에 자주 다닌다고요. 또 저녁에 새 일을 받았어요. 여든 살 할머니 집에서 일하던 필리핀 도우미가 집을 나갔다고 연락이 오는 바람에 서둘러 가서 식사를 차려드리려고 마음이 바빴어요.

궁금해하시는 건 다 말씀드렸어요. 숨길 만한 것도 없어요. 중메이바오의 사고는 나도 가슴이 아파요. 수사에 도움이 된다면 무슨 질문이든 성의 있게 대답할게요.

경찰에게 몇 번 질문을 받긴 했지만 정말 용의자 취급을 받으니 몹시 불쾌하네요. 요즘 법원에 자주 다니며 검찰에게 수모를 당했는데 경찰에게도 의심을 받다니요. 사건이 발생한 그날 밤 할머니 댁에서 일하고 밤늦게 집에 왔어요. 간단히 국수를 만들어 먹고 샤워를 하고는 머리가 베개에 닿자마자 잠이 들었어요. 중메이바오의 일이 터진 뒤로 밍웨의 심경이 불안정해서 밍웨를 다독이느라 나도 피곤해요. 우리 모두 마음이 무겁다고요.

중메이바오는 우밍웨의 집에서 일하다가 알게 됐어요. 두 사람은 이웃이고 난 밍웨를 오랫동안 돌봤어요. 참 딱한 아이예요. 밖에 나갈 수 없는 병에 걸렸어요. 그런 병이 있는 줄도 몰랐어요. 우밍웨는 인터넷을 통해서 알게 됐어요. 2년 전에 내가 인터넷에 올린 가사도우미 구직 광고를 보고 우밍웨가 전화를 했어요. 광장공포증이 정식 병명이래요. 요즘은 참 이상한 병도 많지만 그런 병명은 처음 들었어요. 어쨌든 집 밖으로 나갈 수가 없으니 도와줄 사람이 필요했겠죠. 그러던 차에 내가 올린 광고를 본 거예요. 처음에는 매주 세 번씩 가다가 얼마 후부터는 다섯 번씩 갔어요. 어떤 때는 매일 가야 할 때도 있었어요. 그러다가 메이바오가 가끔 나 대신 밍웨를 도와주기 시작하면서 그 덕분에 나도 다른 고객도 받고 부담감도 줄어들었어요. 음력설에 밍웨가 메이바오에게 보답한다며 메이바오의 집 청소를 해달라고 했어요. 그때부터 1년에 네다섯 번씩 메이바오의 집에 가서 대청소를 해줬어요. 깨끗한 집이라 청소할 게 별로 없어서, 대신 카페에 가서 명절 전 대청소를 도와줬죠. 정말 힘들어서 죽을 뻔했어요. 그냥 하는 소리가 아니에요.

밍웨의 집에서 처음에는 청소, 장보기, 빨래만 했지만 밍웨는 1층에 우편물을 가지러 가는 것도 할 수가 없었어요. 로비는 바깥도 아니라고 했지만 밍웨는 자기도 어쩔 수 없다며 정말 로비에도 내려갈 수가 없다고 하니 믿을 수밖에요. 그런 큰 집에서 혼자 사는데 누구에게 보여주려고 꾀병을 부리겠어요?

밍웨와 메이바오가 조금 비슷하다고 생각해요. 체구도, 헤어스타일도 비슷하고 둘 다 미인이에요. 길에서 스치면 다시 뒤돌아볼 만큼. 난 이번 생은 평생 가도 미인의 마음을 알 수 없겠죠. 그 둘은 정말 더할 나위 없이 좋은 사람들이에요. 그런데 메이바오는 명랑하고 상냉해서 카페를 운영하지만, 밍웨는 늘 핏기 없는 얼굴로 로비에서 내려갈 수 없을 정도로 웅크리고 사니까 딱하고 안쓰러웠어요.

다행스러운 건 밍웨가 그 빌딩에 산다는 점이에요. 거긴 뭐든 다 편리해요. 경비도 철저하고 가끔 집에서 손님을 만날 수도 있고요. 안 그랬다면 집 안에서만 사는 게 감옥살이와 다를 게 뭐가 있겠어요. 이제 와서 하는 말이지만 처음에는 그 빌딩이 무서웠어요. 엘리베이터만 타면 현기증이 나고 지진, 화재 같은 걸 생각하면 뒤통수가 저릿저릿했어요. 사람은 역시 땅에 발을 딛고 살아야 마음이 편하다고 생각했어요. 하긴 내가 사는 이 낡은 3층 아파트도 땅에 발을 딛고 사는 건 아니죠.

그 빌딩은 정말 살기 편해요. 익숙해지고 나서는 나도 그 빌딩으로 이사 가고 싶었어요. 아쉽게도 갈 수 없는 이유가 있지만요. 거긴 엘리베이터를 타고 내려가면 바로 창고형 할인 매장과 상점이 있고 식당도 있어요. 버스정류장도 코앞에 있고, 나중에는 지하철역으로 곧장 통하는 육교도 생긴다던데 나이 들어서 그런 곳에 살면 얼마나 편할까요. 밍웨는 "그럼 우리 집에서 나랑 같이 살아요"라며 웃었죠. 나도 생각해보지 않은 건 아니지만, 아직은 부지런히 다니며 돈을 많이 벌어야 하는데, 밍웨와 같이 살면 그 아이 걱정에 온종일 곁에 있어야 할 것 같아요.

밍웨가 꼭 친동생 같아서 도울 수 있는 건 뭐든 열심히 도와주고 있어요. 밍웨도 내게 많이 의지해요. 채소, 고기, 과일 같은 건 근처에 있는 재래시장에서 싱싱한 걸 골라서 사 오고, 생활용품은 지하에 있는 할인 매장에서 사고, 우편물도 받아다 줘요. 머리도 자르고 염색도 해주고, 병원에서 대신 약을 받아다 준 적도 있어요. 모르시겠지만 밍웨는 그 일을 겪고 나서 머리가 거의 백발이 됐어요. 서른도 안 된 애가 세상에.

제일 무서웠을 때는 고열이 난다며 와달라고 전화했을 때였어요. 해열제를 먹여도 열이 떨어지지 않고 40도 가까이 올라서 하는 수 없이 택시를 불렀어요. 밖으로 데리고 나가는 건 밍웨에게 고통스러운 일이지만 그땐 정말 괴질에 걸린 줄 알고 겁이 났어요. 모자, 마스크, 선글라스를 씌우고 머리를 외투로 또 덮었어요. 그렇게 해서 겨우 현관을 나와 엘리베이터를 탔죠. 그런데도 밍웨는 엘리베이터에서 사시나무 떨듯이 몸을 떨었어요. 지금도 그날을 생각하면 악몽 같아요. 집에 돌아올 때는 응급실 의사가 진정제를 놓아줘서 조금 수월하게 올 수 있었어요.

카페 주방 일을 도와주게 된 건 밍웨에게 식사를 차려주려고 장을 보고 돌아오다가 엘리베이터에서 메이바오를 마주친 게 인연이 됐어요. 메이바오가 상냥하게 인사를 하며 몇 호에 사느냐고 묻기에 가사도우미라고 했더니 반색을 했어요. 카페 주방장이 갑자기 그만뒀는데 자기도 음식을 잘하지 못한다면서 당분간 도와줄 수 있느냐고 하더군요. 카페에서 직장인들을 상대로 간단한 런치 메뉴를 팔고 있다면서요. 밍웨의 바로 옆집에 사는 이웃이니까 카페에 가서 일하기도 편해서 밍웨에게 물어봤더니 상관없다고 했어요. 내가 돈을 벌 수 있다면 자기는 찬성이라고요. 마침 그 무렵 오랫동안 일한 노부부 댁에 외국인 도우미가 들어오는 바람에 그 집 일을 그만두게 됐거든요. 보름 치 월급이 줄어들었을 때 메이바오에게 제안을 받은 거예요.

주방장이 그만두고 임시로 밀키트를 쓰나 보니 매상이 많이 떨어졌다고 했어요. 내가 메뉴를 싹 바꿨어요. 직접 삶은 쇠고기, 갈비구이, 찐 생선, 고기조림으로 메인 요리를 교대로 바꿔가면서 하루에 50세트만 한정 판매했어요. 그 외에 곁들이는 채소는 매일 변화를 줬고요. 예전에 식당을 해봐서 그 정도 음식은 아주 쉬웠죠. 또 밍웨에게 그날 차려줄 음식을 미리 준비하기에도 좋았어요. 메이바오는 손이 빠르고 아르바이트생 샤오밍도 있어서 점심시간이 바쁘기는 해도 세 시간이면 다 할 수 있었어요. 보수도 후했어요. 저녁은 메이바오와 아르바이트생이 알아서 했어요. 대부분 주변 직장인 손님들이라 점심 장사는 바빠도 저녁에는 한가했어요. 카페의 치즈케이크가 맛있어서 애프터눈티 세트도 인기가 많았어요.

나는 석 달 남짓 일하면서 샤오밍에게 일을 가르치고 그만뒀어요. 눈썰미가 좋은 아이라서 금세 배우더니 직접 메뉴를 만들어내더라고요. 매상이 다시 회복된 걸 보고 그만뒀죠. 얼마 후에 주방장을 새로 구했는데 음식도 맛있고 일을 잘해서 점심에 런치 세트를 팔기 시작했어요. 장사가 계속 잘되는 걸 보고 마음이 놓였어요.

중메이바오는 카페 사장이 아니에요. 아부라는 사장을 나도 몇 번 봤어요. 본업이 따로 있다는데 둘이 연인 사이는 아니었어요. 아부는 게이인 것 같아요. 내 고객 중에도 그런 사람이 있어서 보기만 해도 알 수 있어요.

석 달 정도 식당에서 일하면서 자극을 받아 더 열심히 일하기 시작했어요. 돈을 모아서 카페를 열겠다는 목표도 생겼고요. 카페를 연다면 아마 선컹에서 할 거예요. 밍웨의 건강이 회복돼서 내 도움이 필요 없어지면 선컹으로 이사 가고 싶어요. 거기서 친구가 채소 농사를 짓고 닭을 기르고 꽃도 키우고 있는데 전망이 괜찮대요. 작은 집 하나를 깨끗하게 고쳐놓고 노후를 보내려고요.

메이바오는 착하고 상냥한 사람이었어요. 음력설 전에 메이바오 집에 청소를 해주러 갔는데 작은 원룸에서 혼자 살기는 했지만 아주 깨끗하고 깔끔했어요. 여자치고 물건도 무척 적었어요.

하지만 나 같은 직업인 사람들은 뭘 봐도 놀라지 않아요. 사람들이 자신의 가장 비밀스러운 부분을 보여주니까 나도 정을 품고 바라보려고 하죠. 메이바오는 외로운 아가씨였어요. 하긴 밍웨도 마찬가지예요. 밍웨의 집에서 남자 물건은 하나도 본 적이 없고 남자와 찍은 사진도 없어요. 정말 외로운 사람이에요. 온종일 로맨스소설만 써요. 돈은 많이 벌지만 그렇게 사는 건 정말 딱한 일이에요.

영화에서가 아니라 현실에서 내가 아는 사람이 살해당했다는 걸 아직도 믿을 수가 없어요.

무섭지 않다고 하면 거짓말이겠지만 밍웨가 이사하지 않는다면 나도 계속 밍웨 곁에 있을 거예요. 친척들도 인연을 끊고 남자친구도 없잖아요. 나와 밍웨는 한배를 탄 거나 마찬가지예요. 나 혼자 도망칠 순 없어요.

나중에 밍웨와 메이바오가 친해진 다음부터는 밍웨에게 응급 상황이 생기면 메이바오가 도와줬어요. 밍웨의 고양이를 동물병원에 데려가준 적도 여러 번 있고, 약국에서 간단한 약을 사다 주기도 했어요. 카페가 쉬는 일요일에는 밍웨가 메이바오를 불러 함께 먹고 싶다며 저녁상을 차려달라고 했는데 메이바오가 남자친구와 데이트가 있어서 한 번밖에 못 왔어요.

남자친구요? 그 피부가 까무잡잡한 남자가 메이바오의 남자친구일 거예요. 복도에서 몇 번 마주쳤어요. 항상 토요일에 왔어요. 밍웨에게 얘기했더니 연애에 관해서는 자세히 물어보지 말라고 했어요. 그런 질문에는 메이바오가 잘 대답을 안 한다고요. 하지만 내가 보기에는 오히려 옌췬이라는 청년이 잘생겼어요. 나 같은 아줌마가 봐도 가슴이 설렐 정도로. 메이바오의 친동생은 아니고 사촌동생인 것 같았어요. 메이바오가 농담처럼 밍웨에게 소개시켜 준다고 했었어요. 메이바오와 옌췬이 같이 있는 걸 보면 웬만한 연인보다 더 사이가 좋아 보였어요. 둘 다 예쁘고 잘생겨서 같이 서 있으면 어찌나 잘 어울리는지 몰라요. 물론 옌췬과 밍웨도 어울리긴 하죠. 영화배우들 같아요. 선생님도 세 사람이 거실에서 함께 차를 마시며 나긋나긋 대화하는 걸 봤다면 경요瓊瑤●의 영화를 보는 것 같은 착각이 들었을 거예요. 옆에 서 있는 나는 영화 속 유모이고요.

이상한 점이 없었느냐고 해서 메이바오가 내게 선물한 화장품 속에 목걸이가 함께 들어 있던 일이 생각났어요. 일부러 그랬는지 실수였는지 모르지만, 왠지 물건을 정리하는 느낌이었어요. 주로 젊은 여자들이 쓰는 화장품이었는데 밍웨에게 선물 받은 거라서 되돌려줄 수는 없고, 비싼 거라 버리기는 아깝다며 내게 줬어요.

나 혼자 다 쓰지 못할 만큼 아주 큰 상자에 화장품이 가득 들어 있었어요. 내가 물건 모으는 걸 좋아해서 나한테 주면 거절할 리 없다는 걸 알았을까요? 예전에 일할 때 내가 얘기를 했는지도 모르겠네요. 아무튼 메이바오는 그렇게 섬세했어요. 메이바오와 얘기하면 아주 편했어요. 간단히 몇 마디만 해도 금세 알아듣고 보충해줬거든요. 말하지 않아도 내 마음을 다 알고 있는 사람처럼요. 서비스업을 오래 하다 보니 저절로 훈련이 됐다나. 특히 바테이블 뒤에서 일하면서 손님들과 자연스럽게 대화를 나누게 되니까요. 그러는 게 피곤하지 않느냐고 물었죠. 나도 일하면서 여러 고객을 만나지만 난 고객들과 기본적인 대화 외에는 거의 대화를 하지 않아요. 청소하고 먼지를 털 때는 가급적 입을 벌리지 말아야 하니까요. 또 내가 청소할 때 고

● 대만에서 활동한 소설가 겸 극본 작가. 인기 드라마 〈황제의 딸〉 원작자이며 남녀의 연애를 소재로 한 작품이 많다.

객은 한쪽에서 자기 일을 하고 있죠. 사실 그게 더 편해요. 밍웨의 집에서 일할 때만 말동무처럼 일상적인 대화를 나누죠. 밍웨와는 나눌 대화가 정말 없어서 장 볼 때 있었던 일부터 인터넷에서 본 시시한 내용들까지 다 얘기해요. 밍웨는 밖에 나가지 않으니 뭐든 다 신기해하고 궁금해해요.

참, 바로 이 상자예요. 난 한 번도 쓰지 않았어요. 물론 조사해보면 내 지문도 묻어 있을 거예요. 목걸이는 여기 있어요. 예쁜 크리스털 목걸이예요. 이걸 보면 메이바오가 생각나요. 메이바오는 목이 참 예뻤거든요. 여자는 목을 보면 세월이 느껴져요.

메이바오가 천국에서 편안하길 바라요.

기도요? 맞아요. 어렸을 때 교회에 다녔어요. 그때는 우리 집이 부자였어요. 말하자면 사연이 길어요.

어떤 사람의 인생은 꽃처럼 만개했을 때 별안간 끝나기도 해요. 집에만 웅크려 지내는 우밍웨도 그렇고, 며칠 전 살해당한 메이바오도 그렇죠. 두 사람 다 내 고객이에요. 이상하게도 난 소름이 끼치거나 무섭지 않아요. 그 대신 깊은 슬픔에 잠겨 있어요. 음력설이 다가오면 두 사람의 집을 대청소해줬다고 말했죠. 메이바오의 집은 인테리어는 훌륭하지만 기숙사나 호텔에 잠깐 지내는 사람처럼 물건이 아주 적었어요. 옷장에 둔 옷 몇 벌 말고 나머지 물건은 언제라도 떠날 준비가 된 사람처럼 잘 싸여 있었고, 자질구레한 생활용품도 없었어요. 책상에 컴퓨터도 없이 긴단한 화장품 몇 개와 영어 사전, 원서 몇 권이 전부였어요.

유일하게 사람 냄새 나는 곳은 폴딩도어로 구분해놓은 침실이었죠. 킹사이즈 침대 옆에 북슬북슬한 털이 부드러운 화이트색 러그가 깔려 있고, 고급 면 소재의 순백색 침대 시트와 이불은 갤 때 손이 미끄러지는 감촉이 편안했어요. 침대 곁 작은 선반에는 아로마 오일, 양초, 향수, 일기장이 놓여 있고 옆쪽 창으로 멋진 풍경이 펼쳐져 있었죠. 그런 침대에서 자면 매일 행복한 꿈을 꿀 수 있을 것 같았어요. 물론 그곳이 사랑이 머무르는 자리라는 걸 느낌으로 알 수 있었죠. 메이바오의 사랑은 그 공간에서만 가능한 것 같았어요.

한 사람의 집을 보면 그 사람이 어떤 생활을 하는지 추측할 수 있어요. 난 메이바오의 집에 몇 번 가봤을 뿐이지만, 메이바오의 내면은 겉모습처럼 단순하지 않다는 걸 직감적으로 알았어요. 이중생활을 하고 있다고 할까. 가정환경이 좋지 않고 일은 또 너무 바쁘고 힘들고, 이유는 모르지만 뭔가를 피해 숨어 있거나 스스로 형벌을 내리고 있는 것 같았죠. 언제든 그곳을 떠날 준비를 하고 있었어요. 안타깝게도 결심이 너무 늦었던 거예요.

4   상승과 하강 사이의 고속 엘리베이터

리아이미
28세, 임신부

C동 28층 11호 거주

    밤 9시였을 거예요. 난 매일 그 시간에 하루 치 쓰레기를 모아서 계단실에 있는 분리수거함에 가져다 버려요. 그날도 쓰레기를 버리러 가는데 중메이바오가 집에서 나왔어요. 긴 머리 남자가 뒤따라나왔죠. 뉴스에 나온 용의자 중 한 사람이었어요. 옌쿤이요. 메이바오가 내게 인사하자 그 남자도 살짝 목례를 하고 엘리베이터 쪽으로 갔어요. 메이바오가 엘리베이터를 부르는 걸 봤어요. 쓰레기를 버리고 돌아오는데 메이바오가 아직도 엘리베이터 앞에 서 있었어요. 두 사람이 얘기를 나누고 있었겠죠. 말소리가 작아서 안 들렸지만 무슨 일이 있는 것 같았어요. 내가 계단실에서 나오는 걸 보고 나서 엘리베이터 문이 닫혔어요. 중메이바오와 문 앞에서 잠깐 얘기를 나눴어요. 그냥 일상적인 얘기였는데 왠지 메이바오가 집에 들어가기 싫은 듯이 자꾸 시간을 끌었어요. 나중에 생각해보니 그랬던 것 같아요.

쓰레기를 버리고 왔으니 어서 집에 들어가서 손을 씻고 싶을 거라는 걸 알면서도 날 붙잡고 자꾸 얘기했거든요. 평소 세심한 성격의 메이바오답지 않은 행동이었어요. 예전에도 쓰레기를 버리러 다녀오다가 메이바오를 가끔 만났는데 그럴 때마다 난 "손을 씻어야 해서 그럼 이만" 하고는 집으로 들어왔어요. 메이바오도 그런 습관이 있는 것 같았고요. 또 늦은 밤에 복도에서 길게 얘기하면 노부부가 시끄럽다고 할 수도 있잖아요.

그날 메이바오가 무슨 얘기를 했는지 아직도 기억해요. "백화점 창립 기념 세일이 언제예요? 화장품을 사려고요." 이렇게 말했어요. 이 상하지 않아요? 내가 퇴사했다는 걸 뻔히 알면서. 그러더니 또 화장품에 대해 물었어요. 요즘 피부가 예민해졌는지 자꾸 빨갛게 부어오른다며 그럴 때는 뭘 써야 하느냐고 묻더라고요. 그래서 천연 화장품 브랜드 몇 개를 추천해줬어요. 왠지 계속 시간을 끄는 느낌이었어요. 정신이 딴 데 가 있는 것 같기도 하고, 뭔가 초조해 보이기도 했어요. 난 직업상 사람의 기분을 빠르게 캐치하는 편이에요. 그날 밤은 확실히 이상했어요. 메이바오의 남자친구 깡씨가 집 안에 있었던 시간이죠? 텔레비전 소리였을 수도 있지만 집 안에서 인기척이 들렸어요.

메이바오와는 이웃이에요. 28층 가장자리 쪽에 살면서 같은 방화문을 썼어요. 메이바오가 사는 7호는 원룸이고, 9호는 거실에 방이 딸린 아파트예요. 우리 집은 모퉁이에 있는 11호고요. 바로 옆집에 노부부가 살아요. 방 두 개짜리 아파트죠. 우리 쪽에 있는 아파트들은 다 큰 평수예요. C동에는 큰 평수가 드물어요. 디귿 모양으로 배치되어 있는 이 몇 세대가 마천대루에서 꽤 좋은 위치예요. 독립적이고 조용하고 엘리베이터도 가까워서 쓰레기를 버리기도 편하고요. 위치가 특이해서 앞으로는 산이 보이고 뒤로는 타이베이 시내가 보이는데 집집마다 조망이 다 달라요. 우리 네 세대가 같은 방화문을 쓰고 있지만, 소방 점검을 할 때 외에는 방화문이 항상 열려 있어서 드나드는 이웃들을 자주 만나요. 그런데 9호 사람은 한 번도 못 봤고 가사도우미 아주머니만 봤어요. 음력설에 그 아주머니에게 대청소를 부탁했었는데, 남편이 필요하다면 아주머니를 정기적으로 불러도 된다고 해서 지금은 아주머니가 한 달에 한 번씩 와서 집 정리를 해주고 있어요. 7호에 사는 중메이바오는 이 빌딩의 인기인이에요. 카페에서 일하니까 그녀를 모르는 주민이 없는 것 같지만 난 임신하고 나서 처음 알았어요. 출근 시간이 달라서 거의 마주친 적이 없었는데 어느 날 쓰레기를 버리러 갔다가 만났죠. 1층 상가에 있는 카페에서 일한다면서 "언제 한번 오세요. 임신부도 마실 수 있는 디카페인 커피도 있어요" 하고 말했어요. 이렇게 말하는 사람을 누가 거절할 수 있겠어요?

　보통 임신부는 커피를 마시면 안 되지만 남편은 내가 커피 마시는 걸 뭐라고 하지 않아요. 물론 디카페인 커피를 마시죠. 임신하고서 입맛이 바뀌었나 봐요. 오랜 다이어트로 단 음식을 거의 먹지 않는데 임신한 후로는 자꾸만 단것이 당겨요. 남편이 아부카페에서 바닐라 시폰케이크를 사 왔는데 내 입에 꼭 맞았어요. 임신 5개월이 지나 휴직을 한 뒤로는 내가 직접 카페에 가서 케이크를 샀어요. 매주 두세 번씩 오후 4시쯤 케이크가 나오는 시간에 메이바오가 메시지를 보내 알려주면 케이크를 사러 내려갔어요. 이왕 카페에 내려갔으니 테이블에 앉아서 커피와 함께 먹었죠. 하루 종일 집에만 있으면 심심하니까 잡지를 가지고 내려가서 보기도 하고요. 이런 빌딩에서 이웃끼리 가깝게 지낼 수 있다는 걸 상상하기 힘드시겠죠. 이런 곳에 살면

서로 무관심하고 데면데면할 것 같잖아요, 왜. 우린 같은 모퉁이에 살고 있어서 친해졌으니 지연이라고 할 수 있겠죠. 그래서 메이바오가 살해당했다는 사실이 너무 가슴 아파요.

마침 남편이 다른 집을 구했어요. 다음 달에 이사 갈 거예요. 살인 사건 때문은 아니에요. 설명하자면 기니까 다음에 얘기해드릴게요. 하지만 정신적인 충격이 아기에게 영향을 미칠까 봐 걱정되는 건 사실이에요. 난 어려서부터 동성 친구가 별로 없었어요. 말도 잘 통하고 뭐든지 다 말해도 될 것 같은 친구는 중메이바오가 처음이었어요. 참 예쁜 사람이잖아요. 남편에게 소개하기 싫을 정도로. 하하하. 하지만 난 그런 건 신경 쓰지 않았어요. 뭐든지 다 주고 싶을 만큼 메이바오가 좋았으니까요.

우리 둘 다 어려서부터 여자들에게 따돌림을 당한 경험이 있었어요. 남자들은 우릴 좋아했고요. 내가 어떤 사람인지, 어떤 매력이 있고 어떤 단점이 있는지, 남들이 나를 왜 좋아하고 왜 싫어하는지, 내 어떤 점에 신경 쓰고 어떤 점은 신경 쓰지 말아야 하는지 모르겠어요. 나도 예전에는 예쁘다는 얘길 많이 들었어요. 메이바오보다 한 살 어리지만 다섯 살쯤 더 들어 보이죠. 그래선지 메이바오가 꼭 내 동생 같았어요. 메이바오에게 들었는데 9호에 사는 우밍웨라는 여자도 미인이래요. 집에 틀어박혀 사는 그 여자요. 휴대전화로 함께 찍은 사진을 보여준 적도 있어요. 물론 메이바오가 더 예쁘지만 그 여자도 상당한 미인이었어요. 피부가 새하얬어요. 집 밖에 나오지 않아서겠죠? 우리 셋이 있으면 세 자매처럼 보였을 거예요. 보통 자매 중에서 큰언니가 키가 제일 작고 얼굴도 제일 평범하고 온순하잖아요. 그게 바로 나예요. 난 얼굴은 제일 나이 들어 보이지만 메이바오처럼 책임감 있는 성격은 아니에요. 가끔 제멋대로일 때가 있어요. 휴, 메이바오의 세심함이 그리워요. 스스로가 남을 잘 챙긴다고 생각했지만 가만히 생각해보면 메이바오가 날 챙겨줄 때가 더 많았어요.

메이바오는 항상 조용했어요. 남의 관심을 끌려고 하지 않고, 오히려 남들이 자신에게 무관심하길 바라는 사람 같았어요. "밍웨도 예뻐요"라고 말한 걸 보면 메이바오도 자기가 예쁘다는 사실을 알고 있었던 거겠죠. '미인박명'이라는 말이 아주 근거 없는 말은 아닌 것 같아요. 모퉁이에 있는 네 집 중에 미인이 셋이나 살았는데 나는 이미 미모를 잃었기 때문에 살아남은 건가 봐요. 또 좋은 남자와 결혼도 하고, 운이 좋다면 아이를 둘쯤 낳고 평탄한 인생을 살 수 있겠죠. 나머지 두 미인 중에 우밍웨는 집 밖에 나올 수 없고, 제일 예쁜 메이바오는 비참하게 죽었어요.

물론 지금도 난 예쁜 편이에요. 휴직하고 편해지면서 관리할 시간이 생겼거든요. 하지만 스치듯 지나쳐도 숨이 턱 막힐 듯한 느낌을 주는 그런 아름다움은 아니에요. 나도 예전에 아주 잠깐이지만 그런 미모를 가졌던 적이 있어요. 그건 너무나 잔인한 마법 같아요. 하늘이 준 선물이지만 금세 다시 빼앗아 가니까요. 한바탕 꿈 같은 거예요. 처음 달에 착륙한 우주인이 그런 심정이었을까요. 그는 우주선 문을 열고 나가 달 표면에 발을 내디뎌 발자국을 남긴 순간을 죽을 때까지 잊지 못했을 거예요. 영웅이 되어 지구로 귀환한 뒤에도 그의 일생은 바로 그 순간에 멈춰 있는 거죠. 두꺼운 신발 밑에 깊은 발자국이 찍히던 그 순간이 눈앞에서 계속 되감기 되지만 그 순간은 다시 돌아오지 않죠.

난 나르시시스트가 아니에요. 단지 예전의 미모를 간절히 되찾고 싶었을 뿐이었어요. 내가 가진 모든 것을 내어주더라도요. 하지만 아기가 생긴 뒤로 생각이 바뀌었어요. 아니, 내 생각이 바뀌었기 때문에 하늘이 내게 이 아기를 내려줬을 거예요. 딸이에요. 어떻게 생겼을지는 모르지만 건강해요. 7개월이에요.

막 이사 왔을 때는 이 빌딩이 싫었어요. 이런 곳에서 살아야 한다면 결혼하지 않겠다고 했어요. 남편이 적당한 집을 구하면 이사 가겠다고 약속했기 때문에 프러포즈를 받아들였어요. 남편은 한 번 약속한 건 꼭 지키는 사람이에요.

이 빌딩을 싫어한 이유는 엘리베이터 때문이에요. 예전에 난 백화점 엘리베이터 안내원이었어요.

1년 사계절 똑같은 디자인의 유니폼을 입었어요. 화이트 망사가 달린 로열블루색 벨벳 베레모, 중간에 리본을 묶는 디자인의 화이트 라운드칼라 블라우스, 허리가 잘록하게 들어간 로열블루색 면 조끼와 재킷. 동그란 금색 단추가 달려 있지만 단추를 잠근 적은 없었어요. 거기에 같은 색 계열의 플리츠 미니스커트를 입고, 허리에는 가느다란 금색 벨트를 매고, 굽이 7센티미터인 화이트 앵클부츠를 신었어요. 장시간 서서 일했기 때문에 스킨색 압박스타킹을 신었지만 기본적으로는 투명 망사스타킹을 신는 게 규칙이었어요.

화장법도 일일이 정해져 있었어요. 파운데이션, 컨실러, 파우더, 인조 속눈썹. 아이섀도와 블러셔는 핑크 계열로 맞추고, 아이라인은 눈에 띄지 않도록 가늘게 그리고, 연한 여드름 자국까지 완벽하게 커버해 피부를 깨끗이 정리해야 했죠. 립스틱은 언제나 우아한 레드 컬러만 바를 수 있었고요. 매일 근무를 시작하기 전 팀장이 헤어스타일과 메이크업이 규정에 맞는지 검사했어요. 깨끗하고 단정하고 상냥하게 보여야 했어요. 미소는 기본이었고요. 엘리베이터 안내원은 이

제 거의 볼 수 없잖아요. 오랜 전통의 백화점에만 남아 있죠. 기본급은 2만 9,000위안이었어요. 인센티브를 받을 수 있는 매장 직원과는 비교할 수 없지만 복지는 괜찮은 편이었어요. 그 업종은 외모와 목소리만 보고 뽑아요. 서른 살이 넘으면 자동으로 사무직이나 매장 직원으로 배치되죠.

그때 난 스물다섯 살이었고, 165센티미터에 48킬로그램, 달걀형 얼굴, 매끄럽고 동그란 이마까지, 사람들이 말하는 바비인형 스타일이었어요. 똑같은 말을 계속 반복해서 하다 보니 부드럽지만 약간 허스키한 목소리가 됐어요.

"환영합니다." "몇 층 가세요?" "문이 열립니다." "문이 닫힙니다." "2층은 숙녀복 매장입니다." "지하는 푸드코트입니다." 명절이나 창립 기념 세일 기간에는 성대결절이 생길 정도였어요. 올라갈 때는 오른쪽 팔꿈치를 90도로 굽혀 손끝을 위로 향하고, 내려갈 때는 왼손을 앞으로 뻗어 45도로 들어 올린 뒤 엘리베이터 문이 열리면 내려서 두 걸음 나가야 했어요. 엘리베이터에서는 계속 몸을 45도로 튼 채서 있어야 했죠. 각각의 상황에서 해야 하는 손짓들이 얼마나 힘들었는지 몰라요. 사람이 많을 때는 엘리베이터 안이 시끄러운 데다가 땀냄새, 화장품 냄새, 체취, 음식 냄새가 뒤섞였어요. 장시간 엘리베이터를 타고 오르내리며 내렸다 탔다를 반복하고, 수많은 손님을 대하다 보면 스트레스가 심해요. 온종일 미소를 짓고 있는 것도 피곤하고요. 물론 나만의 생존 방식이 있었죠. 기계적으로 인사하고, 물어보고, 소개하고, 허리 굽혀 응대하는 동안, 또 다른 나는 피로를 잊기 위해 엘리베이터의 움직임에 조용히 귀를 기울였어요.

그러면 엘리베이터가 올라가거나 내려갈 때 로프가 본체를 당기거나 풀어주는 에너지를 거의 눈으로 직접 보는 것처럼 느낄 수가 있어요. 주위 승객들의 말소리, 숨소리, 끊임없이 흘러나오는 세일 상품 알림 방송, 배경음악 외에도 엘리베이터 자체에서 만들어내는 각종 기계음이 고막을 따라 미끄러지는 것 같아요. 난 항상 그 소리를 들으며 하루하루 반복된 일을 했어요.

가끔 광장에서 불어오는 바람 소리가 엘리베이터 소리에 섞이기도 했어요. 아주 희미하게 시작된 소리가 점점 또렷해지다가 뺨을 스치고 지나갈 때는 누가 내게 호, 하고 입김을 불어주는 것처럼 뺨이 간지러웠어요. 어떤 소식을 전하려는 듯 멀리서 희미하게 다가와 귓속말을 속삭이는 것 같았죠. 광장의 바람 소리는 오직 나만의 것이었어요. 물론 실제로 그럴 리는 없지만요.

예전에 여행할 때 광장에 간 적이 있어요. 유서 깊은 이국 도시의 옛 시가지에 종탑이 있었고, 모자이크타일이 깔린 바닥에서 사람들의 조심스러운 발소리가 리드미컬하게 들렸어요. 매시 정각에 종이 울리면 사람들이 일제히 걸음을 멈추고 같은 방향으로 고개를 돌려 종소리를 들었죠. 바로 그때 광장에 바람이 불기 시작했어요. 모든 사람이 뺨을 스치는 그 바람을 느꼈을 거예요. 광장의 제일 넓은 길 끝에 교회당이 있었고, 교회당 앞길을 따라 불어온 바람이 축복처럼 사람들을 감쌌죠.

물론 엘리베이터는 문이 열릴 때 나타나는 각 층 매장과 통할 뿐이고, 광장 같은 곳은 없었어요.

주 5일 근무였고, 매일 장시간 엘리베이터를 타고 오르내렸기 때문에 불가항력적인 경우가 아니면 근무 시간 외에는 엘리베이터를 타지 않았어요. 5층, 6층만 되어도 엘리베이터를 타지 않고 계단으로

올라갔죠. 최대한 엘리베이터에서 멀리 떨어지고 싶었어요. 그런 내가 엘리베이터를 타지 않을 수 없는 고층 빌딩에 살게 될 줄은 꿈에도 몰랐어요. 아마도 엘리베이터와 끈질긴 인연이 있나 봐요. 작년에 결혼을 앞두고 남편이 초고층 빌딩의 28층 집에 살자는 얘기에 그런 집에서 살아야 한다면 결혼하지 않겠다고 했었어요. 파혼 사유치고 너무 황당하죠? "엘리베이터와 너, 둘 중 하나를 선택하라고? 너무 이상하지 않아?" 그때 남자친구였던 남편은 이렇게 반문했어요. 내가 생각해도 이상하긴 했어요. 직업적인 피로 때문일 수도 있고, 결혼에 대한 막연한 두려움 때문이었을 수도 있어요. 둘 중 하나인지, 둘 다였는지는 모르겠어요.

남편도 백화점에서 만났어요. 엘리베이터 안내원은 백화점의 얼굴이기 때문에 유니폼 차림으로 점심을 먹으러 가는 것이 금지되어 있었어요. 평소에는 직원휴게실에 모여서 도시락을 배달해 먹는데 그날은 도시락이 질려서 지하 푸드코트에서 음식을 사 오기로 했어요. 물론 옷을 갈아입고 가야 했지만 점심시간이 한 시간밖에 되지 않았기 때문에 겉에서 유니폼이 보이지 않도록 외투를 걸치고 베레모는 벗어놓고 음식을 사러 갔어요. 우육면을 사려고 줄을 서서 기다리고 있는데 누가 "실례지만 엘리베이터 안내원이세요?" 하고 말을 걸었어요. 못 들은 척할 수도 없고, 아니라고 거짓말을 할 수도 없어서 살짝 미소를 지으며 고개를 젓다가 고개를 끄덕였어요. 그랬더니 "맞아요, 아니에요?" 하고 다시 물었어요. "그렇기도 하고 아니기도 해요. 지금은 그냥 우육면을 사러 온 손님이에요"라고 대답했죠. 그랬더니 그가 이렇게 말했어요. "바보 같은 질문일 수도 있지만, 엘리베이터에서 당신을 보고 당신 전화번호를 물어보고 싶었어요. 전화번호를 알려주실 수 있나요?" 남편은 이렇게 저돌적인 사람이었어요.

백화점에서 일할 때 쪽지를 많이 받았어요. 다짜고짜 휴대전화로 사진 찍는 사람도 있었고, 엘리베이터에서 내리지 않고 나를 따라 계속 오르락내리락하는 사람도 있었어요. 치근거리는 남자가 너무 많아서 유니폼 입은 젊은 여자라면 사족을 못 쓰는 '엘리베이터 안내원 콜렉터'가 있나 싶었죠.

그를 사랑하는지 사랑하지 않는지 따질 것도 없었어요. 난 이미 그 무엇에도 거의 열정을 느낄 수 없었으니까요. 하지만 1년 동안 만나면서 그의 차분하고 세심하고 진중한 성격 때문에 함께 있으면 마음이 편안하다는 걸 알았어요. 근무 시간에 항상 긴장한 상태로 얼굴에 미소를 짓고 있다가 퇴근길에 그의 집에 들러서 쉬었어요. 난 무표정한 얼굴로 거의 한마디도 하지 않았지만 그는 나를 공주병 환자라거나 맞춰주기 힘든 여자라고 불평하지 않았죠. 오히려 가족보다 더 날 이해하고 배려해줬어요. 그는 처음에는 내 외모를 보고 좋아했지만 내게 아무것도 바라지 않았어요. 둘이 소파에 조용히 앉아 있기만 해도 좋다고 했어요. 나도 그를 만나면서 마음의 긴장을 풀고 편히 내려놓는 법을 배웠어요. 그가 내게 프러포즈했을 때 내가 원한 건 단 하나였어요. 엘리베이터를 타지 않아도 되는 평범한 주택으로 이사하자는 거요. 그는 나를 이해하지만 적당한 집을 찾으려면 시간이 좀 필요하다고 했죠.

내가 엘리베이터를 싫어하는 게 아니라(그랬다면 애초에 엘리베이터 안내원이 되지도 않았겠죠) 나 혼자 엘리베이터를 탈 때도 나도 모르게 "9층입니다", "환영합니다"라는 말이 나오려고 한다는 걸 그에게 설명하고 싶었어요. 그런 말이 나오는 건 참을 수 있지만 나도 모르게

239

얼굴에 직업적인 미소가 떠오르고 몸을 꼿꼿이 펴게 돼요. 그런 내 모습이 우습게 느껴지지만 고쳐지지 않았어요. 감정이 피폐해진 것 같았어요.

매일 퇴근하고 돌아와 또 고속 엘리베이터를 타야 했지만, 그래도 그와 결혼했어요. 그는 고층 빌딩 28층에 살고 있었어요. 나무랄 데 없는 32평짜리 아파트였죠. 자기가 영영 독신으로 살 줄 알았는지 방이 두 개뿐인 아파트를 샀더라고요. 모든 가구는 원목색으로 통일하고, 실내 인테리어와 벽도 블랙 앤드 화이트를 기본 컬러로 맞췄어요. 그의 집이 항상 깔끔하게 정리되어 있었다는 것도 내가 그와 결혼을 결심한 이유 중 하나예요. 중학생 때부터 타지에서 혼자 자취하며 학교를 다녔기 때문에 생활력이 뛰어나다고 했어요. 그의 집에 가보고 그의 말이 사실이라는 걸 알았죠. 결혼 뒤에도 맞벌이를 했기 때문에 주말에만 음식을 만들면서 단순하고 편안하게 살았어요.

결혼하고 반년이 되도록 이사 갈 집을 구하지 못해서 이사가 차일피일 미뤄졌고, 오히려 내가 엘리베이터 안내원을 그만두고 백화점 고객센터로 자리를 옮기게 됐어요.
마천대루는 참 이상한 곳이에요. 날마다 그 빌딩이 제공하는 많은 것들에 내 몸이 조금씩 적응했어요. 엘리베이터 안내원을 그만둔 뒤에도 몸이 계속 밀폐된 공간에 갇혀 위아래로 오르락내리락하는 듯한 기분이 사라지지 않았어요. 집으로 올라가는 엘리베이터에서도 습관적으로 엘리베이터 안내원의 자리에 섰고요. 누군가 이미 그 자리에 서 있으면 너무 불편했어요. 심할 때는 엘리베이터 문이 열렸을 때 그 자리에 누가 있으면 그냥 보내고 다음 엘리베이터를 타기도 했어요. 우편물 가져오는 걸 깜박 잊은 척 우편함에 가서 잠깐 보고는 아무 일도 없는 것처럼 다시 돌아와 엘리베이터를 기다리는 거죠.

백화점 엘리베이터는 모든 층에서 문이 열렸지만, 마천대루는 사람이 많이 사는 듯해도 누가 내리는 걸 한 번도 보지 못한 층도 있었어요. 쉬는 날 일부러 여러 시간대에 엘리베이터를 타봤죠(정말 미쳤나 봐요. 그런 게 궁금해서 일부러 엘리베이터를 타다니). 예를 들면 13층은 누가 내리거나 타는 걸 한 번도 못 봤지만, 그 층도 다른 층과 마찬가지로 엘리베이터 문이 열리면 긴 복도가 나타났어요. 한쪽 면은 유리창이고, 다른 한쪽은 우리 집과 똑같은 갈색 철문이 나란히 이어져 있었고요. 단지 13층 주민들이 드나드는 시간이 나와 겹치지 않았던 거예요.

14층부터 20층까지는 많은 사람이 타고 내려요. 이 층들은 전부 소형 원룸이고 세를 놓은 집이 많아요. 보통 20층 이상은 잘 안 가려고 하고, 층이 너무 낮으면 도로와 가까워서 시끄럽죠. 하지만 이런 구조도 입주율에 영향을 주지는 못했어요. 이 빌딩의 입주율이 95퍼센트나 된대요. 남편이 이 빌딩에 투자하려고 알아본 적이 있어서 나도 남편과 함께 여러 집을 보러 다녔어요.

엘리베이터 안내원을 그만두니까 갑자기 시간이 많아졌어요. 고객센터는 자질구레한 일이 많기는 해도 오래 서 있을 필요가 없어서 좋았어요. 임신이 되지 않던 참이라 의원에 다니며 몸을 돌보기 시작했죠.

마침 남편의 동료가 명의를 소개해줬어요. 외진 산골에 있는 병원인데 건강보험도 적용이 안 되는 곳이었어요. 의사가 진맥도 하지 않고 환자의 얼굴만 보고 성격 때문에 나타나는 문제를 짚어내서 척추

골타요법으로 치료를 한다고 했어요.

의사가 가만히 나를 보더니 이렇게 말했어요. "과거가 무거운 짐이 되었군요. 과거에서 빠져나오지 못하고 있어요." 난 사실 반신반의했어요. 그런 말을 누가 믿을 수 있겠어요? 과거의 짐이 없는 사람이 몇이나 있겠어요?

"어릴 적에 아주 예쁘셨죠?" 의사가 말했어요. 의사는 섬세하고 지적인 이미지였고 무테안경 너머로 투명한 눈동자가 신비로운 분위기마저 느껴졌죠. "고등학교를 졸업하고 갑자기 살이 쪘던 경험이 있으시죠? 지금도 요요 현상이 나타날까 봐 걱정하고 있군요. 이목구비가 예전만큼 또렷하지 않고요. 자신이 평범한 사람이 됐다는 사실에 적응하지 못하고, 언제라도 못생겨질 수 있다는 두려움을 안고 있어요. 남들이 보기에는 여전히 미인인데도 말이죠." 의사는 어디서 내 얘기를 들은 것처럼 단번에 내 문제를 파악했어요.

나도 모르게 눈물이 왈칵 쏟아졌어요.

어릴 때 난 무척 예뻤어요. 태어날 때부터 예뻤으니까 예쁘다는 건 내게 아주 당연한 사실인 것 같았어요. 유치원 때부터 나를 보는 사람마다 "어머, 예쁘기도 해라!" 하며 감탄했어요. 매일 엄마는 내 머리를 잘 빗어 땋아주고 아빠는 나를 학교까지 차로 데려다줬어요. 부모님도 최면을 걸듯 수시로 나를 예쁘다고 칭찬했죠. 예쁜 얼굴 때문에 어딜 가든 사람들의 눈길을 끌고 대접을 받았지만 가끔 성희롱도 당했어요. 내 인생의 중요한 일부가 된 미모로 인해 행복하기도 하고 불행하기도 했어요.

언니와 남동생은 평범하게 생겼어요. 부모님도 눈에 띄는 외모는 아니고요. 유독 나만 오뚝한 콧날에 아이홀이 깊게 들어가고 피부가 흰 데다가 또래 여자애들에 비해 키가 크고 늘씬했어요. 시골 마을의 작은 이층집에 살았어요. 아래층은 아빠의 설비가게였고 위층에서 다섯 식구가 살았죠. 더 평범할 수 없을 만큼 평범한 내가 천사 같은 외모를 갖고 태어난 거예요. 어딜 가든 사람들이 내 볼을 꼬집으며 "참 예쁘구나!" 하고 말했어요. 한번은 학교의 한 남자 선생님이 나를 무릎에 앉히고 사과를 먹여주다가 다른 선생님들이 보고 안 좋은 소문이 나기도 했어요. 이상한 일이었어요. 그러면서 계속 더 예뻐져야 한다는 생각을 했어요. 그러지 않으면 불행해질 것 같은 불안감이 들었죠. 공부를 잘하지 못했지만 언제나 내 숙제를 도와주고, 모르는 걸 가르쳐주는 친구들이 있었어요. 심지어 자기 시험지 답을 베끼게 해주는 친구도 있었고요. 그 덕분에 간신히 고등학교를 졸업할 수 있었어요. 그런데 대학에 들어간 해 여름방학 때 갑자기 체중이 15킬로그램이나 불었어요.

이상하게 어릴 때는 아무리 많이 먹어도 살이 찌지 않고 여드름도 나지 않고, 심지어 양치질을 안 해도 충치가 생기지 않는 완벽한 체질이었는데 그해 여름에는 내 인생의 모든 행운을 이미 다 써버린 것처럼 살이 찌고 얼굴에 악성 여드름이 나고 충치도 여러 개나 생겼어요. 고향을 떠나 도시로 올라가자 난 너무 평범해졌죠. 165센티미터에 65킬로그램이 심한 비만은 아니지만 태어나서 줄곧 예쁘다는 얘기를 듣고 자란 내게는 재앙 같은 숫자였어요. 고등학교를 졸업하고 여름방학을 외가에서 보냈는데 외할아버지의 사랑을 듬뿍 받은 데다가 잔소리하는 부모님도 곁에 없으니 폭식을 하게 된 거예요. 그때는 공기마저 달콤하고 향기로워서, 공기로 버터를 만들어 빵에 끼워 먹고 싶을 정도였어요. 아침에 집 근처에 있는 식당에 가서 라지 사이즈 아이스밀크티와 햄에그토스트, 무케이크를 사 먹고, 가끔은 군만두나 볶음국수를 더 시키기도 했어요. 다 먹지 못하고 남으면 포장해서 가지고 왔죠. 점심에는 외할머니가 한 상 가득 차려준 음식에 밥을 두 그릇씩 비웠어요. 그러고도 할머니는 밥을 더 퍼줬어요. 오후에는 간식을 좋아하는 외할아버지가 근처 제과점에서 사 온 초콜릿케이크, 슈크림빵, 레몬파이, 카스텔라 등등을 매일 다른 맛으로 바꿔가며 먹고, 연두부 장수 아주머니가 지나가면 팥탕, 녹두탕, 연두부를 셋이서 다섯 그릇 사다가 남는 건 내가 다 먹었어요. 저녁에도 할머니가 차려주는 음식을 싹싹 비우고, 밤에는 또 자전거를 타고 야시장에 가서 닭튀김을 사 왔는데 혼자서 100위안어치는 거뜬히 먹었어요.

거의 쉬지 않고 뭔가를 씹고 있으니 치아가 아팠지만 뭔가 입에 넣고 싶은 욕망을 멈출 수가 없었어요. 그랬더니 점점 살이 찌고 얼굴에 여드름이 올라오더라고요. 입던 옷이 작아지자 할아버지가 백화점에 데리고 가서 옷을 사줬어요. 소아과병원을 외삼촌에게 물려준 뒤 무료하게 지내고 있던 할아버지는 내가 있어서 할 일이 생겼고, 부모님도 나를 보러 오지 않으니 내가 계속 살이 찌도록 내버려두었던 거예요. 그 무렵 실연을 했어요. 대단한 연애는 아니었지만 폭식의 핑계가 되기에는 충분했죠. 개강할 때가 되자 몸무게가 70킬로그램까지 불어나 있었어요.

대학교에 들어가서는 아무도 나를 예쁘다고 하지 않았어요. 그때부터 약을 먹고 억지로 구토하는 가장 끔찍한 방법으로 다이어트를 했어요. 하지만 중간고사 기간이 되자 폭식증이 다시 도졌고, 기말고사 시기에는 거식증으로 바뀌었어요. 결국 2학년 때 과도한 다이어트로 입원하게 됐죠.

퇴원 후 체중이 50킬로그램이 되자 갑자기 인기가 많아졌어요.

대학 시절 내내 다이어트를 반복하고 피부 관리를 하고 치과 진료도 계속 받았어요(폭식으로 치아를 과도하게 사용하고 억지로 구토하면서 이가 다섯 개나 빠졌거든요). 간신히 들어간 사립대학 사학과였는데 공부에 흥미를 붙이지 못해 성적이 별로 좋지 않았어요. 깊은 수렁에 빠진 기분이었어요. 겉으로는 인기가 많은 편이었지만, 과거의 예쁜 얼굴을 되찾고 싶다는 생각에 빠져 '현재'에는 무관심했어요. 과거는 이미 지나가버렸는데도 말이죠.

대학을 졸업한 뒤에는 체중이 50킬로그램 정도에서 유지됐어요(먹는 양을 줄이고 운동도 계속해야 이 체중을 유지할 수 있었어요). 모든 면에서 정상 범위에 있었지만, 유리처럼 투명하고 깨끗했던 예전의 미모와는 거리가 멀었죠. 대학 4년 동안의 반복된 다이어트로 얼굴이 퉁퉁하게 부었다가 수척해지기를 반복했고, 그러면서 이목구비의 윤곽이 점점 무너졌나 봐요. 내게 미모는 어릴 때만 허락된 것인 듯, 성인이 된 후에는 남들보다 이목구비가 약간 뚜렷한 정도였고 피부 상태도 불안정했어요. 다이어트 약을 남용하다가 월경이 끊길 만큼 살이 빠진 적이 있었는데 그 후로 월경이 불규칙해졌거든요. 왜 그런지 몰라도 공들여 화장을 해도 예쁘지 않고 그저 남들보다 조금 나은 정도였어요. 다행히 체형이 더는 망가지지 않고 여드름도 더 나지 않았어요. 반복된 폭식증과 거식증에서 드디어 벗어날 수 있었지만, 아무도 내 미모에 찬사를 보내지 않았고, 길에서 내게 반해 흘끔거리며 뒤돌아보는 사람들도 없었어요. 내게 언제 그런 적이 있었는지 나 자신도 의심스러울 정도였어요. 물론 나를 좋아하는 남자들은 있었지만 내게 완전히 매료되어 미친 듯이 빠져드는 사람은 없었어요.

부모님처럼 평범한 생활을 하며 몇 군데 취직도 했는데 오래 다니지 못했어요. 그러다가 친구 소개로 일본계 백화점의 엘리베이터 안내원으로 취직했어요. 귀여운 베레모가 달린 유니폼이 마치 내 인생의 은유 같았죠. 나무 끝까지 날아오를 줄 알았지만, 결국 아름다운 건물에서 남들에게 엘리베이터 버튼을 눌러주는 일이나 하게 된 거예요.

나를 좋아하는 남자들과 몇 번의 따분한 연애를 했지만 더 이상 누군가 때문에 가슴이 설레지 않았어요. 어릴 적 내 미모에 찬사를 보내던 남자들이 내가 살이 찌자 비웃고 놀렸고, 내가 평범해진 뒤에는 그저 그런 사랑밖에 받지 못하니까, 사랑이라는 것에 무감각해졌어요. 그러다가 나를 좋아하는 남자 중에 직업이 제일 안정적인, 나보다 다섯 살 많은 지금의 남편을 선택해 결혼했어요. 엘리베이터 안내원은 서른 살이 되면 그만둬야 한다는 백화점의 불문율이 있었거든요. 거의 막차를 탄 셈이었죠.

처음 만난 의사 앞에서 울면서 그 얘기를 다 털어놓았어요. 눈물이 하염없이 흘렀지만 마치 누군가에게 얘기할 기회를 기다리고 있었던 것처럼 신중하게 단어를 선택해 또박또박 얘기했어요. 내 얘기를 털어놓고 한바탕 눈물을 쏟은 뒤에 치료가 시작됐어요. 진료실 침대에 엎드리자 의사가 작은 갈색 망치로 내 척추를 두드렸어요.

두드리는 곳마다 골수까지 통증이 퍼졌어요. 의사가 나중에 뭐라고 했는지는 기억나지 않아요. 꿈을 꾸는 것처럼 통증이 내 의식을 아주 깊은 미지의 어딘가로 데리고 간 것 같았어요. 나는 거기서 숨죽여 흐느꼈고 어떤 저음의 소리가 귓가를 맴돌았어요. 엘리베이터의 진동이었을까요? 의사가 무슨 주문을 왼 것일까요? 내 마음속에서 터져 나온 울림이었을까요? 무언가 몸에서 쑥 빠져나가는 것 같앉어요. 내가 원하는 건 뭐지? 내가 추구하는 건 뭐지? 내가 원하는 생활은 어떤 거지? 내가 낳는 아이의 외모도 평범할까? 찰나에 사라진 내 미모가 유전될까?

난 남편을 사랑하고 있을까? 그를 사랑하고 있을까? 이 남자는 그저 나를 엘리베이터에서 탈출시켜준 남자일 뿐일까?

내가 남편을 사랑한다고 생각했어요. 사랑이 뭔지 모르지만, 지금 정도의 친밀감만으로도 충분해요. 아이를 낳고 싶었어요. 아들이든 딸이든, 예쁘든 못생겼든, 이 세상에 단 하나뿐인 가장 소중한 아이처럼 잘 기르고 사랑해줄 자신이 있었어요.

모든 통증이 뼛속 깊은 곳으로 퍼져나간 뒤 의사의 목소리가 들렸어요. "다 됐습니다."

몸을 돌렸을 때 내 몸을 감싸고 있던 두꺼운 껍데기, 나를 무감각하게 만들고 있던 무언가가 내 몸에서 떨어져 나갔다는 확실한 느낌이 들었어요.

불면증이 심한 메이바오에게 그 의사를 소개해주고 싶었지만 메이바오가 시간을 낼 수가 없다며 항상 "다음에요"라고 했어요. 나중에 메이바오가 겨우 시간을 냈지만 그 의사가 갑자기 석 달 동안 휴진하는 바람에 진료를 받지 못했죠. 사람들의 병을 치료해주면서 너무 지친 탓에 스스로 치유할 시간을 가져야 한다고 하더라고요. 한참 후에 회복을 마친 의사가 진료를 다시 시작했고, 메이바오도 시간을 내서 진료를 받으러 갈 수 있게 됐어요. 그 예약이 다음 달이었는데, 이미 늦어버렸네요.

5 원룸의 지구본

리테부
45세. 아부카페 사장

난 범인일 수가 없어요. 메이바오와 연인 관계도 아니고, 그날 샤오멍의 전화를 받고 얼마나 충격을 받았는지 몰라요. 당분간 카페 영업을 중단했는데 곧 다시 문을 열 거예요. 임대료도 임대료지만, 그래야 범인을 찾는 데도 도움이 될 테니까요. 내 생각에 범인은 분명히 손님 중에 있어요. 그렇지 않으면 내가 모르는 사람이겠죠. 경찰은 메이바오의 남자친구들을 용의자로 보고 있지만, 후, 메이바오에게 두 명 이상의 남자친구가 있었다는 건 정말 충격적이에요. 경찰관님도 메이바오를 알았다면 나처럼 놀라셨을 거예요. 우리끼리 메이바오를 뭐라고 불렀는지 아세요? 선녀예요. 〈천룡팔부〉에 나오는 선녀 언니 같다면서 샤오멍이 그렇게 부르기 시작했어요. 샤오멍은 메이바오를 짝사랑했어요. 하지만 난 진짜 아니에요. 보면 아시겠죠? 이렇게 내 멋대로 옷을 입고 얼굴에 '게이'라고 쓰고 다니는데도 게이인 줄 눈치채지 못하셨다는 게 놀라운데요.

메이바오에게 치근덕거리는 남자들이 많아서 저녁 타임에는 메이바오 없이 바텐더가 관리하게 했어요. 예전에 클럽에서 일할 때도 술에 취한 남자들이 자꾸 만지려고 해서 클럽에서 일하지 못하게 했어요. 예쁘고 순진한 애라서(이제 보니 내숭이었는지도 모르겠지만요) 돈 많은 남자를 소개해주고 싶었지만 클럽에서 일하는 건 반대했어요.

손님 중에 미친놈이 있었어요. 이 근처 직장인인데 장미꽃 100송이를 보내더니 밸런타인데이에는 카페 전체를 빌리려고도 했어요. 우리가 카페 대관을 거절했죠. 돈으로 해결하려는 사람들이 난 제일 싫어요. 그놈이 메이바오를 반년도 넘게 쫓아다녔는데 메이바오가 아주 깔끔하게 처리했어요. 큰 소란을 일으키지 않고 상대에게 망신을 주지도 않고요. 그 남자는 여자친구가 생긴 뒤로 다시 오지 않았어요. 전부 샤오멍에게 들은 거예요. 샤오멍이 있어서 마음을 놓을 수가 있어요.

사실, 의심스러운 사람이 있어요. 근처 소아과 원장인데, 그 사람도 메이바오에게 집요하게 대시했던 것 같아요. 점잖게 생긴 중년 남자가 매주 케이크를 두 개씩 주문했어요. 참 구식이죠. 유부남이라고 하기에 가정 있는 남자는 골치 아파지니까 절대 가까이하지 말라고 메이바오에게 충고했어요. 그런데 메이바오의 남자친구 중에 유부남이 있을 줄이야. 정말이지 믿을 수가 없네요.

의심 가는 사람이 또 있는지 생각해볼게요. 내 남자친구에게도 물어보는 게 낫겠어요. 아마 기억나는 사람이 있을 거예요. 샤오멍이 직원 회식 때 나는 기억력이 나쁘고 내 남자친구가 나보다 더 잘 기억한다고 했거든요. 여우처럼 질투심이 강한 남자친구가 인기 많은 메이바오를 시샘했어요. 메이바오가 장미 100송이를 받았다고 샘을 내는 바람에 나도 장미 100송이를 선물해야 했다니까요?

난 그저께 타이베이에 돌아왔어요. 사고가 있던 날은 남자친구와 방콕에 있었고요. 밤늦게까지 마사지를 받았어요. 물론 마사지만 받은 건 아니고 '바빌론' 사우나도 갔어요. 나와 아룽阿龍처럼 오래된 커플들에게 태국은 탈출구예요. 문란하다고 생각하지 마세요. 우리에겐 우리만의 규칙이 있으니까. 함께 태국에 갈 때만 각자 안전하게 즐길 수 있어요. 절대로 서로를 속이지 말고 터놓고 얘기해야 하고요. 이건 우리 방식이에요. 2년 넘게 동거하고도 여전히 사이가 좋은 비결이죠.

아룽이 내 알리바이를 증명해줄 수 없다면 방콕 고고바 '드림보이'의 206번 보이에게 물어보세요. 이틀 밤을 결제해서 마지막 이틀은 계속 걔랑 함께 있었어요. 드림보이 마담도 내 알리바이를 증명해줄 거예요.

우린 최소한 1년에 방콕 두 번, 발리 한 번씩 가요. 아예 거기다 가게를 차릴 생각도 있어요. 부동산 구매 계획도 세워놨고요. 우리 같은 사람에게 타이베이는 살기 좋은 곳이 아니에요. 돈이 있어도 즐길 곳이 없잖아요. 몇 달에 한 번씩 타이베이를 벗어나지 않으면 살수가 없어요. 타이베이에서도 스파를 즐기고 태국 음식을 먹을 수 있고, 조금만 차를 몰면 해변에 갈 수 있고, 사우나가 없는 것도 아닌데 왜 다들 돈이 생기면 일본, 태국, 발리로 날아가려고 할까요? 해마다 네 번씩 도쿄 여행을 가는 친구도 있어요. 모두 그 친구가 도쿄에 세컨드를 숨겨둔 게 아닌지 의심하죠. 하지만 그게 아니라는 걸 난 알아요. 일에 묶여 있지 않다면 정말 1년에 절반은 태국에서 살고 싶어요. 우기에도 짜증 내지 않을 자신이 있어요. 난 외국에 나가야 아룽

250

과 손을 잡든 포옹을 하든 뭐든지 하고 싶은 대로 할 수 있어요. 외
국인들이 개방적이어서 좋다는 뜻이 아니에요. 내 마음이 그렇다는
거죠. 외국에 나가면 휴가 중이라는 생각이 들어요. 누구의 시선도
신경 쓰지 않고, 혼자 돌아다녀도 외롭기는커녕 아주 자유로워요. 옷
도 마음껏 입고 먹고 싶은 것도 마음대로 사 먹고 피트니스센터도 가
지 않아서 항상 2킬로그램쯤 살이 붙어서 타이베이로 돌아오죠.

　그날 내가 타이베이에 있었다면 상황이 달라졌을까요? 메이바오
가 피살된 날 밤에 206번을 만났어요. 새로 온 앤데 얼굴도 잘생긴
애가 안절부절못하는 모습이 내 젊은 시절과 비슷했어요. 내가 방콕
에서 젊은 애와 놀고 있던 시간에 메이바오는 목 졸려 죽고, 또 그렇
게 괴상하게 꾸며졌다니 어떻게 이런 영화 같은 일이 있죠? 이럴 줄
알았으면 메이바오를 태국에 같이 데려갔을 텐데. 여러 번 같이 가자
고 했지만 매번 거절했어요. 하는 수 없이 여행 비용으로 1년에 2만
위안씩 줬어요. 많다고 할 수는 없어도 섭섭한 액수는 아니죠. 연말
상여금으로 한 달 치 월급을 주고 세 번의 명절마다 명절 보너스를
줬어요. 월급 3만 5,000위안에 매주 이틀씩 휴일이었고요. 카페 초기
에는 적자였지만 메이바오가 워낙 열심히 일해준 덕분에 1년도 안 돼
서 수익이 나기 시작했어요. 월급이 제일 많은 주방장을 내보내고는
아르바이트생 두 명을 두고 도우미 아주머니에게 파트타임으로 도움
을 받더니. 런치 세트를 간단한 식사 메뉴로 바꿨어요. 원래 난 호텔
출신 셰프를 데려다가 최상급 재료로 350위안짜리 고급 세트 메뉴
를 만들려고 했어요. 이 근처에 은행과 증권회사가 많으니까 커피머
신, 원두, 인테리어를 모두 최고급으로 해서 사람들에게 묵직하고 고
급스러운 느낌을 주고 싶었죠. 하지만 내 전략이 전혀 통하지 않았어
요. 여긴 타이베이가 아니잖아요. 너무 비싼 가격에 인테리어까지 너

무 고급스러우면 겁을 먹고 들어오지 않아요. 반대로 우리 클럽 쪽은 가격이 비쌀수록 잘 팔리고 가격이 싸면 뭔가 속임수가 있을 거라고 의심해요. 메이바오는 적응력이 뛰어났어요. 타이베이에서 살다가 카페 때문에 신베이로 이사 왔지만 적응하는 데 아무 문제도 없었죠. 늘 자기는 촌스러운 사람이라서 시골에 사는 게 어울린다고 했어요. "그러니까 여기가 시골이라는 거지?" 하고 내가 놀렸죠. 메이바오는 말을 신중하게 하는 편이라 말실수가 거의 없었는데 내 말에 당황했는지 얼굴을 붉혔어요.

메이바오가 카페 분위기를 전체적으로 바꿨어요. 지적이고 무거운 분위기를 지우고 심플하고 산뜻하게 꾸몄어요. 뭐랄까, 메이바오처럼 예쁘고 상냥한 분위기라고 할까요? 예쁘고 상냥한 걸 단순하게 생각하지 마세요. 원래 이 두 가지는 공존하기 힘들지만 메이바오는 타고난 미인이면서 타고난 상냥함도 갖고 있었어요. 누구에게든 정을 준달까. 뭐라고 표현하기 힘들어요. 마음이 약하다? 아뇨. 마음이 약한 것보다 더 훌륭한 거예요. 공감 능력이라고 하는 게 낫겠어요. 의도적으로 사람을 살뜰히 챙기는 게 아니라 조용한 미소로 편안하게 해줬어요. 말을 많이 하지 않고 상대의 말을 잘 들어주죠. 그 미소가 우리 카페의 가장 훌륭한 인테리어였어요. 처음 그녀를 만났을 때도 그 미소에 매료됐어요. 광고회사에서 기획 일을 하고 있을 때였는데 인턴으로 지원한 메이바오를 보고 우리가 광고 모델로 섭외했어요. 아쉽게도 광고는 나가지 못했지만, 그랬더라면 아마 광고 모델 제의가 쏟아졌을 거예요. 메이바오는 텔레비전 광고는 찍을 수 없다고 했어요. 고등학교 때도 지면 광고 제의를 받았지만 거절했대요. 왜 거절했느냐고 했더니 유명해지면 안 된다고 했어요. 엄마의 도박 빚 때문에 자기가 유명해지면 빚쟁이들이 찾아올 거라고.

난 메이바오의 엄마가 딸의 인생을 망쳤다고 생각해요. 자세한 얘기는 안 했지만 메이바오가 취직하자마자 국세국에서 나와서 회사에 소문이 다 나게 조사하고 월급의 3분의 1은 은행에 압류를 당하는데, 그런 사람이 어떻게 방송에 나가서 스타가 될 수 있겠어요? "스타가 돼서 돈을 많이 벌면 빚을 다 갚을 수 있잖아요?"라고 했더니 슬픈 얼굴로 이렇게 말했어요. "그러면 부모님이 도박에 더 빠져서 더 큰 사고를 칠 거예요." 내가 메이바오를 알게 된 그해가 그녀에게 제일 힘든 시기였어요. 혼자 투잡을 뛰면서 남동생을 대학에 보내고 빚을 갚았으니까요. 설상가상으로 계부가 차 사고를 내는 바람에 혼자서 세 사람을 먹여 살렸어요. 낮에는 고객센터에서 일하고 저녁에는 카페에서 아르바이트를 했죠. 나중에 자기 카페를 차리고 싶다고 했어요. 아주 작은 카페를 열어도 혼자 사는 데는 충분하다면서. 그래서 나중에 방콕에 카페를 차릴 때 데려가겠다고 했어요. 태국으로 떠났는데 엄마가 뭘 어쩔 수 있겠어요? 하지만 동생을 두고 떠날 수 없다고 하더라고요. 엄마가 아니라 메이바오가 문제였죠. 하지만 남의 집안일에 내가 간섭할 순 없잖아요.

그러다 이듬해에 내가 이 카페를 차렸어요. 메이바오가 몇 년 동안 카페에서 일하며 배운 걸 드디어 써먹을 수 있게 됐죠. 원래는 메이바오에게 지분의 절반을 주려고 했어요. 난 이미 돈을 벌 만큼 벌었고, 물려줄 자식도 없고 부양할 부모님도 없으니까, 메이바오가 여동생이나 마찬가지였어요. 하지만 월급을 많이 줄 필요도 없고 지금 자기 명의로 재산을 가질 수도 없는 처지라면서 커피 기술과 베이킹을 익히는 걸로 만족하겠다고 하더군요. 그래서 연말 보너스, 상여금 같은 건 모두 회사 명의 계좌에 따로 모아주었어요. 내가 사장이니까 가능한 일이었죠.

어쩌면 내가 이 카페를 열지 않았다면 메이바오가 죽지 않았을지도 몰라요. 메이바오를 만난 첫날 그녀가 평범하지 않다는 걸 알아봤어요. 곡절 많은 인생이 아니었다면 아마 부귀영화를 누리며 잘 살수 있었을 거예요. 평범한 사람은 아니었지만 이렇게 비참하게 죽을 줄은 몰랐는데.

모든 게 운명이겠죠.

내가 게이라고 생각해본 적이 없었어요. 밝고 명랑한 여자들을 좋아했으니까요. 가슴이 크고 이목구비가 뚜렷한 여자였어요. 내 첫 여자친구 말이에요. 지금도 친구로 잘 지내고 있어요. 다시 태어난다 해도 그녀에게 끌릴 거예요. 내가 나에 대해 알았을 때, 그러니까, 남자에게 성욕이 생긴다는 걸 인정했을 때, 난 5년 동안 누구와도 연애하지 않았고 물론 섹스도 한 적이 없었어요. 남들처럼 불가피한 일이 아니라, 나 스스로 게이가 되고 싶어 발버둥 친 것 같아요. 아주 긴시간을 기다렸어요. 다양한 사람들을 만나고, 내가 좋아하는 사람들을 내 곁으로 불러 모았죠. 우린 자주 파티를 했어요. 타이베이 사람들은 집이 좁아서 누굴 만나도 거의 밖에서 밥을 먹고 커피를 마시고 클럽에 가지만, 난 달랐어요. 군대에 다녀와서 타이베이에서 일할 때 부모님이 사준 방 두 개짜리 아파트에서 살았어요. 오래된 작은 아파트였지만 그 동네 분위기가 아주 좋았어요. 가로수가 있고, 골목마다 개성 있는 작은 가게들이 있었고, 거리도 아주 깨끗했어요. 어딘지 아시죠? 내가 일하는 곳까지 버스 한 번에 갈 수 있었는데, 두곳의 분위기가 전혀 달랐어요. 지금도 난 그 동네를 좋아해요. 그런데서 사는 게 진짜 '생활'이죠. 가로수, 차도, 인도 등등 모든 게 정돈된 느낌이에요. 주민의식이 높기 때문이겠죠. 집집마다 방범창이 나란히 설치되어 있고, 철판으로 덮어 증축한 집은 거의 없어요. 있다고 해도 아주 작아요. 카페가 있는 동네는 무정부 상태에 가까워요. 막다른 골목 끝에 직각으로 있는 아파트 두 동의 2층 발코니를 공중으로 툭 튀어나오게 증축해놓은 것도 봤어요. 1층은 증축하지 않은 집을 찾을 수가 없을 정도고요. 불법 증축 때문에 골목이 좁아서 소방차도 못 들어갈 거예요. 길은 또 어떻고요? 무슨 생각으로 길을 냈는지 몰라도 어딜 가나 막다른 골목이고 그런 골목이 꼬불꼬불하게 이어져 있죠. 카페를 연 지 3년이 됐지만 아직도 거기 가면 길을 잃어요.

내가 살던 아파트는 우리 이모가 사는 동네였어요. 부모님이 이모 집에 갔다가 마음에 들어 아파트를 사두었대요. 집이 있으니 내가 버는 돈은 차곡차곡 모을 수 있었고, 그 덕분에 사업을 시작했어요. 5년제 전문학교●에 다닐 때 남자 기숙사에서 성에 눈을 떴어요. 말로 표현할 수도 없고 정의를 내릴 수도 없는 이상한 감정이었어요. 4인 1실이었는데 내 침대 위 칸을 쓰는 왕톄난王鐵男과 친하게 지냈어요. 그때는 나도 날씬하고 괜찮은 얼굴이었어요. 그림 그리는 걸 좋아하고 예술 서적을 많이 읽어서 반에서 미술부장을 했죠. 서예, 동양화, 서양화, 글짓기, 시 낭송 등등 두루두루 다 잘했어요. 선생님도 나를 특별하게 생각했죠. 톄난은 운동을 잘하고 조용한 타입이었어요. 우린 둘 다 지방에서 올라와서 기숙사에서 살았어요. 어떻게 시작됐는지는 나도 잘 모르겠어요. 여름방학에 모두 집에 갔는데 톄난은 운동 연습 때문에, 나는 대회 준비 때문에 집에 가지 않았어요. 그때 톄난이 내 침대로 내려왔어요. 모든 건 깊은 밤에 시작돼 아침 안개와

● 중학교 졸업 후 진학할 수 있는 5년제 직업교육 학교.

함께 사라졌죠. 몇 주 동안 그렇게 지냈어요. 어두운 침대 속에서 그가 내게 몸을 비볐고, 우린 서로에게 자위를 해주었어요. 혈기 왕성했던 우리는 하룻밤에 몇 번씩 해야 뜨거운 몸을 식힐 수 있었어요.

낮에는 각자 바쁘게 지냈고, 저녁에 식당에서 마주쳐도 아무도 그 얘기를 꺼내지 않고 평소처럼 대했어요. 그렇게 한 달이 흐른 뒤, 우린 계속 공부를 했고 인생에 어떤 변화도 생기지 않았어요. 무더운 여름날의 길고 긴 꿈 같았죠. 졸업 후에 그는 군대에 가고 나는 취직을 해서 만날 기회가 없었어요. 그를 다시 만난 건 스물여덟 살이 되던 해에 가오슝에서 열린 그의 결혼식에서였어요. 그때 사귀던 여자친구와 함께 결혼식에 갔어요. 나도 곧 결혼할 예정이었어요. 신혼집의 인테리어까지 마쳐놓은 상태였죠. 결혼식 전날 동창들이 총각파티를 해줬어요. 해산물식당에서 다 같이 진탕 마시고는 인사불성으로 취한 그를 내가 집에 데려다줬어요. 항구도시의 무더운 여름밤, 그의 땀 냄새와 시큼한 술 냄새가 우릴 열일곱 살의 그 여름으로 데려갔어요. 말하지 않아도 그가 기억하고 있다는 걸 알았어요. 억누를 수 없는 충동이 치밀었죠. 순식간의 일이었어요. 다음 날 여자친구와 돌아올 때 배웅하러 나온 그를 꼭 끌어안았어요. 많은 일이 있었지만 말할 수도 없고, 그걸 표현할 말도 찾을 수가 없었어요. 난 그에 대해 아는 게 많지 않았어요. 그는 완벽한 천생 남자가 된 것 같았지만, 난 몸속에 잠들어 있던 무언가가 깨어나는 걸 느꼈어요.

여자친구와 신혼집으로 돌아와서 열일곱 살 여름밤의 일을 다 얘기했어요. 차분하게 내 얘기를 다 듣고 한참 생각에 잠겼던 여자친구가 물었죠. "결혼을 미뤄야 할까?" 그때 그녀가 했던 말을 잊을 수가 없어요. "네가 남자를 사랑한다는 걸 결혼 후에 알았다면 견딜 수 없었을 거야."

얼마 후 결혼을 취소했지만 신혼집은 그대로 두었어요. 여자친구가 호탕한 말투로 날 이렇게 위로하더군요. "적어도 넌 아직 누군가를 사랑해본 적도 없어. 그러니까 변심한 적도 없는 거야." 나 자신을 찾기 위해 기나긴 여정을 거쳤고, 그녀는 그 길에서 오랫동안 나와 동행해줬어요. 남들이 원래 인생의 박자에 맞춰 착실하게 걸어가고 있을 때, 난 그 길을 벗어나 나만의 길을 찾아 떠난 거죠.

오랫동안 광고 일을 하다가 요식업계의 큰손인 '큰엄마'를 만나 동업으로 첫 번째 클럽을 시작했어요. 그 무렵 첫 남자친구를 사귈 기회가 있었죠. 파란만장한 연애사였어요. 배신을 당하기도 하고 배신을 해보기도 했지만, 어쨌든 마흔다섯 살이 된 지금은 부동산을 여러 개 갖고 있고, 어리고 잘생긴 남자친구도 있어요. 사실 이 카페는 원나잇을 기념해 차렸어요. 몇 년 전, 사귀던 남자친구와 헤어지고 데이팅사이트에서 여러 사람을 만나 원나잇을 하며 지내던 중에 이 빌딩에서 평생 잊지 못할 밤을 보냈어요. 현관으로 들어서자 넓은 집에 책상 하나와 침대 하나만 놓여 있더군요. 야성미가 넘치는 중국과 포르투갈 혼혈 남자였어요. 어두컴컴한 집에 스탠드 하나만 켜져 있고, 넓은 책상에는 노트북과 지구본이 놓여 있었어요. 침대 가장자리에는 콘돔이 있었고요.

남자는 나를 죽일 것처럼 몰아붙였어요. 그에게서 세기말의 분위기가 풍겼어요. 섹스가 끝난 뒤 그는 커다란 사무용 의자에 앉아 나를 자기 무릎에 앉혀놓고는 지구본에서 자기 고향을 찾아 보여줬어요. 자신은 엄마가 출장 중에 했던 하룻밤 외도의 산물이라고 했죠. 그래서인지 지금껏 어디에도 정착하지 못하고 떠돌아다니며 살았대요. 지독하게 가련하고, 숨이 넘어갈 듯 섹시한 그 남자에게, 한 번 더 해달라고 애원했어요. 그날 밤 한숨도 자지 못했어요. 그는 내게 날

이 밝기 전에 돌아가라고 했어요. 누군가 옆에 있는 것도 불편하고, 해가 뜬 뒤에 아무도 보고 싶지 않다면서.

귀신 얘기예요. 전 여자친구가 그랬어요. "넌 귀신과 사랑에 빠졌던 거야"라고.

그 후로 다시는 그를 만날 수 없었어요. 난 귀신에 홀린 듯이 이 빌딩에 원룸을 얻어놓고 매일 돌아다니며 그를 찾았지만 만나지 못했어요. 그래서 아예 점포 하나를 빌렸죠. 어차피 남는 돈을 투자할 곳을 찾고 있었으니까요. 큰엄마는 날 멍청한 놈이라고 했고, 전 여자친구도 돈을 길바닥에 버리는 거라고 했지만 상관없었어요. 그때 난 마흔두 살이었고 그런 사랑을 다시는 만날 수 없을 거라고 생각했으니까요.

메이바오는 예쁘고 믿을 수 있고 재주도 많은 여자예요. 단지 가난할 뿐이죠. 메이바오를 카페 매니저로 앉혔어요. 뭐든 메이바오가 알아서 결정하고 나는 돈만 대기로 했죠. 그러고는 매일 오후 카페에 가서 멍하니 앉아 그 남자가 나타나길 기다렸어요. 화가에게 그 남자의 초상화를 그려달라고 했지만, 솔직히 말하면 그의 얼굴이 기억나지 않았어요. 내가 기억하는 건 희미한 실루엣뿐. 화가는 그의 분방함과 호쾌함도, 그의 슬픔과 방랑도 그려내지 못했어요. 메이바오에게 초상화를 잘 기억해뒀다가 그 남자가 오면 알려달라고 했죠. 얼마 후에 메이바오가 이 빌딩의 부동산 중개인에게 초상화를 보여주며 물어봤더니 그 외국인을 본 기억이 있다고 하더래요. 외국계 기업에 다니는 사람이었는데 보름 진에 이사 갔다고.

바보 같았죠. 카페를 지키고 있으면 그를 다시 만날 수 있을 거라고 믿었다니. 불가능하다는 걸 알고서 카페를 완전히 메이바오에게 맡겼어요.

애기를 하다 보니 메이바오의 죽음이 더 애처롭군요. 돈 있는 사람은 그깟 원나잇 파트너를 찾으려고 카페도 차리는데, 가난한 사람은 죽을 때까지 일해도 자기 이름으로 된 가게 하나 가질 수가 없다니. 그녀를 따라다니는 남자가 많았어요. 그녀가 좋다고만 하면 부잣집 아들도 만날 수 있고, 최소한 고연봉의 화이트칼라를 만나서 편히 살 수 있었을 거예요. 하지만 난 알아요. 메이바오는 그런 팔자가 아니었어요. 큰엄마가 그랬어요. 메이바오는 평생 힘들게 일할 팔자라고. 희고 가녀린 손은 매일 설거지를 해도 주름 하나 없지만 손바닥이 얇고 손금도 희미했어요. 아는 사람은 그 예쁜 손만 봐도 알 수가 있었어요. 그런 손바닥을 가진 사람은 평생 고되게 일하는 팔자라는 걸.

6   홍러우

왕쓰보
38세, 부동산 중개소 직원, 아부카페 단골손님

날 왜 불렀어요? 나한테 무슨 단서가 있다고요. 아부가 나한
테 물어보라고 했어요? 그래요. 난 아부카페 단골이고, 특별석에 앉
을 수 있는 VIP예요. 여긴 단골도 많고 똥파리도 많고 뜨내기손님도
많아요. 장사가 잘된다고 들었지만 원래 저녁에는 한가했어요. 맥주
와 안주를 팔기 시작하면서 저녁에도 손님이 많아졌죠. 저녁 타임에
는 아샤阿夏라는 바텐더가 와요. 예쁘장한 남자앤데 아부가 아끼는 애
같았어요. 아무튼, 어둑어둑해지면 젊은 게이들이 하나둘씩 모여들
었어요. 베어°도 있고, 몽키°°도 있고, 내가 여기 꼭 홍러우紅樓°°° 같

° 건장한 체격에 털이 많은 타입의 게이를 뜻하는 은어.

°° 마른 체형의 게이를 뜻하는 은어.

°°° 1908년에 개장한 타이베이 최초의 공영 백화점 겸 극장. 2007년 정부 사업으로 문
　　화공간으로 탈바꿈한 후 뒤쪽에 점차 게이바 거리가 형성됐다.

다고 놀렸더니 그때부터 다들 날 홍러우라고 불렀죠. 왜 홍러우 같다고 한 줄 모르시죠? 시먼딩 홍러우에 유명한 게이바 베어바가 있잖아요. 정부가 무슨 생각으로 사적지를 그런 염병할 곳으로 개조했는지 모르겠어요. 도시재생이라나 뭐라나, 사적지에 전시장, 예술센터, 소품점을 만들어놓고 파리만 날리고 있다가 상점이 들어가기 시작했어요. 처음에는 밀크티가게, 두유가게, 팝콘가게, 옷가게가 생기고 그다음에는 싸구려 선술집이 생겼지만 역시 오래가지 못했죠. 하늘이 도왔는지, 바로 그때 베어바가 생겼어요. 베어바가 장사가 잘되니까 뒤따라 게이바가 하나씩 늘어났죠. 노천 테이블이 가득 찬 거리는 밤이 깊을수록 근사해져요. 자정쯤 되면 펑키*의 확장판 같아요. 펑키가 뭔지 모르시죠? 우리 같은 사람들에겐 성지나 다름없는 곳이에요. 나처럼 마흔을 바라보는 늙다리 게이들은 펑키의 낭만과 가치를 알고 있죠. 아무튼, 아부카페는 낮에는 미인이 케이크를 팔고, 밤에는 게이 바텐더가 있는 이상한 카페였어요. 타이베이에 있었다면 아마 진즉에 명소가 됐을걸요? 아부가 왜 굳이 이런 시골에 카페를 열었는지 몰라요. 다행히 다리만 하나 건너면 타이베이이니까 홍보를 안해도 성지순례하듯이 찾아오는 사람들이 많았어요. 여긴 임대료가 싸고 널찍하니까 제멋대로 장사하고, 맘대로 바꿀 수도 있어요. 아부가 타이베이에서 하는 클럽은 장사하기가 점점 힘들어요. 지출이 많아서 부담이 크대요.

난 단골이고 소식통이라 뭐든지 조금씩 다 알아요. 우리처럼 영업으로 먹고사는 사람들이야 정보가 무기니까, 잘 보고, 잘 듣고, 동작도 빨라야지. 한마디로 눈치가 빨라야 해요. 정보를 수집하려고 이

● 타이베이 최대 게이 클럽.

런 카페에 자주 와요. 올해는 이 마천대루 거래에 주력하고 있어요. 이곳 분위기를 파악하려고 시간 날 때마다 주변 골목을 돌아다니고, 상인들과 안면도 트고, 각 세대의 구조도 분석했어요. 이게 내 영업 비결이에요. 집을 살 때 주변 입지와 환경을 면밀하게 체크하는 사람들이 있어요. 그 사람들은 안정감을 제일 중요하게 생각해요. 타이베이에서 집을 사러 오는 사람들도 있어요. 살던 곳을 떠나서 낯선 지역으로 이사하려는 사람들에게 편리하고 깨끗한 주변 환경을 보여주고, 가깝게 지낼 수 있는 친구나 상점을 소개해주면 거래 성사율이 올라가요. 그런 손님은 대부분 여자예요. 남자는 그런 거 신경 안 쓰니까. 어차피 차 몰고 타이베이로 출퇴근하고, 장을 보지도 않고 케이크도 안 먹으니까. 아부카페 근처에 있는 옷가게 가보세요. 샤오루^{小綠}라는 스물다섯 살 주인 아가씨가 이 일대에서 돈 좀 있는 여사장, 사장 사모님, 세컨드, 여장부, 호스티스는 꽉 잡고 있어요. 아주 보통내기가 아니에요. 옷가게 안쪽에 룸을 차려놓고 미용스파도 하는데 어디서 구했는지 예쁘장하게 생긴 마사지사를 데려다 놨잖아요. 남자 마사지사요. 그 아가씨 애인인 거 같지만, 그걸 누가 알겠어요? 어쨌든 옷도 맘대로 입어볼 수 있고 커피에 케이크까지 줘요. 다행히 케이크는 아부카페에서 사 와요. 안 그랬으면 옷가게 거덜났겠죠. 또 휴게실에 고급 소파, 안락의자를 놓고 직접 손님들 네일 관리도 해주고, 테이블에는 항상 과일이 준비되어 있어요. 손님들이 편하게 먹고 놀면서 연애 코치부터 부부 문제 상담까지 시시콜콜하게 다 털어놓죠. 샤오루는 또 립서비스도 잘하고 기억력도 좋고 빠릿빠릿해요. 눈치는 또 얼마나 빠른지 얼굴만 봐도 무슨 일이 있는지 다 알아요. 스파에 오는 돈 많은 사모님들한테 화장품까지 팔아요. 어떤 사모님이 그러는데 거기 남자 마사지사가 기술이 대단하대요. 무슨 도구를 쓴

다던데, 자세히 물으니 사모님이 웃으면서 "자기가 직접 가서 받아봐"
하고 슬쩍 말해주더라고요. "남자 손님도 받아요?"라고 했더니 대답
을 안 하길래 나중에 샤오루한테 물었더니 손사래를 치면서 "그런
말 믿지 마세요"하더라고요. 그런데 좀 이상하긴 해요. 그 아룽이라
는 남자 마사지사가 아무래도 우리 쪽인 것 같단 말이죠. 나라면 그
런 아주머니들 마사지는 못 해줄 거예요. 5년 전 타이베이에 막 올라
왔을 때만 해도 얼굴이 괜찮은 편이라 친구 따라서 호스트바 면접을
봤어요. 눈 딱 감고 이 악물고 아주머니들과 놀아주고 100만 위안만
모으면 아궈阿國와 그 바닥을 뜨려고 했죠. 그런데 일도 시작하기 전
에 치장비 조로 5만 위안을 내라고 하지 뭐예요? 염병, 8,000위안짜
리 싸구려 양복 한 벌 주면서. 게다가 댄스 수강료 1만 5,000위안을
선불로 내라고 하길래 때려치우고 나왔어요. 그 돈이 있으면 미쳤다
고 호스트바에서 일하겠어요? 나중에 들으니 사기꾼들이었대요. 부
동산 중개업을 하면서 알게 된 부잣집 사모들과 린썬베이루*에 있는
호스트바도 가봤어요. 춤추고 술 마시고 게임도 하면서 신나게 놀아
젖혔는데 이젠 흥미도 없어요. 몸 파는 일보단 집 파는 일이 수명이
더 기네요.

　마천대루에 게이 전용 마사지숍을 차릴 생각도 해봤어요. 타이중
에서 성업 중이라서 나도 출장 때마다 꼭 가요. 물론 섹스도 해요. 샤
오루의 스파에 있는 그 마사지사도 그럴 거예요. 최소한 애무라도 하
겠죠. 안 그러면 마사지 가격이 그렇게 비쌀 리가 없어요. 하지만 여
기 게이 시장은, 내가 볼 때 이제 가망이 없어요. 옷 장사는 그래도
괜찮을 거예요. 몇 년 전에는 여기가 유명한 홈파티장이었어요. 주말

● 타이베이의 대표적인 유흥가로 술집, 일본식 주점, 마사지숍 등이 모여 있다.

마다 홈파티가 열렸어요. K 언니라고 게이들 사이에서 유명한 에이스가 호스트였어요. 한참 잘나가다가 K 언니가 중풍으로 쓰러지고 경찰 단속이 심해지는 바람에 이 일대 게이 시장이 몰락했어요.

알았어요. 본론으로 돌아갈게요.

난 매주 수요일, 목요일에 왔어요. 회사에서 가깝지만 또 아주 가깝지 않고, 손님들이 여길 좋아하니까 여기서 만났죠. 커피값 싸고 케이크 맛있고 음악도 좋은데 매니저가 예쁘기까지 하니 안 갈 이유가 없잖아요. 와이파이도 잘 터지고, 만화나 잡지도 볼 수 있고, 출출하면 간단히 밥도 먹을 수 있고요. 커피 한 잔을 주문하면 리필할 때는 반값만 받아요. 실내 금연인 게 아쉽지만 밖에 나가서 피우면 되니까 상관없어요. 차양이 넓고 선풍기도 있는 데다 재떨이도 항상 깨끗하게 비워져 있어요.

300위안도 안 되는 돈으로 하루 종일 있을 수 있으니 이 카페가 내 사무실이죠.

예쁜 매니저를 보러 왔던 건 아니에요. 난 여자한텐 관심 없어요. 단지 그녀의 미모를 닮고 싶었달까? 나랑 자고 싶어서 발정 난 남자들이 카페를 가득 채운 그 기분이 얼마나 짜릿하겠어요? 그래서 게이 냄새를 흠뻑 맡으려고 가끔 금요일 저녁에도 갔어요. 불빛이 환해도 내게 다가와 말을 거는 사람들이 있긴 했어요. 전부 염병할 늙다리들이었지만.

죄송해요. 내가 말하는 게 원래 이래요. 입이 거칠어요. 솔직히 말하면 지금도 입 하나로 먹고살아요. 한창 끗발 날릴 때는 중메이바오와 아샤는 코흘리개들이었다니까?

열여덟에 일을 시작했어요. 유명세도 제법 있었죠. 사나이는 과거를 자랑하지 않는다고 하지만 미인이 전성기 적 얘기를 안 하면 또 무슨 얘기를 하겠어요?

고등학교 때부터 돈을 벌었죠. 공원이나 사우나에서 손님을 찾다가 나중엔 게이바에 진출했지만, 난 그래도 사우나가 좋아요. 노골적이고 화끈하죠. 젊었을 땐 인기도 많았어요. 지금도 얼굴은 봐줄 만한데 몸매가 망가졌어요. 벗으면 감출 수가 없어요. 드럼통 같은 허리에 뱃살은 세 겹으로 접히는데 다리만 앙상해요.

스무 살 때는 피부도 하얗고 엉덩이도 탁 올라붙고 운동 안 해도 근육이 탄탄했어요. 사우나에서 미친 듯이 놀았죠. 일을 그만두려고 할 때쯤 아귀를 만났어요. 백화점 남성복 매장에서 일하는 깔끔하게 생긴 미남이었죠. 그때 걔가 몇 살이었더라? 스물여섯? 나도 스물여섯이었어요. 우린 진짜 연애를 했어요. 요즘과 다르게 그땐 사우나에서 별의별 걸 다 하고 놀았어요. 인터넷에서 만난 친구가 러브젤쇼에 데려간 적이 있어요. 러브젤을 가득 채운 욕조에서 텐룽사우나 사장이 애인과 실제 섹스를 하는 쇼였는데 아주 화끈했어요. 제일 웃긴 건 '대물 데이'였어요. 입구에서 정말로 치수를 재고 18센티미터가 넘으면 야광팔찌를 줬어요. 내가 그걸 받았죠! 그런데 씁쓸하지 않아요? 팔찌가 없는 놈들이랑 할 맛이 나겠느냐고요. 작은 놈들만 바글바글하고 큰 놈들은 몇 안 되는데. 염병할! 더 웃기는 게 뭔 줄 아세요? 가짜 팔찌를 팔고 있더라니까요? 사기꾼들! 쓸데도 없는 게 크기는 왜 또 이렇게 큰지! 짜증 나게 진짜.

솔직히 난 한물간 지 오래예요. 뼛속까지 늙어버렸다고요. 아귀와는 7년을 사귀고 돈 때문에 헤어졌어요. 자이에서 6년 동안 옷가게를 하다가 접고 각자 100만 위안씩 빚을 떠안았어요. 사귄 지 이삼 년 됐을 때부터 관계는 안 했지만 그래도 한 침대를 쓰는 부부니까 정으로 살았죠. 어쨌든 매일 파트너를 바꾸는 것보다는 나으니까. 젊었을 땐 그런 생각 못 하고 방탕하게 놀다가 몸을 망가뜨렸죠. 이래 봬도 내가 속마음은 현모양처예요. 그러니까 그런 촌구석에서 하루도 안 쉬고 밤낮없이 옷가게를 하고 살았지. 몸 바쳐서 일했다니까요? 아궈 부모님도 바지런하고 야무지다고 날 좋아했어요. 그래도 날 며느리로 받아달라고 하면 얼굴이 싹 바뀌더라고요. 아궈는 여자와도 결혼할 수 있었을 거예요. 그래서 빚까지 떠안고 나더러 타이베이에 올라가서 살길을 찾으라고 한 거지.

살길을 어떻게 찾겠어요? 처음에는 직장인들이 사는 셰어하우스에 들어갔어요. 퇴근하면 방에 틀어박혀서 텔레비전이나 인터넷을 보고, 다음 날 새벽부터 오토바이를 타고 곳곳을 돌아다녔어요. 이 일 저 일 해보다가 더 갈 곳이 없을 때 부동산 중개소에 취직됐어요. 첫 석 달은 기본급을 보장해준다고 하더라고요. 그런데 거래 건수가 없었어요. 거래가 없으면 죽을 맛이었어요. 전단지 붙이기, 전단지 뿌리기, 간판 달기, 해볼 수 있는 건 다 했어요. 집 파는 데도 노하우가 필요해요. 처음 시작했을 때는 운에 기댈 수밖에 없었죠. 넉 달째 됐을 때 첫 거래가 성사됐어요. 구팅역 근처 원룸이었는데 죽을 때까지 잊지 못할 거예요. 얼마나 기뻤는지 몰라요. 하지만 그 후로 지옥과 천당을 오가는 윤회가 시작됐어요. 거래가 성사되면 날아갈 듯이 기쁘고, 뻐그러지면 한없이 우울했어요. 너무 불안해서 이러다 죽겠다 싶을 때쯤 또 한 건이 거래됐죠. 억지로 두 달을 버텼어요. 첫해는 진짜 죽을 맛이었어요. 끼니도 거르고 오토바이를 타고 곳곳을 누비느라 여름에는 더위를 먹고, 겨울에는 감기가 걸리고. 비 오는 날이 제일 싫었어요. 코가 안 좋아서 콧물이 턱까지 흘러내렸어요. 하지만 어쩌겠어요? 할 줄 아는 게 없으니. 젊었을 때는 게이바에서 웃음

팔고 몸 팔면서 돈 많은 남자한테 시집가는 게 꿈이었어요. 게이 라디오방송국도 만들었어요. 그땐 이상이 있었어요. 사람들과 힘을 합쳐 우리 목소리를 내면 차별을 없앨 수 있을 거라고 믿었지만 얼마 못 가서 포기했어요. 당장 먹고살기가 팍팍한데 어쩌겠어요? 빚을 떠안은 뒤로는 옷도 안 샀어요. 명품이란 명품은 다 입어본 내가 셔츠 한 벌, 정장 바지 한 벌로 1년을 버텼어요. 구두는 290위안짜리 야시장 표 싸구려였고요. 아궈는 내게 절반의 빚을 부담할 필요가 없다고 했지만, 깔끔하게 서로에게 빚지지 않고 정리하고 싶었어요. 아궈도 힘들게 살다가 나중에 정말 여자와 결혼해서 애도 낳았다고 들었어요. 내가 50만 위안까지 빚을 갚고 나서는 더 이상 내 돈도 받지 않았어요. 나와 완전히 관계를 끊고 싶었겠죠. 그 후로는 한 번도 못 봤어요. 한여름 밤의 꿈 같아요. 난 진심으로 그를 사랑했고 그도 날 사랑했으니 그걸로 충분해요.

점쟁이가 서른다섯 살에 내 운이 바뀐댔는데 지금 서른여덟이에요. 개뿔 바뀌긴 뭐가 바뀌어요? 2년 반쯤 버텼더니 실적이 안정되긴 했지만 다안구, 신이구의 집을 팔 때는 나도 모르게 분노가 치밀었어요. 5000만 위안짜리 고급 주택 두 채만 거래돼도 1년 동안 편히 놀고먹을 수 있지만, 그럴수록 내 처지가 비참하게 느껴졌거든요. 누군 그런 호화로운 집에 사는데 난 낡아빠진 공영주택에나 살고 있다니. 그래서 쑹허로 옮겨 방 두 개짜리 아파트를 얻었어요. 집주인이 인테리어를 해놓아서 조금은 사람 사는 집 같았죠. 월세도 1만 5,000위안으로 비쌌지만 지금은 그 돈으로는 엄두도 못 내요. 빌어먹을 20평짜리 낡은 아파트도 1200만 위안이나 한다니까요? 예전에 자이의 그 옷가게는 300만 위안밖에 안 했어요. 세상 참. 난 정말 모르겠어요. 하늘을 원망해봤자 뭣 하겠어요? 그냥 구옥이나 팔면서 매달 아껴서 계약금이라도 모아놓고, 마음 맞춰서 같이 살 만한 사람이 있는지 찾아보려고요. 빚은 다 갚았으니 공원 근처에다 방 두 개짜리 아파트 사놓고 사람 사는 것처럼 살아보고 싶어요.

힘들 때 생각나는 사람은 아궈도 아니고, 어릴 때 매일 바꿔가며 만났던 남자들도 아니에요. 첫 경험 상대죠. 고등학교 때 이과 교실이었어요. 선배가 방과 후 어두컴컴한 교실로 날 불렀어요. 그가 뭘 하려는지 알았고 나도 기대하고 있었지만, 그렇게 거칠게 나올 줄은 몰랐어요. 그는 날 사랑하지 않았어요. 침만 대강 묻히고 밀고 들어오더니 끝난 뒤에도 아무 일 없었던 것처럼 내게 한마디도 하지 않았어요. 교실에서 한기에 몸을 덜덜 떨며 죽어버릴 생각도 했어요. 비틀거리며 교실 밖으로 나왔는데 하늘의 별이 얼마나 반짝이던지. 우주 전체가 깨어나 내 비극을 지켜보고 있는 것 같았어요. 이 작고 마른 남자아이를. 아래는 아파서 미칠 것 같고 가슴은 찢어지는데, 별빛이 내 몸속의 가장 견딜 수 없는 무언가를 환히 비춘 것 같았어요. 난 사랑이 필요했어요. 사랑받고 싶었어요. 선배 이름을 큰 소리로 부르자 경비 아저씨가 뛰어나왔어요. 난 도망치면서 계속 외쳤어요. 나를 사랑하라고, 리융한李永漢! 널 사랑해, 리융한! 널 죽을 때까지 사랑할 거야!

아궈도 내겐 또 다른 리융한이에요. 나처럼 남자도 아니고 여자도 아닌 남자는 행복해질 수 없어요. 지금 바라는 건 손님이 맡긴 매물을 파는 것과 매일 흰 셔츠를 입고 여기 와서 커피를 마시는 것뿐이에요. 내 얼굴은 아직도 스물여덟 살처럼 희고 고와요. 매주 두 번씩 마스크팩을 하죠. 이제는 피부클리닉에 다니고 캘빈클라인을 입을 수 있을 정도는 돼요. 명품 셔츠, 정장 바지, 명품 시계, 특히 명품 구두나 운동화까지 갖출 순 없지만요. 그래서 집 살 돈은 없지만 집 보러 다니는 걸 좋아하는 손님들이 많이 찾아와요. 손님들이 영업 사원의 옷차림을 중요하게 봐요. 난 원래 옷, 피부 관리, 신발, 액세서리에 관심이 많아요. 그래서 여자 손님들이 많죠. 특히 투자용으로 사두려는 사람들이요. 돈은 많은데 쓸 곳이 없고, 마트에서 물건 사듯이 집을 사는데도 돈 될 곳을 정확히 찍어서 사는 복부인들이에요. 물론 아줌마들이 질투하지 않을 정도로 내 미모를 감춰야 해요. 세련된 도시 남자인 척 뿔테 안경으로 묵직한 인상을 주고 목소리도 낮게 깔죠. 이 나이에 다정다감한 이성애 여피족 남자 코스프레를 하게 될 줄은 몰랐어요. 그렇게 해야 2000~3000만 위안짜리 집을 팔 수 있고, 부동산 투기에 적극적인 중소기업 여사장님들과 인맥을 쌓을 수 있어요. 지금은 이쪽 빌딩만 거래해요. 특히 난스자오역, 징안역과 바로 연결된 동들이요. 그 동에 투자한 손님들은 다 돈 벌었어요. 그래도 난 이 마천대루가 좋아요. '대만스럽'잖아요. 핑크색 마천루를 어디 가서 보겠어요? 이 빌딩은 내가 케타민을 처음 경험한 곳이기도 해요. 단기 파견을 온 LA보이를 짝사랑한 적이 있는데 걔가 여기 23층에 살았거든요. 각각 다른 층에서 다른 남자와 원나잇도 두 번 해봤고요. 부동산 중개는 정신없이 바쁘지만 따분한 일이에요. 이 빌딩은 내게 돈을 벌게 해주고 쾌락도 줘요. 몇 년 전에 여기서 짧은 연애도 했어요. 오래 못 가고 헤어졌지만 이 이상한 빌딩에 정이 들었어요. 정체 모를 인테리어를 한 이 카페에도 정이 들었고요. 아부와 약간 썸을 탄 적이 있는데 포지션이 겹쳐서 관계는 못 했어요. 서로 챙겨주는 사이예요. 아부에게 고민거리가 있거나 내가 열받는 일이 있을 때 카페에서 만나서 수다를 떨어요. 그게 벌써 2년이 됐네요. 별일이 다 있었지만 또 아무 일도 없었던 것 같아요. 매니저 중메이바오가 비참하게 죽고 아직 범인도 못 잡았지만, 아부는 보름 만에 다시 카페 문을 열었고 나도 예전처럼 여기서 커피를 마시잖아요. 오히려 뉴스를 타는 바람에 카페 손님이 더 많아진 것 같아요. 메이바오를 따라다니던 똥파리들도 그렇게 느끼는지는 모르겠지만. 난 이제 모든 게 부질없게 느껴져요. 이런 얘기 하니까 죽을 날 받아놓은 늙은이 같죠?

나나 아귀 같은 촌놈들은 아무리 꾸미고 연기를 해도 촌티를 감출 수가 없어요. 뼛속까지 촌스럽거든요. 그래도 난 좋아요. 타이베이에 올라와서 만난 돈 많은 게이들처럼 스튜어드, 교수, 엔지니어, 치과의사 등등 자기 사업에서 성공하거나 부잣집 아들은 아니지만요. 아귀와 나는 시골 태생이고 부모님도 가방끈이 짧아서 동성애, 성소수자 같은 건 이해하지 못해요. 우리 둘 다 5년제 전문학교를 나왔어요. 공부도 싫어하고 특별한 재능도 없어서 서비스 업종밖에는 할 수 없었어요. 같은 중남부 출신이라는 공통점에 동질감도 느꼈죠. 난 원래 선배와 동거를 하다가 아버지가 갑자기 집에 들이닥치는 바람에 들켰어요. 고향엔 다시 내려가기 싫었어요. 나중에 아버지가 돌아가시고 큰형 부부와 함께 사는 어머니를 보러 갔는데 나를 없는 자식 취급을 하더라고요. 속상했지만 됐다, 이렇게 홀가분하게 사는 것도 괜찮다, 하고 생각했어요. 난 부모 운도 부부 운도 없지만 부동산 운은 괜찮은 거 같아요. 점쟁이가 나더러 자식 운이 좋다고 했지만 어떻게 자식을 낳을 수 있겠어요? 이런 대도시에서 살아남으려면 믿을 건 나 자신밖에 없어요. 중메이바오도 팔자가 기구한 시골 여자인 것 같고, 아부도 마찬가지예요. 이런 게 운명이겠죠. 메이바오의 죽음으로 허무주의가 더 심해졌어요. 에이, 됐다. 인생이 뭐 별거냐. 살아 있으면 그걸로 된 거지. 재수 없이 죽어도 미련 없어요.

여기까지만 해요. 내 손님 왔어요. 저기 저 여자 보이죠? 귀족인 척

하고 왔네요. B동 46평 보러 갈 거예요. 2350만 위안을 불렀는데 저런 여자들은 자기가 부자라고 생각해요. 착각도 자유지. 죽은 중메이바오만 딱해요. 저런 가짜들도 돈 많은 남자랑 결혼하는데 진짜 미인이 살해당하다니, 미인박명이지 뭐예요.

까놓고 말해서 난 중메이바오가 순진해 보이지 않았어요. 도화살있다고 다 좋은 게 아니에요. 난 메이바오의 공식적인 애인도 보고, 비밀 애인도 봤어요. 참 이상하죠? 아무튼 다 봤어요. 그 남동생이라는 미남 있잖아요? 게이가 아니라면, 친동생일 리 없어요. 내 눈은 못속여요. 그 남자가 메이바오의 손을 잡고 헬렐레하고 있더라니까요? 딱 보고 둘 사이가 단순하지 않다고 생각했어요. 범인을 잡고 싶으면 그 남자한테 가서 메이바오와 잤는지 물어보세요. 너무 노골적인 것같아도, 이런 일은 직감이 정확하다니까요? 그 남잔 분명히 중메이바오를 끔찍하게 좋아해요. 메이바오가 바람피우는 걸 알고 애인이 홧김에 죽였을 수도 있잖아요. 그냥 지껄이는 말이 아니에요. 조사해보면 알겠죠. 살인은 사랑 때문이거나, 돈 때문이거나, 둘 중 하나예요.

7   우밍웨

여기까지 와주셔서 고맙습니다. 제가 경찰서에 가지 못해서 죄송해요. 전화로는 자세히 말씀드릴 수가 없었어요. 사건이 일어나기 며칠 전에 다투는 소리를 들었어요. 그때 신고했어야 했는데, 지금 후회해봐야 소용없죠.

이 사건을 계속 수사해주셔서 진심으로 고맙습니다. 처음에는 경찰과 기자들이 몰려와서 이 빌딩 주민들을 전부 조사할 것처럼 야단이었어요. 언론이 '마천대루의 미녀 매니저 피살 사건'이라고 대서특필하더니 사건 현장 사진이 유출되고 나서는 '바비인형 피살 사건'이라고 부르더라고요. 그때는 모든 신문의 1면에 보도됐는데 열흘쯤 지나니까 로비에 기자가 별로 없다고 했어요. 선거를 앞뒀으니 경찰도 사건을 빨리 해결해야 한다는 부담이 있겠죠? 이 빌딩에만 1,000개 넘는 표가 있으니 신경이 많이 쓰일 거예요.

이렇게 넓은 집에 나 혼자 살아요. 메이바오의 집은 바로 옆집이지만 작은 원룸이에요. 어쩌면 메이바오가 아니라 내가 살해당했을 수도 있어요. 면식범이 아닌 강도 살해였다면 발코니를 통해 내 집으로 들어오기가 더 쉬우니까요. 고층이라 발코니를 넘어 침입할 가능성

272

은 낮지만요.

메이바오를 내 집에 데려와 같이 살았다면 죽음을 막을 수 있었을지도 몰라요. 매일 여러 가지 가능성을 생각하는데 내가 아는 사람 중에는 범행을 저질렀을 만한 사람이 없어요. 예전에 내 증세가 더 심각했을 때는 집 안에 있어도 불안했어요. 작은 일에도 죽을 것 같은 불안감에 떨었죠.

시간이 한참 흘렀지만 아직도 충격이 가시지 않고 마음이 진정되지 않아요. 매일 수면제 없인 잠을 못 자고요. 이럴 땐 집 밖에 나가지 못하는 게 가혹한 형벌 같아요. 저 벽 너머가 메이바오의 집인데 현관문조차 나갈 수 없으니 거길 가서 볼 수도 없었어요.

아무에게도 말하지 않은 게 있어요. 매주 집안일을 해주러 오는 언니가 있어요. 내가 제일 의지하는 사람인데 그 언니에게도 말하지 않았어요. 메이바오가 자기 집 열쇠와 갈색 서류함을 내게 맡겼어요. 그 상자 속에 메이바오의 비밀이 들어 있을 거예요. 믿을 수 있는 사람에게 이 얘길 하고 싶었어요.

메이바오가 아무도 모르게 그 상자를 건넸을 때 왠지 불안했어요. 메이바오는 웃으며 "내 집보다 언니 집에 두는 게 안전할 것 같아. 언닌 항상 집에 있으니까 24시간 지켜줄 수 있잖아"라고 했어요. 우리 빌딩은 24시간 경비를 서는데 뭐가 무섭냐고 했지만 한사코 연말까지만 맡아달라더라고요. "내가 훔쳐 갈까 봐 걱정되지 않아?"라고 물었더니 웃으면서 "언니가 이걸 가지고 집 밖으로 도망칠 수 있다면 기꺼이 도둑맞아줄게"라고 답했어요.

메이바오는 항상 그렇게 밝았어요. 누구는 쿨하다고 하고 누구는 속을 알 수 없는 사람이라고 하겠지만, 난 걔한테 남모르는 괴로운 사정이 있었을 거라고 생각해요. 자기도 그렇게 살기 싫었지만 어쩔 수 없는 사정이 있었을 거예요.

우린 아주 친했지만, 걘 내게 모든 걸 털어놓진 않았어요. 내가 더 걔에게 의지했죠. 얼마 전부터 무슨 고민이 있는 것 같았어요. 이사 갈 거라는 얘기에 내가 울먹였더니 떠나야만 하는 이유가 있다면서 안정되고 나면 날 보러 오겠다고 했어요. 사건이 있기 일주일 전에 갑자기 찾아와 그 상자를 맡아달랬어요. 중요한 물건인데 이사하다가 잃어버릴까 봐 그런다며 집 정리가 끝나면 찾으러 오겠다고요. 자기가 죽을 줄 알았던 걸까요? 아니면 자길 사랑한다는 두 남자와 자신에게 의지하는 남동생에게서 벗어나지 못해 자기 집마저도 안전하지 못한 곳이 된 걸까요? 며칠 동안 그 상자를 열어볼까 고민했어요. 사건 해결의 단서가 있을 수도 있잖아요. 메이바오는 죽었지만 난 걜 보호할 의무가 있어요.

난 광장공포증 때문에 밖에 나가지 못해요. 메이바오의 마지막 모습도 못 봤고 장례식에도 가지 못했어요. 내 인생에서 가장 한스러운 일이에요. 언젠가 밖에 나갈 수 있게 되면 제일 먼저 메이바오의 묘에 갈 거예요.

텔레비전을 켜면 온통 그 사건 뉴스밖에 없었어요. 무서웠지만 이를 악물고 일부러 다 봤어요. 계속 채널을 돌려가면서 모든 뉴스를 다 보고, 인터넷을 샅샅이 검색해서 작은 단서라도 찾으려고 애썼어요. 하지만 그렇게 해도 내 죄책감은 사라지지 않고, 메이바오가 죽었다는 사실도 변하지 않아요. 벽에 귀를 대면 옆집 소리를 들을 수 있어요. 검찰에서 몇 번 조사하러 다녀간 뒤엔 아무 소리도 들리지 않아요. 아무도 들어가지 못하게 폴리스 라인을 치고 통제하고 있겠죠.

메이바오의 집이 살인 사건 현장이 됐다는 사실을 아직도 받아들일 수가 없어요.

옌쿤도 잡혀갔잖아요. 옌쿤이 메이바오 살해 용의자라는 사실이 메이바오의 죽음보다 더 믿기지 않아요. 그날 밤 옌쿤이 메이바오의 집에 갔었다는 이유만으로요. 그럴 리가 없어요. 그 둘을 본 적이 있다면 누구도 그런 끔찍한 일이 있을 수 없다는 걸 알 거예요. 하지만 그런 일이 일어났죠. 옌쿤은 아직 아무것도 부인하지 않고 있어요. 옌쿤이 사건 당일에 "내가 죽였어요!"라고 말한 뒤 아무것도 말하지 않고 울부짖기만 해서 병원에서 진정제를 투여했다는 뉴스를 봤어요. 그날 옌쿤이 메이바오의 집에 왔던 건 사실이에요. 그날 밤 깜씨도 왔었어요. 이상하게도 깜씨와 옌쿤은 같은 시간에 온 적이 거의 없어요. 항상 다른 시간에 왔어요.

기자들이 많은 사실을 알아냈더군요. 부모의 도박 빚, 은행 경매, 사채, 술버릇. 메이바오가 혼자서 그렇게 많은 일을 감당하고 있었다는 걸 뉴스를 보고서야 알았어요. 얘기했으면 도와줬을 텐데 메이바오는 아무에게도 그런 얘기를 하지 않았어요. 메이바오가 콜걸이었다는 루머까지 돌고 있다죠? 화가 나고 가슴이 아파서 미치겠어요. 또 무슨 헛소문이 퍼질지. 죽은 사람을 조용히 내버려두지 않잖아요. 선생님들이 조사해서 메이바오의 명예를 회복시켜 주세요.

예메이리 언니 덕에 메이바오를 알게 됐어요. 메이바오가 엘리베이터에서 만난 언니에게 급하게 카페 주방 일을 도와달라고 부탁했대요. 카페 주방장이 갑자기 그만뒀는데 사람을 못 구하고 있다면서요. 언니가 내 의견을 묻기에 난 괜찮다고 했어요. 언니가 예전에 식당을 운영한 적이 있어서 충분히 할 수 있는 일이고 일하면서 성취감도 느낄 수 있을 것 같았어요. 언니가 메이바오와 내가 많이 닮았다고 해서 언제 한번 집에 와달라고 초대했어요. 얼마 후 메이바오가 정말로 케이크를 가지고 왔는데, 처음 만났는데도 왠지 친근하고 친자매처럼 느껴졌어요. 밖에 나갈 수 없는 날 위해서 걔는 늘 나를 보러 와줬어요. 친구가 없는 날 위해 여러 일을 해줬고요.

반년 정도 시간이 날 때마다 나를 보러 왔어요. 매번 직접 만든 케이크와 꽃을 가져왔죠. 난 커피와 홍차를 만들어주며 "꼭 데이트하는 기분이야" 하고 말했어요. 정말 그랬어요. 걔가 아침 10시쯤 오면 나는 간단한 아침을 만들고, 같이 먹으면서 연인처럼 대화를 나눴어요. 어제 카페에 왔던 손님들 얘기나 재미있었던 일을 들려줬어요. 이 빌딩의 부동산 중개인이 있어요. 나도 아는 사람인데 원체 마당발이에요. 그 사람이 이 빌딩에서 일어나는 일을 모두 메이바오에게 얘기해줬대요. 요 근처 김치찌개 식당에서 일하는 젊은이가 자기 식당에 한번 오라고 해서 가봤더니 식당에 《원피스》 캐릭터 그림이 잔뜩 붙어 있고, 주방에서 음식을 만드는 아주머니도 캐릭터 복장을 입고 있더래요. 스피커에선 최신 일본 가요가 흘러나오고 있고요. 그러면서 한국 음식을 판다니 우습지 않아요? 부동산 중개소에서 일하는 게이 직원 얘기도 자주 했어요. 아부의 친구인데 젊을 때 게이들끼리 놀았던 얘기를 무용담처럼 들려줬대요. 그 얘기를 들을 때마다 난 민망해서 얼굴이 빨개졌어요.

우습게 흉내 내면서 그 사람들 얘기를 들려주던 메이바오를 생각하면 지금도 웃음이 나요. 슬프고 가슴 아프지만 걔와 함께했던 시간을 떠올리면 그래도 따뜻한 기분이 들어요. 갠 누구를 흉본 적도 없고, 일이 고되다고 불평한 적도 없어요. 항상 좋은 얘기, 즐거운 얘기, 재미있는 얘기만 했어요. 메이바오의 얘기 속에 나오는 사람들은 모두 만나보고 싶었어요.

　오랫동안 옆집에 살면서도 서로의 존재를 몰랐지만, 한 번 만난 뒤로는 둘도 없는 친구가 됐어요. 나이와 생김새만 비슷한 게 아니라, 걜 보면 내가 밖에 나간다면 어떤 삶을 살 수 있을지 상상하게 됐어요. 난 풍족했지만 메이바오는 가족을 부양해야 하는 무거운 짐을 지고 살았죠. 메이바오에게 난 '이상적인 자신'이었을 거예요. 내 생활이 부럽다고 자주 말했어요. 누구에게도 헌신할 필요 없이 오롯이 나만을 위해서 사는 삶이 부럽다고요. 우리 둘을 합쳤다가 공평하게 반으로 나누면 완벽한 사람이 됐을 거예요. 그럴 수 없으니까 각자 무거운 짐을 진 채 서로 의지할 수밖에 없었죠.

　메이바오가 왜 나랑 친구가 됐는지 모르겠어요. 난 경제적으로 풍족해도 개한테 해줄 수 있는 게 없었어요. 걘 무척 검소했어요. 가끔 내가 온라인에서 충동구매한 옷이나 액세서리를 주곤 했어요. 난 매일 집에 있으니까 트레이닝복만 있어도 충분하지만 그것 말고는 할 수 있는 일이 없어요. 온라인쇼핑몰이나 유명 브랜드몰에서 충동적으로 물건을 샀어요. 손목시계, 옷, 청바지, 운동화, 속옷 같은 걸 계속 샀죠. 거울 앞에서 입어보면서 예전에 회사 다니던 때를 회상했어요. 그땐 월급을 받으면 가끔 나에게 주는 선물처럼 옷을 샀어요. 옷이 도착하자마자 입고 데이트를 나갔죠. 남자친구도 내가 새 옷 입은 걸 좋아했어요. 연애한 지 3년쯤 됐을 때 가끔 레스토랑이나 와인바에서 데이트를 했는데 내가 새 옷을 입고 나가면 그가 놀라면서 처음 보는 여자를 유혹하듯이 다가와 말을 걸었어요. 그 생각을 하면 지금도 부끄럽네요. 그는 내 인생에서 처음으로 진지한 연애를 했던 사람이고, 남자의 맨몸을 본 것도 그가 유일했어요. 난 피부처럼 매끄러운 재질의 원피스를 입고 하이힐을 신었고, 화장도 그를 위해서 배웠어요. 그는 내가 예쁘다는 걸 알게 해준 사람이에요. 내 얼굴, 내 몸매, 내가 여자로서 가장 아름다운 곳까지 모두. 하지만 그는 결국 날 떠났죠. 그가 혐오하는 표정으로 나를 떠날 때 모든 게 다 무너졌어요.

예쁜 내 모습을 봐줄 사람은 없지만 지금도 옷 사는 걸 좋아해요. 내 유일한 취미가 메이바오와 드레스룸에서 옷을 다양하게 코디해서 입어보고 예메이리 언니에게 보여주는 거였어요. 메이바오에게 잘 어울리는 옷은 가져가서 입으라고 선물해줬어요. 메이바오는 원래 옷을 보이시하게 입었어요. 흰 셔츠나 심플한 티셔츠에 청바지, 운동화. 여름에는 머리를 포니테일로 묶고 겨울에는 풀어서 내려뜨렸어요. 립글로스와 로션 외에 색조 화장은 하나도 하지 않았고요. 맨얼굴도 예뻤지만 내가 화장품을 몇 세트 주고 나서는 리아이미^{李愛米}에게 화장을 배워서 색조 화장을 하기 시작했어요. 여배우처럼 얼마나 예뻤는지 몰라요. 연한 화장만 해도 눈에 확 띄게 아름다웠어요. 타고난 미인이라 화장을 하고 섹시한 옷을 입어도 청순함이 풍겼죠. 애교도 없고 오히려 조금 털털한 성격이었는데도요. 참 이상하죠. 여성스러움을 드러내지 않을수록 오히려 더 섹시한 매력이 돋보였으니까요. 내가 남자라면 그렇게 자신을 꾸미지 않는 여자에게 끌릴 거예요. 아니, 여자인 나도 어떤 점에서는 걜 사랑했어요. 동성애 같은 마음은 아니지만 말로 표현할 수 없는 묘한 감정이에요. 걘 내가 덜어줄 수 없는 무게를 혼자서 짊어지고 있었어요. 가끔은 뿌리까지 다 뽑힌 사람 같기도 했어요. 꽃술부터 꽃잎까지 독 넝쿨에 칭칭 감겨 있으면서도 어떻게 그렇게 항상 밝고 선량할 수 있었는지 모르겠어요.

종종 여기서 자고 가라고 했지만 잠자리가 바뀌면 잠을 못 잔다면서 어린애를 재우듯 나를 재워줬어요. 우린 똑같은 잠옷을 입고 침대에 누워서 많은 얘기를 나눴어요. 걔를 보고 있으면 나를 보고 있는 것 같은 착각이 들었어요. 물론 걔가 훨씬 예쁘지만요. 꿈속의 나같다고 할까. 걔 어깨를 자주 쓰다듬었어요. 말랐지만 탄탄한 느낌이 좋아서요. 나도 집에서 운동을 열심히 하지만, 걔처럼 케이크 반죽을 저으며 생긴 근육은 없어요. 메이바오의 몸은 한마디로 생명력이 충만했어요.

그런 애를 왜 죽였을까요? 그 사람은 얼마나 많은 사람이 나처럼 그 아이를 자기 인생에서 가장 아름다운 물건처럼 아끼고 사랑하는지, 그 아이로 인해 얼마나 많은 힘을 얻는지 몰랐을 거예요. 아마 메이바오를 너무 사랑했거나, 죽도록 미워했거나, 아니면 걜 전혀 모르는 사람이겠죠. 도대체 누가 그런 짓을 했는지 정말 모르겠어요.

사람이 아무리 만신창이 같은 삶을 산다고 해도 남의 손에 죽임을 당할 정도로 비참할 수는 없어요. 난 소설을 쓰는 사람이지만 걔처럼 그렇게 비참한 인생은 소설로도 쓰지 않아요.

사건이 일어나기 며칠 전 밤, 이상한 소리를 들었다. 다투는 소리 같았고, 물건을 던지는 소리도 들렸다. 메이바오에게 전화를 했지만 받지 않더니 나중에 전화를 걸어 별일 아니라며 조금 다툰 것뿐이라고 했다.

하지만 그날은 확실히 뭔가 조금 이상했다. 시계를 보니 새벽 1시였고, 일부러 시간을 기억해두었다. 벽이 얇아서 소리가 들렸다. 뭐라고 하는지 알아들을 수는 없지만 남자 목소리였다. 남자는 계속 화를 내며 고함을 질렀고, 메이바오는 몇 마디 하지 않았다. 다툼이 격해졌는지 물건 부수는 소리가 들렸다. 유리잔이 깨지는 소리 같았지만 한 번 들리고는 이내 조용해졌다.

옆집으로 달려가 문을 두드리지 않았던 걸 후회하지만, 밖으로 한 발짝도 나갈 수 없는 병에 걸렸으니 어쩔 수가 없었다. 그럴 수 없다면 인터폰으로 경비원을 불렀어야 했는데 왜 그러지 않았을까? 메이바오를 알고 있었기 때문이다. 메이바오는 비밀이 많은 애였다. 곧 다투는 소리도 조용해졌다. 한참 기다려도 아무 소리도 들리지 않아 전화를 걸었지만 휴대전화가 꺼져 있었다. 수면제를 먹어서 머리가 멍했기 때문에 얼마 안 가서 잠이 들었다. 며칠 동안 깨어 있을 때마다 후회가 밀려왔다. 광장공포증이 날 이기적이고 냉정한 사람으로 만든 것 같다. 메이바오는 매일 나를 보러 와주었는데 난 늦은 밤에 그녀를 보러 가지도 않았고, 전화를 걸지도 않았다. 나중에 메이바오에게 물었더니 남자친구와 다퉜다고 했다. 그날 밤에 사건이 일어난 건 아니지만, 그날 밤 메이바오의 방에 있던 사람이 용의자일 거라고 생각한다. 내 직감으로 깜씨는 아닌 것 같다. 깜씨는 착실한 사람이다. 옌췬도 아닐 것이다. 누구든 옌췬을 보았다면 여리고 수줍음이 많은 착한 아이라고 생각했을 것이다. 옌췬이 메이바오의 남동생이라는 건 처음엔 몰랐다. 아버지가 다른 동생이지만 둘이 많이 닮았다. 옌췬은 요양원에서 오랫동안 지냈지만 수줍음이 많다는 것 외에 다른 이상한 점은 느끼지 못했다. 매번 올 때마다 메이바오가 용돈을 주고 같이 밥을 먹은 다음 하룻밤 재우고 보냈지만, 언제나 조용히 왔다 갔고 오랫동안 안 보일 때도 있었다.

내가 옌췬을 좋아한다는 걸 알고 메이바오가 몇 번 이어주려고 했지만 옌쿼이 내게 그런 마음이 없다는 걸 난 알고 있었다. 그 점이 괴로웠지만 오히려 그래서 더 옌쿼이 좋았다. 그들이 남매가 아니라면 얼마나 어울리는 연인이었을까. 난 아프기 시작한 뒤 밤늦게 누군가를 만난 적이 거의 없다. 내 병에 대해 설명하기도 귀찮고, 대부분은 날 이상한 눈으로 보았기 때문이다. 마치 내 노력이 부족해서 병이 낫지 않는 것처럼. 하지만 메이바오와 옌쿼은 그러지 않았다. 내가 밖에 나갈 수 없는 걸 이상하게 여기지 않고 조용히 날 도와주었다. 메이바오와 옌쿼, 예메이리 언니는 내 가족은 아니지만 나와 제일 가까운 사람들이다.

메이바오의 남자친구 깜씨는 과학단지에서 일하고 있다. 엔지니어인 것 같았는데 자주 본 건 아니지만 예의 바르고 외모도 괜찮은 남자였다. 메이바오를 보러 올 때마다 커다란 꽃다발을 가지고 왔는데 메이바오가 그중 반을 내게 가져다주었다. 깜씨는 좋은 사람이고, 메이바오를 구속하지도 않았다. 이 동네에 메이바오를 좋아하는 사람이 많았지만 그녀는 누구와도 사귈 마음이 없었다. 자기 집 사정이 좋지 않아 누구에게도 짐을 지우기 싫어서 결혼하지 않는다고 했다. 어떤 사정이 있느냐고 물었더니 엄마가 계속 투석을 해야 해서 돈이 많이 드는 데다가 계부는 주정뱅이에 도박중독이고 툭하면 돈을 달라고 엄마를 때린다고 했다. 뉴스에 나온 또 다른 용의자는 메이바오의 비밀 애인이다. 뉴스에는 외투로 머리를 감싼 모습만 나왔지만 키가 컸다. 난 그를 사진으로만 보았다. 메이바오가 둘이 같이 찍은 사진을 내 집에 두고 갔기 때문이다. 메이바오는 그가 유부남이라며 자기는 원래 유부남을 좋아한다고 했다. 잘생기고 옷도 잘 입은 모습이 사회적으로 성공한 남자처럼 보였다. 메이바오는 그 사진을 무척 아졌고, 가끔 보고 싶을 때 내 집에 와서 보곤 했다. 유부남을 만나면 안 좋을 것 같다고 조심스럽게 말했더니 어차피 결혼할 것도 아니고 아이를 낳을 것도 아니니 괜찮다고 했다. 그럼 깜씨는 어떻게 하느냐고 했더니 눈가가 붉어지며 대답하지 않았다.

난 그 유부남을 직접 본 적도 없고, 자세히 물어볼 수도 없었지만, 메이바오가 진정으로 사랑하는 사람은 바로 그였다고 생각한다. 우리 둘이 술을 마시고 취했을 때 메이바오가 나를 끌어안고 울면서 이렇게 말한 적이 있다. "인생이 왜 이렇게 고되고 힘들지? 내가 원하는 건 가질 수 없고, 떼어버리고 싶은 건 떼어버릴 수가 없어." 난 메이바오가 나와 마음을 나누는 사이였다고 생각했지만, 그 남자에 대한 얘기는 하지 않았다. 그저 "몇 가지 일들이 일어난 뒤에 세상에 불가능한 일은 없다는 걸 알았어"라고 말했다.

우리 빌딩 경비원 셰바오뤄 얘기는 내게 한 적이 없다. 두 사람이 함께 드나드는 걸 예메이리 언니가 봤다고 했다. 셰 선생은 좋은 사람이고, 나를 많이 도와줬다. 메이바오와 조금이라도 관련 있는 남자들은 모두 용의선상에 올려졌다는 사실이 안타깝다. 사람들은 메이바오의 사생활이 문란하다고 생각할 수도 있지만, 난 그녀가 자기만의 사랑을 갖고 싶었을 뿐이라고 생각한다. 하지만 그건 쉬운 일이 아니었다. 아무리 미인이라고 해도 갖고 싶은 것을 다 가질 수는 없다.

8   유니버셜 편의점

황하오우
27세, 대학원생, 마천대루 편의점 점원

편의점에서도 커피를 팔아요. "이 도시 전체가 당신의 카페입니다." 얼마나 멋진 광고예요? 아메리카노 한 잔에 25위안, 스몰 사이즈 카페라테 30위안. 가끔 원 플러스 원이나 라지 사이즈를 사면 스몰 사이즈를 증정하는 이벤트도 해요. 그런데도 굳이 카페에 가서 한 잔에 90위안, 110위안짜리 카페라테나 카푸치노를 마시는 사람들이 있어요. 특히 그 시그니처 메뉴인 흑당카페라테요. 난 그 이유를 알아요. 예쁜 매니저 때문도 아니고, 사람들이 멍청해서도 아니에요. 우리 편의점에도 예쁜 점원이 있었어요. 석 달을 못 채우고 그만뒀지만. 난 아부카페가 분위기를 판다고 생각해요. 보세요. 카페 옆에 있어서 가끔 커피 향기가 여기까지 날아와요. 케이크 굽는 냄새는 뒤쪽에 있는 방화선을 통해 들어오는 것 같아요. 뒤편 창고에서 물건을 정리하다가 케이크 굽는 냄새가 나면 군침이 돌아서 교대하고 집에 갈 때 카페 안을 슬쩍 들여다봐요. 유리창 안쪽은 다른 세계 같아요. 편의점에서는 문 열리는 소리가 땡그랑, 하고 나면 어서 오세요, 하고 인사하고, 발바닥에 불이 나게 뛰어다니며 물건값 계산하고, 커피 만들고, 아이스크림 팔고, 복사, 팩스 수발신, 택배 접수, 공과금 납부, 콘서트 티켓 예매 등등 온갖 일을 다 해요. 우리 엄마가 예전에 아무것도 못 하던 애가 지금은 뭐든지 다 할 줄 안다며 웃었어요. 편의점에서 우육면을 판다고 해도 난 전혀 놀라지 않을 거예요. 정말이요. 편의점은 이미 잡화점, 슈퍼마켓, 우체국, 세탁소, 패스트푸드점, 카페의 기능을 전부 대체하고 있어요. 편의점만 있어도 거의 모든 생활이 가능해요. 전자기파와 인스턴트가 모든 것을 값싸고 얄팍하게 만들었어요. 우리 같은 점원들처럼요. 난 편의점에서는 뭐든 다 할 수 있지만 다른 곳에 가면 아무것도 할 줄 몰라요. 우리가 배운 이런 기술은 전문적인 곳에 가선 전혀 쓸모가 없어요.

정말 슬픈 일이죠.

유리창 너머 세상은, 맞아요. 아부카페 매니저는 정말 예뻐요. 그녀와 대화도 나눠봤어요. 달콤한 미성은 아니지만 깔끔한 목소리였어요. 가끔 지나가다가 마주치면 그녀가 내게 고개를 끄덕이며 인사를 해요. 뭐랄까, 우리가 파는 25위안짜리 커피가 카페 매상을 떨어뜨릴까 봐 걱정하지 않는다는 듯이. 마치, "괜찮아. 다 같이 장사하는 거지" 하고 말하는 것 같아요. 가끔 그녀가 내게 "파이팅", "수고하세요" 하고 말하는 것 같기도 해요. 집돌이의 망상이라고 생각하겠죠? 괜찮아요. 내가 집돌이처럼 생긴 건 나도 인정하니까. 앞머리를 내린 덥수룩한 머리에 뿔테 안경까지 썼잖아요. 사실 이건 힙스터 스타일이에요. 올스타 스니커즈를 신은 거 보이시죠? 반스나 푸파°도 신고, 아디다스나 나이키를 신을 때도 있어요. 다 괜찮을 거 같죠? 바지는 리바이스이고, 윗도리는 온라인으로 사요. 가끔 빈티지 옷도 사고요. 그런 건 잘 모르시죠? 시장에서 좋은 물건을 건지려면 전문적인 안목이 있어야 해요. 빈티지니까 무늬가 요란한 셔츠나 조금 큰 사이즈도 괜찮아요. 브랜드를 따지는 사람도 있지만 난 안 그래요. 마음에 들면 그냥 사죠. 윗도리는 200위안 안팎에서 고르고, 바지는 조금 더 비싸도 괜찮지만 주로 내 룸메이트에게 바지를 사요. 내 룸메이트는 철마다 청바지를 여섯 벌씩 사요. 미쳤어요. 그렇게 돈이 많은데 왜 나랑 아파트 옥탑에 사는 거죠? 걘 집에 있는 걸 싫어해요. 옷 사고 맛있는 거 먹는 데 돈을 다 써요. 바지는 입다가 반값에 내게 팔아요. 그 덕분에 좋은 옷을 싸게 살 수 있어요. 우린 치수가 비슷하지만 아깝게도 발이 내가 더 커요. 안 그러면 걔의 캠퍼와 트리펜도 사서 신을 수 있을 텐데.

사실 난 집돌이도 아니고 힙스터도 아니에요. 대학원에 다니고 있어요. 고도 근시 때문에 군대는 면제받았고, 고향 타이중에 내려가 아빠의 철공장을 물려받기 싫어서 대학원에 들어갔어요. 문화학 대학원을 나와서 사회에서 뭘 할 수 있겠어요? 편의점에 먹을 것도 있고 머리를 쓸 일도 없으니까 이렇게 시간을 때우는 거죠. 나중 일은 나중에 생각할래요.

사실 영화를 찍고 싶어요. 우선 다큐멘터리라도 찍고 싶지만 그러려면 인생 경험을 쌓아야겠죠. 편의점에서 일하면 다양한 인간 군상을 관찰할 수 있어서 좋아요. '심야편의점'이나 '옆집 카페', '머리 위 마천루' 같은 걸 찍고 싶어요. 모두 이 동네에서 영감을 얻었어요. 대학원에서 문화를 연구하고 있지만, 학교에서 배운 것보다 편의점에서

● 대만의 신발 브랜드.

1년 동안 본 게 더 많아요. 내 논문 주제는 아마 '편의점과 도시 생활'
이나 '마천루의 지하경제', '카페 인류학'이 될 거예요. 내가 쓸데없는
얘길 너무 많이 했네요. 원래는 '무라카미 하루키의 소설과 요리의
관계에 대하여'라는 주제로 쓰려고 했어요. 끔찍한 주제예요. 그걸 썼
다면 아마 미쳐버렸을 거예요. 사실 하루키를 별로 좋아하지 않아요.
한 여자 후배를 꾀어보려고 했던 적이 있는데 걔가 하루키의 광팬이
었어요. 그래서 작정하고 하루키의 작품을 닳도록 읽었지만, 결국 고
백도 못 하고 걔 영국 유학을 떠났어요. 빌어먹을.

하지만 그 후배보다도 중메이바오가 더 좋았어요. 그녀는 매일 신
문을 두 부씩 사러 왔어요. 오전 타임에 일할 때는 그녀를 만날 수
있었죠. 신문 외에 과자나 주먹밥 같은 건 사지 않았어요. 커피만 마
셔도 배가 부를 것처럼 마른 몸매였어요. 그래도 카페에서 식사도 팔
고, 직원 식사도 제공하겠죠. 사실 그런 식습관이 건강에는 도움이
돼요. 정크푸드를 입에 대지 않고 매일 조깅이나 요가 같은 걸 했을
거예요.

차분하고, 상냥하고, 잘 웃고, 예의 바른 사람이었어요. 치러우 바
닥을 쓸면서 우리 편의점 앞까지 절반도 넘게 쓸어줬어요. 물론 날마
다 중메이바오가 비질을 했던 건 아니지만, 그녀가 비질을 하는 날이
면 5분 동안 그녀를 지켜볼 수가 있었어요. 참 이상하죠. 그녀가 밖
에서 비질을 하고 있으면 찜통 같은 날씨에도 어디서 선선한 미풍이
부는 것처럼 하나도 힘들어 보이지 않았어요. 우리 치러우에 제일 많
은 게 뭔 줄 아세요? 똥이요. 개똥. 여기가 개똥 천지라면 믿으시겠어
요? 이렇게 많은 개똥이 모여 있는 곳은 세상에서 처음 봐요. 그런데
도 중메이바오는 눈썹 하나 찡그리지 않고 개똥을 쓸고 청소했어요.
정말 천사예요.

이 도시에 계속 살다가는 언젠간 우울증에 걸리고 말 거예요. 우리 점장이 개똥 때문에 빌딩 주민과 관리위원회 사람들과 싸우기도 했지만 달라지지 않았어요. 그래서 중메이바오가 우리 편의점 앞까지 쓸어준 거겠죠. 내가 야간 타임에 일할 때는 유통기한이 막 지난 주먹밥이나 빵을 중메이바오에게 가져다줬어요. 점장이 나한테 가져가도 된다고 했지만 그렇게 많이 가져가서 뭣 하겠어요? 나도 그녀에게 영향을 받아서 착해졌는지 모르지만, 개똥은 치울 수 없어도 주먹밥을 가져다줄 수 있잖아요. 야간 타임을 마치고 아침에 퇴근할 때 주먹밥을 잘 포장해서 카페 우편함에 넣어놓았어요. 내가 할 수 있는 게 그것뿐이었어요. 난 그 개똥들이 리[※] 씨 아줌마의 개들이 싸놓은 게 아니라는 걸 알아요. 리 씨 아주머니가 개를 열네 마리나 기르기는 하지만 개똥이나 오줌을 깨끗하게 치워요. 옷을 뻗쳐 입은 사모님들이 데리고 다니는 개들이 싸놓은 똥이죠. 눈이 머리 위에 붙은 여자들이 옷 자랑에 정신이 팔려서 자기 개들이 똥을 싸고 오줌을 누는 건 보이지도 않나 봐요. 전부 리 씨 아줌마네 개들 탓으로 돌려요. 다들 리 씨 아줌마를 쫓아내고 싶어서 없는 죄도 가져다 붙이는 거죠.

됐어요. 이런 동네에서 밥벌이를 하고 있으니 어쩔 수 없죠. 그렇다고 리 씨 아줌마를 두둔해주진 않을 거예요. 그러면 점장이 날 잘라버릴걸요? 리 씨 아줌마를 보면 우리 엄마 생각이 나요. 우리 엄마도 개를 많이 길러요.

갑자기 리 씨 아줌마 얘길 꺼내서 미안해요. 중메이바오가 얼마나 착한 사람이었는지 말하고 싶었어요. 아시겠죠? 난 그녀의 미모만 보지 않았어요. 다른 남자들처럼 가슴과 다리를 보지도 않았고요. 그녀는 영혼이 아름다운 사람이었어요. 그래서 그녀가 만든 커피는 여기 편의점 커피처럼 시큼털털한 냄새가 나지도 않았어요.

그런 그녀가 죽었네요.

범인이 잡히지 않아서 동네 분위기가 어두워요. 밤에는 더 썰렁하고요. 물론 이 커다란 빌딩이 모든 걸 덮어버릴 거예요. 사람들은 금세 그녀를 잊을 거고, 카페도 조금 쉬다가 곧 다시 문을 열겠죠. 프런트의 경비는 교체될 수도 있어요. 우리 같은 서비스업 종사자들은 점원이 바뀌는 게 아주 정상적인 일이란 걸 알아요. 우리가 어디서 일하든 간에, 슈퍼마켓이든, 카페든, 빵집이든, 편의점이든, 우린 그저 일개미예요. 피땀 흘려 일해서 부르주아에게 돈을 운반해주죠. 사무직 직장인이라고 해서 뭐가 다른가요? 온종일 엉덩이에 땀띠 나게 의자에 앉아서 일하고, 죽을 때까지 회의 또 회의. 어차피 사장을 위해 죽어라 일하는 거예요. 돈은 좀 더 벌겠지만 그 대신 건강, 젊음, 재능을 다 바치고 그 대가로 고작 한 달이면 바닥나는 월급을 받아요. 이게 다 뭐예요?

난 스물일곱 살이에요. 고향에 내려가지 않는다면 여기서 점장까지 해도 평생 집 한 채 살 수 없어요. 이 빌딩에 있는 작은 원룸조차 살 수 없을 거예요. 사실 집을 사는 건 꿈도 안 꿔요. 날 비관적인 사람으로 보지 마세요. 사실이 아니니까요. 부모님은 타이중의 단독주택에 사시고, 내가 부모님의 노후를 책임질 필요가 없어요. 여기서 정 안 되면 타이중으로 돌아가도 돼요. 철공장을 물려받지 않더라도 먹고살 일자리는 구할 수 있어요. 그런데 내가 어릴 적부터 뭘 배우고 싶었는지 아세요? 한번은 아빠가 화가 나서 나를 혼내면서 이렇게 말했어요. "편의점에서 일하는 게 그렇게 좋으면 내가 편의점을 차려주마. 편의점 점원으로 일해봐야 무슨 장래가 있겠어?" 아빠는 내가 장래를 위해 아등바등 노력하고 있다는 걸 몰라요. 난 정말 직장인의 세계에 뛰어들긴 싫어요. 어쩌면 내가 틀렸을 수도 있어요. 직장인이 되길 포기하고 아르바이트를 하면서 무슨 세상의 도리를 터득할 수 있겠어요? 요즘 세상은 돈과 소비가 전부잖아요. 너도나도 편하고 풍족하게 사는 것 말고는 바라는 게 없어요. 아이스크림 하나 입에 물면 팍팍한 삶도 전부 잊을 수 있고요.

내가 원하는 게 뭘까요? 어떤 삶을 살아야 희망이 있다고 느낄까요? 더 고민해봐야죠. 전 인류의 운명이 내 인생과 단단히 연결돼 있으니까.

그래서 중메이바오의 죽음이 나와 무관하지 않다고 생각해요. 계속 여기서 일하다 보면 사건이 해결되는 날이 있겠죠. 어쨌든 난 그녀를 기억하고, 그녀의 죽음에 눈물을 흘렸어요. 이 냉랭하고 비정한 도시에선 시간이 모든 걸 집어삼키고 누가 죽든, 누가 사라지든 눈물 한 방울 흘리지 않지만, 난 달라요.

9 메마른 꿈

딩메이치
41세, 부동산 중개인 린멍위의 아내

C동 37층 거주

멍위가 외도하고 있다는 걸 알아요. 몇 년 됐어요. 내게 병이
생긴 이듬해부터일 거예요. 어쩌면 그보다 더 일찍 시작했는지도 모
르죠. 하지만 추궁할 생각은 없어요. 외도 상대가 누군지도 알고 싶
지 않고 뒤를 캐고 싶지도 않아요. 그래서 그가 중메이바오와 어떤
사이인지 전혀 몰라요.

그의 외도 사실은 알고 있지만, 그 장소가 하필이면 손님이 내놓
은 공실이라는 건 이해할 수가 없어요. 그의 괴벽이겠죠. 누구나 그
런 악취미 하나쯤 있잖아요? 남편이 중메이바오의 집 천장에 기어
올라가 몰래 훔쳐봤으니 그에게도 살해 혐의가 있다고요? 난 그렇게
생각하지 않아요. 멍위는 여린 남자예요. 여자를 밝히고 호기심도 많
지만, 내게도 일정 부분 책임이 있어요. 5년 전부터 내가 잠자리를 거
부했어요. 물론 그렇다고 해서 누구나 변태가 되는 건 아니죠. 결혼

전부터 난 그가 이상하다는 걸 알고 있었어요. 뭔가 비밀을 감추고서 겉으로는 좋은 사람으로 살려고 애쓴다는 것을요. 겉과 속의 괴리 때문에 성격이 이상하게 비뚤어진 거예요. 남들 앞에선 비뚤어진 모습을 드러내지 않지만, 그가 무방비 상태일 때 가까운 사람들은 그걸 느낄 수가 있어요. 나도 어느 정도는 그와 비슷한 부류예요. 겉으로는 나무랄 데 없이 바르고 얌전해요. 부모 속 한 번 안 썩이고 자랐고, 학교 졸업하고 좋은 직장에 들어가 장래가 유망해 보이는 남자를 만나 결혼했어요. 하지만 눈만 감으면 모든 걸 내려놓고 멀리 떠나고 싶다는 생각을 해요. 가장 위험한 여행, 정처 없이 떠도는 방랑, 문란한 섹스, 사치스러운 충동구매를 꿈꾸죠. 하지만 내가 살인을 할 수 있을까요? 멍위가 살인을 할 수 있을까요? 우리처럼 보통의 범주에 있는 사람들은 그렇게 대담한 짓을 저지르지 못해요.

경찰의 말을 점점 믿게 됐어요. 중메이바오의 옆집에서 멍위의 지문이 발견됐다고 했어요. 거기가 공실이라는 건 나도 알아요. 엘리베이터 옆에 있고, 맞은편 세대와 문과 문이 마주 보고 있죠. 풍수상으로 제일 나쁜 위치예요. 그래서 그 원룸은 사람이 자주 바뀌고, 매번 이상한 사람이 들어와서 이사를 나갈 때마다 어딘가 조금씩 고장 나거나 파손돼요. 임대가 잘 나가지 않아서 공실일 때도 많고요. 노부인이 집주인인데 예전에 직접 입주해서 살다가 귀신이 있다면서 얼마 못 살고 이사 갔어요. 그 후로는 아들이 관리하는 것 같아요. 풀옵션 원룸인데 임대료를 8,000위안에 싸게 내놨으니 이 근처 회사원 중에 계약하려는 사람이 나타날 거예요. 바로 전에 살던 사람은 문제를 일으키지 않았지만, 그래도 멍위가 그 집을 밀회 장소로 선택할 줄은 몰랐어요.

내가 장을 보러 가거나, 운동하러 피트니스센터에 가거나, 아이를 학원이나 학교에 데려다주러 갔을 때, 심지어 내가 잠든 깊은 밤까지, 남편은 혼자 있을 기회가 많아요. 난 그가 그 시간에 뭘 하든 신경 쓰지 않는데도 남편은 계속 메신저로 자기 위치를 보고했어요. 지금 생각하면 우습죠. 도둑이 제 발 저린 거예요. 남편은 내가 진심으로 그를 방임하고 있다는 걸 몰라요. 내 진심을 알았다면 마음 놓고 애인을 만날 수 있었을 것이고, 그랬다면 이런 일도 없었겠죠.

남편은 집을 보러 온 손님(섹스 파트너 또는 애인이라고 할까요?)과 그집에서 섹스를 했어요. 조마조마하고 불안하겠지만, 바로 그 짜릿함 때문에 공실을 선택했겠죠. 사실 내가 조금 화가 나는 건 예전에 우리가 사이가 좋고 잠자리도 자주 할 때는 공실에 가서 섹스하자고 한 적이 없다는 거예요. 그렇게 좋은 아이디어를 왜 내게는 제안하지 않았을까요? 그가 날 오해하고 있어서겠죠. 그는 나를 아주 보수적인 아내로 생각하고 있어요.

그는 좋은 사람이에요. 결혼하기 전부터 그렇게 생각했어요. 15년 전, 우린 같은 회사에서 근무했어요. 이 빌딩을 지은 건설회사요. 그는 영업부에 있었고, 난 기획부였어요. 이 빌딩 때문에 만난 우리가 이 빌딩 때문에 헤어지게 될까요? 난 아직은 이혼할 생각이 없어요. 이렇게 오랫동안 한 이불 덮고 살았는데 다른 남자를 만나는 건 상상도 못 하겠어요. 아이 문제도 있고요. 하지만 아직도 그를 사랑하느냐고 묻는다면? 이렇게 이상한 일이 일어났지만 난 하나도 놀랍지 않아요. 5년 전 내게 정말 이상한 일이 일어났기 때문이죠. 그때부터 모든 게 내리막이었어요. 인생에 아무것도 기대하지 않으니까 어떤 일에도 실망하지 않아요.

난 건조증을 앓고 있어요. 일종의 자가면역질환이에요. 발단은 작은 교통사고였어요. 물건을 사러 다녀오다가 뒤에 있던 자동차에 오토바이를 받혔어요. 처음엔 가벼운 찰과상과 허리 통증밖에 없었지만 점차 다른 곳에도 이상 증상이 나타났어요. 온갖 병원을 다니며 여러 가지 약을 먹었지만 정확한 원인을 찾지 못했어요. 서른여섯 살 젊은 나이에 팔다리가 욱신거리고 관절통이 심하더니 방광염과 요도염이 생겼어요. 한번은 열이 40도까지 올라서 응급실에 실려 간 적도 있어요. 열이 내리지 않아 수많은 검사를 했고 결국 나온 병명이 '건조증'이었어요. 그런 병이 다 있다니 참 이상하죠? 그때부터 수많은 병원을 돌며 치료법을 찾아다녔어요. 첫해에는 충격이 컸어요. 몸이 아프니까 사소한 일에도 신경질이 나서 회사도 그만두고 남편 사무실에서 일을 돕기 시작했어요. 그 후에도 다 기억하기도 힘들 만큼 많은 일이 있었어요. 정신을 차려보니 내가 얻은 건 안구건조증과 20퍼센트의 기능만 남은 침샘뿐이었죠. 지금 생각하면 창피한 일도 아니지만 건조증 때문에 섹스를 할 수가 없었어요. 침과 섹스의 관계를 누가 생각할 수 있겠어요? 그런데 생각해보니 예전에는 섹스할 때 침을 묻히는 버릇이 있었어요. 흥분해서 입에 침이 고이면 쾌감을 높이려고 손가락에 묻혀 그곳에 발랐는데 그 동작이 우릴 더 자극했거든요. 그때 우린 젊은 부부였고 오랫동안 뜨겁게 사랑했어요. 둘째 낳고도 잠자리를 자주 했어요. 섹스에 열중했죠. 성해방 사상과는 상관없이 순수하게 몸과 몸을 맞대는 느낌이 좋았어요. 섹스는 아름다운 것이고 내가 타고났다고 생각했어요. 금세 흥분되고 탄력 있고 쉽게 오르가슴에 도달했으니까요 멀티오르가슴을 느낀 적도 있어요. 그게 얼마나 운 좋은 일이었는지 이제야 알았어요. 우린 밤새도록 다양한 체위를 시도하며 섹스 방식을 개발했어요. 그땐 그게 특별한 능력인 줄 몰랐어요. 섹스를 즐길 수 없는 여자가 많다는 걸 나중에야 알았죠. 몸과 마음이 다 온전할 때 더 다양한 성 경험을 하지 못한 게 너무 아쉬워요.

지금은 그곳도 망가졌어요. 참 이상하네요. 이렇게 터놓고 얘기하는 건 5년 만에 처음이에요. 괴롭고 수치스러워서 아무에게도 말하지 못했는데 말해보니 별게 아니었어요. 초반에는 러브젤을 썼지만 진짜 문제는 겉이 아니었어요. 안쪽에 항상 경미한 염증이 있어서 붓고 아파서 삽입할 때 통증이 심했고, 한 달이나 보름마다 방광염, 요도염, 질염이 반복됐어요. 청바지나 몸에 붙는 바지는 입지 못하고, 통 넓은 바지와 치마만 입었어요. 각종 민간요법을 다 써보고 의원에 열심히 다녔어요. 그땐 아이를 봐도 시큰둥하고 내 몸을 치료하는 데만 몰두했어요. 구강 건조는 만성질환으로 소화와 배설에 영향을 주고 치아도 약하게 만들어요. 잇몸에 염증이 생기고 양치질을 아무리 자주 해도 충치가 생겼죠. 고도 근시인데 안구건조증 때문에 렌즈도 낄 수 없었죠. 두꺼운 안경에 펑퍼짐한 옷을 입고, 눈꺼풀에도 염증이 반복돼 속눈썹이 다 빠졌어요. 화장을 하면 알레르기가 생기고 항상 목구멍이 마르고 간질거려서 음식 맛도 제대로 느낄 수 없었어요. 그래서 음식을 만들지 않고 전자레인지로 간단하게 데울 수 있는 즉석조리식품을 사거나 명위에게 빌딩 뒤에 있는 뷔페식 반찬집에서 포장해 오라고 해서 식탁을 차렸어요. 처음 3년은 미친 사람처럼 살았어요. 히스테리가 극에 달해 온 가족이 나 때문에 많이 힘들었을 거예요. 명위가 이혼을 요구하지 않은 것만 해도 의리를 지킨 셈이에요.

어려서부터 난 어딘가에 쉽게 몰두하는 성격이었어요. 해결할 수 없는 문제인데도 끝까지 매달렸죠. 뭐든 한번 빠지면 끝장을 볼 때까지 파고들었고요. 자가면역질환에 관한 책을 닥치는 대로 읽었어요.

친구에게 기공을 배운 적도 있는데 배울수록 이건 아니라는 생각이 들어서 요가로 바꿨지만 역시 제대로 하지 못했죠. 3년쯤 되니까 증상이 안정됐는지 응급실에 가는 횟수도 많이 줄어들고 두 달에 한 번씩 병원에 가서 약만 받아다 먹었어요. 안구건조증에도 익숙해지고 눈꺼풀 염증도 많이 가라앉아서 연한 화장은 할 수 있었어요. 마침내 생활이 차츰 정상을 되찾았죠. 그때쯤 언니가 집 근처에 피트니스센터가 새로 문을 열었다며 1일 체험권을 주기에 한번 가봤어요. 트레이너가 검사하더니 전반적으로 체력이 약하고 체지방률이 34퍼센트, 내장 지방도 정상 범위를 넘었다고 했어요. 전신 거울 앞에 서서 영락없는 아줌마가 됐다는 걸 알았죠. 여리여리하고 마른 몸매였던 내가 병이 난 지 몇 년 만에 5킬로그램이 불어난 거예요. 허리와 엉덩이가 투실투실하고 어깨와 목에 살집이 두툼해지고 머리는 상대적으로 작아 보였어요. 낯선 아주머니가 거울 속에서 날 보고 있더라고요.

그 자리에서 바로 피트니스센터에 등록하고, 개인 트레이닝 비용을 결제해 주 2회씩 운동을 했어요.

반년 동안 미친 듯이 운동을 했어요. 피트니스센터에 타고 가려고 자전거도 샀죠. 주 2회 개인 트레이닝 비용이 한 달에 1만 위안이 넘었어요. 피트니스센터를 다녀오면 온몸이 쑤시고 아파서 힘들어하는 나에게 밍위는 비싼 돈 주고 사서 고생한다고 했지만, 석 달 뒤 내가 점점 건강해지는 걸 보고 더 이상 뭐라고 하지 않았어요. 그런 점에선 돈에 연연하지 않고 날 아껴준 셈이에요.

트레이너는 여자인데 남자보다 더 잘생겼어요. 참 이상하죠. 고등학교 때도 그런 친구가 있었어요. 요즘은 그런 여자를 부치[butch]라고 부르더라고요. 예전에는 학교 운동부, 농구부 같은 데 그렇게 눈에 띄게 잘생긴 애들이 있었어요. 우리 학교는 여고였는데 학년마다 미녀와 왕자가 있었죠. 내 트레이너 조^{Joe}가 바로 그런 왕자 같은 타입이에요. 걘 스물일곱이니 나보다 한참 어렸죠. 짧은 금발에 이두근이 탄탄하게 잡혀 있고, 딱 맞는 운동복을 입은 몸에 평평한 가슴(흉근도 탄탄했어요), 구릿빛 얼굴, 선이 뚜렷한 이목구비, 긴 속눈썹에 무표정할 때는 진지해 보이지만 웃으면 귀엽게 보조개가 들어가요. 조가 날 위해 여러 가지 프로그램을 짜주었고, 난 아무리 힘들어도 열심히 따라갔어요. 운동이 끝나고 조가 마사지로 근육을 풀어주는 시간이 제일 좋았어요. 온몸의 욱신거림이 묘한 쾌감으로 바뀌었죠. 통증과 쾌감이 서로 통한다는 걸 알았어요. 조가 누르고 당기고 꺾고 문지르면 나조차도 사랑하지 않는 내 몸에서 순수한 감각이 되살아나고 육체의 각종 기능이 회복되는 것 같았어요. 근력 운동을 할 때 어떤 근육을 어떻게 단련해야 하는지, 운동 후에 어떻게 스트레칭을 해야 하는지, 운동한 다음 날 어느 부위가 아픈지, 근육이 어떻게 천천히 변화되는지, 식사는 어떻게 해야 하는지, 무엇을 먹어야 하는지에 대해 배웠고, 한 달, 두 달, 석 달, 시간이 흐를수록 체지방이 감소하며 체형이 빠르게 변했어요. 내 인생에서 내 육체와 가장 가까웠던 시기일 거예요. 병원 진료를 받고, 침, 지압, 추나 등을 받을 때와 달리, 근력 운동을 하면 몸이 망가졌다가 다시 회복되는 과정에서 체형 변화를 눈으로 확인할 수 있어요. 반년 만에 5킬로그램을 감량하고 체지방도 26퍼센트까지 낮췄어요. 허리둘레가 28인치에서 24인치로 줄어들어 젊을 때 입던 청바지도 입을 수 있고, 출렁이던 아랫배의 살덩어리도 사라지고 평평한 근육이 생겼죠. 내가 예뻐 보이고, 갑자기 성욕도 다시 생겼어요. 운동 효과로 체온이 일정하게 유지되니까 밤마다 남편의 침대에 뛰어들고 싶었어요(내가 아프기 시작한 뒤로 침대를 따로 썼어요). 하지만 너무 오랫동안 남편을 거절했기 때문에 어떻게 시작해야 할지 모르겠더라고요. 섹스하는 꿈을 자주 꿨어요. 상대가 남편일 때도 있고, 조일 때도 있었지만 대부분은 모르는 남자였어요. 내가 상상할 수 있는 모든 자극적이고 특별한 성적 환상이 꿈속에서 다 실현됐어요. 깨어나보면 격렬한 섹스를 하고 난 것처럼 온몸이 땀으로 흠뻑 젖어 있었죠.

몸은 날아갈 것처럼 개운했고요.

인생을 크게 한 바퀴 돌아왔어요. 맞아요. 난 결혼했지만 트레이너에게 환상을 품고 소꿉놀이 같은 연애 감정을 느껴요. 그러니까 남편이 손님과 공실에서 밀회를 즐기는 것도 생각해보면 별로 이상한 일은 아니에요. 우린 원래 이런 사람들이고 결혼이라는 제도의 속박 속에서 일탈할 수 있는 작은 틈을 찾은 것이죠.

죽음을 생각할 만큼 힘들었던 시기를 지나 지금은 서른 살 때 입었던 스커트도 입을 수 있고, 다시 화장을 하고 꾸밀 수 있게 됐어요. 내 몸에서 싱그러운 향기가 퍼지는 것 같고, 다시 태어난 기분이에요. 이 빌딩으로 이사 오기 전 내가 상상했던 미래는, 결혼을 하든 독신으로 살든 지금의 이런 모습이 아니었어요. 마당이 딸린 집에서 살게 될 줄 알았어요. 어려서부터 그랬던 것처럼 당연히 단독주택이나 아파트 1층에서 살 거라고 생각했죠. 마당에서 꽃과 나무가 자라고, 골목에서는 사람들이 다투는 소리, 텔레비전 소리, 아이가 피아노 치는 소리가 들리고, 밤이 되면 고요해졌다가 새벽이면 다시 새소리가 들리는 그런 집이요.

내 아버지와 멍위의 아버지는 모두 외성인이에요. 우리 둘 다 이 근처 권촌에서 자랐는데 이상하게도 서로 만난 적은 없어요. 나중에 그 동네가 아파트 단지로 개발되면서 아파트 1층에 살게 됐어요. 단지 안에 정원, 운동장, 도서실이 있었어요. 이 빌딩처럼 규모가 크진 않았지만. 아파트가 한 동 한 동 서 있는 모습이 꼭 작은 숲 같았죠. 넓은 면적에 10층짜리 아파트 열두 동이 가지런히 서 있었어요. 아파트에 입주한 뒤 아버지는 이웃들과 친하게 지냈고, 어머니와 사별한 뒤에는 단지 내 도서실에서 바둑을 두고 신문을 보면서 시간을 보냈어요. 그러다가 단지 안에 노인 식당이 생기자 하루 종일 식당 일을 도와주며 여든다섯까지 건강하게 살다가 급성 심근경색으로 돌아가셨어요.

내가 말이 너무 많았죠? 어쨌든 거듭 말하지만, 난 남편을 믿어요. 그가 사람을 죽였을 리 없어요. 무고한 사람에게 억울한 누명 씌우지 말고 똑바로 조사하세요. 마지막으로 한마디만 더 할게요. 난 남편을 사랑해요. 내 이상한 병과 고집스러운 성격이 그를 외롭게 만들었으니까 내게도 책임이 있어요. 남편과 헤어지지 않을 거예요.

10 완벽한 공허함

 루샤오멍
26세, 아부카페 아르바이트생

처음에 우린 메이바오가 레즈비언일 거라고 생각했어요. 예쁘고 섹시한 외모를 가졌으면서 그걸 전혀 드러내지 않고 오히려 감추려는 것 같았거든요. 매일 하나로 묶은 머리에(물론 그래도 예뻤어요. 검고 윤기 흐르는 머릿결에 동그랗고 매끄러운 이마가 바비인형 같았죠) 흰 셔츠나 티셔츠에 청바지만 입었어요. 일할 때는 까만 앞치마 하나만 더 두르고, 액세서리도 하지 않았어요. 외출할 땐 백팩을 메고 운동화를 신었고요. 중성적인 옷차림이었죠. 머리를 커트로 짧게 잘랐다면 나보다 더 잘생겨 보였을 거예요. 레즈비언의 분위기가 있었어요. 최소한 바이섹슈얼일 거라고 생각했죠. 사실 그런 건 경계가 명확하지 않아요. 그냥 분위기로 아는 거예요. 자신의 여성적인 특징에 그다지 관심이 없고, 이성의 눈길을 끄는 걸 달가워하지 않는 여자는 대부분 동성애 성향이 있어요.

메이바오에게 그런 성향이 있는지, 레즈비언인지 아닌지 판단할 수
가 없었어요.

그런데 1년 전부터 메이바오의 외모가 확 달라졌어요. 가끔 화장
을 하고 심지어 향수를 뿌릴 때도 있었어요. 가끔 쉬는 날 밖에서 마
주칠 때 미니스커트나 원피스에 하이힐을 신은 것도 봤고요. 갑작스
러운 변화를 이해할 수가 없었어요. 그렇게 꾸민 그녀가 더 예쁘기
는 했지만 난 그런 모습을 좋아하지 않았어요. 고등학교 때 여자친
구의 부모님에게 우리가 연인인 걸 들킬까 봐 일부러 여성스러운 옷
을 입었던 적이 있어요. 메이바오가 부치일 거라는 뜻은 아니에요. 다
만, 일부러 여성스럽게 꾸미려는 것 같았어요. 그녀의 그런 옷차림을
좋아하는 누군가를 위해서. 아마 연애를 했겠죠. 하지만 그녀에겐 이
미 남자친구가 있었잖아요. 뭔가 아이러니한 느낌이 들었어요. 한창
열애 중인 사람의 행복감이 아니었다는 건 분명해요. 코너에 몰려 있
는 느낌이라고 할까. 물론 나 혼자만의 느낌일 수도 있지만, 겉으로는
즐겁고 들떠 있어도 속으로 괴로운 고민에 빠져 있는 것 같았어요.

그래도 살해당할 줄은 상상도 못 했어요. 복잡하고 소란스러운 타
이베이에 염증을 느끼며 세상이 점점 뒤죽박죽으로 헝클어지다가 머
지않아 멸망할 것 같다고 생각했지만, 가까운 사람이 이렇게 죽고 나
서야 내가 느꼈던 불안과 두려움이 너무 유치했다는 걸 알았어요.

사람에게 가장 고통스러운 일이 뭔 줄 아세요? 오늘이 가장 고통
스럽다고 생각하지만, 언제나 그보다 너 고통스러운 내일이 기다리고
있다는 거예요.

메이바오에게 거절당한 게 제일 슬픈 일인 줄 알았는데, 그녀를 사
랑하면서 계속 함께 일해야 하는 게 더 고통스러웠어요. 하지만 그

고통에서 도망치려고 카페를 그만뒀다면 그녀를 보지 못하는 고통은 상상도 할 수 없을 만큼 컸을 거예요. 그런데 지금 그녀는 죽었고, 난 여전히 우리가 2년을 함께 일한 카페에 매일 출근해요. 그녀가 살아 있을 때처럼 카페 문을 열고 닫지만 다시는 그녀를 볼 수 없다는 고통에 뼛속까지 저릿저릿해요. 시간이 흐르면 이 고통도 차츰 익숙해지고 언젠가는 더 이상 아프지 않게 되겠죠. 망각의 과정을 겪게 될 거예요. 그런 생각을 하면, 차라리 이 사무치는 고통을 감수하더라도, 적어도 내 기억 속에서 선명하게 살아 있는 그녀를 품고 계속 그녀를 위해 슬퍼할 수 있길 바라요.

메이바오의 죽음에 대해서만 알고 싶으신 줄은 알아요. 내게 혐의가 있는지 없는지, 사건 해결에 도움이 될 만한 단서가 있는지 궁금하시겠죠. 오랫동안 메이바오를 짝사랑했지만 내겐 범행 동기도 없고 아쉽게도 사건 해결에 도움을 줄 수도 없어요. 메이바오의 인생에서 난 별로 중요하지 않은 아르바이트생일 뿐이었으니까요. 행운인지 불행인지 몰라도, 메이바오가 죽고 열 시간이 지난 뒤 처음으로 이상하다는 직감이 든 사람이 나예요. 그녀를 좋아하는 사람이 수없이 많았지만, 그녀의 집 문을 따고 들어간 사람도 바로 나였고요.

그래도 내가 아는 일이 몇 가지는 있어요. 어쨌든 매주 닷새씩 함께 지낸 사람이니까요. 카페가 쉬는 일요일 외에 돌아가며 하루씩 쉬었지만, 함께 일한 시간이 아주 많죠. 명절에는 예전 하우스메이트가 도와주러 오기도 했어요. 점심 장사는 정신없이 바빴지만 세 시간만 버티면 한가해졌어요.

나도 모르게 메이바오의 행동 하나하나에 눈길이 가고 신경이 쓰였어요. 가끔 메시지로 대화하기도 했고요. 메이바오가 내 시야 안에 있는 한 그녀의 동작 하나라도 놓칠세라 계속 주시했어요. 그녀가 눈앞에 보이지 않을 때는 어떻게 생활하고 무엇을 하고 있을지 상상했고요. 그녀의 페이스북조차 아부카페 페이지와 연결되어 있어서 그 어떤 '진정한' 개인 정보도 페이스북에 쓰지 않았어요. 오늘은 무슨 케이크를 구웠는지, 오후에 어떤 손님이 왔었는지, 날씨는 어떤지 같은, 귀엽거나 감성적인 글만 올렸죠. 난 그게 그녀의 진짜 모습이 아니라 '연기'라는 걸 알고 있어요. 아부카페의 인기 많은 미녀 매니저라는 캐릭터를 연기했던 거예요. 사실 그녀는 그렇게 귀엽지 않았어요. 그녀의 진짜 모습이 어떻다고 자신 있게 말할 수는 없어요. 다만 아주 가끔 어떤 모습들이 짧게 스쳐 지나갔어요. 카페가 바쁘고 어수선한 시간에 순간적으로 그녀에게 나타나는, 미미하지만 굉장히 날카로운 무언가가 있었어요. 그녀의 머릿속에서 곧 끊어질 듯 팽팽하게 당겨진 현이 튕기는 소리, 손톱으로 칠판을 긁는 듯 귀를 찢는 소리였어요. 난 그걸 느낄 수가 있었어요. 그게 그녀를 진심으로 사랑하게 된 이유이기도 해요. 그녀는 다른 예쁜 여자들과 달랐어요. 단정한 이목구비, 피부, 머릿결, 몸매가 모두 '아름다움'이란 단어를 부연 설명하기 위해 존재하는 듯하지만, 세부적인 것들을 모두 합쳐놓으면 억지로 끼워 맞춘 '가면' 같은 부조화를 일으켰어요. 어릴 적부터 또래 사이에서 돋보이는 미모로 사랑받고 특권을 누리며 교만해진 사람이 아니었어요. 오히려 자신을 거죽 안에 감춘 채 그 아름다움을 파괴하려고 애쓰거나, 겉에 두른 거죽이 터져 본모습이 드러나지 않도록 꽉 붙잡고 있는 사람 같았어요. 그녀에겐 그렇게 가련히 떨고 있는 아름다움이 있었어요. 우아하고 차분하게 보이지만 내면은 스스로 가누기도 힘들 만큼 지쳐 있었다는 걸 난 알아요.

난 3년 반 전에 이 빌딩으로 이사 왔어요. 대학원 생활의 후반기 3년을 여기서 보냈죠. 시나리오를 완성하지 못해 졸업을 연기했지만, 취직도 하지 않고 유학을 가지도 않고 계속 이 카페에서 아르바이트를 하고 있어요. 친구들은 내게 짝사랑이 본업이고 중메이바오가 논문 주제냐며 놀려요.

부모님이 투자로 사놓은 아파트예요. 분양 당시에 평당 27만 위안이었는데 8년에 걸쳐 지었고, 완공 후에도 10년 넘게 흘렀죠. 이 빌딩이 나와 함께 자랐다고 해도 과언이 아니에요. 우리 엄만 부동산 투자를 좋아해요. 낡은 동네의 오래된 아파트를 여러 채 갖고 있어요. 금융위기 때 조금 손실을 보긴 했지만 최근에는 또 많이 올랐어요. 그 덕분에 나도 '전대인' 행세를 할 수 있었죠. 방 네 개짜리 넓은 아파트를 나눠서 친구들에게 세를 줬어요. 원래는 우리 가족이 살 아파트로 큰 평수를 분양받았는데 언니가 미국에 사는 남자와 결혼해서 떠나고 오빠도 상하이에서 사업을 하고, 조부모님은 계속 고향에서 살겠다고 고집하셨어요. 부모님은 은퇴한 뒤 한가한 노후를 보내고 있는데, 아빠가 매일 산에 오르기 편하다며 산자락에 있는 전원주택에서 살아요. 가족이 뿔뿔이 흩어져서 사는 게 난 좋아요.

중메이바오를 처음 만났을 때 난 스물네 살이었고, 지금은 스물여섯 살이에요. 처음에 우린 단순히 하우스메이트 관계였다가 동료가 됐어요. 그녀를 사랑하게 됐고, 용기를 내서 고백했지만, 그 후엔 기다림의 연속이었어요. 나 자신도 영문을 모르겠지만, 남자친구가 있는 메이바오를 사랑하게 됐어요. 자기는 레즈비언이 아니라고 하는 그녀를 도저히 포기할 수가 없었어요. 난 바라는 게 하나도 없었어요. 나를 계속 카페에서 일할 수 있게 해준다면 그걸로 충분했어요. 그녀 곁에서 그녀의 미소와 눈짓을 보고, 그녀 안에 가라앉아 있는 그 슬픔을 볼 수만 있다면요.

한집에 살 때 메이바오의 방은 방 네 개 중 이사가 제일 잦은 방이었어요. 그 방에서 살던 친구 몇 명이 전부 여자친구와 동거하기로 했다며 이사 갔죠. 그래서 우린 그 방을 '사랑이 꽃피는 방'이라고 불렀어요. 방은 자그마하지만 조망이 멋진 작은 창이 있었어요. 부모님이 처음에 설치해놓은 맞춤형 옷장이 있고, 방이 작아서 침대 대신 일본식 다다미를 바닥에 깔고 형상기억 매트리스를 놓아서 평소에는 매트리스를 접어 다다미 아래 수납공간에 넣을 수 있도록 했어요. 제일 큰 방은 내가 쓰다가 극단 배우인 친구와 그 여자친구에게 세를 주었어요. 다른 두 방 중 하나는 무용 교사에게 장기 임대를 주고 나머지 하나를 내가 썼죠. 하우스메이트가 모두 레즈비언이에요. 의도한 것은 아니고 자연스럽게 그렇게 됐어요. 공용 공간은 깔끔하게 정리해뒀고, 번갈아가며 음식을 만들어요. 이 빌딩은 임대가 잘 나가는 편이에요. 한번 이사 오면 오랫동안 살아요. 지인의 소개로 메이바오가 이사 왔을 때 우린 그녀도 레즈비언인 줄 알았어요. 카페가 막 개업했을 때라 아침 일찍 출근하고 밤늦게 퇴근했죠. 늦은 밤에 들어온 그녀에게 가끔 라면을 끓여주었어요. 한 시간쯤 되는 짧은 시간이었지만 거실에서 많은 얘기를 나눴죠. 난 대학 때부터 요리를 좋아했어요. 혼자 레시피북을 보며 양식 요리도 익혔고요. 메이바오가 내게 아르바이트를 해보지 않겠냐고 제안했어요. 메이바오와 함께 일할 수 있다는 이유로 선뜻 제안을 받아들였던 것 같아요. 그런데 예상 외로 카페 분위기도 좋고 단순 반복 노동이라 일하기도 수월했어요. 처음에는 파트타임으로 일주일에 이틀만 일했지만 점점 손님이 많아지면서 쉬는 날에도 자주 나가서 일했어요. 메이바오와 함께 있을 수 있었으니까 돈은 얼마를 받든 상관없었어요.

내가 부치 성향을 가졌다는 걸 인정한 후 고등학교 때부터 요리를 하고 여자애들을 잘 챙겨주기 시작했어요. 예쁜 여자가 좋아서 하나라도 더 해주고 싶은 걸 어쩌겠어요. 예전에는 연애 스킬 같은 건 모르고 무조건 잘해주기만 했어요. 첫 여자친구는 대학 선배였어요. 선배의 원룸에서 인덕션레인지와 전기밥솥, 레시피북만 가지고 세끼 식사를 다양하게 차려냈어요. 솜씨가 아주 좋다고 말할 순 없지만 카페 주방장이 그만뒀을 때 요리를 도울 수는 있었어요. 메이바오가 몇 가지 케이크 만드는 법을 알려줬어요. 카페에서는 조금도 쉬지 않고 부지런히 움직여야 했지만, 난 오히려 그게 좋았어요. 그래야 괴롭고 슬픈 생각에 빠져 있을 틈도 없고, 메이바오와 더 가까워진 기분도 들었으니까요. 내가 바쁘게 움직이는 것이 메이바오를 위해 해줄 수 있는 유일한 일이기도 했고요.

그녀에게 엔지니어 남자친구가 있다는 건 알고 있었어요. 친구 소개로 만났대요. 하지만 난 메이바오가 그를 진심으로 사랑한다고 생각하지 않았어요. 두 사람의 연애 방식이 이상했어요. 깜씨는 토요일마다 카페에 왔지만 컴퓨터만 붙잡고 자기 일에 빠져 시간을 보냈고, 두 사람은 거의 대화도 나누지 않았어요. 깜씨는 조용한 남자였어요. 좋은 사람인 것 같긴 하지만 약간의 통제욕이 있다고 할까. 뭐라고 말해야 할지 모르겠군요. 카페에 올 때마다 어디 고장 난 데가 없는지 두리번거렸어요. 고장 난 게 있으면 고쳐놓고, 고장 나지 않은 것도 손봐주고 싶어 했어요. 한번은 멀쩡한 스피커를 뜯어봐야 한다고 고집해서 난감했던 적이 있어요. 하지만 그게 메이바오에 대한 사랑을 표현하는 방식이었다는 걸 알아요. 깜씨는 내게 약간의 적대감이

있는 것 같았어요. 나를 남자로 대하는 느낌이랄까. 그런 남잔 질색이
에요. 속으로 뭔가 걸리는 게 있었겠죠. 여자친구가 너무 예뻐서 심
적으로 부담스러웠을 수도 있고요. 자신이 그녀에게 어울리지 않는
다는 걸 스스로 알고, 그녀가 자신을 열렬히 사랑할 리 없고 그저 좋
아하는 정도라는 것도 잘 아니까, 그런 느낌이 그를 미치게 했을 거
예요. 나처럼 아예 단념해버리면 메이바오가 날 사랑하지 않아도 상
관없지만요. 물론 나도 그녀를 사랑하지 못하게 하면 미쳐버렸겠죠.

하지만 메이바오는 우리 집에 이사 온 지 1년도 안 돼서 다른 층
원룸으로 이사 갔어요. 우린 같은 동에 살았지만 일할 때 외에는 그
녀를 거의 볼 수 없었어요. 그녀가 변하기 시작한 게 그 원룸으로 이
사 간 뒤였어요.

고요한 밤이 되면 그녀의 아름다운 얼굴과 부드러운 몸, 한집에 살
면서 함께했던 작은 일상들이 떠올라요. 난 여전히 우리가 사귀었고
어떤 면에서는 서로를 사랑하고 있었다고 생각해요. 그러지 않으면
견딜 수가 없어요. 난 앞으로도 계속 그녀를 사랑할 거고, 내 인생이
그 가망 없는 사랑 속에 영영 갇혀 있게 될 거니까요. 내가 사랑하는
사람의 사랑을 얻지 못했고, 아무리 가깝고 익숙한 감정도 사랑으로
변할 수는 없다는 걸 생각하면 죽어버리고 싶을 만큼 절망스러워요.

살인 사건이 발생한 그날, 그러니까 내가 경비원에게 메이바오의
현관문을 열어달라고 하기 전날, 카페가 유난히 바빴어요. 케이크 주
문이 많아서 메이바오는 오븐실에서 거의 나오지 못했고, 홀도 시끌
시끌했어요. 뒤늦게 하는 말이지만, 며칠 전부터 메이바오가 초조해
보였어요. 일하다가 사소한 실수도 자주 했고요. 메이바오는 한 번도

그런 적이 없었어요. 그녀는 일에 있어서 완벽주의자였어요. 감기에 걸려 열이 나도 정확한 시간에 카페 문을 열었어요. 출근할 수 없을 만큼 아파도 내게 전화해서 대신 카페 문을 열어달라고 했었고요. 영업시간에 문이 닫혀 있는 건 메이바오의 신념으로는 '직무태만'이 었죠.

그녀는 남에게는 과하게 친절하고 자신에게는 과하게 엄격했어요. 자기 비하라고 할 수 있을 정도로요. 그녀는 지방에 살 때도 도시에 살 때도 언제나 미인 소리를 들었을 거예요. 화려한 대도시 타이베이 에는 잘 꾸미는 여자들이 많죠. 옷도 잘 입고 화장도 잘하고요. 하지 만 메이바오는 맨얼굴로도 남들이 풀 메이크업으로 치장한 얼굴에 절대로 뒤지지 않았어요. 그녀가 힘든 유년기를 보내고, 어릴 때부터 수많은 아르바이트를 했다는 사실을 믿을 수가 없었어요. 고된 생활 도 그녀의 미모를 망가뜨리지 못했겠죠. 갸름한 얼굴, 고운 피부, 특 히 투명하리만치 맑고 큰 눈, 까만 눈동자, 양 볼의 옅은 주근깨까지 도 아름다웠어요. 구붓한 눈썹에 콧대는 그리 높지 않지만 끝이 살 짝 올라간 코는 개구쟁이 같고, 작고 완만하게 커브를 그린 입술은 천진난만한 아이 같았어요. 화장을 하지 않고 꾸준한 운동과 자극적 이지 않은 식생활을 유지했기 때문인지 보기만 해도 마음이 치유될 것 같은 싱그러운 아름다움이 있었죠. 그녀가 만드는 케이크처럼, 수 수해 보이지만 먹기에 부담이 없고, 헛헛한 가슴이 위로받는 느낌에 중독되어 버리는 거예요. 내가 느끼기에 그랬다고요.

예전에 난 미인에게 알레르기가 있었어요. 미인은 모두 공주병 환 자라는 선입견이 있었거든요. 지금까지 사귀었던 여자들은 모두 슈 퍼우먼 타입이었지만 사귀기 힘든 건 슈퍼우먼도 마찬가지더군요. 메 이바오의 원래 모습이 어떤지는 모르지만, 일할 때 모습이나 한집에 살 때 본 모습은 나무랄 데가 없었어요. 그녀는 일에서든 생활에서든 최고의 파트너였죠. 언제나 남을 먼저 배려했고, 배려를 넘어 과도하게 예의를 지키는 수준이었어요. 단점이 있다면 오랜 시간이 지나도 좀체 가까워질 수 없었다는 거예요. 오래 알고 지내며 경계심이 다 사라진 것처럼 보여도 여전히 자신을 숨기고 벽을 치고 있다는 느낌을 받았어요. 자신을 너무 꽁꽁 숨겨놓아 뭔가 꺼내려 해도 찾지 못하는 것 같았죠.

그날 저녁 장사가 끝나자 우리 둘 다 몹시 지쳤어요. 금요일 밤이라 카페를 대관한 사람이 있어서 우린 일찍 퇴근할 수 있었어요. 메이바오에게 밤에 뭘 할 거냐고 물으며 그녀가 아무 계획이 없다고 말하길 속으로 바랐어요. 그러면 같이 영화 보러 가자고 할 생각이었어요. 그런데 "동생이 오기로 했어"라며 시선을 피하더군요.

옌쥔의 퇴원 때문에 고민이 많은 것 같았어요. 예전에 옌쥔을 내 아파트로 데려와 살게 해도 되는지 물어본 적이 있었어요. 하지만 우린 여자 전용이었기 때문에 부탁을 들어줄 수가 없었죠. 메이바오의 집은 원룸이어서 둘이 살기가 불편해서 그런다고 생각했어요. 옌쥔이 엄마와 같이 살면 병이 재발할까 봐 걱정되지만 집을 따로 구해주기도 곤란하다고 했어요. 그러기엔 경제적 부담이 너무 컸으니까요.

그녀가 내게 고민을 털어놓은 건 그때가 처음이자 마지막이었어요. 내게 돈을 빌려달라고 하진 않았지만, 집을 구하는 일을 상의하는 과정에서 엄마가 자주 돈을 요구한다는 것과 이미 300만 위안 넘는 은행 빚이 있다는 얘기를 했죠. 그러면서 누가 카페에 와서 자길 찾거나 집 주소나 전화번호를 묻거든 절대로 가르쳐주지 말라고 했어요. 예전에 일 년마다 직장을 옮겼던 것도 엄마가 자신을 찾아내거나, 은행에서 빚 독촉을 받거나, 사채업자들이 찾아왔기 때문이라고 했어요. 옌쿤은 조현병 때문에 오랫동안 요양원에 있었대요. 겉으로는 멀쩡해 보이지만 발작하면 환각이 보이거나 머릿속에서 누군가 계속 자살하거나 자해하라고 종용하는 소리가 들린대요. 그래서 몇 번이나 자살 시도를 했고, 사회운동을 하는 친구들에게 수소문해서 임시보호소를 찾았다고 했어요. 장애인을 전문으로 돌봐주는 곳인데 공방이 있어서 기술도 가르쳐준다고 했어요. 옌쿤은 거기서 지내면서 격주로 메이바오를 보러 왔어요. 깜씨가 오는 시간을 피해서 항상 금요일에 왔다가 토요일에 갔어요. 사정을 모르는 사람은 메이바오가 두 남자에게 양다리를 걸쳤다고 생각했겠죠.

그날이 바로 금요일이었어요. 메이바오는 평소에 휴대전화를 거의 보지 않았어요. 휴게실에 있을 때를 제외하고 홀에서 일할 때는 항상 무음 모드로 해놓았어요. 근무 시간에는 휴대전화를 보지 않고 전화가 오면 밖에 나가거나 뒤로 들어가서 받는 것이 저희 불문율이었어요. 그런데 그날 메이바오에게 유난히 전화가 많이 왔어요. 수시로 뒤에 있는 작은 주방에 가서 통화를 하고 창백한 얼굴로 나오는 걸 보고 옌쿤에게 무슨 일이 생긴 것 같다고 짐작했어요. 아니면 깜씨와 싸웠을까요? 그럴 리 없어요. 메이바오와 깜씨가 평소에 어떤 사이였는지 안다면 두 사람이 절대로 싸울 리 없다는 걸 알 거예요. 서로를 대단히 사랑하는 사이는 아니었지만, 깜씨는 메이바오를 존중했어요. 거의 숭배라고 할 수 있을 정도로요.

7시쯤 우리 둘 다 퇴근했어요. 저녁 타임 아르바이트생 메이메이美美와 바텐더가 카페를 지켰고, 8시 반쯤 대관한 사람들이 와서 파티를 할 거라고 했어요.

메이바오는 저녁에 어딜 갈 거라는 얘긴 하지 않았어요. 옌쿤은

7시 전에 도착해서 늘 그렇듯 우울한 얼굴로 구석 테이블에 앉아 메이바오와 얘기를 나눴어요. 메이바오가 옌쥔을 위로하는 것 같기도 하고, 두 사람이 무슨 일을 상의하는 것 같기도 했어요. 자세히 묻지 않고 먼저 퇴근하려는데 메이바오가 따뜻한 말투로 "오늘 수고했어. 푹 쉬어"라고 말했어요. 그게 그녀가 내게 한 마지막 말이 될 줄은 몰랐어요. 카페를 나오다가 습관적으로 고개를 돌려 그녀를 보았는데 미간을 찡그린 심각한 얼굴로 옌쥔과 얘기를 나누는 모습도 참 아름답다는 생각을 했어요.

메이바오가 우리 집에 살 때 하루는 늦은 밤에 거실에 있는 큰 식탁에서 리포트를 쓰고 있는데(내 방 책상이 작아서요) 메이바오가 갑자기 방에서 나왔어요. 몽유병이 있나 했더니 아직 잠을 자지 않았다고 하더라고요. 그런데 낮과 달리 불안하고 기운도 없어 보였어요. 조용한 거실에서 텔레비전을 화면만 나오게 켜놓은 채 담요를 몸에 말고 소파에 웅크리고 있는 그녀 모습이 너무 안쓰러워서 책을 내려놓고 다가갔더니 평소와 다르게 많은 얘기를 하더군요. 그 순간 어디서 그런 용기가 났는지 메이바오의 손을 잡았어요. 그녀는 그걸 느끼지 못한 듯 계속 얘기했죠. 내가 더 용기를 내어 그녀를 와락 껴안았는데도 저항하지 않았어요. 아니, 저항할 힘이 없는 사람처럼 조용히 내게 기댔어요. 그다음 행동을 하고 싶었지만, 정신이 불안정한 사람에게 그러는 내가 비열하게 느껴져서 그냥 꼭 끌어안기만 했어요. 침몰하려는 무언가를 사력을 다해 붙잡는 것처럼 있는 힘껏 끌어안았어요. 그때 그녀가 작은 소리로 "가도 가도 인생이 끝나지 않는다는 사실이 너무 무서워"라고 말하고는 이내 조용해졌어요.

왠지 모르게 울컥 눈물이 쏟아졌어요. 사실 난 운이 좋았어요. 지금껏 어려움이라고는 겪어보지 않았죠. 공무원인 부모님 덕분에 돈 걱정 없이 살았고, 하고 싶은 건 다 할 수 있었어요. 하지만 메이바오를 품에 안는 순간 내 인생이 텅 빈 껍데기 같다는 걸 알았어요. 그토록 사랑하고 갈망하던 그녀를 안았는데도 충만한 감정을 느낄 수가 없었죠. 난 왜 이렇게 내 인생을 사랑하지 않는 걸까? 살아 있다는 희열, 뜨거운 생명을 느끼지 못했어요. 그 어떤 것도 나를 거치면 가벼워졌죠. 내가 타인의 고통에 귀 기울이려 하고 시위 현장에 뛰어드는 것은 부끄럽기 때문이에요. 이렇게 행운을 누리고 있으면서도 행복을 느끼지 못한다는 부끄러움이요.

하지만 부끄러움으론 아무것도 메울 수 없어요. 열심히 사회운동을 하며 시위와 집회마다 참여하고, 약자의 권익 쟁취에 내 미약한 힘을 보태려고 해요. 남을 위해 뭐라도 한다면 내 인생이 헛되이 흘러가는 느낌을 떨칠 수 있을 것 같아서요. 하지만 헛수고예요. 마음속에서 무언가가 계속 무너져 내리는 것 같아요. 신념이랄까? 난 그런 게 없어요. 내겐 반드시 해야만 하는, 하지 않으면 안 되는 그런 절박한 일이 없어요. 그래서 현장을 떠나면 또다시 공허함이 밀려와요.

3부

1   린다썬

우습죠? 내 집과 같은 빌딩에 애인을 숨겨두다니. 편의를 위한 일이었다고 한다면 참 바보 같은 짓이죠. 못 믿으시겠지만, 난 여기로 이사 온 뒤에야 메이바오를 만났고, 그 후 계속 이사 가려고 했지만 마땅한 집을 찾지 못했습니다. 임신 중인 아내에게 이사가 무리일 것 같았고, 메이바오에게 이사 가라고 할 수도 없었습니다. 메이바오의 일터가 바로 우리 빌딩에 있으니까요. 그런데 지난주 메이바오가 갑자기 그만 만나자고 했습니다. 그 전까지 아무런 낌새도 없었습니다. 내 난처한 상황과 겁 많은 성격을 알고, 이 관계가 탄로 나기 전에 끝내려고 했던 것 같습니다.

사건이 일어나기 한 주 전 월요일 아침, 항상 찾아가는 시간에 벨을 눌렀는데 한참 만에야 문을 열더군요. 어딜 나가려던 것인지, 방금 들어온 것인지 몰라도 외출복을 입고 있었습니다. 나와의 만남을 잊어버렸는지, 만날 준비를 미처 못 했는지 알 수 없지만 표정이 무척 어색했습니다. 며칠 전까지만 해도 날 사랑했던 그녀가 갑자기 왜 그러는지 이해할 수가 없었습니다.

아니, 날 냉랭하게 대한 것이 아니라 아주 깍듯하게 대했습니다.

차를 따라주고 소파에 반듯이 앉으며 "할 얘기가 있어"라고 말하더
군요.

줄곧 그런 날이 오지 않을까 두려웠습니다. 메이바오가 진지하게
아내와의 이혼을 요구하거나, 임신했다고 하거나, 아니면 다른 어떤
요구를 할지도 모른다고 생각했죠. 메이바오가 그럴 가능성은 거의
없지만요. 가끔 아내가 내게 할 얘기가 있다고 말할 때는 늘 좋은 얘
기가 아니었습니다. 그때마다 내가 거부할 수 없거나 원치 않는 선택
을 해야 하는 상황이었죠.

"우리 그만 만나." 메이바오가 단호한 말투로 말했습니다.

난 놀라서 아무 말도 못 했습니다.

그녀를 끌어당겨 품에 안았지만 이미 마음을 굳힌 듯 더 이상 부
연 설명도 하지 않고 내게 대화해볼 여지도 주지 않았습니다. "왜 그
래?" 그녀의 말이 귓가를 웅웅 맴돌고 왜 그러는지 도저히 이해할 수
가 없었습니다.

"좋아하는 사람이 생겼어. 지방에 내려가서 작은 가게를 하면서 살
려고 해."

그렇게 뻔한 핑계를 내게 믿으라고요? 내가 스스로 이혼하길 바랐
던 걸까요? 하지만 메이바오는 그런 성격이 아니었습니다.

"내가 이혼한다면? 그래도 떠날 거야?" 내가 물었죠. 그땐 정말 이
혼하고 그녀와 다른 곳으로 떠나서 작은 회사를 차리고 살면 다 해
결될 거라고 생각했습니다.

"그러지 마 정말. 그동안 잘해줘서 고마워." 그녀가 허리를 굽혀 깍
듯이 인사까지 했습니다. 그 순간 그녀의 뺨을 후려쳤습니다. 왜 그렇
게 화가 났었는지 나도 모르겠습니다.

그녀를 바닥으로 쓰러뜨리고 옷을 다 벗겼을 때 초인종이 울렸습니다.

"그놈이야? 네가 말한 그놈이야?" 내가 물었죠.

메이바오는 말없이 울기만 했습니다. 내가 벌떡 일어나 문을 열려고 했더니 그녀가 달려와 문 앞을 가로막았습니다. "그 사람은 상관없어. 난 선택의 여지가 없어. 여길 떠나야만 해. 안 그러면 오빠 집도 풍비박산 나고 우리 사랑마저 무너질 거야. 오빤 날 미워하게 될 거고." 그녀가 숨죽인 목소리로 말했습니다. 큰 소리를 내면 내 분노를 돋울까 봐 두려운 듯했습니다.

누군가 계속 문을 두드렸습니다.

한참 뒤 발걸음 소리가 들리고, 더 이상 문 두드리는 소리도 나지 않았습니다.

그녀의 부어오른 볼을 보고 그제야 정신이 들더군요. 내가 대체 무슨 짓을 한 거지? 얼마 전부터 내가 그녀를 차갑게 대하지 않았었나? 헤어질까 말까, 누가 여길 떠나 이사 가야 할까, 어떻게 잘 헤어지지? 어떻게 끝내지? 내내 그런 고민만 해오지 않았나? 그런데 메이바오가 먼저 헤어지자고 하면 날 고민에서 해방시켜주는 게 아닌가? 내가 왜 그녈 때렸지?

메이바오는 벌거벗은 채 계속 울기만 했습니다. 내게 맞은 뺨이 빨갛게 부어올랐더군요. 얼른 담요로 몸을 둘러주고 냉장고에서 얼음을 꺼내 수건으로 감싸서 뺨에 대주며 사과했습니다. "우리 좋게 얘기해보자. 강요하진 않을게."

메이바오는 계속 울기만 했습니다.

어릴 적 메이바오가 우는 걸 본 적이 없었습니다. 또래 아이들에 비해 조숙한 편이었죠. 사랑스러운 얼굴로 세상에 거의 무관심하거나 세상에 속하지 않은 듯한 표정을 짓고 있는 그녀에게 끌렸습니다. 우린 서로 같은 부류라는 걸 알았고, 우리가 처해 있는 환경, 주변 사람들과 괴리감을 느꼈습니다. 자기 운명과 자신에게서 일어나는 모든 일들을 모두 감당할 수밖에 없었죠. 슬픔이든 기쁨이든 그 어떤 감정도 드러내지 않는 것만이 유일한 생존 방법이었습니다. 하지만 우리 셋이 수영을 하러 갈 때마다 그녀가 바다에 떠 있거나, 내 손과 몸으로 그녀를 떠받친 채 물 위에 떠 있을 때 그녀의 얼굴 위로 완전히 이완된 희열의 표정이 나타났습니다. 평소에는 볼 수 없는, 나이보다 훨씬 조숙한 표정이었습니다. 그건 오랫동안 무거운 짐을 짊어지고 있던 사람만이 내쉴 수 있는 순간적인 '안도의 한숨'이었습니다. 우리가 떨어져 있는 동안 메이바오에게 무슨 일이 있었는지, 그녀가 그 미친 부모 밑에서 어떻게 자랐는지 저는 모릅니다. 하지만 우리가 다시 만난 뒤 그녀는 웃기도 많이 웃고, 울기도 많이 울었습니다. 나와 헤어지겠다고 말하는 그 순간에도 난 그녀가 날 사랑한다는 걸 알고 있었습니다. 내가 얼마나 이기적인 사람인지도요.

우린 부둥켜안고 울었습니다.

연인처럼 포옹했던 건 그때가 마지막일 겁니다. 그녀를 향한 욕망이 타올라 그녀 안으로 더 깊숙이 들어가고 싶었습니다. 따뜻한 그녀의 몸속에서 영원히 머물고 싶었습니다. 그 누구도 그곳을 차지하지 못하도록, 다른 누구도 그녀의 아름다운 몸에 손대지 못하도록. 하지만 난 그녀의 연약함과 강인함을 함께 느끼며 계속 품에 안고만 있었습니다. "이 집을 줄게. 이사 갈 필요 없어. 내가 이사 갈게."

"난 정말 여길 떠나야 해." 그녀가 말했습니다. "다른 곳에 가서 새 출발하고 싶어."

이유를 물었지만 대답하지 않았습니다. "다썬 오빠를 잊을 수 없을 거야. 영원히." 그녀가 날 다썬 오빠라고 부를 때, 우리 사랑이 끝났다는 걸 알았습니다.

메이바오와 다퉜던 날의 일입니다. 30분 정도였을 겁니다. 메이바오의 원룸에서 나와 출근했고 다시 찾아가지 않았습니다. 마지막으로 본 건 그 금요일 밤이었습니다. 접대가 늦게 끝나 11시가 조금 넘어서 주차장에 도착했습니다. 취기 때문인지, 너무 보고 싶어서였는지, 나도 모르게 그녀의 집으로 올라갔지만 초인종을 한참 눌러도 대답이 없었습니다.

내게 뭐라고 하시든 상관없습니다. 이제 아내도 다 알게 됐고, 모든 일이 만천하에 알려졌으니까요. 진실이 밝혀지는 과정이 무섭지도 않았습니다. 끔찍한 건 메이바오가 죽었다는 사실입니다. 내게 죄가 있든 없든, 메이바오는 이미 죽었습니다. 그녀를 완전히 잃을 수 있다는 건 생각해본 적이 없습니다. 이렇게 될 줄 알았다면 차라리 다시 만나지 말았어야 했습니다.

메이바오가 죽고, 난 용의자가 됐지만, 내가 슬픈 이유는 오로지 나와의 재회가 메이바오를 나락에 빠뜨린 게 아닐까 하는 생각 때문입니다. 난 메이바오를 죽이지 않았지만, 다른 차원의 세상에선 내가 그녀의 옷을 벗기고 그녀에게로 들어간 그때 과거의 메이바오를 죽였는지도 모릅니다.

2   린멍위

　가끔 자신이 낯선 느낌이 들 때가 있지 않습니까? 아니면, 뭐랄까. 자신에게 여러 가지 모습이 있는데, 좋은 남자, 좋은 아빠, 좋은 아들, 좋은 남편이라는 얼굴에 가려져 있는 거죠. 그러다가 깊은 밤 샤워를 마치고 거울 속 초췌한 자신의 얼굴을 대할 때 문득 미소 한 점 없는 그 얼굴이 낯설게 느껴질 때가 있지 않아요? 칼로 그은 듯 팔자 주름이 깊게 파이고 줄줄 흘러내린 얼굴이.

　얼굴 속에 감춰져 있던 또 다른 얼굴을 마주하는 느낌이죠.

　매물로 나온 공실에 숨어 들어간 이유가 뭐냐고요? 일종의 괴벽일 겁니다. 나를 믿고 맡긴 집주인에 대한 배신이고, 앞으로 그 집에 들어올 세입자에게도 무례한 짓이지만, 아직 아무도 세 들지 않고 사지도 않은 채 텅 비어 있는 상태죠. 재산권은 집주인에게 있지만, 공간만을 놓고 보면 어떤 의미에선 내 공간이기도 해요. 내가 열쇠를 갖고 있으니까 일시적으로 공실의 사용권을 가진 셈이지요. 아주 오랫동안 손님들에게 집을 보여주는 똑같은 일을 수없이 반복했어요. 1년마다 주인이 바뀌는 공실과 더 깊은 교감을 하고 싶었던 겁니다. 아, 그건 너무 거창하군요. 그냥 괴벽이에요, 괴벽.

하지만 여자들을 만나면서, (이젠 여자가 없지만, 과거에는 있었어요) 수많은 여자들과의 모텔비를 아끼려고 그랬던 게 아니에요. 모텔에서는 불가능하다는 걸 알고 있었기 때문이죠. 여자들뿐만이 아니라 공실이라는 공간도 내 욕망을 자극했어요. 정확히 말하면 그 어떤 변화도 없이 무미건조하게 반복되는 일상에서 유일하게 변화를 줄 수 있는 게 바로 여자를 공실에 데리고 가거나, 여자 손님에게 집을 보여주다가 갑자기 흥분하는 것, 아니면 미리 약속을 하고 적당한 공실에서 여자를 기다리는 것이었어요. 그럴 때마다 임대와 매매밖에 없는 이 밋밋한 인생에 산이 우뚝 솟고 골짜기가 파이며 다채로운 풍경이 펼쳐졌죠. 백일몽처럼 풍경이 무궁무진하게 변했어요.

몰래 훔쳐본 거요?

훔쳐보기만 하지 않았어요. 몰래 들어가기도 했죠. 어느 날 정말로 칸막이를 톱으로 잘라내고 배기구를 통해 그녀의 집으로 들어갔어요. 그래서 그 집에서 내 지문이 발견된 겁니다. 중메이바오가 카페에서 일하고 있는 시간에 도둑처럼 몰래 들어가서 소파에 누워보고 침실에도 들어가봤어요. 나 같은 개자식만이 할 수 있는 짓이죠.

중메이바오의 집에서 많은 일을 떠올렸어요. 예전에 봤던 영화 〈중경삼림〉도 생각났죠. 참, 이래 봬도 예전에는 문학청년이었어요. 1995년에 내가 뭘 했는지 아세요? 대학 졸업 후 첫 직장에서 어린이 백과사전을 파는 영업 사원으로 일했어요. 집집마다 돌아다니며 책을 파는 외판원이었어요. 내가 맡은 구역은 쌍허, 신뎬, 싼충이었어요. 오토바이를 타고 곳곳을 다니다가 퇴근하면 비디오방에 영화 보러 가곤 했는데, 그때 그 영화를 봤어요. 막 데뷔한 왕페이의 짧은 커트 머리가 참 멋졌어요. 영화에서 그녀는 짝사랑하는 양조위의 집에 몰래 들어가 수건과 비누를 바꿔놓고, 청소를 하고, 어항에 금붕어를 넣어줘요. 물론 난 청소는 하지 않았어요. 메이바오의 아름다운 몸을 생각하며 그녀의 집 안을 돌아다녔을 뿐, 아무것도 건드리지 않았고요. 욕실에 널어놓은 팬티를 보며 자위를 하지도 않았어요. 그러지 않아도, 집에 배어 있는 그녀의 향기와 가구 배치, 심지어 그녀가 이곳에 있었다는 사실만으로도 주체 못 할 만큼 흥분됐으니까요. 다른 어떤 구체적인 행동으로 표현할 필요 없이 그저 가만히 그 희열을 만끽하는 걸로 충분했어요.

물론 난 그녀를 죽이지 않았어요. 그녀가 아주 오래오래 살아서 언제든 1층에 내려가면 그녀를 볼 수 있기를, 그녀의 미소를 보며 그녀가 만들어주는 커피를 마실 수 있기를 바랐으니까요. 난 변태긴 해도 살인을 저지르진 않았어요.

3   리모리

오전 9시경 초인종이 울렸어요.

경찰 두 사람이 문 앞에 서 있었어요. 그다음에 일어난 모든 일은 통제 불능의 기차처럼 완전히 내 상상을 벗어났어요. 다썬이 살인 사건에 연루됐다며 회사에 있던 그를 연행해 갔어요. 사흘 전 우리 단지에서 스물아홉 살 여자가 죽었어요. 남편이 말한 '어수선한 C동'에서요. 그런데 그 여자의 휴대전화에 남편의 전화번호가 있었고 사건 당일 저녁에 남편이 전화를 건 기록이 있었대요. 집 안에 있는 술잔에서 남편의 지문이 발견되고 여자의 체내에서 그의 정액도 검출됐다고 했죠. 여자는 침대에서 베개에 눌린 채 죽었고, 남편이 가장 유력한 용의자라고 했어요.

그 모든 게 충격이었어요. 남편처럼 고지식하고 철저한 사람이 자기가 사는 빌딩에 여자를 감춰놓았다니? 외도를 했다니? 살인을 저질렀다니? 이것보다 더 충격적인 일이 어디 있겠어요?

경찰이 피살자 사진을 보여주며 신분을 알려줬어요. 죽은 사람이 내가 자주 가는 카페 매니저라는 것도 그때 알았어요. 매번 날 위해 카페라테 위에 고양이 발바닥을 그려주던 그 예쁜 여자 말이에요. 중메이바오.

길게 생각할 겨를도 없이 일단 남편의 보석 신청을 하려고 가방을 집어 들고 경찰을 따라나섰어요. 출발하기 전에 아빠의 변호사에게 전화를 걸었고요.

◎

경찰국에서 조서 작성을 마치고 집으로 돌아왔다. 집 안이 고요하다. 다쎈은 구치소에 있다. 단 이틀 사이에 '집'이라고 불렸던 곳이 빈 껍데기로 변해버렸다. 오직 뱃속 아기만이 계속 발길질을 해대고 있다. 마치 내게 책임을 일깨워주려는 듯, 내가 길을 잃고 어두운 미로 속에 빠지지 못하게 하려는 듯.

어쩌면 내가 죽였는지도 모른다.

불도 켜지 않은 컴컴한 거실에서 생각했다. 내가 죽였다고. 밥을 지을 시간이지만 다쎈이 없으니 모든 게 의미가 없다. 우린 지켜야 할 어떤 규칙을 잃었고, 생활을 지탱할 이유를 잃었다. 생활이 이미 무너져 버렸으니까.

아마 나일 것이다. 쌀통을 흔들어 쌀알이 플라스틱 통을 긁는 소리를 들었다. 솨솨. 살육의 소리 같았다.

나일까? 내가 몰래 열쇠를 복제해 그녀가 출근한 사이 우리 집에서 다쎈이 쓴 와인잔을 그녀 집에 가져다 놓고, 다음 날 저녁 그녀가 퇴근하기 전 그녀 집에 가서 물이 담긴 전기포트에 수면제 가루를 타 놓은 뒤 그녀가 깊이 잠들자 목 졸라 죽인 걸까? 다쎈의 넥타이로?

그럴듯한 줄거리다. 디테일도 들어맞는다. 내가 아니라면 어떻게 이렇게 많은 걸 알고 있지? 어째서 내가 죽이고 다쎈에게 죄를 뒤집어

씌운 거지? 왜냐하면 그 둘을 그냥 둘 수 없으니까. 날 멍청한 부잣집 아가씨로 착각하고 가지고 논 대가를 치러야 한다는 걸 그에게 똑똑히 알려주고 싶으니까.

난 그가 상상하는 것처럼 순진하지도 멍청하지도 않다. 또 그가 상상하는 것처럼 행복하지도 어리석지도 않다. 다썬은 날 깔보면서도 두려워했다. 머리 나쁘고 경험도 적지만 집안 좋고 돈이 많아서 예쁘지도 않은데 남자들에게 인기가 많다. 쉽게 행복을 손에 넣을 수 있고, 설사 결혼 생활이 불행하더라도 친정으로 도망칠 수 있다. 유일하게 날 고통스럽게 하는 사람은 오직 그뿐이다.

어쩌면 내가 죽였는지도 모른다. 나는 점점 이 가능성을 인정하고 있다. 내가 다썬과 중메이바오의 관계를 어떻게 알게 됐는지 분명히 말할 수는 없지만, 난 그가 출근 시간을 미뤘다는 걸 진즉 알고 있었고, 그의 지갑에 또 다른 출입카드가 꽂혀 있는 걸 보았다. 그가 개를 산책시키러 나갈 때 그의 뒤를 밟았고, 뒤뒤가 중정 정원에서 자유롭게 다니도록 풀어놓은 채 다른 엘리베이터를 타고 올라가는 그를 보았다. 그는 매일 아침 건성으로 신문을 뒤적이다가 시간 계산을 하듯 빠른 속도로 아침을 먹었다. 그를 뒤따라가지 않았지만 그에게 여자가 있다는 걸 알고 있었다. 그의 옷에 긴 머리카락이 자주 붙어 있었고, 여자 향기가 배어 있었다. 게다가 그는 지금껏 한 번도 내게 보여준 적 없는 모습으로 뭔가에 미쳐 있었다. 행복감에 도취한 사람 같기도 하고, 지독한 고뇌에 빠진 사람 같기도 했다.

다썬이 아직도 날 사랑하고 있다고 믿는다. 그는 날 떠날 수 있었지만 그러지 않았다. 설령 그가 날 떠나지 않은 이유가 나로 인해 누리게 된 이 생활일지라도, 그게 그저 그의 불안감일 뿐 그 자신의 힘으로도 이런 생활을 영위할 수 있다 해도, 그에게 그 여자가 생긴 뒤에도 날 떠나지 않은 건 나에 대한 미련 때문이라고, 난 믿을 수밖에 없다.

하지만, 그는 날 지옥으로 밀어 넣었다.

카페 매니저가 하고 있는 목걸이를 보고 모든 퍼즐이 맞춰졌다. 다썬이 파리 출장에서 사 온 그 명품 크리스털 목걸이가 같은 시기에 메이바오의 목에도 걸려 있는 것을 보았다. 내 것은 핑크 컬러, 그녀의 것은 블루 컬러였다. 한정판이었으므로 우연이라기엔 너무 공교로웠다. 직감적으로 모든 걸 알았다. 난 그의 어리석음을 용서할 수가 없었다. 날 속이기 위해 그렇게 치밀한 노력을 기울였으면서 어떻게 이렇게 사소한 실수를 저지를 수가 있을까? 그녀에게 집에 방문하겠다며 몇 호에 사느냐고 물었다. 메이바오는 내가 다썬의 아내라는 걸 몰랐을 것이다. 혹시 알고 있었을까? 그랬다면 더 용서할 수가 없다.

중메이바오가 나를 집에 초대했다. 다썬이 출장 중이었던 토요일 오전이었다. 카페 문을 열기 전, 그녀는 내게 직접 만든 잼을 선물했고, 나는 그녀에게 부아트아비주*의 빵을 선물했다. 침실 쪽은 들어가보지 않았고 목재 폴딩도어로 가려져 있었지만 원룸 가운데 놓인 소파를 알아보았다. 예전에 다썬과 함께 가구를 고르러 갔을 때 내가 예쁘다고 했던 2인용 소파였다. 클래식한 느낌의 13만 위안짜리 검은색 가죽소파. 다썬은 그렇게 좋은 물건을 고를 안목이 없고, 그건 그 여자도 마찬가지인 듯했다. 선물조차도 내가 고른 걸 받은 그녀가 측은했다.

● 타이베이의 유명한 베이커리.

왜 그녀를 죽였을까? 만약 내가 죽였다면, 증오 때문일 것이다. 왜 증오했을까? 그건 나도 모르겠다. 어려서부터 난 누군가를 쉽게 미워했고, 예쁜 여자도 증오했다. 다썬은 나 같은 환경에서 자란 여자는 항상 즐겁기만 할 거라고 생각하겠지만, 내 마음속은 증오로 가득 차 있다. 그건 돈으로도 메울 수 없는 것이다. 평범한 아름다움이 아니라 신비스러울 정도의 아름다움을 가진 여자들이 있다. 내 언니도 그중 하나다. 머리는 아주 나쁘지만 놀랄 만큼 아름답다. 어릴 적에는 온종일 언니 곁을 맴돌았다. 엄마가 사준 바비인형보다 언니가 더 예뻤다. 아름다움은 칼날 같은 것이다. 우리 집 거실에 온 많은 남자가 언니의 미모에 넋이 빠져 차를 엎지르는 걸 보았다. 어린 내가 보기에도 언니가 주위를 둘러보는 눈빛만으로 그 남자들을 쓰러뜨릴 수 있을 것 같았다. 아빠는 세 딸 중 노골적으로 맏딸만을 애지중지했고, 사랑이 뚝뚝 떨어지는 눈빛으로 언니를 바라보았다. 엄마도 큰언니를 어려워할 정도로 언니의 일거수일투족이 아빠를 즐겁게 했다. 그럴수록 언니는 사람의 마음을 가지고 놀며 모두를 조마조마하게 하고, 자기 때문에 허둥지둥 뛰어다니고 다투는 것을 보아야 직성이 풀렸다. 언니의 인생은 태어나면서부터 드라마 같았다. 아빠가 반대하지 않았다면 틀림없이 배우가 됐을 것이다. 평범한 인생은 언니에게 걸맞지 않았다. 언니로 인해 부모님의 표정이 환해지고 어두워지기도 하고, 기뻐하고 슬퍼하기도 하는 것을 보았다. 두 언니는 옷을 사고 화장을 하고 연애하는 데만 정신이 팔려 있었고, 오직 나만이 눈을 크게 뜨고 우리 집에서 일어나는 황당한 일들을 똑똑히 지켜보았다.

부잣집에서 태어나 돈과 미모를 다 가진 언니에겐 불가능한 일이 없었다. 하지만 우리 언니는 멍청했고, 자랄수록 점점 더 멍청해졌다.

아빠를 좌지우지해 엄마를 가슴 아프게 하고, 먹고 놀고 즐길 줄만
알고, 의사가 아니면 자기 미모에 걸맞은 남자를 찾을 수 없다고 했
으며, 고분고분한 남편을 원했다. 언니가 열여섯 살이 되자 아빠는 언
니를 전처럼 총애하지 않았고, 그 대신 여섯 살 어린 나를 예뻐하기
시작했다. 하지만 난 언제나 아빠의 눈빛 속에서 감추지 못한 실망감
을 보았다. 아빠가 나는 보는 눈빛은 조악한 위조품을 보는 그것 같
았다.

언니가 결혼 후 계속 바람을 피운다는 얘길 듣고서야 나는 비로소
위안을 얻었다. 형부는 이혼하지 않았고, 언니는 출산 후에도 미모를
유지했다. 다썬은 내게서도 그 백치 같은 행복감을 감지했을 테지만,
그의 생각은 틀렸다. 난 조금도 행복하지 않았다. 오로라를 본 적이
있는 사람은 자신이 그저 보통 사람에 불과하다는 걸 알고, 모든 것
에 시큰둥해진다.
아빠가 골라준 남자를 거부하고 다썬을 선택한 것은 그가 이 모
든 배덕과 광기와 무관한 사람이기 때문이다. 아, 결국 그 단어를 말
하고 말았다. 배덕. 우리 집은 부잣집이지만, 참으로 배덕한 집이었다.
고등학교 때 엄마가 호스트바에 푹 빠졌다가 아빠에게 들킨 뒤 이상
한 종교에 빠졌다는 걸 알았다. 내가 보기에 호스트바와 사이비 종교
는 매한가지다. 광적으로 빠져들고, 돈을 써대며, 밤을 새우고, 몸을
망친다는 점에서 그렇다. 딸들이 결혼한 뒤 아빠가 만나는 여자들의
나이가 점점 어려지더니 급기야 나보나 세 살 어린 모델과 사귀었다.
심지어 아빠는 그 여자를 광고 모델로 만들기 위해 패션 브랜드 하
나를 사들이기도 했다.
그 카페 매니저도 증오를 부르는 미모를 가지고 있다. 그녀의 얼굴

을 보고 있으면 온몸이 떨린다. 다썬이 처음부터 내게 외도를 인정했더라면 난 용서할 수 있었다. 정말이다. 그런 여자는 태어나면서부터 남자를 미치게 만드니까. 그런 얼굴을 눈앞에서 조심스럽게 감싸 쥐고 냄새를 맡고 핥고 입 맞추고 애무하고, 심지어 소유할 수 있다면 그 어떤 대가라도 치를 수 있는 것이다. 그게 남자라는 동물이다.

난 무엇을 증오했을까? 꼭 죽여야만 했을까? 남에게 죄를 뒤집어씌운 걸까? 그건 나도 모르겠다. 아직 뱃속 아기의 성별을 모르지만 딸이라면 예쁘고, 아들이라면 잘생기길 바란다. 하지만 나처럼 어중간하다면 그건 본인에게 재앙이 될 것이다. 처음 아부카페에 들어가 중메이바오를 보았을 때, 난 그녀에게 동정심이 들었다. 정확한 이유는 모르지만 돈 많은 남자와 결혼해 더 편안한 삶을 살아야 했을 그녀가, 이런 조건을 갖고도 여기서 매일 컵이나 닦고 있다는 사실 때문이었을 것이다. 하지만 어떤 부분은 부러웠다. 그녀를 목숨 바쳐 사랑하는 사람이 틀림없이 있을 것이므로. 다만 그 남자가 내 남편인 줄은 몰랐다.

4   리유원

우리가 처음 만난 날 그녀의 모습을 영원히 잊을 수 없을 거예요. 어깨에 닿는 긴 머리에 이마 위로 늘어진 앞머리, 화장기 없는 작고 갸름한 얼굴, 수묵화 속 먼 산처럼 구부러진 눈썹, 양 볼에 드문드문 박힌 주근깨는 흰 피부를 더 도드라져 보이게 했어요. 오른쪽 볼에 보조개가 파이고, 눈 코 입 어느 하나 예쁘지 않은 곳이 없었죠. 흰색 7부 티셔츠와 청바지만 입은 깔끔한 옷차림이었어요. 뭐라고 표현할까요. 싱그러움? 어두운 바에서 그녀가 서 있는 곳만 조명이 비추고 있는 느낌이었어요. 과장이 아니라 그녀의 첫인상이 정말 그랬어요. 화려하거나 눈부신 아름다움이 아니라 투명하고 은은한 달빛처럼 조용히 사방을 밝히는 미모였어요. 그 빛이 닿는 곳마다 온화해지고 시적 정취가 풍기며, 눈으로 보기만 해도 그녀를 더럽히는 것 같은 기분이 들게 했어요. 남의 시선을 받는 것이 익숙할 텐데도 나와 눈이 마주칠 때마다 수줍게 웃었어요. 평범한 얼굴일 뿐인데 신경 쓰이게 해서 미안하다고 말하는 듯한 미소였죠. 도도하지도 않고 자아도취에 빠지지도 않은, 솔직하고 자연스러운 표정이었어요.

눈이 잠깐 마주쳤을 뿐이지만 그녀의 옅은 미소로 우린 서로 아는 사람이 된 것 같았어요. 누구에게나 그렇게 웃어주는지는 모르겠지만, 아무도 거부할 수 없는 미소였어요. 마치 내게 그렇게 웃어주는 여자를 오랫동안 기다리고 있었던 듯 마음이 연유처럼 녹아내렸어요.

3년 전, 한 술집에서 친구의 생일파티가 열렸어요. 저녁 8시쯤 약속 시간이 지나서 도착했어요. 이미 술자리가 시작됐더군요. 문을 열고 들어가다가 바테이블 뒤에 서 있는 그녀를 보고 저절로 걸음을 멈췄어요. 멍하게 서 있다가 친구에게 끌려 테이블로 가면서 다시 고개를 돌려 그녀를 보았죠.

그녀에게 말을 걸 기회가 없을 줄 알았어요. 술자리가 시끌시끌했어요. 그날의 주인공은 회사 동료의 여자친구였는데 초대받은 사람들이 모두 솔로여서 단체 미팅 같은 분위기였어요. 난 그렇게 흥이 오른 분위기에 잘 적응하지 못해서 샐러드바에서 음식을 가져다가 옆테이블에서 열심히 먹기만 했어요. 그런데 먹다 보니 바테이블에 있던 그녀도 샐러드를 가져와서 먹더군요. 레드 와인을 좋아하는 것 같았어요. 그녀가 "난 채소를 좋아해요"라고 먼저 말을 걸었어요. "나도 좋아해요"라고 대답했죠. 사실 거짓말이었어요. 채소를 좋아해서가 아니라 어색한 자리를 피하려고 먹고 있었던 것이지만, 그녀가 옆에 있으니 채소가 달콤하게 느껴졌어요. 자연스럽게 내 직업을 얘기했고, 그녀는 자기 이름이 중메이바오라고 했어요. 나도 내 이름을 말했죠. 한 5분 정도 대화했을 거예요. 그녀가 나보다 한 살 적은 스물여섯 살이라는 것도 알게 됐어요. 그다음에 무슨 얘기를 나눴는지는 잊어버렸어요. 그냥 자연스럽게 한마디씩 주고받았던 것 같아요. 사람을 많이 상대하는 서비스직의 특성상 처음 만난 사람과도 대화를 잘 이어가는 사람이라고 생각했어요. 그녀는 평소에 근처 카페에서 일하는데 이 술집도 카페 사장이 운영하는 곳이라서 가끔 대관 손님이 있을 때 와서 도와준다고 했어요. 생일파티인 줄 알고 와보니 단체 미팅이었다며, 친구가 머릿수를 채우려고 나를 초대한 것 같다고 했더니, 그녀도 어깨를 으쓱이며 웃었어요. 많은 얘기를 나눈 것 같기도 하고, 또 별 얘기를 나누지 않은 것 같기도 해요. 친구가 부르지 않았다면 계속 얘기를 나누고 싶었어요. 내 자리로 돌아가서도 그녀의 표정, 미소, 목소리가 머릿속에서 떠나지 않더군요. 그녀도 바테이블로 돌아가 바쁘게 일하면서 가끔 나를 향해 미소를 지었어요. 맙소사. 넋이 나간다는 게 뭔지 그때 처음으로 알았죠.

내 얼빠진 표정을 본 친구가 그녀가 마음에 드느냐고 물었지만 난 고개를 저었어요. 저렇게 예쁜 여자에게 남자친구가 없을 리 없고, 설령 남자친구가 없더라도 쫓아다니는 남자는 많을 것 같았으니까요. 그랬더니 친구가 부딪쳐보지도 않고 어떻게 아느냐며 모두 나처럼 생각하면 저 여자는 평생 결혼도 못 할 거라고 했어요. 그러면서 말했죠. "너니까 알려주는 거야. 저 여자 지금 솔로니까 꾸물거리지 말고 대시해봐."

친구의 말에 용기를 얻어 다음 날 메이바오가 일하는 카페에 갔어요. 여자에게 대시하는 방법을 몰라서 무작정 기다리기만 했어요. 원래 커피를 마시지 않는데도 매일 퇴근 후에 그 카페에 가서 샌드위치와 흑당카페라테를 마셨어요. 가끔 케이크도 먹고요. 카페의 선불카드를 사서 한 번에 2,000위안씩 충전하며 굳은 마음을 보여줬고요. 난 원래 한번 결심한 건 불가능하다는 걸 확인하기 전까지는 절대로 포기하지 않아요. 그녀가 내 마음을 받아줄 거라는 확신은 없었지만 매일 퇴근 후에 카페에 가서 그녀를 보면 하루의 피로가 싹 가셨어요. 회사에서 카페까지 40분이나 걸리는데도 태풍이 닥치고 비바람이 불어도 카페가 쉬지 않는 한 무조건 그녀를 보러 갔어요. 메이바오도 집이 멀었어요. 우리 집보다도 메이바오의 집이 더 멀었죠. 얼마 뒤에는 소형차를 구입해서 카페 문을 닫을 때까지 기다렸다가 그녀를 집에 데려다주었어요. 그녀도 처음에는 거절했지만 시간이 지나면서 자연스럽게 받아들였어요.

그렇게 기다린 지 반년 정도 됐을 때 메이바오가 자길 좋아하느냐며 "나랑 사귈까?" 하고 묻더군요. 깜짝 놀랐어요. 내가 꺼내야 하는 얘기를 그녀가 먼저 해주니 얼마나 기뻤겠어요? 얼른 고개를 끄덕였더니 "언제까지 기다리게 할 작정이었어? 바보같이"라고 말하더군요. 내가 바보라는 걸 처음부터 알아봤던 것 같아요.

그전까지 내가 좋아했던 여자들은 뭐랄까, 속을 알 수가 없었어요. 대학 때 같은 과 여자애를 사귀었는데, 공주병 환자였죠. 툭하면 이거 맞혀봐라, 저거 맞혀봐라. 점치기 내기를 하는 것처럼요. 늘 내기에 지는 나는 공감 능력이 부족하고 사이버 세상에서만 사는 못난 놈이 됐고요. 메이바오와 사귀면서 과거의 실수를 재연하지 않으려고 조심했어요. 메이바오는 많은 걸 요구하지 않았어요. 아니, 아무것도 요구하지 않는 여자였어요. 얼마 후에 그녀가 그 빌딩에서 일하게 됐어요. 같은 빌딩으로 이사도 하고 일도 바빠져서 주말에만 만나고 싶다고 하더군요. 평소에는 전화와 메시지로 연락하고요. 우리 관계도 안정됐고, 나도 일이 바빴어요. 집을 사는 바람에 경제적인 부담도 커서, 메이바오와 결혼하기 전에 몇 년 바짝 벌어놓는 것도 좋겠다고 생각했어요.

그 후로는 토요일마다 카페에 가서 함께 퇴근한 뒤 하룻밤을 자고 일요일 저녁에 네이후의 집으로 돌아왔어요. 메이바오가 내 집에 올 때도 있었고요. 올해 6월에 새 집에 입주했는데, 집이 아직 휑했지만 메이바오는 급할 것 없다며 천천히 정리하라고 했어요. 난 인테리어에 별로 관심이 없는 사람이고, 메이바오도 사람을 시켜 인테리어를 하려면 돈이 많이 드니까 그냥 비워두자고 했죠. 내년에 인테리어를 한 뒤에 결혼을 하고 이사 오게 하려고 했어요. 결혼식에 대해 상의하다가 그녀의 가정 형편이 좋지 않다는 걸 알았어요. 어머니는 신장 투석을 하고 남동생도 건강이 좋지 않으니 혼인신고만 하고 조용히 살자고 하더군요. 그녀가 네이후로 이사해 가족과 멀리 떨어지는 걸 불안해한다고 생각했어요. 정 힘들면 네이후의 집을 팔아서 쌍허로 옮기자고 했죠. 대출 없이 같은 평수의 아파트로 옮길 수 있으니까요. 어머니와 동생을 함께 보살필 수도 있으니 걱정하지 말라고 했어요. 결혼 후에 일을 계속해도 좋고, 하기 싫으면 그만둬도 좋다고 했고요. 아이를 낳아도 좋다고 은연중에 표현하기도 했죠. 강요할 생각은 없지만 우리 부모님도 손주를 보고 싶어 하실 테니까요. 하지만 난 아이는 있어도 그만, 없어도 그만이었어요. 메이바오와 함께 살 수 있다는 걸로 충분했어요. 결혼하면 평일에도 그녀와 함께 있을 수 있으니 평온하고 행복할 거라고 생각했죠.

물론 나만의 생각이었고, 메이바오는 나처럼 행복감을 느끼지 않는 것 같았어요. 그 때문에 그녀에게 늘 미안했어요. 그녀는 내게 행복감을 주는데 난 그녀를 위해 해줄 수 있는 게 너무 적었으니까요. 그녀는 토요일에도 출근을 했어요. 가끔 비번인 토요일에는 차를 타고 나가려고 했지만 늘 피곤해 보였어요. 차라리 집에 가서 쉬고 싶다고 했죠. 평소에 잠을 푹 자지 못해서 휴일에는 밀린 잠을 보충하고 요가나 조깅을 하고 싶어 했어요. 우리가 함께할 수 있는 유일한 일이 조깅이었을 거예요. 메이바오는 요리를 하지 않고, 내가 가끔 음식을 만들어주었어요. 인터넷에서 열심히 레시피를 찾아서 만들었지만 별로 맛이 없었겠죠. 담백한 음식을 좋아하는 그녀는 유기농 채

소, 두부, 싱싱한 생선, 유기농 현미 같은 걸 사다가 대충 익혀주기만
해도 맛있게 잘 먹었어요. 그녀를 만난 뒤 나도 그녀를 따라 식성이
바뀌어서 체중이 5킬로그램이나 줄었어요. 건강식이잖아요.

누구나 메이바오를 좋아했어요. 주위를 맴도는 남자들이 특히 많
았죠. 그녀가 나를 선택한 이유가 뭘까 생각해본 적이 있어요. 나도
못생긴 편은 아니고, 아버지는 은퇴한 공무원, 어머니는 전업주부예
요. 여동생이 하나 있는데 우리 가족은 모두 메이바오를 좋아해요.
메이바오를 가족에게 인사시키던 날 내 어깨가 으쓱했어요. 예쁜 여
자 특유의 도도함은 전혀 찾아볼 수 없었거든요. 식사를 마친 뒤 어
머니를 도와 함께 설거지를 하고 아버지의 말동무가 되어주었어요.
내 여동생조차 '돼지 목에 진주'라며 그녀가 아깝다고 했어요. 난 고
집이 세고 눈치도 없고 고지식한 편이라 한번 인정한 것에는 마음이
잘 바뀌지 않아요. 메이바오에게도 그랬죠. 그녀를 사귀고 난 뒤 다
른 여자에게 눈길 한 번 주지 않았어요. 가상 세계의 여자조차 보지
않았어요.

메이바오가 정말로 나와 함께 사는 걸 원할지 생각해봤어요. 그녀
는 자기 얘기를 거의 하지 않았어요. 주로 카페 손님 얘기를 했는데
손님을 흉보는 게 아니라 재미있는 얘기가 대부분이었죠. 메이바오는
친구가 많았고 카페의 아르바이트생도 착했어요. 메이바오는 잠이
많다는 것 외엔 아무런 흠이 없는 여자였어요. 너무 마른 몸을 걱정
했더니 밤에 깊은 잠을 자지 못하고 일이 피곤해서 그렇다며 쉬는 날
많이 자야 한다고 했어요. 그녀의 남동생이 자주 온다는 건 알고 있
었어요. 가끔 한밤중에 오기도 했고요. 집에 도박장을 차린 계부 때
문에 온갖 사람들이 드나들며 도박을 하고 마약도 한다더군요. 온종
일 술에 취해 지내는 어머니는 당장 돌아가셔도 이상하지 않을 만큼

황달이 심하다고 했어요. 1년쯤 사귀고 나서야 남동생과 아버지가 다르다는 걸 알았어요. 복잡한 가족이었지만 그럴 수 있다고 생각했어요. 크게 개의치 않았죠. 메이바오가 좋아하는 사람은 나도 좋아하고, 그녀가 멀리하는 사람은 나도 멀리했어요. 그녀가 관계 정립을 하지 못한 사람에 대해서는 그저 조용히 지켜보기만 했고요.

사람들은 나를 깜씨라고 불러요. 키가 크고 피부가 까매서 붙은 별명이에요. 예전에 한 여자 동료가 나더러 오다 유지를 닮았다고 하길래 메이바오에게 얘기했더니 닮은 것 같다고 했어요. 가끔 그녀가 "네 얼굴이 참 좋아" 하고 부드럽게 말할 때마다 얼굴이 붉어졌어요. 외모 평가에 어떻게 반응해야 할지 모르겠어요. 칭찬을 들을 때도 그렇고요. 우리 집은 칭찬이라곤 없는 집이에요. 부모님 모두 과묵한 성격이고 꾸중만 듣지 않으면 다행이었어요. 난 어려서부터 공부든 시험이든 취업이든 부모님을 걱정시킨 적이 없어요. 항상 혼자 조용히 책을 읽고 음악을 듣고 컴퓨터게임을 했어요. 어머니에게 피아노를 배우다가 그만뒀지만 클래식을 즐겨 들었어요. 메이바오도 그 점을 좋아했어요. 카페에 흐르는 음악은 모두 내가 가져다준 CD였어요. 매달 한 번씩 음악회를 갔는데 그때가 아마 메이바오가 나를 제일 사랑한다고 느끼는 시간이었을 거예요. 그녀는 음악에 자신감이 없었어요. 난 음악을 듣는 것에 익숙하고 좋아하는 음악을 반복해서 들었는데, 메이바오는 음악 감상을 특별한 일로 여겨서 음악에 관련된 책을 많이 읽었어요. 음악회에 갈 때마다 강의를 들으러 가는 사람 같았죠. 그래서 음악에 대한 지식이 금세 늘어났어요. 난 요즘 팝송이나 재즈는 전혀 듣지 않는데, 아르바이트생 샤오밍은 밴드 활동을 하는 것 같았어요. 가끔 메이바오가 샤오밍을 따라 밴드 콘서트에 가면 난 그녀의 집에서 혼자 시간을 보내며 기다렸어요.

그녀는 CD를 선물 받을 때 제일 기뻐했어요. 작년 생일에는 오래된 턴테이블을 선물했어요. 부모님이 옛날 집에 20년 동안 방치해놓았던 것인데 두껍게 쌓인 먼지를 털어내니 음질이 아주 좋았어요. 아버지가 소장하고 있던 LP음반 100여 장도 흔쾌히 내어주셨죠. 내 추억도 담긴 음반들이었어요. 어릴 적 어머니가 그 음반들을 틀어놓으면 신이 내려온 듯 거실에 조용한 선율이 흐르고 집 안 분위기가 좋아졌어요.

나와 메이바오는 그렇게 담백하고 아름다운 관계였어요. 내가 그녀에 대해 얼마나 안다고 장담할 수 없고, 그녀를 얼마나 행복하게 해줄 수 있는지도 모르지만, 어떤 문제든 그녀와 함께 해결하려고 했어요. 그녀에게도 여러 번 그렇게 말했고요. 그녀가 큰 빚을 떠안고 있었고, 그렇게 무서운 빚 독촉을 혼자 감당하고 있었다는 걸 이제야 알고 몹시 부끄러웠어요. 역시 그녀는 내게 마음을 다 열지 않았던 거예요. 그녀는 나를 잘못 생각하고 있었던 거죠. 나처럼 정상적인 가정에서 자란 사람은 모든 게 순조로워서 그녀가 짊어지고 감당해야 했던 세계를 이해할 수 없다고 착각한 거예요. 하지만 이해할 수 있었어요. 아니, 굳이 이해할 필요도 없었어요. 감당하면 되니까. 난 감당할 수 있었지만, 그녀는 내게 그런 기회를 주지 않았어요.

그녀를 죽인 사람이 나이길 진심으로 바랄 때도 있어요. 내게 살인할 용기가 있다면 그녀가 날 사랑하지 않았다는 사실을 받아들일 용기도 있겠죠.

그녀가 날 사랑하지 않았다는 건 사실이에요. 그녀는 "너에 대한 내 감정이 사랑이 아니었다고 말하지 마. 이것도 일종의 사랑이야"라고 말하겠지만요.

사랑이 아니었다는 걸 알아요. 하지만 사랑이 뭐죠? 그녀가 다른 남자를 사랑했을까요? 그녀의 마음속에 사랑이라고 부를 수 있는 게 있었을까요?

가끔 녹화된 영상들을 미친 듯이 보고 또 봐요. 순간순간이 날 미치게 하고 내 눈알을 파버리고 싶은 충동이 치밀어요. 내 눈앞에서 일어나고 있는 일처럼 화질도 끔찍하게 선명하죠. 하지만 봐야만 해요. 반복해서 보고 또 보면 잃어버린 메이바오를 불러올 수 있을 것 같아요. 비록 난 화면 속 여자가 그녀가 아닐 거라고 생각하지만요. 그 표정, 동작, 눈빛, 목소리 모두 내가 아는 그녀가 아니에요. 그녀와 닮았지만 그녀가 아닌 그 화면 속 여자에게서 내가 아는 메이바오의 모습을 찾아낼 수 있어요. 진정한 메이바오는 시시각각 모습이 바뀌는 그 여자들 속에 숨어 있어요. 천의 얼굴을 가진 듯 간드러지게 요염하다가, 광기를 내뿜다가, 또 얼음처럼 차갑다가, 돌연 흉측해지지만, 그러다가 내가 아는 그녀의 모습이 언뜻 스쳐 지나가요.

맞아요. 나예요. 한 달 전 메이바오의 집에 오디오 녹음도 가능한 고화질 카메라를 설치했어요. 원격으로 렌즈를 움직일 수도 있고, 녹화된 화면은 모두 내 컴퓨터로 전송됐어요. 경찰이 찾아낸 그 장비 맞아요. 그런 장비를 설치하는 건 나한텐 식은 죽 먹기예요. 메이바오의 컴퓨터와 휴대전화도 원격으로 감시할 수 있어요. 그게 내 전공이니까요.

내가 이렇게 변할 줄은 나도 몰랐어요. 원래 모든 것이 우리가 바라는 리듬에 따라 차근차근 순조롭게 진행됐어요. 난 그녀를 한 번도 의심해본 적이 없고, 나중에 그녀에게 이상한 낌새가 보였을 때조차도 그녀를 의심하지 않으려고 노력했어요. 하지만 의심이란 하늘에서 뿌린 씨앗처럼 일단 땅에 닿아 뿌리가 생기면 걷잡을 수 없이 어지럽게 자라나죠.

언젠가부터 메이바오가 이상했어요. 스스로 통제하지 못하는 것 같았어요. 카페에서 일할 때도 다른 데 정신이 팔린 것처럼 오븐에 손을 데기 일쑤였고, 자꾸만 졸기도 하고 몸에 알 수 없는 상처가 생기곤 했어요. 밤잠이 부족한 탓에 넘어져서 다친 상처라고 했지만, 오랫동안 꾸준히 운동을 했고 운동신경도 좋았기 때문에 그런 일은 거의 불가능했어요. 멍이 잘 생기는 체질도 아니었고요. 내가 아무리 멍청해도 혼자 넘어져서는 절대로 그런 부위에 상처가 생길 수 없다는 것쯤은 알 수 있었죠. 그건 분명히 섹스하다가 생긴 흔적이었고, 내가 그런 흔적을 만들었을 리는 없었어요.

의심이 짙어질수록 괴로웠어요. 정말 그렇게까지 생각하고 싶지 않았지만, 한번 시작된 의심을 멈출 수가 없었어요. 그녀가 다른 남자를 사귀고 있음을 말해주는 단서가 너무 많았어요. 그녀가 다른 남자를 만날 시간이 있다는 걸 이해할 수가 없었죠. 좋아하는 남자가 생겼다고 솔직히 털어놓았다면 절대로 그녀를 붙잡지 않았을 거예요. 그 점은 우리가 사귀기 전부터 분명히 얘기했어요. 아버지의 오랜 외도로 어머니가 심한 고통을 받았고, 내 대학 시절 내내 고통이 계속됐어요. 그런 일이 한 가정에 어떤 상처를 입히는지 누구보다 잘 알고 있어요. 나중에 아버지가 가정으로 돌아온 뒤에도 어머니는 불안감을 떨치지 못했어요. 난 그렇게 살고 싶지 않았어요. 주위에 메이바오를 흠모하는 남자가 많을 테고, 그녀가 더 풍족하고 행복한 삶을 위해 다른 남자를 선택한다면 절대로 붙잡지 않았을 거예요. 하지만 그녀는 날 믿지 못했던 것 같아요. 그녀에겐 드라마에서 본 구식 관념이 뿌리 깊이 박혀 있었겠죠. 사람과 사람 사이에 감정은 너무 끈끈해서 끊을 수 없다고 생각했을 거예요. 그녀의 어머니가 그녀를 대한 방식 때문이겠죠. 어릴 적 어머니가 무슨 일을 시킬 때면 항상 '목숨'을 걸었다고 말한 적이 있어요. 걸핏하면 "죽어버릴 거야", "넌 내가 죽었으면 좋겠니?" 같은 말을 했대요. 남동생도 마찬가지로 "미쳐버릴 거 같아", "난 이미 미쳤어" 같은 끔찍한 말을 입에 달고 다녔고요. 메이바오는 드라마에 나오는 '너 죽고 나 죽자'식의 관념을 갖고 있었던 거예요. 그러니까 헤어지자고 하면 내가 자살할 거라고 생각했겠죠. 그것도 일종의 나르시시즘이에요. 자신이 세상의 중심이라고 여기지만 자기 능력을 과소평가하는 이상한 심리죠.

하지만 나조차도 드라마식 관념의 영향에서 벗어나지 못했어요. "네가 바람을 피우는 것 같아. 우리 헤어지자"라고 말하고 그녀를 자유롭게 놓아줄 수도 있었어요. 그랬다면 그녀는 거짓말을 해야 하는 부담감에서 해방되었겠죠. 나도 왜 그랬는지 모르겠어요. 미련이었겠죠. 그녀에 대한 소유욕이 남아 있었을 수도 있고, 나 스스로 그녀를 떠날 수가 없었던 거예요. 아닐 거야. 다른 남자가 있을 리 없어. 이런 환상으로 스스로를 위로했어요. 사실 난 내 생각만큼 이성적인 사람이 아니었어요. 그 사실을 나보다 메이바오가 더 정확히 알았던 거예요. 어쩌면 그녀가 날 속인 건 일종의 선의였을 수도 있어요. 그녀가 날 위해 해줄 수 있는 유일한 일이었는지도 모르죠.

오랫동안 의심하다가 그녀를 감시하기로 했어요. 결국 나 자신을 고통에 빠뜨릴 뿐이라는 걸 알면서도 참을 수가 없었어요. 하지만 그렇게 해서 확인한 진실은 내 상상을 훨씬 뛰어넘는 것이었어요. 그 남자와, 메이바오의 남동생, 그리고 또 다른 사람까지. 차마 내 입으로 말할 수도 없군요. 메이바오에게 다른 남자가 있는지 의심하기는 했지만 세 명이나 될 줄은 상상도 못 했어요. 아니, 그보다 더 많은지도 모르죠. 내가 엿본 열흘이 채 안 되는 시간 동안, 그녀는 말할 수 없을 정도로 복잡한 생활을 하고 있었어요. 선생님도 평소의 그녀를 알았더라면, 화면 속 그 음탕한 여자가, 침대에서 온갖 행위를 하는 그 여자가, 내가 사랑하는 메이바오와 동일인이라는 사실을 믿지 못할 거예요. 아니, 그건 그녀가 아니었어요. 악마가 붙은 여자였어요.

내가 메이바오에 대해 얼마나 알고 있었을까요? 그녀가 그토록 심한 경제적 부담을 짊어지고 있다는 걸 몰랐고, 부모가 흡혈귀 같은 사람들이란 사실도, 남동생이 정신병을 앓고 있다는 것도 몰랐어요.

난 그녀에 대해 아는 게 너무 없었어요.

그녀의 마음속에서나, 카페 동료, 심지어 로비 경비원의 눈에도 그녀는 그저 평범한 미인이었겠죠. 맙소사, 내가 제일 받아들일 수 없는 건, 그녀가 감춰둔 남자 중에 경비원도 있었다는 사실이에요. 그 짧은 일주일 사이에 세 명의 남자가 그녀 집에 드나들었어요. 처음 그걸 봤을 때 칼을 들고 쳐들어가 그녀를 죽여버렸어야 했어요. 그랬더라면 더 타락해 지옥에 빠지는 걸 막을 수 있었을 거예요. 난 그렇게 하지 않았고, 자료를 모으듯이 꾹 참고 계속 보았죠. 그리고 아무일도 없는 것처럼 토요일마다 카페에 그녀를 만나러 갔어요.

그 화면 속 일을 예감했을까요? 의심이 들어서 그 장비들을 사다가 설치했지만 그런 일은 예상하지 못했어요. 질투심 때문에 한 행동이었어요. 그녀 몸에 가끔 생기는 이상한 멍 자국과 붉게 부어오른 자국이 미심쩍고, 요즘 들어 부쩍 더 정신이 다른 데 팔려 있고 잠도 부족해 보이기는 했지만, 설마 나를 배신하지는 않았을 거라고 생각했어요. 그녀가 아무리 예쁘고 나와는 어울리지 않는다 해도, 또 회사에서 배당받은 주식과 과학단지 안에 있는, 아직 대출금을 다 갚지 못한 아파트가 있다는 걸 제외하면, 그녀에게 어울리는 점이 하나도 없는 멍청한 엔지니어일 뿐이지만요. 하지만 난 그 멍청함조차도 부족해서 그녀를 감시할 생각을 했던 거예요. 난 그녀에게 어울리는 연인도 되지 못했고, 버림받은 연인이 될 자격도 없었어요.

지난 3년 동안 그녀가 나를 사랑하고 있다고 느낄 때도 있었어요. 그녀에게서 흐르는 분위기와 내 품에 안긴 그녀의 웃는 얼굴 속에 '행복'이라고 부를 수 있는 무언가가 분명히 있었어요. 하지만 영상 속 메이바오는 나 아닌 다른 남자와 사랑하고 있었어요. 아침에 오는 그 중년의 색마 같은 남자는 말할 것도 없고, 후, 생각하기도 싫지만, 그 경비원과도요. 경비원이지만 잘생긴 얼굴에 파란색 제복을 벗으면 건장한 체격을 가지고 있고, 두꺼운 안경을 벗으면 지적인 매력도 있었다는 건 인정해요. 그와 메이바오는 오랜 친구처럼 보였어요. 뒤엉켜 있는 그들을 보며 내가 얼마나 억장이 무너졌는지 말로 표현할 수도 없어요. 하지만 날 가장 가슴 아프게 했던 건 메이바오를 누나라고 부르는 그 남자, 옌쿤이에요. 요물처럼 예쁘게 생긴 그 남자요. 벌거벗은 채 나란히 이불을 덮고 있는 두 사람은 쌍둥이처럼 아름다웠어요. 넝쿨식물처럼 서로의 몸을 휘감고, 끌어당기고, 타고 올라갔죠. 한 줄기에서 나란히 핀 두 송이 꽃 같았어요. 성교라고 부를 수도 없지만, 또 아니라고 부를 수도 없었어요. 사악한 광기가 느껴졌지만, 울고 싶을 만큼 아름다운 장면이었어요. 둘 사이의 느꺼운 사랑이 화면 밖으로 넘쳐흘렀어요.

화면 속 메이바오는 내가 한 번도 본 적 없는 그녀였어요. 단 한 순간도 그녀를 그토록 매료시키지 못하고, 그토록 아름답게 해주지 못한 나 자신을 자책하지 않을 수 없었죠.

메이바오는 대체 뭘 원했던 걸까요? 나를 비롯한 그 어떤 남자도 진정으로 사랑하지 않았다면, 그녀는 뭘 위해 그토록 힘들게 살았던 걸까요? 메이바오는 더 행복하게 살 수 있었어요. 이 혼란한 세상에서 고되게 일할 필요 없이, 조건 좋은 남자와 결혼해서 아이를 낳고 더 안락하게 말이죠. 난 메이바오가 여러 남자를 만난 것이 욕망이나 쾌락, 변태적인 상상 때문이라고 생각하지 않아요. 그녀는 그런 사람이 아니었어요. 너무 슬프고 의지할 곳이 없어서, 아니면 그 누구도 그녀를 충분히 사랑하지 못하고, 그녀가 도망치려는 무언가에서 해방시켜주지 못했기 때문일 거예요. 마치 무언가에 계속 쫓기는 사람처럼, 자신에게 다가오는 모든 남자에게 아주 작은 위안이라도 얻어야만 했을 거예요. 그걸 알아주지 못하고, 그녀가 진정으로 원하는 게 무엇인지 알아채지 못한 내가 한없이 미워요. 그저 본능적으로, 습관적으로 그녀를 대하면서 그게 사랑인 줄 알았어요. 우리가 결혼할 수 있을 거라고, 내 존재만으로도 그녀를 행복하게 해줄 수 있을 거라고 착각했어요. 뭘 믿고 그렇게 자신만만했던 걸까요? 그녀의 그런 마음을 전혀 몰랐다는 사실만으로도 그녀를 사랑했다고 말할 자격이 없어요.

그녀를 미워하느냐고요? 그녀를 죽일 만큼 증오했느냐고요? 죄를 회피할 생각은 없어요. 차라리 "맞아요. 내가 죽였어요"라고 말하고 싶어요. 애인이 다른 남자와 바람피우는 걸 알고 다투다가 질투심을 주체하지 못해 죽여버렸다고 말이에요.

홧김에 그녀의 목을 졸라 살해한 뒤에 화장을 하고 새 옷을 입혀 바비인형처럼 단장해줬다고요. 그 옷도 내가 사줬어요. 집에 영수증도 있어요. 그녀의 죽음이 우리 결혼식인 셈이죠.

몰카도 내가 설치했고, 녹화된 영상을 봤으니 살해 동기도 분명해요.

왜 마지막 2주 동안의 영상이 없느냐고요? 삭제했느냐고요? 삭제했다면 컴퓨터에서 복원해낼 수 있잖아요? 영상이 없는 건, 메이바오를 만난 뒤 더 이상 그녀를 감시하지 않기로 했기 때문이에요. 알았으면 됐죠. 더 이상 그녀의 사생활을 훔쳐보고 싶지 않았어요. 난 그녀를 사랑했어요. 그녀가 나를 사랑하지 않고, 그녀가 여러 남자를 사랑한다는 사실이 고통스럽지만, 그럼에도 불구하고 그녀를 사랑하지 않을 수가 없었어요. 카메라는 껐지만 장비를 회수하지 못했어요. 메이바오가 헤어지자고 하는 바람에 회수해 올 기회가 없었어요. 그녀가 죽을 줄은 몰랐죠. 왜 계속 감시하지 않았는지 한스러워요. 그랬다면 살인범이 누군지 알 수 있었을 텐데. 하지만 살면서 뜻대로 되지 않는 일이 많잖아요. 그녀에게 대체 왜 그랬느냐고, 왜 그렇게 여러 남자와 섹스를 해야 했느냐고 물어볼 기회도 없어졌어요.

하지만 그녀를 살려낼 수만 있다면 아무것도 따지지 않을 거예요. 헤어져도 상관없어요. 그녀가 살아 있을 수만 있다면 뭐든지 할 거예요. 그녀의 행복을 위해 그녀를 놓아주어야 한다고 해도 기꺼이 놓아줄 수 있어요.

5   셰바오뤄

결국, 내가 또 사람을 죽음으로 몰아넣었어요.

내가 죽인 건 아니지만, 나와 가까워지지 않았다면 메이바오는 죽지 않았을 거예요. 난 알아요. 내 주변에서 이미 여자 둘이 죽었으니까.

어떻게 된 거냐고요? 카페 손님과 매니저, 경비원과 입주민 관계였던 나와 메이바오가 어떻게 그런 사이가 됐느냐고요? 우리가 어떻게 선을 넘었고, 어떻게 그 문을 열었으며, 어떻게 사람들이 다 보고 있는데도 출입카드를 찍고 엘리베이터를 타고 28층까지 올라갔느냐고요? 어떻게 내 신분을 아는 많은 사람 앞에서 당당히 그녀의 집에 들어갔느냐고요? 내가 생각해도 불가사의하지만, 네, 우리가 그렇게 했던 건 맞아요.

처음엔 나도 남들처럼 커피 한 잔과 베이글 하나를 시켜놓고 카페에서 오후를 보냈어요. 저녁 시간에 메이바오 혼자 카운터를 지킬 때가 있었어요. 샤오밍이 오븐실에서 쿠키를 만들거나 재료를 사러 나갔을 때요. 예전에는 바테이블 너머에 있는 메이바오에게 혼자 얘기했는데, 언젠가부터 그녀가 자기 얘기를 하기 시작했어요. 더 이상 감당할 수 없는 임계점에 다다랐던 것 같아요. 누구에게 무슨 얘기라도 하지 않으면 이성을 잃고 무너져버릴 것 같은 상태요. 왜 날 선택했을까요? 나도 모르겠어요. 내가 사고로 사람을 죽였고, 죄를 지은 뒤 점점 심연에 빠져 헤어나지 못하고 있다는 걸 알았기 때문이겠죠. 나만큼은 아니지만, 메이바오도 심연 속에서 살고 있는 사람이었으니까요.

난 이유를 묻지 않았고 해답을 구하지도 않았어요. 바테이블 뒤에서 나무 구멍 속을 닦듯 유리잔을 닦고 있는 그녀와 긴 얘기를 나눈 적이 있어요. 더 이상 어떤 비밀도 없이 투명해질 만큼, 내가 살아온 삶을 다 털어놓았어요. 그다음엔 내가 그녀의 나무 구멍이 되었죠. 카페에 아무도 없을 때 그녀는 나직한 목소리로, 천천히, 한 문장 한 문장 정확한 단어를 찾기 위해 고민하는 사람처럼 자기 인생을 얘기했어요.

우리 둘의 대화는 하늘에서 내리는 비처럼 자연스러웠어요. 시작도 없고 끝도 없었죠. 내게 자기 삶을 얘기하는 그녀는 몽유병에 걸린 사람 같았어요. 그때는 세심하고 친절한 미녀 매니저가 아니었죠. 가끔 눈동자에 미칠 것 같은 분노가 스치기도 했어요. 그녀의 얘기는 비상식적이지만 또 충분히 납득할 수 있었고, 난 아름다운 외모에 가려져 있던, 연약하지만 미칠 듯이 울부짖고 있는 그녀의 속마음에 다가갈 수 있었어요. 그날 그녀를 사랑하게 됐어요. 결혼을 약속했던 예전 여자친구에게도 그런 감정을 느낀 적은 없었어요. 그게 바로 메이바오가 내게 바라는 것이라고 생각했어요. 절대적인 사랑이요. 그 사랑은 강렬하고 절대적이어야만 했어요. 그녀가 나더러 자신을 죽이고 자살하라고 한다 해도 그렇게 해야만 할 정도로요. 그녀를 위해 그런 일을 해줄 수 있는 사람은 오직 나뿐이었으니까요.

그때 그녀가 린다썬과의 관계나 도망칠 수밖에 없었던 과거를 모두 털어놓으면서, 자신을 향한 남동생의 집착과 남동생에 대한 자신의 사랑을 얘기했어도 난 조금도 질투하지 않았을 거예요. 그녀가 내게 마음을 열었다는 사실에 감동했겠죠. 난 가진 게 하나도 없는 남자예요. 알맹이가 텅 비고 메마른 내면에 오랫동안 아무것도 넣지 않았어. 휠체어 탄 여자를 사랑했던 것 같지만, 그녀에 대해 아는 게 하나도 없고, 내 사랑을 표현할 용기도 없었어요. 아니, 그녀에게 다가가 말을 걸 용기조차 없었죠. 내 인생은 사랑과는 무관하다고 생각했어요. 그런 내게 메이바오가 용감하게 솔직한 자신을 열어 보여줬는데 받아들이지 않을 수 있을까요.

"내가 다썬 오빠를 사랑한다고 생각했어요. 오빠도 날 사랑한다고 생각했고요. 그런데 사랑이 뭐예요? 그렇게 만날 때마다 섹스를 하고 서로의 몸을 상처투성이로 만드는 게 사랑이에요? 모르겠어요. 정말 모르겠어요."

"바오줘, 난 내 죽음을 여러 번 봤어요. 아주 오랫동안 내게 잠은 곧 죽음이었어요. 머리를 베개에 대고 누울 때마다 이대로 다시 깨어나지 않길 간절히 바랐죠."

"계부가 내 방에 들어올 때마다 죽음을 경험했어요. 내 몸을 더듬는 것도 고통스러웠지만, 옌쥔을 데려다가 그걸 지켜보게 하는 것도 견딜 수가 없었어요. 울부짖는 옌쥔을 옆에 두고 그 사람은 뻔뻔한 얼굴로 '조금만 기다려. 절대로 다른 놈이 먼저 널 갖게 하지 않을 거야'라고 내게 말했어요. 인간이 아닌 듯한 그 표정이 얼마나 섬뜩했는지 몰라요. 엄마가 알았을까요? 아마 다 알고도 그 남자를 붙잡으려고 모른 척한 거겠죠."

"계부가 감옥에 가자 엄마는 빚쟁이들을 피해 도망쳐 우리를 데리고 여러 곳을 전전했어요. 엄마는 밤마다 울면서 내가 악마라서 집이 망한 거라고 소리쳤어요. 날 죽이고 엄마도 자살하거나 옌쿼을 데리고 바다에 뛰어들겠다며 오열했어요. 그러면 난 영혼이 얼어붙어버렸어요. 겉으로는 멀쩡해 보이지만, 숨도 쉬고 말도 하는 그 몸은 내 몸이 아니었어요. 난 그 자리에서 사라졌고, 그러면 모든 고통과 무관해질 수 있었어요."

"죽음이란 혼미한 상태가 지속되다가 천천히 숨이 끊어지는 거예요. 그 과정에서 당연히 육체는 고통스러워요. 한 겹 한 겹 박리되는 고통도 있어요. 풍선이 계속 팽창하다가 한계에 다다르면 갑자기 정수리가 쪼개지며 몸 안에 있던 그 틈을 뚫고 터져나가죠. 처음에는 의식이 없지만 의식이 돌아오는 순간, 지금 같은 상태가 돼요. 난 그게 '육체의 죽음'이라고 생각해요. 현실 세상에서 내 존재는 이미 죽었어요."

"죽고 나면 갑자기 머릿속이 맑아지고, 더 이상 시간에 쫓길 필요도 없고 해야 할 일도 없겠죠. 인생에 아무런 책임도 없고, 먹을 필요도, 잠을 잘 필요도 없고, 누구에게도 응답할 필요가 없어요. 모든 말과 행위가 잠시 멈추는 거예요. 그러면 내 인생을 가만히 돌이켜 볼 수 있을 거예요. 아무것도 할 수가 없고, 또 할 필요도 없으니까요."

"난 지금 내 몸이 어디에 있는지도 몰라요. 내 몸을 볼 수가 없어요. 사람들이 생각하는 '귀신'처럼 어디에든 갈 수 있는 건 더더욱 아니에요. 난 아마 한 줄기 혼백만 남은 상태일 거예요. 완전히 죽기 전에는 떠나지 않으려는 영혼. 마지막 남은 한 가닥 의식이겠죠. 내가 죽었다는 걸 난 알아요. 살아 있는 사람들은 지금 내가 느끼는 감각을 느낄 수 없을 거예요. 아무런 존재감도 없지만, 내 영혼은 또렷하게 느끼고, 기억하고, 회상하고, 생각할 수 있어요. 다만 그걸 어떻게 작동시켜야 하는지 모르고, 이런 의식을 어디에 의탁해야 하는지도 모르겠어요. 내 신호가 점점 약해지고 있다는 것만 알죠. 아직 가능할 때, 더 늦기 전에, 너덜너덜한 내 인생을 깨끗이 정리해야 해요. 그래야만 다음 단계로 넘어갈 수 있잖아요. 다음은 천국일까요, 지옥일까요? 아니면 완전히 사라져서 더 이상 윤회도 하지 않게 될까요? 잘 모르겠어요. 지금은 거기까지 생각할 수가 없어요."

"내 몸이 죽으면 빠르게 화장되어 땅에 묻히겠죠. 내가 원하는 장례에 대해 누구와 상의할 수 있을지 생각해보지 않았어요. 화장해서 옌쥔과 다쎈이 알고 있는 그 바닷가 마을에 뿌려줘도 돼요. 우리가 수영을 하던 그 해변에요. 백골이 된 내가 그의 손가락 사이로 조금씩 흘러내려 파도에 휩쓸려 가는 거예요. 하지만 실현될 수 없는 꿈이에요. 다쎈이 내 장례에 와주겠어요? 내 장례를 치를 수 있겠어요? 내 생명과 죽음이 그의 인생에서 무엇을 바꿀 수 있겠어요? 한 사람을 너무 깊이 사랑하면 그가 날 영영 잊지 않길 바라지만, 또 내 죽음 때문에 그가 너무 괴로워하지 않길 바라게 돼요. 모순된 마음이죠."

"하지만 모두 당신을 알기 전의 일이에요. 당신을 알게 된 지금 난 누구도 신경 쓰지 않아요. 날 데리고 떠나줘요. 마지막 시간을 당신과 조용히 보내고 싶어요."

"내가 죽은 뒤 점점 차갑게 굳고 부패한 육체는 어떤 모습일까요? 이상하게도 난 죽기 전과 죽은 후의 기억이 하나도 없어요. 나와 완전히 무관한 것처럼. 내 삶도 이해할 수 없지만, 내 죽음은 더욱 알수가 없어요. 마치 어딘가에 맡겨져 있다가 육체가 흔적 없이 사라진 뒤에 천천히 되살아난 것 같아요."

"지금까지 29년 동안 살아오면서 사람들이 아름답다고 생각하는 육체 속에 갇혀 있었어요. 그 육체는 내게 그 어떤 즐거움도 주지 못했지만 내 운명을 지배했어요."

"더 이상 육체에 구속당하지 않는 영혼의 자유를 누리며 기뻐할 때, 돌연하게 정신이 또렷해졌어요. 마치 꿈속에서 꿈을 꾸다가 두 번 깨어난 것처럼, 내 침대에서 눈을 번쩍 떴어요. 여전히 새하얀 시트가 깔려 있었어요. 조금 전의 어리둥절한 자유, 그 순수한 의식의 부유가 끝난 순간, 흰 시트 위에 털썩 떨어졌어요. 이 실제의 '나', 이 깊은 '존재감'의 충격에 몸이 휘청거렸죠. 난 죽지 않고 떠나지도 않고, '가짜 죽음'의 꿈에 빠졌던 거예요. 난 죽음을 간절히 바랐어요. 진심으로 죽음을 원할 때나 이미 마음이 죽었을 때, 이렇게 죽음의 과정을 짧게 경험할 기회가 있어요. 의식이 다시 또렷해지고, 평일 아침 9시와 토요일 오전, 또다시 카페 문을 열고 출근해요. 이삼 년 동안 그래왔어요. 아름다운 날도 있었어요. 다썬이 오는 날. 하지만 어떤 날은 그가 와도 기분이 좋아지지 않았어요. 그조차도 고통을 안고 와서 내게 위로를 구했죠. 내게 오는 많은 사람들이 그런 걸 원했지만, 그건 제일 힘든 일이었어요. 그들은 위안, 이해, 위로, 포용, 심지어 사랑까지 원했어요. 그건 사랑해야만 가능한 것들이지만 나에게 사랑할 능력이 어디 있겠어요?"

"남들은 46킬로그램밖에 안 되는 내 몸을 보고 마르고 예쁘다고 하지만, 흰 이불을 덮고 있을 때 팔에 난 솜털이 커튼 사이로 들어온 햇빛을 받아 반짝거리면, 내가 남자같이 느껴져요. 팔에 근육이 탄탄하게 잡혀 있거든요. 내 몸은 섹시함과 아무 관계도 없어요. 나는 '힘'을 갈망해요. 내 몸에서 유혹이 아닌 힘을 발산하길 원해요. 삶에서 도망칠 수 없다면 열심히 살아야 한다고 생각해요. 하지만 내가 살아 있길 바라는 것과 살아 있다는 희열을 느끼는 건 별개예요. 난 살아 있는 희열을 조금도 느낄 수가 없어요. 생명은 가장 멀리서 불어오는 바람 같은 거예요. 날 움직일 수 없고, 고체처럼 미동도 하지 않는 내 마음을 흔들 수도 없어요. 내 몸속에 그런 게 있다면, 아직은 기계가 아니라 사람이라고 부를 수 있겠죠."

"나 자신에게서 도망치려고 날 위한 온전한 의식을 준비했어요. 이 황당하고, 게으르고, 음탕하고, 어리석은 내게서 도망치려고요. 지금 내가 정말 잘 살고 있을까요? 행복할까요? 어리석을까요? 불행조차 느낄 수 없고 고통을 체험하지 않으려 회피하고 있을까요? 난 지금 절벽 끝에 왔어요. 몸을 던지기만 하면 돼요."

"어쩌면 그렇지 않을 수도 있어요. 다 과거의 얘기이고 상상인지도 몰라요. 과거에 나를 묘사하기 위해 사용했던 표현들은 날 천박한 여자로 여기는 사람들이 내게 억지로 주입해 세뇌한 관념일 수도 있어요."

"다썬은 평일에는 거의 매일 아침에 날 찾아오지만, 주말, 명절, 어버이날 같은 특별한 날에는 오지 않아요. 하지만 그게 중요한가요? 내가 날마다 그를 만나야 해요?"

"성적 쾌감? 사랑? 따뜻한 정? 추억? 난 그걸 구분하지 못해요. 건드리기만 해도 머리가 터지고 몸이 녹아내려 아무 생각도 나지 않는 게 그중 어디에 해당될까요? 섹스에 중독된 걸까요? 그가 유일하게 내게 해줄 수 있는 구체적인 일은 내 집 문을 열고 내게 다가와, 탐욕스럽게, 사력을 다해 나와 섹스하는 거예요. 그게 사랑일까요? 난 격렬한 쾌감에 눈동자가 넘어가고, 신음하고 울부짖고 애걸해요. 음란하고 자극적인 말들을 지껄이고 머릿속으로 가장 사악한 생각을 해요. 오르가슴을 최고조로 끌어올리기 위해 우린 반복 훈련을 하듯 계속해서 결박하고, 때리고, 비틀고, 목을 졸라요. 몸에 피멍이 들고 부어오를 때까지. 고통과 쾌감이 교차하는 순간 숨이 넘어갈 것 같아요. 마치 그렇게 하지 않으면 상대를 사랑할 수 없는 것처럼 서로를 극한으로 밀어붙여요. 하지만 모든 격렬한 행위가 끝난 뒤 콘돔이 미끄러져 나가면, 내가 임신할 수 있었던 기회가 번번이 아무렇게나 던져져 쓰레기가 되죠. 우린 과거에 그랬던 것처럼 서로의 옆에 쓰러져 누워요. 아니, 그렇지 않아요. 우리가 과거에 얼마나 순결했는데요! 내가 기억하는 다썬 오빠는 몸에서 깨끗한 향기가 났어요. 영원히 우릴 지켜줄 것처럼 항상 세심하고 다정했고, 나를 따뜻한 바다로 데리고 들어가 함께 물 위에 떠 있었어요. 그때를 기억해요. 그때 나도 오빠의 손길을 갈망했지만, 난 그게 뭔지 알고 있었어요. 행인지 불행인지 모르지만 난 어릴 적부터 그게 성이라는 걸 알고 있었어요."

"가끔 그가 체력이 떨어진 듯 나를 갈급하게 원하지 않는 날이 있어요. 전날 밤에 술을 많이 마셨는지, 아내와 잠자리를 해서 간절하지 않은 건지는 모르지만, 그럴 땐 나른하게 그의 옆에 누워 평소와는 다른 컨디션으로 날 애무하는 그를 보고 있었어요. 간절하지 않을 때만 나타나는 또 다른 그를 내려다보는 것처럼. 그럴 때는 그가 날 아내로 여기는 것 같아요. 싫증 난 섹스는 해도 그만 안 해도 그만인 채 습관처럼 내 몸속에 잠시 들어와 있는 거죠. 그런 시간의 안온함이 날 가슴 아프게 했어요. 우린 원래 그렇게 평범한 연인이자 부부이자 남매여야 하는데, 우리 스스로 돌이킬 수 없는 지경까지 몰고 간 거예요."

"난 케이크를 잘 만들어요. 필사적으로 배웠거든요. 케이크점이 제일 바쁠 때는 하루에 세 시간씩 자면서 일했어요. 남들은 하지 않으려는 일도 내가 나서서 했어요. 겉모습 외에, 누구도 빼앗을 수 없는 무언가를 갖고 싶었어요. 예쁜 건 위험한 일이지만 적어도 남에게 믿음을 줄 수 있어요. 하지만 난 예외였죠. 어려서부터 엄마는 이렇게 생긴 나를 미워했어요. 엄마를 많이 닮았는데도요. 나를 낳느라 엄마의 미모가 퇴색하고 늙어버렸다고 생각했던 것 같아요. 엄마는 미치광이 같은 남자들만 사랑했어요. 도박, 술, 마약, 싸움. 감옥을 제 집처럼 드나들었죠. 엄마는 저절로 죄악에 가서 붙는 자석처럼 범죄자들만 사랑했어요. 엄마가 좋아하는 남자들은 모두 얼굴만 잘생긴 비열한 악인들이었어요. 엄마는 몸이 망가질 대로 망가졌으면서도 계부를 놓아주지 않으려 했어요. 그를 붙잡아둘 수만 있다면 그 무엇도 내어줄 수 있었어요. 심지어 나와 아퀸까지도. 그런 부나방 같은 사랑이 나와 아퀸에게도 유전된 것 같아요."

"바오뤄, 어쩌면 내게도 광기가 있는지도 몰라요. 그 때문에 다썬 오빠와 다시 만난 뒤 우리 둘 다 구렁텅이에 빠진 걸지도 몰라요. 열한 살짜리 아이가 사랑이 뭔지 알겠어요? 하지만 그 여름날처럼 그가 기억 속에서 걸어 나와요. 그는 언제나 가장 두려운 순간에 나타나 나와 옌췬을 데리고 떠나요. 이 세상에서 제일 먼 곳으로요."

메이바오가 과거를 회상하며 계속 말했어요. 나도 직접 본 것처럼 눈앞에 선하게 떠올랐어요. 꿈처럼, 영화처럼, 또렷하면서도 몽롱하게. 눈을 세게 깜박이기만 해도 사라질 것처럼.

"퇴근하고 1층에서 기다려요." 어느 날 그녀가 내게 주문을 외듯 말했어요. 난 물조리개를 든 채 중정의 정원 앞에 멍하니 서 있었어요. 그녀의 퇴근 시간은 7시였어요. 수요일 저녁, 우린 근처에 있는 한국 음식점에서 해물전과 불고기덮밥을 먹고 초등학교 운동장까지 걸어갔다가 마트에 가서 과일을 샀어요. 부부 같았죠. 그녀는 쉬지 않고 얘기를 했어요. 그녀가 내게 자기 얘기를 하기 시작한 지 이레째 되는 날이었을 거예요. 어릴 적, 사춘기 시절, 성인이 된 후의 삶을 아주 작은 부분까지 자세히 얘기해줬어요. 열 살이 되던 해에 엄마가 그녀와 동생을 데리고 야반도주해서 해안열차를 타고 가다가 한 바닷가 마을에서 내렸대요. 유원지가 있는 작은 마을에서 양장점을 하는 엄마와 아들을 알게 됐고, 수영을 가르쳐준 그 오빠가 첫사랑이었다고 했어요. 그 후로 그녀의 인생에 남자가 계속 등장했죠.

난 신부님처럼 묵묵하게 그녀의 고해를 다 들어줬어요. 온화한 노견처럼 조용히 귀를 기울여 한마디도 흘려보내지 않고 집중해서 들었어요. 꿈처럼 얼떨떨한 친밀감과 신뢰가 내 작은 눈빛에 흩어져버릴까 봐 두려웠어요.

심지어 난 그녀와 출입문을 지나 엘리베이터에 함께 타고 있다는 것도 자각하지 못했고, 프런트에 있는 다른 동료들이 나를 어떤 눈으로 보고 있는지도 알지 못했어요. 정신을 차려보니 이미 그녀의 집에 들어와 있더군요. 창밖으로 밤하늘에 점점이 켜져 있는 불빛이 물고기 떼처럼 헤엄쳐 지나갔어요. 침대 위에 조명이 켜져 있고 거실도 환했어요. 그녀는 나를 데리고 깊은 산과 험준한 골짜기를 넘듯이 차가운 마룻바닥을 지나 침대 옆으로 갔어요. 아아, 여자와 단둘이 마주 보고 있는 게 얼마 만인지. 정신이 들자 도망치고 싶었지만, 내 앞에 있는 사람은 메이바오이고 난 도망칠 수 없다는 걸 깨달았죠. 그녀의 따뜻한 손이 내 뺨부터 어루만지기 시작했어요. 그녀의 손이 닿는 곳마다 전류가 흐르는 것 같았어요. 까치발을 세운 그녀가 너무 연약해 보여서 얼른 안아 올렸어요.

눈물이 멈추지 않았어요. 이대로 인생이 끝나도 여한이 없을 것 같았어요. 그녀의 몸속에서, 내가 그동안 얼마나 고독했는지 알았어요. 난 살아 있지만 죽은 것과 다름없었죠. 그녀도 서럽게 울었어요. 우리가 뭘 하고 있는지도 몰랐어요. 죽음을 앞둔 두 사람이 상대를 살리기 위해 서로의 몸속에서 필사적으로 출구를 찾고 있는 것 같았어요.

크게 움직이지도 않았어요. 조용히 몸을 포개고 행여 그 꿈이 깨질까 봐 아주 조금씩 움직였어요. 몸을 포개고 있는 것만으로도 우리가 감당할 수 있는 절정을 넘어섰으므로 이미 충분했어요. 우리는 성교를 했지만, 작은 틈조차 없이 몸을 바짝 맞대고 있는 것에 가까웠어요. 미세한 동작으로 서로의 존재를 확인했죠.

마지막에 내가 사정을 했는지, 메이바오가 오르가슴에 도달했는지 기억나지 않아요. 아마 우린 계속 움직이지 않고 조용히 서로의 숨소리를 들으며, 몸속에서 차오르는 무언가를 느끼고 온전히 받아들였던 것 같아요. 내가 하는 싶은 건 그뿐이었어요. 그녀의 몸을 받쳐 파도 위에서 부유하게 하며 그 삶의 무게를 조금 나누어 짊어지는 것이요.

아무래도 괜찮다고, 깎아지른 절벽이든 불바다든 당신과 함께라면 어디든 갈 수 있고, 그 모든 짐을 나눌 수 있다고 말하고 싶었지만 말하지 않았어요. 우린 숨죽여 흐느껴 울었고, 기쁘게 웃었고, 그다음엔 깜깜한 밤 같은 침묵에 빠졌어요. 침묵이 과거를 산산조각 내고 적당한 크기로 잘라서 사랑하는 사람의 입에 넣어주게 했어요. 동이 트지 않길, 영원히 밤이 끝나지 않길 바랐어요.

그녀에 대해 많은 걸 알았지만 아직 부족한 것 같았어요. 그녀는 마지막 한 방울의 기억까지 짜내서 보여주려고 했어요. 가녀린 팔을 내 목에 감고 내게 이마를 기댔어요. 난 그녀가 태어난 그날부터 떠올릴 수 있어요. 그녀가 어떻게 지금까지 살아왔는지를요. 미칠 것 같고 당장이라도 쓰러질 것 같은 그녀를, 많은 사람이 사랑했죠. 나도 그중 한 사람이 됐고요. 하지만 그녀는 불행했어요. 내 세포 속에서 가닥가닥 흔들리는 촉수로 그 어떤 것도 놀라게 하지 않을 만큼 조심스럽게 그녀를 어루만졌어요. 눈물이 흘러 기억의 비옥한 땅에 스며들었어요.

"나를 다 비워냈어요." 메이바오가 말했어요. 중상을 입은 듯 공허한 눈빛으로 말했죠. "너무 피곤해요."

"우리 여길 떠나요." 그녀의 손을 잡고 나직이 말했어요. "처음부터 다시 시작할 수 있어요. 무슨 일이든 해서 먹고살 수 있어요. 당신을 올가미에서 벗어나게 해줄 수만 있다면 난 어디서든 살 수 있어요. 다 놓고 떠나서 새로 시작해요. 난 당신에게 아무것도 바라지 않아요. 어딘가에 정착한 후에 이제 가버리라고 하면 두말없이 떠날게요." 난 우리 앞에 이미 미래가 펼쳐져 있어서 발을 내디디기만 하면 도달할 수 있는 것처럼 단호하게 말했어요.

"당신과 헤어지지 않을 거예요. 하지만 어떻게 여길 떠날 수 있을지 모르겠어요." 그녀가 말했어요.

그 후 2주 동안 난 정말 행복했어요. 그녀도 그랬다면 좋겠어요. 낮근무든 밤 근무든 잠깐이라도 짬을 내서 그녀를 만났어요. 우린 빌딩을 벗어났어요. 운동화를 신고 오토바이를 타고 다른 곳에 가서 산책한 다음 밥을 먹고 운동을 했어요. 메이바오가 몇 년 동안 빌딩과 그 주변을 거의 벗어난 적이 없다는 걸 알고 놀랐어요. 예전에는 그렇지 않았대요. 조깅을 좋아하고 휴일에는 등산도 했다고 했어요. "연애는 피곤한 일이에요." 그녀가 말했어요. 내게 하는 말은 아니었죠. 우리가 한 건 연애라고 할 수 없으니까요. 1년 넘게 집 안에 갇힌 듯이 린다썬을 기다리고, 늘 아침 일찍 찾아오는 그 때문에 수면이 부족해서 하는 말이었죠. 공식적인 남자친구가 오는 주말이면 그녀는 집에서 자기만 했대요. "몇 년 동안 어떻게 살았는지 정말 모르겠어요. 엉망진창이었어요"

나도 4년 동안 거의 내 생활이라는 것이 없었어요. 당직을 서고, 근무를 하고, 먹고, 자는 게 전부였죠. 그래도 다행히 조깅하는 습관은 유지하고 있었어요. 고등학교 육상부에서 활동할 때 생긴 습관이에요. 머리가 복잡할 때도 달리고, 기쁠 때도 달리고, 앞이 막막할 때도 달려요. 일주일에 몇 번씩 집 근처 강둑을 천천히 달려요. 교통사고 이후 나의 유일한 스트레스 해소법이었어요. 그렇게 달리고 있으면, 따뜻한 바람, 차가운 바람, 빗방울 섞인 바람이 얼굴을 스치고, 할퀴고, 때리고 지나가요. 다리가 시큰거리다가 더는 한 발짝도 뗄 수 없을 때까지 달리고 나면 마음이 한결 가벼워져요. 그래서 우리 둘 다 낮에 일하는 날에는 저녁 7시부터 함께 조깅을 했어요.

"바라는 게 뭐예요?"라고 물어본 적이 있어요. 내가 줄 수 있는 건 많지 않지만, 그래도 힘닿는 데까지 해주고 싶었어요.

"내가 뭘 바라는지 생각해본 적이 없어요. 남이 시키고 요구하는 것에만 맞춰 살았어요. 어릴 때는 동생을 돌봤고, 조금 자란 뒤에는 죽어라 돈을 벌었어요. 최근 몇 년 동안은 빚을 감당하며 가족에게서 도망쳐 다니느라 너무 지쳤어요. 누가 날 사랑하는 게 두려워요. 사랑받는다는 건 족쇄가 하나 더 생기는 것 같아요. 사랑받을수록 점점 더 무거운 짐에 짓눌려요." 우린 나란히 달리며 계속 얘기했어요. 천천히 달리며 바람에 실려 오는 그녀의 말소리를 들었어요. 달리고 몸을 움직이면서 그녀가 점점 더 자신을 열어 보이는 것 같았어요. 물론 나도 그랬고요.

"바오뤄, 내 인생이 걷잡을 수 없는 나락으로 떨어질 것 같은 불길한 예감을 떨칠 수가 없어요. 가능하다면, 우린 섹스도 연애도 하지 않으면 좋겠어요. 당신은 언제나 조용하고 좋은 사람으로 내 곁에 있어주면 좋겠어요. 당신이 카페에 들어오면 세상이 조용해져요. 당신의 희끗희끗한 새치, 깊이가 느껴지는 차분한 얼굴, 건장한 몸, 소년 같은 미소. 나도 깨닫지 못했지만 당신을 오랫동안 좋아해온 것 같아요. 당신이 조용조용히 휠체어 탄 여자 얘기를 할 때마다 난 조금 질투가 났어요. 나도 그녀를 알아요. 그녀도 당신에게 호감이 있었다는 걸 당신은 모를 거예요. 난 모든 사람의 비밀을 알고 있어요. 바오뤄, 왜 당신을 선택했느냐고 물었죠? 사실 내겐 선택의 여지가 없었어요." 우린 강변 벤치에 앉아 물을 마시며 땀을 식히고 있었어요. 메이바오는 많은 얘기를 했고 피곤해 보였어요. 그녀에게 휴식이 필요하다는 생각이 들었을 때, 그녀가 갑자기 나를 똑바로 보며 굳은 얼굴로 말했어요. "며칠 전에 카페 밖에서 계부를 본 것 같아요. 그 사람인지 아닌지 확실하지 않아요. 얼굴에 흉터가 있는 다른 사람일 수도 있고, 흉터도 없는, 그저 지나가는 사람이었는지도 몰라요. 하지만 그 사람의 눈빛을 보니 계부가 떠올랐어요. 기억 속의 그인 것도 같고, 악몽 속에서 흉악한 얼굴로 날 노려보던 그일지도 모르죠. 아무튼 그는 마음만 먹으면 날 쉽게 찾아낼 거예요. 머지않아 그는 틀림없이 날 찾아낼 거예요."

"우선 진정해요. 리둥린에게 그런 사람을 봤는지 물어볼게요. 얼굴에 흉터가 있는 사람이 보이면 꼭 기억해두라고 할게요. 리둥린은 한번 본 사람은 절대로 잊지 않아요."

"전부 내 환상일 수도 있지만, 점점 초조해져요. 다썬에게서 도망치려는 건지, 계부가 두려워서인지, 아니면 내가 더 버티기 힘들 만큼 지친 건지 모르겠어요. 얼마 전에 옌쿤이 왔을 때, 내가 준 열쇠를 잃어버렸는데 나중에 엄마가 빨려고 내놓은 옷 주머니에 들어 있었다며 열쇠를 주더래요. 그때 직감했어요. 그가 곧 날 찾아낼 거라는 걸. 집에 온 내 우편물에서 이곳 주소를 알아냈을 수도 있고, 아니면 다른 방법으로 알아냈을 수도 있어요. 예전에 흥신소를 시켜서 날 찾아낸 적도 있어요. 이번에도 그렇게 할지도 몰라요. 더 지체하다간 늦어요."

우린 곧바로 떠날 계획을 세웠어요. "우리 타이난으로 가요." 내가 말했어요. 은행에 다닐 때 알던 동료가 타이난에서 빵집을 하고 있는데 나더러 와서 도와달라고 한 적이 있었어요. 친구에게 연락해보니 아직도 날 기다리고 있다고 했어요. 빵집 근처 작은 마을에 빈집도 있으니 7,000~8,000위안 정도로 저렴하게 집을 얻을 수도 있을 거라고 했고요. 일도 집도 모두 우리에게 적합한 조건이었어요. 교통사고 유족에게 돈 부치는 걸 중단한 뒤 모아놓은 돈이 몇만 위안 정도 있어요. 타이난에 가면 꼭 빵집에서 일하지 않더라도 건설 현장에서 막노동을 할 수도 있고, 일용직으로 일할 수도 있고, 경비원으로 취직할 수도 있을 것 같았어요. 메이바오가 무엇을 할지는 천천히 생각하고, 우선은 이곳을 떠나 편히 지낼 수 있는 곳으로 옮기는 게 급선무였어요.

"우리 새출발해요." 처음으로 다시 시작하고 싶다는 강렬한 욕구가 들었어요. 과거에 얽매이기 싫고, 과거의 죄와 자책을 떨쳐버리고 싶다면 처음부터 새로 시작해야 해요. 언제든 시작하기에 늦은 때란 없어요.

그때부터 매일 퇴근 후에 피시방에 가서 타이난의 일자리와 살 집을 찾았어요. 메이바오도 드디어 마음의 결정을 내리고 행동을 시작한 것 같았죠. 다셴과 깜씨에게 헤어지자고 했지만 두 사람 모두 그녀를 놓아주지 않아서 잠시 시간이 필요하다고 했어요. 아부에게도 자기 집과 계부의 일을 다 털어놓고 그만두겠다고 말했다고 했고요. 아부도 그녀를 붙잡고 싶었지만 어쩔 수 없었겠죠. 새 매니저를 구하는 대로 그만두기로 했어요. 아부는 만일에 대비해 경찰에 신고하라면서 이삼 주 정도 인수인계할 시간이 필요하니 월말까지 근무하라 했죠. 아부는 메이바오 대신 저축해놓은 20만 위안도 있고, 타이난에 가서 가게를 차리고 싶다면 자본금을 투자하고 타이난에 있는 친구에게 도와달라고 부탁해주겠다고 했대요. 점점 희망이 보였지만, 유일한 문제는 옌쥔이었어요. 우리가 먼저 타이난에 가서 자리를 잡으면 옌쥔을 데려오기로 했어요. 섣불리 경찰에 신고했다가는 메이바오의 행적이 더 드러날 수도 있고, 경찰도 계부의 미친 짓을 막을 수 없을 거라고 판단했어요. 당분간 퇴근 후에 내가 사는 숙소에서 지내자고 했지만, 짐을 정리해야 하고 빌딩은 보안이 철저하니까 괜찮다고 했어요. 오히려 카페에서 일할 때 더 조심해야 한다면서.

그녀에게 다른 마음을 품은 건 아니었어요. 우린 첫날 이후로 한 번도 같이 자지 않았어요. 메이바오는 "우리가 사귀는 건 모든 일을 잘 처리한 뒤로 미루고 싶어요"라고 했어요. 난 기다리는 덴 자신 있는 사람이고, 또 특별히 무언가를 기다리지도 않았어요. 그녀를 안전하게 데리고 떠나는 것 외엔 바라는 게 없었어요. 로비 프런트에서 근무할 땐 카페 쪽 CCTV를 신경 써서 감시했어요. 메이바오가 퇴근한 뒤에는 그녀의 집에 가서 지킬 수 없지만, 최소한 정문을 잘 지키고 있으면 얼굴에 흉터가 있는 그 남자가 들어올 수 없을 거라고 생각했죠.

사건이 있기 며칠 전, 그녀가 멍이 든 얼굴로 출근했어요. 깜씨에게 헤어지자고 했다가 맞을 뻔했었는데, 린다썬에게 이별을 통보했다가 폭행을 당했던 거예요. "헤어질 수만 있다면 맞아도 상관없어요. 어쨌든 내가 그를 먼저 배신하는 거니까." 그게 메이바오의 방식이었어요. 하지만 두 남자가 그녀의 죽음과 관계가 있는지는 모르겠어요.

우린 모든 경우의 수를 예상해 대비했어요. 작은 부분까지 빈틈없이 준비했지만, 막지 못했어요. 누가 우리가 떠나기 전에 그녀를 앗아 갔는지 모르겠어요.

내게 혐의가 있다는 걸 알아요. 그녀의 원룸에서 내 지문이 발견됐으니까요. 그날 아침 그녀의 집에 갔어요. 책임을 회피하고 싶지 않아요. 어쨌든 그녀를 데리고 떠나지 못해서 죽게 만든 거예요. 범인이 누군지는 모르지만, 내게도 죄가 있어요. 무슨 일이든 감당할게요. 하지만 내 진술이 메이바오의 계부를 찾는 데 도움이 되길 바라요. 그가 메이바오의 죽음과 관련 있는 게 틀림없어요.

6   옌쿼

저는 말하는 것이 힘들어 서면으로 진술하겠습니다.

제 아버지가 메이바오를 죽인 범인이라고 생각합니다. 죄를 회피하려고 하는 말이 아닙니다. 제가 마지막으로 메이바오를 만나고 돌아올 때까지만 해도 아무 일도 없었습니다.

아버지가 또다시 메이바오를 찾아낸 것 같습니다. 하지만 그가 어떻게 주소를 알아내서 경비원의 눈을 피해 메이바오의 집으로 올라갔을까요? 한 달 전 어머니가 계절이 지난 제 옷들을 집에 가져갔는데, 나중에 외투 주머니에서 열쇠를 발견했다며 가져다주었습니다. 그때 안 좋은 예감이 들어 그들이 열쇠를 복제했을지도 모른다고 메이바오에게 말했습니다. 하지만 그 말이 현실이 될 줄은 몰랐습니다.

메이바오는 사는 곳을 아버지에게 들킬 때마다 직장을 옮기고 이사를 했습니다. 아버지는 감옥에서 범죄 수법을 배워 총을 개조하고, 서류를 위조하고, 자물쇠를 따 도둑질을 하고, 그 외에도 상상할 수 없는 나쁜 일을 많이 저질렀습니다. 아버지가 메이바오에게 흑심을 품고 있다는 걸 어머니도 알고 있었습니다. 아버지가 메이바오를 만나는 걸 경계해야 정상이지만, 어머니도 아버지의 위협과 회유 때문에 순종했는지도 모릅니다. 아버지와 어머니의 관계는 모순적이었고,

그 엉킨 관계의 풀리지 않는 매듭이 바로 메이바오였습니다.

하지만 이건 제 추측입니다. 아버지는 정상인의 생각으로는 헤아릴 수 없는 악마이지만, 그가 정말로 메이바오를 죽일 줄은 몰랐습니다. 그건 제 상상의 범위를 벗어난 일이었습니다.

저는 어릴 적 오랫동안 말을 하지 않았습니다. 메이바오와 단둘이 있을 때만 필담을 나눴습니다. 깊고 고요한 밤 메이바오의 배 위에 엎드려 있으면 창밖의 귀뚜라미와 개구리 소리가 들렸습니다. 그러면 저는 메이바오와 대화를 시작했습니다. 아주 작은 소리였지만 메이바오는 제 말을 알아들었습니다. 말하는 것도 말하지 않는 것도 제가 선택한 방식이었고, 저는 이런 세상에서 할 말이 없었습니다.

바닷가 마을에서 살기도 하고, 그보다 더 외진 마을에서 살기도 했습니다. 어머니는 우리를 데리고 떠돌아다녔습니다. 꽤 오랜 기간이었지만 저는 그때의 기억이 별로 없습니다. 그때 거쳤던 마을들과 만났던 사람들이 잘 기억나지 않습니다. 어머니는 저와 메이바오는 셋방에 내버려두고 계속 직업을 바꿔가며 일했고, 저희는 자주 전학을 다녔습니다. 저와 메이바오는 아버지가 다릅니다. 우리가 같은 어머니에게서 태어나지도 않았다면 좋았을 겁니다. 그러면 우린 속세의 윤리에 가로막힐 필요 없이 자유롭게 사랑할 수 있었을 것입니다. 불행한 건 우리가 그 죄악의 자궁에서, 그 나약하고 애처로운 여자의 몸에서 태어났다는 사실입니다. 처음에는 제 아버지가 누구인지 몰랐습니다. 그에 대한 기억이 남을 겨를조차 없었을 것입니다. 제 마음 속에서 그는 찰나에 스쳐 지나간 사람이었습니다.

어머니는 늘 비슷한 남자를 사랑했습니다. 가난하고 타락했으며, 번듯한 외모에 이기적인 남자들이었습니다. 게다가 그런 남자들은 어머니의 딸인 제 누나를 좋아했습니다. 그들은 부나방처럼 누나에게 달려들었습니다.

자기 딸을 질투하는 어머니는 거의 없겠지만, 제 어머니는 그런 사람이었습니다. 모든 게 제자리에서 맴돌듯이 계속 반복되었습니다. 저는 그 남자들이 누나 때문에 어머니에게 접근하는 것이 아닐까 의심했습니다. 그들은 항상 천사 같은 미모의 누나를 빼앗거나, 빼앗으려다 실패한 뒤 집을 떠났습니다. 저는 제 생부가 우릴 다시 찾아온 진짜 목적도 성년이 된 누나일 거라고 생각합니다.

집에 돌아온 아버지는 제 핏줄이 아닌 한 마리 짐승이었습니다. 하지만 저는 그 사람의 끔찍한 얼굴을 닮았습니다. 누나가 어머니를 닮은 것처럼 저는 좀 더 부드러운 인상의 아버지 얼굴을 하고 있습니다. 삶이 그들의 얼굴을 완전히 망가뜨렸을 수도 있고, 욕망이 그들의 얼굴을 추하게 뭉개버렸을 수도 있습니다. 아버지가 술을 마시고 때릴 때마다 저는 필사적으로 얼굴을 감쌌지만 그럴수록 아버지는 더 때리며 "계집애 같은 새끼, 예쁜 게 그렇게 좋냐?"고 조롱했습니다. 아버지는 그게 누나가 입을 맞추고 쓰다듬으며 "넌 천사야"라고 했던 그림 같은 얼굴과 우리가 가진 아름다움과 선량함을 지키려는 필사적인 방어였다는 사실을 몰랐을 것입니다.

사람들은 제가 동성애자일 것이라고 생각합니다. 중고등학교 때 남자애들이 화장실에서 제게 '물건'이 달렸는지 보겠다며 화장실에서 바지를 벗겼습니다. 병원에서도 의사가 신체 접촉을 한 적이 있고, 제 품에 안기려고 한 간호사도 있었습니다. 하지만 제가 누구에게 욕망을 느끼는지, 제 성별이 무엇인지 스스로도 잘 모르겠습니다. 머리가 망가지기 전에 제가 사랑하는 사람은 누나뿐이었습니다. 누나는 남자도 아니고 여자도 아닙니다. 아니, 남자이기도 하고 여자이기도 합니다. 제게 있어서 누나는 절대적이고 유일하며 세상의 그 어떤 남녀도 대신할 수 없는 존재입니다.

저는 요양원에서 필사적으로 빠져나왔습니다. 거기에 있어도 집에 있는 것보다 별로 나을 게 없었습니다. 혼잣말로 중얼대는 환자들 때문에 정신이 산란했습니다. 그들이 중얼거리는 소리에 위태로운 현실이 산산조각 날 것만 같았습니다.

제게 병이 있다는 걸 알지만, 그건 제 머릿속에 괴물이 살고 있기 때문입니다. 저는 두 괴물의 교합으로 태어난 자식입니다. 천사처럼 순수하고 아름다운 누나가 지켜주었음에도 점점 미쳐가고 있습니다.

제가 사랑하는 사람은 오직 누나뿐입니다.

우리 둘 중 누구도 입 밖에 내어 말할 수 없고 서로에게조차 말하지 않았지만, 누나는 제 유일한 사랑이었고, 누나도 저를 사랑했다고 생각합니다. 퇴원 후에 좋아지기 위해서 노력했습니다. 누나를 보러 갈 때마다 작은 꽃다발을 들고 갔습니다. 나중에는 누나가 출입카드를 주었지만 처음에는 경비원에게 엘리베이터 문을 열어달라고 했습니다. 저와 나이가 비슷하거나 몇 살 많아 보이는 경비원은 늘 이상한 눈빛으로 흘끔거렸습니다. 제가 메이바오와 성씨가 달라서 메이바오의 동생인 걸 몰랐기 때문입니다. 제가 메이바오를 누나라고 부른 적도 없으니까요. 저는 누나에게 단순히 남동생이기를 바라지 않습니다. 메이바오가 죽은 뒤 저도 그 남자들과 마찬가지로 탐욕과 소유욕 때문에, 그녀의 아름다움을 독차지하고 보석처럼 투명한 그녀를 가지려고 하다가 깨뜨려버렸는지도 모른다는 생각을 했습니다.

일주일에 한두 번 메이바오의 집에 가서 소파에 파묻혀 잘 때가 제일 편한 시간이었습니다. 말끔하게 정리된 작은 집에 메이바오의 체취가 배어 있고, 그녀의 가느다란 손가락이 닿았던 물건들이 사방을 둘러싸고 있었습니다. 물건이 많지는 않았습니다. 작은 접시, 선인장, 옷걸이 위에 걸린 에코백, 챙 달린 모자, 현관에 가지런히 놓인 신발. 그녀의 신발은 언제나 일곱 켤레였습니다. 자기 인생에서 감당할 수 있는 건 거기까지라는 듯 언제나 간소한 물건들뿐이었습니다.

저는 그녀의 애인 중 하나였습니다. 우리가 나체로 침대에서 포옹하고 있을 때 저는 차마 작은 소리조차 내지 못했고, 시간이 느리게 흐르고 세상이 우리를 위해 멈추기를 바랐습니다. 약물이 저를 망가뜨렸는지, 누나에 대한 사랑이 너무 깊어서 흥분할 수 없었는지 모르지만, 우리는 진정한 성교를 한 적이 없습니다. 그건 우리만의 애정행위였습니다. 그 시간에는 모든 소음이 정지되고, 가장 깊은 침묵만이 서로에 대한 우리의 마음을 전달해줄 수 있었습니다. 내 어두운 영혼을 밝게 비출 수 있는 것은 누나의 아름다운 몸뿐이었고, 추악한 세계에 더럽혀진 누나의 싸늘한 영혼에 따뜻한 온기를 불어넣을 수 있는 것도 제 손길뿐이었습니다. 비록 금기인 행동이지만 우리의 사랑을 누가 가로막을 수 있을까요? 메이바오도 그럴 수는 없었습니다. 우리는 죽음의 늪에서 함께 도망쳐 나왔고, 같은 뿌리와 운명을 갖고 있으므로 누구도 서로를 버릴 수 없습니다.

제가 기억하는 아름다운 기억은 모두 아버지가 없을 때였습니다. 다썬 형의 집에 살던 그해, 아버지가 마약 때문에 수감되었던 몇 년, 누나가 아르바이트를 하던 대학가의 쪽방에서 둘이 살던 때. 누나는 과거를 어떻게 생각했는지 모르지만, 1년 전 누나가 갑자기 다썬 형을 만났다고 했습니다. 지금 생각해보면 그게 바로 누나의 죽음에 대한 예고였을 것입니다.

저는 다썬을 또렷이 기억하고 있습니다. 그는 이상한 마을에 살 때 내게 가장 친절했던 사람입니다. 남들처럼 저를 이상하게 생각하지 않았고, 어머니나 메이바오의 미모를 탐욕스러운 눈길로 보지도 않았습니다. 그가 메이바오에게 매료되었다는 것을 느낄 수 있었지만, 그건 더 심오한 감정이었습니다. 그녀와 다를 바 없이 힘들면서도 미력하나마 돕고 싶은 감정. 제가 메이바오에게 느끼는 감정과도 비슷했을 겁니다. 그 마을에 사는 동안 우리 셋은 서로 끈끈하게 의지하는 고아들 같았습니다.

저는 메이바오의 미모가 그녀 인생에 커다란 파란을 일으키게 될 것임을 그녀 자신보다도 먼저 알았습니다. 그런 미모는 위험을 초래할 수도 있고, 행운을 가져다줄 수도 있지만, 저는 불길한 예감이 들었고 메이바오도 알았을 것입니다. 다른 여자에게는 그런 미모가 행운일 수 있지만, 우리 같은 환경에서 태어난 이들에게는 저주와도 같습니다. 그녀는 그 아름다움 때문에 사냥감이 된 것입니다.

누나가 린다썬에 대해 얘기했을 때 저는 질투가 나서 미칠 것 같았지만, 린다썬이 누나와 결혼할 수 없다는 걸 저도 누나도 잘 알고 있었습니다. 메이바오는 "난 결혼하지 않을 거야"라고 말했습니다. 깜씨와 결혼하기로 하고도 계속 도망치고 있는 것 같았습니다. "내가 결혼하면 넌 어떻게 해?" 메이바오가 이렇게 말했을 때 저는 그녀를 위해 죽을 수도 있었습니다. 메이바오는 저를 사랑했습니다. 우리 같은 사람들은 절대로 행복해질 수 없습니다. 메이바오가 누구를 사귀었든, 어떤 남자가 그녀의 집에 드나들었든, 심지어 그녀가 더 황당한 일을 했더라도 그건 단지 사랑에서 출구를 찾고 있던 것입니다. 어떤 남자라도 좋으니 자신을 행복하게 해줄 사람이 나타나길 간절히 바랐던 겁니다.

저는 나이는 어리지만 그녀를 지키기 위해 뭐든 하고 싶었습니다. 그날 제가 메이바오의 집에 갔을 때 깜씨도 있었습니다. 이사를 준비하고 있는 것처럼 짐 상자가 여러 개 있었습니다. 저는 메이바오가 줄게 있다고 해서 약속을 하고 간 것이었고, 깜씨는 연락 없이 찾아온 것이었습니다. 집에 제가 있는 걸 보고 분위기가 냉랭해졌습니다. 메이바오는 헤어지려고 하고 깜씨는 붙잡으려 하는 것 같았습니다. 메이바오가 어디로 이사를 하는지 내게도 말해주지 않은 것은 이상한 일이었습니다. 어색한 분위기가 계속됐습니다. 저는 원래 말하기를 싫어하고 깜씨도 말수가 적은 사람인 것 같았습니다. 메이바오가 깜씨의 물건이 담긴 상자를 건네며 "다음 주에 이사할 거야. 그동안 고마웠어"라고 말하자 화가 나서인지 슬퍼서인지 깜씨의 눈가가 붉어졌습니다.

그날 저와 깜씨가 모두 현장에 있었으므로 두 사람 모두 혐의가 있다는 건 알고 있습니다. 하지만 제가 집에서 나올 때까지만 해도 메이바오는 아무 일도 없었습니다. 10시 반에 메이바오에게 전화를 걸어 깜씨가 돌아갔느냐고 물었더니 돌아갔다고 했습니다. 이사하려는 이유를 물었더니 아버지가 카페 근처를 맴돌고 있는 것 같다고 하기에 금세 이해했습니다. 여러 번 반복된 일이었으니까요. 몇 년 동안 마천대루에서 살면서 안정된 생활을 했지만 역시 얼마 가지 못했던 것입니다. 제가 입원한 것도 아버지와 다투다가 그를 죽이려고 했기 때문이었습니다. 의사는 제게 조현병 진단을 내렸지만 그게 아니라 증오 때문이라는 걸 저는 알고 있습니다. 저와 혈연관계에 있는 그 남자를 증오합니다. 그가 메이바오와 어머니에게 하는 행동을 경멸하고, 저를 폭행하는 것도 증오합니다. 더 끔찍한 건 제 몸속에 그의 피가 흐르고 있다는 사실입니다.

예전에 메이바오는 나중에 크면 함께 도망치자며 항상 제게 참으라고 했습니다. 하지만 그렇게 오랫동안 도망쳐 다니고도 그에게서 벗어날 수 없었습니다. 그가 감옥에 있을 때가 제일 행복했습니다. 어머니는 행복하지 않았지만요. 저와 메이바오는 저주받은 사람들입니다. 우린 연인이 될 수 없고, 평범한 남매도 될 수 없습니다. 메이바오가 집을 나간 뒤 저는 기억의 깊은 곳을 떠돌았습니다. 약물에 의지해 의식을 마비시켜야만 살 수 있었습니다. 이성을 잃고 미쳐버려야만 더 미친 현실에서 도피할 수 있습니다.

제가 메이바오의 집에서 나온 뒤 깜씨가 메이바오에게 무슨 짓을 했을까요? 아닐 겁니다. 메이바오를 사랑하는 그가 그녀를 해쳤을 리 없습니다. 이 세상에서 메이바오를 해칠 수 있는 사람은 제 아버지뿐입니다. 제가 평범한 남자들처럼 메이바오에게 애정을 쏟고 그녀와 결혼할 수 없다는 사실이 한스럽습니다. 애정을 갈구하며 방황하는 그녀를 도울 수 없었던 제가 밉습니다.

열여섯 살 때 아버지를 죽여 숨을 끊어놓지 못한 것이 아직도 후회스럽습니다.

7   린다썬

한밤중 엘리베이터 CCTV 화면에서 나를 봤다고요? 그게 나였어요? 환각이나 귀신이 아니고요? 그날 밤 두 차례 C동 엘리베이터를 타고 올라가 28층에서 내렸다고 해도 내가 살인을 했다는 증거는 아니잖습니까?

그래요. 내가 발견했어요. 부정하고 싶지만, 메이바오의 시신을 처음 발견한 게 바로 납니다. 그날 밤 메이바오에게 갔을 때 이미 죽어 있었습니다. 정말이에요. 너무 무서워서 경찰에 신고하지 못했습니다. 곧바로 도망치지도 못하고 그 자리에서 얼어붙었죠. 메이바오는 침대에 누운 채 미동도 하지 않았습니다. 죽었다는 걸 직감했습니다. 심폐소생술을 하고 인공호흡을 했지만 몸이 이미 차갑게 식어 뭘 해도 소용없다는 걸 알았습니다.

어젯밤 아내에게 모든 걸 인정했습니다. 아내는 자수를 권유하며 내 곁에서 난관을 극복하겠다고 했습니다. 당신들이 먼저 날 찾아낼 줄은 몰랐습니다. 역시 세상엔 비밀이 없군요.

내가 겁쟁이 같죠? 맞습니다. 아내는 내 곁을 떠나지 않겠다고 했지만 아내도 겁이 많은 사람입니다. 잃을 게 있는 사람은 겁이 많아지고, 겁이 많아지면 자기가 진정으로 사랑하는 게 무엇인지 알게 됩니다. 내겐 사랑이 없습니다. 지금 가진 게 전부 사라져버릴지도 모른다는 두려움만 남았죠.

그때 신고를 했다면 상황이 달라졌을까요? 메이바오를 죽인 범인을 잡았을까요? 더 빨리 사건을 해결할 수도 있고, 어떤 기적이 출현했을 수도 있겠죠. 하지만 그때 난 머릿속이 텅 비어버렸습니다. 내겐 집주인에게만 있는 비상용 열쇠가 있었고, 또 질투심에 불타고 있었습니다. 메이바오가 메시지에 회신하지 않고 전화를 받지 않고 문도 열어주지 않자, 아내가 잠든 틈에 중정에 나가 담배를 피웠습니다. 그녀의 집에 누가 있든 말든 들어가서 당장 그녀를 만나야겠다는 미친 생각을 참지 못하고 나도 모르게 열쇠로 문을 열고 들어갔습니다.

그다음은 이미 말한 대로입니다. 집 안에 들어가 메이바오를 보자마자 죽었다는 걸 알았습니다. 몸싸움을 벌인 듯 침대 위가 어지럽고 옷이 찢겨 있었습니다. 현장을 보존해야 한다는 걸 알면서도 옷을 갈아입혔습니다. 메이바오는 자신이 그렇게 험한 모습으로 발견되는 걸 원치 않을 게 분명하니까요. 옷장에서 내가 사준 흰색 원피스를 꺼냈습니다. 같이 휴가 갈 때 입으라고 사준 옷이었죠. 어릴 때 메이바오는 남자애처럼 입고 다녔지만 사실 속으로는 레이스가 달린 원피스를 입고 싶어 했습니다. 그땐 내가 능력이 없었지만 지금은 능력이 있으니 당연히 제일 좋은 옷을 사줬죠. 증거가 훼손되지 않도록 찢어진 옷을 조심스럽게 벗겨 옆에 놓았습니다. 얼굴도 닦고 간단히 화장도 해주었습니다. 메이바오는 항상 자외선 차단 파우더를 바르고 입술에 립스틱을 꼭 발랐었습니다. 얼굴의 멍 자국을 가리려고 파우더를 한 겹 더 발랐습니다. 그런 건 해본 적이 없지만 매일 아내가 하는 걸 보았으니까요. 메이바오는 죽은 모습조차 아름다웠습니다. 다시는 그녀를 볼 수 없을 거라는 생각에 한참 동안 시신을 안고 있었습니다. 그녀가 아직 살아 있다고 상상했지만 몸이 점점 뻣뻣해지고 조금씩 냄새가 나기 시작했습니다. 하지만 죽은 모습조차 아름다워서 죽은 메이바오와 산 메이바오가 섞여 있는 것 같았습니다. 놀라서 이성을 잃었지만 내가 뭘 해야 하는지는 알고 있었습니다. 그녀의 몸에서 오물을 닦아냈습니다. 목이 졸려 죽은 듯 목에 눌린 자국이 있었습니다. 아버지가 돌아가실 때 배설된 오물을 처리한 경험이 있기 때문에 어떻게 해야 하는지 알고 있었습니다. 몸을 깨끗이 닦아준 뒤 한참 동안 그녀 옆에 있었습니다. 어떻게 해야 좋을지 판단이 서지 않았습니다. 누가 죽였는지도 짐작이 가지 않고, 우리 둘이 꾸민 집이 갑자기 낯설게 보였습니다. 나 자신을 의심했습니다. 11시에 내가 이 집에 들어와서 그녀를 죽였나? 사실 밖에서 초인종을 누를 때 그런 충동이 들기도 했었습니다. 문을 열어주지 않는 그녀를 무정하고 잔인하다고 욕하고 원망했습니다. 하지만 그때는 큰 소리로 그녀를 부르지도 않았고, 비상용 열쇠도 가지고 있지 않았습니다. 난 항상 초인종을 누르고 그녀가 열어줄 때까지 기다렸습니다. 그녀에 대한 존중의 뜻으로 먼저 문을 열고 들어간 적이 없었습니다. 하지만 문을 열어주지 않자 가장 나쁜 생각이 치밀어 올랐습니다. 우리가 헤어진다는 건 절대로 있을 수 없는 일이고, 차라리 동반 자살을 해버리고 싶었습니다.

메이바오를 다시 만난 뒤 늘 시간에 쫓겨 살았습니다. 매일 출근하기 전 메이바오를 만나고, 퇴근 후 집에 들어가면 아내와 시간을 보냈습니다. 점점 불러오는 아내의 배를 볼 때마다 내가 잘못된 길을 가고 있음을 자각했습니다. 난 어느 쪽도 포기할 수 없었고, 어떻게 해도 누군가는 상처를 입을 수밖에 없었죠. 절망에 몸부림칠 때는 메이바오를 죽이고 자살할까 하는 생각도 했습니다. 모리와 아이에게는 부유한 가족이 있으니 내가 없어도 괜찮겠지. 그런데 동반 자살까지 생각한다면 메이바오를 데리고 도망칠 수도 있잖아? 아니, 아내와 이혼해버리면 도망칠 필요가 없잖아? 내가 현실을 마주하느니 차라리 죽음을 택할 만큼 쓸모없는 놈이란 말인가? 죽음은 고통과 모순의 끝이 아니라, 철저한 도피이자 가장 깊은 배신이었습니다.

죽은 메이바오가 내 곁에 있었습니다. 침실 바닥에 앉아서 차갑게 굳은 그녀의 몸을 쓰다듬으며 이게 꿈인가 생각했습니다. 어떻게 이런 일이 일어날 수가 있는지. 그녀를 안고 울다가 내가 너무 못났다는 생각이 들었습니다. 울고 있지만 말고 빨리 신고해야 한다는 걸 알면서도 신고 전화를 걸 수도 없고, 인터폰으로 경비원을 부를 수도 없었습니다. 내 흔적을 서둘러 지우고 아침에 누군가에게 발견됐을 때 아름답게 보이도록 메이바오를 잘 눕힌 뒤 집을 빠져나왔습니다.

집에 돌아와 오랫동안 몸을 씻었습니다. 자신의 못난 모습을 깨닫고 울음이 터지는 건 아직 수치심이 남아 있다는 걸까요? 아직 일말의 인성이 남아 있다는 걸까요? 내 인생의 문제가 돌연히 해결되어 있었죠. 메이바오는 죽었고, 내가 죽인 것도 아니었습니다. 이제 아무것도 내 가정을 위협할 수 없고, 내 인생도 정상 궤도로 돌아온 겁니다. 이게 내가 바라던 것 아니었나? 사랑이 이렇게 무서운 것인가? 내 상상처럼 아름답지 않았어. 내가 그녀를 사랑하지 않아서일까? 난 아무도 사랑하지 않고 이기적으로 빠져나갈 구멍만 찾으려 한 걸까? 내가 왜 이토록 처량한 사람이 됐지? 기억 속의 가장 아름다운 사랑이 어째서 내 속의 가장 어두운 마음을 끄집어낸 걸까?

내가 죽인 걸까요? 내가 죽이지 않았다 해도, 그녀를 구하지 못했으니까 죽인 것이나 마찬가지일까요? 그녀는 한때 내가 가장 사랑했던 여자입니다. 내 마음에 소위 사랑이라는 게 남아 있다면, 그녀에게 했던 내 행동을 사랑이라고 부를 수 있다면 말입니다. 이제 모든 게 깨졌습니다. 메이바오는 죽었지만, 난 계속 온갖 수단을 동원해 구차하게 살아가겠죠. 난 그런 사람이니까요.

4부

11월

저녁밥을 먹을 때 런룽룽^{任荣荣}의 엄마가 어젯밤 엘리베이터를 타고 올라오다가 귀신을 보았는데 아마 중메이바오인 것 같다고 했다. 그럴듯한 얘기였다. 엄마는 중메이바오가 죽고 한 달이 지나도록 범인을 잡지 못해 혼백이 떠나지 못하는 거라고 했다.

엄마는 당장 이사를 가야 한다고 짜증을 냈다. 아빠에게 나머지 부양비를 받지 못해서 이사 갈 돈이 없지만 여기서는 못 살겠다고 했다. 그 끔찍한 일이 벌어진 후 엄마는 중정의 세탁실도 못 갔고 쓰레기 버리러도 가지 못했다. 집에 혼자 있기 무서워했고 밤에도 통 잠을 자지 못했다. 오후에 혼자 집에 있을 때 누가 집에 있는 것 같은 선득한 기분이 들어 베란다에 도둑이 숨어 있는지 자꾸 확인한다고 했다. "범인이 잡히지 않으면 누가 여기서 안심하고 살 수 있겠어?" 엄마는 자신도 언제든 살해될 수 있고 룽룽이 납치될 수도 있다며 걱정했다. "터가 안 좋은 게 분명해. 여기로 이사 오고 나서 이혼도 했잖아!" 엄마가 신경질을 냈다.

런룽룽은 언론도 더 이상 그 사건에 관심이 없고 주민자치회에서 천도재도 몇 번 지냈으니 괜찮을 거라며 엄마를 다독였다. 아빠도 미신을 믿지 말라고 했고 게다가 요즘 집값도 비싼데 당장 어디로 이사 갈 수 있겠느냐고 타이르듯 말했다.

화제가 일단 아빠 쪽으로 옮겨 가면 엄마는 항상 울음을 터뜨리며 신세 한탄을 하다가 아빠나 아빠의 새 아내에게 전화를 걸어 30분 넘게 소란을 피웠다. 그런데 오늘은 전화를 걸지 않고 방문을 닫고 들어가 종이상자에 짐을 싸기 시작하더니 얼마 안 가서 바닥에 풀썩 드러누워 잠이 들었다.

작년 11월 살인 사건이 발생했을 때 엄마는 런룽룽을 데리고 두 달 정도 외가에서 지냈지만 외숙모와 싸운 뒤 홧김에 짐을 싸서 집으로 돌아왔다. 그 두 달 동안 엄마는 계속 이사 타령을 했고 부동산 중개인도 집을 보고 갔지만, 엄마가 원하는, 타이베이에 있는 동급의 아파트는 너무 비싸서 살 수가 없었다.

런룽룽은 엄마의 이런 짜증에 익숙했다. 원래도 예민하고 히스테릭한 성격인데 살인 사건이 벌어진 곳으로 돌아왔으니 견디기 힘들 것이다. 하지만 런룽룽은 엄마와 달랐다. 카페 매니저 중메이바오에게 좋은 인상을 갖고 있었고, 착한 사람은 죽어서 귀신이 되어도 착한 귀신일 거라고 생각했다. 게다가 그녀는 귀신을 믿지 않았다. 그런 게 정말 있더라도 자기 죽음을 아직 자각하지 못한 영혼에 불과할 거라고 생각했다. 이승과 저승 사이를 떠도는 영혼은 가장 가련한 존재다. 엄마와 아빠 사이를 떠돌며 어디에 있어도 자기 자리가 아니라고 느끼는 그녀처럼.

엄마는 그녀를 사사건건 간섭하고 통제했다. 엄마에겐 세상 모든 인간이 거짓말을 잘한다는 믿음이 있었다. 그녀는 휴대전화가 없고 집에 있는 컴퓨터도 거실에 있어서 엄마가 허락할 때만 인터넷에 접속할 수 있으며, 무엇을 보는지 엄마에게 일일이 감시당했다. 매일 아침 학교에 가면 친구의 휴대전화를 빌려 뉴스를 보고 친구의 페이스북을 구경했다. 반 친구 중 절반은 휴대전화를 갖고 있었다. 학교 도서관이나 교사휴게실에서 와이파이 접속도 가능하고 그 외에는 3G로 접속할 수 있었지만 런룽룽과는 무관한 일이었다. 그녀에게는 휴대전화 대신 공중전화 선불카드가 있었다. 요즘은 보기 힘든 공중전화가 학교와 편의점에 아직 남아 있었지만 그녀는 거의 전화를 걸지 않았다. 엄마가 그녀에게 연락할 때는 단짝 친구인 왕전이王甄釋에게 전화를 걸어 바꿔달라고 했다. 왕전이라는 이상한 이름은 점쟁이가 지어준 것이라고 했다. 왕전이는 점을 맹신하는 엄마 때문에 열다섯 살인 지금까지 두 번이나 개명했고 개명을 할 때마다 글자의 획수가 늘어났다. 왕전이 엄마에 비하면 런룽룽의 엄마는 미신을 믿지 않는 편이기에 망정이지, 안 그랬으면 런룽룽은 지금보다 더 고단한 인생을 살고 있을 것이다.

통상적으로 볼 때 중학교 2학년인 런룽룽은 아직 어린아이다. 어른들의 결혼, 이혼, 동거, 이별 같은 문제에서 그녀는 결정권이 없으므로 부모가 하는 대로 따르고 그에 맞춰 적응하려고 노력한다. 이것이 현재 나이에서 그녀가 가진 삶의 태도다. 왕전이는 그녀가 항상 알아듣기 힘든 심오한 얘기를 한다고 했지만, 그녀는 단순한 왕전이가 자기보다 행복할 거라고 생각한다. 왕전이의 엄마는 음력에 따라 가족의 생활을 결정하기 때문에 적어도 따를 수 있는 기준은 있다. 하지만 런룽룽의 엄마는 명확한 기준 없이 세상을 인식하기 때문에 종잡을 수도 예측할 수도 없다. 런룽룽은 최대한 반항하지 않고 의심도 하지 않지만, 엄마의 말을 크게 신경 쓰거나 진지하게 받아들이지도 않는다. 그것이 런룽룽이 유일하게 할 수 있는 일이다. 그녀는 엄마의 말이, 중정의 분수처럼 얼마나 많은 물을 내뿜든 연못으로 떨어졌다가 또다시 쏘아 올려지길 반복한다는 사실을 일찌감치 터득했다. 엄마는 착한 사람이며 일부러 자신에게 상처를 주거나 괴롭히려는 게 아니라는 사실을 기억하고, 엄마가 자신을 힘들게 하거나 상처를 주는 사건이 일어난다면 그건 엄마의 머릿속에 있는 악마가 훼방을 놓아서 이성을 잃거나, 이성이 작동하지 못하거나, 이성이 무너졌기 때문이라고 생각했다. 그런 사람들은 스스로 원해서 그러는 것이 아니므로 너무 나무라서는 안 된다.

◎

런룽룽은 노래를 흥얼거리는 버릇이 있었다. 뙤약볕에 이글이글 열기를 내뿜는 아스팔트 길에서 사람들이 양산을 받쳐 들고 지나갈 때 그녀는 노래를 흥얼거리며 좁은 골목을 걸었다.

눈을 감으면 거대한 건물을 둘러싼 구름이 서서히 걷히며 윤곽이 점점 또렷해졌다. 건물의 겉모습은 매번 달랐다. 요즘은 지난주에 읽은 일본 소설의 영향으로 정원이 딸린 일본식 목조건물이 나타났다.

건물은 그녀의 상상 속에 존재하는 집이기 때문에 생김새가 수시로 바뀌고, 그녀의 꿈에서만 나타났다. 아니, 꿈에서만 보인다고 하면 틀린 말이다. 잠든 것이 아니기 때문이다. 눈을 감는 건 단지 버릇이고, 연습하면 눈을 뜬 채로도 상상할 수 있겠지만, 그녀는 여전히 눈을 감고 어둠 속에서 천천히 떠올리는 느낌을 좋아했다. 바닷속이나 안개 속에서 서서히 솟아오르는 신기루처럼 혼자만 아는 환상 속에 감추는 것이 가장 안전했다.

그녀는 건물 정문을 열고 현관이 눈에 들어오는 순간을 제일 좋아한다. 입구에서 신발을 벗어 신발장에 가지런히 넣어놓고 라탄 실내화를 신는다. 책 속에 묘사된 건물은 개인 도서관이었다. 어느 기업가가 자신의 장서를 기념하고 보존하기 위해 지어놓고 누구나 와서 읽을 수 있도록 한 곳이었다. 현실의 그녀는 개인 도서관에 가본 적이 없고 주로 공립 도서관에 가서 책을 읽었다. 중학교 1학년 때 가입한 학교 독서 동아리에서 주말마다 지도 교사의 인솔하에 시립 도서관에 가서 책을 대출했다. 하지만 빌려온 책은 모두 엄마에게 검사를 받아야 하기 때문에 대부분은 대출하지 않고 도서관에서 읽었다. 짧은 시간에 많은 양을 읽어야 했지만 다행히 초등학교 5학년 때 엄마가 보낸 속독 학원과 억지로 참여시킨 기억력 향상 프로그램 덕을 보았다. 겨우겨우 다녔지만 그때 배운 것들이 아이러니하게도 엄마에게 저항하는 재능이 된 셈이다.

런룽룽은 열네 살 아이들이 흔히 읽지 않는 소설을 많이 읽었다. 도서관에 가면 항상 엘리베이터를 타고 7층 번역서 서가로 곧장 올라가 한꺼번에 네다섯 권을 골라놓고 책상에 앉아서 빠른 속도로 읽어 내려갔다. 항상 시간이 부족했기 때문에 대강의 줄거리와 분위기, 작가 이름만이라도 암기하듯이 기억해 머릿속에 있는 '소설' 공간에 욱여넣었다. 한정된 기억력을 효과적으로 이용하기 위해 도서관 서가처럼 세세하게 분류해 각각의 공간에 넣고, 다 읽지 못한 것들은 일단 이미지 형태로 머릿속에 넣어두었다가 여유가 생길 때마다 되새김질하듯 꺼내서 꾸역꾸역 암기했다.

그녀는 기억하기로 마음먹은 것은 거의 다 기억했다. 기억은 자신이 좋아하는 것을 보관할 수 있는 유일한 방법이기 때문이다. 먹는 것부터 학교생활, 교우 관계, 하루 일과, 시청하는 텔레비전 프로그램, 읽는 책, 검색하는 인터넷 사이트, 휴대전화 문자메시지, 페이스북 친구 수, 포스팅 내용, 좋아요를 누르는 상대까지 모든 것을 엄마에게 감시당하고 통제당했다. '모든 문자 기록'은 엄마의 검열을 거쳐 분석당하고 평가당하고 걸러졌다. 엄마의 촘촘한 검열을 통과하고 남는 것들은 부스러기가 되어 있었고, 그녀는 그런 것들을 원치 않았다.

엄마와 아빠가 이혼한 건 그녀가 여덟 살 때였다. 잦은 부부 싸움 끝에 아빠는 엄마의 자의식 과잉 때문에 이성을 잃고 분노한 상태에서 '위자료 100만 위안을 지급하고 딸에 대한 친권을 포기한다'는 조건으로 이혼 서류에 도장을 찍었고, 1년 뒤 엄마가 줄곧 외도 상대로 의심해온 아줌마와 재혼했다. 그 후 엄마는 히스테릭한 이혼녀에서 '비밀경찰'로 영역을 이동해, 아빠에게 행사할 수 없게 된 통제권을 열 살밖에 되지 않은 딸에게 돌렸다. 그렇게 4년이 흘렀지만 상황은 더 나빠지기만 했다. 딸이 한 살씩 나이를 먹을 때마다 엄마의 감시와 통제는 점점 더 심각해졌고, 그 때문에 런룽룽은 자기만의 기억 도서관을 가진 소녀가 되었다.

엄마의 발소리가 들리면 그녀는 공상에서 빠져나와 재빨리 도서관 문을 닫았다.

정확히 밤 9시에 엄마가 그녀의 방에 들어오는데 발소리만으로도 그날 엄마의 기분을 알 수 있고, 꾸지람을 듣게 될지 아닐지도 알 수 있었다. 물론 엄마는 거의 항상 기분이 안 좋지만 매일 꾸지람을 듣는 것은 아니다. 꾸지람을 들어도 마음의 준비를 하고 있으면 훨씬 낫다.

발소리가 빠르고 슬리퍼 끝이 마룻바닥을 쿵쿵 찍는 소리가 나면 그녀는 책상에 있는 책을 잽싸게 덮고 이어폰과 휴대전화도 한쪽으로 밀어놓지만 현장을 말끔히 치우지는 않는다. 너무 깨끗하면 오히려 엄마에게 더 의심을 살 수 있기 때문이다.

엄마가 시킨 것은 아니지만 런룽룽은 엄마가 자유롭게 드나들 수 있도록 항상 방문을 활짝 열어놓는다. "숙제 다 했니? 뭐 하고 있었어?" 엄마의 짜증스러운 목소리에서 온화한 척하지만 감추지 못한 긴장감이 묻어 나왔다. 그녀는 책상 위를 치우느라 미처 못 펼친 수학 참고서를 보며 후회했다. "오늘 시험지는?" 엄마가 가까이 오자 그녀는 벌떡 일어나 자리를 내어주었다. 엄마는 아주 능숙하게 그녀의 데스크톱컴퓨터를 조작하기 시작했다. 먼저 인터넷 방문 기록을 검사한 뒤 그녀의 페이스북을 열었다. 친구들은 부모님이 페이스북에서 친구 신청을 해서 곤란하다며 부모님이 모르는 계정을 하나 더 만들곤 했지만, 그녀의 엄마에게는 통하지 않는 방법이었다. 엄마는 부당한 요구라는 사실을 조금도 인식하지 못한 채 페이스북 비밀번호를 내놓으라고 했고, 자기 계정에 글을 올리지 않아도 모든 친구의 동태까지 감시했기 때문에 그녀는 이미 페이스북에 흥미를 잃었다. 그러면서도 그녀는 매일 인터넷에서 '긍정적인 에너지'가 넘치거나, '따뜻하고 달콤한' 글귀를 찾아다가 이삼일에 하나씩 글을 올리고, 친구의 글을 신중하게 골라 '좋아요'를 누르며 아무렇지 않게 행동했다. 나중에는 자신의 이메일 비밀번호까지 엄마에게 뚫렸다는 걸 알고 몇 번이나 변경을 시도하고 아예 다른 계정을 만들려고도 해보았지만, 엄마의 감시와 통제 때문에 이제는 컴퓨터도 안전하지 못한 곳이 되었음을 알았다.

예전에 엄마가 바로 이런 방식으로 아빠의 외도 사실을 밝혀냈지만, 아빠는 재혼하기 전까지는 그 아줌마와 이메일만 주고받는 사이였다고 주장했다.

엄마의 눈을 피할 수 있는 곳은 세상에 없었다.

늘 불안에 떨며 살고 싶지 않았기 때문에 런룽룽은 익명의 페이스북이나 이메일 계정을 개설하거나 비밀 블로그를 만들지 않고 차라리 피시방이나 친구 집에 가서 인터넷을 했다. 그런 비밀스러운 일이 나중에 더 큰 위험이나 분란을 만들 수 있기 때문이다. 그 대신 그녀는 이 세상 누구도 찾아낼 수 없는 비밀 은신처를 마련했다. 날마다 벽돌을 쌓고 지붕을 이어 기억, 이미지, 글자, 감정, 기분 등 유무형의 모든 사물을 보관할 수 있는 자기만의 도서관을 지은 것이다.

엄마가 작문 노트, 시험지, 연습장을 일일이 펼쳐 매의 눈으로 훑어보는 동안 그녀는 초조하게 옆에서 기다렸다. 지난 학기에 학교 글짓기 대회에서 대상을 탔을 때 국어 선생님이 친필 축하 편지를 엄마에게 보내 그녀를 국어우수반에 보낼 의향이 있는지 물었다. 엄마는 편지를 받고 기쁨과 불안이 교차하는 복잡한 표정으로 고민했다. 주 2회씩 우수반 특별 수업에 참여하면 선생님이 지정하는 책을 사줘야 하고, 함께 도서관과 서점에 가야 하고, 또 평소에 하는 글짓기 수업 외에도 '선생님의 지도에 따라' 혼자서 글짓기를 많이 해야 했다. 엄마는 딸의 문학적 재능이 미덥지 않다는 듯 격려 반, 으름장 반으로 "글쓰기는 배신이야. 소설은 거짓말이고"라고 말하고는 서재 벽에 글짓기 대회 상장을 걸고, 유명한 서예가가 쓴 '진실'이라는 두 글자 족자를 구해다가 그 옆에 걸었다.

런룽룽은 그 앞에서 실소가 나왔다.

엄마의 괴로움을 덜어줄 수 있다면 진실한 사람이 될 수 있었다. 하지만 엄마는 상반된 두 가지 관념을 동시에 충족시키길 바랐다. 그녀가 진실하게 말하면 엄마는 상처받을 게 뻔했다.

그녀는 엄마의 바람에 맞춰 가장 안전한 글을 썼다. 모든 형식적인 문자와 사상을 사람들이 상상하는 착실한 열네 살 소녀의 모습에 맞췄다. 재능이 넘치지만 너무 총명해서는 안 되고, 슬기롭지만 기지가 넘쳐서는 안 되며, 낙천적이고 진취적이며 긍정적인 사고를 가진 척했다. 그녀는 엄격한 자기 통제로 두 가지 글을 쓰는 훈련을 했다. 하나는 작문 노트, 일기장, 페이스북 등 엄마가 볼 수 있는 세계에 쓰는 글이고, 다른 하나는 순전히 기억의 방식으로만 자신의 도서관에 간직하는 글이었다.

머릿속에 넘치는 자유분방한 생각들이 불쑥 튀어 나가지 못하게 막았다. 그 생각들을 글로 표현해야만 하지만, 현실 세계 그 어디에도 '진정으로 쓰고 싶은 글'을 안전하게 보관할 곳이 없었다. 그래서 머릿속 글마다 일일이 제목을 붙이고 분류하고 심지어 일련번호까지 붙였다. 단 한 글자도 글로 쓰지 않았지만 반복해서 직조하고 어루만지고 머릿속으로 그 문장들을 형상화하고 또 하나도 빠뜨리지 않고 외웠다. 그렇게 하지 않으면 엄마와 선생님들의 마음에 드는 글을 쓸 수가 없었고, 그런 생활조차 없다면 그녀는 자신과 엄마 둘 중 하나를 죽일지도 모른다.

진정한 자신을 형성하는 생각, 느낌, 상상, 심지어 그 누구와도 상관없이 그저 이 세상에 대한 소녀의 작은 생각이라고 할 수도 있다. 다만 그녀를 수없이 놀라고 두렵게 했던 생활 속에서 그 글들은 모두 아우슈비츠의 생존자가 아주 작은 글씨로 종이에 써서 외투 옷깃 속에 숨겨야 했던 '수난의 기록'이 되었다. 망명자, 수감자, 정치적 희생자들이 찢어진 옷조각, 휴지 등 쓸 수 있는 물건이라면 어디에든 글씨를 써서 몸속에 감춰 가지고 나온 '작품'이 되었다. 그녀는 그 망명자들의 이야기를 읽었지만 이렇게 슬픈 방식에는 적응할 수가 없었다. 특히 그녀는 그것들이 반드시 세상에 공개될 거라고 기대하지 않는다는 근본적인 차이가 있었다. 엄마에게 상처를 줄 그 생각들을 실제로 존재하게 하고 싶지 않았으므로 글로 쓸 필요도 없고 공개할 필요도 없었다. 런룽룽은 이미 세상에 실제로 존재하는 '장소', '형식', '매개체'를 찾아 그것들을 세상에 남기겠다는 생각은 접었다. 그저 그것들이 존재하기만 하면 그걸로 족했다. 낙엽처럼 흩날리다가 물에 내려앉을 때 낙엽이 수면을 가볍게 때리는 그 순간처럼 찰나의 존재만으로도 만족했다. 그 짧은 존재도 존재이다. 생각이 뭉게뭉게 피어오른 구름처럼 어떤 형태를 만들었다가 결국 빗방울로 변해 땅에 떨어진다고 해도, 그것이 바로 진정한 그녀가 존재했었음을 증명할 것이다.

기억하지 않으면 그녀 자신도 그것들을 잊어버린 채 스스로 만들어낸, 엄마가 보고 싶어 하는 모습의 '그녀' 속으로 녹아 들어가고 말 것이다. 세상에서 안전하게 살 수 있는 가면 속으로 말이다. 런룽룽은 자신이 이 기억 속의 신기루를 잊어버리면 아무것도 남지 않을까 봐 두려웠다. 그러면 자기 자신이 창조한 괴물에 집어삼켜져 다시는 돌아올 수 없게 될 것이다.

엄마는 자궁으로 그녀를 낳았고, 그녀는 허구로 자신을 낳았다.

아빠가 집을 떠난 뒤 엄마는 항상 불안해했다. 딸도 언젠가는 자신을 떠나지 않을까 의심하고, 곁에 있는 모든 것이 똘똘 뭉쳐 자신을 속이고 있는 건 아닌지 의심했다. 엄마는 놀라운 의지력으로 3년을 연애하고 8년을 함께 산 결혼 생활을 완전히 각색해 상처뿐인 비극으로 다시 쓴 뒤, 어린 그녀를 엄마의 수난을 목격한 증인으로 삼았다. 그녀가 중학생이 된 후 어느 늦은 오후, 학교를 나서는데 오랫동안 만나지 못했던 아빠가 교문 앞에서 기다리고 있었다. 아빠 옆에는 아줌마와 그들 사이에서 태어난 아이가 있었고, 닛산의 로열블루색 소형차 한 대가 세워져 있었다. 부드러운 오후 햇빛 아래에서 아줌마가 엷은 미소를 짓고 있었다. 그녀는 자신을 향해 영원히 미소 지을 것 같은 그 얼굴을 사랑하지 않을 수 없었고, 아빠가 그런 생활을 하고 있다는 사실에 자신도 흐뭇해하고 있다고 확신했다.

런룽룽은 아빠의 온전한 모습과 친절한 미소, 어린 시절 세 식구가 평화롭게 살던 시절을 조각조각 기억하고 있었다. 그녀는 엄마를 동정했지만 엄마의 실패를 볼 수밖에 없었고, 그 불행 때문에 엄마를 더 동정했다. 결국 사랑받을 수 없게 된 건 전적으로 엄마가 자초한 일이었다. 엄마의 통제욕, 소유욕, 불안이 점점 심해져서 아빠가 도망 쳤던 것이다.

런룽룽은 아직도 엄마를 사랑하는 유일한 사람이었다.

집에 돌아가 엄마 앞에서는 엄마의 광기와 분노를 자극하지 않는 이야기를 해야 했다. 아줌마는 수다스러웠고 아기는 계속 울어댔으며 아빠는 안색이 좋지 않았다고 말하자 엄마는 콧방귀를 뀌며 "이 제야 쓴맛을 알겠구나" 하고 말했다. 그녀가 고개를 끄덕이며 "고지 대에 있는 집이 습해서 아빠 천식이 심해진 거 같더라" 하고 말하자 엄마가 냉소하며 "관심 없어"라고 했다.

엄마는 한 달에 한 번씩 저녁 식사를 함께하고 오라는 명목으로 그녀를 아빠 집에 보냈지만 사실은 아빠의 새로운 생활이 불행하다는 더 많은 증거를 수집해 오길 바라기 때문이었다.

엄마는 노련한 형사처럼 잠을 재우지 않고 신문하고, 공포를 조장해 협박하고, 선처해주겠다며 어르고, 감성을 자극하는 다양한 방식으로 그녀가 인정하고 싶지 않은 진실을 인정할 것을 요구했다. 자백을 강요하고 진술서에 서명하게 하는 방법으로 진실을 파묻었다.

모든 검사가 끝나자 엄마가 책상에서 일어났다. 무거운 짐을 진 듯 기우뚱한 뒷모습이 지쳐 보였다.

엄마가 나간 뒤 방이 진공상태에 빠진 듯 고요해졌다. 모든 위장이 끝나고 딸로서 해야 하는 의무와 연기를 완벽하게 마치고 나자 피로가 밀려왔다. 이럴 때는 그곳에 몸을 웅크리고 들어가야만 진정한 자신을 확인할 수 있다. 어깨를 털고 머리를 흔들어 비스듬히 기울어진 몸을 일으킨 뒤 가만히 눈을 감고 구름이 눈앞에 나타나길 기다렸다. 구름이 나타났다가 햇빛이 비추자 도서관이 윤곽을 드러냈다.

문을 열고 신발을 벗고 위층으로 올라갔다. 입장 수속이 복잡할 때도 있고 간단할 때도 있다. 허공에 놓인 사다리를 따라 눈에 보이지 않는 손잡이를 잡고 환상 속 계단을 한 걸음씩 올라갔다. 3층까지 올라가 천장에 닿을 듯한 서가가 나란히 서 있는 자료실로 들어갔다. 상상 속 책들을 손끝으로 쓰다듬자 살갗을 타고 들어오는 마찰의 감촉이 그녀를 달뜨게 했다. 책 냄새, 눅눅한 공기, 사람들이 책장을 넘기는 소리, 아직 책등에 제목을 적지 못하고 허공에 떠다니는 책들. 무미건조하고 불행한 생활과 그녀의 소우주를 다 집어삼키고도 남을 만큼 광활한 책의 바다였다.

자료실 한쪽 면을 채운 서가에는 절묘한 비밀이 숨겨져 있었다. 아주 익숙하게 세 번째 서가의 열일곱 번째 책을 찾아 버튼을 누르듯 살짝 밀자 서가 전체가 문처럼 열렸다. 그 문을 열고 들어가 마트료시카 인형처럼 각기 다른 방식으로 세 개의 문을 통과하면 드디어 그녀의 방과 비슷한 크기의 공간이 나타났다. 경사진 천장, 하늘로 뚫린 천창, 싱글침대가 있고 창으로 비스듬히 들어온 햇빛이 백 년의 역사를 가진 듯 묵직한 책꽂이를 비추고 있었다. 그녀는 사뿐히 걸어 자기 자리로 갔다. 천창 아래 나무 책상이 있고, 1인용 팔걸이의자는 등받이가 부채꼴로 둥글게 구부러져 있었다. 나무 창살에 단순한 무늬가 조각되어 있고, 책상에는 밝기 조절이 가능한 초록색 스탠드가 놓여 있었다. 그녀는 의자에 앉아 보이지 않는 노트를 꺼내고 볼펜을 돌려 심을 꺼낸 뒤 빠른 속도로 글씨를 썼다. 모든 글씨는 쓰는 즉시 사라졌다.

비스듬한 창문 밖으로 멀리 있는 집들이 보였다. 도서관보다 낮은 목조건물이 동화 속 마을처럼 옹기종기 모여 있고 가로수는 모두 우산처럼 둥글었다. 시선을 더 멀리 옮기면 구름이 걸린 산이 보였다. 그녀는 볼펜을 움직여 사각사각 글을 썼다. 해변에 불어온 바람이 모래를 쓸어내듯 글씨는 쓰자마자 흔적도 없이 사라졌다. 그녀는 영원히 기억되도록 볼펜을 꾹꾹 눌러가며 조용히 글을 써서 대뇌피질과 해마에 글자를 새기거나 임시 기억보관소에 넣었다.

기억이 파도처럼 몽롱하게 밀려왔다. 아빠와 새엄마, 갓 태어난 아기는 도시의 다른 쪽 작은 집에서 동화처럼 살고 있었다. 아빠는 그들 모녀에게 집을 주고 매달 고액의 부양료도 지급하고 있었다. 엄마는 수시로 소송을 제기했다. 제일 처음에 했던 '간통 소송'부터 친권 소송, 부양비 인상 및 딸의 교육비 신청까지 매번 엄마는 새로운 방식과 수단으로 아빠를 괴롭혔다.

엄마는 아빠의 새 생활을 훼방하고, 한때 가정이 있었음을 증명하는 존재인 딸을 철저히 통제하느라 바빴으므로, 런룽룽은 자신의 성을 쌓는 데 열중했다. 각 관문을 통과하는 정밀한 암호를 만들어 의식과 기억을 단단히 봉인하고, 심지어 다른 언어로 번역하기도 했다. 혹독한 고문으로 자백을 강요당해도, 의식이 혼미하거나 누군가 그녀의 꿈속에 들어와 암호를 푼다 해도 그녀가 치밀하게 각색해놓은 기억의 책을 해독할 수 없도록.

수없이 재생해도 영원히 망가지지 않는 낡은 레코드판처럼 다섯 살 생일날이 떠올랐다. 아빠는 그녀를 위해 단지 내 정원에서 생일파티를 열었고 동네 엄마들이 아이를 데리고 왔다. 그때 그들 세 식구는 이 마천대루에 살고 있었다. 6층에 수영장, 연못, 버드나무가 늘어진 작은 다리가 있고, 세탁실과 당구장도 있었다. 그녀의 생일은 어린 이날이었다. 엄마는 흰색 바탕에 파란 물방울무늬 원피스를 입고 한쪽에서 케이크와 간식을 차리고 있었다. 엄마의 얼굴은 부드러웠고 아직 망상에 파묻히기 전이었다. 아빠는 아직 그녀와 엄마를 사랑하고 있었다. 그때는 세상이 온전했고 그녀는 평범한 아이였다.

친하게 지내는 이웃들이 중정 화원에 모이고 수영장 수면이 햇빛에 반짝였다. 아빠가 그녀에게 평영을 가르쳐주기 전이었다.

런룽룽은 자신이 일어나 그녀만의 서가로 다가가는 것을 보았다. 책등마다 암호처럼 알아보기 힘든 비뚤배뚤한 글씨로 그녀의 이름이 쓰여 있었다. 엄마는 공기처럼 어디에나 있지만 그곳은 안전했다. 그녀는 지금까지 살아온 삶을 압축해 도서관 속 밀실의 서가 한 단에 보관해놓았다. 책 사이로 비집고 들어온 햇살이 기억보관소를 비췄다. 엄마가 그녀를 부르는 것 같지만 눈을 뜨기가 아쉬웠다. 어떤 징조처럼 글자 몇 개가 떠오르자 그녀가 얼른 창을 닫고 현실로 돌아왔다.

그녀가 미소를 지으며 고개를 돌리자 엄마의 두 손이 어깨에 올려져 있었다.

엄마는 아무것도 보지 못했으므로 두렵지 않았다. 엄마의 진실한
모습은 엄마 자신조차 망가뜨릴 수 없도록 그녀가 잘 봉인해두었다.

12월

"환경보호국에 신고할 거예요!" 왕리핑^{王麗萍}이 옆집 세탁소 주인을 향해 앙칼지게 소리쳤다. "열기가 여기까지 다 들어온다고요! 냄새나 죽겠어!" 세탁소 기계 수십 대에서 뿜어져 나오는 더운 바람이 환풍구를 통해 밖으로 빠져나와 뜨거운 태풍처럼 문 앞에서 맴돌았다.

"이렇게 냄새가 지독한데 몸에 좋을 리가 없지." 왕리핑이 유리문을 닫았다. 10월이라 조금 선선했지만 문밖의 열기 때문에 에어컨을 켤 수밖에 없었다.

원래 그녀도 사납게 화를 내고 싶지 않았다. 좋게 얘기하면 들은 체도 안 하니까 맘먹고 세게 항의한 것이었다.

20년째 부동산 중개인으로 일해온 왕리핑은 지금은 마천대루 중정 정원의 몇 안 되는 점포에서 부동산 중개소를 운영하고 있다. 그녀가 처음 여기에 들어왔을 때는 옆집에 미용실이 있었지만 반년도 안 돼서 망하고 나간 뒤 2년이나 비어 있다가 세탁소가 들어왔다. 주민 공용 공간의 한가운데 세탁소가 세 개나 있었다. 한 곳은 개인이 운영하는 셀프빨래방이고, 한 곳은 주민 공용 코인세탁실인데 시설이 노후되고 관리가 부실한 탓에 저렴한 가격을 원하는 학생이나 '가난한 사람들'만 이용했다. 5년 전 그녀의 남자친구는 마천대루가 마음에 든다며 투자용으로 두 호실을 매수했다. 남자친구도 부동산 중개인이었다. 그녀는 이곳 세대수가 많으니 여기서 중개되는 물건만으로도 먹고살 수 있을 것 같아서 여기에 자리를 잡았다.

그녀는 17층 투룸에 살았고 유부남인 남자친구는 일주일에 두 번씩 와서 자고 갔다. 그녀의 나이는 마흔두 살, 그와 8년째 사귀고 있었다. 그들은 이미 이혼을 입에 올리지 않고 관계도 자주 하지 않았다. 애인이라기보다는 사업 파트너에 가까웠다. 가끔 시간이 나면 함께 공원을 산책하고 근처 식당에서 밥을 먹었고 섹스는 아주 드물게 했다. 얼마 후에는 남자가 다시 큰 회사에 들어가 신축 대단지 분양 일을 시작했다. 2년 동안 집값이 하늘 높은 줄 모르고 치솟았지만 그녀의 중개소는 더 나아지지도 더 나빠지지도 않았다. 여기 사무실을 차린 뒤에야 이곳에 중개소가 더 있다는 걸 알았다. 제일 크고 오래된 중개소 사장 린밍위는 그녀와 앙숙이었다. 린밍위의 중개소는 중정의 골프 연습장 옆 비교적 한적한 자리에 있어서 처음에는 임대료가 무척 저렴했다고 한다. 그런데 관리실을 이전하게 될 줄 누가 알았을까. 원래 그녀의 중개소에서 가깝던 관리실이 유휴 공간으로 이전하게 되면서 주민들이 관리비를 내러 올 때마다 린밍위의 중개소 앞을 지나가게 됐다. 그 때문에 마천대루의 거래 매물 중 70퍼센트를 린밍위가 갖고 있다. 나머지 20퍼센트 중 10퍼센트는 머리를 노랗게 물들인 아줌마가 가져갔다. 왕리펑은 그 여자를 보기만 해도 부아가 치밀었다. 부동산 중개인은 무슨, 딱 봐도 조폭과 연줄이 있는 것 같았다. 부부 모두 인상이 험악한 데다가 사무실이 14층에 있는데도 중개 매물이 나오자마자 가로채 가는 걸 보면 경비원에게 뇌물을 준

게 틀림없다.

점점 의욕을 잃은 왕리핑은 일주일에 사흘은 사무실 문을 닫았다. 그녀 생각엔 이게 전부 옆집 세탁소 탓이었다. 밖으로 뜨거운 유독가스를 내뿜는 데다가 빨래를 맡기러 오는 손님들로 어수선하고 시끄럽기 때문이다. 제일 시끄러운 건 세탁소 주인 노부부였다. 그 점포의 임대 거래를 해준 사람이 바로 왕리핑 자신인데 그렇게 막무가내인 사람들인 줄은 몰랐다. 남편은 매일 간이테이블과 의자를 통로에 내놓고 차를 마시며 해바라기씨를 까 먹고, 목청 큰 아내는 다른 점포를 돌아다니며 수다를 떨었다. 처음에는 참으려고 했지만 그들이 점포 뒤쪽에 있는 원룸을 구입하면서 그녀에게 중개를 맡기지 않은 것은 정말이지 참을 수가 없었다. 게다가 가게와 살림집 사이 통로에 항상 지저분하게 물건을 쌓아놓았다. 그 아내의 사촌매부가 마천대루 관리위원이라고 했다. 인맥이 있으면 만사형통인 세상에서는 정직한 사람이 손해를 본다.

세탁소가 원인이 아닐 수도 있다. 왜 그런지 몰라도 요즘 그녀는 일단 입으면 벗기 힘든 스키니진처럼 피로가 점점 쌓이기만 해서 오후가 되면 손가락 하나 까딱하기도 힘들었다. 작은 사무실에 우두커니 앉아 일조량 부족으로 색이 바랜 중정의 식물들을 바라보곤 했다. 그녀가 있는 쪽은 볕이 잘 들지 않지만 수영장에서 멀지 않았다. 여름에 수영장이 개장하면 그녀의 중개소 옆에 있는 공용 탈의실이 시끌벅적해졌다. 가지각색의 수영복을 입고 수영모를 쓴 아이들이 허리에 튜브를 끼고 뛰어다녔다. 시끌시끌한 수영장 위로 햇볕이 내리쬐었다. 햇빛에 반짝이며 튀어 오르는 물방울들을 보면 아무리 울적할 때도 저절로 미소가 나왔다.

설마 갱년기인가? 아직 마흔두 살밖에 안 됐는데.

아이를 갖고 싶었다. 조금 더 나이를 먹으면 정말 불가능하겠지만 남자친구는 이미 아내와 아이가 있었다. 8년이나 안정된 연애를 한 것도 기적이었고, 그는 오래전에 정관수술을 했다.

그래서 헤어지자고 말하고 싶었지만, 너무 외로웠다. 남자친구와도 헤어지면 그녀는 정말 혼자가 된다. 그녀에게는 동료도, 상사도 없고 지금은 손님마저 없었다.

할 일이 없는 날은 사무실을 닫고 온종일 피트니스센터에서 죽치고 있었다. 목요일마다 주민 커뮤니티센터에서 하는 요가반도 등록했다. 중정에서 아침마다 팔단금 수련을 하고, 저녁에는 피트니스를 하고, 밤에는 볼룸댄스를 배웠다. 커뮤니티센터에서는 자원봉사 강사를 초빙해 서예, 우쿨렐레, 뜨개질, 퀼트를 가르쳐주었고 심지어 불경을 독송하는 프로그램도 있었다. 그녀는 닥치는 대로 등록해서 시간을 보내며 외로움을 떨치려 했지만, 뭘 배워도 잠깐 흥미가 생겼다가 금세 시들해져 그만두었다. 취미 생활을 하기 위한 것도 있지만 친구를 사귀려는 목적도 있었다. 요즘 그녀는 자기가 우울증에 걸린 게 아닌지 의심스러웠다. 점점 움츠러들어서 남자친구와 손님들 외에는 만나는 사람도 거의 없었다. 예전에는 대학 동창 모임에 나가기도 했는데 지금은 각자 육아로 바쁘거나, 이민을 가거나, 사업상 중국에서 거의 생활하는 등 1년에 한 번 얼굴 보기도 쉽지 않았다. 그녀는 이런 변화가 이 마천대루로 이사 온 다음부터 시작됐다고 생각했다. 살기가 너무 편하기 때문이다. 뭐든 배달이 가능해서 장마철에는 일주일 동안 마천대루 밖으로 한 발짝도 나가지 않아도 살 수 있었다.

점점 활동성이 줄어들고 있음을 자각한 뒤 일부러 활력을 되찾으려고 노력했다. 혼자 타이베이로 올라와 12년 동안 열심히 살았지만, 결과적으로 누군가의 내연녀가 되었고 일에도 의욕을 잃고 몸도 예전 같지 않았다. '왕 반장'이라고 불렸던 예전의 모습은 온데간데없이 사라졌다. 서른다섯 이전에 그녀는 직장에서 누구보다 왕성하게 일하는 슈퍼우먼이었다. 혼자 힘으로 아파트를 사고 주식도 100만 위안 넘게 가지고 있었으나, 주가가 바닥을 치고 아파트값도 반토막 났을 때 팔아버렸다. 회사에서 유부남 동료와 사귄 사실이 들통나는 바람에 두 사람 다 회사를 떠나야 했기 때문이다. 그 후 여기에 와서 개업을 했으므로 마천대루가 그녀에게는 재기의 발판인 셈이었다.

지금은 생각해봤자 속만 쓰려서 생각하고 싶지도 않은 옛일이지만.

마천대루 전체를 통틀어 그녀의 유일한 친구, 아니 친구라고 부를 수 있는 유일한 사람이 1층 카페의 매니저 중메이바오였다. 커피를 마시러 갔다가 만난 것이 아니라 중정의 피트니스센터에서 알게 됐다. 그 무렵 그녀가 제일 열중하는 것은 실내자전거 타기였다. 시설이 후져서 인기가 없던 피트니스센터에 갑자기 누군가 실내자전거 두 대와 러닝머신 세 대를 기부했다. 아마 선거철이었을 것이다. 그 후에 다른 운동기구도 속속 채워지더니 무료로 가르쳐주는 트레이너도 생겼다. 그러자 사람들이 몰려들었고 그녀도 매일 운동을 하러 갔다. 중메이바오는 매주 월요일 오후 3시에 왔다. 사람이 적은 시간대여서 둘뿐인 날도 있었다. 먼저 인사를 건넨 사람은 중메이바오였다. 원래 붙임성이 좋은 성격인 것 같았다. 두 사람은 운동을 마친 뒤 요가 매트에서 스트레칭을 하며 자기가 알고 있는 스트레칭 동작을 서로 알려주었다. 땀 흘려 운동하고 나면 그녀는 시원한 걸 마시자며 가까이 있는 자기 사무실로 중메이바오를 데리고 갔다. 사무실 냉장고에 항상 녹차 음료가 가득 채워져 있는데 손님도 없으니 유통기한이 지나기 전에 마셔버려야 한다고 했다.

어떤 냄새를 맡았던 걸까? 아마도 직감일 것이다. 그녀는 젊고 아름답고 상냥한 그 여자가 왠지 누군가의 내연녀인 것 같다는 느낌이 있었다. 예쁜 외모 때문이 아니라 그녀에게서 자신과 비슷한 외로움의 냄새를 맡았기 때문이다. 자연스럽게 남자친구가 화제에 올랐다. 메이바오는 과학단지에 다니는 남자친구가 있다고 했지만 남자친구 얘기를 하는 말투가 아니라 눈속임을 위해 꾸며낸 가상의 인물을 얘기하는 것 같았다. 그녀 자신도 아무 남자나 끌어다가 남자친구랍시고 얘기한 적이 있었기 때문이다. 정말로 결혼 얘기가 나올 만큼 진지한 연애를 하고 있다면 그런 쓸쓸한 표정을 지을 리 없다. 그렇게 예쁜 여자도 감출 수 없는 외로움이라면 단지 독신에서 오는 외로움만은 아닐 것이며, 남에게 말할 수 없고 자신조차 해석할 수 없는 심정일 것이다. 가장 신나게 얘기해야 하는 화제에서도 쓸쓸함을 감출수 없지만, 또 한편으로는 '하지만 내겐 어쨌든 사랑하는 사람이 있고, 다만 그걸 남에게 말할 수 없을 뿐'이라는 자신감이 공존하는 감정일 것이다.

지레짐작일지 모르지만 왕리펑은 자신의 직감을 믿었고, 그래서 메이바오에게 자기 속사정을 털어놓았다. 활력을 되찾고 싶지만 무력하게 움츠러드는 생활과 자신의 사랑과 일에 대해. 하지만 중메이바오는 자기 속마음을 조금도 내비치지 않았다.

그러다가 메이바오가 피트니스센터에 운동을 하러 오지 않자 그녀가 카페로 찾아갔다. 중메이바오가 열지 않았던 마음의 문을 조만간 두드려 열 수 있을 것 같았지만, 피트니스센터에 발길을 끊은 뒤 메이바오가 그 문을 더 단단히 닫아걸었음을 느꼈다. 매일 웃는 얼굴로 인사하고 상냥하게 응대하며 맛있는 케이크를 만들지만 마치 광고 속 '달콤한 생활'을 연기하는 사람 같았다.

왕리핑은 중개소를 그만두고 그녀가 열심히 일했던 중부의 건설회사에 가서 분양 일을 하고 싶었다. 예전 사장님도 그녀가 언제든 다시 돌아와 일해주길 기다리고 있었다. 남자친구와의 연애도 마침표를 찍기로 했다. "누군가는 그만두자고 말해야 하잖아. 그동안 정말 고마웠어." 그녀의 말에 남자는 크게 한숨 돌린 듯했다. 어쩌면 또 다른 애인이 생겼을지도 모른다. 자신을 붙잡아 가두고 있는 이 빌딩을 막상 떠나려고 하니 조금 서운했다.

중메이바오의 죽음이 이곳을 떠나겠다는 그녀의 결심을 앞당겼지만, 그러고도 두세 달이 더 걸렸다.

마지막 이삿짐이 차에 실린 뒤 그녀의 일과 생활을 모두 함께한 애증의 마천대루를 돌아본 순간, 남아 있던 미련이 한꺼번에 사라졌다.

1월

　헬리콥터가 빌딩과 충돌하는 순간 큰 불길이 치솟았다. 두 빌딩을 연결하는 투명 육교의 유리천장이 부서지며 배기구로 파고든 불길이 빌딩 전체로 번졌다. 멀리서 보면 102층짜리 유리타워의 허리가 부러진 것 같았다.

　리진푸李錦福가 겁에 질린 얼굴로 벌떡 일어났다.

　한국 영화 속 고층 타워의 화재 장면이 너무 진짜 같아서, 마천대루에 살고 있는 리진푸는 가슴이 철렁 내려앉았다. 그는 싱크대로 달려가 신경안정제를 꺼내 입에 털어 넣고 물을 벌컥벌컥 들이켰다.

　너무 높은 곳에 살지 말았어야 했다.

　3층짜리 오래된 아파트를 딸과 사위에게 내어주지 말았어야 했다. 노후를 즐기겠다며 군만두 노점을 그만두고 13층으로 이사 오지도 말았어야 했다. 공중에 붕 뜬 채 사는 것 같아 한시도 마음이 편치 않았다. 정전이라도 된다면 다리도 성치 않은 그가 13층 계단을 어떻게 내려간단 말인가?

　하지만 딸이 엘리베이터가 있는 아파트로 이사하라고 그를 설득했던 이유도 그의 성치 않은 다리 때문이었다. 여기는 뭐든지 다 편리하다고 했다. 지하에 할인 매장도 있고, 경비원이 출입객을 관리하는 데다가 매주 가사도우미를 불러 청소도 할 수 있으며, 딸이 사는 집과도 5분 거리에 있으니 왕래하기도 편할 거라고 했다. "우리가 자주 보러 올게요"라던 딸의 말은 입에 발린 거짓말이었지만.

딸이 자라 결혼을 하더니 제 남편만 챙겼다. 빙금●을 보내기는커녕 변변한 결혼식도 없이 혼인신고만 하고, 웨딩 사진도 사진관에서 석 장 찍은 것이 전부였다. 옛날 그가 결혼할 때보다도 초라했다. 취직하고 5년 만에 작은 원룸을 사서 독립한 딸은 그때 대출받은 100만 위안을 다 갚지 못하고 있었다. 그런데 결혼하면서 사위는 당연하다는 듯 딸의 원룸으로 들어왔다. 요즘 사내놈들은 어떻게 저렇게 염치가 없는지. 집도 없이 장가를 든다니? 아이가 태어나자 딸은 아버지에게 집을 바꾸자고 졸랐다. 원룸에서 아기를 키우자니 밤에 아기가 울면 잠을 잘 수가 없고, 강아지까지 키우는데 아기와 강아지가 한 침대에서 자는 것도 좋지 않다는 이유를 댔다. 늙은 아버지는 아기든 강아지든 둘 중 하나는 자기 집에 데려다 놓으라고 했지만 그것도 해결 방법은 아니었다. 그렇게 반년이 흘렀다. 그가 넘어져 다리를 다치기는 했지만 걷지 못할 정도는 아니었고, 아내가 세상을 떠난 뒤 10년간 혼자서 밥도 하고 빨래도 하고 노점 장사도 했으므로 딸의 보살핌이 필요한 것도 아니었다. 그런데 아픈 다리 때문에 마음이 약해졌는지 시무룩한 딸의 얼굴이 자꾸 마음에 걸렸다. 딸이 발길을 끊을까 봐 두렵기도 하고, 무엇보다도 딸의 어릴 적과 똑같이 생긴 손녀의 얼굴이 눈에 밟혔다.

그래서 못 이기는 척, 살던 아파트를 딸 부부에게 내어주고 딸이

● 중화권 전통 관습에서 약혼할 때 신랑이 신붓집에 보내는 돈.

살던 원룸으로 이사했다.

기막힌 노릇이었다.

사람이 늙으면 기막힌 일을 겪는다지만, 늙은이가 혼자 이 빌딩에 산다는 건 아무리 생각해도 어이가 없었다.

발코니도 없는데 빨래를 어디서 말리지? 딸은 중정 세탁실에 성능 좋은 건조기가 있다고 했다. 일흔 살 먹도록 빨래를 햇빛보다 기계로 말리는 게 더 낫다는 얘기는 들어본 적이 없었다. 그뿐인가. 쓸데없이 경비원을 두고 방문객을 관리하는 이유는 뭐란 말인가? 난 생전 찾아오는 사람도 없는데 돈을 안 낼 수는 없을까?

여기로 이사 오고 나서는 사는 게 영 불편했다. 이웃에 누가 사는지도 모르고, 엘리베이터를 타고 오르내릴 때마다 귀가 먹먹한 데다가 창을 닫으면 완전히 밀폐되어 바깥 소리가 들리지 않으니 세상과 단절된 기분이었다. 스스로 갇혀 사는 격이 아닌가? 외출할 때 옷을 너무 춥게 입거나 너무 덥게 입거나 잘못 입기 일쑤였다. 로비 정문을 나가서야 비가 오고 있다는 걸 안 적도 많았다. 집에서는 조용히 있다가 밑으로 내려오면 빵빵거리며 지나가는 자동차 소음에 깜짝 놀라기도 하고, 혈압도 오르고 현기증이 나고 뒷덜미가 뻐근해서 한번 집에 올라오면 내려가기가 싫었다. 살기가 편하다고 하지만 사실상 유배 생활이나 마찬가지였다. 거실과 방으로 나눈 원룸에 수납 기능이 훌륭한 싱크대가 설치되어 있고, 다통 전기밥솥은 위 칸에서 생선이나 달걀을 조리하면서 동시에 아래 칸에서 밥을 할 수 있으니 가스레인지를 쓸 필요가 없었다. 게다가 딸이 인덕션인가 하는 것을 사놓아 불꽃이 보이지도 않는데 열이 나서 프라이팬에 달걀부침을 할 수도 있고 채소를 볶을 수도 있었다. 하지만 그는 어차피 소를 넣지 않은 찐빵에 장아찌, 두반장만으로 세끼를 때울 때가 많았다.

유일하게 마음에 드는 건 중정의 영화관람실에서 무료로 영화를 볼 수 있다는 점이었다. 공짜라면 뭐든 좋았다. 큰 명절마다 열리는 주민 행사 때 공짜로 맛있는 음식을 먹을 수도 있었다. 중추절에는 고기를 굽고, 원소절에는 등롱수수께끼 맞히기 놀이를 하고, 중원절에는 제사를 지내고, 크리스마스에는 파티가 열렸다. 공립병원까지 운행하는 셔틀버스가 매일 두 번씩 빌딩 앞을 지나가니 병원에 다니기도 편하고, 그가 좋아하는 산둥찐빵 배달차가 오는 월요일과 수요일에는 친구들을 만날 수 있어서 좋았다. 옛 전우와 권촌에 함께 살던 친구들이 찐빵을 배달하러 왔는데 오랜 습관대로 한꺼번에 열두 개씩 사서 냉동실에 가득 채워놓았다.

"복이 참 많으세요." 아만阿滿 아주머니는 그에게 이렇게 말했다. "이런 멋진 빌딩에 사시잖아요. 태풍이 오든 비가 오든 무섭지 않고 복도 청소를 해주는 사람도 따로 있고요." 폐지를 주우러 자주 오는 아만 아주머니는 이 빌딩에 사는 걸 부러워했다.

적응하면 괜찮아질 거라고 생각했다. 딸과 사위가 낡은 집을 깔끔하게 단장해서 살고 어린 손녀도 자기 방이 생긴 걸 보면 그도 기뻤다. 아버지로서 딸에게 물려준 것이 30년 된 낡은 집뿐인데 이 빌딩은 20년이 채 안 됐다. 여기서 몇 년 살다가 동부의 양로원에 내려가 유유자적하며 살아도 괜찮을 것 같으니, 참고 적응해보자고 자신을 달랬다.

그러던 어느 날 중정의 세탁실에 갔다가 정원에서 린아이자오林愛嬌를 만났다.

예순이 넘었으니 노년인 셈이지만 늙은 티가 나지 않았다. 아직도 중정에서 활기차게 팔단금을 수련하고 얼굴과 몸매도 아직 팽팽하고 예뻤다. 예전에 빌딩 뒤쪽 권촌에 살 때 그가 단골로 다니던 20년 된 물만둣집 여주인이었다. 아침에 태극권을 하러 공원에 나갔다가 만나곤 했는데 같은 고향 출신이라 나눌 얘깃거리가 많았다. 그녀에게는 불같은 성격의 후베이 출신 남편이 있었고 그에게도 아내가 있어서 가까워지고 싶어도 말을 꺼낼 수가 없었지만 매일 그녀를 보면 괜히 기분이 좋았다. 그러다 어느 날부터 갑자기 그녀가 공원에 나오지 않았는데 나중에 들으니 이사 갔다고 했다. 그런데 5년 만에 마천대루에서 그녀를 다시 만난 것이었다. 리진푸가 이사 온 지 한 달쯤 됐을 때였는데 그녀는 5년 사이에 더 예뻐진 것 같았다.

런아이자오는 A동 19층 7호에서 아들 며느리와 살고 있었다. 남편이 죽은 뒤 옛날 집을 팔고 여기 아파트를 사서 이사 왔다고 했다. 그녀는 이 마천대루에 불만이 하나도 없었다. 팔단금 수련 모임을 만들고 독서 모임도 만들고, 주말에는 근처에 있는 산에 등산도 다니며 즐겁게 살고 있었다. "남편이 떠나고 나서 인생이 바뀌었어요. 너무 자유로워요. 심심할 틈이 없다니까요!" 아이자오가 말했다. 다음 날부터 그도 아침마다 팔단금을 하고 오후에는 운동실에서 노인들에게 해주는 기공 치료를 받으러 갔다. 그중에 여자를 밝히는 몇몇 노인네가 아이자오에게 집적거리는 것 같았다. 지금 그는 아내가 없고 아이자오도 남편이 없는데 옛정은 남아 있었다.
어떻게 시작할까? 누가 먼저 시작할까? 이 나이에도 사랑을 할 수 있을까? 아직도 짝을 만나 상대를 행복하게 해줄 기회가 내게 있을까? 계속 망설이고 있는데 뜻밖에도 아이자오가 먼저 일요일에 함께 양밍산에 가자고 했다. 그 무렵 빌딩에서 살인 사건이 발생해 분위기

가 흉흉했는데 아이자오는 오히려 "살인 사건을 보고 결심했어요. 이
것저것 따지지 말고 하고 싶은 대로 하고 살기로요. 누가 알아요? 멀
쩡하게 있다가 집에 쳐들어온 사람에게 죽임을 당할지. 당장 내일 무
슨 일이 있을지 아무도 모르잖아요. 인생이 무상할수록 난 더 충실
하게 살 거예요." 그들은 식당에서 토종닭과 산나물을 먹으며 주변
사람들의 생과 사에 대해 솔직한 대화를 나누었다. 그가 고층 빌딩에
사는 게 불편하다고 하자 아이자오가 웃으며 말했다. "불편하고 말고
할 게 어딨어요? 편한 사람은 어딜 가서 살아도 편해요. 생각을 바꿔
보세요. 내가 발을 딛고 있는 데가 땅이고, 적응하면 거기가 바로 내
집인 거죠. 몇 층에 살든 무슨 상관이에요? 우린 피난 내려온 사람들
이잖아요. 한평생 죽을 고생을 하고 살다가 이제 이렇게 높은 빌딩에
서 야경을 볼 수 있고, 쓰레기를 버려주는 사람도 있고, 계단이며 복
도며 깨끗하게 청소해주잖아요. 호텔 같은 데 사는데 뭐가 걱정이에
요?" 그녀의 말에 리 선생은 속으로 조금 놀랐다.

　얼마 후 아이자오가 우라이의 온천 초대권 몇 장이 있다고 하자 리
선생도 그녀의 속뜻을 알아들었지만 덜컥 겁이 나고 부끄러웠다.

　수십 년 동안 가슴 깊이 가라앉아 있던 열정의 불씨가 되살아나더
니 금세 불길이 타올랐다. 영화 속 그 고층 빌딩의 불길처럼 위로 솟
구쳐 올라가 모든 걸 다 녹이기 전까지는 사그라지지 않을 것 같았
다. 중국에서 내려오던 피난길, 오래전 방문했던 중국의 고향, 아내
의 죽음, 자신의 외로움을 생각하자 만감이 교차했다. 돌이켜보면 모
진 인생이었다. 급작스럽게 닥친 엄청난 변화, 드라마나 영화에 나올
법한 곡절을 겪었지만, 중년을 넘기자 돌연한 고요가 찾아왔다. 어제
가 오늘 같고, 오늘이 어제 같은 생활의 연속이었다. 얼마 동안은 바
쁘게 일하며 무감각하게 살았지만 이 빌딩으로 이사 온 뒤에는 정말

감옥살이 같아서 아무 희망이 없었다. 이 집은 그에게 조금도 어울리지 않았다. 약한 고소공포증이 있는 그는 창밖을 볼 때마다 정신이 아뜩해지며 살날이 얼마 남지도 않았는데 온전히 땅을 딛고 살지도 못한다는 자괴감에 휩싸였다. 손바닥만 한 땅조차도 가질 수 없단 말인가? 아이자오는 어째서 저렇게 잘 사는 걸까? 어째서 같은 빌딩에 사는데도 그는 불편해서 견딜 수가 없고, 아이자오는 새 삶을 사는 것 같다고 하는 걸까? 이해할 수가 없었지만 깨끗한 옷으로 갈아입은 뒤 엘리베이터를 타고 로비로 내려갔다. 그런데 엘리베이터에 올라타는 순간 노쇠한 몸에 활력이 돌기 시작했다. 사실 그는 건강한 체질이었다. 무릎의 고질병도 크게 신경 쓸 정도는 아니었고, 다시 시작한 태극권 수련이 효과가 있는지 엘리베이터에서 내릴 때 처음으로 어지럽지 않고 오히려 속도가 빨라서 좋다고 생각했다. 프런트 경비원이 그를 보고 목례를 하자 미소를 지어 보였다. 바보 같은 미소를. 연애하고 있는 걸 들켰을 거라고 생각했다. 고목이 봄을 만난 듯 얼굴에 화색이 돌았을 것이다. 창피했지만 얼굴이 붉어지지 않았고 난처하지도 않았다. 보란 듯이 허리를 펴고 걸었다. 아이자오가 정문 앞에서 기다리고 있었다. 풍만한 몸매의 그녀가 가벼운 캐주얼 차림으로 정문 앞에 서 있다가 그를 보고 봄바람 같은 미소를 지었다.

좋아. 이 나이에 겁날 게 뭐 있어? 그를 기다리고 있는 건 죽음과, 아직 조금 남았을지 모를 희망일 것이다. 허튼 생각을 해도 괜찮다. 노인이니까. 드디어 뭔가 깨달은 것 같았다. 이 빌딩처럼 모든 변화를 수용하는 마음으로 살기로 결심했다.

처음에는 각자 따로 온천욕을 했고, 두 번째는 같이 들어갔다가 나와 옆에 있는 침대에서 사랑을 나눴다. 그는 청년처럼 흥분했다. 10년 넘게 쓰지 않았지만 아직은 쓸 만했다. 사실 그건 중요하지 않았다. 아이자오를 품에 안고 있는 것만으로도 인생이 다시 시작되는 기분이었다. 두 사람은 일본식 온천탕에 몸을 담근 채 옛날 집 얘기, 새로 이사 온 집 얘기, 고향 얘기, 타이베이 얘기를 나누었다. 무슨 얘기를 해도 자연스럽고 즐겁고 옛 생각이 새록새록 났다. 하지만 어떤 시절의 얘기를 해도 옛일이고, 그들의 인생은 이제 막 시작된 기분이 들었다. "내 집에 와서 같이 삽시다." 리진푸가 말하자 아이자오가 잠을 자려는 듯 그의 어깨에 머리를 기댔다. 그가 말했다. "좁긴 해도 밥해 먹고 사는 덴 지장이 없어요. 늙으면 큰 집은 필요가 없어요." 아이자오는 아무 말도 하지 않다가 그가 꼭 끌어안자 입을 열었다. "애들이 뭐라고 할지 모르겠어요." "뭐라고 하든, 이 나이에 우리 삶을 살아야지요." 리진푸는 용기가 차오르는 걸 느끼며 내일부터 수영과 조깅을 해야겠다고 마음먹었다. 원래 운동에 소질이 있었다. 아이자오가 고개를 끄덕이자 그는 거짓말로 꼬드겨 자신을 마천대루로 이사 오게 만든 딸에게 고마웠다. 이제 더는 바랄 게 없었다. 원하는 건 지금 자기 가슴에 기댄 이 여자뿐이었다. 따뜻하고 향기롭고 이해심도 많은 이 여자. 마천대루의 원룸에서 생의 마지막을 보내기로 마음먹었다. 이 여자가 곁에 있는 한, 이 빌딩에서 인생을 마무리할 것이다. 가만히 눈을 감자 고층 빌딩이 불타오르던 장면이 떠오르며 자기 몸속에서도 불길이 활활 타오르고 있음을 느꼈다.

2월

저것들을 죽이고 자살하는 것이 유일한 방법이다.

요즘 매일 이웃에게 항의를 받고 있다. 늙고 마비된 개 세 마리를 돌보고 있었다. 그녀 자신도 추간판탈출증으로 인한 요통에 밤마다 잠을 못 자고 뒤척이는데 병든 개들까지 우우 울어대는 통에 몇 번이나 일어나야 했다. 어떤 때는 커다란 바이바이가 듬뿍 싸놓은 똥오줌 때문에 다른 녀석들이 이구동성으로 하울링을 하면 이웃집에서 달려와 초인종을 눌렀다. 똥오줌, 눈물, 늙은 개의 몸무게, 그녀의 척추. 이 모든 게 무너지기 일보 직전이었다. 하루하루 아슬아슬한 고비를 넘기느라 리안화黎安華는 숨 돌릴 틈도 없었다.

열네 마리가 먹고 싸는 문제를 다 처리해놓고 보면 어느새 밤 11시, 12시, 다 뜯어진 소파에서 그나마 성한 구석에 몸을 옹송그린 채 어쩌다 이 지경까지 왔는지 곰곰이 생각하다가, 문득 왜 사람들이 한밤중에 연탄을 피우거나 수면제를 삼키고 자살하는지 알 것 같았다. 살고 싶지 않아서가 아니라 너무 지치고 힘들기 때문일 것이다.

가끔은 아무 차나 타고 남쪽으로 멀리 떠나고 싶은 충동이 들었다. 개 짖는 소리가 들리지 않고, 개 비린내가 나지 않는 곳으로. 숲속, 구름바다, 바위, 백사장, 밀림, 초원, 비옥한 땅, 이 한 몸 들어갈 작고 허름한 집 하나만 있으면 어디든 상관없었다. 그녀 나이도 벌써 예순다섯. 살날이 얼마 남지 않았다. 멀리멀리 떠나서 절대로 돌아오고 싶지 않았다. 사람의 발길이 닿지 않는 깊고 험한 산속으로 들어갈 수 있길 간절히 바랐지만, 또 자기 팔자를 생각하면 인적 하나 없는 세상의 끝에 가도 거기서 떠돌이 개를 만날 것 같았다.

아, 어디서부터 시작됐지? 오래전 어느 날 길에서 새끼 강아지를 보았다. 딸이 강아지가 불쌍하다며 집에 데리고 와서 화화라는 이름을 붙여주고 길렀는데, 그 개가 17년을 살다가 작년에 죽었다. 화화가 이 모든 일의 시작이었고, 다른 개들은 뒤따라 들어온 것이었다. 한 마리를 기르다가 두 마리가 있으면 서로 친구가 되어서 좋을 것 같았고, 두 마리를 기르면 울 일이 있다고 해서* 세 마리를 길렀더니 조금 나았지만 네 마리가 되니 또 울 일이 두 번 있을 것 같았다. 다섯 마리를 넘고 나서는 금기와 무관해졌다. 그 무렵 길에 돌아다니는 유기견이 많았는데 다리 하나가 없는 개, 앞을 못 보는 개, 사지 멀쩡하고 건강한 개 등등, 남들이 입양하지 않는 개는 전부 데려다 길렀다. 열 마리가 넘은 뒤에는 운명이려니 받아들이고 더 이상 데려오지 않으려고 했는데, 태풍이 몰아치는 날이나 폭우가 쏟아지는 날, 강추위가 닥친 날, 아니면 그녀의 마음이 제일 약해지는 석양 무렵에 어김없이 어느 길모퉁이에서 주인 잃은 개와 마주쳤다.

데려오기는 쉬워도 보내기는 어려웠다. 그녀가 기르는 개들은 모두 장애가 있거나 늙은 개들이었다. 어쩌다 건강한 개가 있어도 무늬가 이상하거나 몸은 검은데 발만 하얘서** 누가 입양해갈 거라는 기

● '입 구(口)' 자 두 개와 '개 견(犬)' 자가 합쳐지면 '울다'는 뜻의 '곡(哭)' 자가 된다는 이유로 개를 두 마리 또는 짝수로 기르는 것을 꺼리는 중화권의 관습이 있다.
●● 중화권에서는 몸은 검은데 발이 흰 동물을 불길하게 여긴다.

대도 하지 않았다. 게다가 몇 년 전에 한 마리를 입양 보냈다가 주인에게 악의적으로 버려진 일이 있은 뒤로는 아무도 주지 않고 직접 길렀다.

그때만 해도 그녀는 젊었다. 남편과 사별하고 오십 줄이 되어서 직장에서 퇴직했는데 돈도 어느 정도 있는 데다가 시간도 많았다. 그후 기르는 개는 점점 늘어나고 사람은 줄어들었다. 자식들이 장성해서 각자 결혼한 뒤로 집에 오지 않으니 아예 집 전체를 개집으로 만들어버렸다.

낮이고 밤이고 편히 쉴 수가 없었다. 잠귀가 밝은 그녀는 작은 소리에도 자주 깨고, 병든 세 녀석이 자다가 숨을 거둘까 봐 마음 놓고 잘 수도 없었다. 아이러니하게도 너무 버거워서 차라리 수면제를 갈아서 사료에 섞어 먹인 뒤 연탄을 피워 열네 마리 개와 동반 자살 할까 생각하다가도, 또 금세 뉴뉴의 심장, 바이바이의 관절, 반반의 오줌줄을 걱정했다. 요즘 반반은 오줌줄을 매달고 바닥에 오줌을 뚝뚝 흘리고 다닌다. 혹시 이름을 잘못 지어서일까?•

그러니까 결론은, 정말로 죽고 싶은 게 아니라, 도움이 필요하다는 얘기다.

밤새 잠을 못 자서 잠이 부족해도 일어나야 했다. 아침 7시 반부터 새로운 하루가 시작되기 때문이다. 산책, 산책, 산책, 병원, 병원, 병원. 개똥은 치워도 치워도 끝이 없고, 개밥은 끓여도 끓여도 끝이 없었으며, 이런 생활이 하루, 이틀, 사흘, 나흘, 계속됐다.

● '반반(斑斑)'은 중국어로 '얼룩덜룩한 모양', '눈물 자국이 점점이 남은 모양'을 의미한다.

리안화의 하루는 언제나 개들과의 산책으로 시작됐다. 예전에는 개들이 제일 즐거워하는 시간이었고, 그녀도 폴짝폴짝 뛰는 개들을 데리고 나가는 것이 좋았지만 지금은 그 시간이 괴롭기만 했다. 네다섯 마리를 데리고 엘리베이터에 타면 사람들이 슬금슬금 피하고, 같은 층에 사는 이웃들은 그녀를 원수 보듯 했다.

서글프지만, 아무래도 이사 가는 게 좋겠다고 생각했다.

그런데 집은 이미 팔았는데 2년 사이에 집값이 천정부지로 오를 줄 누가 알았을까. 집을 다시 사려니 가진 돈으로는 턱없이 모자랐다. 하는 수 없이 친한 언니 집에 얹혀살게 됐다. 원래는 각자 집이 있었지만 언니도 남편과 15년 전에 사별하고 딸도 출가를 했다. 언니의 가족들은 모두 캐나다로 이민을 갔는데 언니는 왜 가지 않는 걸까? 건강보험 때문이라고 했다. 고칠 곳을 다 고치면 캐나다에 가서 정착할 수도 있다고 했지만 그건 나중 일이었다.

C동 16층 7호. 풍수쟁이가 골라준 집이었다. 언니는 이 집이 돈복을 가져다주는 집이라서 이사 오고 10년도 안 돼서 집값이 두 배 넘게 오른 데다가 주식으로도 300만 위안 넘게 벌었다고 했다. 하지만 그 돈은 모조리 캐나다에 있는 딸에게 보냈다. 언니 딸이 씀씀이가 커서 1년 동안 200만 위안을 써버리는 바람에 사위가 속을 태우고 있다고 했다.

간신히 개들을 밖으로 데리고 나오면 길바닥에 오줌을 싸지 않게 단속해야 했다. 아무리 피곤해도 개 산책은 빼놓을 수 없는 일과였다. 하루에 여섯 번씩, 싫어도 나가야 했다. 항상 물통, 신문, 비닐봉지, 개 사료와 고양이 사료가 든 가방을 가지고 나갔다. 예전에는 공원에 가서 산책했지만 여기로 이사 오고 나서는 원래 가던 공원까지 가려면 거의 30분이 걸렸다. 하루에 일고여덟 번씩 산책해야 하니까 근처 학교 주위를 한 바퀴 도는 것으로 대신했다. 다만 길이 좁고 차가 많이 다니는 데다가 신호등도 여러 개 건너야 해서 조금 위험했다. 걷기 운동을 하러 나온 사람들은 많았지만 대부분은 개를 좋아하지 않았다. 그런데 같은 빌딩에 닥스훈트만 파는 애견숍 여자도 매일 아침 세 명이 장모치와와 여섯 마리를 안고, 끌고, 밀고 나오는 것이다. 엘리베이터에서 만난 사람들은 어른, 아이 할 것 없이 "아유, 귀여워라!" 하며 좋아했다. 그 치와와들은 밖에 나가서 택시를 타기도 전에 바닥에다 오줌을 갈기는데도 말이다.

3년 전 그녀의 노견 몇 마리가 동시에 신장병과 심장병이 발병하고 또 한 마리는 암에 걸렸다. 그해는 정말 운수가 나빠서 개들이 병에 걸리고 다치고, 딸은 결혼을 한다며 엄마에게 신혼집 계약금을 보태달라고 했다. 개들에게 들어가는 돈을 충당하려고 일시불로 받은 퇴직금을 반도 더 써버렸고, 노견의 병원 진료 때마다 3,000에서 5,000위안씩 들어가고 치료비도 1만 위안이 넘을 때가 많았다. 그렇게 1년이 되자 은행 잔고가 바닥났다.

하는 수 없이 20년 동안 살던 아파트를 팔고 작은 집으로 옮긴 뒤 남은 돈 중 절반은 딸에게 주고 절반은 개들을 부양하는 비용으로 쓰려고 했다. 그런데 방 하나에 거실, 주방과 발코니까지 있는 구조를 찾기가 힘들었다. 그렇다고 멀리 이사 가기는 싫었다. 개들도 이 동네에 익숙하고 공원이 가까워서 산책하기도 편했기 때문이다. 개를 데리고 공원에 산책하러 나오는 아주머니들이 그녀의 얼마 남지 않은 친구들이었다. 비록 그녀와 달리 한두 마리만 애지중지 기르는 사람들이기는 하지만. 바이바이는 덫에 걸려서 뒷발의 절반이 잘렸고 앞다리 무릎도 망가졌으며 지금은 눈도 보이지 않았다. 뒤뒤는 자동차에 치여 길가에 쓰러져 있는 것을 이웃이 발견해 그녀에게 알려주었는데, 대만대학병원에서 큰돈 들여 수술을 받고도 석 달밖에 못 산다더니 지금까지 살아 있는 게 기적이었다. 그 외에도 다리를 절뚝 이는 개, 눈이 보이지 않는 개, 뻐드렁니가 심한 개도 있었다. 그녀가 사랑하는 개들이지만 남들 눈에는 무서워 보이리라는 것을 알고 있 었다. 몇 년 전부터 늙은 개들이 하나둘씩 세상을 떠나고, 다른 개 들도 점점 나이가 들어가고 있었다. 더는 한 마리도 데려오지 않기 로 마음먹었다. 늙고 가난해졌으니 이 개들과 생의 마지막을 함께하 겠노라고 생각했다. 단, 이 빌딩에서는 살 수가 없었다. 언니의 집은 무척 깨끗했다. 입주할 때 사람을 불러 인테리어를 해서 32평 면적 에 앞뒤로 발코니를 만들고 마룻바닥을 깔았으며 채광이 좋고 조망 도 탁 트여 있었다. 정문 앞에 버스정류장이 있고, 걸어서 10분 거리 에 지하철역이 있으며, 재래시장, 대형 마트, 편의점 등 편의 시설이 다 갖춰져 있었다. 근처에 있는 소아과는 언제 가도 시장처럼 손님이 붐볐지만, 의사가 점잖고 친절해서 그녀도 거기서 심장약과 수면제를 지어다 먹었다. 그런데 어느 날 이 빌딩에서 마주친 그 의사가 개를 데리고 있는 그녀를 보자마자 손수건으로 코와 입을 막는 것이었다.

개들이 언니 집 마룻바닥을 망가뜨릴까 봐 불안해서 대소변은 밖 에서 해결하도록 훈련했는데 그 바람에 그녀가 더 피곤해졌다. 아무 리 오줌이 마려워도 집에서는 발코니에서조차 오줌을 누지 않으려는 개들이 있었기 때문이다. 그래서 태풍이 불든 비가 오든 산책을 나갔 고, 정 안 되면 정문 앞에라도 갔다 와야 했다. 우의를 입은 그녀가 비 를 쫄딱 맞은 개들을 데리고 다니면 사람들이 그녀를 정신 나간 사람 보듯 했다.

다행히 언니도 개를 좋아했다. 그녀만큼 정성을 쏟지는 않지만 개 들을 차에 태워 병원에 갈 때마다 언니의 도움을 받았다. 경제적으

414

로도 언니에게 적잖은 도움을 받았다. 친하게 지내는 사람들 중에 그녀가 이렇게 많은 개를 기르는 걸 빈정거리지 않는 사람은 언니가 유일했다. 원래 개를 사랑해서이기도 하지만 개들이 그녀에게 어떤 의미인지 알기 때문이었다. 남편과 사별한 그해에 그녀의 보살핌이 필요한 이 개들이 없었다면 그녀도 남편을 따라갔을지도 모른다. 그때는 네 마리뿐이었고 딸도 같이 살고 있었고 개들도 아직 젊었다. 그녀의 퇴근이 늦었던 어느 날, 발코니를 넘어 들어오려던 도둑이 큰 개가 미친 듯이 짖어대는 바람에 놀라서 도망친 일이 있었다. 그녀에게 개는 천사이자 은인이었고, 계속 살아가는 이유였다.

하지만 여기서는 더 살 수 없을 것 같았다. 여기 사람들이 그녀의 개들을 너무 싫어했기 때문이다.

엘리베이터에서 내려 로비로 나가면 매끄럽게 닦여 있는 바닥, 높은 천장에 매달린 크리스털 샹들리에, 똑같은 표정의 경비원들, 그 옆에 또각또각 하이힐 소리를 내며 다니는 여자들이 눈에 들어왔다. 그럴 때마다 여기는 자기가 있을 곳이 아닌 것 같았고, 사람들도 모두 그렇게 생각하고 있다고 느꼈다. 관리위원회 회계위원인 언니의 후광으로도 그녀에게 쏟아지는 경멸의 시선을 막을 수는 없었다. 비정상적인 행색의 그녀와 그녀의 개들은 이 넓고 밝은 로비에 어울리지 않는 불청객이었다.

하지만 더 깊은 마음속에서는 그녀 역시 이 모든 것이 싫었다. 남편과 어렵게 장만한 집을 팔아버린 것이 후회스러웠다. 집이 사라지자 그녀는 뿌리를 잃고 정처 없이 떠도는 신세가 되었다.

언니가 캐나다로 떠나자마자 그녀의 처지가 나락으로 떨어지고 매일 개를 데리고 산책하는 일이 악몽이 되었다. 이웃들의 항의가 쏟아지고 관리위원회에서 수차례 경고를 하더니 급기야 경찰까지 찾아와 못살게 굴었다. 현관문이 부서지고 개들이 전부 사라져버리는 악몽에 시달렸다.

매일 마비된 바이바이를 안고 로비에 내려가면 경비원이 친절하게 출입문을 열어주었다. 그녀는 정문 근처에서 바이바이를 내려놓지 못하고 허리가 끊어질 듯 아픈 몸을 끌고 억지로 더 걸어갔다. 그러면 카페 매니저가 나와서 그녀를 도와줬는데 개를 사랑하는 예쁜 여자였다. 조금 어린 짧은 머리 여자도 있었는데 남자 같은 생김새에 힘도 좋아서 바이바이의 다리를 들어 올려주었다. 그런데 두 사람이 얘기를 나누더니 바이바이에게 반려견용 휠체어를 사줄 돈을 모금하겠다며 정말로 카페에 모금함을 만들어놓았다.

그렇게 착한 여자가 어쩌다 살해를 당했을까? 메이바오가 없는 카페는 영혼을 잃은 듯 얼마 못 가서 영업을 중단했다. 셔터가 내려진 카페 앞을 지나며 또다시 자살을 떠올렸다. 죽어야 할 사람은 안 죽고, 죽지 말아야 할 사람이 죽었다. 그녀가 늙은 개들을 이끌고 다니는 것은 특별히 애정이 많아서가 아니라, 그 개들을 마주쳤기 때문이었다. 한때 천사였지만 이제는 자기 인생의 큰 짐이 된 생명들을 어떻게 말해야 할까. 그들을 차마 포기할 수가 없어서 하루하루 생명의 무거운 바위를 산 위로 밀어 올리고, 굴러떨어지면 또 밀어 올리기를 반복하고 있었다. 메이바오를 생각하니 울컥했지만 그녀는 이미 슬픔에 무덤덤해진 나이였다. 아니, 슬픔이 영혼을 짓눌러 무너질까 봐 두려웠다. 자신에게 의지하고 있는 열몇 개의 영혼을 위해 정신 차리고 이 끝없는 고난을 견뎌내야 했다. 생명 자체가 무거운 짐이라 해도, 아직 한 모금의 숨이 남아 있으므로 안락사가 더 나은 선택이라는 거짓말을 할 수가 없었다. 그녀의 개들 중에 죽음을 원하는 개는 한 마리도 없을 것이고, 그녀도 그들을 죽일 수 없었다. 이것이 그녀가 그들에게 배운 것이었다. 마비되어 쓰러지거나 대소변을 가릴 수 없어도 먹을 수 있고, 뼈가 앙상하게 드러난 몸에서도 온기를 느낄 수 있었다. 그녀가 "바이바이" 하고 부르면 바이바이가 일어나려고 안간힘을 쓰며 그녀의 손을 핥았다.

메이바오가 하늘에서 편히 쉬길 바라며 쓴웃음을 지었다. 신을 믿지 않지만 이 순간만큼은 신이 있길 바랐다. 신이 그 아름다운 여자를 지켜주길, 그녀가 있어야 할 곳으로 보내 더는 고통받지 않게 해주길.

3월

"어서 오세요." 그가 기계적으로 외쳤다. 불이 환하게 밝혀진 편의점은 한밤중에 가장 안전한 장소다. 이곳에서 강도를 만날 확률은 대낮에 길에서 강도를 만날 확률과 비슷하다. 야간 타임에 일하는 그는 바로 앞에 있는 마천대루의 작은 집에 엄마와 단둘이 살고 있다. 방 두 개짜리에 발코니도 공급면적에 포함되어 있었다. 40대 초반의 엄마는 길에서 흔히 볼 수 있는 젊은 사무직원처럼 보였다. 열아홉 살 아들이 있다는 사실을 아무도 믿지 못할 것이다.

한밤중 그가 "어서 오세요"를 외치며 일하고 있을 때 엄마는 그 작은 아파트의 욕실 딸린 방에서 손님들을 받고 있을 것이다. 엄마는 호스티스 출신으로 잠시 결혼 생활을 했을 때 그를 낳았다. 아빠가 다른 여자와 떠난 뒤 엄마는 친정에 아이를 데려다 놓고 사라졌다. 그가 외조부모의 손에 자라 시골 중학교를 졸업했을 때 엄마가 갑자기 나타나더니 그를 타이베이로 데려왔다. 엄마는 처음에는 눈치를 보며 몰래 남자를 집에 데리고 오더니 나중에는 거리낌 없이 손님을 들였다. "삼촌이라고 불러." 엄마는 이렇게 가족적인 분위기가 엄마의 영업 포인트인 것처럼 항상 처음 보는 사람을 그렇게 부르라고 했다.

남의 아내와 외도하는 상황극을 즐기는 사람들에게는 최고의 콘셉트일 것이다.

엄마는 그의 기분이 어떤지 알지 못했다. 아니, 엄마는 아무것도 알지 못했다. 그는 아빠의 유전자를 물려받았다는 잘생긴 얼굴에 편의점 점원의 간판인 친절한 미소를 걸고 익숙하면서도 낯선 엄마를 대했다. 익숙한 건 엄마가 너무 단순해서 파악하기 쉽기 때문이고, 낯선 건 어쨌든 엄마와 함께 살게 된 지 고작 3년째이기 때문이다.

늦은 밤부터 새벽까지 편의점에는 손님이 제법 있었다. 주로 단골이었는데 특히 이 빌딩에 많이 사는 유흥업소 여자들이었다. 새벽에 택시를 타고 집에 들어오다가 편의점 앞에서 내리면 문을 열고 들어와 커피를 마시면서 잠깐 얘기를 나누곤 했다. 그 시간이면 화장이 거의 번지고 오후에 미용실에서 찰랑찰랑하게 드라이한, 허리까지 오는 긴 머리도 부스스했다. 담배 냄새와 술 냄새를 진하게 풍기며 창백한 형광등 조명 아래 서 있는 모습이 무척 추레해 보였다.

늦은 밤에 종종 어묵을 사러 오는 젊은 연인도 있었는데 테이블에 한 시간쯤 앉아 있다가 갔다. 어묵은 별로 먹지도 않으면서 둘이 머리를 맞대고 속닥거리는 걸 보고 각자의 연인이 잠든 깊은 밤에 몰래 나와 데이트를 하는 것이 아닐까 짐작했다. 둘 사이에 누구도 들어갈 수 없는 투명한 결계가 있는 듯 위험하고 슬퍼 보였다. 모두 예쁘고 잘생긴 외모에 젊디젊은 그들이 사랑 때문에 그렇게 위험하고 슬프게 보이다니.

한동안 마음이 심란할 때 어느 호스티스의 집에 간 적이 있었다. 야간근무가 끝나고 근처 식당에 샤오빙*과 유탸오를 먹으러 갔다가

● 밀가루 반죽에 소를 넣어 납작하게 지져내는 전병의 일종.

한 여자를 만났다. 그녀가 편의점에 자주 오는 호스티스 샤오아이小愛인 줄 정말로 알아보지 못했다. 두 사람은 한 테이블에 앉아서 아침을 먹었다. 화장을 지운 샤오아이는 여느 젊은 여자들과 똑같았다. 끝이 갈라진 부스스한 머리에 펑퍼짐한 셔츠와 청바지를 입었는데 새하얀 얼굴에 곧게 뻗은 진한 눈썹 때문에 성격이 강해 보였다. "샤오치小七, 나 샤오아이야." 샤오아이가 먼저 말을 걸었다. 호스티스들은 대부분 자기가 누나라면서 그를 '샤오치'나 '샤오치 동생'으로 불렀다.

그날 아침 두 사람은 섹스를 했다. 그의 첫 경험이었다. 샤오아이는 지갑에서 2,000위안을 꺼내 주며 "운동화가 다 떨어졌네. 새 거 사"라고 했다. 울컥했지만 샤오아이를 침대에 휙 밀어 쓰러뜨리고 한 번 더 했다.

그 후로 그 연애가 시작됐다. 매일 아침 퇴근하면 식당에서 샤오아이를 기다리다가 함께 아침을 먹은 뒤, 그녀의 집에 가서 섹스를 하고 점심 무렵에야 함께 잠이 들었다. 샤오아이의 집도 그의 집과 같은 동에 있었다. 작은 복층 원룸인데 37층이라서 그의 집보다 조망은 더 좋았지만 공중에 떠 있는 듯한 비현실적인 기분이 들었다. 매트리스는 위층에 있고 하얀 페르시아고양이를 키웠다. 가구는 모두 옵션으로 딸려 있는 것이고 인테리어도 근사했다. 관리비를 포함한 월세가 1만 5,000위안이라고 하기에 비싼 것 같다고 하자 그녀가 심드렁하게 말했다. "스폰서가 내줘." 스폰서도 있는데 왜 유흥업소에서 일할까? 그런 생각이 들었지만 그녀에게 왜 그런 일을 하느냐고 묻지 않았다. 엄마에게도 물은 적이 없었다.

섹스가 끝나고 매트리스 옆 창가에 있는 망원경으로 창밖을 보았다. 샤오아이가 말했다. "저기 있는 토지공묘•가 기도발이 좋대. 나도

• 토지신을 모시는 사당.

저기서 기도하고 나서 스폰서를 만났어. 언제 기도하러 같이 갈래?"
그가 대답했다. "난 오토바이밖에 없는데." 그는 스폰서나 그녀의 직업을 화제에 올리기 싫었지만 샤오아이가 등 뒤에서 그의 어깨 너머로 팔을 뻗어 멀리 보이는 산을 가리킬 때의 자세가 좋았다. 진짜 연인 같은 기분이었기 때문이다. 비록 둘 중 누구도 사랑한다고 말한 적은 없지만.

"사랑해." 그가 낮은 소리로 중얼거리듯 말했다.

"그러면 나 정말 믿는다." 샤오아이가 그를 뒤에서 안았다. "사랑이 뭔지 모르지만 누가 날 사랑한다고 하면 믿게 돼."

샤오치가 쓴웃음을 지었다. 그건 내가 할 말이지. 두 사람은 대낮인데도 깜깜한 밤하늘을 바라보듯 말없이 햇살 가득한 창밖 풍경을 보았다. 가장 찬란한 정오였다. 샤오아이가 웃으며 말했다. "이럴 때는 섹스하는 거 아니래." "왜?" "머리에 피가 몰려서."

파란 하늘, 흰 구름, 숲, 사당, 오선지처럼 빽빽하게 가로지른 고압 전선. 그는 다른 생각을 할 수가 없었다. 샤오아이에게 말했다. "사랑해. 어젯밤에 출근하는데 엄마가 이렇게 말하더라. 너무 놀라서 뛰쳐나왔어."

"킥킥, 엄마가 세상에서 제일 무섭지!" 샤오아이가 히죽거렸다. "우리 머리에 피를 넣어볼까?"

4월

  오빠 때문에 엄마가 죽기 전에 오빠를 죽이고 싶었다. 진심으로. 그들이 세 들어 살고 있는 이 빌딩은 사람 잡는 곳이 분명하다. 아빠는 이미 이사 온 지 한 달 만에 사라졌다.

  그녀는 아빠가 그들을 버리고 도망쳤다는 엄마의 말도 믿지 않았고, 아빠가 다른 여자와 도망쳤다는 건 더더욱 믿을 수가 없었다. 그보다는 복도가 숲처럼 곳곳으로 뻗어 있고 야수의 벌어진 아가리 같은 문이 줄지어 있는, 이 거대한 미로 같은 빌딩이 사람을 잡아먹은 것이라고 믿었다. 아빠는 처음부터 이사를 반대했지만 집이 경매로 넘어가 어쩔 수가 없었다. 그렇더라도 이 근처의 다른 적당한 아파트를 구했어야 했다. 하지만 한사코 거부하던 엄마가 어디서 알았는지 이 작은 원룸을 구했다. 엄마는 월세가 싸다는 이유로 가족의 반대를 무릅쓰고, 있던 가구를 전부 팔아버리고는 파티션 대신 커튼을 걸어 구역을 나눈 뒤 세 식구를 데리고 이 원룸으로 이사 왔다.

  빌딩은 화려했지만 그들의 집은 초라했다. 아빠는 매일 택시를 몰다가 아예 차에서 자는 날이 더 많았고, 엄마는 날마다 계단 수십 층을 오르내리며 쓰레기를 주워다 팔았다. 그녀도 학교에 다녀오면 엄마를 도와야 했다. 경비원 아저씨가 낮에는 주우러 다니지 말라고 하자 엄마는 한밤중에 자고 있는 그녀를 깨워 데리고 나가서 몽유병 환자처럼 깜깜한 계단실을 돌아다녔다. 그렇게 많은 맥주캔과 페트병이 다 어디서 나왔는지 몰라도 첫 달에 맥주캔과 페트병을 팔아서 2만 위안 가까이 벌었다. 엄마는 낮에 길에서 전단지 돌리는 일도 했는데 예전에 살던 동네보다 낫다고 했다. "이렇게 더러운 쓰레기장은 처음 봐. 여기 사람들은 더럽고 게으른가 봐. 그 덕분에 우리가 돈을 벌지만."

그녀는 오빠가 미웠다. 엄마가 오빠에게는 한 번도 도와달라고 하지 않았기 때문이다.

오빠는 대학 졸업 후 군대에 갈 때만 해도 멀쩡했는데 전역하고 나서 성격이 이상해졌다. 직장을 두세 군데 옮겨 다니며 번번이 사장과 싸우고 그만두더니 아예 집에 틀어박혀 지냈다.

아빠와 연락이 두절된 후 엄마는 오빠에게 아빠의 택시를 몰아보라고 했지만 첫날 사고를 냈다. 하필이면 벤츠를 들이받는 바람에 십수만 위안을 물어주느라 택시를 팔 수밖에 없었다.

엄마는 오빠가 정신병에 걸린 거라면서 국가에 배상을 요구해야 한다고 했다. 오빠가 군대에서 학대를 당했느냐고 그녀가 물었더니, 엄마는 우물쭈물하다가 "차라리 그게 낫지!" 하고 말했다. "빌어먹을 쿠데타* 때문이잖아." 쿠데타가 뭐냐고 묻는 그녀에게 엄마가 말했다. "그년이 딴 놈한테 갔다고."

그녀는 다른 주민들과 마주치기 싫어서 다른 공용 시설은 이용하

---

* 군복무 중 여자친구의 변심을 뜻하는 대만의 은어. 우리말의 '고무신을 거꾸로 신다'와 비슷하다.

지 않았다. 쓰레기를 주우러 다니며 남의 비밀을 알게 된 것 같았기 때문이다. 엄마는 페트병을 줍다가 가끔 현금이나 입출금카드, 통장 같은 것을 줍기도 했다. 입출금카드로 돈을 인출해보려고 했지만 비밀번호를 몇 번 틀리면 기계가 카드를 먹어버렸다. 그녀는 도둑질을 한 것 같은 죄책감이 들었다. 엄마는 가끔 유통기한이 지나지 않았다면서 포장도 뜯지 않은 음식을 집에 가지고 왔다. 건강기능식품, 헌 옷이 널려 있었고 심지어 계단실에서 페르시아고양이를 본 적도 있었다. 엄마가 데려다가 반려동물숍에 팔려고 하다가 계단실에 도로 데려다 놓았다. 그녀는 어떤 여자가 감격의 상봉 후 고양이를 안고 집으로 돌아가는 것을 보았다.

매일 밤 쓰레기를 주우러 다니다 보면 정말로 본의 아니게 많은 비밀을 알게 된다. 원룸이 있는 동은 밤에도 소란스러웠다. 술에 잔뜩 취해 아무거나 가져다 버리는 사람들도 있는데 제일 황당했던 건 냉장고를 주운 일이었다. 멀쩡한 냉장고였던 데다가 냉동실에 1만 위안이 들어 있었다.

엄마는 부지런히 쓰레기를 주우러 다니고 오빠는 기를 쓰고 망가뜨려 그들 집은 항상 불난 집처럼 아수라장이었다. 엄마는 매일 오빠에게 300위안씩 주며 피시방에 가라고 했다. 그들 집에는 케이블방송도 나오지 않고 인터넷도 되지 않았지만 텔레비전은 세 대나 있었다. 옆집에서 이상한 냄새가 난다며 민원을 넣는 바람에 관리위원회 사람이 나와서 경고를 했다. 그러자 엄마는 우리가 월세도 관리비도 꼬박꼬박 내는데 고작 냄새 좀 난다고 문제가 된다면 우리도 옆집이 시끄럽다고 항의하겠다고 싸웠다.

얼마 후 엄마는 옆집 문에 이런 익명의 쪽지를 붙였다. '난 당신의 비밀을 알고 있다.' 며칠 전 엄마가 쓰레기 더미에서 그들이 주고받은 편지를 주웠기 때문이다. 편지를 펼쳐본 엄마가 히죽거리며 말했다.
"알고 보니 세컨드였구만."

악취 사건은 그렇게 무마되었고, 두 달 뒤 옆집 사람이 바뀌었다.

3년 동안 그들은 매월 9,000위안씩 월세를 내고 쓰레기를 주워 생활비를 충당했다. 그녀는 중학교를 졸업하고 미용실 보조로 취직해 손님들의 머리를 감겼다. 엄마는 미용학교에 보내주겠다고 했지만 그녀는 아무래도 상관없었다. 오빠는 오토바이를 타다가 또 사고를 내서 머리를 다치더니 정신병이 나았는지 시즈 과학기술단지에서 일하며 기숙사에서 살고 있다.

지금은 이 빌딩의 쓰레기 수거를 담당하는 사람이 따로 있지만 엄마는 이 빌딩을 떠날 수 없었다. "남의 생업을 가로챘어!"라고 화를 내면서도 여기서 사는 게 나쁘지 않다고 생각하는 것 같았다. 그녀는 엄마가 은밀하고 자극적인 이곳의 생활을 좋아하게 된 것이라고 추측했다. 어쩌면 엄마가 이 빌딩의 환경미화원과 바람이 났을 수도 있지만 그녀도 이제 많은 것을 포용할 수 있는 나이가 됐다.

한때 이 빌딩을 떠나고 싶었던 적도 있지만 아빠를 잃은 이곳을 떠날 수가 없었다.

5월

공급면적 16평, 층고 4.2미터, 위층은 침실이고 아래층은 작은 싱크대와 냉장고, 큰 창문이 있는 원룸 형태였다. 거실 창밖으로 멀리 산이 보이고 그 아래로 타이베이의 야경이 내려다보였다. 제야의 밤에는 타이베이101 타워에서 쏘아 올리는 불꽃도 감상할 수 있다. 이곳은 나나娜娜와 샤오둥小東이 함께 본 열 번째 집으로 그들이 감당할 수 있는 가격이었다. 신혼부부인 두 사람은 결혼하기 전부터 집을 구하러 다녔지만 결혼식을 치른 지 반년이 지나서야 어느 정도 선택지를 좁혔다.

부동산 중개인은 이렇게 타이베이 시내를 바라보면서 신뎬도 조망할 수 있는 구조는 흔치 않은 데다가 위층도 튼튼하며 깔끔하고 아래층 방도 널찍하다면서 좋은 물건이라고 했다. 중개인은 대략 마흔 정도 된 듯한 여자인데 오늘 그들에게 집 네 채를 보여주었다. 샤오둥은 복층 원룸이 아니라 방 두 개에 거실이 있는 25평짜리를 원했지만 그들의 예산으로는 턱없이 부족했다. 나나는 차선을 선택했다. 사춘기 때 이런 복층집을 처음 본 뒤로 이런 집에 살아보고 싶은 로망이 있었다. 샤오둥은 위층의 층고가 2미터밖에 되지 않아 답답하다고 했지만, 중개인은 "이 집 구조가 너무 좋아요"라고 다시 한번 강조했다. 나나도 중개인의 말에 동의했다. 그녀 자신이 6년이나 이 빌딩의 원룸에 세 들어 살고 있는 오랜 주민이었기 때문이다. 그래서 여러 곳의 집을 보고도 또다시 여기로 돌아온 것이었다.

그녀는 결혼 후 생활을 떠올렸다. 작은 원룸에서 조용히 혼자 살 때와 달리, 샤오둥이 컴퓨터게임을 할 때마다 시끄러워서 잠을 잘 수가 없었다. 싱크대가 창문과 가까워서 불법이지만 주방 후드를 설치할 수 있을 것 같고, 그러면 요리도 마음대로 할 수 있을 것이다. 거실에 소파와 테이블 외에 4인용 식탁도 놓을 수 있었다. 그녀는 어떻게 하면 이 공간을 효율적으로 배치할 수 있을지 머릿속으로 궁리했다. 아마 이케아와 무인양품을 여러 번 오가며 발품을 팔아야 할 것이다. 거실 조망, 공간 모두 완벽하게 아름다웠다. 작지만 세련된 감성이 있었다. 파티션과 가구는 모두 흰색과 질감이 좋은 회갈색 무늬목으로 되어 있고, 위층으로 올라가는 작은 계단의 동선도 효율적이었다. 그녀는 이 집을 처음 매수한 여자가 인테리어 서적을 뒤적이며 인테리어 디자이너와 상의하고, 클래식 가구를 하나하나 직접 골라 구매하는 모습을 상상할 수 있었다. 이런 안목을 가진 여자라면 틀림없이 결혼을 아주 잘했을 것이다. 그녀를 만나보고 싶다는 생각마저 들었다. 지금까지 보았던, 낡은 합판으로 아무렇게나 구역을 나누어놓은 집들과는 달랐다. 그런 집들은 이 빌딩을 처음 지을 때 통일적으로 설계된 구조인데 정말 흉물스럽다고밖에는 표현할 수가 없었다.

"집주인이 실거주하려고 신경 써서 인테리어를 했는데 2년 살고 결혼해서 네이후로 이사 갔어요. 그다음에 살던 세입자도 1년 만에 집을 샀고요. 보세요. 얼마나 풍수가 좋은지. 양쪽으로 조망이 훤히 트였잖아요. 환기도 잘되고 조용하고, 엘리베이터도 가까워요. 양쪽 집은 모두 집주인이 실거주하는 대형 평수라서 안전하고 쾌적해요."

사기로 거의 마음을 정했다. 호가는 657만 위안이지만 640만 위안까지 깎을 수 있을 것 같았다. 집값의 4퍼센트인 계약금 중 100만 위안은 샤오둥의 부모님이 주기로 했고, 두 사람이 각자 가지고 있는 펀드를 팔면 나머지는 신용카드 대출로 충당할 수 있었다. 새로 인테리어를 할 필요도 없고 가구도 전부 갖춰져 있고 위층에 수납공간도 있었다. 집주인 여자의 세심한 성격을 보여주듯 옷장, 신발장, 잡동사니 수납장까지 잘 마련되어 있었다. 아래층은 샤오둥의 작업실로 쓰면 딱 좋을 것 같았다.

"발코니가 없어서 아쉬워." 샤오둥이 말했다. 그는 반려견을 키우고 화분도 놓고 싶어 했다. "집이 아닌 것 같은 이런 집은 싫어."

저런 말도 안 되는 논리를 가져다 붙이다니. 역시 시골 사람은 어쩔 수가 없다고, 나나는 생각했다.

6월

가끔 창을 열면 아리^{阿力}가 창가 서랍장 옆에서 뛰어내리겠다고 했던 일이 떠올라 소름이 돋았다. 그녀보다 다섯 살 어린 아리는 잘생기고 귀여웠지만 조울증과 열등감이 뼛속까지 박혀, 그녀로서는 도저히 이해할 수 없는 정신적인 문제를 갖고 있었다.

헤어지길 잘했어.

하지만 그녀는 이 상처뿐인 곳을 아직 떠나지 못하고 있었다.

아이미^{愛咪}는 타이중의 다자에서 올라온 젊은 여성이었다. 문과대학을 졸업하고 교사임용고시에 떨어진 뒤 대학원에 진학할지 공무원 시험을 볼지 고민했지만, 사실 그녀가 정말 원하는 건 요리사였다. 대학을 졸업할 무렵 보았던 영화가 발단이었다. 그때부터 블로그를 보며 줄리아 차일드*의 요리를 매일 연습했다. 그녀의 우상은 미국의 유명한 셰프 앤서니 보데인이었고, 전통 프랑스 요리를 배우고 싶었다. 대학 시절 열심히 아르바이트를 해서 모은 돈이 조금 있었다. 졸업 후 우선 파스타 레스토랑에서 아르바이트를 하며 돈이 모이면 여

● 1960~1970년대에 미국에 프랑스 요리를 대중화시킨 요리 연구가.

러 식당에 가서 음식을 먹어보고, 요리책과 조리 도구를 샀다. 꾸준한 노력으로 프랑스 음식 한 가지를 끝내주게 만들 수 있었고 파스타도 그런대로 잘 만들었다. 그런데 어느 날 아침 눈을 뜬 그녀는 고향에 내려가기로 결정했다.

아버지가 아는 사람을 통해 진공소*에 계약직으로 들어갔다.

진공소에서 일하는 동안 유년기의 기억이 새록새록 되살아났다. 일을 하면서 만나는 사람들 대부분이 오래전에 알던 사람들이었다. 초등학교 동창, 선생님, 이웃 등등. 그녀는 타이중에 있는 고등학교에 진학해 대학도 타이중에서 다녔다. 8~9년 동안 대도시에서 살다가 다시 시골로 내려가니 1년도 안 돼서 숨이 막혔다. 이웃들이 자꾸 중매를 하겠다고 나서는 바람에 맞선을 두 번 보고는 도망치기로 결심했다.

멀리 도망칠수록 좋아.

그렇게 해서 타이베이로 올라왔다.

하지만 타이베이는 낯선 곳이었고 타이베이 생활에 스며들 수 없었다. 예전에 가끔 친구와 타이베이에 와서 콘서트도 보고 맛집도 갔었지만 늘 이방인의 감정이었다. 타이중에서 살 때가 편하고 좋았다. 대학교 3학년 때 아버지가 자동차를 사주었고, 친구 둘과 큰 아파트를 얻어 살았는데 월세가 8,000위안밖에 하지 않았다. 그녀는 먹는 것을 즐겼고, 예전 룸메이트 아멍阿孟도 미식가였다. 그는 맥도날드 아르바이트생으로 시작해 매니저로 일하고 있었다. 또 다른 룸메이트 다웨이大衛도 프랜차이즈 스테이크 레스토랑에서 3년째 매니저로 일

* 진의 행정을 담당하는 기관.

하고 있었다. 같이 살 때 그들은 나중에 셋이서 같이 식당을 차리자고 말하곤 했다. 그때는 땅값이 이렇게 폭등하기 전이었고, 몇 사람이 돈을 합치면 200만 위안은 쉽게 모을 수 있었다. 불과 5년 만에 상황이 급변했다. 그녀가 먹고 마시고 요리책을 보는 동안 시간이 이렇게 흘러버린 것이다. 정신을 차려보니 타이중은 이미 퓨전 음식점, 이국적인 식당, 개성 있는 카페가 즐비한 도시로 변해 있었고, 아밍과 다웨이는 연애를 시작했다. 셋이 어울리다가 둘이 사랑에 빠지는 진부한 스토리가 그녀를 절망에 빠뜨렸다. 그녀는 두 사람을 조금씩 사랑했지만, 둘 다 게이라는 사실을 그제야 깨달았다.

하지만 사랑으로 인한 슬픔은 표면적인 이유일 뿐, 근본적인 이유는 머저리 같은 자신에게 있다는 생각이 들었다. 이것도 저것도 조금씩만 할 줄 알았다. 정말 독하게 마음먹고 르코르동블루에 가서 아직 기회가 있을지 도전해보고 싶었지만 통장 잔고는 바닥 나 있었다. 대학교 조리과에 입학해볼까 생각했지만 스물여섯 살은 너무 늦은 나이인 것 같아 망설였다. 그녀는 결국 아무것도 하지 못하고 짐을 싸서 고향으로 돌아갔다.
우여곡절을 겪은 뒤 다시 타이베이행 고속버스에 몸을 실었을 때 그녀의 나이 스물여덟이었다.
우선 광고회사에서 일하고 있는 친구 샤오펑小鳳의 집에서 얹혀살았다. 샤오펑은 길거리 캐스팅을 수없이 받을 만큼 얼굴도 몸매도 죽여주는 남자였지만, 내면은 레스토랑 셰프인 남자친구에게 일편단심인 순정파였다. 그녀는 문득 자신과 친한 친구들이 모두 게이라는 사실을 깨달았다. 설마 그것 때문에 연애가 순조롭지 못한 걸까? 그녀는 잘생기고 얌전한 남자만 좋아했고, 옷을 잘 입고 피부가 깨끗하고

몸에서 좋은 향기가 나는 남자에게 익숙했다. 그런 남자가 이성애자
라면 십중팔구는 제비일 것이다.

　나 같은 여자를 뭐라고 부를까? 썩은 여자?● 아니, 그녀는 BL만화
가 무엇인지 잘 모른다. 공교롭게도 그녀가 좋아하는 남자가 모두 게
이인 것뿐이다.
　아마도 그녀는 지극히 평범한 여자일 것이다. 빛을 받아야만 자기
빛을 반사해낼 수 있는 그런 여자.

●　보이즈 러브(BL) 장르를 좋아하는 여자를 뜻하는 말로 중국어로 '푸뉘(腐女)', 즉 썩은
　여자라고 한다.

7월

2박 3일의 홍콩 출장. 업무 외에 따로 간 곳은 두 곳뿐이었다. 그중 구룡채성공원은 세 번이나 갔다. 근처 차찬텡*에서 저녁을 먹고, 필요한 물건이 있을 때도 여기서 싼값에 살 수 있었다. 홍콩에 그렇게 많이 왔지만 이곳에 보물이 있다는 걸 이번에야 알았다. 그가 보고 싶었던 것은 바로 '구룡채성** 옛터'였다.

옛터라고는 하지만 그 자리에 공원이 들어서 있고, 한 귀퉁이에 구룡채성 석벽의 일부만 보존되어 있었다. 그 옆에 구룡채성의 전체 모형과 함께 이곳의 역사를 설명하는 비문이 있었다. 그는 구룡채성의 모형 앞에 서서 오랜 옛날 이곳에 있었을 건물과 그곳에 살았을 주민들을 상상했다. 이 역사를 발견한 뒤 닥치는 대로 자료를 찾고 수집했다. 인터넷에 있는 사진과 유튜브 영상을 검색하고 일본인 사진작가가 촬영한 사진집을 샀다. 오래전 이곳에서 있었던 이야기에 완전히 매료됐다.

여기 말고 또 한 곳은 청킹맨션이었다. 미국인 학자 마이크가 청킹

● 차를 곁들여 간단한 식사를 할 수 있는 홍콩의 보편적인 식당.

●● 과거 홍콩 구룡반도에 있었던 거대한 미로 같은 슬럼가. 영국령 홍콩 내 중국의 관할지였지만 사실상 영국과 중국 어느 쪽의 주권도 미치지 못한 치외법권의 무법 지대로 빈민굴이자 범죄의 온상이었다가 1993년에 철거됐다.

맨션에 있는 카레라이스 식당에 그를 데리고 갔다. 홍콩대학교 교수인 마이크는 매주 청킹맨션을 구경하러 가기 때문에 그곳 상인들과도 잘 알고 있었다. 마이크가 그에게 보여준 청킹맨션은 영화 〈중경삼림〉에서 보았던 것과 분위기가 사뭇 달랐다. 카레라이스는 맛있었다. 난민, 손목시계를 파는 아프리카인, 미로 같은 구조, 각국에서 온 이민자(또는 불법체류자)의 이야기에 이끌려 그곳도 세 번 연달아 갔다.

아마 그의 독특한 취향 때문일 것이다. 건축을 전공했지만 건축 사무소에 취업하지 않고 계약직으로 일하며 각지에 있는 폐허를 구경하러 다녔다. 콤팩트카메라 하나를 들고 오토바이를 타고 다니며 철거를 앞둔 건물, 방치된 건물, 공사가 중단된 채 버려진 미완공 건물 등등 버려진 건물을 찾아다녔다. 하지만 그중에서 가장 환상적인 건물은 역시 눈으로 직접 본 적 없는 구룡채성이었다.

사진집에서 본 그곳은, 어지럽게 뒤엉킨 전선, 낮은 천장, 얼기설기 이어 붙인 벽, 크기는 다르지만 마치 방 한 칸에서 또 다른 방이 자라난 듯 닭장 같은 집들이 다닥다닥 붙어 있었다. 동과 동 사이는 거리가 너무 좁아 영원히 빛이 들지 않고, 계단은 어디로 통하는지 알 수 없으며, 모든 집은 상상을 초월할 만큼 좁았다. 하지만 그곳에서 온갖 것을 사고팔고, 각양각색의 사람들이 살았다. 거대한 건물은 매일 무수한 인구를 토해냈다. 청킹맨션처럼 하나의 왕국 같은 독특한 분위기와 룰을 가졌었는지는 모르지만, 아마 그랬더라도 잊힌 나라였을 것이다.

수년 전 그는 타이베이 바오쨩옌*에 사는 한 노인에게 정기적으로 음식을 가져다준 적이 있었다. 그때 그곳은 긴 싸움 끝에 정부로부터 보존 약속을 받아낸 뒤 다양한 사회운동가와 예술가들이 찾아와 자리를 잡고 있었다. 그곳도 미로 도시 같은 곳이었다. 그가 건축 사무소에 다니고 있을 때였는데 매일 집에서 오토바이를 타고 출발해 시내로 갈 때마다 언덕을 따라 지어진 작은 집들이 보였고, 퇴근해서 돌아올 때도 백미러를 통해 드문드문 켜진 불빛을 볼 수 있었다.

노인의 집은 언덕 꼭대기에 있었다. 안내해주는 사람이 없으면 찾을 수 없는 좁은 길을 따라 꼬불꼬불 올라갔다. 심지어 다른 사람의 집을 통과하기도 했다. '가스통은 어떻게 배달하지?' 하는 생각이 그의 머리를 스쳤다. 계단도 높고 가파른 데다가 한 사람이 겨우 지나갈 만큼 좁았다. 냉장고는 또 어떻게 옮길까? 하지만 그는 차마 묻지 못했다.

노인은 여든 살이었고, 길에서 주워 온 쓰레기가 집 안 가득 쌓여 있었다. 제일 눈에 띄는 건 만국기와 선거용 깃발, 10만 부는 될 듯한 신문지가 가지런히 정리되어 있는 점이었다. 신문은 언론사별, 연도별, 날짜별로 분류되어 있었다. 노인이 교통사고로 다리가 부러져 산을 내려가기 힘들게 되자, 그의 친구가 노인에게 저녁밥을 가져다주는 일을 그에게 부탁했다.

그 외에 난지창 국민주택, 수이위안 시장 국민주택도 도시에서 그리 멀지 않음에도 불구하고 도시와 완전히 다른, 자기만의 독특함을 가진 곳이었다. 그곳에 가면 40년 전에 시간이 멈춘 듯했다.

무릉도원이라고 할까? 적절한 비유는 아닐 것이다. 처음 그를 따라 바오쨩옌의 노인 집에 갔던 친구는 빈민굴을 보는 듯한 표정이었다.

그는 대체 왜 이런 곳에 흥미를 느끼는 걸까?

● 1960~1970년대 중국 대륙에서 이주한 군인들이 무허가 집을 짓고 살며 자연스럽게 형성된 마을. 현재는 국제 예술촌으로 활용되고 있다.

군이 심리 분석을 해볼 생각은 없지만 그의 아버지가 짓던 건물이 완공되지 못한 일과 관련이 있을 것이다. 동남아에서 공장을 운영하며 돈을 벌어 고향에 돌아온 아버지는 초호화 별장을 짓겠다고 선언했다. 시골 마을에 도무지 어울리지 않는 일이었지만 아버지는 막무가내였다. 그때 가족들은 아버지에게 무슨 문제가 생겼음을 눈치챘어야 했다. 사실 아버지는 필리핀에서 사업으로 큰 손해를 보고 돌아온 것이었다. 동업자가 공무원과 짜고 아버지를 탈세 혐의로 감옥에 집어넣는 바람에 두 달 뒤 배상을 약속한 뒤에야 풀려날 수 있었다.

10년이 흘렀지만 아버지의 초호화 별장은 시멘트 껍데기뿐이었다. 지붕을 덮을 수가 없어서 건물의 앞면이 활짝 열려 있었다. 건축을 공부하지 않은 사람도 설계도에 문제가 있음을 알 수 있었다. 당시 그는 타지에서 학교를 다니며 가끔 고향에 내려왔고, 온 가족이 삼촌네 옥탑방을 빌려 몇 년 동안 살았다. 어머니와 그가 제일 값싼 합판을 사다가 넓은 옥상에 화장실과 부엌, 방을 지었다. 어머니는 집에서 옷 만드는 일을 했는데 옥탑방 전체가 뙤약볕을 받아 펄펄 끓었다. 보다 못한 그가 지붕에 검은 망사를 덮고 잔디를 심고 물을 뿌리고 환풍기를 설치했다. 어머니는 옥상에 무성하게 자란 잡초를 뽑아내고 채소를 심어다 팔아 부수입을 얻었다. 낡고 허름하지만 그곳이 그들의 집이었다. 아버지는 자신이 지은 집에서 잠을 자고 가끔 밥을 먹으러 왔다. 거의 수작업으로 별장을 짓고 있는 아버지는 온 동네의 웃음거리가 된 지 오래였다.

그는 아버지가 깊은 미궁 속에 웅크리고 있다는 걸 알고 있었다.

나중에는 그도 미궁 속으로 들어갔다. 친구의 소개로, 아파트 5, 6층을 쪽방 열세 개로 개조한 집을 얻었다. 구불구불한 복도로 이어진 쪽방에 화장실은 공용으로 사용했으며, 문 앞 복도에 세간을 놓고 살았다. 방마다 방향과 크기만 조금씩 다를 뿐 배치는 동일했다. 3평이 채 안 되는 방에 창문 쪽으로 환풍기가 하나 달려 있었는데, 창이 밖으로 나 있는 방은 월세 4,000위안, 그렇지 않은 방은 3,000위안이었다. 1인용 목재 침대 하나와 벽에 걸린 옷걸이, 천장의 형광등이 전부이고 나머지는 각자 알아서 했다. 수도 요금과 전기 요금은 월세에 포함되어 있지만 에어컨과 인터넷은 없었다.

그는 바람을 쐬기 위한 운동장만 없을 뿐 교도소가 대략 이런 모습일 거라고 생각했다.

여자친구가 생길 때까지 그곳에서 1년을 살았다. 이웃 중에 부부가 살고 있는 방도 있었다. 그 집 아내는 비좁아도 둘이 같이 살기만 하면 그곳이 바로 집이라는 말로 그를 감동시켰지만, 얼마 안 가서 남편이 집을 나가고 아내만 남았다. 그 후로 빨래를 하러 갔다가 마주칠 때면 그녀는 가냘픈 뒷모습을 뒤로하고 재빨리 걸음을 돌리곤 했다.

여자친구는 그의 쪽방에 딱 한 번 왔다. 집을 구경시켜달라고 끈질기게 졸랐기 때문이다. 그날 밤을 뜬눈으로 지샌 뒤 새벽에 모든 사람이 복도에 나와 양치질을 하고 세수를 하고 난간 밖으로 물을 버리는 걸 본 뒤 여자친구가 그에게 말했다. "이사할래, 나랑 헤어질래?" 그가 말했다. "내가 너희 집으로 만나러 갈게." "네가 그런 곳에 산다는 걸 참을 수가 없어." 사는 사람은 그인데 그녀가 뭘 참는단 말인가? 하지만 그녀가 정말로 참을 수 없는 건 가난이라는 걸 그는 알고 있었다.

사실 그는 그 정도로 가난하지 않았다. 단지 그런 곳이 친근하고 좋았을 뿐이다. 그에게는 그런 불편함이 익숙했다. 고향집도 그랬기 때문이다. 그곳에 살아야 가족을 배신하는 기분이 들지 않았다.

나중에 마천대루로 이사했지만 역시 10평짜리 원룸이었다. 집주인이 인테리어를 새로 해서 멋진 드레스룸도 있고 원목마루가 깔려 있었지만 그게 뭐 그리 대단하단 말인가? 여자친구와 그는 여전히 2만 위안 남짓의 월급을 받는, 영원히 집을 살 수 없는 가난뱅이였다.

여자친구는 자신이 가난하다는 걸 인정하지 않고 매달 월급을 다 써버렸다. 고급 레스토랑에 가고 백화점에 가고, 해마다 해외여행을 다녔고, 늘 카드 빚을 안고 살았다.

가끔 잠이 오지 않아 뒤척이는 밤, 얕은 잠에 빠져드는 찰나에 문득 이런 생각이 들었다. 그가 사랑하는 것은 바로 여자친구의 그런 허영심일지도 모른다고. 그 이면에 감춰진 심리가 바로 아버지의 허영과 집착이 아닐까?

8월

비번인 월요일이지만 서점에 출근하고 싶었다. 이런 날 리타[麗塔]는 으레 집안일을 몰아서 처리했다. 여자친구 스싼[十三]은 늦게 자고 늦게 일어나고, 룸메이트 아마[阿馬]는 어젯밤 외박을 한 것 같았다. 그녀는 오늘 각종 공과금을 납부하고 화장지와 샴푸를 사 와야 하고, 오후에는 빨래를 하고 진공청소기를 돌려야 한다. 날씨가 화창해서 겨울 이불을 빨기에도 좋은 날이었다. 곧 9월이니까 환절기가 다가올 것이다.

그들이 살고 있는 집은 부동산 부자인 아마의 부모님이 투자용으로 사놓았다가 아마에게 내어준 아파트였다. 싱글인 아마는 방 세 개짜리 아파트에 혼자 사는 것이 외로웠는지 두 사람에게 방을 하나씩 세놓았다. 월세 4,000위안에 수도 요금, 전기 요금, 관리비까지 포함되어 있었다. 옥탑방을 둘로 나눠 함께 살던 두 사람은 복권에 당첨된 기분으로 이사 왔다. 방 한 칸이지만 5평은 족히 되므로 그들이 예전에 살던 옥탑보다도 넓었다. 게다가 공용 공간도 사용할 수 있으니 옥탑에 살 때처럼 거실을 창고처럼 쓰거나 발코니에 잡동사니를 쌓아둘 필요가 없었다. 모든 방에 마루가 깔려 있고 시스템옷장이 있었으며, 거실에 37인치 대형 텔레비전과 다섯 명이 앉을 수 있는 소파가 있었다. 주방에서 음식을 볶고 튀겨도 문제가 없었다. 리타가 제일 마음에 드는 것이 직접 밥을 해 먹으며 돈을 아낄 수 있다는 점이었다.

그녀는 대학 졸업 후 직업을 두 번 바꾼 뒤 중고서점에서 5년째 아르바이트를 하고 있었다. 스싼도 같은 서점에서 일하는 동료였다가 지금은 프랜차이즈 식당에 다니고 있었다. 그녀도 힘들겠지만, 그렇다고 리타의 일이 힘들지 않은 것은 아니었다. 그들은 지금 한 푼이라도 아껴 쓰며 돈을 모으고 있었다. 그래 봤자 집을 살 수 없다는 건 알고 있지만, 150만 위안을 모으면 남부로 이사 갈 수 있을 것 같았다.
150만 위안으로 스싼에게 작은 카페를 차려줄 수도 있겠지만, 지금 스싼의 꿈은 자기 식당을 차리는 것이었다.

이사 온 뒤 생활이 더 나아졌을까? 리타에게는 꼭 그렇지만도 않았다. 어릴 적 그녀의 집은 아버지의 식당 위층에 있는 작은 방이었다. 방 두 칸에 다섯 식구가 옹색하게 끼어 살았다. 어린 세 아이가 넓은 매트리스 하나에서 함께 잤는데 아이들 방이 길가에 있고 바로 밑이 재래시장인 탓에 소음과 악취 때문에 창을 열 수가 없었다. 그녀는 열여덟 살에 고등학교를 졸업할 때까지 그 집에서 살았다.
그녀와 스싼은 올해 스물여덟이었다. 나이가 사람을 초조하게 만드는 것인지, 둘 다 장녀이고 걱정이 많은 성격이기 때문인지, 두 사람 모두 고향에 있는 연로한 부모님이 아직 건강한데도 매달 집에 돈을 부치고 있었다.
아마의 생활과 비교하면 그들의 가난함이 더 선명하게 도드라졌다. 한집에 살면서 아마가 쩨쩨하게 돈을 계산하는 성격은 아니었지

만, 먹든 입든 놀든 친구를 사귀든 '돈이 많아서 참 좋다'는 걸 일거
수일투족으로 말하고 있었다. 리타는 가끔 옥탑방에서 살던 때가 진
심으로 그리웠다. 덥고 답답하고, 오래된 에어컨은 미지근한 바람만
뿜어냈었는데도 말이다. 아래층 사람이 가끔 꽃에 물을 주러 올라올
때마다 깔보는 시선으로 그들을 보았다. 남자들이 올라와 담배를 피
우며 술을 마셨고, 고기를 구워 먹었다. 심지어 어떤 사람은 개를 데
리고 올라와 산책시키다가 개똥을 치우지 않고 내려가기도 했다.

그래도 그때는 자신의 가난을 받아들이고 아끼며 사는 것에 불만
이 없었다. 하지만 3년 전 마천대루에 이사 온 뒤 호화 주택은 아니
어도 주거 환경이 훨씬 나아지면서 마음도 조금씩 달라졌다. 사범대
앞에서 취미로 작은 옷가게를 하는 아마와 얘기를 나누며 옷을 사고
싶은 충동을 참는 게 고역이었다. 집에서 먹고 쓰는 것을 셋이 똑같
이 나눠서 부담하기로 하면서 더 이상 마트에서 유통기한이 임박해
할인하는 우유와 고기를 사지 않았고, 생필품도 마트 자체 브랜드의
저렴한 제품은 사지 않았다. 이 집에 있는 것들은 작게는 머그잔에
서 크게는 냉장고까지 모두 고급 제품이었다. 각자의 물건은 자기 방
에 두었지만 사실상 문을 열어놓고 거실에서 사는 셈이었다. 리타도
이런 생활이 좋기는 했다. 아마와 함께 백화점과 마트에 가서 쇼핑을
했고, 아마가 자주 사 오는 빵은 한 개 가격이 그녀의 밥 한 끼 돈과
맞먹었다. 냉장고에 있는 식재료도 모두 최고급이었다. 아마는 자신
은 요리를 할 줄 모르니까 그 대신 식재료를 사겠다고 했다. 아마가
가끔 아침밥을 만들 때면 리타도 함께 만들었는데 그러다 보니 자연
스럽게 아침밥은 리타가 도맡아서 만들게 됐다. 예전에는 돈이 아까
워서 우유도 안 마셨지만 요즘은 매일 마시고, 먹고 싶은 과일도 척

척 샀다. 스싼이 식비를 일부 내놓으려고 하면 아마는 이렇게 말했다. "리타는 청소를 하고 스싼은 고장 난 곳을 수리하고 번번이 운전도 하잖아. 그걸로 충분해."

세 사람의 이상한 관계가 시간이 흐를수록 굳어졌고 서로에게 점점 더 많이 의지하게 됐다. 아마는 함께 살아줄 사람이 필요했고, 리타는 쾌적한 집이 필요했다. 스싼에게 필요한 건 무엇일까? 정확히 알 수 없지만, 리타는 스싼이 아마를 좋아하는 것 같다고 생각했다.

만약 스싼이 아마와 사귀게 된다면 집도 생기고, 차도 생기고, 어쩌면 자기 식당을 차릴 수도 있을 것이다.

리타는 자기 집을 갖고 싶었다. 아주 작아도 되고, 산 위에 있어도 상관없었다. 고향에 내려가도 괜찮았다. 하지만 스싼은 좋아하는 일이 타이베이에 있었다. 그녀는 자신과 스싼이 조금씩 달라지고 있음을 느꼈다. 스싼은 이미 타이베이 사람이 됐지만 리타에게는 아직 몸에 밴 시골 여자의 어색함이 남아 있었다.

스싼이 그녀를 버리고 아마를 선택하게 될까? 혹시 리타 자신이 사랑을 버리고 쾌적한 집과 아마의 후한 씀씀이를 선택한 것은 아닐까?

9월

조금씩 동이 트기 시작했다.

그녀는 밤새 뒤척이며 잠을 이루지 못했다. 휴대전화 진동 소리가 들리는 것 같아 거실에 나가 휴대전화를 찾다가 피식 웃음이 나왔다. 이렇게 좁은 곳을 주방과 거실로 나눈 자신이 우스웠다. 바테이블과 투명 파티션을 이용해 공간을 셋으로 나누어 16평 원룸에 방, 주방, 거실, 화장실이 각각 있었다. 친구들은 인테리어에 너무 많은 돈을 쓰지 말라고 했지만 인테리어를 할 수 없다면 세를 얻지 굳이 집을 살 이유가 없었다. 집을 사놓고 자기 취향에 맞게 꾸며 편안하게 배치하고 싶지 않은 사람이 어디 있을까.

역시 그의 전화였다. 이 시간에 다른 사람일 리가 없다. 아마 아내가 잠들었을 것이다. 담배 사러 간다는 핑계로 나와 그녀에게 자는지 물어보고는 차를 몰고 와서 한두 시간 있다가 가려는 것이다.

받을 수 없다. 그에게 안 된다고 할 수가 없었다.

왜 안 되지?

그녀는 정상적인 관계를 원했다. 그가 오고 싶을 때만 오는 건 원치 않았고, 섹스 파트너가 되고 싶지 않았다.

지난 열흘 동안 그녀는 마약중독자가 마약을 끊듯이 그와의 전화를 끊었고, 극심한 금단현상에 시달리고 있었다.

이 집에 도화살이 낀 것이 분명하다. 썩은 도화살일 것이다. 원래
그녀는 남자친구의 집에서 살다가 남자친구가 바람을 피우는 바람에
헤어진 뒤 갈 곳이 없어서 급하게 셋집을 구했지만 몇 곳을 전전해
도 익숙해지지 않았다. 남자친구의 집은 안허루의 골목에 있는 쾌적
한 아파트였고, 그와 결혼하게 될 줄 알았다. 공짜로 얹혀산 건 아니
었고, 수도, 전기, 인터넷, 케이블TV 요금을 부담하고 과일, 채소, 생
필품 등도 떨어지지 않게 사다 놓았다. 남자친구는 가족 명의의 집에
돈 한 푼 안 내고 살면서 월급을 전부 오토바이에 쏟아붓더니 어느
새 다른 여자와 놀러 다니고 있었다.
"다시는 남에게 의지하지 않을 거야." 남자친구의 집을 박차고 나오
며 이렇게 맹세했다. 남자친구와 대판 싸울 때 그가 했던 말을 잊을
수가 없었다. "너 이러면 너랑 같이 못 살아!" 싸운 날부터 거실에서
잤지만 점점 뻔뻔해진 남자친구가 매일 밤 거실에서 새 여자친구와
통화를 하며 웃고 떠들었다. 어디로 도망쳐도 그 소리를 피할 수가 없
어서 급하게 짐을 챙겨 나왔다. 5년의 동거가 그렇게 막을 내렸다. 그
녀가 예전에 셋집을 이사 다니며 샀던 싸구려 가구들은 진즉 다 버
렸고, 남은 건 옷, 책, 컴퓨터가 전부였다. 자신에게 남은 물건이 반 트
럭도 안 된다는 사실을 믿을 수가 없었다.
나중에 부모님이 융통해준 돈에 그녀가 가지고 있던 펀드를 다 처
분해 계약금 200만 위안을 마련해서 400만 위안 남짓 되는 이 원룸
을 구입했다. 집값은 구입 당시의 두 배가 됐지만 그녀의 인생은 고독
하고, 맹목적이고, 곤혹스러웠다.
그렇게 시간이 흘러, 서른아홉. 일종의 관문 같은 나이가 되었다.

서른 살에 남자친구를 사귀고 서른다섯에 헤어져 집을 샀다. 그 사이에 편집자에서 편집장이 되고, 월급도 3만에서 4만 5,000위안으로 올랐다. 그런데 뭐가 부족하단 말인가?

휴대전화 진동이 계속 울렸다.

조금씩 동이 트고 있었다.

내려가면 안 된다.

전 남자친구는 왜 그녀가 아닌 다른 여자와 결혼했을까? 근본적으로는 그녀의 나이가 많기 때문일 것이다. 이 집을 사는 순간, 그녀는 평생 독신으로 살도록 정해진 것이다.

10월

딩샤오링丁小鈴은 매일 오후 3시 30분 거북이를 보러 중정 연못에 내려간다.

연못은 작지만 아담한 다리가 놓여 있고, 금색 비단잉어 몇 마리도 비실비실하게 헤엄쳐 다녔다. 그녀는 비단잉어를 좋아하지 않았다. 얼마 전 연못가에 핀 벚꽃을 보러 가자는 엄마 손에 이끌려 왔다가 이곳을 발견했다. 시멘트 화단에서 자라는 작고 앙상한 나무에서 그토록 탐스럽고 아름다운 꽃이 피다니. 그녀는 벚꽃에서 눈을 뗄 수가 없었다. 엄마가 관리위원회에 볼일을 보러 간 동안 다리 옆에 쪼그리고 앉아 있는데 장식품인 줄 알았던 거북이가 느릿느릿 기어다니기 시작했다.

네 마리가 한 가족인 듯 두 마리는 크고 두 마리는 작았다. 예전에 한 입주민이 연못에 놓아준 붉은귀거북인 듯했다. 샤오링도 중학교 때 붉은귀거북 두 마리를 잠깐 길렀던 적이 있었다. 동전만큼 작은 거북이었는데 별안간 두 마리 모두 죽어서 엄마와 함께 정원에 묻어주었다.

어쩌면 이 네 마리 중 큰 놈 두 마리가 그때 그녀가 기르던 거북이 부부인지도 몰랐다. 죽지 않고 살아서 새끼를 두 마리나 낳은 것이다.

그 후로 샤오링은 날마다 '친구'를 보러 가듯 연못에 가서 거북이 들을 관찰했다.

물론 달리 할 일이 없기도 했다. 열다섯 살인 딩샤오링은 학교에 다니지 않았다.

은둔형 외톨이, 니트족…… 여러 가지 명칭이 그녀에게 따라붙겠지만 그녀는 어디에도 해당되지 않는다. 엄마와 영화를 보러 가고, 아빠와 등산을 가기도 한다. 단지 학교에 다니지 않을 뿐이다. 중학교 졸업 후 더 이상 학교에 다니고 싶지 않다는 생각이 들었다. 부모님이 그녀를 대안학교에 보냈지만 1년 뒤 역시 학교라는 곳이 자신과 맞지 않는다고 느꼈다. 이 세상에서 그녀가 정말로 가고 싶은 곳은 호그와트 마법학교뿐이었는데 열다섯 살 먹도록 아무도 그곳에 데려다주지 않았으므로 앞으로도 가능성이 없다고 판단했다.

중정에 있는 나무 중에 연못가에 있는 나무만 멋지게 잘 자랐다. 볕이 잘 들고 물도 있기 때문이다. 버드나무, 벚꽃, 작은 과실수 몇 그루가 있고, 이끼가 파랗게 덮인 돌은 미끄러워서 조심해야 했다. 대나무 지붕을 얹은 정자를 감아 올라간 포도 넝쿨에 포도가 달린 것은 본 적이 없다. 인조 장식품인가 싶어 아빠에게 안아 올려달라고 해서 만져보니 진짜 넝쿨이었다.

등교를 거부하는 그녀에게 아빠는 "네가 뭘 하든 우린 네 편이야"라는 한마디만 했지만, 엄마는 두 달 동안 수시로 울었다.

학교에 가지 않는 게 그렇게 심각한 일인가? 학교폭력을 당한 것도 아니고 어떤 일로 큰 상처를 입은 것도 아니었다. 정말 열심히 한다면 공부도 따라갈 수 있었다. 다만 그녀가 진정으로 배우고 싶은 것은 학교에 없었다. 하고 싶은 말이 있어도 할 수가 없고, 하고 싶은 일이 있어도 할 수가 없었다. 집에 텔레비전이 없어서 학교 친구들이 드라마나 연예인 얘기를 할 때 대화에 낄 수 없었지만 아무렇지 않았다. 등하굣길이나 화장실에 갈 때, 간식을 사 먹으려고 할 때 여럿이 몰려다녀야 하는 것이 그녀에게 가장 골치 아픈 일이었다. 그러나 같이 다닐 사람이 없어지자 홀가분하면서도 누군가 뒤에서 자신을 감시하고 있는 것 같은 불안감이 들었다.

자꾸만 말실수를 했다. 선생님도 그녀에게 너무 고지식하다고 했다. 이를테면 선생님이 수업 시간에 맞지 않는 예를 들어서 설명하면 그녀는 손을 번쩍 들고 물었다. "왜 그런 거예요?" 선생님이 제대로 설명하지 못하면 계속 추궁하듯이 캐물었고, 결국 선생님은 난처한 표정으로 어깨를 으쓱이며 말했다. "가끔 너희를 집중시키려고 극단적인 예를 들기도 한단다." 제대로 설명하지도 못하면서 선생님은 무슨!

그 언니를 만난 곳도 연못가였다.

언니도 연못에서 거북이를 관찰하고 있었다. 미동 없이 앉아서 긴 머리를 버들가지처럼 흩날리는 모습이 바람도 감당하지 못할 듯 가녀린 버드나무 같았다. 샤오링은 중정에 내려갔다가 거북이도 못 보고 돌아가기가 싫어서 그녀 옆에 쪼그리고 앉아 거북이들을 구경했다.

그날따라 중정은 잎사귀가 바람에 흔들리며 바스락거리는 소리가 들릴 만큼 조용했다. 연못가의 물레방아에서 물이 졸졸 흘러내렸다. 연못에서 거북이를 관찰하는 것은 샤오링의 일과였다. 잉어와 거북이에게 먹이를 주지 않고 눈으로만 구경했다. 비단잉어는 물속에만 있는데 점점 살이 두둑해지고, 거북이는 하루의 절반쯤은 물 밖에 나와서 고개를 바짝 세우고 있다가 가끔 물에 들어가 헤엄을 쳤다.

"거북이 좋아하니?" 언니가 불쑥 말을 걸었다.

"좋아하지도 싫어하지도 않는데 그냥 여기에 있으면 마음이 편안해져요." 샤오링이 대답했다.

"나도 그래. 하지만 벚꽃은 좋아해서 해마다 꽃이 피길 기다려." 언니가 말했다.

언니는 '학교에 있을 시간인데 왜 학교에 가지 않았니?', '몇 살이니?', '몇 학년이니?', '몇 층에 사니?' 같은, 그녀를 처음 보는 사람들이 으레 하는 질문을 하나도 하지 않았다. 두 사람은 거북이에 대한 이야기, 예전에 이 연못에 있었던 거피 이야기를 나누었다. 언니는 아침마다 중정에 나와 연못가를 산책하는데 오늘은 날씨가 선선해서 오후에도 나왔다고 했다.

두 사람은 짧은 얘기를 나눈 뒤 미소를 지으며 헤어졌다. 샤오링은 엘리베이터를 타고 올라갔지만 언니는 엘리베이터를 타지 않았다.

그날 이후로 가을 내내 연못가에서 그 언니를 자주 만났다. 주로 정자에 앉아 한담을 나누었다. 자신이 학교에 다니지 않는 이유를 왜 묻지 않느냐고 했더니 언니는 자기도 회사에 다니지 않는다고 했다.

"그럼 우린 사회의 주변인이에요?" 샤오링이 물었다. 그녀는 엄마가 친구와 통화하다가 했던 말을 기억하고 있었다. 엄마는 샤오링이 집 밖에 거의 나가지 않아도 은둔형 외톨이는 아니지만, 학교도 학원도 다니지 않으니 결국에 사회의 주변인이 될 거라고 했다.

"주변인이 나쁜 건 아니야." 언니가 말했다. 그녀는 항상 차분한 미소를 지었지만, 샤오링은 그녀가 자기보다 더 막막해 보인다고 생각했다. 마치 집 없이 떠도는 사람 같았다.

"더 외진 곳을 보여줄게." 언니가 말했다. 두 사람은 엘리베이터를 타고 42층 옥상으로 올라갔다. 똑바로 서 있기 힘들 만큼 바람이 세게 불고, 대형 파이프가 연결된 철 상자, 급수탑, 이름을 알 수 없는 거대한 물체들이 설치되어 넓은 옥상 전체가 미로처럼 복잡했다. 언니는 밤에 잠이 오지 않으면 이곳에 올라와 별을 구경한다고 했다.

"밤에 올라오면 무섭지 않아요?" 샤오링이 물었다.

"무섭지!" 언니가 대답했다. "하지만 무서울 때 내 감정이 충만하다고 느껴."

그런데 얼마 후부터 언니가 보이지 않고, 연못 속 거북이도 돌연변이가 되어 몸 색깔이 달라졌다. 엄마는 그게 거북이가 아니라고 했지만 엄마의 말은 늘 논리에 맞지 않았다. 엄마는 또 "언니라고? 그런 사람은 없어"라며 아무에게도 그런 얘기를 하지 말라고 했다. 샤오링이 그 언니를 만난 건 사실이었지만 그 얘기를 들려줄 친구가 하나도 없었다.

11월

　예스루[世儒]는 건너편 아파트를 응시했다. 그중에 그가 오랫동안 살았던 집이 있었다. 틀에 찍어낸 듯 똑같은 생김새에 초록색 양철지붕을 얹은 4층짜리 건물이었다. 그가 서 있는 8층에서는 불규칙하게 이어진 길도 내려다보였다. 아침마다 마켓이 열리는 그의 집 근처 큰길은 비교적 넓고 곧게 뻗었지만 세포증식을 하듯 양옆으로 좁은 골목들이 수없이 자라나 있다. 쌍허 주민들은 적응력이 뛰어났다. 아무리 빙빙 돌아가는 길도, 아무리 미로처럼 꼬불꼬불한 길도, 갑자기 넓어졌다가 좁아지고 또 갑자기 막다른 길이 나와도 불평하지 않았다. 요즘 유행하는 벽돌색과 검은색 양철지붕 사이에 새로 생긴 흰색 지붕이 시선을 끌었다. 그에게서 오른쪽 방향으로 그리 멀지 않은 곳에 있었다. 자세히 보면 건너편 골목을 지나서 비스듬히 구부러진 골목으로 접어들어 일곱 번째 골목 입구에 있는데, 위에서 내려다보면 상자 속에 넣어놓은 건물 모형처럼 또렷했다. 최근에 개축한 옥탑인데 이웃에서 신고하지 않았는지 모르겠다. 4층과 5층은 같은 집인 듯 방범창을 철거하고 새시를 새로 달았고, 옥상은 빙 둘러 유리 난간을 설치하고 옥탑 주위에 나무를 심었다. 망원경으로 몰래 관찰해보니 흰색 양철지붕 밑에 주방이 있는 것 같았다. 8평 정도 되는 네모

반듯한 방 가운데 커다란 직사각 테이블이 놓여 있고, 벽에 신식 조리 기구가 나란히 진열되어 있었으며 오븐까지 다 갖춰놓은 것 같았다. 망원경으로 훔쳐보던 그날, 마침 집에 손님을 초대해 식사를 하고 있었다. 손님 여덟 명에 집주인 부부까지 총 열 명이었고, 테이블에 놓인 접시도 고급이고, 의자도 세련된 디자인이었다. 그는 집주인인 듯한 남자를 보았다. 마흔은 절대로 안 넘었을 것 같은 얼굴에 키가 크고 말랐지만 탄탄한 몸매였다. 그가 다른 쪽 벽으로 걸어가 냉장고인 듯한 유리문을 열더니 무릎을 굽히고 앉아서 뭔가 고르는 듯했다. 와인냉장고였다.

이 동네에선 아주 드문 일이었다.

대다수 주민은 그가 그랬던 것처럼 허름한 30평 아파트에 살았다. 계단은 좁고, 35년 된 낡은 시멘트벽은 백화 현상이 심해서 벗겨진 페인트 위에 페인트를 덧바른 자국이 군데군데 있었다. 그는 바로 그 아파트 4층에서 태어났다. 옥탑은 그들이 만든 것이 아니었다. 그 집에 살 때 그의 아버지는 이미 쉰 살이 넘은 나이였는데 왜 자신이 늙을 수 있다는 걸 생각하지 못했을까? 지금 여든여덟인 그의 아버지가 퇴행성 관절염에 걸린 다리를 끌고 4층까지 올라가려면 한 시간은 걸릴 것이다.

나중에 그가 결혼하고 산 아파트도 근처에 있었다. 덜 오래됐다고 해도 20년 된 아파트였고 대출금도 70퍼센트 남아 있었지만 대출을 다 갚기도 전에 이혼했다. 장인이 대출금을 다 갚은 뒤 그에게 50만 위안을 주고 정산을 끝냈다. 처음 집을 살 때 계약금도 장인이 주었으니 그는 할 말이 없었다. 8년 동안 일했지만 모은 돈도 없이 아이가 둘이나 있었고, 실업자인 그는 양육권도 가져오지 못했다.

오래된 아파트의 방범창은 적갈색으로 녹슬어 손으로 만지기만 해도 녹이 묻어 나왔다. 발코니에 있는 비상구 열쇠를 아직도 가지고 있는 집이 얼마나 될까? 돈 있는 사람들은 집수리를 해서 발코니를 밖으로 확장해 새시를 달았고, 돈 없는 사람들은 녹슨 쇠창살 안에 갇혀 방 세 개짜리 삶을 살았다. 다닥다닥 붙여 지은 아파트의 좁은 골목에는 햇빛도 거의 들지 않았다.

골목은 늘 어두컴컴하고 양쪽에 오토바이가 잔뜩 세워져 있었다. 사나운 주민 하나가 자가용을 길가에 세워놓기 시작하더니 이제는 아예 전용 주차장이 되었다. 치러우가 없으니 1층 주민들이 무단 주차를 막으려고 문 앞에 큰 화분을 사다 놓는 바람에 좁은 입구가 더 좁아져서 드나들기가 불편했다.

지세가 높은지 낮은지는 태풍이 한차례 지나가면 금세 알 수가 있다. 집 근처 도로는 조금만 센 태풍이 와도, 아니 장대비가 한 시간만 쏟아져도 물바다가 됐다. 그 길 양옆은 모두 점포였는데 종이돈• 가게, 약국, 구멍가게가 있고, 뭘 파는 가게인지 알 수 없는 컴컴한 가게엔 한쪽 구석에 열쇠공이 앉아 있고 다른 쪽 구석에서 여자가 옷을 수선하고 있었다. 공간을 그렇게 넓게 쓰는 건 자기 소유의 점포에서만 가능한 일이다.

버스가 큰길에서 좌회전을 한 뒤 똑바로 가다가 다시 우회전을 하면 푸허차오였다. 큰길에서 푸허차오까지 10분, 다리를 건너는 데 2분, 그러면 타이베이였다. 이 12분 차이로 모든 게 바뀌었다.

실직하고 이혼한 뒤 그는 혼자 집을 나와 마천대루의 원룸에 작업

• 제사를 지낼 때 종이돈을 태우는 풍습이 있다.

실을 만들어놓고 컴퓨터 조립으로 돈을 벌었다. 매달 두 번 1,000위안씩 내서 엘리베이터 게시판에 전단지 여덟 장을 붙이고, 인터넷에서도 광고를 하니 그런대로 장사가 됐다. 마우스, 모니터, 휴대전화 케이스, 휴대전화 배터리도 팔았다. 그는 바이러스에 걸리거나 부팅이 안 되는 컴퓨터 수리, 삭제된 데이터 복구, 운영 체계 재설치, 컴퓨터 조립, 인터넷 케이블 수리 등에 능했다. 고등학교 때부터 직접 컴퓨터를 조립하고 전자상가를 제집처럼 드나들었고, 직장에서도 시스템 엔지니어로 8년 동안 일했으므로 이 정도는 식은 죽 먹기였다. 하지만 스마트폰이 보편화되면서 데스크톱컴퓨터를 쓰는 사람이 줄어들자 온라인쇼핑몰을 만들어놓고 중국 타오바오에서 물건을 떼어다가 팔기 시작했다. 샤오미의 홍미 휴대전화가 선풍적인 인기를 끌었을 때 돈을 제법 벌었고, 아이폰 5와 아이폰 6도 구매 대행으로 판매했다. 옵션 가구가 없는 복층 원룸에 위층은 천장이 낮고 시끄러운데도 월세가 9,000위안이나 했지만 그는 이 집을 선택했다. 판매하는 물건들이 집 안에 가득 쌓여 있고, 컴퓨터 몇 대가 동시에 돌아갔다. 담배 냄새가 배어 가끔 고객이 올 때는 창문을 열어 환기해야 했다. 1년 동안 체중이 10킬로그램이나 불어나 오랜만에 만난 고객이 그를 보고 깜짝 놀라곤 했다. 하지만 그는 몸은 뚱뚱해졌어도 얼굴은 예전보다 더 점잖아졌다고 생각했다. 수염과 머리를 최대한 깔끔하게 깎고 관리했다. 이 집 안에서 자급자족이 가능했다. 밖에 나가지 않고도 돈을 벌 수 있고, 뭐든지 인터넷으로 구매했다. 상품 발송은 택배회사에 맡겼다. 예전에는 부품을 사러 자주 나갔지만 지금은 온라인으로 구매할 수 있고, 전자레인지에 데워 먹는 음식으로 삼시 세끼를 때우다 보니 점점 밖에 나갈 일이 없어졌다. 이 마천대루는 그에게 최고의 피신처였다. 동물의 털가죽이나 곤충의 보호색처럼 이 안에 있으면 군중 속에서 감쪽같이 사라질 수 있었다. 하늘을 찌를 듯이 솟은 이 빌딩에 그와 비슷한 자영업자들이 얼마나 많이 살고 있을까. 집에서 죽어도 발견해줄 사람이 없었다. 같은 층에 온라인으로 옷을 파는 여자가 있는데 그녀의 컴퓨터를 수리해준 적이 있었다. 그녀의 원룸에도 옷이 가득 쌓여 있었다. 예쁘게 생긴 그녀는 자기가 파는 옷을 입고 사진을 찍어서 올렸다. 그녀에게 대시해볼까 생각했지만 서로 괜히 말했다가 서먹해질 것 같아 망설였는데, 나중에 알고 보니 그녀의 집에 오는 택배 기사가 바로 그녀의 남자친구였다.

창밖을 멍하니 응시했다. 이사 오기 전 이 빌딩에서 살인 사건이 일어났다는 걸 알았지만 미신을 믿지 않기 때문에 무시하고 이사 왔다. 그 덕분에 월세를 1,000위안 깎을 수 있었다. 그가 예전에 살던 아파트도 여기서 그리 멀지 않았고, 지금은 전처와 아이들이 살고 있었다. 그 4층 아파트를 내려다보았지만 내부는 볼 수가 없었다. 전처는 그와 연락을 끊었고, 아이도 아주 가끔 얼굴만 볼 수 있었다. 그가 제일 낮은 층으로 이사 온 것도 예전 아파트를 잘 보기 위해서였다. 그는 이 빌딩을 지키며 인터넷으로 할 수 있는 다양한 장사를 계속했다. 웅장한 빌딩에 살면 사람들이 자신을 무시하지 못할 것이라고 상상했다. 예전에 아이가 이 빌딩을 보고 트랜스포머 같다고 했다. 아이는 매일 아침 이 빌딩 앞을 지나 학교에 간다. 그의 곁을 지나가는 셈이다. 말하자면 그는 아이들의 범블비였다. 아이가 그에게 점점 데면데면해진다 해도, 어느 날 그를 버리고 엄마의 새 애인을 좋아하게 되더라도 상관없었다. 아무튼 그는 이곳을 지킬 것이다. 고개만 돌리면 그의 인생에서 아직 무너지지 않은 유일한 진실을 볼 수 있는 이곳을.

한 해의 끝

⦿ **리둥린**

오전 근무인 날이면 리둥린은 6층 옥탑방에서 부모가 살고 있는 5층으로 내려와 식탁에 놓인 만두와 두유로 간단한 아침을 먹은 뒤 7시 근무 시간에 맞춰 6시 반에 집을 나섰다. 오토바이를 달리다가 신호 대기 중에 잠시 딴생각을 하는 바람에 트럭에 받힐 뻔했다. 예전 동료 셰바오뤄가 생각났다. 그도 신호 대기 중에 방심했다가 자신과 다른 사람의 인생이 송두리째 바뀌었다.

작년 10월에 일어난 중메이바오 피살 사건으로 리둥린의 생활에도 큰 변화가 생겼다. 그도 경찰서에서 조사를 받고 진술서를 작성했고, 동료이자 친구인 셰바오뤄는 중메이바오의 집에 드나들었던 사실이 밝혀져 그녀와 사귀었음을 인정한 뒤 중범죄 혐의자가 되어 정직 처분을 받았다. 그 사건으로 마천대루가 발칵 뒤집혔다. 기자들이 로비에서 진을 치고 정문 앞에 위성중계차가 오고 텔레비전 뉴스에 연일 오르내렸다. 리둥린의 부모님은 아들이 그곳을 그만두길 바랐다. 살인 사건이 발생한 위험한 곳에서 아들이 일하는 걸 원치 않는다고 했지만 리둥린은 그만두지 않고 뼈다귀를 노리는 들개처럼 조사 진행 상황을 주시했다. 강력계 소속 두 형사가 자주 찾아와 이런저런 질문을 했는데 그들과 대화하며 진행 상황을 조금씩 알 수 있었다. 그는 머릿속으로 반복해서 사건을 구성하고, 몇몇 관련자와 중메이바오의 관계를 추측했다. 언론에서도 여러 가지 가설을 내놓았고 유명한 논객들까지 탐정처럼 사건에 대한 분석을 내놓았다.

사건이 발생하고 한 달 뒤 아부카페는 문을 닫았다가 얼마 후 누군가 인수했지만 오래 못 가 다시 문을 닫았다. 3월에 한 프랜차이즈 피트니스센터가 들어오면서 이 카페를 포함해 점포 몇 개를 터서 두세 달 정도 공사를 했다. 6월에 피트니스센터가 문을 열자 단지 내에 대형 피트니스센터를 갖추고 있다는 장점 때문에 반년 새 집값과 월세가 올랐다고 했다.

조금 있으면 리둥린도 이곳을 떠날 것이다. 이제 그는 사람에 대한 호기심도 사라지고 경비 일에도 싫증이 났다. 예전에 좋아했던 범죄 영화나 추리소설에 다시 몰두할 기분도 나지 않았다. 영화나 소설 속 이야기는 역시 멋대로 지어낸 것이라 실제 범죄 사건 해결에는 아무 도움이 되지 않았다.

경찰은 옌췬의 진술을 토대로 메이바오의 집을 다시 조사하다가 옷장 속 거울에서 계부 옌융위안顏永原의 지문을 발견하고 수배령을 내렸다. 얼마 후 남부의 어느 허름한 여관에서 옌융위안을 체포했을 때 그는 마약에 취한 상태였다. 기사에 실린 사진 속 그는 미남과 괴물을 합쳐놓은 듯 기괴한 얼굴이었다. 감식반이 메이바오의 손톱에서 옌융위안의 피부 조직을 발견했다. 다행히 린다쩐이 그녀의 옷을 갈아입힐 때 훼손되지 않고 남은 증거였다. 증거가 나왔음에도 옌융위안은 죄를 인정하지 않았고, 중메이바오의 어머니 중춘리도 사건이 벌어진 날 밤 그들이 집에서 잠을 자고 있었다고 진술했다. 물론 경찰은 그 진술을 신뢰하지 않았다. 또 다른 용의자 린다썬이 그날 새벽 중메이바오의 집에 갔다가 시신을 발견한 뒤 옷을 갈아입히고 화장을 해주었다고 자백했지만, 그의 아내 리모리도 중메이바오의 사망 추정 시각에 남편이 집에서 자고 있었다고 진술했다. 물론 중메이바오의 어머니든 린다썬의 아내든 용의자 배우자의 증언은 일반적으로 크게 신뢰하지 않는다.

살인 사건 후 한 달 내내 언론에서는 중메이바오가 여러 남자와 복잡한 관계를 맺고 있었다고 떠들어댔다. 경찰이 그녀의 휴대전화에서 데이팅사이트 접속 기록을 찾아낸 것으로 볼 때 온라인으로 알게 된 남자를 만났다가 살해됐을 거라고 주장하는 사람도 있었고, 더 심하게는 고급 콜걸이었던 그녀가 부자나 마피아의 애인이 되었다가 모종의 복잡한 사건에 휘말려 입막음을 위해 살해됐다는 루머까지 돌았다. 리둥린은 인터넷에서 온갖 해괴한 루머를 다 보았다. 중메이바오가 외계인에게 죽임을 당했다는 얘기만 없을 뿐 모든 종류의 억측이 난무했다. 어떤 논객은 '블랙 달리아',● '엘리사 램 익사 사건'●●을 들먹이며 중메이바오의 '밀실 살인'을 불가사의한 수수께끼로 몰고 가려고 했다. 리둥린은 그런 주장에 반신반의했다. 처음에는 그날 밤 CCTV 화면에서 계부 옌융위안의 모습을 찾지 못했고, 린다썬, 리유원, 옌쥔은 모두 사망 추정 시각에 그곳에 없었다. 한 형

● 1947년 미국 로스앤젤레스에서 배우 엘리자베스 쇼트가 끔찍하게 살해당한 미제 사건.
●● 2013년 미국에서 정신 질환을 앓고 있던 엘리사 램이 호텔 물탱크에 빠져 익사한 사건.

사가 CCTV의 사각지대 가능성을 제기하자 경찰은 빌딩 안팎의 모든 CCTV를 조사하고, 마트, 은행, 편의점, 카페와 주변 골목에 있는 CCTV까지 모조리 확인했다. 그 일대에 있는 CCTV를 전부 조사하다가 마침내 중메이바오의 계부가 찍힌 화면을 찾아냈다. 마트, 골목 어귀, 지하주차장 화면 속에 그가 출현했다. 경로를 추적하다가 사건 당일 헬멧과 마스크를 쓴 수상한 남자가 지하주차장에서 마천대루 D동 2호 엘리베이터를 타는 모습이 찍혔는데 그의 인상착의가 옌융위안과 비슷하다는 결론을 내렸다.

처음에는 범행을 극구 부인하던 옌융위안은 보름간의 심문 끝에 돌연 범행을 인정하고 자백했다. 외부에서 강요에 의한 자백이 아닌지 의문을 제기하고, 중메이바오의 엄마가 선임한 옌융위안 측 변호사는 "장기간의 마약중독으로 정신이 불안정한 피의자가 심신미약 상태에서 자백했을 가능성이 있다"고 주장했지만, 어떤 경로로 유출됐는지 몰라도 자백 내용 전체가 주간지에 보도됐다.

처음에 경찰은 입주민들을 잘 아는 리둥린에게 CCTV 속 인물의 신원 파악에 협조해달라고 했지만, 시간이 지날수록 리둥린은 특별한 재능이라고 자부해온 기억력이 사건 해결에 큰 도움이 되지 않는다고 느꼈다. 얼마 후부터 그는 더 이상 입주민의 얼굴을 일부러 기억하지 않고, 한가할 때 우편물 수령부를 뒤적이며 이름을 외우지도 않았다. 중메이바오의 사건을 계기로 그는 기억력이 아무리 좋아도 별로 쓸모가 없다는 걸 알았다. 사람들의 얼굴과 이름을 외우는 것이 자기 허영심을 채울 수는 있어도 이렇게 큰 빌딩에서 모든 사람의 얼굴을 다 알기란 불가능했다. 한 번 보면 절대로 잊지 않는 비상한 기억력을 가졌다고 자신했지만, 그와 셰바오뤄가 C동 출입구만 책임지고 있다는 사실을 간과했던 것이다. 마천대루에는 총 네 개의 출입구가 있고, 중정을 통해 A, B동에서 C, D동으로 건너갈 수도 있었다. 게다가 D동은 원래 C동과 연결된 구조였다. C동 입주민과 방문객의 얼굴을 다 기억한다 해도 정작 일이 터지면 아무 쓸모가 없었다. 경찰은 옌융위안이 어떻게 남의 눈을 피해 빌딩에 잠입했는지 밝혀내지 못하다가 결국 옌융위안에게서 단편소설처럼 세세한 자백을 받아냈다.

옌융위안은 텔레비전 프로그램에서 우연히 중메이바오를 발견했다고 했다. 입소문 난 미모의 카페 매니저로 소개된 사람이 바로 그가 집요하게 찾아다니고 있는 중메이바오였던 것이다. 게다가 중춘리가 옌쥔을 면회하러 갔다가 세탁하려고 가져온 외투 주머니에 처음 보는 열쇠가 들어 있었다. 그는 그게 중메이바오의 집 열쇠라는 걸 직감적으로 알았다. 춘리가 무슨 생각으로 그랬는지 몰라도, 열쇠가 '날 가져가요'라고 말하듯 거실 테이블 위에 계속 놓여 있었다. 오랫동안 중메이바오의 행방을 찾아다니며 번번이 간발의 차이로 놓쳤지만, 그는 중메이바오가 자기 것이라는 집념을 버리지 않았다. 열쇠를 가져다가 복제한 뒤 인터넷에서 알아낸 카페 주소로 찾아갔다. 카페 주위를 맴돌며 메이바오를 미행하다가 그녀가 그 빌딩에 살고 있다는 걸 알았다. 어떻게 해야 그녀를 온전히 손에 넣을 수 있을지 고민했다. 카페에 들이닥칠 수도 있지만 그는 더 많은 것을 원했다. 바로 그녀의 집에 들어가는 것. 그가 아무리 뼛속까지 나쁜 인간이어도 그녀를 죽일 생각은 없었고, 강간하고 싶지도 않았다. 세월이 흐르며 점점 심해진 집착이 일종의 미신이 되어버린 듯, 그는 그들이 숙명적인 인연이라고 굳게 믿었다. 그게 아니라면 중메이바오가 신비한 주술로 자신을 홀렸을 것이라고 여겼다. 하지만 이유가 무엇이든, 하늘이 준 기회라고 생각했다. 그녀를 만나 대화하며 어떻게 할지 결정하기로 했다. 메이바오가 어떻게 나오는지가 중요했다. 어차피 피가 섞인 것도 아니고, 어려서부터 손을 대긴 했지만 강제로 겁탈한 적은 없었다. 그녀가 다 자랄 때까지 기다렸다. 드디어 그녀가 성인이 되었고, 서로 원해서 사귄다면 그건 불륜이 아니었다. 그는 그녀가 자신을 사랑하게 만들 수 있다고 진심으로 믿고 있었다. 물론 그녀가 끝까지 원치 않는다면 강제로 가질 수밖에 없었다. 남자가 여자를 차지하는 방식이 대부분 그렇지 않겠는가. 감옥에 있을 때도, 얼굴을 찔려 상처를 입고도, 그의 생각에는 변함이 없었다. 메이바오가 성년이 되기 전에 겁탈하지 않은 건 어디까지나 그녀가 자신의 여자로 자랄 때까지 기다렸기 때문이었다.

그는 마천대루에 원룸을 얻어놓고 그녀에 대해 조사하고 미행했다고 자백했다. 거의 보름 동안 사전 준비를 하고 여러 가지 시나리오로 연습했다. 그녀가 마실 물에 수면제를 타놓고 옷장 속에 숨어 기다릴까, 침실 파티션 뒤에 숨어 있다가 그녀가 집에 들어오는 순간 제압할까, 수많은 방법을 궁리했다. 그가 얻은 원룸은 D동 24층의 8평짜리 제일 작은 원룸이었으므로 그쪽 입구로 출입했다. 오토바이를 탄 채 지하주차장으로 들어간 뒤 모자를 눌러쓰고 엘리베이터를 탔다. 집에 들어와 옷을 갈아입은 다음 계단실을 통해 몇 층 내려갔다. 계단을 통해 메이바오의 집에 가면 동선도 짧고 CCTV도 없었다. CCTV가 없는 곳으로 다녔으므로 CCTV 화면에서 그를 찾을 수 없었던 것이다. 메이바오가 출근하고 없는 사이 그녀의 집에 들어갔다. 복제한 열쇠가 있으니 거칠 것이 없었고, 몇 차례나 몰래 들어갔다 나왔다. 근처에 몸을 숨기기 좋은 곳도 봐두었다. 쓰레기를 버리는 계단실 모퉁이였다. 거기 숨어서 살피다가 인기척이 들리면 계단을 올라가는 척했다. 계단실에는 항상 담배를 피우러 나오는 사람들이 많았기 때문에 아무도 그를 수상하게 여기지 않았다. 그날 밤 그는 계단실에 숨어 기다리며 옌쥔과 리유원이 차례로 그녀의 집에 들어가는 것을 보고 더 자극을 받았다. 당장 집에 쳐들어가고 싶은 충동을 억누르며 광기에 불타올랐다. 그들이 차례로 돌아간 뒤 12시가 넘자 그녀가 집에 혼자 있을 거라고 판단했다. 누가 있더라도 그렇게 비실거리는 놈들은 한 손으로도 숨통을 끊어놓을 수 있었다. 새벽 1시, 조용히 현관문을 열고 들어갔다. 잠들어 있는 메이바오가 보였다(집에 숨어들었을 때 중메이바오가 수면제를 먹고 자는 습관이 있다는 걸 알았다). 그녀의 침대를 어루만지고 그녀의 몸을 쓰다듬으며 감격을 맛보았다. 설핏 눈을 뜬 메이바오가 놀라서 벌떡 몸을 일으키자 그녀가 소리칠까 봐 손으로 그녀의 입을 막았다. 하지만 반항이 예상보다 완강했고 두 사람이 침대에서 몸싸움을 벌였다. 메이바오가 그를 깨물자 화가 난 옌융위안은 그녀의 목을 조른 뒤 베개를 덮어 짓눌렀다.

"걔가 그렇게 음탕하게 생긴 게 죄요. 걔가 살아 있는 한 내 평생 편안할 수 없었소." 그는 죄를 자백하면서도 이렇게 말했다. 경찰의 발표에 따르면, 메이바오의 계부는 자기 죄를 뉘우치지 않고 마귀 같은 중메이바오가 어려서부터 자신을 유혹하더니 자기 얼굴을 가위로 찔러 평생 지울 수 없는 상처를 남겼다고 원망했다. 그는 계속 악마, 요녀 같은 단어를 쏟아냈고, 언론은 그의 말을 그대로 옮겨다가 과장해서 보도했다. 한 프로그램의 패널이 그가 옷장과 계단실에 숨어 몰래 훔쳐보는 모습을 재연하며 그와 메이바오가 성관계를 했다는 듯한 암시를 하자 리둥린은 화를 참지 못하고 텔레비전을 부수었다.

'이렇게 완벽한 시나리오가 있을까?' 한 주간지에서 그의 자백을 두고 이런 결론을 내렸다. 옌융위안의 자백은 치밀하게 구성한 범죄

선언문이며, 자백을 통해 중메이바오의 죽음조차 자기 소유로 하려는 광기 어린 의도가 감춰져 있다고. 그러나 그는 당당하게 죄를 자백했지만, 자신이 누구와 계약을 맺고 그 빌딩에서 집을 얻었는지 말하지 못했고, 그가 임대했다는 주소에는 다른 사람이 살고 있었으며 그가 그 집을 임대한 기록은 없었다.

여러 용의자 가운데 누구도 완벽하게 혐의를 벗지 못한 채 시간이 흘렀다. 린다쎤은 보석으로 풀려나고, 옌융위안은 구금 상태에서 몇 차례 진술을 번복하고 증언을 되풀이했다. 새로운 물증이나 증인이 나오지 않았지만 DNA와 지문만으로도 그는 죄를 피할 수 없었다. 하지만 그의 광적인 언행이 점점 도를 넘어서자 '심신미약 상태에서 저지른 범행'이라는 변호사의 주장에 힘이 실릴 가능성을 배제할 수 없었다.

3월이 되어 각 대학에서 학생운동이 시작되면서 이 사건에 대한 언론의 관심이 차츰 줄어들었다. 새로운 증거가 나오지 않자 대중의 관심도 거의 사라졌다. 리둥린은 더 이상 탐정을 자처하고 미신을 끌어들이고 막장드라마식 스토리를 만들어 죽은 사람을 모독하는 행태를 안 봐도 된다는 사실에 안심했다. 그도 인터넷과 텔레비전에 집중하지 않고 차츰 정상적인 일상으로 돌아올 수 있었다. 머릿속에서 잔뜩 조여졌던 나사도 조금 느슨해졌다. 설령 진범을 확정하지 못한 채 미제 사건으로 남는다 해도 자신의 생활은 계속되어야 한다는 걸 알았다.

셰바오뤄는 혐의를 벗었지만 다시 업무에 복귀하지 못한 채 긴 시간이 흘렀다. 리둥린은 그가 사는 비둘기집에 계속 편지를 보냈지만 답장이 없었다. 그러다가 6월 중순 셰바오뤄가 타이난에서 보낸 엽서 한 장이 도착했다. 셰바오뤄는 타이난의 오래된 동네에 살면서 빵집에서 일하고 있다고 했다. 메이바오와 함께 살려고 했던 그 집에 살고 있다고도 했다. 엽서 마지막에 이렇게 쓰여 있었다. '난 잘 지내고 있어. 너도 잘 지내길.' 엽서 뒤에 빵집 사진이 있었는데 셰바오뤄가 일하는 빵집인지는 모르지만 오래된 집을 개조한 아담한 가게였다. 나무로 된 미닫이문이 있고, 큼지막한 진갈색 유럽식 빵이 담긴 바구니가 나무 선반 위에 가지런히 놓여 있었다.

리둥린은 장문의 편지를 보냈다. 셰바오뤄는 원래 SNS나 이메일을 사용하지 않았기 때문에 그와 연락하려면 편지를 보내는 수밖에 없었다. 리둥린은 IT 기기를 애용했지만 편지 쓰는 것도 나쁘지 않다고 생각했다. 문구점에서 편지지를 사다가 한 줄 한 줄 손 글씨로 적었다. '그동안 마천대루에 아주 많은 일이 있었어.' 막상 운은 띄웠지만 그 많은 일들을 어떻게 설명해야 할지 고민했다. 괜히 셰바오뤄의 기억을 되살리는 건 아닐까? 하지만 한동안 신문, 잡지, 텔레비전, 대담 프로그램 등등 모든 언론에서 그 사건을 다루었으니까 그 후의 일들을 그도 이미 알고 있을 것 같았다. 리둥린은 그동안 마천대루에서 있었던 일들을 함께 얘기할 누군가가 필요해서 셰바오뤄에게 연락하는 것 같다는 생각이 들었다. 자세한 이야기를 편지에 썼지만 다 쓴 편지를 구겨버리고, 짧은 안부와 함께 자신이 새 직장을 알아보고 있는 중이라고만 썼다. '이 빌딩을 떠나고 싶어. 집에서 독립해서 혼자 살고도 싶고. 어떤 일을 할지 고민 중이야.' 리둥린은 여러 가지 일을 생각해보았다. 부동산 중개, 보험 영업, 매장 종업원, 고객센터 안내원 등등 할 수 있는 일이 많았다. 빌딩 경비원을 그만둘 수 있다는 것만으로도 충분했다. 빌딩 출입구를 지키는 일에는 이제 흥미가 없었다. 기술을 배워 수리공인 아버지의 일을 물려받을 수도 있었다.

편지를 부치고 열흘이 더 지나서 답장이 도착했다. 짧은 답장과 빵한 상자가 함께 왔는데 빵이 정말 맛있었다. 냉동실에 보관해 두었다가 나중에 먹어도 된다고 했다. 잔재주를 부리지 않은 수수하고 묵직한 잡곡빵이었다. 셰바오뤄가 어떻게 이렇게 빠른 시간에 제빵 기술을 배웠는지 신기했지만 차분히 빵을 만드는 그의 모습을 상상하니잘 어울렸다. 원래 어디에 데려다 놓아도 불평 없이 묵묵히 일할 수있는 사람이었다. 리둥린은 사표를 내고 일을 그만둔 뒤 그를 만나러타이난에 가기로 했다. 거기서 잠시 살지도 모르겠다고 생각했다. 셰바오뤄를 보고만 있어도 마음이 차분해질 것 같았다.

'아무 영향도 없을 거라 생각했지만 시간이 흐르면서 내 생활이 송두리째 바뀌었다는 걸 알았어. 난 방관자 입장이었는데 점점 깊이 빠져들었지. 메이바오의 죽음으로 내 인생에 대해 진지하게 생각하게됐어. 예전에는 그런 문제를 생각해본 적이 없었거든.' 리둥린은 자기도 모르게 북받쳐 오른 감정을 누군가에게 털어놓고 싶었다.

셰바오뤄에게 편지를 몇 통 보냈다. 그는 아직도 휴대전화를 쓰지않고 인터넷도 접속하지 않는 듯 가장 오래된 방식인 편지로만 소식을 전했다. 8월 말 셰바오뤄가 마침내 긴 편지로 메이바오의 일에 대해 얘기했다. 그는 메이바오가 죽은 뒤 다른 용의자가 나타날 때까지경찰서에서 강도 높은 조사를 받았다고 했다. 린다썬과 메이바오의계부가 용의선상에 오르고 나서 혐의를 벗을 수 있었지만 직장을 잃은 상태였다. 회사가 그를 해고하지 않았다 해도 그 빌딩에 다시 돌아가고 싶지 않았다.

'계속 비둘기집에서 살면서 건설 현장에서 막노동을 했어. 겨우내

불면에 시달렸지. 시간이 거꾸로 흘러서 그날 밤으로 되돌아갈 수 있길 간절히 바랐어. 그날로 되돌아간다면 그녀 곁을 지켜줄 거라고 생각했어. 집에 들어가지 않아도 문 앞에서 지켜줬어야 했는데, 의심받을까 봐 그녀를 보러 올라가지 않고 밤새 로비만 지켰지. 결국 아무것도 막지 못했어. 그날 저녁 메이바오가 퇴근해 깜씨와 함께 집으로 올라가는 걸 봤어. 옌쿤도 왔고. 얼마 후에 그들이 차례로 내려오는 걸 보고 마음이 놓였어. 일이 잘 해결된 줄 알았지. 이제 사표를 내고 이사만 하면 된다고 생각했어. 그날 일이 계속 머릿속에 떠올라. 그날 밤 10시부터 다음 날 새벽까지 수만 번 다른 상황을 생각해봐도, 결국 마지막에 메이바오는 집에서 시신이 되어 있고 난 문밖에서 가로막혀 있는 장면으로 끝이 나. 그 생각이 오랫동안 날 괴롭혔어. 닥치는 대로 일하고 취할 때까지 술을 마셨지만 어쨌든 난 살아 있었어. 메이바오의 장례식이 너무 쓸쓸해서 가슴이 아팠어. 장례식에서 난 아무것도 아니었고, 메이바오의 그 어떤 유품도 가질 자격이 없었어. 그녀의 마지막 보름을 함께 보냈지만 말이야. 그때의 기억과 후회 때문에 머리가 터질 것 같았어. 겨울이 지나고 봄이 왔을 때 우밍웨 씨와 예메이리 아주머니가 날 찾아왔어(내 주소를 알려준 게 너지? 괜찮아. 나도 우밍웨 씨에게 연락하고 싶었으니까). 메이바오가 우밍웨 씨에게 작은 상자 하나를 맡겨두었는데 그 안에 있던 통장과 도장, 몇 가지 기념품을 경찰이 가져갔다가 그제야 돌려주었대. 그러면서 메이바오가 내게 머플러 하나를 남겼다고 했어. 그런 말이 적힌 쪽지는 없었어. 어쩌면 우밍웨 씨가 날 위해 선의의 거짓말을 했는지도 몰라. 하지만 내게 남긴 것이든 아니든 그녀의 머플러를 가질 수 있어서 좋더라. 블랙과 화이트 체크무늬 손뜨개 머플러인데 아주 따뜻했지. 날씨가 춥든 덥든 그걸 두르고 오토바이를 탔어. 메이바오의 마음이 구체화된 물건을 가졌다는 사실에 안도했어. 그 뒤로 술도 끊었지. 그녀는 자기 죽음 때문에 다른 사람이 고통스러워하는 걸 절대로 원치 않을 거라고 생각했어. 더 이상 그날 밤으로 돌아가 그녀를 지켜주고 싶다는 생각도 하지 않았어. 메이바오는 아무리 힘들어도 자포자기하지 않고, 곁에 있는 사람들을 불행하게 만들지 않는 사람이었으니까. 얼마 후 타이베이를 떠나야겠다는 마음이 들더라. 빵집에서 일할 수 있고, 살 수 있는 빈집도 있었어. 메이바오는 없지만, 메이바오가 원하던 삶을 사는 게 메이바오를 계속 사랑하는 방식이라고 생각했어.'

리둥린은 눈물이 왈칵 쏟아졌다. 그는 사건과 직접적인 관계도 없고, 메이바오 때문에 눈물을 흘릴 만큼 그녀와 각별한 사이도 아니었지만, 이 사건이 슬픔 외에 또 다른 의미가 있다는 사실을 깨달았다. '한 사람을 사랑한다면, 그 사람이 죽은 뒤에도 계속 사랑할 수 있어.' 바보 같은 셰바오뤄는 편지의 마지막에 이렇게 썼다. 그의 편지를 읽고 마음이 놓였다. 그가 갑자기 오토바이를 돌려 다리 난간을 향해 돌진하지 않을지, 세상에 마음을 닫고 떠돌이 생활을 하지 않을지 더 이상 걱정할 필요가 없었다.

그다음 편지에서 셰바오뤄는 타이베이에 있는 옌쥔의 건강이 호전되는 대로 타이난으로 데리고 와서 함께 지낼 계획이라고 했다. 리둥린은 그가 떠난 뒤 마천대루에서 있었던 일들을 들려주었다. 사건 이후 아부가 옌쥔에게 자주 연락했다. 아부는 메이바오에게 오빠 같은 존재였다. 부모가 그런 사람들인데 누가 옌쥔을 돌봐줄 수 있을까? 아부는 메이바오를 대신해 저축해두었던 돈을 옌쥔에게 주었고, 샤오멍은 공장에서 실습생으로 일하며 기술을 배울 수 있는 요양센터를 옌쥔에게 소개해주었다. 아부카페가 문을 닫은 뒤 샤오멍과 아부가 어떻게 지내는지, 그들이 옌쥔과 계속 연락을 하는지는 알 수가 없었다.

그 무렵 지하철역에서 불특정 다수를 상대로 한 살인 사건이 발생해 사람들을 충격에 빠뜨렸다. 같은 시간에 리둥린도 지하철을 타고 있었다. 노란색 라인이어서 그 사건과는 관련이 없었지만, 지하철에서 내려 버스를 타고 집에 들어오는데 뉴스에서 사건이 보도되고 있었다. 그의 어머니가 물었다. "지하철 타고 왔니?" 어머니도 아들이 평소 노란색 라인을 타고 다니는 건 알고 있었지만, 철렁한 가슴을 쓸어내린 것이다. 리둥린도 뉴스를 보며 범죄심리 시리즈 열 편을 몰아서 본 것보다도 더 오싹했다. 정말 미국 FBI에 분석을 의뢰해야 할 일이었다. 어떻게 이런 일이 생길 수가 있지? FBI는 범인의 유년기, 부모, 초등학교, 심지어 유치원 시절에 어떤 환경에서 어떤 대우를 받고 자랐는지 조사할 것이고, 이웃, 친구, 초등학교 동창부터 첫사랑 연인에 이르기까지 그와 관계된 모든 사람을 찾아가 조사할 것이다. 어째서 그런 일이 일어났을까? 왜 그런 짓을 한 것일까? 어떻게 그런 일이 벌어졌을까?

왜 그런 짓을 했는지 누가 알겠는가? 이유를 알면 죄책감이 상쇄될 수 있을까? 범인의 심리를 파악하는 것은 살아 있는 사람들을 위로하기 위해서일지도 모른다. 하지만 아무 이유도 없는, 절대적인 악인이라면 어쩔 것인가? 중메이바오의 계부 같은 사람이라면, 인간의 본성으로 그의 행동을 가늠할 수 있을까? 그의 악한 본성을 아는 것이 누구에게 위로가 될까? 리둥린에게는 아직 풀지 못한 의문들이 있었다. 옌융위안이 메이바오를 죽인 것은 그녀를 사랑했기 때문일까, 그가 악인이기 때문일까? 그런 악인의 마음속에 과연 사랑이 있을까? 메이바오에 대한 그의 집념을 사랑이라고 부를 수 있을까? 그는 멀쩡한 정신을 가진 사람일까, 미치광이일까? 리둥린은 이런 해답을 알 수 없는 의문 때문에 괴로웠고, 인간으로서 비애를 느꼈다. 사랑받는다는 게 반드시 행복한 것만은 아니었다. 그녀를 사랑한다고 말하는 사람은 많았지만 그녀는 결국 비명에 죽었다. 감옥에 있는 옌융위안을 면회하러 가거나 성경과 불경을 보내주고 싶다는 생각도 했다. 그렇게 해서라도 메이바오를 위로하고 싶었다. 또 그가 진심으로 죄를 뉘우치고 다시는 메이바오는 요물이고 예쁜 얼굴이 죽음을 자초한 거라는 무책임한 말을 지껄이지 않길 바랐다. 하지만 경찰은 관계자가 아닌 리둥린의 면회를 허락하지 않았다.

유일하게 다행스러운 일은 우밍웨가 3월 중순의 어느 날 드디어 밖으로 나오기 시작한 것이었다. 그녀를 데리고 1층에 내려온 예메이리를 보고 리둥린은 중메이바오에게 가는 길이냐고 물었다. 그녀의 묘는 진산의 한 절에 있다고 했다. 사건 직후 여론의 관심이 집중되었을 때 아부와 우밍웨가 메이바오의 장례를 치러주었다. 그날부터 우밍웨는 필사적으로 재활하는 사람처럼 날마다 예메이리와 함께 엘리베이터를 타고 오르내렸다. 집 밖으로 나온 우밍웨는 정말 아름다웠다. 그녀가 이 상처뿐인 빌딩에서 벗어날 수 있도록 하늘이 보우해주길 리둥린은 바랐다. 5월이 되자 우밍웨는 혼자서도 로비에 내려올 수 있었다. 가끔 프런트에 와서 우편물을 수령하며 리둥린과 대화를 나누기도 했다. 그녀는 메이바오가 죽은 뒤 밖으로 나가기로 마음먹었다고 했다. 그녀가 밖에 나갈 수 있게 되면 함께 대만 일주 여행을 하고 일본 여행도 가기로 메이바오와 약속했었다고 했다. 우밍웨는 우선 옌쥔을 부모에게서 독립시켜 메이바오의 생전 소망을 이뤄주고 셰바오뤄의 죄책감을 덜어주고 싶어 했다. 그녀도 바오뤄를 만난 뒤 그와 자주 편지를 주고받는다고 했다. 그녀는 편지를 통해 바오뤄와 메이바오 사이에 있었던 일에 대해 많은 질문을 했다. 그녀에게도 메이바오에 대해 얘기할 수 있는 누군가가 필요했다. 그녀는 메이바오가 생전에 진정한 행복을 느꼈길 바란다면서 두 사람이 함께 있는 것을 본 적이 있느냐고 리둥린에게 물었다.

리둥린은 기억을 돌이켰다. 메이바오가 행복을 느꼈는지는 모르겠지만, 자신이 보았던 한 장면이 떠올랐다. 단 한 번뿐이지만, 그녀가 죽기 얼마 전 바오뤄가 근무도 없는데 로비에 와서 누군가를 기다리는 것을 보았다. 얼마 후 퇴근한 메이바오가 집에 올라가 운동복으로 갈아입고 내려오더니 두 사람이 함께 정문을 나섰다. 바오뤄는 수줍은 표정이었지만 메이바오는 자연스럽게 사람들에게 인사를 건네며 바오뤄와 강변 공원에 조깅을 하러 간다고 말했다.

리둥린은 그날을 기억하고 있었다. 하늘이 유난히 쾌청했던 그날, 로비에서 함께 있는 두 사람을 보고 리둥린은 그들이 연애하고 있다는 걸 알았다. 손도 잡지 않고 포옹을 하지도 않았지만 부부처럼 따뜻하고 편안한 분위기가 둘 사이에 흐르고 있었다. 두 사람 사이에 둘만의 비밀이 있는 듯 서로를 보며 미소를 지었다. 반바지에 운동화를 신고 경비원 재킷을 걸친 바오뤄의 모습이 우스꽝스러웠지만 늘 초췌하던 그의 얼굴이 처음으로 젊어 보였다.

그해에 많은 일이 일어났다. 메이바오 사건이 언론을 떠들썩하게 달궜지만 두세 달 뒤 모두의 기억에서 사라졌다. 학생운동, 지하철역 무동기 살인, 여객기 사고, 가짜 식용유 사건, 길 건너 초호화 빌딩 완공, 1층 피트니스센터 개장, 연말 선거까지, 온 세상이 변한 듯했지만 마천대루는 여전히 시끌시끌하게 드나드는 사람들의 수많은 비밀을 품고 있었다. 마천대루는 가장 비정한 곳이다. 가장 중요한 사람을 잃어도 여전히 흔들림 없이 우뚝 서 있다. 또 마천대루는 가장 푸근한 곳이다. 아무리 상처를 입고 괴로워하는 사람에게도 여전히 문을 열어놓고 기다리고 있다.

리둥린은 의문의 해답을 찾지 못했다. 메이바오 죽음의 궁극적인 이유도 찾지 못했다. 정말로 그녀를 죽게 만든 건 수사로 밝혀낸 표면적인 이유보다 훨씬 더 복잡한 이유일 수도 있다. 하지만 더는 탐정놀이를 하고 싶지 않았다. 메이바오와 관련된 사람들은 모두 마천대루를 떠났다. 우밍웨도 병이 다 나으면 이곳을 떠나 무자로 이사할 것이다. 그녀는 흙을 밟고 화초를 심을 수 있는 정원이 있는 곳에 살고 싶다고 했다. 그런 곳에서 진정으로 생활이라고 부를 만한 삶을 살고, 집에 갇혀 있는 동안 가고 싶었던 곳을 하나씩 여행하고 싶다고 했다. 리둥린은 자신도 이 빌딩을 떠날 거라고 했다. 한때 그의 세상 전부였던 곳이지만 그것들은 이미 과거의 기억이 되어 항상 가지고 다닐 수도 있고, 홀가분하게 놓아버릴 수도 있었다.

그는 사람을 관찰하고, 사람을 상상하고, 출입구에 서서 그의 세계에 들어와 그의 생활을 송두리째 바꿔놓을 누군가를 기다려야 한다는 사실이 싫어졌다. 우밍웨처럼 스스로 이곳을 벗어나기 전에는 그런 변화가 불가능하다는 걸 그는 알고 있었다.

리둥린이 사표를 내기 한 달 전, 바오뤄는 편지에서 당장 내일 지구가 멸망한다 해도 자기 일을 사랑하고 열심히 일할 것이라고 했다. 리둥린은 메이바오의 죽음과 바오뤄의 퇴사로 큰 상처를 받았지만 그건 자신에게 인간적인 마음이 있다는 뜻이므로 괜찮다고 스스로 다독였다.

근무를 마치고 빌딩을 나와 오토바이를 밀고 갈 때면 습관적으로 아부카페의 통유리창 쪽으로 시선이 갔다. 하지만 이제 카페는 사라지고 화려한 간판을 걸고 요란한 음악이 울리는 피트니스센터로 바뀌었다. 퇴근 후 그 앞을 지나가고 있는데 마천대루의 부동산 중개인 린밍위의 아내가 피트니스센터에서 나왔다. 참 이상하게도, 살인 사건과 관련된 사람들은 모두 떠났지만 그 중개인 부부만은 계속 그곳에 살고 있었다. 사건 후 한동안 남의 시선을 의식한 듯 자주 보이지 않았지만 어느새 예전처럼 손님을 데리고 집을 보러 다니고 경비원에게 친근하게 말을 걸었다. 더 믿을 수 없는 건 아무 일도 없었던 것처럼 그들의 부동산 중개소가 아주 잘되고 있다는 사실이었다. 집주인들이 계속 린밍위에게 집을 내놓았고, 뉴스 보도로 인해 오히려 더 유명해진 것 같았다. 리둥린은 그를 싫어하지 않았다. 린밍위에게 괴벽이 있기는 하지만 이 마천대루를 제일 아끼는 사람이 그였다. 어떤 일이 일어나든 그만은 절대로 이곳을 떠나지 않을 것이다.

땅거미가 내려앉으면 마천대루의 외관은 밝아졌다. 옥상에서 아래를 향하는 조명 빛이 빌딩의 일부를 비추고 로비 앞 대형 조명도 켜졌다. 상가를 따라 이어진 도로 전체가 런웨이처럼 빛을 발했고, 다양한 사람들이 정문을 나서거나 로비로 들어왔다. 얼마 전까지만 해도 리둥린은 로비 정문에서 호기심에 찬 눈으로 그 사람들을 관찰했다. 혼자인 사람, 둘인 사람, 무리를 이룬 사람들이 그의 눈앞을 지나갔다. 그는 자신이 이 마천대루의 모든 이야기와 비밀을 꿰뚫어 볼 수 있다고 생각한 적이 있었다. 수많은 얼굴과 그들의 이름, 나이, 주소, 직업, 그들이 안고 있을 인생 이야기가 그의 머릿속에 저장되어 있었다. 그리 오래되지 않은 일인데도 아득한 옛날 일처럼 느껴졌다. 퇴근길에 빌딩에서 멀어져 신호등을 기다리다가 자기도 모르게 고개

를 돌려 몇 블록 밖에서나 볼 수 있는 마천대루의 전경을 바라보곤
했다. 데이트를 마치고 헤어질 때 연인의 뒷모습을 돌아보는 아쉬운
마음 같은 걸까? 그가 그 정도로 자기 일을 사랑했던 걸까? 아마 그
가 계속 미련을 갖고 떠나지 못하게 하는 어떤 이유가 마천대루에 있
을 것이다.

　마천대루를 등지고 달리는 그의 오토바이에 점점 속력이 붙었다.
바람이 횡횡 불겠지만 헬멧에 덮인 귀에는 바람 소리가 들리지 않았
다. 줄곧 풀리지 않는 문제들이 머릿속을 맴돌고 있었다. 사실은 린
다썬이 메이바오를 죽인 것은 아닐까? 메이바오의 옷을 갈아입히고
화장을 해줄 때 그는 무슨 생각을 했을까? 물론 그런 것은 경찰이 생
각해야 할 문제이고, 시간이 흐르면 저절로 밝혀질 것이다. 어쩌면 진
실은 오직 그 자신만이 알고 있을 수도 있다. 메이바오와 린다썬의
사랑, 메이바오와 셰바오뤄의 사랑, 이 마천대루에서 생겨난, 남에게
말할 수 없고 해석할 수 없는 여러 가지 사랑들, 리둥린은 그런 생각
이 들 때마다 자기가 다른 사람이 된 듯한 기분이 들었다. 그는 진정
한 사랑을 해본 적이 없었다. 살인 사건이 발생한 후 숱한 루머가 퍼
지자 린다썬 부부가 마천대루를 떠났다. 메이바오가 살던 원룸도 헐
값에 팔았다고 했다. 린다썬 부부는 이혼했을까? 그런 일이 생기면
서로 사랑했던 부부는 어떻게 살아야 할까? 함께 살까, 각자 살아갈
까? 사랑 앞에서 사람의 마지노선은 대체 어디일까? 사랑을 위해 얼
마만큼의 굴욕을 감내할 수 있는 걸까? 리둥린은 알 수가 없었다. 그
가 아는 건 결국 자신의 지옥은 자신이 짊어져야 한다는 사실뿐. 바
오뤄가 그에게 가르쳐준 것이었다.

　오토바이가 구불구불한 골목으로 접어들었다. 마천대루가 굽어볼
수 있는 범위를 벗어났지만 그는 여전히 그 빌딩의 존재를 느낄 수 있

었다. 이곳을 떠나서 얼마나 시간이 흘러야 이런 기분이 사라질까? 그 거대한 빌딩 속에 얼마나 많은 지옥이 감춰져 있을까? 이곳을 떠나는 사람들은 어떤 세계로 들어갈까? 더 좋은 세계? 더 나쁜 세계? 이런 의문의 해답은 리둥린 자신이 떠난 뒤에야 알 수 있을 것이다.

빌딩풍이 미치지 못하는 곳까지 오자, 요란한 생각들도 바람에 쓸려 날아가 공기 중으로 사라졌다. 얼마 전 완공된 빌딩이 눈앞에 모습을 드러냈다. 지하철역 상부에 지은 고층 빌딩 입구에 커다란 크리스마스트리가 세워져 있었다. 크리스마스가 다가올 때 중메이바오가 카페 문 앞에서 작은 크리스마스트리를 장식하던 모습이 떠올랐다. 그럴 리 없지만 당시에 들었던 크리스마스캐럴이 귓속으로 흘러들어오며 갑자기 마음이 평온해졌다. 그는 종교가 없고, 그 빌딩도 그와는 완전히 무관한 곳이지만. 기이한 온기가 청각을 통해 온몸으로 퍼지는 것을 느꼈다. 허리를 곧게 펴고 오토바이 핸들을 단단히 잡고 앞을 똑바로 바라보았다. 곧게 뻗은 길이 끝없이 앞으로 뻗어 있었다. 마치 차도가 아니라 운명인 듯 앞으로 뻗은 그 길을 향해 가속기를 감아 당겼다.

해설 마천대루, 5차원의 문학 건축

 판이판潘怡帆

대만 국립중앙대학교 철학연구소 교수

층층이 쌓여가며 전개되는 스토리 구조 속에서 천쉐의 마천 대루는 서서히 5차원으로 진입했다.

시종 담담하고 차분한 언어는 방대하고 복잡한 서술과 대비를 이루며 저장강박증에 걸린 듯 스토리를 차곡차곡 쌓아 올린다. 살인 사건의 풀리지 않는 수수께끼가 자욱한 구름처럼 소설의 꼭대기층을 가리고, 속 시원히 털어놓지 않고 말 속에 말을 감추는 서술 방식은 해답으로 가는 통로를 차단한다. 소설은 고립된 섬 같은 도시의 모습을 폭로하고, 범죄의 동선, 증거, 조짐, 심지어 살인범까지 모두 이 빌딩 안에서 찾는다(계부는 이 빌딩에 입주했을 가능성이 드러난 뒤에야 용의선상에 올랐다). 하지만 그 어떤 진실도 '파고들수록 더 자욱하게 피어오르는' 수수께끼의 안개를 뚫지 못한다. 내밀한 단면을 하나씩 들춰내는 방식의 서술이 한 가지 수수께끼를 밝히는 데 집중하지

476

않고 여기저기서 불쑥거리며 터져 나오며, 앞다퉈 입장을 표명할수록 비참한 가족사를 더 낱낱이 끄집어낸다.

《마천대루》는 탐정소설의 구성 요소를 갖추고 있다. 환하게 밝혀진 격자마다 엇갈린 인생의 모습이 채워지고, 문이 여닫히며 명암이 교차하는 순간에 범죄가 기묘한 빛을 발한다. 의도적으로 배치한 수수께끼 앞에서 독자들은 익숙하게 '단 하나의 진실'을 밝혀줄 명탐정을 기다린다. 그는 추리소설에서 유일하게 진실의 눈을 부여받고 진실과 거짓을 분별할 수 있는 신의 사자使者다. 탐정은 왁자한 소음 속에서 거짓을 솎아내고 진실을 복원하는 기능을 한다. 하지만 이 소설에는 진실을 찾기 위해 반드시 필요한 핵심이 지워져 있다. 탐정을 이용해 진실의 절대좌표를 바로잡고 거짓을 탐지할 가능성을 차단함으로써 천쉐의 소설 속 인물들은 자기 진술을 하는 순간 범죄를 은닉하는 공범이 된다. 그들이 하는 모든 솔직한 말들이 진범이 누구인지 알려주기는커녕 범죄 사건을 계속 미제 상태로 남겨두기 때문이다. 더 정확히 말하면 천쉐는 '솔직함'이 살인 사건을 오리무중에 빠뜨리고 말과 진실 사이의 고리를 끊어버리는 파격적 시도를 보여준다. 솔직한 말들이 진실을 증언하지 않고 범죄를 향한다면, 말을 할수록 진실이 명백해지는 것이 아니라 오히려 범죄를 다시 만들어내는 결과를 낳는다. 결과적으로 말은 《마천대루》에서 유일하고도 가장 섬뜩한 범죄가 되었다.

역사 서술의 방식은 3차원 공간을 시간의 4차원 속으로 들어가게 한다. 1975년 완공된 남아프리카의 '폰테 타워'와 1990년 착공된 베네수엘라의 '토레 다비드'는 2015년의 타이베이 마천대루 안에서 동시에 나타날 수 있다. 그러나 천쉐는 4차원의 글쓰기에 만족하지 않고, 진실을 말하지 못하는 언어를 통해 5차원의 건축물을 지었다.

5차원 공간은 무수한 4차원 벡터로 구성된 다중 시간으로 이루어진다. 바꿔 말하면 5차원 공간의 물체는 언제나 무수히 많은 시간대를 넘나들기 때문에 각기 다른 4차원 시간 속에서 갑자기 사라지기도 하고 별안간 나타나기도 한다. 그러므로 동일한 시간에 그 물체는 그 어디에서도 일부만 볼 수 있는 '전체 부재'의 상태일 수밖에 없다. 천쉐가 구축한 것은 무수히 많은 종류의 정교한 절단면을 붙여 만든, 전체 형태를 알 수 없는 합성 빌딩이다.

《마천대루》는 여러 사람의 지엽적인 진술에 의존하기에 하나의 사건에서 수많은 범인을 만들어낸다. 셰바오뤄의 죄책감은 '어쩌면 내가 메이바오를 죽였을지도 모른다'는 생각을 만들어내고, 남편의 배신을 마주한 리모리는 굴욕을 억누르며 살인죄를 전가하려고 하며, 가진 것과 사랑 사이에서 선택을 강요당한 린다썬은 일단 시작한 외도를 멈출 수 없는 처지에 빠진다. 린멍위의 관음벽, 범죄물을 즐기는 리둥린의 취향, 누나에 대한 옌췬의 기형적인 사랑, 계부의 폭력 등, 다층적이고 복잡한 세부 요소가 쌓여 점점 더 강한 암시를 만들어내고, 그것들이 저마다 논리를 구성하며 범죄 사건을 집어삼킨다.

또 이런 여러 논리는 살인 사건의 진정한 전모를 파악하지 못하도록 방해한다. 전형적인 살인범의 특징을 가진 계부(소아성애증, 가정폭력, 마약중독, 성폭력, 가부장적 성향)는 리둥린의 진술로 인해 혐의를 피하는 한편, 이 사건과 무관한 리진푸마저 살인 사건 이후에 행복을 얻었다는 점에서 살인 동기가 있다고 의심받을 수 있다. 모든 용의자가 시간의 축을 옮겨 다른 진술 속으로 이동하면 무고한 사람이 된다. 이런 방식이 이야기의 전개에 계속 변조를 가한다. 더 정확히 말하면 변조가 바로 이 작품의 유일한 조표調標일 수도 있다. 다시 말해 이 소설은 어떤 큰 사건이 발생한 후 세부적인 부분을 하나씩 서술

하는 것이 아니라 여러 조각이 누더기를 깁듯 끊임없이 증식되는 형식이기 때문에 빌딩이 완공되기 전에는 누구도 그 모습을 정확히 알 수가 없다.

하지만 빌딩이 온전히 완공되기 어려운 것은 작가가 각 층과 동을 옮겨 다니고 감추는(4부에서는 층수 대신 월별로 배치한다) 방식으로 빌딩의 전체 모습을 쪼개서 보여주기 때문만이 아니다. 그보다 더 중요한 원인은 작가가 그 단절된 부분을 존재하지 않는 공간이 아니라 비밀의 공간으로 표현했다는 점이다. 린멍위는 '건물주'의 역할을 하며 빌딩의 유령 같은 전체 모습을 지킨다. 온갖 집의 열쇠를 가진 그는 끊임없이 그 속에 은밀한 사건을 채워 넣어(공실에서 외도를 즐기고 비밀 통로를 만드는 등) 빈 공간을 비밀의 공간으로 만든다. 비밀은 표면적으로 존재하지 않는 존재다. 살인 사건이 발생했을 때 바닥에 떨어진 CCTV 카메라와 집 안에서 꺼져 있던 카메라는 아무것도 찍지 못했지만, 이것이 '일이 있었음'을 부각시키는 의도적인 블랙아웃인 것과 같은 논리다. 빌딩의 옆모습을 의도적으로 조각조각 나누어 묘사한 것은 빠르게 돌아가는 도시에서 고립된 섬이 된 사람들을 상징하기 위해서지만, 그보다 더 중요한 것은 전체 빌딩의 개념을 통해 그 속의 단절된 부분들을 더 강하게 연결하기 위해서다. 이것이 바로 《마천대루》에 다중의 시공간축을 배치한 이유다.

《마천대루》는 전체 모습을 보여주지 않고 독자 스스로 전체 모습을 상상하게(재구성하게) 한다. 독자는 작가가 준 유한한 조각들을 이어 붙여 거대한 빌딩의 모습을 만들고, 그러고도 채우지 못한 구멍은 스스로 메워 넣어야 한다. 그러므로 빌딩은 독서 방식에 따라 계속 건축과 해체를 반복하고, 각기 다른 독자의 시공 속을 부유하며 다중의 시간축과 공간축 위에서 들쭉날쭉하게 층을 쌓아가지만, 어떤 건축 공법으로 지은 건물도 이 작품 속의 빌딩과 일치하지 않는다. 누구도 마천대루의 어두운 구석에서 얼마나 많은 사건이 일어났는지 상상할 수 없다. 전체 모습이 보이지 않기 때문에 빌딩이 무한대로 증식된다는 사실을 목격하는 것이다. 모든 독자는 각자의 시간축에서 각기 다른 방식으로 하나의 이야기를 상상해야 하지만, 모든 상상은 천쉐가 묻어놓은 이야기의 블랙홀 속으로 다시 빨려 들어간다. 그러므로 '말'로써 이야기를 완성할 수 없고, 끝없이 많은 이야기를 계속할 수밖에 없다. 그 때문에 우리도 차츰 마천대루의 입주민이 되어 멈출 수 없는 진술로 또 다른 범죄를 모의하게 되고, 결국 이것은 살인 사건을 해결할 수 없게 만드는 범죄다. 천쉐의 소설은 이 유령 같은 빌딩을 통해 5차원으로 통하는 문학의 입구를 보여주고 있다.

《마천대루》는 국내에 처음 소개되는 천쉐의 소설이다. 국내 독
자들에게는 동명의 드라마로 먼저 알려졌지만, 대만에서는 천쉐의
대표작으로 이미 유명한 작품이다. 25세였던 1995년 첫 소설《악녀
서惡女書》로 큰 반향을 일으키며 등단한 천쉐는 30년간 왕성한 작품
활동으로 현재 대만을 대표하는 작가가 되었다.

가난 속에 성장기를 보낸 그는 대학 중문과를 졸업하고도 글을 쓰
지 못하고 생계를 위해 닥치는 대로 일해야 했다. 그러다가 친구의 권
유로 응모한 문학상을 통해 등단했지만 책이 출간된 후에도 부모의
빚을 갚기 위해 야시장에서 장사를 했다. 하루 열여섯 시간씩 일하
며 1년 동안 한 줄도 쓰지 못한 채 우울증이 걸린 그에게, 정신과 의
사는 두 가지를 권했다. 집을 떠날 것과 소설을 쓸 것. 다시 펜을 잡
은 뒤 낮에는 물건을 배달하고 밤에는 새벽 3시까지 글을 쓰는 생활
을 하면서 고통이 점점 누그러지는 것을 느꼈다. 그에게 글쓰기는 자
기 구원이자, 삶에 집어삼켜지지 않았음을 자각하는 통로였으므로,
불행한 가족사를 가진 여성을 등장시키고 가난, 고통, 동성애와 양성
애 같은 자전적 주제에 천착했다.

그 후 타이베이로 올라와 본격적으로 글을 쓰기 시작한 천쉐는 타

이베이 근교 신베이의 한 고층 아파트에 집을 구했다. 소설 속 마천대루처럼 총 1천 세대가 넘는 45층짜리 고층 아파트였다. 집 안에서 글을 쓸 때는 조용했지만 현관을 열고 나오면 각양각색의 사람들이 퇴근길 지하철역 개찰구처럼 로비를 드나들고, 평수에 따라 빈부와 계층이 극명하게 나뉘었다. 원어민 영어 교사, 세탁실 앞에서 기타를 치며 노래하는 젊은이, 동유럽 출신 모델, 조폭인 듯 잉어 문신이 두 다리를 뒤덮은 사내, 푸들 대여섯 마리를 한꺼번에 데리고 산책하는 노부인 등등, 수많은 사람을 만났지만 몇 년이 지나도록 그들의 이름조차 알지 못했고, 매일 어깨를 스치지만 현관문을 닫으면 각각의 세계로 단절되었다. 공병을 주우려 쓰레기 산을 뒤지는 원룸 사는 모녀와 벤츠를 몰고 그 옆을 지나가는 대형 평수 주민. 빈부의 두 세계가 나란히 시야에 들어오는 광경을 보며 작가는 고층 아파트 이야기를 쓰기로 마음먹었다.

밑바닥에서 사람들과 부대끼며 성장한 작가는 오로지 돈만 좇으며 가난에서 벗어나기 위해 몸부림치지만 벗어나지 못하는 이들을 수없이 보았다. 그 때문에 그의 소설 속 인물들에게는 남모르는 고통을 하나씩 안고 있다는 공통점이 있다. 고통을 정교한 언어로 적나라하게 묘사하는 천쉐의 색채는 이 소설에서도 두드러지지만, 처음으로 범죄 미스터리를 표방해 이야기 속에 죽음을 등장시키고 도시라는 공간과 그 속에서 살아가는 인간 군상을 그렸다는 점에서 천쉐의 작품 활동에 이정표 같은 작품이다.

이 소설은 특이한 구조를 갖고 있다. 1~3부는 주요 인물이 각자의 시점에서 자신의 과거와 현재 처지, 심경을 이야기하고, 경찰에게 하는 진술과 독백을 통해 중메이바오와 그들의 관계, 그녀의 죽음으로 인한 충격뿐 아니라 각자의 마음속에 감춰져 있는 거짓과 진실을 들여다본다. 하지만 4부에서는 갑자기 구조가 바뀌어 살인 사건 이후 1년간 시간의 흐름에 따라 마천대루에 사는 주민들에게 나타난 일상의 변화를 무심하게 관찰한다. 시간이 흐를수록 살인 사건이 차츰 잊히고 평소와 다름없는 일상으로 돌아가는 듯하지만 크고 작은 변화를 발견할 수 있다. 살인 사건의 진상이 밝혀지리라 예상했던 독자들은 사건과 무관해 보이는 이들의 이야기에 어리둥절하겠지만, 작가는 이 소설을 쓰고자 했던 의도가 4부에 응축되어 있다고 밝혔다. 작가는 이 인간 군상을 보여주기 위해 중메이바오의 고통스러운 삶과 비참한 죽음을 만들어냈다. 사방이 막힌 집 안에 웅크린 채 현관문 너머의 타인에게 무심한 현대인들을 깨워 밖으로 끌어내고, 한 사람의 죽음이 다른 이들에게 어떤 영향을 미치는지를 보여주고자 한 것이다. 중메이바오의 죽음은 셰바오뤄, 우밍웨 등 가까운 이들의 인생을 바꿔놓았을 뿐 아니라, 중메이바오를 카페에서 한 번 보았거나 뉴스로만 살인 사건을 접한 사람들의 삶에도 조금씩 영향을 미쳤다.

한때 신흥 부촌을 꿈꾸며 우뚝 솟아오른 마천대루는 그 자체로 신분 상승을 향한 욕망의 상징이자 의사소통이 가능한 언어를 잃어버린 바벨탑이다. 사람들은 타인의 죽음을 얘기하면서도 자신이 이 굴레 같은 빌딩에서 빠져나가지 못하고 궁지에 몰린 사연을 털어놓는다. 작가는 현대사회의 축소판 같은 마천대루의 내밀한 모습을 들추며 왜 사람이 죽었는가, 누가 사람을 죽였는가보다 누군가의 죽음이 우리를 어떻게 변화시키는가, 타인의 죽음이 정말 당신과 무관한가, 하는 질문을 우리에게 던지고 있다.

2025년 1월
허유영

옮긴이 허유영

한국외국어대학교 중국어과와 같은 대학교 통번역대학원을 졸업하고 현재 전문번역가로 활동하고 있다. 《도둑맞은 자진거》《원스 어폰 어 타임 인 홍콩》《적의 벚꽃》《팡쓰치의 첫사랑 낙원》《햇빛 어른거리는 길 위의 코끼리》《삼체》(2, 3부) 등을 우리말로 옮겼다.

마천대루

초판 1쇄	2025년 1월 27일
지은이	천쉐
옮긴이	허유영
발행인	문태진
본부장	서금선
책임편집	허문선 **편집 3팀** 이준환
기획편집팀	한성수 임은선 임선아 최지인 송은하 김광연 송현경 이은지 김수현 원지연
마케팅팀	김동준 이재성 박병국 문무현 김윤희 김은지 이지현 조용환 전지혜 천윤정
저작권팀	정선주
디자인팀	김현철 손성규
경영지원팀	노강희 윤현성 정헌준 조샘 이지연 조희연 김기현
강연팀	장진항 조은빛 신유리 김수연 송해인
펴낸곳	㈜인플루엔셜
출판신고	2012년 5월 18일 제300-2012-1043호
주소	(06619) 서울특별시 서초구 서초대로 398 BnK디지털타워 11층
전화	02)720-1034(기획편집) 02)720-1024(마케팅) 02)720-1042(강연섭외)
팩스	02)720-1043
전자우편	books@influential.co.kr
홈페이지	www.influential.co.kr

한국어판 출판권 ⓒ ㈜인플루엔셜, 2025

ISBN 979-11-6834-259-0 (03820)